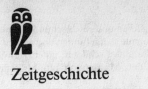

Zeitgeschichte

ÜBER DAS BUCH:

Eine der furchtbarsten Tragödien unseres Jahrhunderts hat in den offiziellen Annalen der Sowjetunion nie stattgefunden und war im Westen nur wenigen Experten bekannt. Conquest schildert, unter Verwendung erstmals zugänglicher Dokumente, den Massenmord an Millionen ukrainischer Bauern.

Im nüchternen Tonfall analysiert Conquest die Konsequenzen der zwischen 1929 und 1932 von der Kommunistischen Partei durchgeführten Zwangsenteignung, die in den meisten Fällen mit Verschleppung oder Tötung endete. Auf die Zwangskollektivierung folgte 1932/33 das, was er als Terror-Hungersnot bezeichnet. Die Kornabgaben-Quoten wurden weit über dem Erreichbaren festgesetzt, alles Eßbare wurde weggeschafft.

Die Zahl der Opfer in diesen Jahren in der Ukraine schätzt der Autor auf 14,5 Millionen Menschen.

Die Recherche-Arbeiten zeigen, »daß die Terror-Hungersnot als ein persönlicher Racheakt Stalins an der größten ethnischen und kulturellen Minderheit des russischen Reiches zu sehen ist, zumal sie mit der Vernichtung der ukrainischen Intelligenz parallel lief.«

DER AUTOR:

Robert Conquest ist Professor für Geschichte an der Stanford University (California). Er gilt als *der* Fachmann für die Sowjetunion in der Stalin-Zeit. Dieses Buch ist das Ergebnis eines Forschungsprojektes, an welchem das Ukrainian Research Institute der Harvard University jahrelang gearbeitet hat.

Robert Conquest

Ernte des Todes

**Stalins Holocaust
in der Ukraine 1929–1933**

Lidice-Methode S. 86

Lenin – oder Stalin? S. 78

Kulaken S. 94

Lenin u. seine Feinde S. 65

Opfer unter Lenin S. 69

Hunger S. 297 und . . . .

Lenin u. die Hungersnot 1921 S. 71

amerikanische Hilfe S. 73

Zeitgeschichte

Zeitgeschichte
Ullstein Buch Nr. 33138
im Verlag Ullstein GmbH,
Frankfurt/M – Berlin
Titel der englischen
Originalausgabe:
The Harvest of Sorrow:
Soviet Collectivization and
the Terror-Famine
Aus dem Englischen von
Enno v. Löwenstern

Ungekürzte Ausgabe

Umschlagentwurf:
Hansbernd Lindemann
Unter Verwendung einer
Abbildung des Bilderdienstes
Süddeutsche Zeitung
Alle Rechte vorbehalten
© by Robert Conquest
Englische Originalausgabe
erschienen bei Hutchinson 1986
© der deutschsprachigen Ausgabe
1988 by Langen-Müller in der
F. A. Herbig Verlagsbuchhandlung
GmbH, München
Printed in Germany 1991
Druck und Verarbeitung:
Ebner Ulm
ISBN 3 548 33138 6

Februar 1991

CIP-Titelaufnahme
der Deutschen Bibliothek

Conquest, Robert:
Ernte des Todes: Stalins Holocaust in der
Ukraine 1929–1933 / Robert Conquest.
[Aus dem Engl. von Enno von
Löwenstern]. – Ungekürzte Ausg. – Berlin:
Ullstein, 1990
   (Ullstein-Buch; Nr. 33138:
   Zeitgeschichte)
   Einheitssacht.: The harvest of sorrow
   < dt. >
   ISBN 3-548-33138-6
NE: GT

Inhalt

Für Elisabeth Neece Conquest

Die schwarze Erde
war übersät mit Knochen
und getränkt mit Blut
für eine Ernte des Leidens
auf dem Lande Rus

Igors Rüstung

Einführung

Vor rund 50 Jahren glichen die Ukraine und die weiter östlich liegenden ukrainischen und kosakischen Territorien der Sowjetunion – ein großes Gebiet mit über 40 Millionen Einwohnern – einem einzigen riesigen Bergen-Belsen. Ein Viertel der Landbevölkerung – Männer, Frauen und Kinder – war tot oder lag im Sterben. Die übrigen hatte der Hunger teilweise so entkräftet, daß sie nicht einmal ihre Angehörigen oder Nachbarn begraben konnten. Zur selben Zeit überwachten – wie in Bergen-Belsen – wohlgenährte Polizei- oder Parteiverbände ihre Opfer.

Dies war der Höhepunkt der »Revolution von oben«, wie Stalin sich ausdrückte, mit der er und seine Helfer zwei Elemente ausmerzten, die als unrettbar regimefeindlich galten: die Bauernschaft in der gesamten UdSSR und die ukrainische Nation.

Für ein politisches Regime sind 50 Jahre eine lange Zeit. Bezogen auf die Menschheit ist das eine relativ kurze Zeitspanne. Ich habe Männer und Frauen kennengelernt, die als Kinder oder Jugendliche die Greueltaten, von denen Sie hier lesen werden, selbst erlebt haben. Manche von ihnen fühlen sich schuldig, weil sie überlebt haben, während ihre Freunde, Eltern, Brüder und Schwestern sterben mußten – dies irrationale Schamgefühl findet man auch bei den Überlebenden der Nazi-Konzentrationslager.

Für andere – besonders für die heute im Kreml herrschende Clique – waren diese Vorkommnisse Teil einer »ganz normalen« politischen Erfahrung, und das System, das damals in den ländlichen Gebieten errichtet wurde, ist noch Teil der heutigen sowjetischen Ordnung.

Die Ereignisse, die hier geschildert werden, kann man folgendermaßen zusammenfassen: Von 1929 bis 1932 führte die Kommunistische Partei der Sowjetunion unter Stalins Leitung – aus Gründen, die im Verlauf dieser Darstellung erklärt werden – einen doppelten Schlag gegen die Bauernschaft der UdSSR: Dekulakisierung und Kollektivierung. Dekulakisierung bedeutete die Tötung oder Deportation von Millionen Bauern mit ihren Familien in die arktischen Regionen. Die Wohlhabenden und besonders die einflußreichen Grundbesitzer, die sich den Plänen der Partei widersetzten, traf dieses Los.

Kollektivierung bedeutete die Abschaffung des privaten Grundei-
gentums, die überlebende Bauernschaft wurde unter der Kontrolle
der Partei in Gütern untergebracht. Diese beiden Maßnahmen gip-
felten im Tode von Millionen Menschen – besonders die Deportierten, aber auch die Bevölkerung in einigen ländlichen Gegenden wie
etwa Kasachstan – erlitten dieses Schicksal.

Dann folgte von 1932 bis 1933 das, was als Terror-Hungersnot
beschrieben werden kann: Man setzte für Bauern in Kollektiven in
der Ukraine und im großenteils ukrainischen Kuban-Gebiet (zusammen mit den Don- und Wolga-Regionen) die Kornabgabe-Quoten
weit über dem Erreichbaren an, alles Eßbare wurde weggeschafft,
und man sorgte dafür, daß keinerlei Hilfe von außen – auch nicht aus
anderen Gegenden der UdSSR – die Hungernden erreichte. Dieses
Vorgehen, das noch verheerendere Folgen hatte als die Aktionen
von 1929 bis 1932, wurde begleitet von der Vernichtung aller kulturellen und intellektuellen Zentren der Ukraine und der ukrainischen
Kirchen. Die angebliche Verstocktheit der ukrainischen Bauern, die
– wie behauptet wurde – sich weigerten, das Korn abzuliefern, das sie
in Wahrheit gar nicht hatten, wurde ausdrücklich auf deren Nationalismus zurückgeführt: Diese Behauptung gipfelte in Stalins Ausspruch, der Nationalismus sei im Grunde ein Bauernproblem. Der
ukrainische Bauer litt also in doppelter Weise: als Landwirt und als
Ukrainer.

Zwei unterschiedliche oder vermeintlich unterschiedliche Faktoren
spielten also eine Rolle: der Kampf der Partei gegen die Bauernschaft
und der Kampf der Partei gegen das ukrainische Nationalgefühl.
Bevor wir über die Höhepunkte dieser Maßnahmen berichten, müssen wir die Hintergründe überprüfen. Dies geschieht im Teil I dieses
Buches.

Der Schwerpunkt unserer Darstellung betrifft jedoch die Vorgänge
der Jahre 1929 bis 1933. In dieser Periode, die etwa ebensolang
dauerte wie der Erste Weltkrieg, fand ein Kampf in der Ukraine statt,
der, obwohl er nur in einem einzigen Staat ausgefochten wurde, mehr
Todesopfer forderte als der Weltkrieg in allen beteiligten Ländern
zusammen. Nur waren in Stalins Kampf gegen die Bauern die Chan-
cen viel ungerechter verteilt als in dem Weltkonflikt. Bloß eine Seite
war bewaffnet, und die Opfer fanden sich naturgemäß auf der anderen Seite – Frauen, Kinder und Greise waren die Betroffenen.

Es entspräche nicht der Wahrheit, wollte man behaupten, daß es
keine Bücher über diese Vorgänge in der Sowjetunion gibt. In der
Tat ist eine ganze Menge darüber veröffentlicht worden, aber fast

alles war entweder dokumentarischer oder fachbezogener Art. Beides war mir übrigens bei der Arbeit sehr hilfreich. Eine historische Darstellung im eigentlichen Sinne des Wortes ist allerdings darüber bisher noch nicht erschienen.

Der Zweck des vorliegenden Bandes ist nicht rein historiographischer Art. Er will auch der Öffentlichkeit des Westens ein Wissen über und ein Gefühl für größere Vorgänge vermitteln, für Vorgänge, die Millionen von Menschen betrafen, Millionen von Opfern forderten. Dafür, daß diese historischen Tatsachen nicht längst von unserem öffentlichen Bewußtsein erfaßt worden sind, gibt es, wie ich meine, drei Hauptgründe.

Schon der Begriff »Bauer« klingt fremdartig, vor allem für einen Amerikaner oder Briten; er scheint auf Zustände in einem fernen Land oder in längst vergangener Zeit zu verweisen. Und in der Tat, die Geschichte des russischen, in diesem Fall ukrainischen Bauern, unterscheidet sich grundlegend von der des britischen oder amerikanischen Farmers.

Zum zweiten ist die Ukraine auch nicht Nation im westlichen Sinne, wie etwa Polen, Ungarn oder Litauen. In der neueren Geschichte gab es eine Phase der Selbständigkeit, die nur einige wenige Jahre währte. Auf unseren Landkarten erschien die Ukraine zwei Jahrhunderte lang nur als ein Teil des russischen Kaiserreiches oder der Sowjetunion. Ihre Landessprache ist der russischen sehr ähnlich – wie das Holländische dem Deutschen und das Norwegische dem Schwedischen –, was an sich kein Prüfstein für politisches Empfinden ist, aber so erscheinen mag, wenn man es oberflächlich betrachtet.

Der Hauptgrund schließlich, daß diese Vorgänge im Westen nicht in der Öffentlichkeit bekannt wurden, lag in Stalins Fähigkeit und dem Bestreben der sowjetischen Behörden, die Tatsachen zu vertuschen oder zu verfälschen. Unterstützt wurden sie darin von vielen Menschen im Westen, die, aus welchen Gründen auch immer, täuschten oder getäuscht werden wollten. Und selbst wenn die tatsächlichen Begebenheiten, oder wenigstens einige von ihnen, im Westen bekannt wurden, gab es immer noch sowjetische »Formeln«, die sie zu rechtfertigen oder zumindest zu erklären vermochten. Vor allem wurde das Bild des ausbeuterischen »Kulaken« angeprangert – reich, mächtig und unbeliebt, der Feind der Partei, des Fortschritts und der Bauernmassen; das war die Charakterisierung, und dadurch wurde die »Säuberungsaktion« gerechtfertigt. Tatsächlich war diese Figur, soweit sie überhaupt existiert hatte, bis 1918 verschwunden. Plötzlich

waren Bauern mit zwei oder drei Kühen oder noch ärmere Landarbeiter Kulaken, und während der Terror-Hungersnot wurden auch
sie vernichtet.

Obwohl – oberflächlich betrachtet – keine zwingende Verbindung
bestand, gab es einen Zusammenhang zwischen den beiden Maßnahmen der Sowjetregierung, zwischen der Kollektivierung und der
Dekulakisierung. Natürlich hätte die eine ohne die andere stattfinden können – und so etwas Ähnliches hatte es in der Tat 1918 schon
gegeben. Man hätte Anstrengungen zur Kollektivierung unternehmen können, ohne die Kulaken zu vernichten – und einige Kommunisten hatten genau das empfohlen. Man hätte die Hungersnot vermeiden können. Warum die ukrainische Bevölkerung derart vom Regime verfolgt wurde, wird in diesem Buch dargelegt.

Soziale und wirtschaftliche Aspekte sowie der innerparteiliche Dok-
trinenstreit spielten in dieser Zeit auch eine große Rolle.
Wirtschaftliche Probleme werden selbstverständlich hier auch erwähnt, wenn auch nur generell und nicht so ausführlich, weil die
wirtschaftliche Situation mit den Auseinandersetzungen nicht unmittelbar zusammenhing. Heute, nach 50 Jahren, ist es noch immer nicht
ganz einfach, die politische Bedeutung der Wirtschaftslage zu verstehen, obwohl – zumindest im Westen – die Fakten zugänglich sind. In
der Sowjetunion der 20er Jahre waren die Informationen sehr spär-
lich, und überdies wurden sie manipuliert. Auch konnte man damals
Statistiken – die ohnehin meist unzureichend waren – oder wissenschaftliche Erkenntnisse nicht richtig verwerten. Die Wirtschafts-
theoretiker der Partei vertraten Ansichten, die in seriösen akademischen Kreisen längst überwunden waren. Vor allem aber betrachtete
die Partei echte wirtschaftliche Probleme als Hindernisse, die durch
staatliche Verordnungen zu überwinden seien.
Westliche Wissenschaftler haben in letzter Zeit über die wirtschaftliche Situation der Sowjetunion geforscht und sind zu der Auffassung
gelangt, daß offizielle Angaben und veröffentlichte Statistiken nicht
zutreffend sein können, obwohl man früher den Informationen, die
es aus der damaligen Zeit gibt, nicht mißtraut hat. Tatsächlich
herrscht unter den Wirtschaftswissenschaftlern keine einhellige Meinung über die Situation. In vielen Fragen gehen die Ansichten der
Spezialisten weit auseinander.
Man kann jedoch die Geschichte in einer allgemein gehaltenen Weise
erzählen, die kontroverse Punkte vermeidet. In diesem Buch werden

die Alternativen angesprochen, oder es wird ein Standpunkt vertreten, der begründet wird. Aber der ökonomische Aspekt wird in dieser Darstellung keinen großen Raum einnehmen.

Die andere wichtige Begebenheit jenes Zeitabschnitts, über die viel geschrieben wurde, ist der Fraktionskampf innerhalb der Kommunistischen Partei und Stalins Aufstieg zur Macht. Auch dieses Thema wird hier behandelt, aber natürlich nur, um die Hintergründe für die ungeheuerlichen Vorgänge in den ländlichen Regionen zu erhellen; dabei werden ideologische Zielsetzungen, wie das oft geschieht, nicht geschildert, sondern nur dargestellt, welche Vorstellungen den Geist der Partei beherrschten.

Nicht nur Machtstreben oder der Drang, alle eigenständigen Kräfte im Land zu unterdrücken, führten zu den Greueltaten, über die hier berichtet wird. Man wollte durch Terror und Fehlinformationen die Lehrsätze der Partei untermauern und soziale und wirtschaftliche Ergebnisse erzwingen, die real nicht erzielt wurden. Man kann wohl ohne Übertreibung sagen, daß es eine beispiellose Perversion – in moralischer wie auch in intellektueller Hinsicht – ist, daß ein bis dahin ungeprüftes Dogma zu solchen Verbrechen geführt hat.

Nicht nur persönliches Vorwärtskommen, persönliche Rachefeldzüge oder persönliche Bereicherung waren die Triebfedern, die Gründe liegen viel tiefer: Die Kommunisten haben – wie Orwell klar erkannte – vorgegeben, ja, vielleicht sogar selbst geglaubt, daß sie die Macht widerwillig und nur für eine gewisse Zeit an sich gerissen hatten, denn nur einem Land, in dem die Menschen frei und gleich sind, winkt das Paradies; obwohl Macht in Wirklichkeit nicht ein Mittel ist, sondern der Zweck.

Wie immer man das auch beurteilen mag und selbst wenn man die Ansichten der Stalinisten akzeptierte, so wird doch klar, daß diese Denkart in keiner Weise durch Ergebnisse untermauert wurde; Erfolge wurden höchstens bei Dingen erzielt, die nicht ins Gewicht fielen.

Stalin steht hinter der menschlichen Tragödie von 1930 bis 1933. Was diese Epoche vor allem charakterisiert, sind perfekte Scheinheiligkeit und Vertuschung der tatsächlichen Ereignisse, diese Methoden beherrschte Stalin meisterhaft. Dies sind nicht notwendig Begleiterscheinungen des Terrors. Aber in diesem Fall war die Täuschung verhängnisvoll. In seinem Kampf gegen die Rechte bestritt er bis zuletzt, daß er sie vernichten wollte; oder er schloß Kompromisse, und wenn es nur verbale waren, wenn protestiert wurde. Während der Zeit der Dekulakisierung tat er, als gebe es tatsächlich eine

»Klasse« reicher Grundbesitzer, die von den ärmeren Bauern spontan aus ihren Häusern vertrieben wurden. Um die Kollektivierung zu rechtfertigen, behauptete er, daß sich die Bevölkerung freiwillig dazu entschlossen hätte und daß Gewalttaten die Ausnahme und ein Vergehen einzelner seien. Als dann im Jahre 1932 bis 1933 seine Gefolgsleute die Menschen in der Ukraine aushungerten, schwor Stalin, daß kein Sowjetbürger Hunger zu leiden hätte.

Der jetzige Zeitpunkt scheint geeignet, über die wahren Begebenheiten zu berichten, denn mittlerweile hat sich viel Beweismaterial angesammelt, das keinen Zweifel mehr zuläßt. Wir können heute davon ausgehen, daß sämtliche Machenschaften offen zutage liegen.

In erster Linie können wir uns auf Aussagen von sowjetischen Wissenschaftlern stützen, die nach und nach während der frühen 60er Jahre in der Chruschtschow-Ära gemacht wurden. [1] Tatsächlich wurden nach Chruschtschows Sturz Angriffe gegen die Gelehrten gerichtet, die, wenn sie sich auch in den vorgeschriebenen Grenzen hielten, die Irrtümer klärten und von den Terrormaßnahmen berichteten, die Stalin ergriffen hatte, um die Bauern zu vernichten. [2]

Sowjetische Wissenschaftler haben auch die Ergebnisse der manipulierten Volkszählung von 1937 berichtigt und der Öffentlichkeit bekannt gemacht. Wir können diese korrigierten Zahlen also mit denen vergleichen, die die Sowjets bei einer Schätzung der »natürlichen Wachstumsrate« für jene Epoche angaben; das macht es möglich, die Anzahl der Menschen, die im Zeitraum von 1930 bis 1933 Stalins Greueltaten zum Opfer fielen, relativ genau festzulegen. Selbst aus den Ergebnissen der Volkszählung von 1939, die aller Wahrscheinlichkeit nach auch gefälscht wurden, ist ersichtlich, wie erschütternd viele Menschen in der Ukraine starben.

Als Quellen standen uns außerdem noch offizielle Artikel der sowjetischen Presse aus jener Zeit zur Verfügung. Besonders Zeitungen, die außerhalb von Moskau erschienen, berichteten ungewöhnlich offen über die damaligen Vorgänge: einiges davon wurde uns erst vor kurzem zugänglich. Überdies hat eine Anzahl vertraulicher Dokumente den Westen erreicht, etwa die »Smolensker Archive«, die jetzt in Harvard liegen, und andere.

Sodann sind uns Zeugenaussagen früherer Parteiaktivisten, die an den Terroraktionen beteiligt waren, bekannt. Unter anderen äußerten sich dazu so bedeutende Dissidenten – heute im Exil – wie General Petro Grigorenko und Dr. Lew Kopelew.

Eine andere wichtige Quelle sind die Berichte einiger der Auslandskorrespondenten, die damals in Rußland tätig waren. Zudem gibt es die Berichte von Menschen, die eine andere Staatsangehörigkeit angenommen hatten und ihre Heimatorte in der UdSSR besuchten, sowie von ausländischen Kommunisten, die in der UdSSR arbeiteten. Wir kennen auch Briefe von Dorfbewohnern, die an Personen im Westen gerichtet wurden, und Schilderungen von Überlebenden, die sowohl die Deportation als auch die Hungersnot miterlebt haben. Manches davon wurde schon in einzelnen Büchern oder Artikeln veröffentlicht. Ukrainische Wissenschaftler sammelten Zeugenaussagen von Betroffenen, die inzwischen über die ganze Welt verstreut leben.

Eine Menge individueller Darstellungen sind im Harvard Research Interview Project zu finden. Sehr viele Informationen aus der ganzen Welt sind mir zugeleitet worden. Bemerkenswert ist, daß die meisten Augenzeugen die schrecklichen Erlebnisse in nüchterner, fast sachlicher Sprache schildern. Für mich ist es eine besondere Genugtuung, diese Berichte aus erster Hand bestätigen und ihren Wert hervorheben zu können. Denn lange Zeit wurden sie von Sowjetsprechern dementiert, aber auch von vielen Menschen aus dem Westen angezweifelt, die aus welchen Gründen auch immer nicht bereit waren, die erschreckenden Tatsachen zur Kenntnis zu nehmen. Es ist sehr befriedigend, klarstellen zu können, daß diese unbestechlichen Zeugen der Wahrheit, die so lange verleumdet oder ignoriert wurden, jetzt voll rehabilitiert sind.

Schließlich gibt es als Quelle die Fiktion oder die in fiktiver Form dargestellte Realität. Einer der führenden Gelehrten der Welt auf dem Gebiet der Sowjetwirtschaft, Professor Alec Nove, hat einmal gesagt, daß man in der UdSSR »die besten Informationen über das Dorf aus den literarischen Monatsblättern« erhält.

Einige dieser Erzählungen, die in der UdSSR veröffentlicht wurden, sind offensichtlich Erlebnisberichte, die verifiziert werden können. Michail Scholochows »Neuland unterm Pflug«, in den dreißiger Jahren veröffentlicht, enthält bereits bemerkenswert offene und klare Darstellungen über das Leben der Landbevölkerung, auch wenn sie wegen seiner kommunistischen Einstellung ziemlich gemäßigt klingen.

In jüngerer Zeit haben Erzählungen, die in der Chruschtschow-Ära veröffentlicht wurden, und ein Autorenkreis der neuen »Land-Autoren« (erschienen vor 1982) schonungslos von den Ereignissen berichtet.

Ein sowjetischer Autor gab in den sechziger Jahren eine Schilderung über die Hungersnot heraus und beschrieb ihre Gründe: »Gemäß dem einen oder anderen Befehl wurde alles Korn und alles Viehfutter weggenommen. Pferde begannen massenweise zu sterben, und 1933 gab es eine schreckliche Hungersnot. Ganze Familien starben, Häuser zerfielen, Dorfstraßen wurden leer...« [3] 1972 konnte derselbe Schriftsteller klagen: »Eines fällt auf: in keinem einzigen Textbuch oder zeitgeschichtlichen Werk findet man den geringsten Hinweis auf 1933, das Jahr, das durch eine schreckliche Tragödie gekennzeichnet ist.« [4]

Unveröffentlichte Samisdat-Arbeit ist natürlich offener und klarer in der Verurteilung. Vor allem muß hier das Werk »*Ewig fließend*« des Stalinpreisträgers Wassilij Grossman erwähnt werden, der in sehr bewegender Weise über die Kollektivierung und die Hungersnot schreibt. Grossman, selbst Jude, war Mitverfasser des sowjetischen Teils des *Schwarzen Buches* über den Nazi-Holocaust, das nie in der UdSSR veröffentlicht wurde, und Verfasser einer erschreckenden Dokumentation: *Die Hölle von Treblinka*.

Allgemein sollte hier noch festgehalten werden: Die Masse der Beweise ist enorm. Fast jeder einzelne Vorfall, der in diesem Buch erwähnt wird, wird durch Dutzende, wenn nicht Hunderte von Schriften und Aussagen bestätigt.

Die Berichte der emigrierten Überlebenden, von denen man meinen könnte, daß sie durch antisowjetisches Ressentiment gefärbt sind, können anhand anderer Quellen verifiziert werden.

Wichtig ist, daß die Darstellungen durch verschiedene Berichte bewiesen werden können, denn dadurch erhalten wir ein klares Bild der Ereignisse.

Diese Terroraktionen waren nicht die einzigen, die die Bürger der Sowjetunion erleiden mußten. Die Zahl der Opfer, die in den Jahren von 1918 bis 1922 oder während des »Großen Terrors« 1936 bis 1938 umkamen, ist immens, und in der Nachkriegszeit wurden noch zahlreiche Greueltaten verübt. Aber dennoch kann man behaupten, daß die brutalen Maßnahmen des Regimes während der Kollektivierung und Dekulakisierung die verheerendsten Auswirkungen zeitigten. Darüber wurde bis jetzt nur unzureichend berichtet.

Die Ereignisse waren entsetzlich. Pasternak schreibt in seinen unveröffentlichten Memoiren: »In den frühen 30er Jahren gab es eine Bewegung unter den Schriftstellern, hinauszufahren zu den Kollektivfarmen und Material über das neue Leben auf dem Land zu sammeln. Ich wollte auch dabei sein und unternahm meinerseits eine solche Reise mit dem Ziel, ein Buch zu schreiben. Was ich sah, ließ sich nicht in Worten ausdrücken. Ich lernte ein so unmenschliches, so schreckliches Elend kennen, daß es mir fast abstrakt schien. Dieser Anblick lag jenseits aller Grenzen des Vorstellungsvermögens. Ich wurde krank. Ein ganzes Jahr lang konnte ich nicht schreiben.« [5] Ein moderner sowjetischer Autor, der die Hungersnot als Knabe miterlebte, sagt: »Wahrscheinlich sollte ich ein ganzes Buch über 1933 schreiben, aber ich bringe nicht genug Mut auf: ich müßte alles noch einmal durchleben.« [6]

Auch für mich war, obwohl ich nicht Augenzeuge der schrecklichen Ereignisse war, die Arbeit an diesem Buch oft so belastend, daß ich fürchtete, nicht fortfahren zu können.

Aufgabe eines Historikers ist es, zu erforschen und zu verifizieren, was tatsächlich geschehen ist, um dann die Ereignisse miteinander in Zusammenhang bringen zu können. Nach dieser eher nüchternen und sachlichen Arbeit bildet sich wohl jeder Forscher eine Meinung über die Dinge, die er beschreibt. Auch ich kann von mir nicht behaupten, daß mich meine Recherchen über die grauenvollen Aktionen kaltgelassen haben, und ich glaube, daß es nur wenige Menschen gibt, die die folgenden Kapitel ohne Empfindungen lesen können.

Teil I
Die Protagonisten:
Partei, Bauern, Nation

Die kommunistische Revolution wird von der Klasse durchgeführt, die selbst Ausdruck der Auflösung aller Klassen, Nationalitäten usw. ist.

Marx und Engels

1
Die Bauern und
die Partei

C'est dur, l'agriculture
Zola

Zu Beginn des Jahres 1927 hatte der sowjetische Bauer, ob Russe, Ukrainer oder aus einem anderen Unionsstaat, guten Grund, sich eine erträgliche Zukunft auszumalen. Er besaß das Land, das er bearbeitete, und konnte ziemlich frei entscheiden, was er mit den Erträgen machen wollte. Die beängstigende Zeit, in der das Getreide beschlagnahmt und Bauernunruhen blutig niedergeschlagen wurden, war vorbei. Man war nicht mehr von Hungersnöten bedroht, und die Bolschewiki-Regierung schien die Interessen des Landes auf vernünftige Weise zu verteilen.

Natürlich war nicht alles ideal, und die Bauern hatten auch in dieser Zeit einige Schwierigkeit zu überwinden. Die Behörden waren unbeständig in ihrer Preis- und Steuerpolitik, und man war mißtrauisch, weil man nicht vorhersehen konnte, was auf lange Sicht geplant wurde. Der Regierung und ihren Vertretern blieben die Interessen der Bauern fremd, so war es schon immer. Die »Wlast« oder die Machthaber mußten genau im Auge behalten und mit Vorsicht und Diplomatie behandelt werden. Trotzdem herrschte relativer Wohlstand. Unter der neuen ökonomischen Politik, die dem Bauern wirtschaftliche Freiheit gewährte, kam es zu einer großen Wiederbelebung der heruntergekommenen Ländereien. Im großen und ganzen herrschte Zufriedenheit. Zum erstenmal in der Geschichte der Sowjetunion gehörten die Felder denjenigen, die sie bestellten, und auch über die Ernte konnte frei verfügt werden. Die Ukrainer befanden sich in einer weit besseren Position als jemals seit der Auflösung des alten ukrainischen Staatswesens vor anderthalb Jahrhunderten: Sie konnten wieder ihre eigene Sprache sprechen und ihre Traditionen pflegen.

Von den Problemen der einzelnen Volksgruppen wird in einem

späteren Kapitel die Rede sein. Hier soll die Situation der gesamten Bauernschaft in der UdSSR beschrieben werden.

Die einzelnen Faktoren in der Geschichte des Bauerntums sind kompliziert. In jeder Provinz sind andere Schwierigkeiten zu bewältigen, und in den verschiedenen Regionen herrschen verschiedene gesetzliche Regelungen, so daß es nahezu unmöglich ist, das Labyrinth von Verordnungen und Bestimmungen zu durchdringen, deshalb schildern wir hier nur die Lebensbedingungen im allgemeinen.

Das Land wurde wie im europäischen Mittelalter bestellt. Man wandte die Dreifelderwirtschaft an, bei der die Äcker in dreijährigem Wechsel bebaut wurden. Alle drei Jahre lag das Land oder ein Acker brach. Jeder der Bauernhöfe hatte Anteile an einem Feld, das mit der von der Dorfgemeinschaft festgelegten Fruchtfolge bepflanzt wurde. Jedenfalls war das die Norm: Tatsächlich kam es jedoch vor, daß ein Feld länger als ein Jahr lang brachlag oder alle gleichzeitig nicht bestellt wurden.

Allgemein gesprochen, zerfiel der Boden des Landes in zwei Zonen, was wichtige gesellschaftliche Konsequenzen mit sich brachte.

Im Norden war – und das ist größtenteils auch heute noch so – das Land von Natur aus bewaldet. Die Dörfer wurden in Rodungen angelegt und bestanden üblicherweise aus nicht mehr als etwa einem Dutzend zweistöckiger Holzhäuser, die mit Stroh gedeckt waren, und den Nebengebäuden. Meist waren alle Bewohner eines Dorfes miteinander verwandt, sie lebten wie eine große Familie und verwalteten ihren Besitz gemeinsam. Der Boden war nicht sehr fruchtbar, und es erwies sich, daß einerseits die Jagd und der Fischfang, auf der anderen Seite das Handwerk ertragreicher als die Landwirtschaft waren.

In der Steppe im Süden, besonders in großen Gebieten der Ukraine, ist das Land sehr viel fruchtbarer. Es gibt dort größere Dörfer mit zweihundert und mehr mit Lehm verputzten Häusern. Die Felder einer solchen Gemeinschaft lagen in der fruchtbaren Steppe. Aber auch hier hatten die Bauern Probleme mit der Ernte, denn oft wurden die Felder durch Unwetter verwüstet oder die Saat durch Wetterumschwünge vernichtet. Ein großer Ort wie Chmeliw in der Provinz Poltawa zählte, mit seinen abgelegenen Weilern, nahezu 2500 Höfe. Er besaß zwei Kirchen, sechzehn Windmühlen, ein Krankenhaus, eine fünfklassige Dorfschule und – nahebei – einen großen Kornspeicher.

Die russischen Bauern waren bis 1861 Leibeigene, das heißt, daß sie Eigentum eines Grundherrn waren, der seinerseits einer höheren Autorität verpflichtet war. Das klingt feudalistisch. Aber man kann den Feudalismus des mittelalterlichen England nicht mit den Zuständen vergleichen, die in Rußland während des 18. und 19. Jahrhunderts herrschten. Die Leibeigenen im feudalistischen Westen hatten immerhin gewisse Rechte, während die »Sklaven« in Rußland der nachmongolischen Zeit ihrem Dienstherrn völlig ausgeliefert waren. Während im Westen die Leibeigenschaft allmählich abgebaut wurde, trieb in Rußland die Sklaverei immer reichere Blüten. Um die Jahrhundertwende waren 34 von 36 Millionen Einwohner Leibeigene, die unter unmenschlichen Bedingungen ihr Dasein fristeten.

Während dieser Zeit war die Dorfgemeinschaft als Ganzes sowohl für die Leistung der Steuerzahlungen als auch für die Landzuteilungen verantwortlich. Seit dem 17. Jahrhundert wurden Teile der Felder an die einzelnen Bauern abgegeben, und von Zeit zu Zeit wurde das Land umverteilt.

In der Ukraine westlich des Dnjepr und in Bjelorußland gab es auch Dorfgemeinschaften, aber dort wurden die Äcker nicht von der Gemeinde auf die einzelnen Höfe aufgeteilt, da der Grundbesitz immer gleich blieb; es wurde nur von einem Rat über die Art der Bebauung, über die Fruchtfolge und über das Brachland bestimmt. Die gemeinsame Nutzung der Felder machte eine solche Maßnahme nötig.

Natürlich war die Aufhebung der Leibeigenschaft im Jahre 1861 durch Zar Alexander II. ein erheblicher Fortschritt. Doch obwohl die Bauern von nun ab freie Menschen waren und eigenes Land besaßen, hatten sie noch keine idealen Lebensbedingungen. Sie mußten über lange Zeiträume Entschädigungszahlungen für das Land, das man ihnen überlassen hatte, leisten. Zudem hatten sie jetzt oft viel weniger Nutzfläche als vorher zur Verfügung.

Die Intellektuellen des Landes hatten schon lange das Ende der Leibeigenschaft gefordert, weil sie befürchteten, daß die Rückständigkeit dem Zarenreich schaden könnte; die Niederlage und Demütigung im Krimkrieg wurden oft als Beweis dafür herangezogen, daß die bisherige Ordnung nicht mehr zeitgemäß war. Aber eine Reform, die von oben gesteuert und nicht vom Volk gefordert wurde, durfte natürlich die bestehende Gesellschaftsordnung nicht entscheidend verändern. Man war sowohl den Grundbesitzern als auch den Bauern verpflichtet, deshalb rief die Neuverteilung bei den ehemaligen

Leibeigenen Unzufriedenheit hervor – die Bauern hatten viel weniger Land zur Verfügung als bisher.

Trotzdem bot die neue Ordnung den Bauern auch Vorteile. Zahlen, die ein sowjetischer Sachkenner kürzlich über die Zahl der Bauernunruhen 1859–63 und 1878–82 herausgegeben hat, erhellen dies: 3579 im früheren Zeitabschnitt, 136 im späteren. Erkennbar empfand der befreite Bauer ein geringeres Ressentiment, als manchmal angenommen wird. [1]

Trotz aller Fortschritte waren die Entschädigungssummen, die von den neuen Landeigentümern verlangt wurden, ungeheuer hoch (außer in den westlichen Provinzen und in der West-Ukraine); man hatte das Land besser bewertet, als es tatsächlich war, und die Bauern hatten Mühe, ihre Schulden zu begleichen. Zudem wuchs die Bevölkerungsrate, und deshalb hatte der einzelne immer weniger Nutzfläche, aus der er Erträge erzielen konnte; auch das erschwerte die Zahlung der Entschädigungssummen. Bis schließlich ein Regierungsbeschluß der Misere ein Ende machte: Die Forderungen wurden gesenkt oder sogar in manchen Fällen ganz gestrichen. Die bäuerliche Bevölkerung wuchs von 1869 bis 1897 in den westlichen Gebieten des Zarenreiches von 57 auf 79 Millionen, und das Ackerland reichte bei weitem nicht mehr. Doch 1877 betrug die durchschnittliche Zuweisung an Bauern ungefähr 35,5 Morgen. In Frankreich lag zur selben Zeit der Durchschnitt *allen* Grundbesitzes, für Bauern und Gutsbesitzer, bei weniger als neun Morgen: dreiviertel aller französischen Landgüter war weniger als fünf Morgen groß. Selbst wenn man ungünstige klimatische Bedingungen berücksichtigt, wird klar, daß die russischen Bauern nicht in der Lage waren, das Land effizient zu nutzen.

Aber auch da wurden allmählich Fortschritte gemacht: der jährliche Ertrag pro Morgen stieg von 387 Pfund 1861–70 auf 520 Pfund 1896–1900. Nach der Abschaffung der Leibeigenschaft gehörten zu jedem Hof etwa 24 Hektar Nutzfläche, die meisten Bauern pachteten noch ein wenig Land dazu, während ärmere ihre Felder zur Pacht anboten oder als Tagelöhner ihren Lebensunterhalt verdienten. Es gab knapp 2 Millionen Lohnarbeiter. Durchschnittlich gab es ein Arbeitspferd in jedem Hof.

Auch nach der Landverteilung blieb die Dorfverwaltung für Steuerzahlungen und sonstige Angelegenheiten verantwortlich, das war durch das Allgemeine Bauernbefreiungsgesetz geregelt. 1905 gehörten mehr als dreiviertel der Bauernhöfe solchen Gemeinden an. [2] In der Ukraine gab es 1905 nur wenige solcher organischen Dorfgemein-

schaften, und in den Ländern westlich des Dnjepr wurde nicht einmal
ein Viertel der Höfe auf diese Weise verwaltet.

Man könnte meinen, daß die Bauern sich in ihren Dörfern isolierten,
weil sie sehr darauf bedacht waren, ihre Traditionen und ihr Brauch-
tum zu pflegen. Tatsächlich suchten sich aber viele in den Städten als
Saisonarbeiter Beschäftigungen.
Im Norden der russischen Provinz reichten die landwirtschaftlichen
Erträge nicht aus, um die Existenz zu sichern, deshalb hatten die
meisten Bauern eine Nebenbeschäftigung – im Durchschnitt erlangten sie so 44 Prozent ihres Einkommens. Selbst im Steppenland
leisteten etwa drei Viertel der Bevölkerung solche Arbeit, auch wenn
sie dadurch nur durchschnittlich 12 Prozent ihres Gesamteinkom-
mens verdienten. Im Jahre 1912 waren etwa 90 Prozent der bäuerlichen Einwohner in der Provinz Moskau außerhalb ihres Dorfes beschäftigt. Und am Ende des 20. Jahrhunderts waren ein Drittel aller
Handels- und gewerblichen Unternehmen in der Stadt Moskau Eigentum von Bauern. [3]

Der wirtschaftliche Druck auf die Bauern war groß, und zur allgemeinen Unzufriedenheit kam auch noch, daß sie die Großgrundbesitzer
als Feinde betrachteten und meinten, daß deren Ländereien von
Rechts wegen ihnen gehören müßten.
Die Bauern rächten sich durch Holzdiebstahl, unerlaubte Weidenbe-
nutzung, sie stahlen Heu und Getreide von den Feldern des Grundherrn, setzten Gebäude in Brand verweigerten Pachtzahlungen und
bestellten oft ohne vorherige Absprache fremdes Land. Im Jahre
1902 brach in den ukrainischen Provinzen Charkow und Poltawa ein
ernsthafter Aufstand aus, an dem mehr als 160 Dörfer beteiligt
waren. Mehr als 80 Gutshöfe wurden innerhalb weniger Tage angegriffen. 1905 und 1906 wurden noch mehr Aufstände im ganzen Land
angezettelt.

Alle Seiten stimmten darin überein, daß nur eine Modernisierung der
landwirtschaftlichen Arbeitsmethoden die Lage retten konnte. Das
Hauptproblem war klar: Wegen der veralteten Arbeitsweise der
Bauern konnte das Land die immer stärker anwachsende Bevölkerung nicht mehr ernähren. Die landwirtschaftliche Nutzfläche war
eigentlich groß genug. Die Bewirtschaftung mußte sich ändern, und
man brauchte technische Hilfsmittel. Aus diesen Gründen entstand
Ende des 19. Jahrhunderts, wie Esther Kingston-Mann schreibt, [4]

ein Modernisierungskult, der »jede Handlung rechtfertigte, die den
veralteten Landwirtschaftsbetrieben half, lange ehe die Geschichte
oder die Gesetze der wirtschaftlichen Entwicklung dies zu vollbrin-
gen vermocht hatten«. Man hat sich aber in vielen Dingen geirrt, so
zum Beispiel nahm man an, daß die Bewirtschaftung in nicht organisierten Dörfern effizienter war als in anderen Orten; man dachte, daß
die gemeinschaftlich bestellten Felder eher vernachlässigt wurden.
[5] Die Bauern waren an modernen Wirtschaftsmethoden gar nicht so
sehr interessiert, dem neuen Pflug-Typ standen sie eher skeptisch
gegenüber [6]. Im Jahr 1917 hatte erst die Hälfte der Bauern eiserne
Pflüge, man schnitt das Korn mit Sicheln, und zum Dreschen be-
nutzte man altmodische Flegel. Und selbst in den zwanziger Jahren
war der Weizen- und Roggenertrag von sieben bis neun Zentnern je
Hektar nur um ein weniges höher als auf englischen Gutshöfen des
14. Jahrhunderts. [7]
Man war sich darüber einig, daß die Dreifelderwirtschaft ineffizient
und altmodisch war. Deshalb machten die Konservativen den Vorschlag, daß man den Bauern, die sich nicht mehr damit einverstanden
erklärten, gestatten sollte, ihre Felder eigenständig zu bestellen. Das
bedeutete, daß sie statt der Anteile an den gemeinsamen Äckern ein
zusammenhängendes Stück Land erhalten sollten.
Eines der Zugeständnisse, die nach der Revolution von 1905 gemacht
wurden, war finanzieller Art. Die Agrar-Bank erhielt eine Unterstützung, und die Bauern konnten hohe Hypotheken auf ihr Land
aufnehmen. (Außerdem erhielten die Bauern 1906 das Recht zum
Erwerb von Inlands-Reisepässen wie jeder andere.)
Im Januar 1906 erhielt der damalige Ministerpräsident Witte die
grundsätzliche Zustimmung dazu, »Neueinteilungsland« in Privatgrundstücke aufzulösen. Kurze Zeit danach leitete Stolypin, mit dem
der Plan hauptsächlich in Verbindung gebracht wird, die Agrarreform zugunsten der Kleinbauern ein, deren Eigeninitiativen er fördern wollte.
Lenin bezeichnete Stolypins Plan als »fortschrittlich im wissenschaftlichen ökonomischen Sinn«. [8]
Am 9. November 1906, am 4. Juni 1910 und am 29. Mai wurden
Gesetze verabschiedet, die eine Agrarreform möglich machten. Eine
der neuen Verordnungen besagte, daß jeder Kleinbauer einen
Rechtsanspruch auf ein Stück Land besaß, das den gleichen Wert
hatte wie das, das er innerhalb der Dorfgemeinschaft bewirtschaf-
tete. Dennoch ging die Umverteilung sehr langsam vonstatten – man
nimmt an, daß 1917 noch immer drei Viertel der privaten landwirt-

schaftlichen Nutzfläche aus einzelnen Felderanteilen bestand. Aber
der Grundstein für eine sinnvolle Aufteilung war gelegt.

Die Aufgabe, das mittelalterliche System in Einzelhöfe umzuformen,
war äußerst schwierig. Im Jahre 1905 befanden sich 9,5 Millionen
Bauernhaushalte in Dorfgemeinschaften, und es gab nur 2,8 Millionen Einzelhöfe. Bis zum Jahre 1916, so wird allgemein geschätzt,
haben sich ungefähr 2,5 Millionen Bauernbetriebe von der Dorfgemeinschaft getrennt. [9] Und bis 1917 sollen die 13 bis 14 Millionen
Grundstückseinheiten folgendermaßen verteilt gewesen sein:
5 Millionen in unverändertem Besitz,
1,3 Millionen juristisch, aber nicht faktisch »in Erbeigentum überführt«,
1,7 Millionen wurden gerade umverteilt,
4,3 Millionen in Erbeigentum überführt, aber immer noch in Ackerstreifen,
1,3 Millionen teilweise oder ganz konsolidiert.
Insbesondere in der Ukraine, aber auch anderswo, gab es Kleinbauern, die zusammenhängende, leichter zu bewirtschaftende Felder
besaßen. Etwa 75 000 von diesen Höfen, die eigene kleine Weiler
bildeten, werden 1915 vermerkt. [10]
Die Erträge in solchen Betrieben stiegen sofort, aber die Umvertei-
lungsmaßnahmen gingen langsam voran, und deshalb zeitigte die
Agrarreform nicht die gewünschten Erfolge. Stolypin selbst hatte
davon gesprochen, daß zwanzig Friedensjahre für eine solche Reform notwendig seien, es wurden ihm nicht einmal zehn zugestanden.
Sämtliche Bemühungen wurden 1917 nahezu zunichte gemacht. Danach stahlen die Kleinbauern den Großgrundbesitzern das Land und
schlossen sich verstärkt in Dorfgemeinschaften zusammen.

Die russische Intelligenzija charakterisierte die Kleinbauern folgendermaßen: Auf der einen Seite glaubte man, in ihnen sei das ganze
Volk verkörpert, sie seien die Seele des Landes, leidensfähig, gedul-
dig, die Hoffnung der Zukunft. Auf der anderen Seite wurden sie als
rückständig, stur, taub gegenüber allen Vorschlägen, als Hindernis
für jeden Fortschritt angesehen.
An beiden Ansichten war etwas dran, und viele Schriftsteller drückten das auch aus. Puschkin pries die vielen guten Eigenschaften der
Bauern, den Fleiß und die Duldsamkeit. Der Memoirenautor Niki-
tenko nannte den Bauern »einen fast vollkommenen Wilden«, einen
Trinker und Dieb obendrein, aber er fügte hinzu, daß der Bauer
nichtsdestotrotz »den sogenannten Gebildeten und Intellektuellen

unvergleichlich überlegen ist. Der Muschik ist natürlich. Er versucht nicht, zu sein, was er nicht ist«. Herzen behauptete – ziemlich zuversichtlich –, daß Abmachungen unter Bauern nicht schriftlich geschlossen werden müßten und selten gebrochen würden; im Umgang mit der Obrigkeit jedoch sei er verschlagen und hinterlistig, mit anderen Mitteln könnte ein Kleinbauer sich nicht gegen die Willkür wehren. Wie man aus der sowjetischen Literatur ersehen kann – von Scholochow bis Solschenizyn –, verhielten sich die Bauern auch in der kommunistischen Zeit nicht anders.

Die utopistischen Intellektuellen jedoch hielten die ländliche Bevölkerung entweder für das eine oder für das andere, für Engel oder für die Teufel. Die jungen Radikalen der 1870er Jahre, es waren mehrere tausend, »gingen zum Volk« – sie blieben monatelang in den Dörfern und versuchten, die Bauern für ein sozialistisches und revolutionäres Programm zu gewinnen. Dieses Vorhaben schlug fehl, und die Bemühungen hatten auf beiden Seiten verheerende Folgen. Turgenjews Basarow beschreibt die Empfindungen: »Ich fühlte einen solchen Haß für diesen ärmsten Bauern, diesen Philipp oder Sidor, für den ich bereit war, aus der Haut zu fahren, und der mir nicht einmal dafür dankte« – und nicht einmal Basarow ahnte, daß er in den Augen der Bauern »etwas von der Art eines albernen Clowns« hatte.

Natürlich empfanden nicht alle von der Intelligenzija diesen Widerwillen; Anfang des 20. Jahrhunderts griff die Sozialistische Revolutionäre Partei die Sache der Bauern auf. Inzwischen hatte der Marxismus einen großen Teil der Radikalen für sich gewonnen, und sie hatten einen ideologischen Grund dafür gefunden, die Bauern nicht mehr als Rußlands Hoffnung anzusehen. Dieser Gesinnungswandel bedeutete eigentlich nur, daß man die Zukunft des Landes nicht mehr im Bauerntum, sondern im Proletariat vermutete.

Die Anhänger des Marxismus und besonders die Bolschewiken empfanden für die »rückständigen« Kleinbauern mehr Abscheu und Verachtung, als die marxistische Ideologie theoretisch vorsah. Auch dies muß erwähnt werden, wenn man die Ereignisse verstehen will, die auf die Oktoberrevolution folgten.

Die Meinung der Städter, insbesondere die der marxistischen Städter, über das Bauerntum war sehr indifferent. Die Kritik reichte von »apathisch« bis »habgierig« und »mißgünstig«. [11] Maxim Gorki vertrat die von vielen anderen geteilte Ansicht, daß das »fundamentale Hindernis auf dem Wege des russischen Fortschritts in Richtung auf Westernisierung und Kultur« in der »Last des analphabetischen

Dorflebens« liege, »das die Stadt erstickt«, und er verurteilte den »tierhaften Individualismus der Bauernschaft und den beinahe völligen Mangel an gesellschaftlichem Bewußtsein bei den Bauern«. [12] Er drückte auch die Hoffnung aus, daß »die unzivilisierten, dummen Leute in den russischen Dörfern aussterben, diese beinahe furchterregenden Menschen, von denen ich sprach, und daß eine neue Rasse belesener, vernünftiger, energischer Menschen an ihre Stelle tritt«. [13]

Der Begründer des russischen Marxismus, Georgi Plechanow, sah sie als »barbarische Bebauer des Bodens, grausam und gnadenlos, Lasttiere, deren Leben ihnen keine Gelegenheit für den Luxus des Denkens gab«. [14] Marx hat von der »Idiotie des Landlebens« gesprochen, eine Bemerkung, die Lenin oft zitiert hat. (In ihrem ursprünglichen Kontext bezog sie sich auf ein Lob des Kapitalismus, weil dieser einen großen Teil der Bevölkerung von solcher »Idiotie« befreite.) Lenin selbst verwies auf »ländliche Abgeschiedenheit, Ungeselligkeit und Wildheit«; [15] generell betrachtete er den Bauern als »weit entfernt davon, ein instinktiver oder traditioneller Kollektivist zu sein; er ist faktisch in wilder und gemeiner Weise individualistisch«. [16] Demgegenüber, um einen jüngeren Bolschewiken heranzuziehen, berichtet uns Chruschtschew: »Für Stalin waren die Bauern Abschaum.« [17]

Auch wenn Lenin die bolschewistische Meinung teilte, daß man das Kleinbauerntum als veraltet und überholt ansehen mußte, so war er doch bemüht, auch den marxistischen Standpunkt zu verstehen; er wollte eine Zwischenlösung für die Bauern erreichen, bis das Kleinbauerntum von der Bildfläche verschwand. Er arbeitete an einem Plan, der die Landwirtschaft umorganisieren und ertragreicher machen sollte.

Für die Marxisten stand fest, daß die Zukunft des Landes nur im Proletariat – der »neuen Arbeiter-Klasse« – lag, und die Konfrontation zwischen Arbeitern und Kapitalisten war für sie unvermeidlich. Eine moderne Gesellschaft bestünde hauptsächlich aus den beiden Klassen und den sogenannten Kleinbürgern, zu denen man auch die Bauern zählte. Die Kleinbauern sollten später auch in die Arbeiter-Klasse integriert werden, aber das warf neue Probleme auf, denn sie waren an Privateigentum gebunden, und das rückte sie in die Nähe der Kapitalisten.

Marx' Kenntnisse über landwirtschaftliche Fragen waren, abgesehen von diesen Klassenanalysen, mager. Aber er machte klar, daß in der sozialistischen Gesellschaft, die ihm vorschwebte, die »Widersprü-

che« zwischen Stadt und Land verschwinden würden. Er rechnete
damit, daß die Kapitalisten in den ländlichen Gebieten die Oberhand
behalten würden, bis es den Sozialisten gelang, die Landbevölkerung
zu proletarisieren. Er verabscheute die Kleinbauern, weil er seine
Ziele durch die Besitzverhältnisse gefährdet sah. Er fürchtete, daß
sich die Grundeigentümer seinen Bemühungen, einen sozialistischen
Staat zu schaffen, in den Weg stellen würden. [18]

Das Kommunistische Manifest sah im Falle eines marxistischen
Sieges folgendes vor: »Enteignung der Grundbesitzer... Verbesserung der Erträge nach einer gemeinschaftlichen... Industrialisierung der Landwirtschaft. Vereinigung von landwirtschaftlichen Betrieben mit industriellen, die Beseitigung der Unterschiede zwischen
der Stadt- und Landbevölkerung.«

Marx plante, sowohl in den Städten als auch auf dem Land Produk-
tionsstätten zu errichten, und hatte vor, die landwirtschaftlichen
Betriebe zu einer Art Industriezweig zu machen. Einzelne, kleine
Betriebe hatten nach der marxistischen Theorie ohnehin keine Zukunft.

David Mitrany sagt, daß Marx und seine Anhänger, die im Grunde
immer Städter waren, auf die Kleinbauern blickten »mit einer Abneigung, in der die Verachtung des Städters für alle ländlichen Belange
und die Mißbilligung des Wirtschaftspolitikers für die Produktions-
weise kleiner Betriebe sich mit der Bitterkeit des revolutionären
Kollektivisten über den störrisch individualistischen Ackermann
mischten«. [19]

Wie Engels im »Anti-Dühring« schrieb, sollte die sozialistische Revolution mit der Nahrungsmittelproduktion der einzelnen ein Ende
machen und dadurch mit der Beherrschung des Produzenten durch
das Produkt. Er fuhr fort mit der Erwartung, daß die Gesetze der
gesellschaftlichen Aktivität des Menschen, die ihn bislang extern
konfrontierten, dann vom Menschen mit vollständigem Verständnis
angewendet würden.

Mehr als hundert Jahre danach gibt es wenige, die behaupten würden, daß wir bereits ein solches Verständnis der Gesetze von Wirtschaft und Gesellschaft besitzen. Ein Teil der Gründe für solchen
Skeptizismus erwächst aus den Ergebnissen der marxistischen
Grundsätze nach tatsächlicher Anwendung.

Marx glaubte, daß sowohl in der Landwirtschaft als auch in der
Industrie eine Konzentrierung unvermeidlich war und daß Privateigentum und kleine Einzelbetriebe die Entwicklung bremsen würden,
aber die Wirklichkeit sah anders aus: In Deutschland, das er am

besten kannte – wie anderswo –, nahm die Zahl der kleinen (zwei bis zwanzig Hektar großen) Höfe zwischen 1882 und 1895 zu, und dasselbe traf anderswo zu. Die Umfrage von 1907 in Deutschland zeigte, daß immer mehr kleinere landwirtschaftliche Betriebe entstanden.

Lenins frühe Arbeit über die industrielle Seite der Kapitalentwicklung in Rußland ist gut recherchiert und dokumentiert. Nur das Bauerntum beurteilt er ebenso falsch wie die Marxisten. Die Wirtschaftswissenschaftler des späten 19. Jahrhunderts, auf die die russischen Marxisten sich stützten, haben keine selbständige Forschung unternommen. Sie behaupteten einfach, daß die zentrale Dorfverwaltung zerfalle, weil die Grundbesitzer mit den Landarbeitern in Widerstreit lägen, legten aber kein solides Beweismaterial vor, weil es keines gab. Lenin beurteilte die nicht-kulakischen Bauern folgendermaßen: »Er ist teils Eigentümer, teils Arbeiter. Er beutet andere Arbeiter nicht aus. Jahrelang mußte er seine Position unter schwierigsten Umständen verteidigen. Er erduldete Ausbeutung durch die Gutsherren und durch die Kapitalisten. Er ertrug alles. Nichtsdestotrotz ist er ein Eigentümer. Aus diesem Grunde ist unsere Haltung dieser Klasse gegenüber nicht ganz einfach.« Und, in einer vielzitierten Äußerung, fügte er hinzu: »Tag für Tag, Stunde für Stunde, erzeugt Kleinproduktion Kapitalismus...« [20]

Marx vertrat die Meinung, daß der Sozialismus in Rußland voranschreiten könnte, indem die alten Dorfgemeinschaften wieder gefördert würden, er scheint geglaubt zu haben, daß sie eine Art Überbleibsel des »Primitiv-Kommunismus« seien. Aber seine Hauptaussage zu dieser Ansicht, ein 1881 an Vera Sassulitsch geschriebener Brief, wurde nicht vor 1924 veröffentlicht, und sogar das, was vorher davon bekannt war, wurde von russischen Marxisten als unglückliche Konzession an ihre populistischen Gegner betrachtet, die auf falsche Information gegründet war. Lenin selbst sah die Dorfgemeinde als ein System, das »die Bauern festhält, wie in einem Ghetto, in kleinlich mittelalterlichem Verbund von fiskalischem, steuererpresserischem Charakter, in Verbänden für das Eigentum an zugeteiltem Land«. [21]

Große Farmbetriebe, die nach Plan arbeiteten, waren nach Marx' Meinung die beste Lösung, das Land effizient zu nutzen. Die einzige andere Methode, so glaubte er, war die kapitalistische, die Stolypin verfolgte. Von ihr sagte er: »Der Stolypin-Plan und die Stolypinsche Agrarreform markieren eine neue Phase im Aufbrechen des alten semipatriarchalischen und semifeudalen System des Zarismus, ein neues Manöver auf dem Wege seiner Verwandlung in eine Monar-

chie der Mittelklasse ... Es wäre leer und dumm, zu behaupten, daß
eine solche Politik in Rußland unmöglich Erfolg haben könne. Er ist
möglich! Wenn Stolypins Politik fortgesetzt wird, ... dann wird
Rußlands Agrarstruktur vollkommen bourgeois.« [22] Nach Lenins
Ansicht bearbeiteten die Kleinbauern ihre Felder nur unzureichend,
und er glaubte, daß die Produktion steigen würde, wenn die reichen
Bauern das Land übernähmen. [23]

Stolypin hingegen wollte die Kleinbauern unterstützen, und die
Erfahrungen, die andere Nationen in dieser Hinsicht gemacht hatten,
bewiesen, daß er recht hatte. Lenins Theorie war unerprobt. Dies
bewies natürlich nicht zwingend, daß sie nicht erfolgreich sein
könnte, aber das mußte erst bewiesen werden.

Lenin stützte sich bei der Entwicklung einer Taktik, wie die Bauern
zu behandeln seien, auf einen Satz von Marx, der besagt, daß eine
neue Version des deutschen Bauernkriegs vom 16. Jahrhundert die
Revolution der Proletarier wirksam unterstützen würde.

In seinen *Zwei Taktiken der Sozialdemokratie* (1905) forderte Lenin
eine »Demokratische Diktatur des Proletariats und der Bauernschaft«, aber dies sollte offensichtlich nur eine Zwischenlösung sein.
An gleicher Stelle sagt er, daß, nachdem diese Koalition die Macht
erlangt hat, »es lächerlich sein würde, von einem einheitlichen Willen
des Proletariats und der Bauernschaft zu sprechen, von demokratischer Herrschaft; dann werden wir über die sozialistische, die proletarische Diktatur nachzudenken haben«. [24]

Genau hier liegt der verhängnisvolle Fehler, den die Bolschewiken in
der Beurteilung des Bauerntums machten. Dieser Irrtum zieht sich
durch die ganze Epoche, über die hier geschrieben wird: Man teilte
die Bauern in verschiedene Kategorien oder Klassen ein. Ein »ländli-
ches Proletariat« gab es tatsächlich: 1897 gaben 1837000 Menschen
Lohnarbeit in landwirtschaftlichen oder sonstigen nicht-industriellen
Betrieben als ihre hauptsächliche – wenn auch nicht als einzige –
Beschäftigung an; im Sommer wurden überdies sehr viel mehr Tagelöhner eingestellt. Aber diese Bevölkerungsgruppe besaß wenig
proletarisches Bewußtsein.

Auch Lenin hatte Mühe, die Kleinbauern und Besitzer kleiner
Landwirtschaftsbetriebe in sein Klassensystem einzuordnen. Lenin
wußte, daß ein Bauer mit Milchvieh, der nahe einer Großstadt lebte,
nicht arm sein mußte, selbst wenn er nicht ein einziges Pferd besaß,
während ein Bauer in der fruchtbaren Steppe mit drei Pferden auch
nicht unbedingt reich sein mußte. Aber dieses Wissen wirkte sich in
seinen Plänen nicht aus. [25]

Tatsächlich schwankten Lenins Vorstellungen von der Bauernschaft. Aber auf einem Punkt bestanden er und seine Nachfolger, und dieser sollte sich in den folgenden Jahren als entscheidend erweisen: der »Kulak« (ukrainisch »Kurkul«) war ein Gegner. Für Lenin gehörten die Kulaken zu den Ausbeutern, die ebenso wie die Großgrundbesitzer vernichtet werden mußten.

»Kulak« – »Faust« – bezeichnete eigentlich einen dörflichen Geldverleiher und Hypothekenbesitzer, der in jedem Dorf zu finden war. Jeder reiche Bauer vergab Darlehen; das erwartete man von ihm. Nur wenn der Geldverleih zu einer wichtigen Einkommensquelle wurde und der Landwirt dadurch Druck ausüben konnte, wurde er von den Dorfbewohnern als »Kulak« betrachtet. O. P. Aptekman, einer der »Populisten«, der eine wirklich offene Darstellung seiner Erfahrungen mit den russischen Bauern hinterlassen hat, berichtete, daß die Bauern, wenn man ihnen sagte, Kulaken saugten ihr Blut aus, darauf antworteten: »Die feinen Herrschaften können es wohl nicht ertragen, daß es manchen Bauern neuerdings bessergeht.«

Oder sie wandten ein, daß nicht jeder bessergestellte Bauer ein Kulak sei und daß Stadtleute eben das Bauernleben nicht verstünden.

Lenin selbst sagte 1899, daß die Kulaken – er meinte hier die Geldverleiher und Wucherer – sich in nichts von denen unterschieden, die die Arbeiter ausbeuteten. Er bestand darauf, daß sie »zwei Formen ein und desselben ökonomischen Phänomens« seien. [26] Weder ihm noch seinen Anhängern gelang es, die Angehörigen der verschiedenen Bauernstände in das Klassensystem einzureihen und genau zu definieren. Als Lenin gefragt wurde, was ein Kulak sei, erwiderte er ungeduldig: »Sie werden auf der Stelle wissen, wer ein Kulak ist.« [27]

Jedenfalls wurde vermutet, daß es in jedem Dorf Ausbeuter gab, die mehr oder weniger in einem bitteren Kampf mit den übrigen Bauern standen. Und wenn die Bauern sich nicht wirksam zur Wehr setzen konnten, so konnte es zumindest die Partei.

Überdies waren die Bolschewiken stillschweigend zu einer Einigung über die Klasseneinteilung gekommen, allerdings wurde das nicht oft erwähnt. Im August 1917 fand im Smolny-Institut ein Gespräch zwischen Dserschinskij (der alsbald Lenins Polizeikommissar werden sollte) und Rafael Abramowitsch, dem Menschewiken-Führer, statt. Dserschinskij: »Abramowitsch, erinnerst du dich an Lassalles Rede über die Notwendigkeit einer Verfassung?«

Abramowitsch: »Ja, natürlich.«

Dserschinskij: »Er sagte, daß eine Verfassung bestimmt wird durch die Wechselbeziehung der wirklichen Kräfte im Land. Was verändert eine solche Wechselbeziehung von politischen und sozialen Kräften?«

Abramowitsch: »Der Prozeß ökonomischer und politischer Entwicklung bringt neue Formen der Ökonomie hervor, fördert den Aufstieg verschiedener gesellschaftlicher Klassen usw., wie du sehr wohl selbst weißt.«

Dserschinskij: »Aber kann man keinen Einfluß nehmen? Sagen wir: durch die Unterwerfung oder Auslöschung einiger Gesellschaftsklassen?« [28]

Ein Jahr danach bemerkte Sinowjew, damals einer der obersten Führer des neuen Sowjetsstaates, in einer öffentlichen Rede in Petrograd, daß »wir 90 von 100 Millionen der sowjetrussischen Bevölkerung hinter uns haben müssen. Was den Rest betrifft, so haben wir ihnen nichts zu sagen. Sie müssen vernichtet werden«. [29] Wie sich später herausstellte, waren Sinowjews Zahlen zu niedrig angesetzt, und die Klassen, die die eigentliche Mehrheit darstellten, stellten auch die Opfer.

2
Die ukrainische Nationalität und der Leninismus

Die Interessen des Sozialismus stehen über den Interessen des Rechts der Nation auf Selbstbestimmung

Lenin

Den Westen haben die Ereignisse, die wir hier beschreiben wollen, vermutlich deshalb nicht so sehr erschüttert, weil man nicht viel über das ukrainische Nationalgefühl und die Traditionen dieses Volksstammes wußte. Der ukrainische Staat existierte nur wenige Jahre, und das mit Unterbrechungen; er war niemals in der Lage, sich zu etablieren – weder physisch noch im Bewußtsein der Weltöffentlichkeit. Tatsächlich war die Ukraine, so groß wie Frankreich und bevölkerungsreicher als Polen, die bei weitem größte derjenigen europäischen Nationen, die in der Zeit zwischen den Weltkriegen (von einer kurzen Zeitspanne abgesehen) nicht einen unabhängigen Staat bildeten.

Dies über die ukrainische Nation hervorzuheben, ist nicht im mindesten antirussisch. Selbst Solschenizyn, der Inbegriff russischen Nationalgefühls, stellte fest (wenngleich er auf eine brüderliche Beziehung zwischen den drei ostslawischen Nationen Rußland, Bjelorußland und Ukraine hoffte), daß jede Entscheidung über Einheit, Föderation oder Lostrennung der freien Wahl des ukrainischen Volkes überlassen werden müsse, daß kein Russe für sie entscheiden könne. Die alte selbständige Kulturtradition der Ukraine war im Westen wenig bekannt. Sie war auf den Landkarten als Teil des russischen Kaiserreiches eingetragen, oft bloß als »Kleinrußland« bezeichnet; ihre Einwohner wurden bestenfalls verstanden als Träger einer Sprache, deren Nähe oder Unterschiedlichkeit zum Russischen nicht klar begriffen wurde. Der sprachliche Unterschied bestand in der Tat schon lange, bevor Katharina die Große »die Republik an den Wasserfällen« unterwarf. Aber das Ukrainische wurde später von den russischen Herrschern, und sogar von anderen Russen, die theoretisch von liberalem Geist waren, als nicht mehr denn ein Dialekt behandelt.

Für die Zaren wie später für zumindest einige der Sowjetherrscher
schien eine künftige sprachliche und nationale Assimilation nur
natürlich.

Warum kam sie nicht zustande?

Erstens waren die Wurzeln der alten ukrainischen Sprache in den
Millionen Menschen der bäuerlichen Bevölkerung tiefer und fester
eingegraben, als man angenommen hatte. Es gab keine Tendenz zur
Vermischung. Die Menschen sprachen entweder russisch oder ukrainisch.

Es stimmt, daß in den Städten wie auch unter den Menschen aus der
Ukraine, die von der herrschenden Kultur aufgesogen wurden, Rus-
sisch die Umgangssprache wurde. Abgesehen aber von der zentralen
Bastion der Bauernsprache gab es dort – wie andernorts – eine
Anzahl gebildeter Ukrainer, die in ihrer eigenen ukrainischen Spra-
che und Kultur einen besonderen Charakter fanden, den sie nicht im
Namen des »Fortschritts« verschwinden lassen wollten.

Tatsächlich sind das Ukrainische und das Russische nur Glieder, die
von derselben linguistischen Familie ausgehen – dem Ostslawischen:
so wie Schwedisch und Norwegisch Glieder des skandinavischen
Zweiges der germanischen Familie sind, oder Spanisch und Portugie-
sisch Glieder des iberischen Zweiges der romanischen Familie. Jedenfalls ist sprachliche Nähe nicht von entscheidender politischer
und kultureller Bedeutung. Norwegen demonstrierte einen überwältigenden Drang nach Unabhängigkeit von Schweden im Referendum
von 1905. Holländisch ist, historisch, ein Dialekt des Niederdeut-
schen; die holländische Abneigung dagegen, sich Deutschland zu
unterwerfen, ist bei vielen Gelegenheiten demonstriert worden, eine
davon erst kürzlich.

Ähnlich steht es mit der Annahme, daß die Ukraine immer ein
Bestandteil, gar ein natürlicher Bestandteil des russischen Kaiserreichs oder der Sowjetunion gewesen sei.

Historisch sind die Ukrainer eine alte Nation, die sich durch schreckliche Unglückszeiten behauptet und sie überlebt hat. Die Kiewer
Großfürsten der Rus herrschten über alle Ostslawen, aber als Kiew
schließlich 1240 von den Mongolen erobert wurde, wurde das Reich
zerschlagen. Die slawischen Völker des Nordens, die anderthalb
Jahrhunderte unter den Mongolen lebten, entwickelten sich schließlich zu Moskowien und Großrußland. Die Völker im Süden wurden
großenteils nach Westen getrieben, wobei sie zu den Ukrainern
wurden, und sie entwickelten sich unter dem Einfluß der europäi-

schen Staaten. Sie vereinigten sich zuerst mit dem Großfürstentum Litauen, zu dessen Amtssprachen des Ukrainische gehörte, und gerieten später unter die – weniger zufriedenstellende – Herrschaft Polens.

Es geschah unter polnischer Herrschaft, daß die ersten ukrainischen Druckerpressen und Schulen in der zweiten Hälfte des 16. Jahrhunderts auftauchten. So sind die Ukrainer als Teil jener weit ausgebreiteten und heterogenen Völkergemeinschaft neu hervorgetreten, wobei ein großer Teil ihres Landes verheerenden Plünderzügen der Krimtataren ausgesetzt war. Nun erscheinen die Kosaken – ukrainische Freibeuter, die zunächst in die Steppe gingen, um zu jagen und zu fischen, die dann lernten, sich der Tataren zu erwehren, und die gegen Ende des sechzehnten Jahrhunderts ihre eigenen Festungen errichteten und ein militärischer Faktor mit eigenem Recht wurden. Um 1540 gründeten sie den Sitsch, das große befestigte Lager unterhalb der Dnjepr-Stromschnellen, an der Grenzlinie tatarischer Invasionen. Der Sitsch war mehr als zwei Jahrhunderte lang eine militärische Republik von einem Typus, dem man gelegentlich auch anderswo unter ähnlichen Bedingungen begegnet – demokratisch im Frieden, ein diszipliniertes Heer im Krieg. Die Kosaken führten bald Bauernaufstände gegen ihre nominellen Oberherren, die Polen, an. Im Laufe des nächsten Jahrhunderts führten endlose Kriege und Übereinkünfte schließlich 1649 zu der effektiven Errichtung eines ukrainischen Staates durch Hetman Bogdan Chmelnitzky. Von diesem Zeitpunkt an gab es immer wieder Interventionsversuche Moskaus. Schließlich entschied Hetman Iwan Mazepa sich für ein Bündnis mit Karl XII. von Schweden gegen die Übergriffe Peters des Großen, wobei der Sitsch ihn unterstützte. Die Niederlage Karls XII. bei Poltawa 1709 war eine Katastrophe für die Ukraine.

Im Verlaufe des 18. Jahrhunderts erkannte Moskau zunächst die Autonomie des Hetmanats weiter an, während es seine Macht zur Berufung in das Amt und zur Ausübung von Druck auf die Amtsinhaber festigte. Im Jahre 1764 schließlich wurde das Hetmanat abgeschafft, wobei sich einige seiner äußeren Formen bis 1781 hielten. Die Sitsch-Republik, die im Kriege 1769–74 auf russischer Seite gegen die Türken gekämpft hatte, wurde 1775 von ihrem Alliierten plötzlich vernichtet. Ihr Otaman wurde auf die Solowezki-Inseln im Weißen Meer und ihre Obersten wurden nach Sibirien verbannt – ein nahezu gleichartiger Vorgriff auf das Schicksal ihrer Nachfolger in den zwanziger und dreißiger Jahren des 20. Jahrhunderts. Die staatliche Selbständigkeit der Ukraine, die mehr als ein Jahrhundert lang

existiert hatte, fiel, wie die Polens, als Folge unzureichender Stärke
im Kampf gegen große und mächtige Feinde.

Wie Polen war der Kosaken-Hetman-Staat von verfassungsmäßig-
parlamentarischer Art gewesen – unvollkommen auf diesem Gebiet
in vieler Hinsicht, aber keinesfalls in der Tradition der extremen
Knechtschaft und des Despotismus, der nun auf ihn von St. Peters-
burg aus herabsank. Inzwischen kamen diejenigen Ukrainer, die
unter polnischer Herrschaft geblieben waren – und jahrelang eine
Serie von Haidamak-Revolutionen der Bauern und Kosaken betrieben hatten – teilweise auch zu Rußland und teilweise unter die
Herrschaft des Komplizen Rußlands in den polnischen Teilungen,
Österreich. In den folgenden Jahrhunderten hatte dies (freilich kleinere) »westukrainische« Element, welches nicht von Rußland be-
herrscht wurde, größere Gelegenheit zu politischer und kultureller
Entwicklung; es blieb ein machtvoller Humus nationalen Gefühls.

Feudalismus russischen Stils folgte der Flagge. Riesige Güter wurden
königlichen Favoriten übergeben, und Verordnungen – von 1765 bis
1796 – vernichteten die Freiheiten des ukrainischen Bauern und redu-
zierten ihn auf das Niveau seines russischen Gegenstücks. Nichtsdestoweniger ist festzuhalten, daß die Ukraine nur knapp über zwei
Generationen Leibeigenschaft erdulden mußte; typischerweise aber
erfordert es mehr als zwei Generationen – Macaulay meint: fünf –,
um die allgemeine Erinnerung an frühere Zeiten zu vernichten.

Alles in allem jedoch, wie Herzen schrieb, »protestierte das unglückliche Land, aber es konnte dem schicksalhaften Erdrutsch nicht
widerstehen, der vom Norden bis zum Schwarzen Meer rollte und
alles bedeckte... mit einem einheitlichen Leichentuch der Sklaverei«. [1]

Und diese allgemeine Versklavung der Bauernschaft war verbunden
mit einem Angriff auf die ukrainische Sprache und Kultur. Russische
Rituale wurden in die Kirche eingeführt. Im Jahre 1740 hatte es 866
Schulen in der Ukraine des linken Ufers gegeben, im Jahre 1800 gab
es keine mehr. Die 1631 gegründete Akademie in Kiew wurde 1819 in
eine rein theologische Anstalt verwandelt.

Das Ende des ukrainischen Staates und die Einführung der bürokratischen Knechtschaft und Autokratie Zentralrußlands haben das
nationale Gefühl der Ukraine nicht zerstört. Aber es gelang im Laufe
des nächsten Jahrhunderts, dies Gefühl auf eine niedrige Bewußt-
seinsebene herabzudrücken.

Einzelne ukrainische Führer bemühten sich bei verschiedenen Gelegenheiten von den 1790er bis in die 1850er Jahre um ausländische

Unterstützung für den Gedanken eines separaten ukrainischen Staates. Aber der Schlüssel zum nationalen Überleben der Ukraine lag anderswo. Die Bauernschaft fuhr fort, ukrainisch zu sprechen, und die Gesänge und Balladen der Kosaken-Vergangenheit waren Teil ihres natürlichen Erbes, das niemals entwurzelt wurde.

Was die Seite des Bewußtseins betrifft, so erschien 1798 das erste Werk in moderner ukrainischer Sprache, Iwan Kotljarewskys Travestie der Aeneas-Sage. In der ersten Hälfte des Jahrhunderts wurde große Arbeit geleistet beim Sammeln ukrainischen Folklore-Materials. Und im Jahre 1840 begann der führende Dichter des Landes, Taras Schewtschenko (1814–1861), geboren als ukrainischer Leibeigener, seine glanzvollen ländlichen und patriotischen Lieder zu veröffentlichen, deren Einfluß gar nicht überbewertet werden kann. Schewtschenko wurde 1847 verhaftet und als einfacher Soldat nach Sibirien verbannt, wo er zehn Jahre verbrachte. Seine Werke wurden verboten, und sie wurden nicht vor 1907 in vollständiger Fassung in Rußland veröffentlicht.

Es gab viele Völker im frühen 19. Jahrhundert, die »Naturvölker« zu sein schienen. Das heißt: Sie hatten eine gemeinsame Sprache, oft aufgefächert zu einem Dutzend einander überschneidender, nicht registrierter Dialekte. Aber sie hatten kein »Bewußtsein« von der Art, wie es durch intellektuelle Führung geschaffen wird. Solche Völker konnte man unter den Nationen des Balkan finden und anderswo.

Die Ukrainer hatten mittlerweile einige dieser Eigenschaften. Aber ihr älteres nationales Bewußtsein erlosch nie ganz. Was sie von den Russen unterschied, das hielt sich – und ihre russischen oder russifizierten Grundherren erschienen fremd in einer Weise, die Unterschiede erhielt und verschärfte. Und Schewtschenko vor allem identifizierte die Schmach der Leibeigenschaft mit der Schmach der Russifizierung.

Im allgemeinen lag das Joch des russischen Kaiserreichs schwer auf einer großen Anzahl von Völkern, und der Ausdruck »Völkergefängnis« traf zu. In Zentralasien, dem Kaukasus, Polen, dem Baltikum wurden fremde Nationen in einem Krieg nach dem anderen unter russische Herrschaft gebracht. Diese jedoch wurden im allgemeinen als fremde Elemente betrachtet, und die Aussicht auf Assimilierung, wenn auch nie aufgegeben, schien entsprechend fern zu liegen.

Anders war es mit der Ukraine. Und als das Jahrhundert seinem Ende entgegenging, und mehr noch in der neuen Epoche der Revolution, wurde der Gedanke, daß diese große Region – die russische Imperialisten immer für einen Teil, wenn auch noch ungenügend assimiliert, des eigentlichen Rußland gehalten hatten – tatsächlich Freiheit von der Herrschaft aus dem Norden verlangen könnte, als viel furchterregender empfunden als der Widerstand in jüngerer Zeit eroberter, oder geringer, oder nicht-ostslawischer Gebiete. Selbst viele Angehörige der liberalen Intelligenzija Rußlands, vollständig befangen in ihrem Kampf gegen den Absolutismus, wiesen den Gedanken an eine selbständige Ukraine zurück, sogar auch den an eine nur nominelle Autonomie für das Land.

Wie andere Nationen – die Tschechen etwa – schienen die Ukrainer nur ein Volk von Bauern und Priestern zu sein. Mehr noch: als sich die Industrie entwickelte, schwärmten die russischen Bauern, ärmer als ihre ukrainischen Kollegen, ins Land, um die Arbeit zu übernehmen. Die Industrialisierung des 19. Jahrhunderts bedeutete also das Eindringen von Fremden und die Entstehung einer russischen Stadtbevölkerung.

Einige Jahre lang, seit Beginn der 1860er, verfolgte die russische Regierung eine relativ liberale Politik, und ukrainische Gesellschaften und Zeitschriften vermehrten sich. Aber im Jahre 1863 erklärte ein Edikt, daß es keine ukrainische Sprache gebe, sondern nur einen russischen Dialekt. Es verbot ukrainische Bücher außer der Belletristik, insbesondere Bücher, die »religiöser oder erzieherischer Art waren, sowie Bücher, die allgemein bestimmt waren als Elementar-Lesestoff für das Volk«. Eine Anzahl ukrainischer Persönlichkeiten wurde nach Nordrußland deportiert, und ukrainische Schulen und Zeitungsverlage wurden geschlossen.

Trotz dieser Regierungsmaßnahmen hielten sich ukrainische »Gesellschaften« (Hromada) in den 1870er Jahren. Nach dem Gesetz waren sie auf Forschung beschränkt, tatsächlich aber förderten sie den nationalen Gedanken. Dies führte zu einer weiteren Verordnung im Jahre 1876, die Veröffentlichungen in ukrainischer Sprache völlig auf historische Dokumente beschränkte, ukrainische Theater- oder Musikveranstaltungen verbot und die wichtigsten Organe der Bewegung (in russischer Sprache, aber pro-ukrainisch) schloß.

Die aktive Russifizierungs-Kampagne, die darauf folgte, hatte die ukrainische Bauernschaft nicht sehr stark russifiziert. Sie hatte Erfolg nur in ihrer ersten Aufgabe, ihnen Bücher und Schulen ihrer eigenen Sprache zu verweigern. Damit führte sie bald zu einer noch nicht dagewesenen Zunahme des Analphabetismus, bis zu etwa 80 Prozent der Bevölkerung; ein ungeheurer Rückgang. Wie Petro Grigorenko

(selbst ein Ukrainer) sagte, wenn auch in einer dramatisch hervor-
gehobenen Weise: »Während der Jahrhunderte, die sie im russischen Imperium verbrachten, vergaßen die Ukrainer ihren Volks-
namen und gewöhnten sich an den Namen, den ihre Kolonialher-
ren ihnen aufzwangen: Malorossi oder Kleinrussen.« [2]
Dennoch hielten sich in der Landbevölkerung die alten Balladen
über die großen Helden des Hetmanats und des Sitsch. Während
dieses Zeitraums wurde die nationale Idee durch die Dichter und
die Intellektuellen bewahrt. Und im Jahre 1897 wurde eine Allgemeine Ukrainische Demokratische Organisation illegal gegründet,
um ihre kulturellen und gesellschaftlichen Vereine zu koordinie-
ren.
Trotzdem war bis in die ersten Jahre dieses Jahrhunderts fast
nichts im Sinne einer Massenbewegung der ukrainischen Bevölkerung erkennbar. Die Wiedergeburt der Nation geschah plötzlich
und überwältigend. Eine führende Persönlichkeit der ukrainischen
Nationalbewegung versicherte, daß sie eine wirkliche Massenge-
folgschaft erst 1912 erreichen konnte. [3]
Es hatte Zeichen gegeben, daß dieser Durchbruch des nationalen
Geistes bevorstand. Bauernaufstände im Jahre 1902 wurden 1908
wiederholt. Die besitzenden Klassen waren in überwältigender
Mehrheit nicht-ukrainisch, und die Ukrainer waren in ihrer überwältigenden Mehrheit Bauern. Und die beginnende nationalistische Bewegung war in der Ukraine (wie in Polen, der zukünftigen
Tschechoslowakei und anderswo) vorwiegend von sozialistischer
Orientierung. Die erste wirkliche politische Partei – die Revolutionäre Ukrainische Partei, gegründet 1900 – kam bald unter marxistischen Einfluß. Sie spaltete sich, und ein Flügel schloß sich der
Russischen Sozialdemokratischen Arbeiterpartei an; er hörte jedoch bald zu funktionieren auf. Der andere, nunmehr die Ukrainische Sozialdemokratische Partei genannt, entfremdete sich Lenin
wegen der Autonomie-Frage.
Die nächste, und am Ende wichtigere ukrainische Partei war die
Ukrainische Partei der Sozialrevolutionäre; sie besaß freilich bis
1917 nur geringen Einfluß.
Im Jahre 1905 erschien die erste Zeitung des russischen Kaiserreichs in ukrainischer Sprache, »Chlorob«; viele andere folgten,
insbesondere die erste ukrainische Tageszeitung »Rada«. 1907
wurde die erste vollständige Ausgabe der Gedichte Schewtschenkos herausgebracht. In den Staats-Dumas, die gemäß der infolge
der Revolution von 1905 erlassenen Verfassung gewählt wurden,

bildeten ukrainische Abgeordnete einen Block von vierzig Mitgliedern in der Ersten Duma, und in der Zweiten legten sie Forderungen nach Autonomie vor.

Stolypin freilich, wie fortschrittlich er auch in wirtschaftlichen Fragen sein mochte, war ein totaler russischer Imperialist in der nationalen Frage. Im Jahre 1910 befahl er praktisch die Schließung der ukrainischen Kulturvereine und Verlagshäuser und verbot ukrainisch-sprachige Vorlesungen in den Universitäten – tatsächlich untersagte er den »öffentlichen« Gebrauch der Sprache. Die russische »progressive« oder »radikale« Presse trat ihm kaum entgegen, wenn auch einige gemäßigte Liberale für die kulturellen – zum Unterschied von den politischen – Forderungen der Ukrainer plädierten.

Aber die Jahrhundertfeier von Schewtschenkos Geburtstag 1914, trotz hitziger Gegnerschaft der Behörden, bewirkte einen Ausbruch nationaler Gefühle, in den die Dörfer nunmehr unmittelbar einbezogen wurden.

Es war das verhältnismäßig späte Auftreten der ukrainischen Renaissance (wenngleich nicht später als bei anderen osteuropäischen Völkern), die Fehlidentifikation sprachlicher Verwandtschaft mit sprachlicher Identität und das Fehlen politischer Grenzen zwischen Rußland und der Ukraine, was dem unaufmerksamen Westen den Eindruck vermittelte, es gebe keine wirkliche ukrainische Nationalität in der Art der polnischen oder russischen Nationalität. Diese Vorstellung, wenngleich vollkommen falsch, verwirrt immer noch zumindest unsere Reflexhaltungen zur ukrainischen Nation; man muß sie bewußt untersuchen.

Als der Erste Weltkrieg ausbrach, wurde die gesamte ukrainische Presse geschlossen und alle erzieherische Arbeit in ukrainischer Sprache unterbunden. Die führenden ukrainischen Persönlichkeiten wurden trotz Loyalitätserklärungen verhaftet und verbannt.

Im Prinzip bedeutet Nationalität nichts in streng marxistischer Betrachtung: »Der Proletarier hat kein Vaterland.« In der Tat, in ihrer »Deutschen Ideologie« definieren Marx und Engels ihr Proletariat als den Ausdruck der Auflösung aller Klassen, Nationalitäten usw. innerhalb der bestehenden Gesellschaft.

Lenin schrieb 1916 kategorisch, daß »das Ziel des Sozialismus nicht nur die Abschaffung der gegenwärtigen Teilung der Menschheit in kleine Staaten und all-nationale Isolation ist, und nicht nur, die Nationen einander näherzubringen, sondern sie zu verschmelzen«. [4] Und er definiert die Nationalität als eine historische Kategorie, die eine spezielle ökonomische Epoche bestimmt, die des Kapitalismus. [5]

Aber er vertrat auch den Standpunkt (in einem 1914 verfaßten Text), daß »genau und allein deshalb, weil Rußland und die benachbarten Länder durch diese Epoche gehen, wir einen Punkt in unserem Programm über das Recht der Nationen auf Selbstbestimmung brauchen«. [6]

Nachdem er zugegeben hat, daß es nationale Bestrebungen für eine unbestimmte Übergangszeit gibt, überlegt Lenin, wie sie zu nutzen seien. Er hat in der Tat im Zusammenhang mit nationalistischen Bewegungen in einer berühmten Passage gesagt:

»Die Generalstäbe bemühen sich im gegenwärtigen Krieg gewissenhaft, alle nationalen und revolutionären Bewegungen im Lager ihrer Feinde zu nutzen... Wir wären überaus armselige Revolutionäre, wenn wir im großen proletarischen Krieg für Emanzipation und Sozialismus nicht jede volkstümliche Bewegung zu nutzen wüßten, die sich gegen jede einzelne vom Imperialismus verursachte Katastrophe erhebt, damit wir die Krise ausdehnen und verschärfen.« [7]

Somit waren nationale Bewegungen und Fragen nationaler Souveränität für den Leninismus Übergangsphänomene von bürgerlicher Natur, die jedoch von den Kommunisten für den wichtigeren Klassenkampf genutzt werden konnten. Daraus wurde der Schluß gezogen, daß es möglich sein könnte – oder auch nicht –, bestimmte nationale Bewegungen zum Nutzen des Kommunismus zu wenden. Denjenigen, die dafür nicht zu nutzen waren, mußte rücksichtslos entgegengetreten werden. Noch vor der russischen Revolution schrieb Lenin:

»Wenn... eine Anzahl von Völkern eine sozialistische Revolution beginnen sollte... und wenn andere Völker sich als Hauptbollwerke bourgeoiser Reaktion dagegen erweisen sollten – dann wären wir für einen revolutionären Krieg gegen die letzteren, für ihre ›Zerschlagung‹, die Zerstörung all ihrer Außenposten, gleichviel welche kleinen nationalen Bewegungen sich erhöben...«, weil »die verschiedenen Forderungen der Demokratie, einschließlich der Selbstbestimmung, nicht ein Absolutum sind; sie sind ein Partikel der allgemeinen demokratischen (gegenwärtig allgemeinen sozialistischen) Weltbewegung. In konkreten Einzelfällen könnte ein Partikel dem Ganzen widersprechen; wenn es das tut, muß es verworfen werden.«

Jede partikuläre nationale Bewegung könnte somit geopfert werden, nach dem Grundsatz, daß »die Interessen der Demokratie

eines Landes den Interessen der Demokratie mehrerer oder aller
Länder unterworfen werden müssen«. [8]

Lenin vermerkte, daß Engels schon 1849 geschrieben hatte, daß
Deutsche, Ungarn, Polen und Italiener »die Revolution repräsentie-
ren«, während die Südslawen »die Konterrevolution repräsentie-
ren«, und daß dies seit tausend Jahren der Fall sei. [9] Marx selbst
hatte geschrieben (zu einer Zeit, als Deutschland als »progressive
Nation« galt), daß außer den Polen, den Russen und allenfalls den
Slawen in der Türkei kein slawisches Volk eine Zukunft habe, aus
dem einfachen Grunde, weil allen Slawen die grundlegendsten historischen, geographischen, politischen und industriellen Voraussetzungen für Selbständigkeit und Lebenskraft fehlen. [10]

Und Engels kommentierte, man könne ihn fragen, ob er keine
Sympathie für die kleinen slawischen Völker und Überbleibsel von
Völkern habe – tatsächlich habe er verdammt wenig Sympathie für
sie. (Er stand so erbärmlich machtlosen sogenannten Nationen wie
den Dänen, den Holländern, den Belgiern, den Schweizern ähnlich
verachtungsvoll gegenüber.) [11]

Stalins zentraler Essay in »Der Marxismus und die nationale und
koloniale Frage« wurde in vorrevolutionärer Zeit geschrieben und
von Lenin gebilligt, der ihn zum Kommissar für Nationalitätenfragen
in der ersten Sowjetregierung von 1917 ernannte. Indem er Lenins
Punkte hervorhebt, schreibt Stalin:

»Es gibt Fälle, wo die nationalen Bewegungen in gewissen unter-
drückten Ländern mit den Interessen der Entwicklung der proletarischen Bewegung in Konflikt geraten. In solchen Fällen ist ihre
Unterstützung natürlich vollkommen undenkbar. Die Frage der
Rechte von Nationen ist nicht eine isolierte, selbstgenügende Frage:
sie ist Teil des allgemeinen Problems der proletarischen Revolution,
dem Ganzen unterworfen, und muß vom Gesichtspunkt des Ganzen
aus gesehen werden.« [12]

Und erneut: »Es gibt Fälle, in denen das Recht der Selbstbestimmung
mit einem anderen, einem höheren Recht kollidiert – dem Recht der
Arbeiterklasse, die zur Macht gelangt ist, diese Macht zu konsolidieren. In solchen Fällen – das muß klar gesagt werden – kann und darf
das Recht auf Selbstbestimmung nicht als Hindernis dienen auf dem
Weg der Arbeiterklasse, ihr Recht auf Diktatur auszuüben.« [13]

Gleich nach der Revolution schrieb Lenin selbst: »Es gibt keinen
einzigen Marxisten, der, ohne vollständig mit den Grundlagen des
Marxismus und Sozialismus zu brechen, bestreiten könnte, daß die
Interessen des Sozialismus über den Interessen des Rechts der Völ-

ker auf Selbstbestimmung stehen. Unsere Sozialistische Republik
hat alles getan und tut weiterhin alles, was möglich ist, um das
Recht der Selbstbestimmung für Finnland, die Ukraine usw. durchzusetzen. Aber wenn die konkrete Lage entstanden ist, daß die
Existenz der Sozialistischen Republik zu einem gegebenen Zeitpunkt gefährdet wird hinsichtlich einer Beeinträchtigung des
Rechts auf Selbstbestimmung einiger weniger Völker (Polen, Litauen, Kurland usw.), dann ist es logisch, daß das Interesse an der
Erhaltung der Sozialistischen Republik Vorrang erhält.« [14]
Was nun die tatsächliche Form des Staates im Vielnationen-Ruß-
land betrifft, so war der ursprüngliche Standpunkt der Bolschewiki
einer föderativen Lösung feindlich. Lenin hatte 1913 festgestellt:
»Föderation bedeutet eine Union Gleicher, die auf Zustimmung
basiert... Wir weisen Föderation grundsätzlich zurück, sie
schwächt wirtschaftliche Bindungen; sie ist eine ungeeignete Form
für unseren Staat.« [15]
Die Erfahrungen der nächsten Jahre zeigten, daß er und die Bolschewiki die Nationalitätenfrage stark unterschätzt und mißver-
standen hatten; sie lernten ihre Haupt-Lektionen in der Ukraine.
Nach den Erfahrungen, über die wir im folgenden berichten, fand
Lenin sich mit den äußeren Erscheinungsformen der Föderation
ab, auch mit allen Maßnahmen kultureller Autonomie, solange die
Tatsachen der Macht zentralisiert blieben.

Im März 1917, kurz nach dem Zusammenbruch der Zarenherr-
schaft, wurde eine Ukrainische Zentral-Rada (Rat) von den ukrainischen Parteien gebildet, unter Vorsitz der angesehensten Persönlichkeit des Landes, des Historikers Mychailo Hruschewskij, par-
teipolitisch ein ukrainischer Sozialrevolutionär.
Im Juni erließ die Rada eine Forderung nach Autonomie, und die
erste ukrainische Regierung wurde gebildet, mit dem Schriftsteller
Wolodymyr Wynnytschenko (einem Sozialdemokraten) als Ministerpräsidenten und Mychailo Tuhan-Baranowskij, einem angesehenen Volkswirtschaftler, als prominentestem Mitglied. Vertreter
der Minderheiten – Juden, Polen und Russen – traten ihr im Juli
bei.
Die Rada erhob zunächst keine spezifische Forderung nach Unabhängigkeit, aber sie erwirkte verschiedene Zugeständnisse von der
russischen Provisorischen Regierung in Petrograd. Effektiver Einfluß und die Unterstützung der überwältigenden Mehrheit der Bevölkerung und selbst der örtlichen Sowjets lagen bei der Rada.

Dies war die Wirklichkeit, mit der Lenin sich konfrontiert sah, als er die Macht im November ergriff.

Die Ukraine sollte das erste große Beispiel für die gewaltsame Ausdehnung der Sowjetmacht auf ein unabhängiges osteuropäisches Land werden – als solches anerkannt von Lenin im Jahre 1918. Ihre Eroberung und die Errichtung von Marionettenregierungen (deren Mitglieder zum Teil den Druck ihrer tiefersitzenden natürlichen Gefühle spürten) bilden eine Parallele zu den Erfahrungen der baltischen Staaten zwanzig Jahre später und Polens und Ungarns fünfundzwanzig Jahre später.

Die Rada übernahm volle Autorität in der Ukraine am 16. November 1917, und am 20. November erklärte sie die Bildung der Ukrainischen Volksrepublik, auch wenn sie dabei immer noch von »föderativen« Beziehungen zu Rußland sprach (da jedoch die Rada die Bolschewiki-Regierung nicht anerkannte, gab es zunächst kein »Rußland«, mit dem man föderieren konnte). In den Wahlen zur Verfassunggebenden Versammlung, abgehalten vom 27. bis 29. November 1917, bekamen die Bolschewiki nur zehn Prozent der Stimmen in der Ukraine; die Ukrainischen Sozialrevolutionäre erhielten 52 Prozent, und die Masse der übrigen Stimmen ging an andere nationale Parteien, vor allem an die ukrainischen Sozialdemokraten und die ukrainische Partei der Unabhängigen Sozialisten.

Ein Kongreß der Sowjets wurde für den 16. bis 18. Dezember 1917 nach Kiew einberufen, wo die Bolschewiki mit riesigen Mehrheiten niedergestimmt wurden; sie erhielten nur 11 Prozent bei den Stimmabgaben. Daraufhin zogen ihre Delegierten nach Charkow ab, das soeben von der Roten Armee besetzt worden war, und beriefen ihren eigenen Kongreß der Sowjets, wobei bis auf eine Handvoll alle Delegierten Russen waren. Hier proklamierten sie am 25. Dezember 1917 eine »Sowjetregierung« unter H. Kotzjubinskij. Am 22. Januar 1918 erklärte die Rada die Ukraine zu einer unabhängigen souveränen Republik. Aber am 12. Februar konnte die Charkower Marionettenregierung Kiew im Gefolge der Roten Armee betreten; die Rada ging nach Shytomyr.

Die bolschewikischen Invasoren wurden von »Lebensmittel-Abteilungen« begleitet, die in Zehn-Mann-Gruppen aufgeteilt waren, um das Getreide in den Dörfern zu beschlagnahmen, gemäß Lenins Instruktionen, »Korn, Korn und noch mehr Korn zu schicken«. [16] Zwischen dem 18. Februar und dem 9. März 1918 wurden 1090 Eisenbahnwaggons voller Getreide allein aus der Provinz Cherson nach Rußland geschickt. [17]

Die Bolschewiki standen selbst dem Anschein von politischer Dezentralisierung der Ukraine auf Parteiebene bestenfalls lauwarm gegenüber. Lenins höchstrangiger Untergebener Jakow Swerdlow sagte: »Wir betrachten die Gründung einer separaten ukrainischen Partei, oder wie immer man sie nennen könnte und welches Programm immer sie annehmen mag, als unerwünscht.« [18] Die erste Sowjetregierung in der Ukraine hielt sich nur einige Wochen und war nahezu offensichtlich der Octroi einer russischen, wenn auch russisch-revolutionären, Herrschaft. Sie unterdrückte ukrainische Schulen, ukrainische Kulturinstitute usw. In der Tat war die Russifizierungstendenz der frühen ukrainischen Sowjetregime nachdrücklichst anti-ukrainisch. Ein führender ukrainischer Kommunist, Satonskij, erzählte sogar später, wie der erste Tscheka-Chef in Kiew, der berüchtigte Lacis (Lazis), Menschen erschoß, weil sie auf der Straße ukrainisch gesprochen hatten, und daß er, Satonsky, selbst nur knapp diesem Schicksal entging. [19] Versuche wurden unternommen, die Gründung selbst einer nur dem Namen nach ukrainischen Kommunistischen Partei oder das Überleben einer dem Namen nach ukrainischen Gewerkschaftsbewegung zu verhindern.

Als die Deutschen und Österreicher vorrückten, mußten die Bolschewiki sich zurückziehen, und im April erklärten sie ihre ukrainische Sowjetregierung für aufgelöst.

Die Rada-Regierung sandte Delegierte nach Brest-Litowsk, wo die Bolschewiki mit den Deutschen Friedensverhandlungen führten, und zu diesem Zeitpunkt widerrief die Bolschewiki-Regierung ihre Ansprüche auf die Ukraine auf Lenins Weisung; unter Vorbehalt erkannte sie die unabhängige ukrainische Regierung an.

Deutsche und Österreicher beuteten nun in der Maske von Alliierten die Ukraine aus, deren Ressourcen die Mittelmächte in der letzten Phase des Krieges gegen Frankreich, Großbritannien und die Vereinigten Staaten zu nutzen wünschten. Da die Rada sich nicht entgegenkommend zeigte, förderten sie einen Putsch des Generals Pawel Skoropadskij am 29. April 1918, der sich zum Hetman erklärte und bis zum Dezember in Kollaboration mit russischen und Grundbesitzer-Elementen regierte.

Nun wurde schließlich eine Kommunistische Partei der Ukraine gegründet, und vom 2. bis 12. Juli wurde ihr Erster Kongreß in Moskau veranstaltet. Gegen den Widerstand ukrainischer Kommunisten unter Führung von Mykola Skrypnyk wurde sie zu einem integralen Bestandteil der russischen Kommunistischen Partei. Vom 17. bis

22. Oktober 1918 erklärte ein Zweiter Kongreß – ebenfalls in Moskau
veranstaltet –, daß die Hauptaufgabe der Partei in »der Vereinigung
der Ukraine mit Rußland« liege. [20] Im Namen des Moskauer
Politbüros verkündete Kamenew vor diesem Kongreß, daß in Finnland, Polen und der Ukraine »das Schlagwort von der Selbstbestimmung der Nationalitäten in eine Waffe der Konterrevolution verwandelt« worden sei. [21]
Es ist ganz offensichtlich, daß die Bolschewiki, wie die meisten anderen Russen, von dem erstaunlich schnellen und tiefgreifenden Wiederauftauchen der ukrainischen Nation überrascht worden waren.
Und viele von ihnen wurden die Vorstellung nie richtig los, daß das
Ukrainische ein Bauerndialekt des Russischen sei. Lenin hatte früher
von den Rechten der Ukrainer unter den anderen Nationalitäten des
russischen Kaiserreichs gesprochen. Aber beim Achten Parteikongreß (1919) erklärte er, daß alle nationalen Gefühle, die jemals in den
Ukrainern gelebt haben könnten, ihnen von den Deutschen ausge-
trieben worden seien; er spekulierte sogar öffentlich darüber, ob das
Ukrainische überhaupt eine Massensprache sei. [22]
In den Beschlüssen dieses Kongresses wurde eindeutig festgestellt:
»Die Ukraine, Lettland, Litauen und Bjelorußland existieren zum
gegenwärtigen Zeitpunkt als separate Sowjetrepubliken. Damit ist
zunächst die Frage der staatlichen Struktur gelöst.
Dies aber bedeutet keinesfalls, daß die Russische Kommunistische
Partei sich ihrerseits als eine Föderation unabhängiger Kommunisti-
scher Parteien reorganisieren sollte.
Der Achte Kongreß der RKP beschließt: »Es muß eine *einzige*
zentralisierte Kommunistische Partei mit einem einzigen Zentralko-
mitee geben ... Alle Beschlüsse der RKP und ihrer leitenden Organe
sind bedingungslos verbindlich für alle Zweige der Partei, ohne
Ansehen ihrer nationalen Zusammensetzung. Die Zentralkomitees
der ukrainischen, lettischen, litauischen Kommunisten genießen die
Rechte regionaler Parteikomitees und sind dem Zentralkomitee der
RKP vollständig untergeordnet.«
Und Lenin schrieb wenige Jahre später, als er mit Tendenzen zur
Insubordination konfrontiert war: »Die Ukraine ist eine unabhängige Republik. Das ist sehr gut, aber in Parteiangelegenheiten geht
sie manchmal – wie kann man es auf die höflichste Art ausdrücken? –
Umwege, und wir müssen irgendwie an sie herankommen, denn die
Leute dort sind schlau, und ich will nicht sagen, daß sie das Zentral-
komitee täuschen, aber irgendwie schieben sie sich von uns weg.«
[23]

Nach dem Zusammenbruch Deutschlands im November 1918 stellte eine Erhebung gegen Skoropadskij bald die Republik wieder her, und die Ukrainische National-Union errichtete ein Direktorat, geführt von Wynnytschenko, Symon Petljura und anderen.

Moskau kam zu einer Übereinkunft, sich nicht in die wiedererrichtete Volksrepublik einzumischen, falls der Kommunistischen Partei der Ukraine gestattet werde, legal zu operieren; Lenin scheint nicht vor Jahresende eine Invasion beschlossen zu haben.

Aber das ukrainische Regime war militärisch schwach. Petljura, der Kriegsminister der Ukraine, hatte eine große Bauernrevolte gegen das Hetmanat geführt. Aber als seine Regierung etabliert war, gingen die Bauern nach Hause, und die Republik wurde fast wehrlos gelassen. Er hatte kaum eine Wahl, als Rang und Geld jedem anzubieten, der Truppen aufzustellen vermochte, und diese *Otamans* waren nicht unter Kontrolle zu bringen. Oft entwickelten sie sich zu örtlichen Kriegsherren, die ihre Bindung wechselten und sogar Pogrome veranstalteten.

Dies alles erwies sich als unzureichend gegen den erneuten sowjetischen Angriff, und am 5. Februar mußte die ukrainische Regierung erneut Kiew verlassen. Sie blieb den größten Teil des Jahres 1919 in Kamianez-Podilskij (Kamenez-Podolsk). Moskau zog seine Anerkennung der ukrainischen Unabhängigkeit zurück; die Sowjetregierung der Ukraine wurde aus diesen und anderen Gründen dem Volk verhaßt. Sie versuchte unter anderem, die alten Herrengüter als Staatsgüter oder Kollektive zu erhalten, aber 75 Prozent des dafür bestimmten Landes wurde von den Bauern besetzt.

Dieses zweite Sowjetregime der Ukraine basierte teilweise auf Lenins Annahme (22. Oktober 1918), daß eine »internationale proletarische Revolution« bald ausbrechen werde. [24] Es bestand aus vier Russen und zwei Ukrainern. Christian Rakowskij (ein Bulgare) wurde zum Staatsoberhaupt der neuen Ukrainischen Sowjetrepublik ernannt. Er hatte für Lenin in Kiew mit der Hetmanats-Regierung verhandelt und war nach Moskau zurückgekehrt, um eine Artikelserie zu schreiben, deren Tendenz war: Ukrainischer Nationalismus ist die Mode einiger Intellektueller, während die Bauern auf russisch angeredet werden möchten. [25]

Er wird mit der Behauptung zitiert (Februar 1919), daß eine Anerkennung des Ukrainischen als Nationalsprache der Ukraine eine »reaktionäre« Maßnahme wäre, die nur Kulaken und der nationalistischen Intelligenzija zugute käme. [26]

Lenin hätte in jedem Fall die Ukraine in sein neues System einzube-
ziehen gewünscht. Aber klar ist, daß er – wie die Deutschen in ihrem
verzweifelten Kampf – die ukrainischen Ressourcen als lebenswichtig
ansah. Am 11. Februar 1919 befahl Moskau die entschädigungslose
Beschlagnahme allen »überschüssigen« Getreides oberhalb einer
Verbrauchsquote von 286 Pfund pro Kopf. Am 19. März 1919 verlangte Lenin persönlich 50 Millionen Pud Getreide; sie seien notwendig für das Überleben der Bolschewiki. [27] Ein ukrainischer Gelehrter versichert plausibel, daß dies nicht wirklich zutreffe, sondern daß
Lenin vor der Alternative gestanden sei, andernfalls die *russische*
Bauernschaft mit sogar noch weitergehenden Requisitionen zu provozieren, als sie bisher schon erlitten hatten, und daß es besser sei,
die Bürde zu verlagern. [28] Jedenfalls bestand das Ergebnis in 93
ukrainischen Revolten im April 1919 sowie 29 in der ersten Maihälfte. Vom 1. bis 19. Juni gab es 63. [29] Insgesamt scheint es etwa
dreihundert Revolten in der kurzen Periode von April bis Juli
gegeben zu haben. Anstelle der geplanten Beute von 2.317.000
Tonnen Getreide konnten die Bolschewiki nur 423.000 im Jahre 1919
einheben. Faktisch galt das kommunistische Gesetz kaum außerhalb
der Städte.

Die Weiße Offensive unter Denikin trieb im August 1919 die Bolschewiki noch einmal aus dem östlichen Teil der Ukraine hinaus,
während die Ukrainische National-Republik sich wieder westlich des
Dnjepr einrichtete.

Am 2. Oktober 1919 befahl Moskau seiner Ukrainischen Sowjetregierung, sich aufzulösen (wobei diesmal auch das ukrainische Zentralkomitee aufgelöst wurde, das »nationalistische« Abweichungen
hervorgebracht hatte). Dem folgte eine Vielfalt »illegaler« oder
oppositioneller Aktivitäten unter den ukrainischen Kommunisten,
und im Dezember 1919 bestand Lenin schließlich auf einer neuen
Taktik. Im Prinzip lief diese darauf hinaus, die Erwartungen des
ukrainischen Volkes zu akzeptieren, dabei aber die ukrainischen
Kommunisten unter fester Kontrolle Moskaus zu behalten.

Dieser Wechsel in der Taktik war offensichtlich das Resultat des
Versagens von Zentralisierungs-Zwangsmitteln. Auf dem Zehnten
Kongreß der Russischen Kommunistischen Partei sagt der ukraini-
sche Kommunist W. Satonskij klipp und klar:

»Die nationale Bewegung ist anscheinend von der Revolution erzeugt worden. Es muß offen gesagt werden, daß wir dies übersehen
haben und ganz gewiß durchgehen ließen. Dies war der größte Fehler
der Kommunistischen Partei, die in der Ukraine arbeitete ... Uns ist

das Aufsteigen der nationalen Bewegung entgangen, die vollkommen natürlich kam, als die breiten Bauernmassen zu bewußtem Leben erwachte. Wir haben den Augenblick versäumt, als ein vollkommen natürliches Gefühl der Selbstachtung in diesen Massen aufstieg und der Bauer, der vorher sich und seine Bauernsprache usw. mit Verachtung betrachtet hatte, sein Haupt zu erheben und viel mehr zu fordern begann, als er in zaristischen Zeiten gefordert hatte. Die Revolution hat eine kulturelle Bewegung hervorgerufen, eine breite nationale Bewegung erweckt, aber wir haben nicht vermocht, diese nationale Bewegung in unseren Kurs zu lenken, wir haben sie vorbeigehen lassen, und sie ist vollständig die Straße gezogen, auf die die örtliche kleinbürgerliche Intelligenzija und die Kulaken sie führten. Dies war unser größter Fehler.« [30]

Oder, wie es ein anderer führender ukrainischer Kommunist, Grinko (Hrynko) ausdrücken sollte: 1919–1920 war der Nationalitätenfaktor »die Waffe der Bauernschaft, die sich gegen uns richtete«. [31]

Tatsächlich war der Fehlschlag der beiden ersten sowjetischen Versuche gegen die Ukraine in Moskau bewertet worden, und man war zu dem Schluß gekommen, daß die ukrainische Nationalität und Sprache ein wichtiger Faktor war und daß ein Regime, das ihn zu ostentativ ignorierte, von der Bevölkerung als bloßer Octroi betrachtet werden würde.

Organisatorisch bedeutete die neue Linie Zusammenarbeit mit den Borotbisten, einer »linken« Fraktion der ukrainischen Sozialrevolutionären Partei, die die sowjetrussische Herrschaft akzeptierte, aber starke nationale Grundsätze vertrat und sich fähig gezeigt hatte, wenigstens einige Unterstützung auf dem Lande zu mobilisieren, wo die Bolschewiki völlig versagt hatten.

Einheimischer Bolschewismus war faktisch so schwach, daß keine überzeugend ukrainisch wirkende Führungsschicht daraus aufgestellt werden konnte. Aber jetzt, als Moskau beschloß, die ukrainische Karte zu spielen, standen diese neuen Männer zur Verfügung. Dies Bündnis, gefolgt vom Eintritt der Borotbisten in die Kommunistische Partei, bedeutete, daß es in Zukunft viele in der ukrainischen Führung geben würde, die eine nationalistische statt einer leninistischen Vergangenheit hatten. Faktisch kann man von der Ukrainischen Kommunistischen Partei sagen, daß sie »zwei Wurzeln« hatte, wie es die frühen Sowjethistoriker ausdrückten. Während man in Rußland selbst nur wenige frühere Nichtbolschewiki in der herrschenden Gruppierung sehen konnte, und dann auch nur an untergeordneter Stelle (Wyschinskij zum Beispiel), finden wir in der Ukraine einen

Ex-Borotbisten, Ljubtschenko, der später zum Vorsitzenden des örtlichen Rates der Volkskommissare aufstieg, und andere, wie etwa Grinko, in gleich hoher Position.

Obwohl viele Polen (etwa Dserschinskij, Radek, Kossior, Menschinskij, Unschlicht) und Letten (wie Rudzutak, Eiche, Bersinsch) Veteranen der bolschewistischen Bewegung waren, waren dort nur wenige Ukrainer aufgetreten. Von den wenigen, die man findet, neigten wiederum einige – vor allem Skrypnyk und Tschubar, beide an zentraler Stelle in revolutionäre Aktionen verwickelt – dazu, ukrainische nationale Ansprüche zu verteidigen, sobald sie in die Ukraine versetzt worden waren. Dies antizipiert, wie gesagt, in vieler Hinsicht das, was in den vierziger und fünfziger Jahren in Osteuropa passieren sollte, mit Kommunisten, die man als völlig zugänglich für Moskaus Befehle eingeschätzt hatte, wie Nagy und Kostow.

In dieser chaotischen Periode, daran muß man sich erinnern, waren die vollen Auswirkungen des Leninismus vielen noch nicht klar. Einige linke nichtkommunistische Parteien behielten noch einige Jahre eine prekäre Legalität, während innerhalb der Kommunistischen Partei selbst Gruppierungen mit verschiedenen Standpunkten öffentlich hervortraten.

Was die Ukraine betrifft, so ist wichtig, daß das Regime nun durch eine Gruppe mit wirklichen Verbindungen zum ukrainischen Volk verstärkt war, die jedoch gleichzeitig eine Quelle nationalistischer Forderungen blieben.

Nichts von eigentlicher Machtsubstanz indes war zugestanden worden, noch auch hätte sie gewährt werden können ohne die Gefahr von Spaltungen. Eine Konferenz der (großenteils fiktiven) Kommunistischen Partei der Ukraine, abgehalten im Oktober 1919 außerhalb der Republik in Gomel, Bjelorußland, verabschiedete eine realistische Resolution (die sieben Jahre später veröffentlicht wurde), wonach »die Bewegung nach Süden und die Organisation der Sowjetmacht in der Ukraine nur zustandekommen können mit Hilfe regulärer, disziplinierter Detachements (die keinesfalls örtlicher Herkunft sein dürfen)«. [32] Zu diesem Zeitpunkt bestand die Mitgliederzahl der Kommunistischen Partei der Ukraine immer noch erst zu 23 Prozent aus Ukrainern. [33]

Unter den verschiedenen Abweichungen zwischen sowjetischer Herrschaft im eigentlichen Rußland und in der Ukraine ist die Dorfverwaltung besonders enthüllend. Während der »Kriegskommunismus«-Periode war die wichtigste Machtagentur des Regimes

auf dem Lande das Komitee der armen Bauern, bestehend aus den
Prokommunisten unter den armen Bauern und »ländlichen Proleta-
riern«; in Rußland regierte es über die Köpfe der Dorf-Sowjets, in
der Ukraine trat es an ihre Stelle. Die Komitees wurden Ende 1918
aufgelöst, aber wiedererrichtet, und zwar *nur in der Ukraine*, am
9. Mai 1920, unter der Bezeichnung Komitee der unreichen Bauern
(*Komnesamy*), wobei vorgesehen war, daß diejenigen Dorfbauern
eintraten, denen es am schlechtesten ging. Im Rest der UdSSR
verblieben nur die Dorf-Sowjets. Diese wurden zwar auch in der
Ukraine gebildet, hier aber hatten die Komitees das Recht, jede
Maßnahme eines Dorf-Sowjets höheren Ortes zu denunzieren, Mitglieder der Dorf-Sowjet-Exekutive auszustoßen, den Dorf-Sowjet
aufzulösen und neue Wahlen zu veranstalten. Sie waren auch bevollmächtigt, Lebensmittel zu requirieren.
Ihre Position wurde in einem Rundschreiben des Zentralkomitees
folgendermaßen erläutert. »In den ukrainischen Dörfern liegt die
Macht tatsächlich in den Händen der wohlhabenden Bauern, der
Kulaken, die ihrer Natur nach unerbittliche Feinde der proletarischen Revolution sind« und »organisiert und bis an die Zähne
bewaffnet« seien. Die Komitees der unreichen Bauern sollten die
Dorf-Armen organisieren, »die Kulaken entwaffnen und das Banditentum eliminieren«. [34]
Die führenden Gestalten in den Komitees, die Hauptstützen der
Partei auf dem Lande, waren großenteils Nicht-Ukrainer. Bei ihrem
ersten Kongreß sprachen nur 22,7 Prozent der Delegierten ukrainisch, beim zweiten 24,7 Prozent; [35] zudem erwiesen sie sich als
unzulängliche Basis für die Sowjetmacht, und mehrere tausend städtische Kommunisten wurden aufs Land geschickt, um sie zu unterstützen.
Nicht einmal jetzt stießen die Ukrainisierer innerhalb der Partei
selbst auf Verständnis, auch nicht auf der kulturellen Ebene. Ein
ukrainischer Delegierter zum 12. Parteikongreß sprach von »höchst
verantwortungsvoll argumentierenden »Genossen aus der Ukraine«:
»Ich bin durch die ganze Ukraine gereist, ich habe mit den Bauern
gesprochen, und ich habe den Eindruck gewonnen, daß sie die
ukrainische Sprache nicht wollen.« [36]
Rakowskij zumindest hatte seine Lektion gelernt; er hatte jedoch
Grund, sich über die Mühe zu beschweren, die man aufwenden
mußte, um die »ukrainische« Parteiorganisation dazu zu »zwingen«,
die »Bedeutung der Nationalitätenfrage zu verstehen«. Die gegenwärtige nationale Politik würde betrachet »von der Mehrheit in der

Ukraine, und noch mehr hier in Rußland, als ein gewisses strategisches Diplomatiespiel... ›Wir sind ein Land, das über den Zustand der Nationalitäten hinausgegangen ist‹, wie ein Genosse sich ausdrückte, ›wir sind ein Land, wo materielle und ökonomische Kultur gegen die nationale Kultur opponiert. Nationale Kultur ist für rückständige Länder auf der anderen Seite der Barrikade, für kapitalistische Länder; wir aber sind ein kommunistisches Land.‹« [37] Ein wichtiger Teil der Bolschewiki, Veteranen wie D. S. Lebed etwa, vertraten eine Theorie vom »Kampf der zwei Kulturen«, in dem das »proletarische Rußland« die »bäuerliche Ukraine« konfrontierte; mit der Folgerung, daß keine Ukrainisierung notwendig war, weil die russische Kultur sich durchsetzen mußte. Ein Versuch wurde noch beim Fünften Kongreß der Ukrainischen Partei unternommen (17. bis 20. November 1920, von keiner geringeren Persönlichkeit als Lenins führendem Mitarbeiter Sinowjew), die ukrainische Sprache auf die ländlichen Gegenden zu beschränken und so den endlichen Triumph der »höher kultivierten russischen Sprache« in Aussicht zu stellen, aber dies wurde zurückgewiesen. [38]

In den Jahren 1920 und 1921 gab es unablässig innerparteilichen Streit in dieser Frage, wobei viele der ukrainischen Kommunisten schwer darum kämpften, die erstrittenen formalen Freiheiten zu behalten und die kulturelle und sprachliche Ukrainisierung auszubreiten.

Skrypnyk, mittlerweile der bedeutendste Bolschewik auf ukrainischer Seite, kämpfte für die Einsicht (wie er es beim Zehnten Kongreß der Russischen Kommunistischen Partei im März 1921 ausdrückte), daß »die Genossen den Gedanken abschütteln müssen, daß die sowjetische Föderation nichts mehr sei als eine russische Föderation, denn die wichtige Tatsache ist nicht, daß sie russisch ist, sondern daß sie sowjetisch ist«. [39] Der Kampf in dieser Frage sollte weitergehen.

Die dritte sowjetische Okkupation der Ukraine war im März 1920 vollzogen. Die zeitweilige Eroberung eines großen Teils der westlichen Bereiche, einschließlich Kiews, durch die Polen im Mai 1920, war die letzte wichtige Unterbrechung der Sowjetherrschaft.

Die letzten regulären ukrainischen Einheiten wurden im November 1920 überwältigt, und ihre Reste überschritten die polnische Grenze und wurden interniert, wenn auch größere Guerrilla-Vorstöße bis Ende 1921 weitergingen. Im April 1921 operierten 102 bewaffnete antikommunistische Gruppen von 20 oder 30 bis 50 oder sogar 500

Mann in der Ukraine und in der Krim, nicht gezählt die anarchistische Machno-Armee, die immer noch 10- bis 15 000 Mann umfaßte. Kleinerer Guerillakrieg zog sich, wie sowjetische Quellen bestätigen und wie wir im nächsten Kapitel sehen werden, noch jahrelang hin, nachdem die stärksten antisowjetischen Streitkräfte 1921 zerschlagen worden waren. [40]

Aber die Ukraine war zu diesem Zeitpunkt tatsächlich im großen und ganzen unterworfen; der erste osteuropäische Staat, der erfolgreich vom Kreml übernommen wurde. Der Versuch gegen Polen erwies sich 1920 als Fehlschlag; andernfalls würden viele Leute vielleicht auch in diesem Fall heute für natürlich halten, was in Wahrheit nur historisch war, nämlich eine lang bestehende Unterwerfung unter Moskau, unterbrochen nur durch einige Jahre der Unabhängigkeit.

So wurden drei aufeinanderfolgende Sowjetregierungen von 1918 bis 1920 in der Ukraine errichtet, wobei jede von ihnen im Gefolge der Roten Armee auftrat. Die beiden ersten wurden von rivalisierenden Invasionskräften vertrieben, aber erst, als sie ihre vollständige Unfähigkeit gezeigt hatten, die Unterstützung der Ukrainer zu gewinnen. Erst beim dritten Versuch lernten Lenin und die Bolschewiki endlich, daß ohne ernsthafte oder jedenfalls ernsthaft aussehende Konzessionen an das ukrainische Nationalgefühl ihre Herrschaft wurzellos und gefährdet bleiben würde. Nachdem Lenin selbst diese Lektion gelernt hatte, wie wichtig es ist, die Verletzung nationaler Empfindungen zu vermeiden, hielt er sich entschieden daran und griff Stalin und andere an, wenn er das Gefühl hatte, sie benähmen sich wie unverblümte großrussische Chauvinisten. Und »Unabhängigkeit« wurde nunmehr gewährt.

In den nächsten zehn Jahren sollte die Ukraine ein erhebliches Maß an kultureller und sprachlicher Freiheit genießen, und ihre Regierungen bemühten sich, Moskaus politischen Willen nicht zu grob oder zu ostentativ durchzusetzen. Es war jedoch ein ständiger Kampf, und es blieb klar, daß ein wichtiger Sektor der Partei fortfuhr, das ukrainische Nationalgefühl als spaltendes Element in der UdSSR und den Drang nach Unabhängigkeit als nicht ausreichend ausgelöscht zu betrachten. Stalin teilte diese Überzeugung, und als die Zeit kam, sollte er nach diesem Grundsatz und mit äußerster Erbarmungslosigkeit gegen das ukrainische Volk vorgehen.

3
Revolution, Bauernkrieg und Hungersnot
1917–1921

Sie liebt Blut,
Die russische Erde
Achmatowa

Im Jahre 1917 besaßen die Bauern bereits als Eigentum oder Pacht-
grund viermal so viel Land wie andere Landbesitzer (einschließlich
der angesiedelten »Stadtbewohner«, deren Anteil im Jahre 1911 über
20 Prozent gelegen hatte). 89 Prozent des Ackerlandes befand sich in
Bauernhand. [1]
Der Zusammenbruch des alten Regimes im März 1917 führte zur
gewaltsamen Übernahme der großen Herrengüter durch die Bauernschaft. 1917 wurden 108 Millionen Morgen 110000 Gutsherren weggenommen, und 140 Millionen Morgen mehr als zwei Millionen
»Bauern« – die letzteren lassen sich, wie die Zahl des Eigentümer-
Durchschnitts von 70 Morgen anzeigt, besser als kleine Gutsherren
beschreiben. Von 1917 bis 1918 erhöhten die Bauern in 36 offensichtlich repräsentativen Provinzen ihren Besitz von 80 auf 96,8 Prozent
allen urbaren Landes [2], während der durchschnittliche Einzelbau-
ernbesitz um ungefähr 20 Prozent anstieg (in der Ukraine wurde er
nahezu verdoppelt). [3]
Die Zahl der landlosen Bauern fiel annähernd um die Hälfte zwischen 1917 und 1919, und die Zahl derjenigen, denen mehr als zehn
Desjatinen gehörten (ca. 27,5 Morgen) ging um mehr als zwei Drittel
zurück. [4] In den Dörfern hatte eine wahre Nivellierung stattgefunden.
Gemäß Lenins taktischen Einschätzungen war die Land-Verordnung
vom 8. November 1917, ergangen unmittelbar nach der bolschewikischen Machtergreifung, gestützt auf Bauern-Forderungen, wie die
Sozialrevolutionäre sie vorgetragen hatten; sie war ein bewußtes
Manöver, um die Unterstützung der Bauern zu erlangen. Sie erklärte, daß nur die Konstituierende Versammlung (die tatsächlich
von den Bolschewiki auseinandergejagt wurde, als sie im Januar 1918
zusammentrat) über die Landfrage entscheiden könne; aber sie
betonte, daß »die gerechteste Lösung« die Umwandlung allen Lan-

des, einschließlich des staatlichen Grundbesitzes, »zum Gebrauch derjenigen, die es bestellen«, sei, und daß »alle Formen des Landbesitzes vollständig frei sein müssen... wie es die einzelnen Dörfer bestimmen«. Lenin erläuterte später, daß dies ein Manöver war: »Wir Bolschewiki lehnten das Gesetz ab... Dennoch unterzeichneten wir es, weil wir uns nicht dem Willen der Bauernmehrheit widersetzen wollten... Wir wollten den Bauern nicht die Idee aufnötigen, daß die gleichmäßige Landaufteilung nutzlos sei; ein Gedanke, der ihnen fremd war. Viel besser ist es, dachten wir, wenn sie aus eigener Erfahrung zu der Einsicht kommen, daß gleiche Teilung Unsinn ist... Deshalb halfen wir, das Land aufzuteilen, obwohl wir erkannten, daß das keine Lösung ist.« [5]

Eine Verordnung über die »Sozialisierung« des Landes vom 19. Februar 1918 sprach vom Segen der Kollektivierung, befaßte sich aber im Grunde hauptsächlich mit Landverteilung unter der Verordnung des 8. November.

Die Dorfgemeinschaft tauchte wieder auf, oder vielmehr: sie wurde spontan neubelebt; sie durfte sich mit der Umverteilung von Gutsherrenbesitz und anderem Land befassen, wobei die Bolschewiki zu glauben schienen, daß sie auf diese einzige Pflicht beschränkt werden könne und daß der Rest der Dorf-Verwaltung von den Sowjets übernommen werden könne. Tatsächlich wurde die Dorfgemeinschaft, allgemein gesprochen, zur effektiven Dorf-Führung.

Das Wiederauftauchen der Dorfgemeinschaft bedeutete zumindest die teilweise Zerstörung der Stolypin-Bauernschaft als Klasse, und die »Abgeschiedenen« wurden nun oft in die Dorfgemeinschaft zurückgezwungen. [6] Ihre Einzelhöfe, oder Weiler von Einzelhöfen, genannt Chutors (ukrainisch Chutirs) waren jedenfalls oft groß genug, um ihre Eigentümer unter der groben Schablone der Kommunisten als Kulaken zu qualifizieren. In Sibirien und in der Ukraine – wo es fast immer um Weiler statt um Alleinhöfe ging – überlebte eine angemessene Anzahl von Chutirs trotz allem vorerst, aber in der UdSSR insgesamt waren 1922 weniger als die Hälfte der ursprünglich »abgeschiedenen« Bauernhöfe übriggeblieben. [7] (Wenn auch diese Form später einige Ermutigung durch die Behörden erhielt in einer Zeit, als Produktivität wichtiger schien als doktrinäre Überlegungen.)

Zurückführung in die Dorfgemeinschaft blieb jedoch die Hauptsache. Am Vorabend der Revolution waren weniger als 50 Prozent der Bauern in 47 europäischen Provinzen Rußlands noch Mitglieder der Dorfgemeinschaft. Aber 1927 waren 95,5 Prozent des Grundbesitzes in den alten Dorfgemeinschaften, und nur 3,5 Prozent waren eigenständige Höfe vom Stolypin-Typus. Das – ironische – Ergebnis bestand darin, daß der »Sozialismus« in keiner Hinsicht vorangetrieben wurde. Die Dorfgemeinschaft setzte landwirtschaftliche Rückständigkeit fort, wurde aber gleichzeitig zu einer echten Bauern-Organisation und damit zu einem Bollwerk gegen die Sozialisierung aus der Sicht der Kommunisten. Und vom kommunistischen Standpunkt bedeutete die ganze »schwarze Neueinteilung«, daß »sobald die Dörfer den Zugriff auf das Eigentum der Grundbesitzer zuwege brachten, sie nur noch taube Ohren für jede Idee vom Sozialismus hatten«. [8]

Lenin trug seine Ansicht dieses Phänomens bei verschiedenen Gelegenheiten vor. Er entwickelte das doktrinäre Problem klar: »Kleinbürgerliche Grundbesitzer sind bereit, uns, dem Proletariat, zu helfen beim Hinauswurf des landbesitzenden Adels und der Kapitalisten. Danach aber trennen sich unsere Wege.« Und er folgerte daraus: »Dann werden wir einen höchst entscheidenden, höchst erbarmungslosen Kampf gegen sie aufnehmen müssen.« [9]

Im Mai 1918 also entschieden die Bolschewiki, daß die Anfangsphase eines Bündnisses mit der Bauernschaft insgesamt vorüber sei und daß die sozialistische Revolution nunmehr ernstlich beginnen könne. Lenin bemerkte, daß, wenn einige 100 000 Adlige Rußland regieren konnten, dies auch einige 100 000 Kommunisten zuwege bringen müßten. Und dies, nicht eine scholastische Form der sozialen Analyse, scheint die richtige Betrachtungsweise zu sein.

Die Herabwürdigung der Bauernschaft als Ganzes wurde im Juli 1918 festgeschrieben, als die neue Sowjet-Verfassung ein schwerwiegendes Übergewicht von Stimmen der Arbeiter gegenüber denen der Bauern erbrachte – (für erstere ein Repräsentant für 25 000 Wähler, für letztere ein Repräsentant für 125 000 Einwohner – vermutlich eine Differenz von etwa 3 : 1). In den zentralen sowjetischen Organen, wo dies Ungleichgewicht sich hauptsächlich zeigte, hob die Kontrolle durch die Partei ohnehin jede Wählerentscheidung auf. Die symbolische Wirkung jedoch, wenngleich sich diese Lösung als guter Marxismus verteidigen ließ, war nicht geeignet, die Bauernschaft zu becircen. Die Formel in ländlichen Gebieten für die neue Phase des Sozialismus war das Bündnis mit dem armen Bauern und dem »Dorfproletarier« gegen den »Kulaken«, wobei der »mittlere Bauer« neutralisiert war (wenngleich der mittlere Bauer an einem kritischen Punkt des Bürgerkriegs wieder zum »Verbündeten« wurde).

Wie befriedigend auch immer diese Formel aus der Sicht der Klassen-
doktrin war, es gab viele Schwierigkeiten, sie in die Praxis umzuset-
zen. Erstens war der Kulak im Sinne eines reichen ausbeutenden
Bauern, gegen den alle anderen Krieg führen würden, mittlerweile
eine mehr oder weniger fiktive Gestalt. Tatsächlich waren Geldverleih und Hypothekenaufnahme, die den Kulaken ursprünglich aus-
machten, nicht mehr praktikabel, weil beides gesetzlich verboten
war. Dennoch, so erfahren wir, kam »der erste Schlag« im Sommer
1918, als die Anzahl der »Kulaken«-Haushalte auf ein Drittel reduziert und 50 Millionen Hektar enteignet wurden, [10] wobei die
»Kulaken« mehr als 60 Prozent ihres Landbesitzes verloren. [11] Im
August 1918 sprach Lenin von zwei Millionen kulakischen Ausbeutern, im April 1920 nur noch von einer Million, »die die Arbeit
anderer ausbeuten«. Die Wegnahme und Neuverteilung von »Kulaken«-Land und -Eigentum ging weiter, zumindest in der Ukraine, bis
in die Mitte des Jahres 1923, und man kann sicher sein, daß nicht
einer davonkam, der auch nur im entferntesten Sinne »Kulak«
genannt werden konnte.

Peinlicher noch: Das »ländliche Proletariat« war, beinahe schon
buchstäblich, das schwächste Element im Dorf und spielte in keiner
Hinsicht eine produktive Rolle im Vergleich zum städtischen Proletariat. Es umfaßte, wie kommunistische Kommentatoren zugeben
mußten, die Faulen, die Trinker und allgemein diejenigen, die im
Dorf am wenigsten geachtet wurden. Wo Stolypin »auf die Starken
gesetzt« hatte, setzte Lenin auf die Schwachen.

Aber er hatte kein anderes Mittel, um sich so etwas wie eine
Gefolgschaft auf dem Land zu verschaffen. Die Partei selbst war in
den Dörfern ungewöhnlich schwach. Vor der Revolution hatten nur
494 Bauern der Bolschewiki-Partei angehört, und es gab nur vier
ländliche Parteizellen. [12]

Bolschewiki-Führer sprachen offen über die Notwendigkeit, den
praktisch nichtexistenten Klassenkampf im Dorf erst zu erschaffen.
Swerdlow sagte in einer Ansprache an das Zentrale Exekutiv-Komitee im Mai 1918: »Wir müssen uns ernsthaft das Problem vornehmen,
das Dorf in Klassen einzuteilen, in ihm zwei gegenüberstehende
feindliche Lager zu schaffen, die ärmsten Schichten der Bevölkerung
gegen die Kulaken-Elemente aufzuwiegeln. Nur wenn wir imstande
sind, das Dorf in zwei Lager zu spalten, dort denselben Klassenkampf
wie in den Städten zu entfachen, werden wir in den Dörfern erreichen, was wir in den Städten erreicht haben.« [13]

Der Kampf war bitter und wurde immer bitterer. Denn es ging keineswegs nur um Arm gegen Reich im Dorf. Viel mehr als der Klassenkampf war zur Zentralfrage die Abschaffung des Rechts der Bauern geworden, ihr Getreide frei zu verkaufen; damit verbunden der Kampf, es einfach im Namen des Staates zu beschlagnahmen.

Eine Verordnung vom 9. Mai 1918 »über das Lebensmittel-Monopol« ermächtigte das Kommissariat für Ernährung, den Bauern alles Getreide wegzunehmen, das sie über die vom Kommissariat festgesetzten Quoten hinaus besaßen, wobei hinzugefügt wurde: »Dies Getreide ist in den Händen von Kulaken.« Die Verordnung rief »alle arbeitenden und besitzlosen Bauern« auf, sich zu diesem Zweck »sofort zu einem gnadenlosen Krieg gegen die Kulaken zu vereinigen«. Eine spätere Verordnung vom 27. Mai autorisierte das Kommissariat für Ernährung, besondere »Lebensmittel-Abteilungen« verläßlicher Arbeiter für die gewaltsame Erfassung von Getreide aufzustellen; von insgesamt 10000 Mann im Juli 1918 stieg der Bestand dieser Abteilungen auf 45000 im Jahre 1920. Wie diese Truppen sich aufführten, kann man aus einer Beschreibung ihres üblichen Betragens durch Lenin entnehmen: willkürliche Verhaftungen, Schläge oder Drohungen mit Hinrichtungen ohne hinreichenden Grund, Wodka-Destillierung aus dem von ihnen beschlagnahmten Getreide, Trunksucht. [14]

Die Verordnung vom Juli 1918 hatte von »Überschuß«-Getreide als einer Kalkulation allen Getreides gesprochen, das über das Doppelte des Bauern-»Bedarfs« hinausging; aber im Januar 1919 kalkulierte eine Verordnung »über die Requisition von Lebensmitteln« andersherum, nämlich nach dem »Bedarf« des Staates, und es wurde legal, zu requirieren ohne Rücksicht darauf, was dem Bauern verblieb. Lenin gab später zu: »Praktisch nahmen wir alles Überschuß-Getreide weg – und manchmal sogar nicht nur Überschuß-Getreide, sondern einen Teil des Getreides, das der Bauer zum Essen brauchte.« [15]

Ein sowjetischer Gelehrter berichtet in einem kürzlich veröffentlichten Werk, daß die Abteilungen für Lebensmittel-Requisition ursprünglich versuchten, Getreide direkt jenen wegzunehmen, die verdächtigt wurden, es zu horten, ohne den Rest der Bauern zu behelligen; sie hätten jedoch gefunden, daß »ohne Druck ihrer Mit-Dorfbewohner die Kulaken sich weigerten, ihren Überschuß abzugeben; überdies verbargen sie einen Teil ihres Getreides in den Häusern der Armen und versprachen ihnen dafür ein Geschenk«. [16] Tatsächlich wurde die Dorf-Solidarität nicht gebrochen.

Um den neuen Klassenkampf zu betreiben, wurden »Komitees der armen Bauern« (von denen wir bereits im ukrainischen Kontext gesprochen haben) durch Verordnung vom 11. Juni 1918 errichtet. Wie Lenin es beschrieb, markierten sie den Übergang vom Angriff auf die Gutsbesitzerschaft zum Beginn der sozialistischen Revolution auf dem Lande. [17]

Aus den erreichbaren Zahlen aus den Provinzen geht hervor, daß die Komitees der armen Bauern (russisch: Kombedy) nur zu etwas mehr als der Hälfte mit eigentlichen Bauern besetzt waren [18] (und 1919 wurden sie in Rußland aufgelöst in die Dorf-Sowjets, die ähnlich besetzt waren). Die Aktivisten in beiderlei Gremien waren faktisch städtische Kommunisten – mehr als 125 000 von diesen wurden hinausgeschickt, um die mangelhaften Dorf-Organisationen zu besetzen. [19]

In zahlreichen seiner Reden forderte Lenin zuerst, dann verkündete er die Aussendung von Abteilungen »Tausender und Abertausender« von »politisch fortgeschrittenen« Arbeitern aus den beiden Hauptstädten auf das Land, um die Lebensmittel-Requisitionsabteilungen zu leiten und den Komitees der armen Bauern Führung zu geben.

Obwohl die Masse selbst der ärmsten Bauern unbeteiligt blieb, schaffte das Regime den Aufbau einer Art von Basis auf dem Lande. Als der Widerstand in den Dörfern stärker wurde, begannen kleine Banden, die kommunistische Patronage akzeptiert hatten und die Unterstützung der bewaffneten Eindringlinge aus den Städten genossen, mit Plünderung und Mord mehr oder weniger nach Belieben. [20] Zusätzlich schlug Lenin Ende August 1918 vor, in jeder Region Geiseln zu nehmen: »25 bis 30 Geiseln aus den Reihen der Reichen, die mit ihrem Leben für die Einhebung und Verladung allen Überschusses haften würden.« [21] Er empfahl auch, einen Teil des beschlagnahmten Getreides an Denunzianten abzugeben. [22]

Ein sowjetischer Wissenschaftler gibt Schätzungen wieder, wonach 1919 ungefähr 15 bis 20 Prozent der landwirtschaftlichen Produktion requiriert wurden und daß dieser Anteil im Jahre 1920 bis auf 30 Prozent anstieg. [23] (Die Zwangsablieferung wurde durch Verordnung vom 5. August 1919 auf »Heimindustrieprodukte« ausgedehnt.)

Diese Einstellung gegenüber den Erzeugnissen der Landwirtschaft wird oft als »Kriegskommunismus« bezeichnet, womit impliziert wird, daß es sich um eine Notmaßnahmen-Politik gehandelt habe, diktiert von den Zwängen des Bürgerkrieges. Dies ist völlig unwahr.

Der Bürgerkrieg hatte zur Zeit der ursprünglichen Verordnungen noch gar nicht richtig begonnen, als Lenin im Juni 1918 schon das Getreidemonopol aus einem ganz anderen Gesichtspunkt heraus definierte, nämlich als »eine der wichtigsten Methoden des allmählichen Übergangs von kapitalistischem Waren-Austausch zu sozialistischem Produkt-Austausch«. [24]

Das bedeutet, daß die »Kriegskommunismus«-Politik keineswegs eine »Kriegs«-Maßnahme war, sondern der bewußte Versuch, eine neue soziale Ordnung zu errichten und den sofortigen Übergang des Landes in den vollen Sozialismus zu bewirken. Sogar nach dem Debakel hat Lenin dies offen zugegeben; er sprach von einem »Versuch, den Kommunismus sofort zu erreichen«, und: »Allgemein hielten wir es für möglich, . . . ohne Übergang mit dem Aufbau des Sozialismus zu beginnen.« [25] Im Oktober 1921 sagte er: »Wir kalkulierten . . . oder wir nahmen an, ohne ausreichende Kalkulation, daß ein augenblicklicher Übergang von der alten russischen Wirtschaftsform zu staatlicher Produktion und Verteilung nach kommunistischen Grundsätzen stattfinden würde«; [26] und hinsichtlich der speziellen Requisitions-Politik: »Wir machten den Fehler, daß wir uns entschieden, direkt zu kommunistischer Erzeugung und Verteilung überzugehen. Wir suchten eine ausreichende Menge Getreide von den Bauern über die ›Raswerstka‹ (Zwangsquoten für die Getreide-Ablieferung) zu erhalten und es dann den Industrien zuzuteilen und daß wir so zu kommunistischer Produktion und Verteilung gelangen würden. Ich möchte nicht behaupten, daß dies genau unsere Vorstellung war, aber wir handelten in diesem Geiste.« [27]

Einer der führenden Nationalökonomen des Regimes schrieb später über die Periode des Kriegskommunismus, daß ihr die Planung fehlte, so daß jeder Mangel als »Schock«-Ziel angegriffen und mit höchster Priorität ausgestattet wurde. Dies führte unumgänglich zu wirtschaftlicher Anarchie, [28] und es wurde insbesondere auf das Problem angewandt, das Getreide der Bauern in die Hand zu bekommen, mit Gewalt als der einzigen verfügbaren Methode – wenngleich Nikolaj Bucharin in seiner »Ökonomie der Übergangszeit« mit seltsamer Logik behauptete, daß der Zwang gegenüber den Bauern nicht »pure Nötigung« genannt werden dürfe, weil er »auf dem Wege der allgemeinen wirtschaftlichen Entwicklung liege«. Lenin kommentierte: »Sehr gut.« [29]

In einer allgemeineren Sicht wurde Sozialismus als Sache der Zentralisierung, Planung und Abschaffung des Geldes verstanden. Das nunmehr etablierte System war eines der Verstaatlichung von Indu-

strie und Finanzierungswesen und von Getreidebeschaffung durch
Zwang, unter einer hochzentralisierten Regierungsmaschine. Dies
wurde von der Partei, von Lenin abwärts, nicht nur als Sozialismus,
sondern sogar als Kommunismus betrachtet. In der Tat hat Lenin die
Requisitionen zu einem bestimmten Zeitpunkt als die Essenz des
Sozialismus dargestellt und die Meinung vertreten, daß direkte Beziehungen Staat/Bauern sozialistisch, während Beziehungen über
den Markt kapitalistisch seien. [30]

Eine der auffälligsten Schlußfolgerungen daraus ist, daß Lenin die
Errichtung des Sozialismus – oder sozialistischer Beziehungen – ohne
Bezug auf irgendeine Kollektivierung der Bauernschaft sah. Das
Kriterium war faktisch die Abschaffung von Beziehungen über den
Markt.

Zur Debatte stand die Frage, wie man das Getreide der Bauern
bekam, ohne es zu kaufen. Während wir nun zur Kollektivierung von
1930 gelangen, erscheint es sinnvoll, sie zu betrachten weniger unter
dem sozialen Aspekt kollektiven Eigentums und kollektiver Arbeit
als eher unter dem Aspekt, wie man dem Bauern die Möglichkeit
nimmt, sein Produkt dem Staat vorzuenthalten.

Inzwischen waren die hochsubventionierten Kollektivgüter, die man
1918 bis 1921 errichtete, noch gering an Zahl und uneffizient; Lenin
sprach von ihnen verächtlich als »Almosenhäusern«. Eine Anzahl
großer Güter wurde in Staatsgüter verwandelt (Sowchosy), was man
als die höchste Form der sozialistischen Agrikultur ansah – die wahre
ländliche Fabrik, wie die Marxisten sie vorausgesehen hatten. Das
Gesetz über Sozialistischen Landbesitz vom 14. Februar 1919 sagte,
daß sie organisiert würden, »um die Bedingungen für einen vollständigen Übergang zu kommunistischer Landwirtschaft zu schaffen«.
Aber auch sie waren weder effizient noch populär, trotz der verschiedenen Begünstigungen, mit denen sie überschüttet wurden. Und sie
waren weder Staats- noch Kollektivgüter von irgendwelcher Bedeutung im Kriegskommunismus; erst viel später änderte sich das.

Was wirkungsvolle Modernisierung in der Zukunft betraf, so galt der
Traktor, von dem man schon aus Amerika gehört hatte, als das
Instrument zur Modernisierung der Güter. Nach seiner Aussage
glaubte oder jedenfalls sagte Lenin noch 1919, daß 100000 Traktoren
die Bauern in Kommunisten verwandeln würden. [31]

Das Ende des Bürgerkriegs wurde dagegen von keiner Lockerung
des »Kriegskommunismus« begleitet. Statt dessen wurden weitere
utopische Maßnahmen eingeleitet:

Kommunikationsmittel und Mietbesitz wurden für kostenfrei er-

klärt, die Abschaffung des Geldes in die Planung einbezogen, mit ihr
die Abschaffung der Zentralbank; und gegen Ende des Jahres 1920
wurden die letzten kleinen Unternehmen verstaatlicht – zusammen
mit einer weiteren staatlichen Intervention in die Angelegenheiten
der Bauern: man schrieb ihnen vor, was sie anbauen sollten.

Noch am 8. März 1921, auf dem Höhepunkt der Rebellion von
Kronstadt, versicherte Lenin dem Zehnten Parteikongreß, daß die
Aufgabe der Getreide-Requisitionen zugunsten freien Handels »immer noch unfehlbar zur Herrschaft der Weißgardisten führen würde,
zum Triumph des Kapitalismus, zu vollständiger Restauration des
alten Regimes. Und ich wiederhole: man muß diese politische Gefahr
klar erkennen«.

Während der Bürgerkrieg tobte, sahen die Bauern auch wenig Hoffnung auf der Seite der Weißen. Denikin war – wie die *Große
Sowjetische Enzyklopädie* überraschend zugibt – nicht ein Anhänger
der Seite Gutsbesitzer/Zar, sondern der Konstitutionellen Demo-
kraten. Aber das Fehlen von Einheit oder Gleichförmigkeit in den
Reihen der Weißen ermöglichte den Vorwurf, daß sie die Herrschaft
der Gutsbesitzer wiederherstellen wollten; was viele auch unzweifelhaft beabsichtigten. Überdies vertrat Denikin ein »ganzes und unteil-
bares Rußland« und weigerte sich, die Existenz der Ukrainer anzuer-
kennen.

Ein weiterer tödlicher Fehler in der Politik Denikins und der meisten
anderen antisowjetischen Regime war, daß ihre Haltung zu den
unmittelbar drängenden landwirtschaftlichen Problemen – der dringende Bedarf jedes damaligen Regimes und jedes Heeres an Getreide – zu marktablehnenden Haltungen führte. Jedenfalls gilt dies
für alle weißen Regime vor Wrangel. Er als erster begann, sich auf die
Marktkräfte und den freien Handel mit Getreide zu stützen. Und sein
Ausbruch aus der Krim mit einer kleinen und oft geschlagenen
Armee 1920, äußerlich wie ein Verzweiflungsschritt wirkend, erbrachte erstmals den Zulauf großer Freiwilligenscharen zu einer
Weißen Armee in der Ukraine.

Im allgemeinen jedoch war der Bürgerkrieg ein Wettstreit zwischen
zwei gut bewaffneten, aber unpopulären Minderheiten. Und soweit
wir in der Periode seit 1918 ihm unsere Aufmerksamkeit zuwenden,
geschieht es aus unzulänglichen Gründen: es war ein regulärer Krieg
mit organisierten Armeen, rivalisierenden Regierungen, Oberkom-
mandierenden; er wurde zum Zweck der Eroberung von Schlüssel-
stellungen und zentral gelegenen Städten geführt. Seine Kampagnen

und Schlachten waren klar, seine Bedeutung in den Augen der Welt war offensichtlich und dramatisch.

Dennoch kann er in seiner Bedeutung, und mehr noch in seinen Verlustzahlen und seiner Wirkung auf das Land, als weniger bedeutsam und schwerwiegend eingeschätzt werden als der Bauernkrieg 1918 bis 1922, der ihn überlappte und überdauerte. Noch 1921, als die Weißen bereits niedergekämpft waren, beschrieb der führende sowjetische Historiker die Situation folgendermaßen: »Die Mitte der RSFSR ist fast vollständig von einer Bauernerhebung eingeschlossen, von Machno am Dnjepr bis Antonow an der Wolga.« [32]

Es gab überdies aktive Erhebungen in Bjelorußland, dem Südosten, Sibirien, Karelien, dem Kaukasus und Zentralasien. [33] Schon 1918 vermerken offizielle Zahlen 108 »Kulaken-Revolten« in der Sowjetrepublik von Juli bis November 1918. Im ganzen Jahr 1918 »brachen nicht weniger als 245 wichtige antisowjetische Aufstände in nur 20 Regionen Zentralrußlands aus«; [34] während 99 für ein Drittel des Territoriums der Bolschewiki registriert wurden, innerhalb sieben Monaten des Jahres 1919. [35]

In manchen Gebieten konnte es passieren, daß ein Bevollmächtigter für Lebensmittel-Requisition ein Dorf erreichte und erschossen wurde, woraufhin eine Strafexpedition folgte, die ein halbes Dutzend Bauern erschoß und andere verhaftete, ein oder zwei Tage später erschien ein neuer Bevollmächtigter mit Gehilfen und wurde ebenfalls erschossen; eine andere Strafexpedition folgte – und so weiter. [36] Diese kleinen Zusammenstöße waren weit verbreitet und vermischten sich mit größeren Aufstandsbewegungen, wobei die »Grünen« eine mindestens so große Gefahr darstellten wie die »Weißen« oder die Polen.

Lenins Einstellung gegenüber seinen verschiedenen Feinden tritt auffällig hervor in einer seiner Weisungen für einen führenden Kommissar der Roten Armee: »Ein schöner Plan. Führe ihn mit Dserschinskij durch. Unter dem Deckmantel der ›Grünen‹ (und wir hängen es ihnen später an) marschieren wir zehn bis 20 Werst vor und hängen die Kulaken, Priester und Gutsbesitzer. Kopfgeld: 100 000 Rubel für jeden, der gehängt wird.« [37]

Anfang 1919 brach eine größere Erhebung in der Wolga-Region aus (gefolgt von einer weiteren 1920). Im Sommer 1919 schloß sich eine russische Bauern-»Armee«, die in Fergana zur Verteidigung gegen die moslemischen Einwohner gebildet worden war, den Moslems zum Kampf gegen die Roten an. Im nördlichen Kaukasus gab es nach Berichten der kommunistischen Behörden regelrechte Aufstandsheere, und mehrere sowjetische Divisionen wurden vernichtet. [38] es gab weitere größere Erhebungen in den Minderheiten-Territorien. Am 13. Februar 1921 erhoben sich die Armenier; sie eroberten die Hauptstadt Eriwan fünf Tage später.

In Westsibirien mobilisierte eine Erhebung im Januar 1921 zwischen 55 000 und 60 000 Bauern und breitete sich über zwölf Distrikte aus, [39], wobei sowjetische Kommunikationen effektiv abgeschnitten wurden; die Aufständischen eroberten eine Anzahl von Städten – darunter so wichtige wie Tobolsk. [40]

Die berühmte Antonow-Rebellion, die am 19. August 1920 begann, überrannte den größten Teil der Provinz Tambow und Teile benachbarter Provinzen; sie stellte ein Heer von mehr als 40 000 Bauernkämpfern ins Feld. Ein Kongreß dieser Tambow-Rebellen verabschiedete ein Programm zur Abschaffung der Sowjetmacht und das Zusammenrufen einer Konstituierenden Versammlung bei gleichem Stimmrecht, wobei das Ackerland denjenigen gegeben werden sollte, die es bestellten. Ähnliche Dokumente entstanden bei den Wolga-Rebellen, die ebenfalls nach Macht für das Volk riefen, »ohne jede Unterteilung in Klassen oder Parteien«. [41]

Es war unmöglich, diese Rebellen als Kulaken zu bezeichnen, da offizielle Berichte nachwiesen, daß zwischen 25 und 80 Prozent der Dorfbewohner, die in Antonows Streitkräften kämpften, [42] arme oder mittlere Bauern waren. Sie hielten starke bolschewikische Kräfte viele Monate lang in einer Patt-Situation fest, so daß die Revolte erst im Mai 1921 durch reguläre Streitkräfte unter Tuchatschewskij unterdrückt werden konnte. Sogar danach waren noch kleinere Gruppen aktiv bis wenigstens Mitte 1922. Die Vergeltungsschläge waren brutal, unter Anwendung der Lidice-Methode für ganze Dörfer.

In der Ukraine verfügte die große Erhebung unter Grigoriew vom Mai 1919 über 20 000 Mann, 50 Kanonen, sogar sechs Panzerzüge; sowjetische Historiker bezeichnen sie als verantwortlich dafür, daß die Rote Armee nicht in Rumänien einmarschieren konnte, um Béla Kuns Ungarischer Sowjetrepublik zu helfen. [43] Unter vielen anderen Rebellenkräften wurden die Gruppen des Anarchisten Machno am berühmtesten; zu einer bestimmten Zeit umfaßten sie über 40 000 Mann. Zeitweise standen sie im Bündnis mit den »Roten« gegen die »Weißen«, aber nach dem Januar 1920 gab es acht Monate erbitterter Kämpfe zwischen Machno und den Bolschewiki. Einer kurzzeitigen Wiederherstellung des Bündnisses im Oktober und November 1920 gegen die letzte »Weiße Drohung«, verkörpert durch Wrangel, folgten neue Kämpfe, die bis in den August 1921 weitergingen. Das Attraktive am Machno-Anarchismus wurde von ihm bereitwillig erläutert: Die Bauernschaft war gegen »die Gutsbesitzer und reichen Kulaken«, aber auch gegen »ihren Diener, die politische und administrative Macht des Beamten«. [44] Eine Analyse, die Pasternak in seinem *Doktor Schiwago* bestätigt:

»Die Bauern revoltieren, es gibt unablässig Erhebungen. Du wirst sagen, daß sie die Roten oder Weißen ohne Unterschied bekämpfen, wer immer an der Macht sein mag; daß sie einfach gegen jede etablierte Obrigkeit sind, weil sie nicht wissen, was sie wollen. Gestatte mir eine andere Meinung. Der Bauer weiß sehr genau, was er will, besser als du oder ich, aber er will etwas ganz anderes. Als die Revolution kam und ihn weckte, entschied er, daß dies die Erfüllung seiner Träume sei, seines uralten Traums vom anarchistischen Leben auf seinem eigenen Land durch die Arbeit seiner Hände, in völliger Unabhängigkeit und ohne jemandem irgend etwas zu schulden. Statt dessen fand er, daß er nur die alte Unterdrückung durch den zaristischen Staat für ein neues, viel schwereres Joch des revolutionären Über-Staates eingetauscht hatte. Kannst du da noch darüber staunen, daß die Dörfer unruhig sind und sich nicht beruhigen wollen!...« [45]

Grigoriew und Machno waren nicht die einzigen ukrainischen Rebellen. Der Partisanenführer Seleny führte eine große Erhebung auch in einem weiten Gebiet bis nach Kiew, und es gab viele andere. Alles in allem wurden 118 aktuelle Erhebungen allein im Februar 1921 von der Tscheka als im Gange befindlich gemeldet. [46]

Was geringere Zusammenstöße betrifft, so berichtet die Tscheka über eine einzige Viertagesperiode zu einem so späten Zeitpunkt wie dem April 1921, daß ein Gruppe von zehn Personen in der Provinz Podilja Getreide wegnahm und einen Amtsträger tötete; eine Gruppe von 50 Berittenen, die mit Maschinengewehren bewaffnet waren, griff in der Provinz Poltawa eine Zuckerfabrik an, wobei sie fünf Wächter tötete und sich mit 18 Pferden, 306 000 Rubel und zwei Schreibmaschinen davonmachte; eine Gruppe von 200 Berittenen griff in der Provinz Charkow eine Eisenbahnstation an und tötete 26 Mann von der Roten Armee, bevor sie mit einem Panzerzug vertrieben werden konnte. [47]

In dieser Gegend ging der Partisanenkrieg in geringerem Umfang noch jahrelang weiter. Im Lebedyskij-Bezirk der Provinz Sumy war eine Partisanengruppe bis 1928 aktiv. [48] Eine andere Gruppe von etwa 20 ukrainischen Partisanen operierte nahe Bila Zerkwa in der

Provinz Kiew bis 1928; [49] und es gibt eine Anzahl von Berichten über ähnliche Vorgänge anderswo, insbesondere im nördlichen Kaukasus und Zentralasien.

Es ist bemerkenswert, daß Arbeiter sich Antonows Männern anschlossen, »einschließlich einiger Eisenbahnarbeiter«, wie amtliche Berichte klagten. [50] Unser Thema ist nicht die Arbeiterbewegung, aber es ist in der Tat bedeutsam, daß die Arbeiterklasse sich in gleicher Weise, oder in annähernd gleicher Weise, gegen die Kommunisten wandte. Selbst 1918 gab es mächtige Arbeiterstreiks und -demonstrationen sogar in Petrograd, während ein sowjetischer Historiker hinsichtlich der Industrieregion des Ural vermerkt: »Die Linken SRs brachten gegen uns rückständige Elemente unter den Fabrikarbeitern in Kutschwa, Rudjansk, Schajtansk, Jugowsk, Setkino, Kasliono und anderswo auf.« [51] In dem großen Industriezentrum von Ischewsk und anderswo kam es zu größeren Arbeiter-Erhebungen; eine »Ischewsker Volksarmee« von 30 000 Mann wurde gebildet, die schließlich zu den »Weißen« überging und unter Koltschak diente.

Überdies erhoben die Arbeiter, wie eine sowjetische Autorität es formuliert, »rein bäuerliche« Forderungen wie etwa nach einem Ende der zwangsweisen Requisitionen und der Beschlagnahme von bäuerlichen Haushaltsgegenständen. [52]

Noch unheimlicher war aus sowjetischer Sicht die zunehmende Unzuverlässigkeit der Roten Armee. Fahnenflucht oder das Nichtmelden nach der Rekrutierung machten im Durchschnitt 20 Prozent aus und erreichten in manchen Gegenden 90 Prozent. [53] Eine sowjetische Quelle schätzt die Zahl der Deserteure aus der Roten Armee allein im Herbst 1920 in der Provinz Tambow auf 250 000 Mann. [54]

Im März 1919 meuterte in Bjelorußland eine Brigade, die hauptsächlich aus russischen Bauern der Region Tula rekrutiert worden war, und schloß sich mit den örtlichen Bauernrebellen zusammen zur Errichtung einer »Volksrepublik«. [55]

Ein Einheitsführer der Roten Armee, Seposchkow, führte im Juli 1920 eine Abteilung von 2700 Soldaten in einer Revolte an der Wolga an, eine Bewegung, die nach seinem Tode sein Nachfolger Serow mehr als zwei Jahre im Felde hielt, wobei er sogar Städte eroberte und im Januar 1922 noch 3000 Mann aufbot. Im Dezember 1920 meuterte ein anderer Offizier der Roten Armee, Wakulin, in der Don-Region, wobei er seine Truppe bald von einigen 500 auf 3200 Mann zu verstärken vermochte; nach seinem Tode führte sein Nachfolger Popow 6000 Mann im März 1921 an. Im Februar 1921 führte ein weiterer Kommandeur der Roten Armee, Maslak, seine Brigade von Stalins Lieblingseinheit, der Ersten Kavallerie-Armee, Machno zu.

Aber der kritischste Punkt wurde mit der Revolte der Marinebasis von Kronstadt am 2. März 1920 erreicht. Die Rebellen von Kronstadt hatten eine klare Vorstellung von den Beschwerden der Bauern. In ihrer Zeitung schrieben sie: »Im Austausch für fast vollständig requiriertes Getreide und beschlagnahmte Kühe und Pferde erhielten sie Tscheka-Razzien und Erschießungskommandos.« [56] Wie Trotzkij auf dem 15. Parteikongreß 1926 erklären sollte: In Kronstadt »sprach der mittlere Bauer mit der Sowjet-Regierung durch Marinekanonen«.

Nicht verwunderlich, daß Lenin am 15. März 1921 sagte, wenn auch nicht öffentlich: »Wir halten uns nur knapp.« [57]

Die Vernichtung von Menschenleben durch den Bauernkrieg kann aus den Zahlen ermessen werden. Sogar vor der großen Hungersnot von 1921–22, die etwa 5 Millionen Menschenleben kostete, zeigen sowjetische Daten, daß 1918–20 knapp über 9 Millionen zugrunde gingen [58] (wobei weder die 2 Millionen Toten des Ersten Weltkriegs erfaßt sind noch die etwa 1 Million Flüchtlinge).

Die Todesfälle durch Fleckfieber, [59] Typhus, Dysenterie und Cholera von 1918 bis 1923 werden auf knapp unter 3 Millionen geschätzt (hauptsächlich durch Fleckfieber), viele davon starben in der Hungerperiode und werden ihren Todesfällen zugerechnet. Aber selbst wenn wir 2 Millionen davon in die Zeit 1918–1920 einrechnen, so bleiben uns 7 Millionen »überschießende« Todesfälle in jenen Jahren.

Die führende sowjetische Autorität, B. T. Urlanis, [60] schätzt die im Bürgerkrieg Getöteten auf beiden Seiten auf annähernd 300 000 – einschließlich vieler Polen und Finnen. Selbst wenn wir alle Massaker, Gefangenentötungen usw. einbeziehen, können wir uns kaum eine Bürgerkriegs-Todesliste von einer Million vorstellen. Das wäre tatsächlich eine hohe Zahl.

Die anderen 6 Millionen starben in örtlichen Hungersnöten und im Bauernkrieg. Dieser forderte natürlich in der Hauptsache männliche Tote. Die Volkszählung von 1920 zeigt nahezu 5 Millionen weniger Männer als Frauen, wobei der bei weitem größere Teil des Defizits bei der Altersgruppe der 25- bis 65jährigen liegt. [61] Das würde in etwa belegen, daß angesichts von 2 Millionen im Ersten Weltkrieg und einer Million (oder weniger) im Bürgerkrieg ungefähr 2 Millio-

nen (oder weniger) im Bürgerkrieg, ungefähr 2 Millionen (oder
darüber hinaus) mehr Männer als Frauen aus anderen Gründen
starben – das heißt: Sie starben fast alle im Bauernkrieg.

Doch wurden sie nicht unbedingt im Kampfe getötet. Denn es
dürfte klar sein, daß die Totenliste der Hinrichtungen mindestens so
lang ist wie die der Gefallenen. Über eine Gruppe von Aufständischen schreibt ein höherer Tscheka-Offizier, daß 3057 Insurgenten
in der Schlacht getötet und 3437 nachträglich erschossen wurden.
[62]

Diese Zahlen über die Toten des Bauernkrieges sind nur ungefähr.
Aber sie sind ein ausreichender Hinweis auf die Ausdehnung und
Hartnäckigkeit des bäuerlichen Widerstandes und auf die Opfer, die
die Bauern zu bringen bereit waren bei dem Versuch zu verhindern,
daß ihr Lebensunterhalt dem Requisitionssystem unterworfen
wurde.

Die Vorgänge zwischen 1918 und 1921 hatten die soziale und wirtschaftliche Ordnung in einer Weise zerstört, die man nur mit der
Wirkung des 30jährigen Krieges auf Deutschland vergleichen kann.
Im Ersten Weltkrieg waren Millionen Untertanen des Zaren – wie
in jeder anderen größeren europäischen Nation – zur Front abge-
gangen; danach war ihre bäuerliche Mehrheit zurückgekehrt, um an
der Enteignung des Adelsbesitzes teilzuhaben; der, eine kleine
Klasse, war zusammengebrochen. Aber diese Vorgänge hatten die
Gesellschaft als Ganzes kaum erschüttert. Im Gegenteil, die Aufteilung des Landes hatte die bäuerliche Mehrheit konsolidiert und
zusätzlich beruhigt. Der eigentliche Zerfall hatte in der Lenin-Pe-
riode stattgefunden. Ein großer Teil der Gesellschaft verschwand
durch Tod und Auswanderung. Millionen andere waren über das
ganze Land gezogen; sie flüchteten »von einem vom Hunger geschlagenen Gebiet zum anderen, von einer Kriegszone zur anderen«. [63] Inzwischen brach die Wirtschaft einfach zusammen. Und,
wie wir festgestellt haben: die Ergebnisse der kommunistischen
Politik auf dem Lande waren wirtschaftlich rückschrittlich. Die fort-
geschritteneren Bauern wurden enteignet oder getötet, und in großen Teilen des Landes tauchte wieder das alte Dreifeldsystem auf,
wo es schon ausgestorben war.

Aber die Verwüstung war viel schwerwiegender. Der Verfall der
Landwirtschaft begann erst 1919, doch 1922 war die Zahl der Ar-
beitspferde um 35,1 Prozent zurückgegangen (bezogen auf den
Stand von 1916), Rindvieh um 24,4 Prozent, Schweine um 42,2

Prozent, Schafe und Ziegen um 24,8 Prozent [64] – der Viehbestand lag insgesamt bei zwei Dritteln der Vorkriegszahlen.

1913 waren ungefähr 700000 Tonnen Kunstdünger verwendet worden, 1921 waren es ungefähr 20000 Tonnen. Das genutzte Ackerland war von 214 Millionen Morgen 1916 auf circa 133 Millionen Morgen 1922 geschrumpft. Die Ernte (einschließlich Kartoffeln) war gegenüber der Zeit 1909–1913 im Jahre 1921 um 57 Prozent zurückgegangen. In manchen Fällen sind diese Schätzungen nicht so präzise, wie es scheinen mag, aber sie können nicht sehr weit daneben liegen. [65]

Die große Hungersnot von 1921 war nicht die Folge irgendeiner bewußten Entscheidung, die Bauern verhungern zu lassen. Allerdings wäre es völlig falsch, sie etwa einer Dürre zuzuschreiben. Das Wetter war schlecht, aber nicht katastrophal. Der entscheidende Umstand war die Ernte-Requisitionsmethode der Sowjetregierung – teils, weil man dem Bauern mehr wegnahm, als er zu seinem Überleben entbehren konnte, teils, weil man über die letzten drei Jahre jeden Antrieb zur Produktion beseitigt hatte.

Die Hungersnot, die nunmehr das Land beherrschte, war die unvermeidliche Folge der Weisung, daß (wie Lenin offen zugegeben hatte) die Bedürfnisse der Bauern nicht in Betracht zu ziehen seien.

Die Hungersnot war am schlimmsten im Wolgabecken. Das Elend und das Sterben waren von der gleichen Art, wie wir sie beschreiben werden, wenn wir zu der sogar noch schlimmeren Hungersnot von 1931–32 gelangen werden. Mit einem einzigen größeren Unterschied: 1921–22 wurde das Vorhandensein der Hungersnot eingestanden, und Hilfe aus dem Ausland wurde angefordert.

Am 13. Juli 1921 gestattete die Sowjetregierung Maxim Gorki, um ausländische Hilfe zu bitten. Die American Relief Administration des zukünftigen US-Präsidenten Hoover, die schon viel humanitäre Arbeit in Mittel- und Osteuropa geleistet hatte, begann bald nach dem 20. August mit der Lieferung von Vorratsbeständen nach Rußland. Der US-Kongreß bewilligte im Dezember 20 Millionen Dollar; die Amerikaner wurden überdies angeregt, individuelle Pakete zu finanzieren, und sie zeichneten 6 Millionen Dollar. Die Gesamtmenge an amerikanischen Mitteln, die zur Verfügung gestellt wurden, betrug ungefähr 45 Millionen Dollar.

In Moskau versammelte Gorki eine Anzahl angesehener Bürger, meist mit nichtkommunistischem oder nichtpolitischem Hintergrund, als das sowjetische Element in der Hilfeleistungsarbeit. Am Höhepunkt ernährten die American Relief Administration und die ihr angeschlossenen Organisationen mehr als 10 400 000 Münder, und verschiedene Organisationen versorgten zusätzlich annähernd 2 Millionen; insgesamt also mehr als 12 300 000.

Es hatte schon früher Hungersnöte in Rußland gegeben – 1891, 1906, 1911 –, aber keine von diesen war so schwerwiegend gewesen oder hatte so viele Menschen betroffen. In den schlimmsten früheren Hungersnöten wuchs die Zahl der Bauern, die nicht genug Saatgut bekommen konnten, nie über 3 Millionen hinaus, aber 1921 befanden sich in dieser Lage 13 Millionen Bauern.

Die American Commission on Russian Relief schätzte, daß es 1922 etwa 3 Millionen heimatloser Kinder gab, [66], (wobei weitere 2 Millionen in Gefahr standen, zu Hause Hungers zu sterben). Von diesen befanden sich 1 600 000 zeitweise oder auf Dauer in Heimen – 1,5 Millionen wurden von ausländischen Hilfsorganisationen ernährt.

Selbst zu diesem Zeitpunkt gab es eine Neigung, die ukrainische Bauernschaft ohne Hilfe zu lassen (obwohl nach offiziellen sowjetischen Zahlen 800 000 Todesfälle durch Hunger und damit verbundene Krankheiten in der ersten Hälfte des Jahres 1922 für die Ukraine zu registrieren waren, wobei dies nach den Berichten noch nicht einmal einige der schlimmsten Gebiete erfaßte). [67] In der Ukraine wurde die Hungersnot zunächst verborgen gehalten, wie aus offiziellen Berichten der American Relief Administration hervorgeht, indem man »die Ernteschätzungen fast genau doppelt so hoch wie die von den örtlichen Behörden angenommenen Zahlen ansetzte«. [68] Und die ukrainischen Hungergebiete wurden den amerikanischen Hilfsorganisationen zunächst nicht zugänglich gemacht. »Die Regierung in Moskau«, vermerkte ein amerikanischer Wissenschaftler, »hat die American Relief Administration nicht nur nicht über die Situation in der Ukraine informiert, anders als sie es bei viel abgelegeneren Gegenden getan hatte, sondern sie hatte bewußt Hindernisse gegenüber allem aufgetürmt, was die Amerikaner mit der Ukraine in Berührung bringen könnte . . .« [69] Vielmehr: zwischen dem 1. August 1921 und dem 1. August 1922 wurden 10,6 Millionen Zentner Getreide tatsächlich aus der Ukraine zur Verteilung andernorts weggenommen. Schließlich wurde aber zwischen April und Juni 1922 der American Relief Administration der Zutritt zur Ukraine gestattet (wie es der sowjetische Präsident Kalinin formulierte), »am Höhepunkt der Hungersnot, als tausende bereits im Sterben lagen und andere sich mit dem Tode abgefunden hatten«. [70] Vertreter der Relief Administration sagten, es sei

»erstaunlich«, daß Zugladungen von Lebensmitteln aus Kiew und Poltawa verschickt wurden »über 100 von Meilen zu den Hungrigen an der Wolga«, statt sie etwa 20 Meilen nach Odessa oder Mikolaiw zu transportieren, wo »die Hungersnot tobte«. [71] Erst im Januar 1921 wurde der Donez-Region gestattet, Lieferungen auszusetzen. [72] Dies alles belegt mit Sicherheit nicht bloße Unfähigkeit, sondern eine amtliche Tendenz, den am wenigsten »Loyalen« die größte Last aufzuerlegen (wenngleich die zeitweilige Ausschließung der Amerikaner zum Teil auch ihren Grund darin gehabt haben kann, daß man sie nicht ein immer noch unter Kriegsrecht stehendes Kiew besuchen lassen wollte).

Die *Große Sowjetische Enzyklopädie* gibt in ihrer Ausgabe von 1926 eine faire Darstellung von der Arbeit der American Relief Administration und erkennt an, daß sie am Höhepunkt ihrer Aktivität etwa 10 Millionen Menschen ernährte und 137 Millionen Goldrubel aufwendete. 1930 berichtete die *Kleine Sowjetische Enzyklopädie*, daß »unter dem Vorwand guter Werke« die American Relief Administration tatsächlich bemüht gewesen sei, eine Produktionskrise in den USA zu verringern. 1950 erklärte die neue (zweite) Ausgabe der *Großen Sowjetischen Enzyklopädie*, daß die ARA ihren Apparat benutzt habe, »um Spionagetätigkeit auszubreiten und konterrevolutionäre Elemente zu unterstützen. Die konterrevolutionären Handlungen der ARA riefen energische Proteste der breiten werktätigen Massen hervor«. Und die Ansicht der neuesten (dritten) Ausgabe 1970 ist, daß die ARA »eine gewisse Hilfe im Kampf gegen die Hungersnot beitrug«, aber daß gleichzeitig führende Kreise der USA sie benützten, »um konterrevolutionäre Elemente und Sabotage- sowie Spionage-Aktivität zu unterstützen«.

Tatsächlich wurden die nichtkommunistischen russischen Relief-Repräsentanten im Herbst 1921 verhaftet (zu einer Zeit, als Maxim Gorki sich nicht im Lande befand). Das Einschreiten von Hoover persönlich führte dazu, daß die Todesstrafen umgewandelt wurden, und mehrere Mitglieder durften nach einiger Zeit in sibirischer Verbannung sogar das Land verlassen.

Zwischen 1918 und 1922 ging ein Zehntel der Bevölkerung zugrunde. Die Hungersnot war für den Augenblick eine letzte Opfergabe der Bauern an die illusionäre und unterdrückerische Politik des Regimes. Denn mittlerweile war ihr Kampf gegen den Versuch, die ländlichen Gebiete vollständig zu unterwerfen und die bäuerliche Wirtschaft zu zerstören, erfolgreich gewesen. Ihre eigenen Aufständischen und schließlich die Matrosen von Kronstadt hatten der Regierung in

Moskau beigebracht, daß sie einer Katastrophe entgegensah, wenn sie dem Volk ihr Grundsatzprogramm weiter aufzwingen wollte; sie hatten die Regierung für den Augenblick zur Annahme des Rückzugs genötigt, zu einem Waffenstillstand, der die freie Bauernschaft weiterexistieren ließ.

4
Stillstand
1921–1927

Hoffnung und Furcht, Friede und Streit
Scott

Schließlich hatte Lenin im letzten Moment auf die Stimme der Realität gehört, auf den Bauern, wie er durch die Kanonen von Kronstadt sprach und durch die Maschinengewehre von Machno und Antonow. Am 15. März 1921, beim Zehnten Parteikongreß, nur sieben Tage nach seiner Erklärung, es werde keine Lockerung der Politik und der Doktrinen der Partei geben, erkannte er, daß der Ruin dem Regime ins Gesicht starrte. Er fand sich mit einer zeitweiligen Aufgabe des Versuchs ab, das flache Land zu sozialisieren, um die Atempause zur Konsolidierung des Griffs der Partei auf die politische Macht zu nutzen. Die Neue Ökonomische Politik (NEP) wurde verkündet.

Sogar jetzt erfolgte der Rückzug noch widerwillig. Zunächst hoffte Lenin, die Bauernschaft ohne Wiedereinführung der Marktbeziehungen beruhigen zu können, indem er direkten Tausch zwischen der staatlichen Industrie und den Bauern organisierte. Dies schlug fehl, und er »zog sich auf Märkte, Geld und Kapitalisten zurück«. [1] Die unbegrenzte Getreide-Requisition wurde ersetzt durch steuerliche Maßnahmen (wenngleich dies in der Ukraine für einige Monate verzögert wurde, in der Absicht, sich noch mehr Getreide für den unmittelbaren Bedarf zu verschaffen). Das Geld wurde wieder eingeführt, und alle Begrenzungen für seinen Besitz aufgehoben.

Eisenbahn- und Posttarife und andere Kosten, die in der letzten Phase des »Kriegskommunismus« abgeschafft worden waren, wurden durch Verordnungen vom 9. Juli 1921, 1. August 1921 und 15. September 1921 wieder eingeführt. Und im Oktober 1921 gewannen die Industriebetriebe das Recht zurück, ihre Produkte auf dem offenen Markt zu verkaufen.

Der Parteiveteran D. B. Rjasanow charakterisierte NEP beim Zehnten Parteikongreß als ein »Bauern-Brest« – als Rückzug vor der Bauernmacht, als Gegenstück zu dem Nachgeben, das im Vertrag von Brest-Litowsk im Angesicht der deutschen Macht notwendig geworden war.

Lenin selbst sprach von NEP als »Atempause«, solange die Kraft für den vollen revolutionären Übergang fehlte. Er fügte hinzu: »Wir sind in einem strategischen Rückzug begriffen, der uns erlauben wird, in sehr naher Zukunft wieder auf breiter Front vorzugehen.« [2]

Es war in Chruschtschows Zeit unter sowjetischen Wissenschaftlern üblich, Lenin aus dieser Zeit mit der Aussage zu zitieren, daß die Landkollektivierung ein langsamer Prozeß sei und auf Überzeugung sowie freier Zustimmung der Bauernschaft beruhen müsse und daß selbst die Enteignung der reicheren Bauern nur unternommen werden solle, wenn die materiellen, technischen und gesellschaftlichen Bedingungen passend seien. Er hat sich tatsächlich in diesem Sinne festgelegt. [3]

Wenn er NEP zunächst einen »Rückzug« nannte – einen von vielen, die die Bolschewiki zum einen oder anderen Zeitpunkt anzutreten hatten –, so hat Lenin doch in dem Maße, in dem NEP Fuß faßte, sie in sich als Methode zum Erreichen des Sozialismus gerechtfertigt. Das war nicht der letzte Meinungswechsel, den er in solchen Fragen vornahm. Im August 1922 nannte er bäuerliche Handels-Kooperativen »kooperativen Kapitalismus«. In zwei kurzen Vermerken im Januar 1923, als er schon weitgehend durch seinen Schlaganfall gelähmt war, meinte er, daß, »wenn man von sozialistischem Eigentum an den Produktionsmitteln und vom Sieg des Proletariats über die Bourgeoisie ausgeht«, solche Kooperativen sich zu »einem sozialistischen Regime« addieren würden. [4] Er ging so weit, fachlich-moderne Handelsmethoden zum Octroi der kaufmännischen Seite der Kooperation zu empfehlen, wobei er (wie in anderen Angelegenheiten) nach einer »Kulturrevolution« rief, um Rußland in diesem Bereich zu verbessern. [5] (Tatsächlich hatte die Kooperativ-Bewegung auf dem Gebiet von Kredit, Kaufen und Verkaufen die reicheren Bauern begünstigt und keinerlei Trend in Richtung auf kollektive Landwirtschaft erzeugt.)

Zur selben Zeit wurde im Parteischrifttum häufig eine Erklärung von Engels zitiert, wonach die Sozial-Demokraten niemals die deutsche Bauernschaft zu Kollektivmethoden zwingen, sondern sie nur dazu überreden würden. Aber die Tatsache, daß NEP eine breite theoretische Basis seitens mancher Führer erhielt, manchmal unter Einschluß Lenins, erscheint nicht so bedeutsam, wie es manchmal dargestellt wird. *Alle* Handlungen, wie pragmatisch auch immer, wenn sie von einer so hochdoktrinären und theoretisierenden Sekte wie den

Bolschewiki unternommen wurden, brachten fast automatisch solche Deutungen hervor. In jedem Fall aber konnten die Partei-»Rechten«, die eine ziemlich lange Periode allmählicher Entwicklung unter NEP vertreten sollten, Lenins Worte zitieren und obendrein auf die offensichtliche Tatsache verweisen, daß er es war, der überhaupt erst NEP eingeführt hatte.

Dennoch wäre es wahrscheinlich ein Fehler, eine tatsächliche Grundlage für eine bestimmte Politik in Lenins Äußerungen aus dieser Periode deuten zu wollen. Manchmal hat man das Gefühl (wie in früheren Phasen der Revolution), daß er sich nur unsicher war über den besten Weg nach vorn und deshalb nach Richtlinien und Theorien suchte.

Beispielsweise verkündete er beim 11. Kongreß 1922, daß der Rückzug zu weit gegangen sei und daß es wieder Zeit sei, vorwärtszugehen. Er scheint jedoch seine Meinung wieder geändert zu haben, so daß keine Maßnahmen getroffen wurden. [6]

Die Wiederherstelllung der Industrie war auch ein Teil von NEP und erforderte ebenfalls Konzessionen an den Kapitalismus. Wie Lenin es im Oktober 1921 ausdrückte: Als Folge des Zusammenbruchs der industriellen Produktion habe »das Proletariat aufgehört, als Klasse zu existieren«, und die lizenzierten Kapitalisten würden bei der »Wiederherstellung der industriellen proletarischen Klasse« helfen. [7] Zu einem bestimmten Zeitpunkt meinte er gar, daß die Großkapitalisten in Verbündete gegen die Kleinbauern verwandelt werden könnten, die er als den Hauptfeind ansah; [8] damit wiederholte er eine Formel, die er schon 1918 vorgetragen hatte: daß »in unserem Land der Hauptfeind des Sozialismus das kleinbürgerliche Element« sei. [9]

Wenn er nicht nach einer schnellen Wiederaufnahme des Vormarsches rief – das heißt: wenn er in seiner stärksten Pro-NEP-Stimmung war –, betrachtete Lenin den Kampf um die Treue der mittleren Bauern als einen Vorgang, der vielleicht generationenlang dauern könnte – bestenfalls »zehn oder zwanzig« Jahre. [10] (Tatsächlich hat NEP offiziell knapp weniger als neun Jahre gedauert.) Aber gegen solch taktischen Rat bewahrte Lenin immer seine profundere theoretische Position: daß die Bauernschaft »Kapitalismus und Bourgeoisie unablässig erzeugt, täglich, stündlich und in massenhaftem Maßstab«, [11] was die äußerste Wachsamkeit rechtfertige sowie das Ergreifen der frühestmöglichen Gelegenheit, diesen Zustand zu beenden.

Er sagte auch, daß unter den weltweit gegebenen Bedingungen die

Periode friedlicher Konstruktion »offensichtlich nicht von langer Dauer« sei. [12] Und in einem Brief an Kamenew vom 3. März 1922 (nicht gedruckt vor 1959) fügte er hinzu: »Es ist ein großer Fehler, zu glauben, daß die NEP mit dem Terror ein Ende gemacht habe; wir werden erneut auf Terror und wirtschaftlichen Terror zurückgreifen müssen.« [13]

In seinem klassischen Werk über Lenin gelangt Adam Ulam zu dem Schluß, daß, hätte er länger gelebt, Lenin mit NEP früher Schluß gemacht hätte als Stalin [14] – da letzterer erst seine Position konsolidieren mußte, bevor er handeln konnte. Doch wie es auch sein mag, Lenins allmähliches Verschwinden aus dem öffentlichen Leben und sein Tod am 21. Januar 1924 hinterließ die Partei mit dem Problem, daß, früher oder später und mit welcher Methode auch immer, der unabhängige Bauer eliminiert werden müsse.

Lenins Ungewißheit spiegelte die Tatsache wieder, daß es nunmehr einen tiefsitzenden Widerspruch in der Politik der Partei gab. Einerseits (auf der wirtschaftlichen Seite) wünschte sie, die landwirtschaftliche Produktion zu ermutigen; dies wiederum hieß, die wirksamen Erzeuger zu ermutigen. Andererseits (auf der politischen und der doktrinären Seite) betrachtete sie diese wirksamen Erzeuger als, letztlich, den Klassenfeind; und sie verließ sich im Prinzip auf die weniger wirksamen und sogar mehr noch auf unwirksame Elemente der Bauernschaft.

Mehr noch: Wann immer dem »armen Bauern« bei der Stärkung seiner wirtschaftlichen Position geholfen wurde, hörte er auf, ein armer Bauer zu sein; und wann immer man einem landlosen Bauern Land gab, hob man ihn damit in eine weniger akzeptable Kategorie; und soweit der »mittlere Bauer« weiter prosperierte, wurde er automatisch in kommunistischen Augen zum »Kulaken«.

Diese Widersprüche wurden nicht gelöst bis zu Stalins Revolution von 1930. Mittlerweile war die drängendste Aufgabe die Wiederherstellung der Landwirtschaft. Sie konnte nur durch wirkliche Ermutigung, wirkliche Anreize für die »kulakischen« Erzeuger erfüllt werden.

Die nationale Frage konnte auch nur durch zeitweiligen Rückzug gemeistert werden. Während des Bürgerkriegs hatten weder Lenin noch Denikin die Absicht gehabt, der Ukraine oder anderen Nationen echte Unabhängigkeit zu gewähren, aber Lenin hatte die bessere taktische Linie (oder rang sich schließlich dazu durch), und so schien es, als verspreche seine Politik doch etwas. Tatsächlich waren die »Weißen« nicht ganz so blind gegenüber der nationalen Frage, wie es manchmal behauptet wird; Koltschak drängte auf Anerkennung der Unabhängigkeit Finnlands, Polens und anderer Länder: aber im entscheidenden Moment wurde dies ignoriert, und Denikin stieß nach Moskau unter dem Zeichen russischer »Einheit« vor.

Lenin wird heute oft von ukrainischen kommunistischen Dissidenten zitiert, um die Vorstellung zu unterstützen, daß er grundsätzlich der Anerkennung von Minderheiten-Nationen mit Sympathie gegenüberstand. Tatsächlich aber ist klar, daß er nun begriffen hatte, welche Gefahren dem Regime durch die nationalen Gefühle der Ukrainer und anderer drohte, und daß er glaubte, man müsse sie neutralisieren – ohne daß dabei auch nur für einen Augenblick die Prinzipien der Zentralisierung und der Kontrolle durch Moskau aufgegeben werden sollten.

Daß die ersten kommunistischen Regime sich nicht in der Ukraine zu etablieren vermochten, hatte zu neuen Überlegungen geführt. Gerade zu dem Zeitpunkt, als Rjasanow die Neue Ökonomische Politik ein »bäuerliches Brest« nannte, konnte man die soeben neu eingeleitete Politik gegenüber der Ukraine als ein »ukrainisches Brest-Litowsk« bezeichnen. In beiden Fällen reichten die Konzessionen aus, um die unmittelbare Feindseligkeit gegenüber dem kommunistischen Regime abklingen zu lassen. Der Bauer wurde nicht länger für bäuerliches Verhalten verfolgt; der Ukrainer durfte eine gewisse kulturelle Autonomie behalten.

Wie wir gesehen haben, waren die Konzessionen an das ukrainische Nationalgefühl ebenso wie die Konzessionen an die Bauernschaft gewährt worden aus politischer Notwendigkeit. Das erste Sowjetregime in der Ukraine war aktiv gegen den Ukrainismus aufgetreten und war in einem Sturm massenhafter Feindseligkeit untergegangen. Die nationalen Attitüden des zweiten, wenngleich umsichtiger praktiziert, erweckten doch erheblichen Widerstand. Der dritte und diesmal erfolgreiche Einzug des Kommunismus stieß auf starken Widerstand, war aber militärisch besser vorbereitet, während man politisch manövrierte, um der Opposition einiges von ihrer Schärfe zu nehmen durch eine sorgfältigere und systematischere Beachtung der ukrainischen Nation, oder jedenfalls des Teils, der nicht hoffnungslos antikommunistisch zu sein schien.

Im Dezember 1922 traten die theoretisch immer noch unabhängigen Länder Ukraine, Transkaukasien und Bjelorußland der neuen Union der Sozialistischen Sowjet-Republiken bei. Eine Politik der »Ukrainisierung« wurde im April 1923 formalisiert, beim 12. Kongreß der Russischen Kommunistischen Partei. Erstmals seit dem 18. Jahrhundert setzte eine Regierung, die fest in der Ukraine etabliert war, sich das ausgesprochene Ziel, die ukrainische Sprache und Kultur zu schützen und zu entwickeln.

Prominente Gelehrte und Schriftsteller, auch solche, die entschieden die Rada-Republik unterstützt hatten, kehrten aus der Emigration zurück. Das schloß den großen Historiker Mychailo Hruschewsky ein, der Vorsitzender der Rada gewesen war, ebenso wie andere Minister und Soldaten jenes Regimes.

Zur selben Zeit wurden einige der ukrainischen Sozialrevolutionäre, die 1921 zu kurzen Gefängnisstrafen verurteilt worden waren, begnadigt und in Ämter berufen. Wsewolod Holubowytsch beispielsweise, früher Ministerpräsident der Ukrainischen Republik, wurde Vorsitzender des ukrainischen Obersten Wirtschaftsrates, andere nahmen geringere kulturelle und wirtschaftliche Posten ein. [15] Ganz anders als im eigentlichen Rußland erstreckte sich die neue Politik auf hochrangige Gestalten des präbolschewikischen Regimes.

Fast alle, das stimmt, nahmen nichtpolitische, akademische Positionen ein – obwohl der ehemalige Ministerpräsident Wynnytschenko zur Ukrainischen Kommunistischen Partei und ihrem Zentralkomitee zugelassen und zum Stellvertretenden Ministerpräsidenten sowie zum Kommissar für Auswärtige Angelegenheiten ernannt wurde, bevor er den weisen Entschluß faßte, wieder ins Exil zu gehen . . .

Die »Ukrainisierung« ging weiter als ähnliche Konzessionen an den Nationalismus anderswo. Ukrainische Persönlichkeiten des Kulturlebens, die in das Land zurückkehrten, kamen in der ehrlichen Hoffnung, daß selbst eine Sowjet-Ukraine zur Szene einer nationalen Wiederbelebung werden könnte. Und sie behielten bis zu einem erheblichen Grade recht – einige Jahre lang. Poesie und Belletristik, linguistische und historische Arbeit etablierten sich in einer Breite und Intensität, die auf die Massen höchst aufregend wirkte, während die ältere Literatur in großem Umfang neugedruckt wurde.

Und mehr noch: Die Bauernschaft auf dem Lande wurde von einer hingebungsvollen Kampagne von ukrainischen kulturellen Organisationen erreicht. Von den Bolschewiki im Rahmen der neuen Taktik erlaubt, bestanden sie naturgemäß aus Männern, die, selbst wenn sie von sich selbst als Kommunisten dachten, sich hauptsächlich der Geschichte und Literatur der Nation annahmen. General Grigorenko beschreibt, wie er als Junge zuerst von ukrainischer Musik und Literatur durch eine Ortsgruppe in seinem Dorf erfuhr: »Und durch sie lernte ich, daß ich demselben Volk wie der große Schewt-schenko angehörte, daß ich ein Ukrainer war.« [16]

Selbst Stalin sprach auf dem Zehnten Parteikongreß 1921 wohlwollend von der bevorstehenden Ukrainisierung der ukrainischen Städte: »Es ist klar, daß, während russische Elemente in den ukrainischen Städten vorherrschen, diese Städte im Laufe der Zeit unvermeidlich ukrainisiert werden«, wobei er als Beispiel Prag nannte, das vor 1880 großenteils deutsch gewesen war und dann tschechisch wurde.

Auf Lenins Tod folgte der Machtkampf, der Stalin sechs Jahre später zu unbestrittener Herrschaft führte. Kurz gesagt, vernichtete Stalin zuerst die Linke und dann die Rechte. Lew Trotzkij wurde ausmanövriert durch ein Bündnis zwischen Grigori Sinowjew, Lew Kamenew und Stalin. Sinowjew und Kamenew wurden dann von Stalin und den Rechten Nikolaj Bucharin, Alexej Rykow und Michail Tomskij besiegt, und einem neugeformten Bündnis von Trotzkij, Sinowjew und Kamenew erging es ähnlich. (Jede Lücke im Politbüro wurde mit Personen ausgefüllt, die in der nächsten Phase zumeist Stalin unterstützten.) Dann, nachdem die Linke Ende 1927 zerschlagen war, wandte Stalin sich gegen die Rechte, die binnen zwei Jahren besiegt wurde.

Der Kampf wurde natürlich auf der Basis politischer Richtungen ausgefochten. Hier befassen wir uns nur mit der landwirtschaftlichen Seite des Disputs – was allerdings eine größere Streitfrage war.

Die wichtigsten Elemente dieses Streites sind leicht genannt. Jeder war im Prinzip mit der Neuen Ökonomischen Politik einverstanden. Jeder wünschte, sobald wie möglich mit der Sozialisierung der Landwirtschaft fortzufahren. Keiner behauptete, daß die Bauern gewaltsam sozialisiert werden sollten, aber keiner hatte einen Einwand gegen die Anwendung erheblichen Drucks.

Die Diskussion in der Partei über die Zukunft der ländlichen Gebiete und Stalins endgültige Entscheidungen darüber 1929–1930 müssen auf zwei Ebenen betrachtet werden. Da sind einmal die besonderen Sichtweisen der verschiedenen Fraktionen, die in sich interessant sind, aber auch insgesamt überaus lehrreich hinsichtlich der enormen Schwierigkeiten, vor denen die minderheitliche marxistisch-leninistische Partei nun stand in ihrem Bemühen, ihre Lehren durchzusetzen – oder einfach die Herrschaft zu behalten.

Zweitens war dies nicht nur ein Ideenkampf, sondern auch ein

Machtkampf. Selbst Lenin räumte in seinem Testament ein – während er Hader in der Partei auf die Zweiklassen-Natur der sowjetischen Gesellschaft schob –, daß bloße persönliche Feindschaft zwischen führenden Persönlichkeiten ein Hauptproblem war. Die Zeit von 1924 bis 1930 brachte nicht nur die Einführung stalinistischer Politik in den ländlichen Gebieten, sondern auch die Beseitigung von allen durch Stalin, die außer ihm Mitglieder des Politbüros unter Lenin gewesen waren.

Die bloß doktrinären Diskussionen in der Partei darüber, welche Schritte als nächste unternommen werden sollten, sind daher von großem Interesse, aber es läßt sich einwenden, daß ihnen größere Aufmerksamkeit gewidmet wurde, als ihre eigentliche Bedeutung rechtfertigt. Gleichzeitig müssen wir freilich weder jeden Wandel in den öffentlichen Erklärungen der Führung für bare Münze nehmen noch etwa jede Rede von der einen oder anderen führenden Figur aus dem zweiten Glied, denn taktische Überlegungen waren oft maßgeblich.

Trotzdem bleibt es eine Tatsache, daß die Parteiführung nach Lenins Abgang von der Szene über die Politik gegenüber den Bauern gespalten blieb.

Die gesamte Führungsgruppe bestand aus Anhängern einer Lehre, die den Handel mit Naturprodukten und Marktbeziehungen für unakzeptabel hielt. Ihre Versuche, diese abzuschaffen, hatten sich als wirtschaftlich und gesellschaftlich katastrophal erwiesen, und für den Augenblick jedenfalls hatten sie ihre wahre Politik aufzugeben und sich stattdessen mit diesen beklagenswerten Phänomenen zu befassen.

Gleichzeitig hatte ihre Doktrin sie zu einer Analyse der »Klassenstruktur« der ländlichen Gebiete geführt, wonach der wohlhabende und tüchtige Bauer nicht nur ein Feind der Partei war, sondern auch der geborene Feind des gesamten Rests der Bauernschaft. Diese Analyse mochte sich in der Praxis als lückenhaft erwiesen haben, aber die Führungsgruppe war nicht bereit, sie bei der Beurteilung ländlicher Probleme aufzugeben.

In den früheren NEP-Jahren waren alle Fraktionen der Partei einig, daß kooperative Bestellung des Landes notwendig sei. Sie waren der Meinung, diese müsse voranschreiten, indem man den Bauern an Kooperation auf dem Gebiet von Kredit und Handel gewöhne; erst später auf dem Gebiet der Landwirtschaft. Tatsächlich blieb diese Orthodoxie auf dem Papier bestehen. Wie es ein heutiger westlicher Wissenschaftler ausdrückte: »Heute wird immer noch behauptet, wenngleich mit nachlassender Überzeugung, daß es sich so abgespielt habe . . .« [17]

Der Kampf innerhalb der Partei wird oft so dargestellt, als habe die Rechte mit Bucharin und seinen Verbündeten eine Art liberal ver-faßter Zukunft akzeptiert. Dazu ist als erstes zu sagen, daß sie dafür viel zu sehr der Einparteienherrschaft verbunden waren; daß sie ebenfalls die Abschaffung der marktorientierten Wirtschaftsform für notwendig hielten und daß auch sie die Meinung akzeptierten, daß der »Kulak« den Klassenfeind repräsentierte.

Die Differenzen innerhalb der Führung betrafen nicht diese Fragen, sondern gingen nur darum, wie lange die Marktbeziehungen zur Bauernschaft und das private Landeigentum gelten sollten; wie weit sie durch staatliches Eingreifen begrenzt werden sollten; wie sie zu Ende zu bringen seien.

Wenn aber auch die Leitlinien, die von den rivalisierenden Fraktio-nen empfohlen wurden, dem Anschein nach nicht weit auseinander lagen, so unterschieden sich doch ihre Tonarten und Haltungen auffällig. Bucharin ging so weit, im April 1925 zu erklären: »Unsere Politik bezüglich der Landgebiete sollte sich dahin entwickeln, viele Hemmnisse zu beseitigen und teilweise abzuschaffen, die das Wachs-tum der wohlhabenden und der Kulaken-Höfe bremsen. Den Bauern müssen wir sagen: ›Bereichert euch, entwickelt eure Höfe und fürch-tet nicht, daß euch Beschränkungen auferlegt werden.‹ Wie paradox es auch erscheinen mag, wir müssen die wohlhabenden Bauernhöfe entwickeln, um dem armen und dem mittleren Bauern zu helfen.« [18]

Damit appellierte man also nicht nur an einen vage definierten wohlhabenden Bauern, sondern an den »Kulaken« selbst, per defini-tionem den Klassenfeind, im Interesse des wirtschaftlichen Wachs-tums. Und Bucharin fügte hinzu, daß jegliche Furcht, der Kulak könnte womöglich eine neue Art von Gutsherren-Klasse werden, unbegründet wäre, so daß keine »zweite Revolution« auf dem Lande erforderlich sei.

Bucharins Formulierung erschien der Partei höchst unpassend, und er mußte den Befehl »Bereichert euch« im Herbst zurückziehen. Eigentlich hatte er nur in provozierender Weise das ausgedrückt, was der NEP-Taktik zugrunde lag. Er begriff überdies: Der Versuch der Partei, die beiden widersprüchlichen Ansätze der Konzession und der Repression zu verbinden, führte zu »einer Situation, wo der Bauer Angst hat, ein eisernes Dach zu errichten, weil man ihn dafür zum Kulaken erklären könnte; wenn er eine Maschine kauft, dann macht er es so, daß die Kommunisten nicht dahinterkommen. Höhere Technik wird konspirativ«! [19]

Bucharin und die Rechten blieben bei der Meinung, daß der Bauer über einen längeren Zeitraum von den Vorteilen der Kollektivierung überzeugt werden könne; doch scheint es klar zu sein, daß die Bauern sich niemals freiwillig kollektiviert hätten. In der Tat ermutigt auch Lenins Analyse der Massen »mittlerer Bauern« nicht zu dieser Vorstellung. Etwas Druck, wirtschaftlicher Art oder welcher Art auch immer, war erforderlich und wurde von Lenin selbst in seinen vorsichtigsten Äußerungen angedeutet – und selbst in denjenigen der meisten Rechten. Die Frage war: wieviel Druck, und wann?

Wenn auch sogar Bucharin später sagen sollte, daß die Kulaken »nach Belieben gejagt werden dürfen«, so scheint er doch zu diesem Zeitpunkt sich Kulaken-Kooperativen vorgestellt zu haben, umgeben von der wirtschaftlichen Macht von Staatsbanken und dem staatlichen Industriesektor; überdies genötigt – bei immer schlechteren Aussichten – zum Wettbewerb mit den staatseigenen Kooperativen der anderen bäuerlichen Schichten. Deshalb würden sie keine Wahl haben, als sich in die sozialistische Wirtschaft zu integrieren, selbst wenn sie darin ein »fremdes Element« wären. Er argumentierte weiter, daß diese sogenannte Integration tatsächlich eine Elimination bedeuten würde, da die Kooperativen den kulakischen Kapitalisten ebenso besiegen würden, wie der NEP-Kleinkapitalist vom sozialistischen Wirtschaftssektor besiegt werde.

Die Ansichten der Linken, entmachtet, aber noch zu Einwänden fähig, wurden von Preobraschenskij vorgetragen. Der Schlüssel zum Fortschritt sei die Industrialisierung; von allem anderen abgesehen wurde nur dadurch die Macht des sozialistischen Sektors größer als die der nichtsozialistischen ländlichen Gebiete. Die Redensart »primitive sozialistische Anhäufung«, ursprünglich von Trotzkij, schokkierte die Rechte mit der darin implizierten »Ausbeutung« des Bauern. Preobraschenskij gebrauchte für sie sogar den Ausdruck »innere Kolonie«. Am Ende aber mußten die Mittel für jede Industrialisierung (oder Re-Industrialisierung) irgendwie aus der Bevölkerung herausgequetscht werden, wobei die bäuerliche Produktion die größte und offensichtlichste Quelle war.

Im Japan der Meiji-Zeit gingen bis zu 60 Prozent des bäuerlichen Einkommens über Steuern und Pachtabgaben in die Finanzierung der Industrialisierung; dennoch blieben Anreize genug, die Bauern zur Steigerung der Produktion zu veranlassen (so daß sich von 1885 bis 1915 die Produktivität landwirtschaftlicher Arbeit verdoppelte).

So wollte auch Preobraschenskij den Bauern höhere Abgaben auf einen größeren landwirtschaftlichen Überschuß auferlegen, der sich aus verbesserten Methoden der Landbestellung ergeben würde.

Bucharin argumentierte gegen Preobraschenskij, daß die Ausbeutung der ländlichen Gebiete zur Finanzierung der Industrie aus wirtschaftlichen Gründen verfehlt sei, weil der Bauernstand – wenn er überhaupt überleben sollte – den Markt für Industriegüter bilden müsse, diese also von Anbeginn angeboten werden müßten. Faktisch aber begriff auch Trotzkij, und die Linke allgemein, daß zumindest ein Angebot des Notwendigsten wie Streichhölzer, Seife, Petroleum für die Bauern zu kaufen sein müßten.

Demnach gingen die Ansichten der Rechten und der Linken in diesem Punkt nicht weit auseinander. Bucharin selbst hob hervor, wie wichtig es sei, den staatlichen Sektor schneller zu entwickeln als seinen Konkurrenten. Er scheint geglaubt zu haben, daß sozialistische Industrie infolge der ihr angeblich innewohnenden Überlegenheit automatisch davonziehen würde, aber 1926 scheint auch er begriffen zu haben, daß ihr Wachstum irgendwie beschleunigt werden müsse und daß der Bauer unvermeidlich einen Großteil der Investitionsmittel werde stellen müssen. [20]

Er vertrat die Ansicht, daß der Bauer den Sozialismus nicht akzeptieren werde, wenn ihm dieser nicht seine überlegene wirtschaftliche Attraktivität zu zeigen vermochte. Bloßes hypothetisches Argumentieren würde nicht (und konnte auch nicht aus marxistischer Sicht) sehr aussichtsreich sein im Bemühen, ein Bewußtsein zu ändern, das tief in wirtschaftlicher Klassenhaltung verwurzelt war. Aber auch darin gab es nicht viel Unterschied zur Linken. Wie Trotzkij es sah, bestand der beste Weg zur Überwindung der Disparität zwischen den Preisen der Fertigungsgüter und den landwirtschaftlichen Produkten darin, die Effizienz und Produktivität der Industrie zu verbessern. Während er die Zunahme in Klassendifferenzierungen auf dem Lande und das »Wachsen der Kulakenschicht« [21] vermerkte, argumentierte er, daß, wenn ordentlich gemanagt, das industrielle Wachstum »den Prozeß der Klassendifferenzierung innerhalb der Bauernschaft aufhalten und ihre Wirkung aufheben« würde. [22] Und generell meinte die Linke, daß Kollektivierung der Industrialisierung folgen und durch sie ermöglicht werden sollte. (Es muß hinzugefügt werden, daß auch dies in manchen sowjetischen wissenschaftlichen Veröffentlichungen heute als der tatsächliche Vorgang von damals beschrieben wird.)

Die Linken sprachen immer noch vom »Bündnis« mit der mittleren

Bauernschaft, wenn sie auch betonten, daß die Interessen des Proletariats Vorrang hätten. Auch drängten sie nicht, wie manchmal angenommen wird, auf forcierte Kollektivierung. Sie glaubten, daß der Einzelbauer, und sogar der Kulak, sich noch lange Zeit halten würde. »Eine erzwungene Anleihe von 150 Millionen Pfund Getreide durch zehn Prozent der reichsten Bauern war die weitestgehende Maßnahme, die jemals von der Linken gefordert wurde.« [23] Selbst Trotzkij schrieb im Exil, daß die Linke nicht die Liquidation der Klassen in fünf Jahren gewollt habe und daß sie nur das Kulaken-Einkommen in einer Weise besteuern wollte, die zur Industrialisierung genügen würde. [24] Die Position der Linken war, wie die der Rechten, daß der sozialistische Sektor unablässig gestärkt werden müsse, so daß er am Ende unvermeidlich die gesamte Wirtschaft dominieren und schließlich beherrschen würde.

Andererseits hatte die Linke alles in allem wenig an spezifischen Programmen, nur einige Vorschläge zur Besteuerung und zur landwirtschaftlichen Verbesserung, weil ihr Hauptgewicht auf dem Industriebereich lag – wenn sie auch ernsthafte Schritte zur Vergrößerung der (damals noch sehr niedrigen) Zahl der Kollektivgüter forderte, vor allem für die armen Bauern. Aber auch Bucharin bot wenig hinsichtlich eines wirklichen Ansatzes zur Modernisierung oder Sozialisierung der ländlichen Gebiete an, außer einer vagen Zukunft, wenn die Haltung der Bauern sich gewandelt habe. Was Linke und Rechte zu diesem Zeitpunkt gemeinsam hatten, war der Glaube, daß fiskalische Maßnahmen (auch wenn sie manchmal recht hart waren) hinsichtlich der ländlichen Wirtschaft eingesetzt werden sollten; und daß »forcierte« Kollektivierung sich katastrophal auswirken würde.

Der Kern des Disputs lag anderswo. Insoweit als die Politik der Partei mittlerweile Unterstützung oder zumindest Duldung vom wohlhabenderen Sektor der Bauernschaft gewann, fürchtete die linke Fraktion immer stärker, daß kommunistische Ideale kompromittiert würden und daß der kommunistische Standpunkt zum Klassenkampf unterhöhlt würde. Fast niemand in der Partei war wirklich mit dem marktwirtschaftlichen System versöhnt. Aber auf allen Seiten der Debatte finden wir die äußerst wacklige Annahme, daß eine plangelenkte Zentralwirtschaft mit einem Markt koexistieren könne.

Wie hervorgehoben worden ist – und nicht nur von der damaligen Linken und den späteren Stalinisten – schien vor allem Bucharins Haltung zumindest auf eine Zurückstellung des ländlichen Sozialismus hinauszulaufen, bis zu einer – unwahrscheinlichen – Meinungsänderung der Bauern zu dem neuen Schema. Bis dahin würde das

Sowjetregime zu einem gewissen Grade von den Marktkräften ab-
hängig bleiben, die es nicht beherrschte (oder, in marxistischer
Sprache, abhängig von einer Klasse, die ihrem Wesen nach nichts
Besseres war als ein Bundesgenosse, und oft Schlimmeres).

Es gab einen weiteren, und damit verbundenen, doktrinären Streit.
Lenin und die Bolschewiki hatten von Anbeginn die Ansicht vertreten, daß der Sozialismus nicht in einem Land allein erreicht werden
könne, oder jedenfalls nicht in einem so rückständigen wie Rußland;
und in den Jahren nach 1917 hatten sie oft klargestellt, daß sie
Revolutionen in Westeuropa erwarteten, die die notwendige marxistische Basis für eine sozialistische proletarische Ordnung schaffen
würden. Es erübrigt sich, die vielen Zitate von Lenin und anderen
anzuführen, wonach diese erstens zustande kommen würde und
wonach zweitens die russische »sozialistische« Revolution ohne sie
nicht überleben könnte.

Das Gefühl dahinter war rational genug, nicht nur im Sinne des
gesunden Menschenverstandes, sondern auch aus doktrinärer Sicht.
Der Stand der russischen Industrialisierung und der Umfang sowie
die »Reife« des Proletariats waren prinzipiell unzureichend zur Umwandlung einer riesigen landwirtschaftlichen Mehrheit. Faktisch war
die Aufgabe, der die Führung sich gegenübersah, unmöglich zu
erfüllen.

Aber es wird sich erweisen, daß die Bolschewiki in der Praxis schon
so getan hatten, als könnte Rußland ohne Hilfe von außen umgewandelt werden. Alle Argumente der NEP-Periode implizieren zumindest die Möglichkeit, eine lange Wegstrecke zurückzulegen, ehe sich
anderswo revolutionäre Regime erheben würden. Aber insbesondere die Linke suchte immer noch die Weltrevolution. Und nur
allmählich, und als höchst umstrittene doktrinäre Innovation, wurde
der Gedanke des »Sozialismus in einem Land« vorgebracht und
schließlich zur Orthodoxie erhoben.

Noch im Mai 1924 hatte Stalin die traditionelle Sichtweise vorgetragen: »Der endgültige Sieg des Sozialismus und die Organisation
sozialistischer Produktion wird niemals durch die Bemühungen eines
Landes allein herbeigeführt werden, schon gar nicht durch die eines
Agrarlandes wie Rußland. Wenn dies Ziel erreicht werden soll, sind
die Anstrengungen mehrerer entwickelter Länder unverzichtbar.«
[25]

Der wirkliche Erfinder der Lehre vom Sozialismus in *einem* Land war
Bucharin. Es war aber Stalin, der sie zur zentralen Frage des innerparteilichen Streits machte. Und damit hatte er zweifellos recht.

Denn mochten auch Trotzkij und andere einwenden, daß der Versuch unmarxistisch sei, die Revolution in einem einzigen Lande in Gang zu halten, das zugegebenermaßen dafür in theoretischer Sicht nicht weit genug entwickelt war, so war doch dies klar: Nach der Niederlage direkter militärischer Bemühungen der Sowjets in Polen sowie des letzten Debakels der Komintern im Westen, des deutschen kommunistischen Fiaskos von 1923, würde die Revolution nicht erfolgreich in den fortgeschrittenen Ländern errichtet werden, die theoretisch erforderlich waren, um ein revolutionäres Rußland zu stützen. Praktisch bedeutete dies, daß das Sowjetregime entweder alle seine Kräfte in den offensichtlich aussichtslosen Versuch einer europäischen Revolution werfen oder abtreten – zumindest aber auf ein »bürgerlich-demokratisches« Stadium zurückgehen – mußte. Aber die Partei-Aktivisten waren in der Praxis nicht zu politischem Selbstmord bereit. Sie akzeptierten daher eine ungewöhnliche Doktrin als orthodox, solange sie ihren wirklichen Willen stützte.

Stalin versuchte in der üblichen Manier, Lenin die Vaterschaft für den Sozialismus in *einem* Land anzuhängen, da letzterer einmal auf diese Möglichkeit verwiesen hatte – wenngleich in dem ganz anderen Zusammenhang der Möglichkeit des Sozialismus in einem fortgeschrittenen Land.

Die Art, wie dieser und andere Dispute ausgetragen wurden, erinnert uns daran, daß die Führung der Kommunistischen Partei nicht eine Gruppe rationaler Nationalökonomen war, die sich Maßnahmen zur Herstellung einer rationalen Gesellschaft überlegten – wenngleich sie sich selbst manchmal so sahen und ihre Handlungen westlichen Beobachtern so darzustellen suchten. Sie waren eine Gruppe, die eine Ewigkeits-Doktrin akzeptiert hatte, und die Rationale ihres Machterhalts war, daß sie diese Lehre in die Praxis umsetzen und so eine neue und überlegene Gesellschaft herstellen würden. Ihre Überlegenheit bestand darin, daß sie angeblich die Lehren von Karl Marx wirksam machte: nämlich die Annahme, daß ein »proletarisches« Regime (wie das Sowjetregime sich selbst definierte) eine »sozialistische« Ordnung hervorbringen würde. Dies bedeutete bestimmte doktrinär vorgeschriebene Formen. Diese lagen sowohl in wirtschaftlichen Grundregeln – daß Marktbeziehungen verschwinden müßten –, als auch in Klassenbeziehungen: daß Klassen, die auf Privateigentum und Markt beruhten, in der einen oder anderen Weise eliminiert werden müßten.

Die Konzessionen, die die Kommunisten 1921 erbrachten, konnten nur damit gerechtfertigt werden, daß sie die Partei an der Macht erhielten. Aber ihre Bewahrung der Macht konnte nur gerechtfertigt werden, wenn sie die erste sich bietende Gelegenheit wahrnahmen, zur Erschaffung der gesellschaftlichen Ordnung fortzuschreiten, die von der Lehre vorgeschrieben war, und die Klassen zu eliminieren, die dogmatisch als Hindernisse für die notwendige Zukunft galten, wie sie von der motivierenden Theorie gesehen wurde.

Wie Lenin offen zugab, wußten die Kommunisten sehr wenig über die wirtschaftliche Wirklichkeit. Dies muß man sich ständig vor Augen halten, wenn man die Bemühungen der Sowjetregierung würdigt, die Agrarwirtschaft zu lenken oder zu meistern.

Die berühmte Deutung einer »Scheren-Krise« wurde erstmals beim 12. Parteikongreß 1923 entwickelt. Die »Scheren« waren die zwei auseinanderstrebenden Linien auf einer Graphik, wobei die eine den Preisanstieg für Industriegüter und die andere die ausnehmend niedrigen Preise für landwirtschaftliche Erzeugnisse markierte.

Diese ursprüngliche »Scheren-Krise« war ein kurzlebiges Phänomen, das aus einer Periode großer Unordnung und durch Fehlen von Getreidereserven entstanden war. [26] Sie ging einfach auf überhöhte Preisfestsetzung für Industriegüter und zu niedrige Preisfestsetzung für landwirtschaftliche Erzeugnisse durch die Regierung zurück und verschwand, sobald dies korrigiert worden war.

Aber es war ein bezeichnendes Beispiel für die Empfindlichkeit und Ungeduld des Regimes mit dem Phänomen des Marktes, das sie sowohl mißverstand als auch verabscheute. Wann immer die Handelsbedingungen sich gegen die Regierung wandten, oder auch, wenn es nur so schien, gab es diese Anzeichen übermäßiger Besorgnis und eines Mangels an jener Geduld, die nötig war, sollte der Marktmechanismus seine wirkungsvollste Ebene finden.

Inzwischen hatte trotzdem eine Wiederbelebung begonnen. Groman, der führende Nationalökonom des Landes, schrieb, daß »1922–1923 das erste normale Jahr des Wirtschaftslebens war nach acht anomalen Jahren«. [27] Die Preisstruktur war immer noch in schlechter Verfassung, aber alles in allem war die Verbesserung bereits erkennbar, und sie entstand allein durch die Errichtung von Marktbeziehungen und bäuerlichem Eigentum. Das Agrargesetz vom Oktober 1922 erklärte das Land immer noch zum Eigentum der Nation, garantierte jedoch dem Landbesteller dauerhafte erbliche Nutzung. Es übernahm sogar Stolypins Gedanken einer Konsolidierung der Ackerstreifen, und in manchen Gebieten gab es wieder einzelne Bauernhöfe. Tatsächlich anerkannte das Agrargesetz drei

Arten des Besitzes: die kooperative Version (die in den 20er Jahren ein bis zwei Prozent der Besitzungen erfaßte), Privatbesitz unter Einschluß von Einzelhöfen vom Stolypin-Typus und dorfgemeinschaftlichen Besitz im traditionellen Stil.

Anfang 1925 wurden Beschränkungen für die Einstellung von Lohnarbeitern aufgehoben. Als Ergebnis dieser Maßnahmen gab es eine auffällige Anfangsbelebung auf dem Lande. Die landwirtschaftliche Brutto-Erzeugung wurde schon 1925–1926 als der Vorkriegshöhe entsprechend gemeldet. [28] Die Getreideerzeugung stieg von 57,7 Millionen Tonnen jährlich 1922–1925 auf 73,5 Millionen Tonnen 1926–29, [29] wenngleich sie niemals ganz ihre Vorkriegshöhe erreichte, insbesondere nicht in der Ukraine und dem nördlichen Kaukasus.

Diese Wiederbelebung war, wie General Grigorenko betont – er arbeitete damals auf dem Hof seines Vaters –, die Leistung »der Menschen, die in den ruinierten Landgebieten arbeiteten, mit Kühen pflügend oder sich selbst in die Pflüge spannend«. [30]

Wie Lenin es voraussah, bedeutete individuelle Landwirtschaft Wohlstand für die tüchtigsten Bauern, und so erhob das »Kulaken-Gespenst« wieder einmal sein Haupt.

Selbst unter sowjetischen Autoren zu dem Thema gibt es einigen Streit darüber, wer die neuen Kulaken gewesen seien. Nach der einen Ansicht waren sie die alten Kulaken, die sich versteckt gehalten hatten und nun zu einem Neubeginn hervortraten. Nach anderer Ansicht waren sie eine neue Schicht früherer mittlerer und armer Bauern, die wirtschaftlich aufstiegen. Ohne Zweifel steckt Wahrheit in beiden Ansichten; zudem scheinen die Verhältnisse von Ort zu Ort verschieden gewesen zu sein. In jedem Fall waren, wie sich später herausstellte, manche von den neuen reichen Bauern Männer, die das Dorf verlassen hatten und im Bürgerkrieg in der Roten Armee gedient oder als Partisanen gekämpft hatten – Männer, die oft genug besondere Initiative gezeigt hatten, die das Leben draußen und neue Gedanken kennengelernt hatten. Auf der anderen Seite der Medaille stand, daß diese ehemaligen Soldaten mit ihrer besonders prosowjetischen Vergangenheit in besonders starker Position waren, um Druck auf örtliche Amtsträger auszuüben und die bestmöglichen Bedingungen für ihre Steuerzahlung zu bekommen.

Zunächst wurde nichts Ernsthaftes gegen sie unternommnen. Tatsächlich war in jenen Jahren Terror kaum spürbar, ob man dafür frühere oder spätere Vergleichsmaßstäbe heranzieht oder nicht; der

Terror blieb auf einer für sowjetische Verhältnisse minimalen Höhe. Bauernrebellen wurden sogar Amnestien zugebilligt. Ein typischer Vorgang war die Kapitulation von 126 Bauernpartisanen unter einer Amnestie, die Petrowskij im März 1922 in der Stadt Lochwista in der Ukraine persönlich bezeugte (sie alle sollten sieben Jahre später im neuen Terror sterben). [31]

Die Meinung, daß diese friedliche Periode nicht anhalten könnte und würde, durchdrang bereits Kreise der Partei und der Polizei. Wie es ein Beobachter in Moskau formulierte: »Die Partei, vor allem in ihren unteren Zellen, stand NEP instinktiv, unterbewußt feindlich gegenüber.« [32] Allgemein waren Partei-Aktivisten, die die klaren Instruktionen von 1918–1921 durchaus verstanden hatten, durch den Waffenstillstand mit dem mittleren Bauern und sogar dem Kulaken verblüfft und verwirrt. Sie handelten oft danach. Schon 1924 vermerkte ein führender Kommunist, M. M. Chatajewitsch, die Überzeugung sowohl unter den gewöhnlichen Bauern als auch unter den Parteimitgliedern, »daß man nur Mitglied der Parteizelle zu sein brauchte, um Requisitionen vornehmen zu können, oder Verhaftungen, oder um alles beschlagnahmen zu können, was man will, ohne besondere Ermächtigung durch die zuständige Behörde«. Er fügte hinzu, daß »es schwer zu sagen ist, wo die Parteizelle endete und das Tribunal oder die Polizei oder die Landkommission begannen«. [33]

Was die Bauern betrifft, so »war ihre Einstellung zum Sowjetregime niemals enthusiastisch, außer im Fall einiger Bednjaken (armer Bauern), und auch dann nur zu bestimmten Zeiten«. [34] Was die anderen Schichten betrifft, so nahmen sie jeden Vorteil wahr, der in der Situation zu erlangen war. In Sibirien gab es 1925–1926 sogar einen gemeinsamen Vorstoß von Kulaken, ihre eigene Partei zu gründen, die »Bauern-Union«, der durch Petitionen einiger tausend Leute unterstützt wurde! [35]

Ein führender OGPU-Beamter, Peters, schrieb öffentlich, daß »wir nicht vergessen dürfen, daß unter den Bedingungen der NEP unsere schlimmsten Feinde uns immer noch umgeben«; [36] während ein geheimes OGPU-Rundschreiben vom Juni 1925 festhält: »Es ist gesicherte Erkenntnis, daß konterrevolutionäre Organanisationen und Gruppen in der Ukraine sehr genau wissen, daß die OGPU derzeit sozusagen zu einer gewissen Passivität gezwungen ist, verursacht durch die Neue Ökonomische Politik, aber auch durch Regierungserwägungen übergeordneter Art. Daß diese Situation nur temporär ist, ist jedem von uns klar. Die OPGU sollte daher keine gute

Gelegenheit versäumen, unsere Feinde zu demaskieren, um ihnen einen vernichtenden Schlag zuzufügen, sobald die Zeit dafür gekommen ist.« [37]

Polizeiliche Vorbereitungen für die nächste Phase umfaßten Instruktionen für die Anlage von Listen »verdächtiger Konterrevolutionäre«. Diese werden in der Ukraine (in einem geheimen Rundschreiben vom Februar 1924) folgendermaßen aufgeführt:

Politische Parteien und Organisationen –
1. Alle früheren Mitglieder vorrevolutionärer bürgerlicher politischer Parteien.
2. Alle früheren Mitglieder monarchistischer Verbände und Organisationen (Schwarze Hundertschaften).
3. Alle früheren Mitglieder der Union selbständiger Getreideerzeuger (zur Zeit der Zentral-Rada in der Ukraine).
4. Alle früheren Angehörigen des Landadels und alle Träger früherer Adelstitel.
5. Alle früheren Mitglieder von Jugendorganisationen (Pfadfinder und andere).
6. Alle Nationalisten sämtlicher Meinungsschattierungen.

Beamte und Angestellte im aktiven Dienst des Zarismus –
1. Beamte des früheren Innenministeriums: alle Beamten der Ochrana [der geheimen politischen Polizei], der Polizei und der Gendarmerie, alle Geheimagenten der Ochrana und der Polizei. Alle Angehörigen des Grenzkorps, der Gendarmerie usw.
2. Beamte des früheren Justizministeriums: Mitglieder der Bezirks- und Provinzgerichte, Geschworene, Staatsanwälte aller Rangklassen, Friedensrichter und Untersuchungsrichter, Gerichtsvollzieher, Leiter von Kreisgerichten usw.
3. Alle Offiziere und Unteroffiziers-Dienstgrade, ohne Ausnahme, der früheren zaristischen Armee und Flotte.

Geheime Feinde des Sowjetregimes –
1. Alle früheren Offiziere, Unteroffiziers-Dienstgrade und einfache Soldaten der weißen Bewegungen und Armeen, der ukrainischen Petljura-Einheiten und verschiedenen Rebelleneinheiten und -banden, die aktiv der Sowjetherrschaft widerstanden haben. Personen, die von den Sowjetbehörden amnestiert wurden, sind nicht ausgeschlossen.
2. Alle, die in ziviler Eigenschaft in den Ministerien und örtlichen

Behörden der weißen Regierung angestellt waren, in den Armeen des ukrainischen Zentral-Rada, der Staatspolizei, des Hetmans usw.

3. Alle Bediensteten religiöser Körperschaften: Bischöfe, orthodoxe und katholische Priester, Rabbiner, Dekane, Kirchenvorsteher, Chorleiter, Mönche usw.

4. Alle früheren Kaufleute, Ladenbesitzer und »NEP-Männer«.

5. Alle früheren Landeigentümer, großen Landpächter, wohlhabenden Bauern (die früher Landarbeiter beschäftigten), großen Handwerker und Eigentümer von Industrieanlagen.

6. Alle Personen, die jemanden unter ihren nahen Verwandten haben, der gegenwärtig eine illegale Position einnimmt oder bewaffneten Widerstand gegen das Sowjetregime in den Reihen antisowjetischer Banden leistet.

7. Alle Ausländer, gleich welcher Nationalität.

8. Alle Personen mit Verwandten oder Bekannten im Ausland.

9. Alle Angehörigen religiöser Sekten oder Gemeinschaften (insbesondere Baptisten).

10. Alle Gelehrten und Spezialisten der alten Schule, insbesondere diejenigen, deren politische Orientierung bis heute undeklariert ist.

11. Alle Personen, die früher wegen Schmuggels, Spionage usw. verurteilt oder verdächtigt worden sind.« [38]

Ein bemerkenswerter Anteil der Bevölkerung. Dabei ist als zumindest symptomatisch festzuhalten, daß 67 Prozent aller Personen, die auf gerichtliche Weisung 1923 erschossen wurden, Bauern waren. [39]

Der Verlust direkter wirtschaftlicher Kontrolle des sowjetischen Dorfes wurde begleitet vom parallelen Verlust jeder administrativen Kontrolle, die auf lokaler Ebene vorhanden gewesen war. Die alte Dorfgemeinschaft war großenteils das wahre Zentrum wirtschaftlicher Macht auf dem Lande in Rußland geblieben. Es hatte viele Beschwerden seitens der Partei über »duale Macht« gegeben, wobei die örtlichen Sowjets schwächer waren als die Dorfgemeinschaften.

Der Dorfsowjet wurde im Prinzip auf der Grundlage allgemeinen Wahlrechts aller Erwachsener gewählt. Aber von Anfang an wurde er von den Behörden als der »ländliche Arm der Diktatur des Proletariats« kontrolliert. [40] Selbst sowjetische Quellen machen klar, daß zu Beginn alle Entscheidungen vom Vorsitzenden getroffen wurden, der in jedem Fall von der Partei benannt worden war. Eine Analyse der Listen einzelner Mitglieder der Bezirks- und Dorf-

Parteizellen zeigt, daß viele von ihnen von draußen gekommen waren
oder lange in anderen Gegenden gelebt hatten und auf Parteiweisung
heimgekehrt waren, während die »loyalen« Ortsansässigen zumeist
Taugenichtse waren, abgesehen von ein paar Dorflehrern. [41]
Nun aber erlangten die mittleren und reicheren Bauern in weiten
Bereichen die Kontrolle über die Dorfsowjets. So wurde die Dorfgemeinschaft – die in der Praxis den größten Teil der nicht-zwangswei-
sen großen Umverteilungen nach der Revolution getragen hatte –
mehr denn je das dominierende Element in den russischen Dörfern,
wobei die Dorfsowjets wenig mehr waren als ihre ausführenden
Organe für bestimmte offizielle Zwecke. [42] 1926 gehörten 90
Prozent der Dorfhaushalte zu den Dorfgemeinschaften; sie »kontrollierten praktisch das Wirtschaftsleben des Dorfes«. [43]
Die Mitgliedschaft im s'chod, der Dorfversammlung, bestand nun
aus allen Personen, die zu dörflichen Haushalten gehörten und über
18 waren. In der Theorie konnten alle abstimmen, aber in der Praxis
machten das nur die Haushaltsvorstände, wie früher auch. In der Tat
legte sogar das sowjetische Agrargesetz fest, daß ein Quorum nicht
aus einem bestimmten Prozentsatz der Mitglieder bestehen solle,
sondern aus der Hälfte der Vertreter der Haushalte. [44]
1927 wurden ernsthafte Schritte unternommen, um den Dorfsowjets
mehr Macht zu geben und sie von unzuverlässigen Elementen zu
säubern, aber man sah deutlich, daß das eigentliche Problem die
Dorfgemeinschaft war. Beim 15. Parteikongreß sagte Molotow, daß
die Kulaken, aus den Dorfsowjets vertrieben, »versuchten, sich in
der Dorfgemeinschaft einzugraben« (Kaganowitsch: »Richtig!«).
»Nun werden wir sie endlich sogar aus diesen letzten Gräben vertrei-
ben.«

Aber wer waren die »Kulaken«? Der Versuch, den Klassenfeind im
Dorf zu definieren und seine Zahlen festzulegen, sollte verheerende
Wirkung auf das Leben von Millionen Menschen in der kommenden
Epoche zeitigen. Der Kulak war, wie immer man ihn definierte, als
wirtschaftliche Klasse nicht mehr als eine Konstruktion der Partei.
Wie wir schon für die Periode des Kriegskommunismus – und früher –
festhielten, hatte Lenin ein Wort aus seiner ursprünglichen Bedeutung transferiert, um eine angebliche »Klasse« in den Dörfern zu
charakterisieren. Dies wurde nunmehr gelegentlich zugegeben. Bucharin unterschied in einem 1925 veröffentlichten Pamphlet zwischen
dem »bessergestellten Gastwirt, dem Dorf-Wucherer, dem Kulaken«
und dem wohlhabenden Bauern, der mehrere Landarbeiter beschäf-

tigte – letzterer sei nicht als Kulak zu betrachten. [45] Der Kommissar für Landwirtschaft, A. P. Smirnow, suchte ebenfalls den erfolgreichen Bauern der semantischen Verzerrung zu entziehen, die Lenin ihm zugefügt hatte. Smirnow wies darauf hin, daß ein Kulak in der korrekten Bedeutung ein vorrevolutionärer Ausbeutungs-Typus war, der nun praktisch verschwunden sei. [46] Miljutin (Lenins erster Landwirtschafts-Kommissar) hatte bei derselben Gelegenheit gefragt: »Was ist ein Kulak? Bislang hat es noch keine klare, präzise Definition der Rolle des Kulaken im Prozeß der Schichtenbildung gegeben.« [47] Eigentlich gab es niemals eine.

Ein Teilnehmer an der Agrardiskussion der Partei schrieb, daß jeder, der die wirklichen Verhältnisse kenne, »sehr genau weiß, daß der Dorf-Kulak nicht direkt (d. h. durch direkten Verweis auf die Statistik über die Beschäftigung von Lohnarbeit) nachgewiesen werden kann. Er kann nicht geradeheraus identifiziert werden, es ist auch nicht möglich, klarzustellen, ob er ein Kapitalist ist«. [48] Damit blieb eine mehr oder weniger psychologische oder politische Identifikation möglich, wie es denn auch in der tatsächlichen – wenngleich niemals zugegebenen – Praxis der kommenden Schicksalsjahre geschah.

Wenn auch der Autor im offiziellen Organ »Bolschewik« vorschlug, den Begriff Kulak überhaupt abzuschaffen, [49] war er doch notwendig für die Partei-Deutung der Dörfer. So wurden Bemühungen unternommen, nicht nur den Klassenfeind zu definieren, sondern auch seine Zahl zu berechnen.

Schätzungen über die Zahl der Kulaken gingen weit auseinander. 1924 hielt ein sowjetischer Wissenschaftler fest: »Man könnte zugeben, wenn man die Zahlen sehr strapaziert, daß kulakische Ausbeutung zwei bis drei Prozent beträgt; tatsächlich aber haben diese Ausbeutungen ihren kulakischen Charakter nicht ausreichend bestätigt.« [50]

Aber 1927–1929 lagen die Schätzungen zwischen drei, sieben und fünf Prozent der Bauernschaft (wobei jeder Prozentpunkt 1,25 Millionen Menschen repräsentierte). Selbst Molotow, der 3,7 Prozent akzeptierte, sagte, es sei eine »fast unmögliche Aufgabe«, die Zahl der Kulaken zu schätzen. [51]

Das offizielle »Statistische Handbuch der UdSSR 1928«, dessen Zahlen oft von der politischen Führung verwendet wurden (wenngleich, als rein ökonomischer Analysebegriff, der von ihm gebrauchte Ausdruck »Unternehmer« lautet), nennt 3,9 Prozent der Haushalte oder 5,2 Prozent der Landbevölkerung unter diesem Begriff und definiert sie als diejenigen, die entweder:

a) Produktionsmittel im Wert von mehr als 1600 Rubel besitzen und für mehr als 50 Tage im Jahr Produktionsmittel mieten oder pachten bzw. Lohnarbeiter einstellen oder

b) Produktionsmittel im Wert von 800 Rubel besitzen und Lohnarbeiter für mehr als 75 Tage im Jahr einstellen oder

c) Produktionsmittel im Wert von mehr als 400 Rubel besitzen und Lohnarbeiter für mehr als 150 Tage im Jahr einstellen.

Es ist bemerkenswert für jeden, dem das Wort »Kulak« immer noch einen reichen Ausbeuter großen Stils vor die Augen zaubert, daß die wohlhabendsten Bauern 1927 zwei oder drei Kühe hatten und bis zu zehn Hektar Saatland, und zwar für eine Durchschnittsfamilie von sieben Menschen. [52] Und die reichste Gruppe der Bauern bezog ein nur um 50–56 Prozent höheres Pro-Kopf-Einkommen als die ärmste. [53] Wichtiger war für den Augenblick, daß die »Kulaken« – drei bis fünf Prozent der Bauernhaushalte – 20 Prozent des Getreides produzierten. [54]

Auf dem Höhepunkt der NEP hielt die Partei es für nötig, den »Kulaken« wirtschaftlich zu beschwichtigen, politisch aber versäumte sie nie, die Notwendigkeit – entstehend aus der neuen Wirtschaftskraft des Kulaken – zu betonen, daß man das Bündnis des Proletariats und der armen Bauern gegen die Kulaken stärken müsse. [55] Aber wenn der Kulak schwer zu definieren war, war es die arme Bauernschaft nicht minder.

Selbst die »landwirtschaftlichen Lohnarbeiter«, eine einfach genug klingende Kategorie, machten Schwierigkeiten. Viele davon (63 Prozent) hatten Bauernhöfe zu eigen, etwa 20 Prozent sogar Vieh, und sie wurden oft auf täglicher statt auf saisonaler oder jährlicher Basis beschäftigt: so konnte man sie schwer von »armen Bauern« unterscheiden, die ebenfalls von Zeit zu Zeit Lohnarbeit leisteten – oder, wenn nicht der Bauer selbst, dann einer seiner Angehörigen.

So wurde der »arme Bauer« manchmal als Wirtschafter beschrieben mit einem kleinen Grundstück und ohne Pferde, der gelegentlich Arbeit außerhalb leistete. Eine andere Definition (von Stalins führendem Nationalökonomen, Strumilin) sah vor, daß er einen Bauernhof besaß, dessen Einkommen nicht den Durchschnittslohn eines Landarbeiters überstieg. Und es gab weitere Definitionen, von denen einige sogar dem armen Bauern erlaubten, ein Pferd zu besitzen. Wenn es zum »mittleren Bauern« kam, herrschte ebenfalls Unklarheit vor – und wurde sogar verstärkt durch Vorhaben, sie in »schwache« und »wohlhabende« mittlere Bauern einzuteilen. Das gemeinsame Kriterium, das beide vom »armen Bauern« durch Eigentum an einem Pferd unterschied, war, wie gesagt, in der Partei umstritten. Und ihre Abscheidung vom Kulaken beruhte in den meisten Definitionen darauf, daß der Kulak jemand war, der Arbeitskräfte beschäftigte und somit, in den theoriegebundenen Augen der Partei, eine Art Kapitalist war. Aber mittlere Bauern und sogar arme Bauern konnten auch Arbeiter beschäftigen. In der Tat erklärte die Abteilung für Agitation und Propaganda beim Zentralkomitee während des Kampfes mit der Linksopposition, daß »ein bedeutsamer Anteil in der Beschäftigung von Lohnarbeitern auf die Haushalte der mittleren Bauern entfällt«. [56]

So traten andere Kriterien hervor, beispielsweise die Größe des Aussaat-Areals auf dem jeweiligen Hof. Tatsächlich aber gehörte ein großer Bauernhof oftmals einer großen Familie ansonsten untadelig definierter »mittlerer Bauern«, während einer, der wie ein offensichtlicher Kulak wirkte, dank seines größeren Wohlstands, einen kleineren Hof haben, dafür aber Landmaschinen vermieten oder im Getreidehandel tätig sein mochte. [57] Freilich war wieder ein anderes Kriterium, das als grundlegend bezeichnet wurde, das Ausleihen von Werkzeug und Zugtieren, [58] aber einige Theoretiker vertraten die Meinung, daß die Vermietung von Tieren oder Werkzeug eine »kommerzielle« Angelegenheit war, nicht eine der »Klasse«. [59]

Sodann gab es Versuche, Kulaken (wie auch mittlere Bauern) über den Viehbesitz zu identifizieren. Aber jemand, der ein mittlerer Bauer war insofern, als er keine Landarbeiter beschäftigte und wenig mit Handel zu tun hatte, konnte doch (wenn er eine große Familie hatte) drei Kühe und zwei Pferde halten.

Darüber hinaus, wie Kritzman (als Vertreter der Agrarsektion der Kommunistischen Akademie) bemerkte, während er sein eigenes kompliziertes System empfahl: »Unsere statistischen Materialien sind unglücklicherweise für solch vergleichbar subtile Forschungen schlecht geeignet.« [60] Ein anderer angesehener sowjetischer Nationalökonom berichtete (allerdings in einem Buch, das erst 1956 nach seinem Tode veröffentlicht wurde), daß »wir keine statistischen Daten haben, wie unvollständig oder annähernd auch immer, über die Entwicklung von Klassenstruktur in den sowjetischen Dörfern über irgendeine Anzahl von Jahren«. [61] Ein westlicher Wissenschaftler ist hingegen in der Lage, vier größere Schätzungen über die Anzahl von Bauern in jeder Kategorie zu veröffentlichen, die 1925–1928 erstellt wurden, und er fügt hinzu, daß er noch ein

Dutzend vorlegen könne, jede verschieden von den anderen, in den Kriterien wie in den Ergebnissen. [62]

Überdies waren, selbst wenn man die Kategorien aussortiert hatte, die »Landarbeiter« wie immer keine brauchbare Machtbasis. Nur ein Viertel von ihnen gehörte der staatlichen Landarbeiter-Gewerkschaft an (die selbst in den Augen von Beobachtern in der Partei von geringem Nutzen war). [63] Ende 1927 waren nur 14 000 von ihnen (von geschätzten 2,75 bis 3 Millionen) Mitglieder der Kommunistischen Partei. [64]

Freilich: Solange der Landarbeiter in dieser Position blieb, hatte er natürlich das Gefühl, daß die Sowjetregierung ihm nicht geholfen hatte. Aber sobald er wohlhabend wurde, gelangte er in eine Gruppe, der die Partei mit Zweifeln und Feindseligkeit begegnete.

Andererseits, wenn die Dorfarmen nicht zu Wohlstand kamen trotz all der amtlichen Vorteile, die ihren Kategorien gewährt wurden, wurden sie von der örtlichen Partei verabscheut. Selbst Kommunisten werden im theoretischen Organ der Partei mit Aussagen zitiert, daß sie mit ihnen nichts zu tun haben wollten, weil »sie alle Trinker sind«. [65] Dies stimmt mit der Ansicht überein, die eine sowjetische Agrar-Publikation jener Zeit den mittleren Bauern zuschreibt: »Wie können wir von der armen Bauernschaft lernen, wenn sie nicht einmal ihre eigene Borschtsch kochen können?« [66]

So erwies wirtschaftliche Hilfe für die Dorfarmen sich entweder als wertlos für die Sowjetwirtschaft und erhöhte nur ihren Verbrauch, oder sie befähigte sie dazu, mittlere Bauern zu werden. Wie auch immer, viele amtliche Berichte machen klar, daß die den Bauern zugebilligten Kreditsummen völlig ungenügend und überdies Gegenstand gewaltiger administrativer Mißbräuche waren. [67] Jedoch – wie eh und je – nahmen die ärmeren Schichten eine verläßlich feindselige Haltung gegenüber den reicheren ein. Bauerndelegierte zum Fünften Kongreß der Sowjets erklärten, daß das Versagen staatlich gelenkter Kreditverbände es unmöglich machte, an die Massen zu appellieren, während »der Kulak und Unter-Kulak die empfindsamsten Nervenstränge berühren«. [68]

Was den mittleren Bauern betraf, so hielt sich die Partei grundsätzlich an die Formel vom Bündnis mit ihm gegen die Kulaken, und dies blieb die offizielle Linie während einer Periode großen Wandels in der wirklichen Politik, währenddessen die tatsächliche Behandlung der mittleren Bauernschaft, ja der gesamten Bauernschaft, von Ermutigung bis zur Unterdrückung reichte. Tatsächlich hat man von einem wichtigen Sektor der Partei gesagt, dem Stalin sich nun anzuschließen begann: »Je mehr die Anhänger dieser Richtung die Parole vom Bündnis mit dem mittleren Bauern betonten, desto prononcierter entwickelte sich in der Praxis ihre Feindschaft gegen ihn.« [69]

Aber die ganze Differenzierung, wie immer man sie vornahm, basierte großenteils auf einer falschen Deutung angenommener Klasseneinstellungen. Der einzige Vorteil, den die Armen hatten, bestand darin, daß sie im Prinzip erste Wahl waren für politische Vergünstigungen wie etwa die Mitgliedschaft im Dorfsowjet. Aber sogar da nahmen sie gewöhnlich dieselbe Haltung ein wie die übrige Bauernschaft, und während der kommenden Periode, während all der Schwierigkeiten wegen Getreideeinhebung und Preispolitik im allgemeinen, reagierten die Armen genau so wie die anderen Erzeuger. [70]

Während des politischen und ideologischen Ringens in den 20er Jahren war Stalins Hauptsorge natürlich der Aufbau seiner eigenen Macht in der Partei durch die Kontrolle über alle Ernennungen, die ihm seine Position an der Spitze des Sekretariats gab. Die angebliche Arbeiterklassen-Basis des Regimes war mittlerweile großenteils (wenn auch natürlich nicht völlig) reduziert auf eine Frage organisatorischer *Force majeure* einerseits und bloßer Fiktion andererseits. Aber es gab eine Kraftquelle, die ein Gegengewicht darstellte. Die Partei selbst, im Besitz aller Machtpositionen, war zum »Interesse« geworden. Eine Bürokratie war entstanden, eine riesige Gruppe, für die Macht und deren Attribute zu einem erheblichen Grade die alten Ideale ersetzt oder zumindest verzerrt hatte. Was Rakowskij bereits als das »Auto-Harem-Syndrom« beschrieb, entwickelte sich faktisch zu einer neuen gesellschaftlichen Schicht. Es ging nicht nur um den neueren »Karrieristen«-Zufluß in die Partei, sondern auch um die Entwicklung ihrer alten Mitgliedschaft zu einer herrschenden Elite. Noch bedeutete das notwendig den Verzicht auf brutale oder revolutionäre Maßnahmen. Auf der einen Seite ging es um den Machterhalt. Auf der anderen Seite blieb die leninistische Ideologie sowohl die Antriebskraft als auch die Rechtfertigung der herrschenden Elite. Alles in allem hatten die Rechten wie die Linken ihre Zweifel darüber, ob die neue Priviligenzija eine korrekte Sache war. Deren Mitglieder neigten dazu, sich nach Stalin auszurichten.

Aber es stimmt auch, daß manche von der jüngeren Generation, die in zaristischer Zeit zu den örtlichen Militanten gehört hatten und im

Trubel des Bürgerkriegs aufgestiegen waren, den europäisierten
Intellektuellen eher abgeneigt waren, ob rechts oder links, die die
theoretische Diskussion beherrschten; auch diese Kritiker also (oft
von Arbeiterklassenherkunft) waren eine Quelle zukünftiger Stalinisten.

Was die eigentlichen politischen Probleme betraf, so hielt Stalin sich
– um den Sieg über Trotzkij und Sinowjew bemüht – im allgemeinen
an Bucharins Sehweise, vor allem insofern, als sozialistische Grundsätze den Bauern durch Vermarktungs-Kooperativen erreichen und
ihn allmählich auch zu Erzeugungskooperativen führen würden und
daß staatliche Kredite der Schlüssel dazu seien. Sogar das Wort
»Kollektivgüter« ist in Stalins Schriften vor dem 15. Parteikongreß im
Dezember 1927 nicht zu finden. Er argumentierte auch immer noch,
daß Industrialisierung nur zu machen sei, wenn sie »auf einer fort-
schreitenden Verbesserung der materiellen Lage der Bauernschaft
basiert«. [71]

Trotzdem begann Stalin schon, die Bucharinschen Verkündungen in
einigen kleinen Bereichen zu dämpfen, vielleicht (wie Isaac Deutscher meint), um sein Ansehen bei den Parteiaktivisten flexibler zu
halten als das der Rechten. So schrieb Stalin früh im Jahre 1926
vertraulich, daß die Bauernschaft ein »eher instabiler« Verbündeter
sei und daß sie im Bürgerkrieg »manchmal auf der Seite der Arbeiter
und manchmal auf der der Generale gestanden« habe. [72] Dies gab
die Einstellung der meisten Kommunisten gegenüber der Bauernschaft wieder.

Der Sieg über die Trotzkisten, dann über Sinowjew und Kamenew,
dann über die »Vereinigte Opposition«, die von den dreien gebildet
wurde, war komplett im Dezember 1927, als Trotzkij und Sinowjew
auf dem 15. Parteikongreß aus der Partei ausgestoßen wurden. Bei
diesem Kongreß war die politische Hauptsorge die Erhaltung des
Eindrucks von Einigkeit in der siegreichen Stalin-Bucharin-Führung
innerhalb der Phase, die den letzten Angriff auf die Linke brachte.
Aber nun sehen wir die ersten offenen Schritte Stalins und seiner
Gefolgsleute, die politischen Standpunkte der Linken zu übernch-
men. Während die offiziellen Kongreß-Dokumente davon sprachen,
den Kulaken zu »begrenzen«, sprachen sowohl Stalin als auch Molotow davon, diese Klasse zu »liquidieren«. Es wurde »allgemein
bekannt« in führenden Kreisen, daß Stalin sich nach links bewegte.
Er begann nun, Weisungen [73] über außerordentliche Maßnahmen
gegen die Kulaken in einem Ton auszusenden, der den Reden auf
dem Kongreß zuwiderlief.

Aber auch die Rechte gelangte, während sie die Notwendigkeit wirtschaftlichen Gleichgewichts betonte, zu einer größeren Gewichtung zugunsten der Industrie und härteren Maßnahmen gegen die Kulaken. Bucharin hatte bereits im Oktober behauptet, daß das Bündnis mit der mittleren Bauernschaft nunmehr gesichert sei, so daß eine »forcierte Offensive gegen den Kulaken« nunmehr möglich sei, um dessen »ausbeuterische Tendenzen« zu begrenzen – durch Besteuerung und Beschneidung der Lohnarbeit. Sowohl Bucharin als auch Rykow sprachen beim 15. Kongreß über die Notwendigkeit, Druck auf die Bauernschaft auszuüben, wenngleich sie weiterhin vor jeder Abwendung von NEP warnten, die zu einer heftigen Krise führen würde.

Es ist üblich geworden, daß sowjetische Schriftsteller Bucharin und dessen Freunde für entschlossen halten, den Kapitalismus auf dem Lande wieder einzuführen – entweder bewußt (in der extremen Stalinschen Sicht) oder »objektiv«. Eine ähnliche Meinung grassiert unter einigen westlichen Autoren: die Rechten seien gemäßigte Männer gewesen, die dem Privatbauern als dem Bollwerk der ländlichen Volkswirtschaft zu helfen suchten und die Kollektivierung nur für den Zeitpunkt anstrebten, an dem die Bauernschaft dazu bereit wäre und alle Traktoren usw. vorhanden wären, die man brauchte, um dies attraktiv zu machen.

Bis zu einem gewissen Punkt war dies auch die ursprüngliche Politik der Rechten. Aber Ende 1928 wurde sie in solchen Wendungen ausgedrückt, schon um einiges härter als Bucharins Standpunkt: »Es handelte sich um große Kapital-Investitionen in die Landwirtschaft ... Eine Zunahme im Einzelbauern-Sektor, insbesondere dem getreideproduzierenden, eine Begrenzung des Kulaken-Sektors, die Errichtung der Sowchosen und Kolchosen, alles in Kombination mit einer korrekten Preispolitik und zusammen mit einer Entwicklung von Kooperativen, die die Masse der Bauernschaft erfassen.« [74]

Im ersten NEP-Stimmungsaufschwung war Bucharin tatsächlich sehr weit gegangen in seinen Veröffentlichungen zum Privatsektor; zudem scheinen er und die Rechten 1920 schwere Bedenken bekommen zu haben hinsichtlich der Methoden, mit denen Stalin die Schnellkollektivierung erzwang. Wichtiger aber dürfte sein, daß die »Rechte« nicht einen Augenblick lang die einzige wirkliche Alternative empfahl, nämlich wirkliche Modernisierung auf Privatbauern-Ebene: vielmehr gelobten sie den Entscheidungen des 15. Parteikongresses über ein langfristiges Kollektivierungsprogramm (20 Prozent bis 1933) »uneingeschränkte Unterstützung«. Bucharin hat niemals wirklich die Agrartheorie der Partei revidiert – und nichts in dieser Richtung ist in seinen letzten »Notizen eines Nationalökonomen« (1928) zu finden.

Die Rechte hat keinen Augenblick lang die Idee einer sozialisierten Landwirtschaft aufgegeben. Genauso wenig hat sie jemals die leninistische Vorstellung vom Klassenkampf auf dem Lande geleugnet. Bucharins Verteidigung des Bündnisses mit dem mittleren Bauern geschah im Kontext seiner Aussage, daß man die Kulaken nach Belieben jagen dürfe, und die Formulierung blieb orthodox bis in die Kollektivierung hinein. [75]

Am richtigsten kann man es wohl mit der Deutung beschreiben, daß Bucharin sowohl in der Landwirtschaft wie in der Industrie gegen »Maximalziele« eintrat, etwa gegen übermäßige Besteuerung der Bauern, weil diese zu einem Rückgang der Agrarerzeugung führen würde; daß er ferner für eine ausgewogene Haltung gegenüber der Leicht- und der Schwerindustrie eintrat.

Stalins Taktik in der neuen Phase, nämlich 1927–1930, als sein politisches Hauptgewicht auf dem Sieg über die Rechte lag, war gewunden und zweideutig. Auf der einen Seite arbeitete er daran, seine organisatorische Macht zur Placierung seiner eigenen Leute in Schlüsselposten des Parteiapparats sowohl in der Zentrale als auch draußen im Land einzusetzen. Auf der anderen Seite suchte er die nunmehr führerlosen linksgeneigten Elemente in den Partei-Massen zu gewinnen und doch sich langsam genug zu bewegen, um so viele Elemente wie möglich mitzutragen, die NEP-geneigt waren. Damit suchte er die Führer der Rechten ideologisch wie organisatorisch zunehmend zu isolieren. Darüber hinaus wuchs, als eine gewisse Stabilität und sogar Prosperität in den Städten sichtbar wurde und ein »Proletariat« sich wieder etablierte, eine starke Neigung in der Partei – und zwar unter allen Fraktionen –, daß irgendeine neue Bemühung in Richtung »Sozialismus« nunmehr unternommen werden könnte.

Dies stellte man sich allgemein in einer weiteren Stärkung der großenteils wiederhergestellten industriellen Grundlage und einer langsamen Ausdehnung des noch spärlichen Kollektivgut-Systems im Dorf vor. Die Entscheidungen des 15. Parteikongresses nahmen einen Plan in Aussicht, dessen Hauptanteile diese beiden Punkte sein sollten – mit Zustimmung Bucharins und Tomskijs.

In der Ukraine nahm der innerparteiliche Kampf eine ganz andere Form an als in Moskau. Lasar Kaganowitsch wurde im April 1925 als Erster Sekretär der Kommunistischen Partei der Ukraine ausge-

sandt. Er ersetzte den Wolgadeutschen Quiring, der die Ukrainisierung behindert hatte. Kaganowitsch, eindeutig ein Mann Stalins,
bekam einen so furchtbaren Ruf in späteren Jahren, daß seine
Ernennung heute manchmal als eine schlimme Sache für die Ukraine
gewertet wird – und in der Tat setzte sich Oleksander Schumsky, der
ukrainische Bildungskommissar, damals dafür ein, daß Wlas Tschubar als Ukrainer den Posten kriegen sollte. Doch Kaganowitsch
(wenngleich wachsam gegenüber nationalen Abweichungen, die
Moskaus Kontrolle erschüttern könnten) war zu diesem Zeitpunkt
ein aktiver Förderer »gemäßigter« Ukrainisierung [76] in kultureller
und sprachlicher Hinsicht. Und einige Jahre lang fuhr die ukrainische
Kultur fort, zu blühen – wenn auch nicht ohne Rückschläge. (Kaganowitsch, ethnisch kein Ukrainer, war in der Ukraine geboren und
beherrschte die Sprache fließend.)

Im Jahre 1926 schien es Moskau, als sei die nationale Selbstverwirklichung der Ukraine aus dem Ruder gelaufen. Schumsky verlangte
volle kulturelle, wirtschaftliche und politische Autonomie. Man warf
ihm nationalistische Abweichung vor und setzte ihn mit seinen
Anhängern ab. Der Skandal war um so schlimmer, als Schumsky von
der Kommunistischen Partei der westlichen Ukraine verteidigt
wurde (damals polnisches Territorium) und seinen Fall vor das
Exekutivkomitee der Komintern bringen ließ. Stalin kommentierte,
daß Schumskys Haltung manch Anziehendes für die örtliche Intelligenzija gehabt habe, daß sie aber hinauslaufe auf »einen Kampf für
die Entfremdung des kulturellen und gesellschaftlichen Lebens der
Ukraine vom allgemeinen russischen Kulturleben, einen Kampf
gegen Moskau und die Russen im allgemeinen, gegen russische
Kultur« [77] – was in einem gewissen Sinne ja auch stimmte.

Der Sturz Schumskys und der Angriff auf den »Schumskyismus«
führten nicht zu einer Umkehr in Richtung auf volle Russifizierung,
sondern nur zu einer Vermeidung der offeneren Konfrontation im
Widerstand gegen sie. Auf Schumsky folgte als Bildungskommissar
Skrypnyk, der die wichtigste Parteigestalt in der Verteidigung der
Kultur seines Landes während der nächsten sieben Jahre blieb.

Mykola Skrypnyk, Sohn eines ukrainischen Eisenbahn-Angestellten,
ist in vieler Hinsicht die Schlüsselfigur für die folgende Periode. Er
war der Russischen Sozialdemokratischen Partei 1897 beigetreten
und wurde erstmals wegen seiner Parteiarbeit im Jahre 1901 verhaftet. Als die Partei sich 1903 spaltete, wurde er Bolschewik. 1913
wirkte er in der Leitung der »Prawda« mit, und beim Sechsten
Parteikongreß wurde er Mitglied des – damals sehr kleinen – Zentral-

komitees. Als er im Dezember 1917 als Lenins Bevollmächtigter nach
Kiew zurückging, scheint er sich über das nationale Problem der
Ukraine nicht viele Gedanken gemacht zu haben. Erst bei seiner
Rückkehr im April 1920, nach kurzen Aufgaben-Zwischenspielen,
bei denen er einen ziemlich zentralistischen Standpunkt vertreten
hatte, erleben wir seine Entwicklung zum Fürsprecher einer unab-
hängigen, wenn auch sowjetischen, Ukraine. Und durch schiere
Charakterstärke vermochte er bis fast zu seinem Tode 1933 diese
Gegensätze in einem gewissen Gleichgewicht zu halten.

Wie J. E. Mace hervorgehoben hat, darf Skrypnyks scheinbar be-
scheidener Posten als Bildungskommissar nicht unterschätzt werden,
denn er war de facto zuständig für die Nationalitätenfrage, für
Ideologie und für Kultur. Dies schloß einen ständigen, anfangs
erfolgreichen Kampf ein. Skrypnyk äußerte sich offen darüber,
wogegen er anzutreten hatte. Auf dem 12. Parteikongreß sprach er
entrüstet über Kommunisten an hoher Stelle, die Ukrainisierung
akzeptierten, weil sie die gegenwärtige Politik sei, die aber in der
Praxis davon keinen Gebrauch machten. Einer von denjenigen, die
auf der letzten Konferenz der Ukrainischen Partei dafür gestimmt
hatten, sei beim Verlassen der Halle von einem Arbeiter auf ukrainisch angesprochen worden und habe erwidert: »Warum redest du
nicht in einer Sprache, die man versteht?« [78]

Sein Gefährte, der kommunistische Schriftsteller Mykola Chylowy,
schrieb 1926 unverblümt im offiziellen Organ der ukrainischen Partei: »Die ukrainische Wirtschaft ist nicht russisch und kann es nicht
sein, und sei es, weil die ukrainische Kultur, die von der wirtschaftlichen Struktur ausgeht und sie wiederum ihrerseits beeinflußt, cha-
rakteristische Formen und Züge trägt ... Mit einem Wort gesagt, die
Union bleibt eine Union, und die Ukraine ist ein unabhängiger
Staat.« [79] (Ein Appell aus Gründen des politischen Kampfes an die
verbale Form der UdSSR-Verfassung, nicht an die realen Machtver-
hältnisse, die sie geschaffen hatte.) Ähnlich beschwerte sich der für
die politische Erziehung in der Ukraine zuständige Amtsträger,
Mychailo Wolobujew, daß die Ukraine im Effekt immer noch wirtschaftlich ausgebeutet werde als Folge des Weiterbestehens vorrevolutionärer fiskalischer Strukturen.

Die ukrainische Tendenz in der Kommunistischen Partei der Ukraine
wurde von einer Anzahl ukrainisch-jüdischer Persönlichkeiten unterstützt wie Kulyk, Lifschitz, Hurewitsch und Rawitsch-Tscherkassky.
Der Letztgenannte kritisierte russische Parteimitglieder, die, wie er
sagte, »glauben, daß die Ukrainische SSR und die Kommunistische

Partei der Ukraine fiktiv seien oder Unabhängigkeit nur vorspielen. Im besten Fall gestehen sie zu, daß es während der Periode des Kampfes gegen die nationalistische Zentral-Rada und das Direktorium für Kommunistische Partei und die Sowjetregierung in der Ukraine unumgänglich war, sich defensiv mit den Farben der Nationalität und der Unabhängigkeit zu schmücken. Nun aber, da die Sowjetregierung fest in der Ukraine etabliert ist, sind sie sich darüber einig, daß die Rolle der Ukrainischen SSR und der Kommunistischen Partei der Ukraine beendet sei.« [80]

Von der anderen Seite gab es orthodox-kommunistische Besorgnisse wegen des spalterischen Effekts nationaler Gefühle. Stalin steuerte vorerst einen mittleren Kurs, bis er Bucharin und dessen Anhänger zermalmt hatte und bis der Kampf mit der Bauernschaft zum wichtigsten Thema auf der Tagesordnung wurde.

Im Juli 1928 wurde Kaganowitsch, der die Ukraine zumindest relativ taktvoll behandelt hatte, nach Moskau zurückberufen. Stalin, so sah es Bucharin, »kaufte die Ukrainer, indem er Kaganowitsch aus der Ukraine zurückzog«. [81] Stalin selbst schreibt von einer Forderung aus der Ukraine, daß Kaganowitsch durch Grinko oder Tschubar ersetzt werden solle. [82] Neuer Erster Sekretär der Ukraine wurde jedoch der Pole Stanislaw Kossior, und Tschubar wurde Vorsitzender des regionalen Rates der Volksarmee.

Somit ist klar, daß die ukrainische Partei-Intelligenzija immer noch unruhig war; das Regime hatte es auch nicht geschafft, sich auf dem Lande zu etablieren, wo die neue Ordnung als *fait accompli* akzeptiert worden sein mag, aber niemals Wurzeln geschlagen hatte. Wie ein prominenter dortiger Kommunist schrieb, wurden 1926 diejenigen »gemieden«, die mit dem Regime verbunden waren, und sei es in so harmloser Eigenschaft wie der eines Dorfkorrespondenten für eine Zeitung. [83]

Teilweise aus diesem Grunde waren die sehr unbeliebten Komitees nicht reicher Bauern in der Ukraine aufrechterhalten worden, nachdem sie anderswo aufgelöst worden waren. Auch wenn ihnen ihre Macht 1925 – mitten in der NEP-Zeit – größtenteils genommen war, gewannen sie doch vieles davon 1927–1928 zurück, mit besonderen Aufträgen, »Getreideüberschüsse ans Licht zu bringen« [84] – ein Vorzeichen für Stalins Haltung und seine wahren Absichten, sobald er seine Herrschaft vollständig eingerichtet hatte.

Teil II
Die Bauern zermalmen

Die Ernte ist vergangen, der Sommer ist dahin, und uns ist keine Hilfe gekommen.

Jeremias

5
Kollisionskurs
1928–1929

Je sors d'un mal pour tomber dans un pire.

Corneille

Zu Anfang des Jahres 1928 gab es eine Getreidekrise – oder vielmehr: etwas, was in den Augen der Führung wie eine Getreidekrise
aussah. Tatsächlich war es nicht mehr als ein zeitweiliges Ungleichgewicht auf dem Getreidemarkt, leicht korrigierbar, wenn normale
Maßnahmen angewendet worden wären. Aber wieder einmal führten das ererbte Mißtrauen oder Unvermögen der Partei gegenüber
dem ganzen Marktsystem und eine inkompetente Preispolitik zu
einer Art Panik.

Es gab tatsächlich Probleme. 1928 hatte der Getreideexport praktisch aufgehört. Vor dem Ersten Weltkrieg war die Hälfte der
Getreideerzeugung von Gutsherren- und »Kulaken«-Höfen gekommen. Überdies hatten sie mehr als 71 Prozent des für den Markt und
für den Export verfügbaren Getreides erzeugt.

1927 gehörten den Bauern 314 Millionen Hektar, gegenüber 210
Millionen vor der Revolution – aber die Anzahl der Bauernstellen
war von 16 Millionen auf 25 Millionen angestiegen. [1] Und der
(nicht-kulakische) Bauer, der 50 Prozent des Getreides vor dem
Krieg erzeugt und 60 Prozent seines Produkts verbraucht hatte, produzierte nunmehr 85 Prozent des Getreides und verbrauchte davon
80 Prozent. [2] Das Problem des Staates war, wie er den Zugriff auf
das Getreide erlangte. Aber wie der Parteiveteran G. Ja. Sokolnikow
auf dem 15. Parteikongreß 1927 klipp und klar gesagt hatte: »Wir
dürfen nicht glauben, daß die Getreidereserven der Bauern das
Zeichen für irgendeine Art von Kulakenkrieg gegen das proletarische Wirtschaftssystem sind und daß wir einen Kreuzzug beginnen
sollten, um es ihnen wegzunehmen. Wenn wir das tun, kehren wir nur
zum Requisitions-System zurück.« [3]

Die Alternative jedoch wäre intelligenter Gebrauch von Markt- und
Fiskalmaßnahmen sowie ein gewisser Aufwand an Vorausdenken
gewesen. Beides fehlte. Wie es ein Schriftsteller ausdrückte, der dem

Regime im allgemeinen mit Sympathie gegenüberstand: »Die Politik
der Sowjetregierung, die jedes Jahr darauf setzte, daß die Ernte des
fraglichen Jahres gut sein werde, war von Grund aus unrealistisch.«
[4] Und noch allgemeiner gesprochen: »Das Regime hatte keine
Ahnung, wohin es ging; seinen Entscheidungen fehlte der Zusammenhang, und sie dienten nur dazu, die landwirtschaftliche Produktion zu stören.« [5] Beim 15. Parteikongreß hatten mehrere Sprecher
diese Situation erörtert; Kaminskij beispielsweise verdammte die
»Fluktuationen und Ungewißheiten bei den Preisen landwirtschaftlicher Erzeugnisse«. [6] Er nannte als Beispiel den offiziell festgesetzten Flachspreis, der in zwei Jahren fünfmal geändert worden war.
Einer der führenden Analytiker des Problems im Westen, der ver-
storbene Professor Jerzy F. Karcz, nannte es eine »Nachlässigkeit,
die an Narretei grenzt«, daß man es unterließ, in den guten Jahren
eine Getreidereserve aufzubauen. Er fügte hinzu, daß, als »unge-
schickte Preis- und Fiskalmaßnahmen die Beschaffungskrise von
1927–1928 hervorriefen«, die Fähigkeit der Regierung zu intelligenter Reaktion stark beeinträchtigt wurde durch »die parallele und fast
unglaubliche Informationskrise«. [7] Denn tatsächlich war, wie
Karcz sagte, »die· damals bestehende Sorge, daß der Bauer nicht
imstande sein könnte, die Wirtschaft mit Gütern zu versorgen…
allem Anschein nach völlig unbegründet«. [8] Man hat geschätzt, daß
von 1927 bis 1929 eine zusätzliche Investition von nur 131,5 Millionen
Rubel ausgereicht hätte, um den Markt ins Gleichgewicht zu bringen.
[9]
Überdies wurde erwiesen, und indirekt von sowjetischen Nationalökonomen zugegeben, daß die Grundzahlen, auf die Stalin sich bei der
Beurteilung des Getreideproblems verließ, stark verzerrt waren [10]
(und daß überhaupt sowjetische Zahlen für die Getreideernte jedes
beliebigen Jahres erheblich variierten). [11] Tatsächlich stützte sich
Stalin auf eine erhebliche Unterschätzung der 1926–1927 auf den
Markt gebrachten Getreidemenge, die bei weitem nicht so niedrig
lag, wie seine schlecht informierten und fachlich unwissenden Bera-
ter annahmen. [12] Ein sowjetischer Wissenschaftler hat kürzlich
angedeutet (in taktvoller Manier), daß Stalin eine Schätzung von 10,3
Millionen Tonnen für die Getreide-Bruttoanlieferung an den Markt
1926–1927 annahm, während die wirkliche Zahl 16,2 Millionen
Tonnen betrug… [13]
Während der Zeit, die wir behandeln, und in all ihren Krisen und
angeblichen Krisen, waren die Zahlen, auf die das Regime sich
verließ, fast so unzuverlässig wie diejenigen, die es ankündigte oder

»plante«. Ein heutiger sowjetischer Wissenschaftler hält außerdem fest, wie die betroffenen Menschen selbst, überwältigt von Formularen und Fragebögen, reagierten: »Wir verstehen die Hälfte der Fragen nicht. Wir schreiben einfach hin, was uns gerade einfällt . . .« [14] Inzwischen produzierten das Zentrale Statistische Amt, die Staatliche Planungskommission (Gosplan), das Inspektions-Kommissariat und die statistischen Abteilungen der Kooperativ-Bewegung »weit unterschiedliche Zahlen zu denselben Problemen, manchmal in Fragen von großer Wichtigkeit, wie etwa Beschaffung, Aussaatfläche oder die Fünfjahrespläne«. [15]

Stalin behauptete irrtümlich, daß »das verkäufliche Getreide in unserem Land nunmehr die Hälfte dessen ausmacht, wie vor dem Krieg, obwohl die Bruttoerzeugung von Getreide die Vorkriegshöhe erreicht hat«. [16] Er fügte hinzu – eine Schwenkung zur Linken in der Theorie sogar über die nunmehr praktizierte harte Linie hinaus –, daß die Schuld hauptsächlich beim »Kulaken« liege und daß »die Lösung im Übergang vom Einzelbauernbetrieb zur kollektiven, sozial betriebenen Landwirtschaft liegt« sowie im »Kampf gegen die kapitalistischen Elemente der Bauernschaft, gegen die Kulaken«. [17]

Bei der Sitzung des Zentralkomitees und des Zentralen Exekutivkomitees im April 1928 wurde die Linie vertreten, daß die Krise auf verschiedenen wirtschaftlichen Faktoren beruhe, während der Kulake lediglich ein Ungleichgewicht ausgenützt habe. Stalin dagegen schob fast sofort die Hauptschuld auf die Kulaken, eine Haltung, die von seinen Fachleuten in späteren Jahren mitgetragen wurde, von denen beispielsweise einer schreibt: »Die Kulaken organisierten eine Sabotage der Getreide-Einhebung 1927–1928. Während sie eine große Getreidereserve zurückhielten, weigerten sie sich, diese dem Staat zu dem Preis zu verkaufen, den die Sowjetregierung festgelegt hatte.« [18]

Heute jedoch nennen die meisten sowjetischen Wissenschaftler, einschließlich sogar des »dogmatischen« Sergej Trapesnikow, ähnliche Gründe für die Getreidekrise von 1928 wie die westlichen Wissenschaftler – eine unkorrekte Relation zwischen industriellen und landwirtschaftlichen Preisen, einen Mangel an Industriegütern für den ländlichen Markt und daraus folgend einen Mangel an Antrieb zum Verkauf landwirtschaftlicher Erzeugnisse; ferner eine fehlerhafte Anwendung des Getreideeinkaufsprogramms, wodurch die Bauern ermutigt wurden, Getreide zurückzuhalten, wenn die Preise zu niedrig waren. Und der Rückgang an »Kulaken«-Zahlen bedeutete, daß die Zahl derjenigen mit viel Überschußgetreide nun geringer war. [19]

Jedenfalls aber betrug das Getreidedefizit im Januar 1928 nur etwa 2 160 000 Tonnen [20] und stellte damit keineswegs eine »Krise« oder »Gefahr« dar, wie Stalin behauptete. [21] Überdies: wenn auch die Getreideanlieferung zurückgegangen war, so stieg doch andere landwirtschaftliche Erzeugung an, einschließlich Vieh – so daß die Bruttoproduktion der Landwirtschaft tatsächlich im Jahre 1928 um 2,4 Prozent anstieg, [22] während zur selben Zeit ein sowjetischer Experte die jährliche Zuwachsrate des bäuerlichen Produktionskapitals sogar auf fünf bis fünfeinhalb Prozent schätzte, eine sehr vernünftige Annahme. [23] Zudem stiegen, wie Trapesnikow vermerkt, die landwirtschaftlichen Verkäufe industriell nutzbarer Ernten – die eine hohe Verkaufsquote hatten – rapide an. [24]

Die Bauernschaft reagierte einfach normal auf die Marktlage: auf die unrealistisch niedrigen Getreidepreise, die der Staat festgesetzt hatte. Im Januar 1928 kam jedoch, was der amerikanische Wissenschaftler Stephen F. Cohen zutreffend das »Wende-Ereignis« nennt. Angesichts – oder im Glauben, sie stünden davor – eines Getreidemangels stimmte das Politbüro geschlossen für »außerordentliche« oder »Not«-Maßnahmen. Die Rechten verstanden diese als eine begrenzte Beschlagnahmung von »Kulaken«-Getreide – und als sie sich zu einer Massenkonfiszierung des Getreides von allen Bauern insgesamt entwickelte, vorgenommen mit fast derselben Brutalität wie 1919–1921, beschwerten sie sich.

Dem Grunde nach aber war es dieselbe Entscheidung – auch wenn alle Fraktionen davon ausgingen, daß sie nur zeitweilig gemeint sei und nicht das Ende von NEP bedeuten solle –, und sie war tödlich. Denn die Partei beschlagnahmte Getreide, das zu Gewinnzwecken produziert worden war unter vermeintlich gesicherten Marktbedingungen. Die Beschlagnahmungen verschafften dem Staat alles Getreide, das er haben wollte. Aber sie demonstrierten den landwirtschaftlichen Erzeugern, daß man sich nicht länger auf Marktbedingungen verlassen könne. Und so wurde der wirtschaftliche Anreiz zur Erzeugung, der bereits angeschlagen war, großenteils zerstört. Gleichzeitig gab der Erfolg der Partei bei der Beschlagnahme-Aktion ihr die falsche und oberflächliche Vorstellung, daß sie damit eine simple Methode zur Lösung des Problems gefunden habe. Denn das Getreidedefizit von knapp über 2 Millionen Tonnen wurde mehr denn ausgeglichen, da die Notstandsmaßnahmen fast 2,5 Millionen Tonnen erbrachten. [25]

Stalin bezeichnete die Notstandsmaßnahmen als »die absolute Ausnahme«. Aber die angewandten Methoden konnten nicht umhin, den Bauern an den Kriegskommunismus zu erinnern. Es gab eine Kader-Mobilisierung. 30 000 Aktivisten wurden in die Getreideregionen ausgesandt. In den Dörfern wurden Notstands-»Troikas« errichtet, mit Vollmacht, über die Köpfe örtlicher Behörden hinweg zu entscheiden. Die dörflichen Bezirks- und Provinz-Parteiorganisationen wurden mit Säuberungen von »Schwächlingen« beauftragt. Die Getreidemärkte wurden geschlossen. Die Getreidemengen, die Bauern in den Mühlen mahlen lassen konnten, wurden auf ein Minimum für ihren Eigenverbrauch beschränkt. Praktisch also waren, wenn auch die Zentrale von Zeit zu Zeit »Übergriffe« beklagte, die Requisitionen des Bürgerkrieges wiedergekehrt. Stalins Politik des Angriffs auf »Kulaken« und der Requisition im Dorf stand den extremeren Variationen des Programms der Linken nahe, und Preobraschenskij gab ihr seine volle Unterstützung.

Und nun, wie einst 1919, hatte der mittlere Bauer – bei weitem die größte Kategorie – keine ausreichende Vertretung mehr in den Dorfsowjets. In einigen ukrainischen Provinzen fiel sein Anteil unter 30 Prozent. Überdies hatten Organe wie etwa die Wahlausschüsse, die die Zusammensetzung dieser Sowjets bestimmten, oft nur eine knappe Mehrheit jeder Art von Bauern gegenüber Amtsträgern und anderen. [26]

Ein Gesetz vom 10. Januar 1928 änderte die Quorum-Regeln für die Versammlungen der Dorfgemeinschaft, so daß ein Drittel seiner Mitglieder den Rest verpflichten konnte. [27] Bauern, denen das Stimmrecht im Sowjet entzogen worden war, durften nicht in der Dorfversammlung abstimmen, während Landarbeiter ohne eigenen Haushalt dies Recht erhielten; ferner konnten Entscheidungen der Dorfversammlung vom Dorfsowjet überprüft werden, wenn man annahm, daß sie der sowjetischen Politik entgegengesetzt seien. [28] Dies war der Anfang vom Ende der Selbständigkeit der Dorfgemeinschaft – und zugleich ein Schlag gegen den mittleren Bauern.

Die Rolle der Dorfgemeinschaft unter dem Zaren, »Eigenbesteuerung« vorzunehmen, wurde nun wieder auf breiter Ebene eingeführt. Das heißt, daß die Dorfgemeinschaft dafür verantwortlich gemacht wurde, »überschüssiges Geld« aus dem Dorf herauszuholen, nachdem seine neuformierte Versammlung dazu veranlaßt worden war, eine bestimmte Summe zu akzeptieren (wenn auch dadurch, daß die Dorfgemeinschaft dazu verpflichtet worden war, den Kulaken ohne Rücksicht auf ihre eigene Meinung höhere Steuern aufzuerlegen, und die traditionellen Freiheiten der Eigenbesteuerung ohnehin nicht mehr galten). Tatsächlich machen amtliche Dokumente klar, daß sogar die armen Bauern das Vorhaben der Partei nur in geringem Maße unterstützten und daß die harten administrativen Maßnahmen, die damals angewendet wurden, alle Elemente in den Dörfern abstießen. [29] Wenngleich der Ukraine, dem nördlichen Kaukasus und der Wolga-Region auch besondere Aufmerksamkeit zugewandt wurde, so war diesmal Sibirien das Hauptziel. Stalin begab sich persönlich dorthin (der letzte Besuch, den er jemals ländlichen Gebieten abstattete). Er hielt Ansprachen an das Territoriale Parteikomitee und andere Körperschaften und beschuldigte sie einer Unfähigkeit, die an Sabotage grenze. Wenn sie protestierten, daß die angeforderte Getreidemenge übermäßig sei, dann erwiderte er, daß, während die armen und mittleren Bauern ihr überschüssiges Getreide verkauft hätten, die Kulaken riesige Reserven hätten, 50- bis 60 000 Pud pro Hof. Dies war bloße Raterei. Außerdem widersprach er sich selbst, indem er zugab, daß die größte Menge unverkauften Getreides sich in den Händen der mittleren Bauern befinde. [30]

Wenn es dann an die örtliche Praxis ging, so wurde den Amtsträgern, die alle als Kulaken definierbaren Personen aufgeführt und dennoch ihre Getreidequoten nicht erfüllt hatten, befohlen, »den Rest zu finden«. [31] Da aber die Kulaken, unter welcher Definition auch immer aufgeführt, praktisch nicht Überschüsse genug besaßen, um die den örtlichen Amtsträgern erteilten Beschaffungs-Anforderungen zu erfüllen, hatten letztere gar keine andere Möglichkeit, als das Defizit aus den Vorräten der Bauernschaft insgesamt aufzufüllen.

In einem Brief an die Parteiorganisationen gestand Stalin ein, daß der Kulak nicht die Hauptquelle überschüssigen Getreides sei, daß er jedoch bekämpft werden müsse als der wirtschaftliche Führer der Bauern »mit dem mittleren Bauern im Gefolge«. [32]

Als die Krise nachließ, gaben Stalin und sein Anhänger Bauman zu, daß die »Notstands-Maßnahmen« Durchsuchungen, Konfiskationen usw. umfaßt hatten und daß der »Sicherheits-Spielraum« des mittleren Bauern angetastet worden sei. Stalin selbst sollte noch mit atemberaubender Offenheit erklären, was fehllief. Im April und Mai 1928 gab es ein Defizit in der Getreide-Einhebung. »Nun, das Getreide mußte immer noch eingesammelt werden. Also verfielen wir wieder einmal auf außerordentliche Maßnahmen, administrative Willkür, die Verletzung revolutionärer Legalität; indem wir zu Bauernhöfen gingen, illegale Durchsuchungen vornahmen usw., die die politische Situation in den ländlichen Gebieten herunterkommen ließen und das Bündnis zwischen Arbeitern und Bauern bedrohten.« [33]

Die wichtigste »legale« Waffe gegen die Bauern war »Artikel 107«, gültig seit 1926. Er bestimmte Gefängnisstrafen und Beschlagnahmungen gegen Menschen, die absichtlich eine Preissteigerung herbeiführten oder ihre Güter nicht zum Verkauf anboten. Dies Gesetz war nie zur Anwendung gegen die Bauernschaft bestimmt gewesen, sondern als Maßnahme gegen den »Spekulanten«-Zwischenhändler. Auf dem Plenum des Zentralkomitees im Juli 1928 konnte Rykow enthüllen, daß in einem augenscheinlich typischen Bezirk die Anwendung von Artikel 107 in 25 Prozent der Fälle arme Bauern und in 64 Prozent der Fälle mittlere Bauern betroffen hatte, während »Kulaken« im eigentlichen Sinne nur in sieben Prozent der Fälle beteiligt waren! [34] Und eine veröffentlichte Umfrage unter armen Bauern später im Verlauf dieses Jahres zeigte deutlich, daß die von ihnen erwartete Unterstützung für die Regierungsmaßnahmen nicht vorhanden war. [35]

Auf diesem Plenum des Juli 1928 wurde verkündet, daß die Notstandsmaßnahmen aufgehoben worden seien – (NEP war bereits beim April-Plenum im Prinzip wieder bestätigt worden). Stalin gab seine Unterstützung, wenn auch in typisch verdeckter Weise, der »linken« These, daß man das Kapital für die Industrialisierung vom Bauern holen müsse; wobei er seine NEP-Flanke bedeckt hielt:

»Die Dinge stehen insofern mit der Bauernschaft folgendermaßen: Sie zahlt nicht nur dem Staat die üblichen Steuern, direkt und indirekt, sie überzahlt auch – in relativ hohen Preisen für Manufakturwaren, erstens, und sie wird mehr oder weniger unterbezahlt in den Preisen für landwirtschaftliche Waren, zweitens ... Es hat etwas von einem ›Tribut‹ an sich oder einer Über-Steuer, die wir zeitweilig aufzuerlegen genötigt sind, um unser gegenwärtiges Tempo industrieller Entwicklung zu erhalten oder zu entwickeln, um eine Industrie für das ganze Land zu sichern, das Wohlbefinden der Landbevölkerung weiter anzuheben und dann diese Zusatzsteuer ganz abzuschaffen, diese ›Schere‹ zwischen Stadt und Land ... unglücklicherweise können unsere Industrie und unser Land zum gegenwärtigen Zeitpunkt nicht auf diese zusätzliche Steuer zu Lasten der Bauernschaft verzichten ...«

»Aber«, so fuhr Stalin fort, »sind die Bauern imstande, diese Bürde zu tragen? Ohne Zweifel sind sie das: Erstens, weil diese Bürde von Jahr zu Jahr leichter werden wird, und zweitens, weil diese Zusatzsteuer erhoben wird ... unter sowjetischen Bedingungen, wo die

Ausbeutung von Bauern durch den sozialistischen Staat nicht in
Frage kommt und wo diese Zusatzsteuer in einer Situation bezahlt
wird, da der Lebensstandard der Bauernschaft ständig ansteigt.« [36]
Dennoch war er auch imstande, dem Plenum mitzuteilen, daß der
Druck auf das »kapitalistische« Element in den ländlichen Gebieten
aufrechterhalten werde, und zwar bis zu einem Grade, daß sie
»manchmal« ruiniert würden. [37] Nach einer bestimmten Sichtweise
wollte Stalin durch die Notstandsmaßnahmen nur die »Kulaken bis
zur Unterwerfung ängstigen«. [38] Auf jeden Fall gingen neue Direktiven hinaus, wonach die Notstandsmaßnahmen zu beenden, die
Getreidepreise zu erhöhen und Fertigware aufs Land zu schicken
seien.

Aber die wohlhabenderen Bauern hatten sehr wohl Angst bekommen. Einige bauten weniger an, andere verkauften ihr Eigentum.
Denn mittlerweile deckten die Preise nicht einmal mehr die Produktionskosten, wie Stalins führender Nationalökonom, Strumilin,
zugab. [39] Und im allgemeinen reagierten die Getreideerzeuger
ganz naturgemäß auf die Zwangsbeschlagnahmungen, indem sie jede
Lust zur Erhöhung der Produktion verloren, und die Einsatzfreude,
mit der der Bauer die Landwirtschaft des Landes wiederbelebt hatte,
schmolz dahin.

So sah die Partei sich Ende 1928 damit konfrontiert, daß die Ergebnisse ihres Umgangs mit der Landwirtschaft in noch schlimmerer
Form wiedergekehrt waren. Sowohl die Getreideerzeugung als auch
die Viehzucht zeigten einen Rückgang im Herbst 1928. Zudem, wenn
man den Bevölkerungszuwachs seit 1914 in Betracht zog, war die
Getreideerzeugung pro Kopf von 584 Kilogramm auf 484,4 Kilogramm zurückgegangen. [40]

Als der Marktmechanismus nicht mehr die Erwartungen befriedigte,
wurden die Fehlmengen durch Requisitionen ausgeglichen, und die
Regierung wandte sich wieder dem Markt zu. Aber aus der Sicht der
Bauern war der Markt keine angemessen sichere Absatzmöglichkeit
mehr, sondern eine, die jederzeit durch Requisitionen abgelöst
werden konnte. Im weiteren Verfall der Marktbeziehungen wiederum, der auf diese Weise hervorgerufen wurde, erinnerte die
Regierung sich an den Erfolg, den sie mit Zwangsrequisitionen
gehabt hatte. Und sie überlegte sich nicht, daß es sich um die
Beschlagnahme von Getreide handelte, das unter den Antriebsmoti-
vierungen des Marktes erzeugt worden war – und daß die Getreidemenge unter diesen neuen Umständen zurückgehen mußte.

Es ist völlig klar, daß das Problem nicht im »Horten« bestand, sondern in der niedrigen Erzeugung. [41] Bucharin sprach von »Märchen«, die über Getreidehorten erzählt würden. [42]

Inzwischen nutzte Stalin während des Kampfes um die Getreidebeschaffung auf dem Lande die Situation, um die Rechte anzugreifen. Für ihn gab es »gewisse Elemente, die der Partei fremd und den Klassenpositionen in den Dörfern blind gegenüberstanden« und die »mit dem Kulaken in Frieden leben möchten«. [43] Auf dem Plenum des Zentralkomitees vom April 1928 führte er einen sehr scharfen Angriff auf Parteimitglieder, die »hinter den Feinden des Sozialismus herlaufen«. Um die Jahresmitte 1928 erkannte Bucharin, daß Stalin zu einem Kurs entschlossen war, der Aufstände hervorrufen würde, die er »in Blut ertränken« müßte. [44] Schon im Juni 1928 sprachen Bucharin und Stalin nicht mehr miteinander. Die äußeren Umgangsformen wurden jedoch eingehalten.

Bucharin klagte, daß viele Mitglieder des Zentralkomitees den Streit nicht verstünden. Aber er unternahm kaum einen Versuch, ihnen die Zusammenhänge zu erklären. Die Rechte bekämpfte Stalin insgeheim und verbarg den Bruch vor der Öffentlichkeit. Stalin wiederum unternahm zunächst keine Angriffe auf die Führer der Rechten, aber seine Vertreter attackierten nicht ausdrücklich genannte Abweichungen von denjenigen, die »zögerten, mit den Kulaken zu streiten«. Und schließlich geriet eine »fundamental rechtsstehende Haltung« in die allgemeine Schußlinie in der »Prawda«. [45] Doch es war Bucharin, der nunmehr nach der »Offensive gegen den Kulaken« rief. Kalinin, zu diesem Zeitpunkt auf Bucharins Seite, ging darüber hinweg mit der Erläuterung, daß keine gewaltsame Enteignung gestattet werde – wobei er klugerweise hinzufügte, daß, solange es Privatbauernhöfe gab, allemal neue »Kulaken« hervortreten würden, um die Plätze der alten einzunehmen.

Auch Stalin wies den Gedanken von sich, die Kulaken »der GPU zu übergeben«, wenn auch in weniger überzeugender Sprache. Überdies behielt er sich ausdrücklich das Recht vor, »administrative« sowohl als auch wirtschaftliche Maßnahmen gegen sie einzusetzen. Soweit es um Personen ging, richtete Stalin seine öffentlichen Angriffe auf nicht so hochstehende, dafür aber unverblümtere Rechte – insbesondere auf Frumkin, den stellvertretenden Kommissar für Finanzen und Kommissar für Außenhandel. Frumkin offenbarte sich am 15. Juni 1928 mit einem Brief an das Zentralkomitee. Stalin attackierte ihn im November vor demselben Komitee als Repräsentanten der »Rechtsabweichung«. Gleichzeitig sagte er, daß das Zen-

tralkomitee einig sei, obwohl er den viertwichtigsten Rechten, Ugla-
now, als »Versöhnler« kritisierte. Aber auf diesem Plenum im November 1928 wurden Bucharin und Tomskij unverblümt dazu getrieben, ihre Rücktritte einzureichen. Doch Stalin war noch nicht soweit
und veranlaßte sie, die Rücktrittserklärungen zurückzunehmen –
wobei er ihrer Forderung zustimmte, daß Gerüchte über eine Spal-
tung beendet werden sollten!

1928 und 1929 wurde die Rechte schlicht und einfach von Stalin
übertölpelt. Ihre Position wurde allmählich zerstört, ohne daß sie
Gelegenheit fand, eine ernsthafte Anstrengung zu einer öffentlichen
Konfrontation sogar auf der Ebene Trotzkijs zu unternehmen, geschweige denn auf der Ebene Sinowjews. Wie Robert v. Daniels
treffend sagte: »Die Geschichte der Rechtsopposition bietet den
einzigartigen Anblick einer politischen Gruppierung, die zuerst besiegt und dann angegriffen wird.«

Als die Getreidekrise Ende 1928 wiederzukehren drohte, bezog
sogar die Staatliche Planungskommission den Standpunkt, daß die
»fallende Tendenz« bei der Getreideeinhebung ein Saison-Phäno-
men sei. [46] Noch im November 1928 verdammte Stalin den Gedanken, daß »außerordentliche Maßnahmen« eine ständige Politik sein
könnten. [47] Der neue, vom Staat gemachte Getreidemangel wurde
daher mit Maßnahmen behandelt, von denen man einfach bestritt,
daß sie »außerordentlich« seien oder gar platte Konfiskation darstellten. Die »Ural-sibirische Methode«, offiziell auf Empfehlungen der
Parteiorgane dieser beiden Regionen gegründet, wurde vom Politbüro angenommen (mit der Gegenstimme Rykows) und für das
ganze Land von etwa Februar 1929 an angewandt (wenn sie auch erst
im Juni legale Form erhielt). Sie stützte sich auf den Gedanken, daß
es große Getreidehorte gebe, hauptsächlich in den Händen von
»Kulaken«, und sie bestand auf höheren Getreidequoten für die
Dörfer. Die »Methode« bestand in der Theorie aus »einer Form von
Konsens, ausgedrückt durch die bäuerlichen Massen«. Die Parteibevollmächtigten, die in die Dörfer geschickt wurden, befahlen nicht
einfach Getreide-Requisition. Sie riefen die Dorfversammlung zusammen und veranlaßten sie, höhere Ablieferungszahlen zu akzeptieren, »Selbstbesteuerung« sowohl auf Getreide als auch auf Geld
anzuwenden und zu entscheiden, gegen welche »Kulaken« man
»gesellschaftlichen Einfluß« und »massenhaften Druck« anwenden
solle. Die Dorfversammlungen wurden zu ihrer Rolle in diesem Spiel
durch einen Druck genötigt, der von Zwang nicht zu unterscheiden

war. Sie stimmten fast in jedem Fall gegen die neuen Vorschläge. Daraufhin wurden ihre führenden Sprecher als »Kulaken« oder »Unter-Kulaken« denunziert: »Es gibt manchmal Verhaftungen, Hausdurchsuchungen, Geldstrafen, Beschlagnahme von Eigentum und sogar Erschießungen.« [48] Die Dorfversammlungen wurden in Sitzungen so lange festgehalten, bis die Verbliebenen zustimmend votierten. Ob Beschlußfähigkeit gegeben war, wurde erst gar nicht gefragt. Sodann wurde staatliche Macht aufgeboten, angeblich im Dienste der Dorfgemeinschaft, gegen diejenigen, die man verdächtigte, Getreide zu haben. Alle Aufsässigen wurden aus den Kooperativen ausgeschlossen, man verweigerte ihnen Mühlenrechte usw.; in der Sowjetpresse wurden sogar Fälle genannt, wo ihren Kindern der Schulbesuch verweigert wurde, wo Boykotts, Deportationen, Geldstrafen angewandt wurden ... [49] Im Frühjahr 1929 begann man, Fleisch zwangsweise einzuheben – auf diese Weise lieferte Sibirien 19 000 Tonnen gegenüber 700 Tonnen im Jahr zuvor. [50] Außer der Requisition, die durch Geld- und Gefängnisstrafen abgestützt wurde, gab es viele Zwischenfälle mit Beschlagnahme von »Kulaken«-Gerät sowie Zugtieren und manchmal sogar von Kulaken-Land, insbesondere in der Ukraine. Dies näherte sich der vollen »Dekulakisierung«, von der die Partei immer noch bestritt, daß sie notwendig sei.

Theoretisch konnte der »Kulak« nur »genötigt« werden, weil dies der Wille der bäuerlichen Massen sei. Dieser »gesellschaftliche Einfluß« war in Wirklichkeit völlig unecht. Gegenüber der ideologischen oder kosmetischen Seite der Kampagne können wir einiges an empirischen Beweisen festhalten. In einem Bezirk, so berichtete die offizielle Presse, wurden weder die armen noch die mittleren Bauern auf die Seite der Partei gezogen. In einem anderen stimmten 40 Prozent der Dörfer gegen das System, in wieder einem anderen 30 Prozent; tatsächlich gab die »Iswestija« zu, daß die Dorfversammlungen oft gegen die Partei votierten. [51] Die Kampagne schritt jedoch voran, mit größerem Gewicht auf Parteimitarbeitern aus den Städten – die, wie es in einem Bericht hieß, die »Versammlungen« mit »Kavalleriemethoden« forcierten. [52] Der »Linke« Sosnowskij, mittlerweile im sibirischen Exil, schrieb, daß die Behörden »über den Bauern herfielen«, und zwar mit einer konzertierten Wildheit, wie man sie seit den Tagen 1918–1919 selten gesehen habe; der Bauer wurde genötigt, zu »geben« – Getreide, Steuern (bevor die Ablieferung fällig war), Darlehen, Abgaben, Versicherung ... [53] In vielen Berichten wird klar, daß die Dorfversammlungen einfach zur Unterwerfung genötigt wurden. Überdies (wie wir später feststellen werden) vereinten diese

Methoden die Bauern eher, als daß sie sie gespalten hätten – einschließlich der armen Bauern. [54] Denn wieder einmal erbrachte der Druck, der sich angeblich gegen die »Kulaken« richtete, keine ausreichenden Ergebnisse. Also wandten die Amtsträger wieder einmal Beschlagnahmen gegen die mittlere Bauernschaft an, obwohl sie dazu keine offizielle Weisung erhalten hatten.

Im Bemühen, den Klassenkampf in den Dörfern zu entzünden, war eine der neueingeführten Maßnahmen die Abgabe von 25 Prozent des bei den Kulaken beschlagnahmten Getreides an die armen Bauern und die Landarbeiter. Aber selbst mit diesem Ansporn reagierten die Dorfarmen nur langsam. Und zu Frühlingsbeginn, als die Behörden sie am meisten brauchten, mußte man mit dieser Bestechung aufhören – nun wurde alles Getreide für den Staat benötigt. Laut Bauman war die Folge, daß der arme Bauer, auch wenn er zuvor geholfen hatte, in dieser Phase »oft nicht genug zu essen hatte, und so ist auch er mit der Mütze in der Hand zum Kulaken gegangen«. [55] Auch Mikojan sprach davon, daß der arme Bauer unter dem Einfluß der Kulaken ins »Wanken« gerate. [56] Ein Leitartikel in der »Prawda« vermerkte, daß die Kulaken den Rest der Bauernschaft auf ihre Seite zögen mit dem Schlagwort von der Gleichheit der Dorfgemeinschaft. [57]

Aber die Ural-sibirische Methode konnte für sich selbst nicht als eine vollkommen erfolgreiche Taktik betrachtet werden. Sie litt daran, daß das Getreide sich faktisch in der Hand desjenigen befand, der es geerntet hatte und daß es ihm nur durch eine konzentrierte Anstrengung weggenommen werden konnte, die großenteils verstärkt wurde durch zeitweilige Eindringlinge, die mit dem Dorf nicht vertraut waren. Außerdem war die Ural-sibirische Methode ein Versuch, den Zwang einer Kommandowirtschaft in einen Kontext einzuführen, der im Prinzip immer noch eine Marktwirtschaft war.

Aber die Zermalmung der »Kulaken« und die Zerstörung des freien Marktes waren unlösbar miteinander verbunden. Denn die »Kulaken« zu zermalmen, bedeutete schlicht und einfach in wirtschaftlicher Terminologie, die Motivation der Bauern zur Erzeugung für den Markt zu zerstören.

Allerdings war die Kampagne in den Landgebieten das einzige Zeichen für einen Linksruck. Die ganze Atmosphäre im Lande war seit 1928 von zunehmendem Terror und Hysterie geprägt, von einer Wende gegenüber der vergleichbar friedlichen Stimmung der frühen NEP-Zeit. Das Eröffnungssignal dieser Kampagne war der erste der berüchtigten Scheinprozesse, der Schachtij-Fall, als Stalin im März 1928 eine Gruppe »bürgerlicher Spezialisten« (Ingenieure) unter gefälschter Anklage vor Gericht stellen ließ, gegen den Wunsch der Rechten, gegen den des gemäßigten Stalinisten Kuibyschew, der für Wirtschaftsfragen zuständig war, sogar gegen den Wunsch Menschinskijs, des OGPU-Chefs. (Schachtij war kein Einzelfall; Abbrucharbeiter wurden 1928–1929 allenthalben beschuldigt, einschließlich »bürgerlicher Spezialisten« in Kasachstan, die angeblich mit dem »britischen Kapitalisten Urquhart« in Verbindung standen.) [58]

Der Schachtij-Prozeß und ähnliche Fälle waren ein klares Zeichen dafür, daß die Hitze des Klassenkampfes wieder zunahm. Zu dieser Zeit stammte ein Drittel aller Spezialisten in der Volkswirtschaft aus der vorrevolutionären Intelligenzija, und unter denjenigen mit höherer Bildung stellten sie eine deutliche Mehrheit dar. 60 Prozent der Lehrer in den höheren Lehranstalten waren von dieser Herkunft. Aber überall wurde die alte Intelligenzija aus ihren Posten gejagt und oft genug in die Verbannung oder in den Tod geschickt. Ihre Kinder wurden aus den Universitäten hinausgeworfen – allerdings waren die Universitäten bis 1934 praktisch zusammengebrochen. Um 1930 hatten mehr als die Hälfte der Ingenieure keine ordentliche Ausbildung, nur 11,4 Prozent konnten eine höhere Ausbildung vorweisen; manche waren nicht einmal durch Schnellkurse gegangen.

In der Ukraine hatte die »Kulturrevolution« einen etwas anderen Ton als in Moskau. Der Angriff wurde nicht nur gegen das ältere kulturelle Establishment der Ukraine gerichtet, sondern ebenso auch gegen die »nationalistisch« geneigte kommunistische Intelligenzija. Auf örtlicher Ebene – und draußen in den Dörfern – gerieten Lehrer, meist solche von verdächtiger gesellschaftlicher Herkunft, oft in Schwierigkeiten; sie wurden oft (rechswidrig) als Klassenfeinde mit Geldstrafen belegt, oder mit Begründungen wie: sie hätten einen Priester zum Verwandten; solche Fälle waren sehr häufig. [59]

Als die Dinge schlimmer wurden, 1929, wurde als typisches Beispiel berichtet, daß örtliche Amtsträger »insbesondere nach Jablonskaja hinausgingen, um die Lehrerin Orlowa aufzusuchen, die Tochter eines Kulaken, der wegen antisowjetischer Aktivität zu acht Jahren verurteilt worden war, sowie Kustowa, die Tochter eines Priesters. Dort organisierten sie eine Sauforgie und zwangen die Lehrerinnen, mit ihnen zu schlafen ... (Einer von ihnen) begründete seinen infamen Vorschlag mit dieser Erklärung: ›Ich bin die (Sowjet-)Macht, ich darf alles tun‹, wohl wissend, daß solche Aussagen auf Orlowa und Kustowa eine besondere Wirkung ausüben mußten, weil sie von

fremder Klassenherkunft waren. Als Folge seiner Quälerei hätte
Kustowa beinahe Selbstmord begangen.« [60]

Im allgemeinen mußte man der marxistischen Anschauung entgegen-
kommen, daß Klassenbewußtsein die treibende Kraft des gesellschaftlichen Wandels sei. Also wurde es wieder einmal angestachelt
und subventioniert und wo das versagte in den Dörfern erfunden. In
einer Rede vor dem Zentralen Exekutiv-Komitee im Dezember 1928
nannte der sowjetische Staatspräsident Kalinin selbst einige der
Gründe, weshalb der »Kulak« (sogar in der strapazierten sowjetischen Definition) nicht angemessen gehaßt wurde – nicht einmal vom
armen Bauern. Der Kulak, so berichtete er, »hat auch eine positive
Rolle in der ländlichen Wirtschaft zu spielen«, indem er dem armen
Bauern Darlehen gewährte und ihn somit »aus seinen Schwierigkeiten in Notzeiten errettete« – ein indirektes Eingeständnis, daß die
Regierung nicht half. Und, so fügte Kalinin hinzu: wenn der Kulak
eine Kuh schlachtete, so konnte der arme Bauer etwas von dem
Fleisch kaufen. [61]
Der Klassenkampf ließ sich nur schwer durchhalten. Eine typische
Beschwerde lautete immer noch: »Manchmal führt der Kulak die
armen und mittleren Schichten. Es gibt Fälle, wo die Bauern eines
Kollektivguts gegen die Ausstoßung der Kulaken stimmen. Manchmal folgen die Armen den Kulaken infolge schlechter Organisation.
Die Ursache dafür ist, abgesehen von dem schlechten Organisations-
grad der Armen, Einschüchterung durch den Kulaken, Mangel an
Kultur sowie das Vorhandensein von Familienbeziehungen.« [62]
Arme Bauern pflegten auch zu sagen, wie uns ein offizieller Bericht
mitteilt: »Es gibt keine Kulaken in unserem Dorf.« Und – sogar noch
auffälliger –: »Heute konfiszieren sie Brot beim Kulaken, morgen
werden sie sich gegen den armen und mittleren Bauern wenden.« [63]
In einer Rede (damals unveröffentlicht) an die Nordkaukasische
Parteikonferenz vom März 1929 sagte Mikojan offen, daß der mittlere Bauer den Kulaken als Beispiel sehe und dessen Autorität
akzeptiere, während er den armen Bauern als wirtschaftlich untüch-
tig betrachte. Nur ein großes Kollektivgut, fügte Mikojan hinzu (das
neue stalinistische Denken wiedergebend), würde die Lage retten.
[64] Und noch einmal: Bei der 16. Parteikonferenz, im April 1929,
sagte Sergej Syrzow, der demnächst zur Politbüro-Kandidatur beför-
dert werden sollte, daß nicht nur manche von der mittleren Bauernschaft, sondern auch manche von der armen Bauernschaft die Kulaken unterstützten. Tatsächlich erklärte der Chef der Landwirt-

schaftsabteilung des Zentralkomitees in dürren Worten, daß »der mittlere Bauer sich gegen uns und an die Seite des Kulaken gestellt hat«. [65] Während der Jahre 1928–1929 gab es Dutzende solcher Zugeständnisse, daß der »Kulak« dieselbe Haltung einnehme wie der Rest der Bauernschaft – selbst von Männern wie Kaganowitsch. [66] In einer Hinsicht jedoch war die »Kulaken«-Manie der Partei nützlich, wie Stalin selbst feststellte: wenn der mittlere Bauer sah, daß der private Wohlstand, den er anstrebte, nur dazu führte, daß er ein Kulak und somit unterdrückt würde – oder einfach »daran gehindert würde ... ein Kulak zu werden« –, dann könnte er sich schließlich zu der Einsicht durchringen, daß der einzige Weg zum Wohlstand im Kollektivgut lag. [67]

Was die Zahlen betrifft: Steuern, die im November 1928 »den wohlhabendsten Schichten im Dorf« [68] auferlegt wurden, trafen theoretisch zwei bis drei Prozent der Bauernschaft (um »Apathie« zu verhindern, wurde die Steuer so geändert, daß sie sich auf das Aussaatgebiet bezog, ohne Rücksicht darauf, was die Ernte wirklich erbrachte). [69] In der Praxis aber wurden, wie Stalin selbst zugab, bis zu 12 Prozent, und in manchen Gebieten sogar mehr, davon betroffen. [70] Und andere Quellen belegen, daß der »Steuerzuschlag« 16 Prozent aller Haushalte in der RSFSR betraf; [71] die »Prawda« sollte von ganzen Kulakendörfern sprechen. [72] In einem solchen im nördlichen Kaukasus wollten nicht einmal Mitglieder des Ortssowjets an Versammlungen zum Thema Getreideeinhebung teilnehmen. Die Zahl derjenigen, die bei den Getreidequoten von 1929 als Kulaken behandelt wurden, läßt sich von sowjetischen Forschern nicht nachweisen, aber ein sowjetischer Historiker schätzt, daß es sich um sieben bis zehn Prozent aller ländlichen Haushalte handelte, [74] während die gemeinsame Pseudo-Kategorie von Kulaken und »Bessergestellten« später von Stalin auf insgesamt 15 Prozent aller ländlichen Haushalte bezogen wurde.

Im Entscheidungsjahr 1929 waren das Getreideproblem und das Bauernproblem immer noch ungelöst. In den Städten war im Winter 1928–1929 die Brotrationierung eingeführt worden (und im Herbst 1929 folgte die Fleischrationierung). Im Frühjahr 1929 schlug Rykow (unterstützt von Bucharin) den Import von Getreide vor – den Ausweg, zu dem sich die UdSSR schließlich in den 60er Jahren getrieben sah. Diesmal aber wurde der Vorschlag zurückgewiesen, nach einer »sehr hitzigen Diskussion«. [75]

Im Politbüro sprach Bucharin nunmehr von einer »militärisch-feudalen Ausbeutung der Bauernschaft«, und die Rechte unternahm in den ersten Monaten des Jahres 1928 einen kraftvollen Versuch, die Beziehung zur Bauernschaft zu stabilisieren, Zwangsmaßnahmen zu beenden und zu NEP und dem freien Markt zurückzukehren. [76] Im Frühjahr 1929 sprach Stalin (in einer damals nicht veröffentlichten Rede) von Bucharins »verräterischem Verhalten«. [77] Bucharin hatte seine zentrale Aussage gemacht und auch veröffentlicht, wobei er Lenin dahingehend zitierte, daß es katastrophal wäre für den kommunistischen Kurs, streng kommunistische Prinzipien in den Dörfern anzuwenden, »solange die materielle Basis für den Kommunismus nicht in den ländlichen Gebieten vorhanden ist«. [78] Nahezu alle nicht-parteizugehörigen, d. h. professionellen Nationalökonomen unterstützten diesen Standpunkt und die Vorstellung der Rechten von der Wiederherstellung des Marktgleichgewichts: insbesondere Wladimir Groman, das führende Gehirn der Staatlichen Planungskommission (Gosplan). Selbst Strumilin, der Stalin unter den Gosplan-Nationalökonomen am nächsten stand, trat dafür ein, daß die Wachstumsrate nicht den dafür benötigten Quellen davonlaufen dürfe.

Der Fünfjahresplan wurde offiziell im April/Mai 1929 genehmigt, bevor er ordnungsgemäß abgeschlossen worden war. Es war jedenfalls nicht wirklich ein »Plan«. Wenn auch ein gewisses Maß an Koordination und einiger Beachtung der Relation zwischen Quellen und Möglichkeiten gewahrt wurde, so war er doch faktisch (und noch mehr unter diesen Umständen) »nur eine Sammlung von Zahlen, die dauernd nach oben verändert wurden, und dies war seine einzige Funktion«. [79]

Die Planer legten zwei Versionen vor, die eine weniger ehrgeizig als die »fakultative« andere, die unter der Bedingung von fünf guten Ernten, einem guten internationalen Getreidemarkt, keiner Notwendigkeit hoher Verteidigungsausgaben und anderer Faktoren aufgestellt worden war. Selbst diese Version aber wurde noch hinaufgeschraubt. Und insofern, als der Plan noch einige Überreste jener Koordination bewahrte, die die Gosplan-Nationalökonomen gefordert hatten, verschwanden sie in dem Maße, in dem jeder Industriebereich und jeder einzelne Betrieb in einer Serie von immer weniger erreichbaren Schnellprogrammen versank, ohne Rücksicht auf die Ressourcen der Volkswirtschaft.

Wenn man dem ursprünglichen Fünfjahresplan jedoch gefolgt wäre, so wäre der individuelle Sektor nur um den ungeraden Prozentpunkt der Bevölkerung 1932–1933 zurückgefallen, und er hätte fast 90

Prozent der landwirtschaftlichen Bruttoproduktion bewahrt. [80]
Das zeigt hinreichend, wie die offen dargestellte Politik der Partei
noch im Frühjahr 1929 aussah.

Die Handlungen der Partei auf dem Lande hatten faktisch NEP
großenteils vernichtet. Aber es ist nicht klar, ob die Führung schon
begriff, was sie da angerichtet hatte. Sogar bis Mitte 1929 herrschte
allgemeine Zustimmung zu den Vorstellungen von NEP, also zu
einem lang anhaltenden landwirtschaftlichen Privatsektor und zu
Marktbeziehungen. Insbesondere sahen so die Vorstellungen unter
den Nationalökonomen aus, nicht nur bei Gosplan, sondern auch im
Kommissariat für Landwirtschaft.

Im April 1929 sagte sogar Stalin, daß zwischen 4,9 und 5,7 der vom
Staat benötigten 8,2 Millionen Tonnen Getreide auf dem Markt
beschafft werden könnten, wobei die fehlenden 2,5 Millionen Tonnen »organisierten Druck auf die Kulaken« nach dem Ural-sibirischen Modell erforderten [81] – eine ungewöhnliche und trügerische
Mischung zweier Wirtschaftsmethoden, aber zumindest rief Stalin
nicht nach totaler Kontrolle.

Die verhältnismäßig langsame Art, wie Stalin seine Doppeloperation
ausführte – die Rechte zu zermalmen und die Sofortkollektivierung
zu betreiben –, scheint ihre Ursachen hauptsächlich darin gehabt zu
haben, daß ein wichtiger Teil seiner eigenen Anhänger noch nicht
ganz bereit zu beidem war; sogar Anfang 1929 noch nicht, oder Stalin
vermutete dies zumindest. Der Sieg über die Rechten hatte die
Veteranen des Zentralkomitees zu etwas zusammengeführt, was
immer noch ein ziemlich gemäßigter Kurs zu sein schien, und nachdem sie sich einmal für Stalin entschieden hatten, wurden sie Schritt
für Schritt in die volle Verwirklichung der extremen Methoden des
Winters hineingeführt.

Der fortwährende Kampf gegen den Kulaken wurde in der Partei und
ihren Organen während der ersten Monate 1929 viel diskutiert, aber
man kam damals zu keiner Entscheidung, wie man verfahren solle.
Erst im Mai 1929 brachte der Rat der Volkskommissare eine formale
Definition zuwege, was ein Kulakenhof sei. Dort wurden regelmäßig
Landarbeiter beschäftigt, oder er hatte eine Mühle oder eine Butter-
herstellung oder eine ähnliche Einrichtung, oder es wurden landwirtschaftliche Geräte oder Gebäude an andere vermietet, oder Angehörige waren kommerziell oder auf dem Gebiet des Wuchers tätig, oder
sie bezogen anderweitig Einkommen nicht aus Arbeit – gemeint war
damit insbesondere das Priesteramt. [82] Unter diesen Definitionen

konnte beinahe jeder Bauer kriminalisiert werden. Außerdem wurden republikweite, territoriale oder provinzielle Behörden ermächtigt, sie gemäß örtlichen Bedingungen abzuändern!

Inzwischen sagten selbst die radikalsten Sprecher, daß es keine Absicht gebe, den Kulaken physisch zu liquidieren. Und Massenverschleppungen wurden nicht erwähnt, bis ein Unterausschuß zur Prüfung dieser Frage gegen Ende des Jahres einen Vorschlag vorlegte, daß die schlimmste der drei Kulaken-Kategorien, nämlich »aktive Feinde, die sich feindlicher Handlungen schuldig gemacht haben«, eingesperrt oder deportiert werden sollten. [83] »Dekulakisierung« jedoch – die Anfänge jener massenhaften Aktionen, mit denen wir uns im nächsten Kapitel beschäftigen – beginnt sporadisch im Frühjahr 1929. Im Dorf Schampaiwka beispielsweise, das in der Provinz Kiew liegt und ungefähr 3000 Haushalte zählte, wurden schon im März 1929 fünfzehn Bauern dekulakisiert und nach Norden verschickt. [84]

Solche Dekulakisierung wurde von den eifrigsten Stalinisten auf Provinzebene organisiert. Am 20. Mai 1929 beschloß das Parteikomitee für die Zentralwolga-Region, daß kulakische Konterrevolutionäre zu entfernen seien; am 14. Juni legte das nordkaukasische Komitee fest, daß Kulaken, die Schwierigkeiten machten, enteignet und verbannt werden sollten – allerdings nur, wenn sie beim Verbergen von Getreide erwischt würden, und dann nicht mehr als einer oder zwei pro Stanitza. [85] Was die allgemeine Situation betrifft, so erfahren wir aus einer sowjetischen Publikation, daß örtliche Regierungsorgane schon früh im Jahre 1929 bevollmächtigt wurden, »durch Entscheidung allgemeiner Versammlungen der arbeitenden Bauernschaft« Kulaken per Verwaltungsakt zu verbannen. [86]

Aber die Lage blieb zweideutig. Die normale Waffe war eine Serie aufeinanderfolgender Getreidequoten und Steuern. Nach Strumilin zahlte der Kulak, dessen Durchschnittseinkommen fünfmal höher lag als das des armen Bauern, dreißigmal so viel Steuern pro Kopf. [87] Eine Verordnung vom 28. Juni 1929 »gestattete« den Dorfsowjets, Geldstrafen in fünffacher Höhe der Lieferung eines Bauernhofes festzusetzen, wenn dieser seine Quote nicht erfüllte. Dies war die »legale« Basis für Maßnahmen im Dorf, einschließlich der Dekulakisierung, bis zum Februar 1930. Wurden die Strafen nicht bezahlt, so bedeutete das den Verkauf des Kulakenhofes, also Enteignung. Ein typischer Befehl aus der Provinz Dnjpropetrowsk lautete: »Der Bürger Andriy Bereschny, wohlhabender Bauer, ist verpflichtet, Getreide nach der 40-Prozent-Rate abzuliefern. Er hat 203 Pud nicht abgeliefert und weigert sich nun, weitere Lieferungen zu leisten. Er muß binnen 24 Stunden eine Geldstrafe von 500 Rubel zahlen. Falls er nicht zahlt, ist die zwangsweise Einhebung der Geldstrafe durch Verkauf des Hofes vorzunehmen.« [88] Als Ergebnis dieser Situation verloren die »Kulaken« 1928–29 zwischen 30 und 40 Prozent ihrer Produktionsmittel. [89]

»Verlust der Wahlrechte« war eine Strafe, die oft im Zusammenhang mit anderen verhängt wurde. Man kann sich fragen, was dem Bauern der Verlust eines faktisch nicht existierenden Rechts ausmachen sollte. Der Grund liegt darin, daß diese Strafe in seinen persönlichen Dokumenten vermerkt wurde und wie ein Brandzeichen wirkte, wo immer er im Lande Unterschlupf oder Arbeit suchte. Und auf den Verlust des Wahlrechts »folgte oftmals die Verweigerung von Unterkunft, Lebensmittelrationen und ärztlicher Versorgung; insbesondere folgte die Verbannung«. [90]

Wir sollten festhalten, daß außer dem Kulaken ein anderes Element nunmehr verschwand, das von NEP im Interesse des Marktes toleriert worden war: die neue »Bourgeoisie« – berüchtigte NEP-Leute, eine halbe Million Menschen, hauptsächlich kleine Ladenbesitzer ohne Angestellte. Die Läden, die sie in den Dörfern führten, wurden 1927 mit einem durchschnittlichen Kapitalwert von 711 Rubel eingeschätzt (sogar nach offiziellem Geldwert etwa 375 Dollar oder 80 Pfund). Ihr Verschwinden führte praktisch zum Zusammenbruch jeder Verbreitung von Verbraucherwaren. »Selbst der magere Warenbestand, der vorhanden war, konnte nicht verteilt werden.« [91]

Als Gegenstück zu dem Gedanken, den Kulaken zu verbannen oder ihm sein Eigentum durch Zwangsverkauf zu nehmen, machte Kalinin 1929 den Versuch, »Kulaken« (nach Aufgabe ihres Eigentums) die Assimilation in die kollektive Landwirtschaft zu gestatten. Noch Mitte des Jahres 1929 gab es Parteisprecher, die entschieden dazu neigten, den Kulaken den Eintritt in die Kollektivgüter zu erlauben, »wenn sie vollständig jedem persönlichen Eigentum an Produktionsmitteln entsagen«. Andere vertraten den gegenteiligen Standpunkt. [92] Im August erklärte Bauman autoritativ, daß die Frage noch nicht endgültig von der Partei entschieden worden sei. [93] In der zweiten Hälfte des Jahres jedoch hören wir wenig von der Möglichkeit, Kulaken zu den Kolchosen zuzulassen. Von Oktober an wurden diejenigen, die das vorschlugen, der Rechtsabweichung bezichtigt.

Aber all dies führte bei weitem nicht dazu, die Bauernschaft in großer

Zahl zu gewinnen und den Klassenfeind wie gewünscht zu isolieren. Der Hauptteil der Bauernschaft war nun gründlich abgestoßen. Sie boten alle Mittel auf, die ihnen zu Gebote standen, einschließlich massiver Beschwerden bei ihren Söhnen, die im Heer dienten. [94] Die »Prawda« beschwerte sich bitterlich in einem Kommentar vom 2. Februar 1929, daß der Bauer noch immer nicht »den grundsätzlichen Unterschied zwischen den Gesetzen des alten Regimes und den sowjetischen Gesetzen« begriffen habe. Er betrachte den Wlast immer noch automatisch als den Feind. Die »Prawda« war vor allem über so hartnäckig wiederkehrende Redensarten erbost wie: »Was nützen Gesetze, wenn die Richter einander kennen«, oder: »Das Gesetz ist ein Spinnennetz, die Hummel kommt durch, die Fliege bleibt hängen.«

Die relativ friedliche Atmosphäre in den Dörfern am Höhepunkt von NEP war völlig verschwunden. Schon 1928 gingen aus allen Ecken des Landes Berichte von Plünderungen, Unruhe, Widerstand, Aufständen – an denen auch Arbeiter teilnahmen – ein. [95] Ein offizielles Geschichtswerk zitiert Vorfall über Vorfall von Parteiaktivisten, die angegriffen wurden – drei »Kulaken« töteten einen Parteisekretär in Iwanowo am 7. Juni 1928; ein Kolchos-Vorsitzender wurde am 7. November 1928 in Kostroma erschossen, ein anderer Aktivist wurde in derselben Region am selben Tag erschossen; der Vorsitzende eines Dorfsowjets in Pensa wurde am 19. Dezember 1928 erschossen, dazu ein Dutzend anderer allenthalben in der UdSSR. [96] Von 1927 bis 1929 wird die Tötung von 300 Beschaffungsbeauftragten gemeldet. [97]

Die Zahl der »registrierten terroristischen Handlungen von Kulaken« in der Ukraine vervierfachte sich zwischen 1927 und 1929; im letzteren Jahr wurden 1262 solcher Handlungen gemeldet. [98] Der Widerstand wurde immer stärker. Offizielle Zahlen allein für neun Monate des Jahres 1929, und nur für die zentralen Provinzen der UdSSR, nennen 1002 »terroristische Handlungen«, die von »Kulaken« organisiert worden seien, mit 384 Todesfällen. Dafür wurden 3281 Menschen verurteilt; von diesen aber waren nur 1022 (31,2 Prozent) »Kulaken«; die anderen waren 1896 »mittelbäuerliche Sub-Kulaken«, 296 arme Bauern und 67 Amtsträger. Da in solchen Fällen der Druck, den Täter als Kulaken zu bezeichnen, offensichtlich groß war, stellt dies ein Zugeständnis dar, daß die große Masse der Bauern feindselig eingestellt war. [99]

Im Herbst 1929 wird eine weitere Zunahme des »Terrorismus« registriert. [100] Trotz eines gewissen Grades von bewaffnetem

Widerstand gab es zu diesem Zeitpunkt noch nichts, was man als ernsthafte Rebellion bezeichnen könnte; hier handelte es sich immer noch um isolierte Zwischenfälle im Vergleich zu dem, was folgen sollte.

Mittlerweile war breiter Widerstand von passiverer Art sogar noch aufschlußreicher. Vor allem Getreide wurde begraben – erst auf dem eigenen Grund der Bauern, dann in abgelegenen Brachgebieten, Heuhaufen, Kirchen, draußen in der Steppe, in den Schluchten und Wäldern. Kulaken registrierten ihr Getreide auf die Namen von Verwandten, verkauften es an arme Bauern zu niedrigen Preisen oder an illegale Privathändler, die es in Paketen, auf Flößen, nachts in Karren hinausschmuggelten. Mittlere und arme Bauern machten dasselbe, soweit sie eben konnten. Selbst Bauern auf Kollektivfarmen umgingen die Ablieferung, so gut sie konnten. Wenn sie ihr Getreide nicht verstecken oder verkaufen konnten, verwendeten sie die Ernte als Heu, verbrannten sie oder warfen sie in die Flüsse. [101]

In den Dörfern hatte die Partei immer noch nicht genügend Mittel, die Macht auszuüben. Die Zahl der ländlichen Parteimitglieder hatte in der Periode 1917–1921 etwa ein Sechstel der Gesamtzahl betragen, und viele von diesen waren Arbeiter gewesen. Zudem hatte, wie ein sowjetischer Schriftsteller hervorhob, 1922–1923 »nur eine winzige Anzahl Kommunisten in den Dörfern« ihre Mitgliedschaft erneuert. [102] 1929 bestand daher die Masse der dörflichen Kommunisten aus Rekruten der NEP-Periode, die von den militanten Parteidoktrinen der früheren Phase großenteils unberührt geblieben waren.

Im Parteischrifttum wurde festgehalten, daß ein aktivistischer armer Bauer, der zuvor loyal zum Regime gestanden hatte und womöglich Parteimitglied war, sich leicht »von einer günstigen Klassenposition zu einer feindlichen« bewegte. [103] In den Dörfern machten überdies (Molotow beklagte es 1928) Landarbeiter und arme Bauern nur fünf Prozent der Parteimitgliedschaft aus. [104] Ein Beschluß des Zentralkomitee-Plenums der Partei vom November 1928 vermerkte, in den ländlichen Gebieten der Ukraine enthalte die Partei »eine beachtliche Anzahl bessergestellter Bauern und nahezu-kulakischer Elemente, die degeneriert und der Arbeiterklasse gänzlich entfremdet sind«. [105] In jedem Fall war die große Mehrheit der ländlichen Mitgliedschaft nicht im mindesten bäuerlich, sondern bestand hauptsächlich aus örtlichen Amtsträgern.

Überdies war ihre Anzahl, wie immer man sie betrachtet, unzulänglich. Im September 1924 gab es nur 13558 Parteizellen in den

Dörfern, mit 152993 Mitgliedern, wobei die Zellen typischerweise vier bis sechs Mitglieder umfaßten und sich über drei oder vier Dörfer erstreckten, die manchmal fünf oder sechs Meilen auseinanderlagen. [106] Sogar im Oktober 1928 gab es nur 198000 bäuerliche Parteimitglieder (von insgesamt 1360000 – ein kommunistischer Bauer also kam auf 125 bäuerliche Haushalte). Nur 20700 ländliche Parteizellen existierten in den 70000 Dörfern. 1929 gab es 333300 dörfliche (nicht notwendig bäuerliche) Mitglieder in 23300 Zellen (obwohl manche dieser Zellen, wie ein prominenter Kommunist kommentierte, nur zum Schein existierten). [107] In der Ukraine war die Parteimitgliedschaft in den Dörfern noch geringer – 25000 Mitglieder, die in der Landwirtschaft beschäftigt waren, von 25 Millionen ländlichen Einwohnern.

Selbst 1929 gab es nur annähernd eine Parteizelle auf drei Dorfsowjets. In den Dorfsowjets selbst stieg die Zahl der »armen Bauern«, die in der NEP-Zeit nur zu 16 Prozent beteiligt gewesen waren, 1929 von 28,7 auf 37,8 Prozent an, aber auch dies wurde als unzulänglich verurteilt. Darüber hinaus erwies sich dieser Zufluß an »armen Bauern«, wie marxistisch sie sein mochten, als wenig wirksam. Als die Offensive gegen die Bauern Schwung bekam, leisteten die Dorfsowjets und sogar die Bezirkssowjets Widerstand gegen den Angriff aus Moskau, sie »bildeten einen Block mit den Kulaken« und sie »degenerierten«. [109]

Der Vorsitzende eines Bezirks-Exekutivkomitees wird mit den Worten zitiert, daß der Druck auf den Kulaken »ihn und die ganze Bevölkerung gegen uns aufbringen wird«. Nicht nur gewöhnliche Bauern, sondern örtliche Parteimitglieder pflegten Bevollmächtigten zu erklären: »Wir haben keine Kulaken hier.« Selbst die Bevollmächtigten »werden pazifistisch«. [110] Örtliche Parteimitglieder – und sogar örtliche GPU-Milizorgane – wurden unter Druck von oben gehalten und wegen mangelnder Militanz angegriffen. Viele wurden entlassen – in manchen Fällen ganze Bezirkskomitees und sogar alle Parteizellen in einem Bezirk; [111] und Parteifunktionäre, die etwas Ordnung und Legalität aufrechtzuerhalten versuchten, wurden als Komplizen der Rechten denunziert. [112] In allgemeinerer Form beschwerte sich die »Prawda«, Kommunisten erwiesen sich »oft . . . als Gegner der schnellen Entwicklung kollektiver Güter und staatlicher Güter, als ›prinzipientreue‹ Verfechter der ›freien Entwicklung der bäuerlichen Wirtschaft‹, als Verteidiger einer friedlichen Koexistenz mit dem Kulaken, als Leute, die keine Klassen in den ländlichen Gebieten zu erkennen vermögen«. [113] Diese Säuberung von

Partei-»Opportunisten«, die der neuen Politik nicht begeistert gegenüberstanden, nahm einen Massencharakter an. [114] Tatsächlich
wurden sogar die »bäuerlichen Korrespondenten« offiziell als »zu
einem erheblichen Grade fremde Elemente« angegriffen. [115]
Natürlich besagt dies alles nicht, daß die Behörden keine verläßli-
chen Agenten auf dem Lande gehabt hätten. In einem Dorf mit 2000
Einwohnern oder mehr war es nicht schwer, eine adäquate Aktivi-
sten-»Brigade« zu finden. Ein Bericht über so eine Einheit nennt 14
Namen – ein paar Landarbeiter, einige ehemalige Partisanen, einige
heransprießende Polizei-Lehrlinge. Viele von ihnen waren, wie
schon zehn Jahre zuvor, halbkriminelle Elemente. [116]
Einer der bekanntesten der heutigen sowjetischen »Land-Romane«,
Wassili Belows »Kanuny«, [117] gibt eine sehr deprimierende Schilderung vom Ende der NEP im Gebiet von Wologda unter solchen
Figuren. Ein Hauptanhänger des Regimes im Dorf hat als Motive
Rachsucht, Gemeinheit und die Kompensation für seine Minderwer-
tigkeitsgefühle; er denunziert anonym und führt sich ganz allgemein
in einer widerwärtigen Weise auf. »Er vergab niemandem und sah in
ihnen nur Feinde, und das erzeugte Angst, und er hoffte auf nichts
und glaubte nur an seine eigene Macht und Schlauheit. Und da er das
einmal glaubte, setzte sich eine andere Vorstellung in ihm fest: daß
alle Leute so sind wie er und daß die ganze Welt im Zeichen von
Angst und Macht lebt, so wie er. Macht schafft alles, aber eine
größere Macht unterdrückt es, und die Menschen sehen nur die
Macht. Sie haben Angst vor ihr.«
Im allgemeinen jedoch war ländlicher Kommunismus großenteils ein
zerbrochenes Rohr. So wurden im Sommer 1929 wieder einmal
100000 städtische Parteiarbeiter aufs Land geschickt, um bei der
Getreideeinhebung zu helfen, und andere Agenten der Regierung,
vielleicht noch einmal so viele, stießen später dazu. Allein im Nord-
kaukasus schwärmten 15000 Stadtbewohner über die Bauernschaft
aus. [118]

Der Übergang von der Phase direkter Partei-Eingriffe, die als Mas-
senaktion getarnt waren, zur nächsten Phase war nicht schwer. In
der Presse war, von allen Seiten aus, bereits eine Lynch-Stimmung
gegen den Klassenfeind in Gang gesetzt worden. Denn zumindest
hatte es sich 1928–1929 gezeigt, daß der Eindruck von Lynch-Justiz
statt »nackter administrativer Methoden« in diesen Kampagnen geschaffen werden konnte, selbst wenn die wahren Gefühle der Bauernschaft nicht enthusiastisch waren. Überdies wurde die Lynch-

Stimmung – wenn auch noch nicht so ausgesprochen – auf das Problem der besiegten Rechten ausgedehnt. Tomskij wurde als Vorsitzender der Gewerkschaften im Juni 1929 abgelöst, und Bucharin wurde im Juli aus der Komintern entfernt, wenn auch beide zunächst Mitglieder des Politbüros blieben. Ihre Gefolgsleute wurden aus allen heiklen Positionen entfernt. Und in der nun folgenden Periode kam es zu einer Säuberung ihrer vielen Anhänger in den unteren Reihen. Obwohl Bucharin es nicht zuwege brachte, seine Opposition so zu organisieren, wie die Linke es vermocht hatte, berichten uns heutige sowjetische Veröffentlichungen, daß ihn ganze Parteiorganisationen stützten und daß 100 000 Parteimitglieder schließlich als Rechte ausgestoßen wurden – verglichen mit 1500 Trotzkisten. Andererseits brachte die Krisenatmosphäre die alte Linke in Bewegung, und eine Gruppe wichtiger »Linker« – Preobraschenskij, Radek und Smilga – brach um diese Zeit mit Trotzkij und akzeptierte die neue stalinistische Linie.

Die Behörden waren jedoch klug genug – zumindest theoretisch –, neben dem Zwang auch Anreize zu bieten. Warenknappheit für die ländlichen Gebiete wurde als »eines der ernstesten Hindernisse« bezeichnet. [120] In der Resolution des Zentralkomitees vom 29. Juli 1929 wurde festgelegt, daß die Warenversorgung »sich vor allem nach Erfüllung der Getreideeinhebungspläne richten muß«. [121] Und es wurde bestimmt, daß dies auf Klassenbasis zu geschehen habe; so wurde beispielsweise der arme Bauer aus dieser Bedingung ausgenommen. [122]

Tatsächlich aber wurden keine Waren angeliefert, und es gab keine Andeutung, daß die Getreidepolitik etwa auf sie warten solle. Am 28. Juni 1929 war bestimmt worden, daß ein Bauer für Nichtablieferung von Getreide selbst dann bestraft werden könne, wenn nicht bewiesen werden konnte, daß er Getreide »hortete«: er konnte mit einer Geldstrafe belegt werden und, wenn diese nicht bezahlt wurde, enteignet werden. Eine andere Verordnung vom selben Tage bestimmte Strafen für »Nichtausführung allgemeiner staatlicher Weisungen«: zunächst Geldstrafen, und bei Rückfall eine Gefängnisstrafe von einem Jahr, oder, wenn in einer gemeinsam handelnden Gruppe, bis zu zwei Jahren, mit voller oder teilweiser Enteignung sowie Verbannung. [123] Viele »Kulaken« verkauften daraufhin ihr Anwesen und zogen in die Stadt, um dem zu entgehen. [124] Alle möglichen Auswege wurden mittlerweile begangen, um das drohende Getreide-Defizit auszugleichen. »Freiwillige« Geschenklieferungen von Getreide an die Regierung wurden befohlen; im Oktober

1929 beispielsweise wurden Dörfer in der Ukraine angewiesen, 20 Pfund Weizen extra für jede Familie in den nächsten Tagen abzuliefern. [125]

Die Tatsachen jener Zeit sind bis zu einem gewissen Grade durch Stalins Heimlichkeiten und Täuschungsmethoden verdeckt worden. In seinem Kampf gegen die Rechten war er imstande, sie zu unterminieren, ohne sie anzugreifen. Er war imstande, zu behaupten, daß eine künstliche Agitation, angezettelt von Leuten, die er berufen hatte, eine echte Klassenkampf-Welle in den Dörfern bilde. Und schließlich konnte er immer »Abweichlern« die Schuld für die Exzesse geben, die ein unvermeidliches Ergebnis seiner Politik waren. Es gab Parteimitglieder, die ganz genau verstanden, daß der Kampf nicht nur gegen den Kulaken gerichtet wurde, sondern auch gegen den mittleren Bauern; die aber darauf bestanden, daß dies korrekte leninistische Politik sei und als solche verkündet werden solle. [126] Aber diese zutreffende Analyse konnte im Bereich der Theorie nur als Linksabweichung eingestuft werden.

In jedem Einzelfall mußte die Politik mit gehörigen marxistischen Termini ausgestattet werden. Also mußte erst einmal ein völlig künstlicher Klassenkampf im Dorf postuliert und bis zur äußersten Langeweile plattgewalzt werden, selbst wenn die Führer wußten, daß dies falsch war. Und dann, Ende 1929, wurde der völlig frei erfundener Wandel der mittleren Bauernschaft zu einer Vorliebe für Kollektivierung zur Crux. Kein Parteisprecher konnte dies Stück doktrinärer Scheinheiligkeit auch nur auslassen, geschweige denn bestreiten.

In dieser Atmosphäre theoretischer Verwirrung und Traumwelt, bei ständig wechselnder Politik, während ihre Verbalisierung dieselbe blieb, war es für Parteimitglieder schwer, sich dem Tempo des Wechsels anzupassen. Auch können wir heute nicht sagen, wann genau es war, daß Stalin sich für die Schnellkollektivierung entschied. Aus rein landwirtschaftlicher Sicht ist Stalins Denken so beschrieben worden, daß er in den frühen Monaten des Jahres die »kurzfristige Wirksamkeit« von Zwangsmethoden wiederentdeckte und dann »versuchte, ein langfristiges Strukturproblem mit kurzzeitigen, kriegswirtschaftlichen Maßnahmen zu lösen, einschließlich der Kollektivierung«. [127] Es scheint, daß der teilweise Erfolg und teilweise Fehlschlag der Ural-sibirischen Methode und späterer Aktionen ihn zu der Überzeugung führte, daß nur die totale Kontrolle über die ländlichen Gebiete das Problem der Partei lösen könne.

Der Fünfjahresplan hatte für 1932–1933 fünf Millionen Haushalte in den Kollektivgütern vorgesehen. Aber das neugeformte »Kolchosen-Zentrum« der Regierung sprach schon im Juni 1929 von sieben bis acht Millionen für 1930, während es darauf abzielte, die halbe Bevölkerung während der Planperiode zu kollektivieren und den im Plan vorgesehenen Ackergrund zu verdreifachen. [128] Zu diesem Zeitpunkt war der landwirtschaftliche Teil des Planes tatsächlich bereits zusammengebrochen. Aber selbst diese Zahlen sollten von höheren Zahlen überholt werden. Im November waren sie bereits verdoppelt worden, und im Dezember wurden sie erneut verdoppelt. Denn während die Rechte den Standpunkt vertrat, daß Kollektivierung nur einen Sinn mache, wenn die Bauernschaft genug Maschinen und andere Waren aus der Stadt zur Verfügung habe, herrschte unter den Stalinisten eine andere Überlegung vor. Wie Mikojan im Juni 1929 sagte: »Hätte es keine Probleme mit Getreide gegeben«, so hätte die Kollektivierung nicht gedrängt. [129]

In den frühen Tagen des Regimes waren große Anstrengungen unternommen worden, Kollektivgüter zu errichten. Viele wurden durch administrativen Druck durchgesetzt, und die meisten von diesen verschwanden, als NEP eingeführt wurde. Viele waren ursprünglich mit Arbeitern besetzt worden, die nun in die Städte zurückkehrten. In anderen Fällen kehrten reichere Bauern, die nur beigetreten waren, um ihr Eigentum zu retten, zurück zu privatem Anbau [130] – ein Phänomen, das man 1930 wieder beobachten konnte. Jedenfalls waren diese frühen Kolchosen, wenngleich oft verhältnismäßig erfolgreich, statistisch eine geringfügige Erscheinung. Mitte 1928 gehörten weniger als zwei Prozent der Haushalte dazu.

Eine Verordnung des Rats der Volkskommissare und des Zentralen Exekutivkomitees vom 16. März 1927 zeigte keine Tendenz in ihre Richtung. Und noch gegen Ende des Jahres 1928 gab es keine Andeutung einer Kollektivierung der Masse mittlerer Bauern – wenngleich eine Verordnung vom 15. Dezember Vorzugsbehandlung für alle ländlichen Kollektiven empfahl [131] (und nunmehr auch die Behörden ermächtigte, die Errichtung neuer »konsolidierter« Einzelbauernhöfe in allen Fällen zu untersagen, wenn dies die »Kulaken«-Schicht stärken würde). [132] Noch zur Jahreshälfte 1929 schätzte das Kommissariat für Landwirtschaft, daß es zu diesem Zeitpunkt 40000 Kolchosen gab, von denen aber nur 10000 bis 15000 Vorsitzende hatten, die kompetent waren, sie zu leiten. [133] Die meisten waren vom »TOZ«-Typus – in Wahrheit nicht wirklich kollektive Güter, sondern nur Zusammenschlüsse zu gemeinsamem Bodenbestellen, Pflügen, Ernten und Ertrags-Aufteilen; es war natürlich der ganz andersartige »Artel«-Kolchos, in dem Land, Geräte und Erzeugung korrekt unter »kollektiver« – das heißt: staatlicher – Kontrolle standen, der das erwählte Modell der Stalin-Ära war.

Abgesehen von den politischen und gesellschaftlichen Gründen, die für die Kollektivierung galten, gibt es noch eine überaus wichtige Rechtfertigung: Landwirtschaft im kleinen Stil sei unwirtschaftlich, so daß entweder große sozialistische Landgüter oder große kapitalistische Landgüter unvermeidlich seien. Überdies gab es in jenem Zeitraum noch einen weiteren Ausbruch von Überzeugungsbekundungen für die technische Revolution, die beispielsweise allen »archaischen« Vorstellungen ein Ende setzen wollte, daß »Tierzucht angeblich eine Art individueller Behandlung erfordert«. [134]

Lenin war natürlich völlig orthodox gewesen, als er ein zukünftiges System riesiger marxistischer Fabrik-Gutshöfe voraussah. Aber sowjetische Nationalökonomen begriffen in den zwanziger Jahren, dank der Erfahrungen mit übermäßig großen Kollektivgütern, die in jener Zeit gegründet worden waren, daß eine geringere Größe effizienter wäre. [135] Einige dieser Nationalökonomen, die früher Sozialrevolutionäre gewesen waren, vor allem die bedeutende Gestalt Tschajanow, hatten während der ganzen Zeit vernünftige Ansichten vertreten und verteidigten Landwirtschaft im kleineren Rahmen noch 1929 – bald aber mußten sie diese Haltung selbst verwerfen. Denn Stalin trat zugunsten der »Riesenkolchosen« auf; er sagte: »Die Einwände der ›Wissenschaft‹ gegen die Machbarkeit und Zweckmäßigkeit der Organisation großer Getreidefabriken von 50000 bis 100000 Hektar sind in die Luft gesprengt und zu Asche verwandelt worden.« [136] Diese Formulierung wurde tatsächlich, als Stalins »Werke« Jahre später herauskamen, auf »40–50000« gedämpft; bis dahin aber folgten die landwirtschaftlichen Fachleute notgedrungen seiner Richtungsweisung, sie legten entgegenkommend die Betonung eher auf 100000 als auf die niedrigere Ziffer. Und andere Wissenschaftler sprachen von der Kolchose bald in klassisch marxistischen Wendungen als einem »Übergang zur großen kollektivierten landwirtschaftlichen Fabrik«. [137] Stalin selbst ging so weit, vorauszusagen, daß durch diese Methoden »unser Land in etwa drei Jahren eine der reichsten Kornkam-

mern der ganzen Welt werden wird, wenn nicht die reichste«. [138]
Und auch Bucharin begeisterte sich bald für Riesengüter, von denen
jedes einen ganzen Bezirk umfassen würde! [139] Typisch für diese
Zeit ist die Geschichte des Choper-Gebietes am unteren Don, das
zum Schnellkollektivierungsmodell gemacht worden war. Es trat
gegen Ende 1929 mit einem Plan hervor, der in drei Tagen ausgearbeitet worden war und eine »sozialistische Agro-Stadt« beschrieb mit
44 000 Einwohnern in Wohnungsbauten, mit Bibliotheken, Restau-
rants, Leseräumen, Turnhallen [140] ... ein Phantasiegebilde, das
sich durch die ganze sowjetische Geschichte hindurch halten sollte.

Dieser Drang nach dem Riesengut hatte keine Basis außer dem, die
ländlichen Gebiete zu verstädtern und die Getreidefabriken zu errichten, die ein deutscher Gelehrter zwei Generationen früher als
Hypothese beschrieben hat. Der bloße Blick auf die landwirtschaftliche Wirklichkeit hätte dagegen die Frage aufwerfen müssen, wieso
erfolgreiche kapitalistische Farmen nicht von solcher Riesengröße
waren. Denn abgesehen von aller politischen Theorie: Wenn Riesen-
farmen produktiver wären, dann hätten sie unter dem Kapitalismus
genauso hervortreten müssen, wie Riesenfabriken es taten. Selbst
wenn man nicht-sowjetische Kooperativ-Farmen in Betracht zieht,
so haben, wie einer der führenden Gelehrten des Westens dazu
hervorhob, »außerhalb der UdSSR ... sich Versuche, kleine Farmen
zu Großproduktions-Kooperativen zusammenzufassen, bislang als
erfolglos erwiesen«. [141]

Intensiv-Landwirtschaft wurde teilweise schon aus solchen doktinä-
ren Gründen einfach nie versucht. Aber es ist ganz klar, daß es noch
Raum gab für erheblichen Produktivitätszuwachs bei den kleinen
Bauernhöfen. Vom Zeitraum 1861–1876 bis zum Zeitraum
1901–1910 sind russische Getreide-Erträge bis zu 45 Prozent angestiegen; und 1924–1929 waren sie wiederum um 22 Prozent höher als
die durchschnittlichen Erträge von 1901–1910. [142] Tatsächlich
hatte die bäuerliche Erzeugung noch nicht die Grenzen ihrer Ausdehnung erreicht; wie wir gesehen haben, gingen sowjetische Schätzungen von einem jährlichen Wachstum des bäuerlichen Produktiv-
potentials von 5,5 Prozent aus.

Gleichviel, welche Form des Agrarwesens man bevorzugte: Es
scheint kaum zweifelhaft, daß der Ausstoß mit ziemlich simplen
Methoden hätte verbessert werden können. Hätte man Stahlpflüge
statt der immer noch verwendeten 5 Millionen Holzpflüge eingesetzt,
hätte man das Saatgut besser verwendet und ähnliche Maßnahmen
ergriffen, wie sie in anderen Ländern üblich waren, so hätte sich das

als sehr wirksam erwiesen. Alles, was man brauchte, war ein Produktivitäts-Anstieg entsprechend etwa dem, den andere osteuropäische Länder jener Zeit erlebten.

Die Initiative zur Massenkollektivierung soll nach einer immer noch verbreiteten Meinung von der Unteren Wolga ausgegangen sein und sich dann »spontan« verbreitet haben. [143] Während des Jahres 1929 traten andere örtliche Parteikomitees mit immer größeren Vorhaben für ihre eigene Kollektivierung hervor, um zu erfüllen, was sie richtig als die Absichten der Führung erkannten (wenngleich sie oft ihre Kollektivierungs-Zahlen aufblähten, ohne tatsächlich die Kollektivierung zu verstärken; jedenfalls wurde diese Beschwerde vorgetragen). [144] Das Zentrum für Kollektivgüter, das im Sommer errichtet worden war, beschloß zunächst, sich auf ausgewählte »Bezirke umfassender Kollektivierung« zu konzentrieren, in denen ein sehr hoher Anteil an Kolchosen errichtet werden sollte. Im Juli kündigte das großteils kosakische Nordkaukasus-Territorium an, daß sein Programm die Kollektivierung ganzer Stanitzen vorsehe. [145] Das Phänomen war zu diesem Zeitpunkt also hochgradig lokalisiert und konzentriert; während im November nur 7,6 Prozent aller Haushalte in der gesamten UdSSR (insgesamt etwa zwei Millionen) kollektiviert waren, nennen Provinzen und Territorien bis zu 19 Prozent, und innerhalb mancher Bezirke sind es bis zu 50 Prozent oder mehr, wobei am Ende ganze Provinzen diese Höhe erreichen.

Das Prinzip, daß eine Mehrheitsabstimmung im Dorf für die Kolchose die Minderheit zwang, ebenfalls beizutreten, wurde nunmehr zur Norm. Und die Abstimmung fand, wie üblich, unter starkem Druck statt. Sogar dann aber konnte die »Mehrheit«, wie eine führende Persönlichkeit der Partei hervorhob, aus 14 bis 18 unter 77 Haushalten bestehen (in einem Fall, den er aufführte); während es in einem anderen Dorf zunächst keine Gegenstimmen gab, dafür aber die 15 Einzelbauern, die in den Kollektivierungs-Ausschuß gewählt wurden, sich sämtlich weigerten, daran mitzuwirken; sie wurden dafür mit Geld- und Gefängnisstrafen belegt. Überdies verkauften die Einzelbauern, die sich solcherart für die Kolchose bestimmt sahen, zu diesem Zeitpunkt oftmals ihren Viehbestand und ihre Geräte, bevor sie beitraten. [146] Die Folgerung, die die Behörden daraus zogen, war, daß die hochkollektivierten Bereiche als Pilotmodelle für das ganze Land dienen sollten; und während des letzten Teils des Jahres wurde diese »Methode« von Stalin selbst zur notwendigen Vorausbedingung für die Erfüllung des Planes erklärt. [147]

Wie immer bei sowjetischem landwirtschaftlichem Durcheinander war die Detailplanung äußerst unzulänglich, und die Presse brachte oft Berichte von der Verschwendung großer Getreidemengen: »12 Waggonladungen Weizen verrotten im Keller der Mehlmühle ›Roter Stern‹ in Shelesnjanij im Donbass«; [148] »in der bjelorussischen Zweigstelle des Getreideverbandes sind 2500 Tonnen Getreide unter freiem Himmel gelagert. In Woronkowo sind 100 Tonnen Getreide in den Kornspeichern verrottet... In vielen Bereichen der Provinz Odessa liegt Getreide in Haufen auf dem Boden; es ist nicht einmal zugedeckt... Zehntausende Tonnen Getreide liegen so in Haufen auf dem Boden unter freiem Himmel.« [149]

Um die Jahresmitte 1929 wurde immer noch im großen und ganzen angenommen, daß das Tempo der Kollektivierung sich nach dem Vorhandensein von Traktoren richten werde. Aber als das Jahr voranschritt, kam das Argument auf, wie es etwa Stalin in einer Adresse an landwirtschaftliche Marxisten ausdrückte, [150] daß eine bloße Ansammlung von Pflügen unter kollektivierten Bedingungen die landwirtschaftliche Leistungsfähigkeit erheblich vergrößern würde.

Bei all der Zunahme des Drucks spielte Stalin seine Karten so vorsichtig aus, daß sogar noch im frühen September unter seinen führenden Anhängern Ordshonikidse davon sprechen konnte, daß noch »Jahre und Jahre« erforderlich sein würden, und Andrejew konnte bestreiten, daß vollständige Kollektivierung während des Fünfjahresplans möglich sei. [151] Aber die wirkliche Tendenz, die implizierte Eigendynamik in Stalins Führung, ging in die andere Richtung. Ein zutreffenderer Ausblick wurde von Pjatakow gegeben, der als früherer Linker von höchstem Einfluß im Oktober 1929 vor dem Rat der Volkskommissare sprach. Er sagte, daß »wir genötigt sind, extreme Zuwachsraten bei der Kollektivierung der Landwirtschaft anzusetzen«, und fuhr fort mit der Anrufung »derselben Anspannung, mit der wir in der Zeit des bewaffneten Kampfes mit dem Klassenfeind arbeiteten. Die heroische Periode unseres sozialistischen Aufbaus ist gekommen«. [152] Tatsächlich sammelte sich nunmehr der Traditionalismus der Partei um Stalin; teilweise wegen des Glaubens, daß, wie grob auch immer seine Methoden sein mochten, er die entscheidende Schlacht des Regimes ausfocht, teilweise eben weil die Gefahren der neuen Phase die Einheit der Partei zu erfordern schienen. Die Atmosphäre des Bürgerkriegs wurde, wie Pjatakow es forderte, faktisch wiederbeschworen. Dies war nicht nur nützlich gegen die Bauernschaft. Es verschaffte den Gefühlen der

Parteiaktivisten auch alle Vorteile eines Notstands. Mäßigung wurde zermalmt oder weggefegt in einer Woge parteigängerischer Emotionen, oder es sollte ihr jedenfalls so ergehen.

Die seriöseren Partei-Nationalökonomen hatten die Ansicht vertreten, daß ein industrielles Wachstum von 18 bis 20 Prozent (damals bereits erreicht, zumindest auf dem Papier) aufrechterhalten werden solle, mit der Betonung auf Effizienz. Keine Pläne sollten erstellt werden ohne ausreichende Berücksichtigung der Ressourcen. Aber Stalin und seine Gefolgsleute bestanden nunmehr auf einer Verdopplung der Wachstumsrate (schließlich wiesen die wirklichen Ergebnisse der Industrieproduktion 1930 – und zwar auch in den offiziellen Zahlen – einen Zuwachs von 22 Prozent aus statt 35 Prozent; ebenso war es mit den Produktivitäts- und Produktionskostenzahlen. [153] Die Nationalökonomen jedoch – eine Anzahl von Aussagen im weiteren Verlauf des Jahres 1929 zeigte es deutlich – hatten nur die Wahl, die neuen Pläne der Politiker zu unterstützen oder ins Gefängnis zu gehen. [154] Die Stalinisten begannen, sie öffentlich anzugreifen. Molotow sprach von »bürgerlich-kulakischen Ideologen im Zentrum und in den örtlichen Stellen«. [155] Im Oktober wurde Groman aus dem Expertenrat der Statistischen Zentralverwaltung abberufen, und zum Ende des Jahres wurde diese Körperschaft direkt Gosplan unterstellt. [156] Nationalökonomen, die nicht Parteimitglieder waren – wie Tschajanow – widerriefen ihre Ansichten, als ob sie Kommunisten wären, wenn ihnen dies auch Angriffe eintrug, daß ihre Widerrufe unehrlich gemeint seien. Dennoch, sie überlebten für den Augenblick – um einige Jahre später in den Händen der Geheimpolizei zu sterben, mitbeschuldigt im Menschewiken-Prozeß und anderen Rechtsbeugungen.

Die politische Führung stieß nicht nur Nationalökonomen zurück, sie machte sogar ein Ende mit wirtschaftswissenschaftlicher Forschung auf den Gebieten von »mathematischen Wachstumsmodellen, Studien über Investitionseinsatz und deren Wirksamkeit, Modellen für Kapitalanhäufung und Verbrauch, Forschung nach Management-Modellen, Studien über wissenschatliche Organisation von Arbeitseinsatz und viele andere Bemühungen.« [157] Stalins Nationalökonom Strumilin sagte: »Unsere Aufgabe ist es nicht, die Wirtschaftswissenschaften zu studieren, sondern sie zu ändern. Wir sind durch keine Gesetze gebunden. Es gibt keine Festungen, welche die Bolschewiki nicht erstürmen könnten. Die Frage des Tempos ist der menschlichen Entscheidung unterworfen.«

Nunmehr wurde festgelegt, daß der Kapitalbestand des Landes in fünf Jahren verdoppelt werden müsse. Aber auch der landwirtschaftliche Ausstoß sollte zunehmen – um 55 Prozent, während der Verbrauch um 85 Prozent ansteigen sollte. Zum 1. Juli 1929 waren vier Prozent der Haushalte in den Kolchosen, im November waren es 7,6 Prozent. Abgesehen von den Bereichen, wo totale Kollektivierung erzwungen worden war, waren die Kollektivgüter fast überall »schwach« und fast ausschließlich mit armen Bauern besetzt.

Stalin jedoch steigerte diesen nicht sehr eindrucksvollen »Aufschwung« zu einer gewaltigen, unwiderstehlichen Bewegung. Am 7. November verkündete er »den radikalen Wandel, der in der Entwicklung unserer Landwirtschaft Platz gegriffen hat von kleiner, rückständiger individueller Bauernwirtschaft zu großräumiger, fortgeschrittener kollektiver Landwirtschaft, zur Kultivierung gemeinsamen Landes ... Der neue und entscheidende Zug der bäuerlichen Kollektivgut-Bewegung ist, daß die Bauern den Kollektivgütern nicht in abgeschiedenen Gruppen, wie früher, beitreten, sondern in ganzen Dörfern, ganzen Regionen, ganzen Bezirken und sogar ganzen Provinzen. Und was bedeutet das? Es bedeutet, daß der mittlere Bauer der Kollektivgut-Bewegung beigetreten ist. Und das ist die Basis des radikalen Wandels in der Entwicklung der Landwirtschaft, der die wichtigste Errungenschaft der Sowjetmacht während des letzten Jahres darstellt.« [158] (Sowjetische Experten der Chruschtschow-Ära kritisierten diese Behauptung als irrig, [159] wofür sie nur zu guten Grund hatten. Aber die spätere Tendenz amtlicher Wissenschaftler läuft dahin, einen großen Teil des Stalinschen Standpunktes zu akzeptieren; das schließt auch Zustimmung zu seiner Ansicht ein, daß der Besitz eines kleinen Teiles des Landes an Kollektivgütern beweise, daß die Bedingungen »für totale Kollektivierung« gegeben waren.) [160]

Nun nahm der Druck, extreme Maßnahmen zu ergreifen, drastisch zu. Der entscheidende Moment war das Plenum des Zentralkomitees vom 10. bis 17. November 1929. Den Mitgliedern wurde mitgeteilt, daß massenhafte freiwillige Kollektivierung bereits im Gange sei, und sie wurden unter Druck gesetzt – insbesondere durch Molotow als Stalins Hauptsprecher –, binnen Wochen oder Monaten eine Gelegenheit zu ergreifen, die »nicht versäumt werden dürfe«, um die Agrarfrage ein für allemal zu lösen.

Molotow forderte kollektivierte Provinzen und Republiken »schon im nächsten Jahr« und sprach von einem »entscheidenden Fortschritt« in den nächsten viereinhalb Monaten. Was die »Kulaken«

betraf, so warnte er vor ihrem Eindringen in die Kollektivgüter;
»behandelt den Kulaken als einen äußerst schlauen und immer noch
unbesiegten Feind«. [161] Molotow machte auch klar, daß die angenommenen materiellen Bedingungen für die Kollektivierung nicht
erfüllt würden: »Das Ausmaß an materieller Hilfe kann nicht sehr
groß sein ... alles, was der Staat geben kann, trotz all seiner
Anstrengungen, ist eine sehr kleine Summe.« [162] Statt dessen
forderte das Zentralkomitee größere Investitionen durch die Bauern
selbst. Neben alledem griff Molotow – immer noch! – die Rechten an,
weil sie wahrheitswidrig die Partei beschuldigten, »den Sozialismus
durch eine Politik der außerordentlichen Maßnahmen aufzubauen,
das heißt, durch eine Politik administrativer Repression«. [163]
Zur Verteidigung verlas Rykow eine Erklärung für sich und die
beiden anderen Führer der Rechten, wonach sie ihre Meinungsver-
schiedenheiten mit der Mehrheit »zurückzögen« und erklärten, sie
hätten nichts gegen das Tempo der Industrialisierung und Kollektivierung und nichts gegen die Politik der »entschiedenen Aktion«
gegen die Kulaken. Dennoch behauptete er immer noch, daß die
taktischen Methoden der Rechten einen »weniger schmerzlichen
Weg« ergeben hätten, und er wurde heftig von vielen Sprechern
angegriffen, darunter Stalin. Ihre Reuebekundung wurde als unzureichend zurückgewiesen. Und der politische Sieg wurde von Mikojan gefeiert mit der Feststellung, daß, während die Hände der Partei
in den vorausgegangenen Jahren »bis zu einem gewissen Grade durch
das Schwanken und die Opposition von Mitgliedern des rechten
Flügels gebunden« gewesen seien, nunmehr »eine klare und ver-
ständnisvolle Linie« in der Getreidefrage möglich sei. [164]
Zusätzlich zu diesem Angriff auf die Rechte gab es wie immer etwas
konventionelle Kritik an kleineren »Exzessen«. Kaminskij, der Vorsitzende des entscheidend wichtigen Zentrums für Kollektivgüter,
gestand dem Plenum ein, daß »administrative Maßnahmen« möglich-
erweise »an einigen Orten« angewendet worden sein könnten, aber
er tat dies als »von geringer Bedeutung« ab. [165]
Das Plenum zur Landwirtschaft beschloß, daß eine »radikale Lösung« erforderlich sei und daß »diese Aufgabe in Richtung auf
weitere Beschleunigung der Kollektivierungsprozesse liege«; es befahl allen Partei-Organisationen, »sich als Eckstein die Aufgabe
weiterer Entwicklung massenproduktiver Kooperation und Kollektivierung der Bauernhaushalte zu stellen«; es rief nach »Mobilisierung
... zur Arbeit auf den Kollektivgütern« von »mindestens 25 000
Industriearbeitern«, die der Partei angehörten; es fordere »die ent-

schiedensten Maßnahmen« gegen die Kulaken. In einer separaten Resolution erklärte das Plenum, daß »die Ukraine in einem sehr kurzen Zeitraum Beispiele geben müsse für die Organisation großräumiger sozialisierter Landwirtschaft«. Es verurteilte die Rechts-Opposition, weil sie »erklärt hat, daß das Tempo der Kollektivierung, das eingeschlagen wurde, unrealistisch sei«, daß die »materiellen und technischen Voraussetzungen fehlen und daß es keinen Wunsch auf Seiten der armen und ›mittleren‹ Bauernschaft gebe, zu kollektiver Form von Landeigentum überzugehen«. Und es schloß Bucharin aus dem Politbüro aus, weil er »die Partei mit demagogischen Beschuldigungen verleumdet« und »behauptet (habe), daß ›außerordentliche Maßnahmen‹ den ›mittleren‹ Bauern an die Seite des Kulaken gedrängt hätten«. [166] Anschließend an das Plenum widerriefen Bucharin, Tomskij und Rykow in einer akzeptableren Form, und andere Ex-Oppositionelle wie Schljapnikow und Pjatakow traten energisch für die Einheit der Partei ein.

Ein riesiges neues Verwaltungsorgan wurde nun gebildet: Das Allunions-Volkskommissariat für Landwirtschaft; es erhielt vorrangige Planungsvollmachten. Und eine Kommission wurde am 5. Dezember errichtet, um sich mit der ganzen Kollektivierungs-Terminierung zu befassen. Geleitet von dem neuen Landwirtschafts-Kommissar Jakowlew, legte sie am 22. Dezember einen Bericht vor, in dem die vollständige Kollektivierung der getreideproduzierenden Gebiete innerhalb von zwei oder drei Jahren angeregt wurde.

Aber sogar jetzt noch warnte Jakolew vor »Ekstase« beim Einstieg, nur alles administrativ zu machen und dadurch den mittleren Bauern zu verängstigen; er warnte auch vor bloßem Wettbewerbsdenken im Versuch, hundertprozentige Kollektivierung vor anderen Gebieten zu erreichen. Dies letztere war eine nur allzu zutreffende Beschreibung der unverantwortlichen und karrieristischen Einstellung mancher örtlicher Führer. Nun aber wurde Jakolew von Superstalinisten wie Scheboldajew kritisiert: dennoch empfahl die Kommission lediglich, daß »wenigstens ein Drittel« allen Aussaat-Gebiets bis zum Frühling 1930 kollektiv zu kultivieren sei. [167]

Dies war Stalin nicht radikal genug, dessen 50. Geburtstag im Dezember 1929 Anlaß zu großer Glorifizierung des Generalsekretärs bot, begleitet von Fälschungen der Parteigeschichte von jener Art, die desto schlimmer werden sollte, je weiter die Jahre voranschritten. Molotow bezeichnete den Entwurf als unzureichend, und Stalin sandte ihn zur Verbesserung zurück; er gab zu verstehen, daß die Frist für die Kollektivierung des Getreideerzeugungsgebietes der

Herbst 1930 sein solle – und dies galt für die Ukraine. [168] Der
revidierte Plan wurde am 4. Januar genehmigt, und nunmehr waren
die Nordkaukasus- und Wolga-Gebiete darauf angesetzt, ihre Kollektivierung spätestens zum Frühjahr 1931 zu vollenden; für die
verbleibenden Getreidegebiete galt das Frühjahr 1932 als letzter
Termin.

Was die Dekulakisierung betrifft, so bestimmte Stalin, daß sie nun
»ein essentielles Element bei der Bildung und Entwicklung der
Kollektivgüter ist... Natürlich ist es falsch, den Kulaken in die
Kollektivgüter aufzunehmen. Es ist falsch, weil er ein verfluchter
Feind der Kollektivgüter-Bewegung ist«. [169] Zu diesem Zeitpunkt
klagte die »Prawda«, daß Kulaken nicht in genügender Anzahl
verhaftet würden, [170] daß man sie nicht zur Aushändigung ihrer
Getreide-»Überschüsse« zwinge usw. [171] Eine Unterkommission
zur Kulakenfrage der Politbüro-Kommission berichtete, daß »die
Zeit reif ist, die Frage nach der Eliminierung des Kulaken in spezifi-
scher Form zu stellen«, [172] da die politischen Bedingungen dafür
nunmehr existierten – weil sich der mittlere Bauer der Kolchose
zugewandt habe.

Jedenfalls traf die Unterkommission jetzt die Aufteilung der Kulaken in drei Kategorien, von denen die Angehörigen der ersten
verhaftet und entweder erschossen oder eingesperrt werden sollten,
während ihre Familienmitglieder nur zu verbannen seien; die zweite
Kategorie sollte nur verbannt werden, während (zu diesem Zeitpunkt) die »nicht-feindliche« dritte Kategorie auf Probe zu den
Kollektivgütern zugelassen werden sollte. Das Auffallende hieran
ist, daß damit erstmals zur systematischen Deportierung der Kulaken
aufgerufen wurde. Stalin gab die Schlüsselformulierung für die neue
Phase heraus: »Wir sind übergegangen von einer Politik, die Ausbeu-
tertendenzen des Kulaken zu beschränken, zu einer Politik, den
Kulaken als Klasse zu liquidieren.« [173]

Fassen wir die Periode zusammen, die zur »Zweiten Revolution« und
dem neuen Zyklus von Massenterrorismus und Unmenschlichkeit
führte: Die Partei hatte immer beabsichtigt, sobald es an der Zeit
wäre, individuelle Landwirtschaft und ländliche Marktwirtschaft zu
beenden. Ihr erster Versuch, den Markt zu vernichten, hatte in einer
Katastrophe geendet, und sie war einige Jahre lang gezwungen
gewesen, ihre Herrschaft Bedingungen in den ländlichen Gebieten
anzupassen, die ihren Doktrinen unerträglich schmeckten; in dieser
Lage hatte sie den Markt weder verstanden, noch angemessen zu

managen gewußt, und bei den ersten Anzeichen von Problemen war
sie zu gewaltsamen Maßnahmen zurückgekehrt, auf angeblich zeitge-
bundener Basis, wobei sie nicht verstanden hatte, daß »zeitweiliger«
Zwang den Markt-Anreiz jenseits aller Wiederbelebung zu zerstören
pflegt; sie wurde durch das zunehmende Versagen jener Anreize in
eine Politik weiterer Gewalt getrieben; und schließlich, als sie fand,
daß »außerordentliche « Maßnahmen zur Wegnahme der Ernte teuer
und schwierig waren, hatte sie sich der Kollektivierung zugewandt,
um dafür zu sorgen, daß die Ernte von Anbeginn unter Parteikon-
trolle und nicht in den Händen der Bauernschaft blieb – einem Mittel,
das zugleich ideologisch paßte.

Drei aufeinanderfolgende Winter hatten drei Ansätze erlebt.
1927–1928 war es praktisch eine Frage simpler Beschlagnahme des
Getreides; 1928–1929 bestand man auf dem Anschein massenhafter
Zustimmung und dörflicher Initiative zum gleichen Ergebnis;
1929–1930 wurde diese gefälschte Spontaneität der Kollektivierung
vorgespannt, einer dauerhaften Methode, sich der Kontrolle über
das Getreide zu versichern. Um diese Ziele zu verwirklichen, stützte
sich die Partei ständig auf eine doktrinäre Schein-Analyse, um sich
einen angeblichen Klassenfeind in Gestalt einer Minderheit auf dem
Lande vorzuspiegeln, während tatsächlich fast die gesamte Bauernschaft gegen sie und ihre Methoden war. Dies doktrinäre Phantasiegebilde hatte jedoch in der Praxis nützliche Seiten, da es gegen die
natürlichen Anführer der Bauernschaft angewendet werden konnte,
um den Widerstand der Dörfer zu lähmen.

Die wirtschaftlichen Folgen dieser Entscheidung waren, in einer
Hinsicht, katastrophal. Sie schlossen die Zerstörung des tüchtigsten
Elements in der Bauernschaft ein sowie die Wegnahme von Anrei-
zen, was den Rest betraf. Es ist möglich, daß Stalin und seine
Kollegen das Ausmaß der Katastrophe nicht voraussahen; zweifellos
klingen ihre Verkündungen über riesige produktive Fortschritte der
Landwirtschaft unter dem neuen System danach. Aber als die Katastrophe kam, erwogen sie nichts außer einem sehr zeitgebundenen
Rückzug; und alles in allem scheint es, daß der Vorteil, die Ernte
kontrollieren zu können, für sie den Nachteil des Schrumpfens der
Ernte überwog. Blickt man auf die menschliche Seite, so wurden das
endgültige Ende der teilweisen Unabhängigkeit der Bauernschaft,
die Zermalmung der Macht des Marktes und der letzten kleinbürgerlichen Klasse und die Durchsetzung der staatlichen Macht in jeder
Ecke der ländlichen Gebiete als etwas Gutes empfunden. Nicht nur
überwogen sie Erwägungen der Menschlichkeit: Der »Kampf« mit

dem feindlichen »Kulaken« und die Wiederbelebung des Klassen-
krieges waren erfrischend für die Partei und stellten ihren Glauben an
ihre *raison d'être* wieder her.

Und so treten wir in die Epoche der Dekulakisierung ein, der
Kollektivierung und der Terror-Hungersnot; des Krieges gegen die
sowjetische Bauernschaft und später gegen die ukrainische Nation.
Man kann sie als eine der bedeutsamsten und auch schrecklichsten
Perioden der modernen Zeit betrachten.

6
Das Schicksal der »Kulaken«

Aus Sicht der Reihenfolge der Ereignisse ist es irreführend, die Entkulakisierung getrennt von der Kollektivierung zu behandeln. Denn sie wurden zur selben Zeit betrieben und sind Aspekte ein und derselben Politik. Doch ist das Schicksal des »Kulaken« an diesem Punkt so verschieden von dem des kollektivierten Bauern, daß es eine gesonderte Behandlung zu verdienen scheint; wenn auch beim folgenden Bericht bedacht werden sollte, daß die nichtkulakische Bauernschaft zur selben Zeit den schmerzlichen Prozeß der Kollektivierung durchmachte, der im nächsten Kapitel beschrieben wird –, daß sogar die Vernichtung der Kulaken teilweise dem Zweck diente, den Widerstand der Bauernschaft gegen die Erzwingung der neuen Ordnung niederzuringen.

Es war am 27. Dezember 1929, als, wie wir gesehen haben, Stalin das Ziel der »Liquidierung der Kulaken als Klasse« ankündigte. [1] Die amtliche Partei-Entscheidung über die Entkulakisierung kam erst am 30. Januar 1930, als ein Beschluß »über Maßnahmen zur Eliminierung von Kulaken-Haushalten in Bezirken umfassender Kollektivierung« vom Politbüro genehmigt und an örtliche Parteikörperschaften versandt wurde. [2] Die eigentliche Legalisierung erfolgte schließlich in einer Verordnung vom 4. Februar.

Wie wir gesehen haben, hatte massenhafte Entkulakisierung bereits in einer Anzahl von Regionen stattgefunden, die von den extremeren Stalinisten geleitet wurden. Sie war mehr und mehr zur Übung geworden, je weiter das Jahr 1929 voranschritt. »Individuelle Kulaken-Gruppen« wurden aus verschiedenen ukrainischen Dörfern, Kosaken-Stanitzen und anderswo verbannt. [3] Und schon dies wurde als Anfang der Vernichtung der Kulaken »als Klasse« verstanden. [4] Aber nun gelangte die Kampagne endgültig dazu, ihre Früchte zu tragen, und zwar in einer Atmosphäre äußerster »Klassen« -Bitterkeit. Amtliche Erklärungen betonten, daß »die Kulaken die Bühne der Geschichte nicht ohne wildesten Widerstand verlassen werden«. [5] Man vertrat die Ansicht, daß »wir mit dem Kulaken umgehen müssen wie mit der Bourgeoisie 1918. Der böswillige Kulak, der sich unserem Aufbau aktiv widersetzt, muß nach Solowkij geworfen werden« (in den berüchtigten Konzentrationslager-Komplex am Weißen Meer). [6] Natürlich war, wie ebenfalls schon gesagt, der Gebrauch des Ausdrucks »Kulak« eine Verzerrung der Wahrheit von Anfang des Regimes an gewesen. Aber mittlerweile war er als Beschreibung einer ökonomischen Klasse selbst in seinen perversen nachrevolutionären Definitonen kaum noch anwendbar. Viele derjenigen, die als »Kulaken« selbst im Sinne der Definitionen der späten zwanziger Jahre galten, waren bereits ruiniert, wie in sowjetischen Quellen eindeutig festgestellt worden ist. [7] Und die anderen waren kaum reich oder ausbeuterisch. Nur einer Minderheit gehörten drei oder vier Kühe und zwei oder drei Pferde. Nur ein Prozent der Bauernhöfe beschäftigte mehr als einen bezahlten Arbeiter.

Der Wert der Gegenstände, die aus »Kulaken«-Eigentum beschlagnahmt wurden, gibt einen Hinweis. Eine Zahl von 170 Millionen Rubel ist genannt worden, wenn auch eine spätere Zahl 400 Millionen ausweist – das heißt: daß Werte zwischen 170 und 400 Rubel pro Haushalt weggenommen wurden (ungefähr 90 bis 210 Dollar selbst nach den amtlichen Wechselkursen), selbst wenn man von einer so niedrigen Zahl ausgeht wie der amtlichen Gesamtzahl von einer Million Familien. Wie ein Kommentator bemerkte: die reinen Deportationskosten waren wahrscheinlich höher als dieser Ertrag. [8]

In einer Provinz (Krywyi Rih) wurden 4080 Bauernhöfe im Januar/Februar 1930 entkulakisiert. Sie erbrachten der Kolchose nur insgesamt 2367 Gebäude, 3750 Pferde, 2460 Stück Vieh, 1105 Schweine, 446 Dreschmaschinen, 1747 Pflüge, 1304 Sämaschinen, 2021 Tonnen Getreide und Hirse. Der sowjetische Autor, der dies detailliert, erklärt die Ärmlichkeit des Gesamtertrags damit, daß ein großer Teil des Kulakeneigentums schon bei der Offensive von 1928–29 beschlagnahmt worden sei. [9] Doch wie immer – jetzt jedenfalls war er bereits ein armer Mann. Von einem typischen »Kulaken« hält ein Aktivist fest: »Er hat eine kranke Frau, fünf Kinder und keine Krume Brot im Haus. Und das nennen wir einen Kulaken! Die Kinder sind in Fetzen und Lumpen. Sie sehen alle wie Gespenster aus. Ich sah den Topf auf dem Herd – ein paar Kartoffeln im Wasser. Das war ihr Essen heute abend.« [10]

Die Bauern wurden besonders erschüttert durch die Enteignung einstiger armer Bauern, die während der NEP-Periode hart gearbeitet und es geschafft hatten, ein Pferd oder eine Kuh zu erwerben. [11]

Der Höhepunkt des Ganzen ist: das durchschnittliche Kulaken-Einkommen war geringer als das des durchschnittlichen ländlichen Amtsträgers, der ihn als Vertreter einer wohlhabenden Klasse verfolgte. [12]

Aber ökonomische Klassifizierung war inzwischen zum Trugbild geworden. Die Verwendung von Steuerlisten als Entscheidungshilfe bei der Entkulakisierung, eine zumindest scheinbar rationale Methode, paßte nicht so recht in die offizielle Linie. In einem OGPU-Bericht hieß es, daß diese Methode »oft nicht mit der Wirklichkeit übereinstimmte und aus ernsthaften realen Gründen nicht gerechtfertigt« sei! [13] In der Praxis geriet die ganze Operation gegen die Kulaken aus der Hand und erfaßte große Mengen von Bauern jeder wirtschaftlichen Situation. Ein sowjetischer Autor verweist auf ein Dorf, wo sogar ein örtlicher Kommunist der Meinung war, daß nur fünf Familien (von jeweils »fünf bis acht Personen«) aus 16, die entkulakisiert wurden, tatsächlich als Kulaken definiert werden könnten. [14] Sowjetische Ökonomen der Chruschtschew-Ära nannten als Beispiel das Dorf Plowitzy in der Ukraine, wo 66 der 78 »Kulaken«-Haushalte »in Wirklichkeit« die von mittleren Bauern gewesen seien. [15]

Wie E. H. Carr schrieb: »Es traf nicht mehr zu, daß die Klassenanalyse die Politik beherrschte. Die Politik bestimmte, welche Art der Klassenanalyse der gegebenen Situation gemäß war.« [16] Beispielsweise galt sogar ein sehr armer Bauer, wenn er ein frommer Kirchgänger war, als Kulak. [17] Und jederzeit konnten fast 2,5 Millionen Haushalte mittlerer Bauern ohne weiteres aus der Kategorie »Verbündete« in die Kategorie »Klassenfeind« übertragen werden.

Stalins Politik wurde in Form einer Klassenanalyse vorgelegt, die wenig erkennbaren Sinn ergab. Sie war auch wirtschaftspolitisch verheerend insofern, als sie zur »Liquidierung« der tüchtigsten Erzeuger auf dem Lande führte. Aber eine Ebene gibt es, auf der seine Politik schließlich doch rational war. Wenn wir, realistischer als die Marxisten, die bäuerliche Gesellschaft als generell einigermaßen integriert mit einer Stimme sprechend verstehen, dann kann Stalins Schlag als die Eliminierung der natürlichen Führer der Bauern gegen die kommunistische Unterwerfung der ländlichen Gebiete angesehen werden. Daß man anfing, den Begriff »Kulak« in einem Sinn zu gebrauchen, der viel weiter griff als sogar die Definition der Partei selbst, unterstreicht diesen Punkt; dabei wird dies noch klarer durch die Formalisierung der Kategorie »Subkulak«, ein Begriff ohne jeden echten sozialen Inhalt selbst nach stalinistischem Stan-

dard und nur in wenig überzeugender Weise als Begriff aufge-
schminkt.

Wie offiziell erklärt wurde: »Mit ›Kulak‹ meinen wir den Träger
bestimmter politischer Tendenzen, die am deutlichsten im Subkulaken, männlich und weiblich, hervortreten.« [18] Nach diesem Maßstab war jeder Bauer in Gefahr, entkulakisiert zu werden; und die
»Subkulaken«-Deutung wurde weithin angewendet. Sie dehnte die
Kategorie der Opfer weit über die offizielle Einschätzung der Kulaken selbst bei stärkster Strapazierung des Begriffs aus. Überdies war
die Entkulakisierung, entgegen den ursprünglichen Instruktionen,
keineswegs auf die Regionen der maximalen Kollektivierung begrenzt. [19]

Im Jahre 1931 begann man damit, amtlich zuzugeben, daß einstige
Kulaken der verschiedenen sowjetischen Definitionen nun keine
Kulaken mehr waren. So berichtete beispielsweise das Partei-Komi-
tee des Westsibirischen Territoriums im Mai dem Zentralkomitee,
daß die im März deportierten »Kulaken« »sehr begrenzte Eigentums-
verhältnisse hatten« – will heißen: sie waren arm. [20] Ein sowjetischer Historiker notiert, daß »die Kulaken den größten Teil jener
Züge verloren haben, die für sie charakteristisch sind: systematischer
Einsatz von Lohnarbeit, Ausleihen von Werkzeugen und Pferden,
eigene Werkstätten usw.« – so daß »es 1931 immer schwerer wurde,
einen Kulaken bloßzustellen, der das Wesen seiner Klasse verborgen
hatte«. [21] Es ist ein klassischer Ausdruck der marxistischen Lehre,
daß die ökonomische Lage das Bewußtsein bestimmt – daß einem
Menschen, der zu irgendeinem vergangenen Zeitpunkt die Bedingungen einer marxistisch designierten Klassenkategorisierung erfüllt
hat, ein »Wesen« gegeben ist, das kein späterer Wechsel mehr ändern
kann.

Am 9. Mai 1931 sagte M. I. Kalinin – bei einer Konferenz von
Sekretären und Mitgliedern des Zentralen Exekutivkomitees –, daß
die Regierung beabsichtigt habe, Änderungen im Gesetz vorzunehmen hinsichtlich der Definition des Kulaken, aber daß sie es nach
Diskussion über das Vorhaben aufgegeben habe. Die Gründe sind,
nach einem sowjetischen Kommentar, daß »die alten Eigentümlich-
keiten eines Kulaken fast verschwunden sind, während die neuen zur
Benennung nicht geeignet sind«! [22]

Die *»Prawda«* warnte auch, daß »selbst die besten Aktivisten oft
nicht den Kulaken erkennen können«, weil sie nicht zu erkennen
vermochten, daß im Falle eines guten Ernteverkaufs »gewisse Mittel-
bauern-Haushalte schnell in wohlhabende Kulaken-Haushalte ver-

wandelt werden«. [23] – Das ewige Problem also, das von Anbeginn das Vorhaben eines Klassenkriegs auf dem Lande behindert hatte. So konnte durch eine seltsame Logik ein mittlerer Bauer zum Kulaken werden, indem er Eigentum erwarb, aber ein Kulak konnte nicht zum mittleren Bauern werden, weil er seines verlor. Tatsächlich gab es für den Kulaken kein Einkommen. Er war »wesenhaft« ein Klassenfeind, ein Untermensch. Doch die Bezeichnung des kulakischen Feindes befriedigte die marxistischen Vorstellungen des Parteiaktivisten. Sie präsentierte mit ihm einen von der Geschichte verfluchten Feind aus Fleisch und Blut, und solch ein Ziel ermöglichte eine viel eher befriedigende Kampagne als bloß abstrakter organisatorischer Wandel. Und es sorgte für ein Mittel, die Führer der Dorfbewohner zu vernichten, die andernfalls den – ohnehin schon starken – Widerstand vielleicht außerordentlich bestärkt hätten, den die Bauern gegen die Kollektivierung leisteten.

Der Plan der Partei gegen die Kulaken wurde in der Resolution vom 30. Januar formalisiert, gestützt auf den Bericht von Baumans Unterkommission, die die drei Kategorien des Kulaken festgelegt hatte. Die Resolution bestimmte Gefängnishaft oder Erschießung für die erste Gruppe; ihre Zahl sollte 63 000 nicht überschreiten.

Die Zahlen für die erste Gruppe jedoch (diejenigen, die einzusperren oder zu erschießen waren), wurden vollständig von der jeweils örtlichen OGPU bestimmt. Sie überschritten bei weitem die örtlichen Quoten in den Gegenden, aus denen wir Berichte haben. Das impliziert eine tatsächliche Zahl von etwa 100 000 statt der geplanten 63 000; sie wird bestätigt von neueren sowjetischen Historikern. [24]

Die zweite Gruppe – sie umfaßte auch die Familienangehörigen der ersten Gruppe – sollte in den Norden, nach Sibirien, in den Ural oder nach Kasachstan geschickt werden oder in abgelegene Gegenden ihrer eigenen Region; nicht mehr als 150 000 Haushalte sollten erfaßt werden. Ein streng geheimer Brief vom 12. Februar 1930 wiederholte die drei Kategorien, mit der Weisung, daß Enteignungen bei der zweiten Gruppe nur allmählich vorgenommen werden sollten, zusammentreffend mit den jeweiligen Deportationen. [25]

Die Angehörigen der dritten Gruppe, als »loyal« bezeichnet, sollten jetzt teilweise enteignet und aus der Kolchose auf ein Gebiet anderswo im Bezirk verlegt werden. Anscheinend sollten sie unter Regierungskontrolle gestellt und in Bereichen wie »Arbeitsabteilungen und Kolonien im Forstwesen, Straßenbau, Landverbesserung« usw. [26] eingesetzt werden. Eine typische Resolution billigte den

Kulaken der dritten Kategorie, die innerhalb ihrer eigenen Provinz verteilt waren, Land von geringer Qualität in der Größe von nicht mehr als einem Hektar pro Person zu. [27]

Der Parteisekretär für Sibirien, Robert Eiche (ein Mitglied der Kommission, auf deren Bericht das Politbüro sich gestützt hatte), schrieb zu jener Zeit, daß die »feindseligsten und reaktionärsten« Kulaken in Konzentrationslager so »entfernter Gegenden« des Nordens wie Arktisch-Narym und Turuchansk gelegt werden sollten; alle anderen sollten in »Arbeitskolonien« arbeiten – beschönigend für: Arbeitslager von weniger strenger Leitung – und nicht in ihren Dörfern belassen werden. Kulakenarbeit würde neue Straßen und Unternehmen in der unbewohnten Taiga errichten. [28]

Aus einer Analyse jüngerer sowjetischer Veröffentlichungen kann geschlossen werden, daß die ursprünglich geplante Gesamtzahl für alle drei Kategorien 1065000 Familien betrug. [29] Das Politbüro hatte im Dezember 1929 eine Zahl von fünf bis sechs Millionen Personen genannt, die zu entkulakisieren seien, [30] was etwa derselben Zahl entspricht. (Die durchschnittliche »Kulaken«-Familie wird im Jahre 1927 mit sieben Personen angesetzt, was auf sieben bis siebeneinhalb Millionen hinausliefe.) [31] Aber es ist jedenfalls klar, daß eine örtliche Inflation der Zielzahlen und die Hinzunahme der »Subkulaken« die Gesamtzahl erheblich vergrößerte. Der Vorsitzende eines Dorf-Sowjet rühmte sich 1930: »Bei den Plenarversammlungen der Dorf-Sowjets schaffen wir Kulaken, wie wir es für richtig halten. Beispielsweise sprach beim Plenum des Dorf-Sowjet am 4. Januar die Einwohnerschaft zweier Dörfer zur Frage der Kulaken-Deportationen aus dem Bereich des Dorfes Schuisk zur Verteidigung des Bürgers Petuchow; sie bestanden darauf, daß er als mittlerer Bauer zu betrachten sei. Aber wir schlugen zurück und entschieden – er wird deportiert.« [32]

Verschiedene provinzielle und andere Komitees überschritten bald die ihnen zugewiesenen Zahlen. In der Provinz Moskau wurde die Verbannten-Quote in der Praxis verdoppelt; ähnlich in Iwanowo-Wosnessensk, wie eine sowjetische Studie ergibt. [33] Tatsächlich wurde amtlich festgestellt in den förmlichsten Parteidokumenten, daß die Zahl in manchen Regionen, statt bei der korrekten Entkulakisierungsziffer von vier bis fünf Prozent, bei 14 bis 20 Prozent lag. [34] Dies scheint bestätigt zu sein, durch Zahlen, die wir zufällig für einzelne Dörfer besitzen. In einem Dorf mit 1189 Höfen wurden 202 Personen festgenommen oder deportiert und 140 aus ihren Häusern geworfen. [35] In einem anderen Dorf wurden von 1200 Haushalten

160 entkulakisiert, in einem anderen 31 von 120, in einem anderen 90 von 800. Ein Statistiker berichtet über drei Dörfer in der Provinz Winnytzja: in einem wurden 24 Haushalte von 312 deportiert, in einem anderen 40 von 283, in einem dritten 13 von 128. [36] In einem neuerdings erschienenen sowjetischen Roman wird ein Dorf behandelt, in dem »ein Bauer aus jeweils zwanzig verhaftet wurde«; der Informant bemerkt: »Sie werden Glück haben, wenn es dabei bleibt.« [37]

Ein anderer heutiger sowjetischer Autor hat über die Kollektivierung in Sibirien geschrieben: ».. . die besten Bauern werden bewußt ausgelöscht, eine Horde von Faulenzern, Windbeuteln und Demagogen kommt an die Spitze, und jede starke Persönlichkeit wird verfolgt, gleichviel, welchen gesellschaftlichen Hintergrund sie hat.« [38] Zwei andere solche Schriftsteller erzählen dieselbe Geschichte. Bei einem (Astafjew) provoziert die Hefe der Bevölkerung, nunmehr an der Macht, üblicherweise die besten Bauern, damit sie diese in den Gulag verschicken lassen kann. [39]

Was die Teilung in Kategorien betrifft, so haben wir Zahlen (aus einem Bezirk in der Westlichen Provinz), die 3551 Haushalte als kulakisch registriert zeigen – 447 in der ersten Kategorie, 1307 in der zweiten und nur 1297 in der dritten. Das bedeutet, daß 63 Prozent der Kulaken erschossen, eingesperrt oder deportiert werden sollten, sogar schon zu diesem Zeitpunkt. Zudem befiehlt die örtliche Instruktion, daß die Verbleibenden, denen Marschland oder von Erosion betroffenes Waldland zugeteilt und denen Wald- oder Straßenarbeit auferlegt wurde, mit Strafverfolgung zu überziehen seien im Falle irgendeiner Nichterfüllung von Zwangsauflagen – so daß auch diese auf dem besten Wege zur Deportation waren. [40] (Wenn diese Zahlen als ungefähr allgemeingültig zu nehmen sind, dann gehörten von den ungefähr eine Million »Kulaken«-Familien 630 000 den Gruppen eins und zwei an und 370 000 der Gruppe drei. In jedem Fall war die Definition der Kategorien flexibel, wie auch die Definition des Kulaken selbst flexibel war, und bald genug wurden diese Zahlen weit überschritten.)

Die ersten Massenverhaftungen (sie begannen Ende des Jahres 1929) waren nur von der GPU vorgenommen worden. Familienoberhäupter wurden mitgenommen, viele von ihnen ehemalige Soldaten der Weißen Armeen. Alle wurden erschossen. Dann, im Dezember, wurden wieder Familienoberhäupter eingesperrt, zwei oder drei Monate im Gefängnis festgehalten, dann ins Lager geschickt. Für den Augenblick wurden ihre Familien unberührt gelassen, aber ihr Eigentum wurde inventarisiert. Anfang 1930 wurden die Familien zusammengetrieben. Mittlerweile war die Operation für die GPU zu umfangreich geworden. Parteiaktivisten wurden mobilisiert, um an der eigentlichen Deportation mitzuwirken. [41]

Wir haben zufällig die Instruktionen für die Westliche Provinz, wie oben erwähnt. Die örtliche Partei-Organisation faßte die Beschlüsse zur Entkulakisierung am 21. Januar 1930 – bevor die offiziellen Anweisungen gegeben worden waren. Zwei GPU-Offiziere entwarfen die Pläne. Der GPU-Apparat wurde verstärkt und die örtliche »Miliz« von anderen Aufgaben befreit. Allen Betroffenen wurden Waffen ausgehändigt. »Troikas« gemäß der Tradition des Bürgerkriegs wurden errichtet. Sie bestanden aus den örtlichen Partei-, Regierungs- und GPU-Chefs. [42] Eine weitere Verordnung vom 3. Februar 1930 wies die OGPU an, im Zusammenwirken mit dem Rat der Volkskommissare der Russischen Republik Vorschläge für die Neuansiedlung von Kulaken und deren Familien vorzulegen, die »in abgelegene Gegenden der RSFSR deportiert sind, sowie für deren Arbeitseinsatz.« Diese Hervorhebung der polizeilichen Verantwortung war realistisch. Die Kategorien nützten den scheinbar glücklichen Kulaken der dritten Kategorie auf die Dauer nichts. Wir erfahren von heutigen sowjetischen Historikern, daß, weil die dritte Kategorie »ebenfalls gegen die Kolchosen war, es notwendig wurde, auch sie in weiter entfernte Gegenden zu verlegen«. [43]

In den ersten Wochen des Jahres 1931 wurden ukrainische Kulaken, die bisher nicht deportiert waren, aber ihre Quoten nicht erfüllt hatten, enteignet und deportiert. Dies entwickelte sich – auch im Nord-Kaukasus-Gebiet und an der Unteren Wolga – zu »einer neuen Welle der Eliminierung der Kulaken als Klasse«. [44] In einem Weiler mit 19 Landwirten in der Provinz Dnjepropetrowsk wurden zehn in der ersten Welle entkulakisiert und fünf später. [45] (Ein anderer Weiler mit 16 Kleinbauern und etwa 950 Morgen, Hruschka in der Provinz Kiew, war 1930 bereits total vernichtet worden.) [46] In einem nordkaukasischen Dorf wurden sechzehn Kulaken-Haushalte, die zuvor als nichtkulakisch eingestuft worden waren, im Winter 1930 »entlarvt«, und 22 Pferde, 30 Kühe und 19 Schafe wurden ihnen weggenommen. Diese »reichen Ausbeuter« hatten mithin im Durchschnitt 1,4 Pferde, 1,8 Kühe und 1,2 Schafe pro Haushalt besessen! [47]

Die formelle Entscheidung zur zweiten Deportationswelle der Kulaken wurde im Februar 1931 getroffen. [48] Sie war gründlicher vorbereitet worden als die erste. Listen wurden beschafft, OGPU-

Fragebögen wurden ausgesandt, die als Steuerprüfungen getarnt
worden waren. Am 18. März 1931 wurde in der Westlichen Provinz
eine Sonder-Operation eingeleitet. Aber das Programm wurde bekannt, und in einem Bezirk entkamen von den 74 Familien, die
festgenommen werden sollten, alle bis auf 32. [49]
Flucht war tatsächlich fast der einzige verbleibende Ausweg – und es
ist allein schon bezeichnend, daß eine Million oder mehr Familien
bereit waren, ihr Eigentum und ihre Heimstätten in dieser Weise
aufzugeben. Gleich zu Anfang klagte die »Prawda« über Kulaken,
die »ihr Eigentum zu verkaufen begannen, die Erträge unter ihrer
Mittelbauern-Verwandtschaft aufteilten und ihr Vieh ungefüttert
ließen«. [50] Sie werden auch beschuldigt, ihre Maschinen zerstört zu
haben, anstatt sie auszuliefern. [51] Manchmal versuchten sie, mit
ihrem Vieh fortzuziehen, aber es nützte ihnen wenig. Im Gebiet von
Strawropol im nördlichen Kaukasus »trieben Kulaken Herden von
Ochsen, Milchkühen, Pferden und Schafen von Bezirk zu Bezirk«.
[52]
Als ein Massenaufstand die Dörfer erreichte – wir erörtern das im
nächsten Kapitel –, befanden sich einst wohlhabende Bauern oft,
aber nicht immer, unter den Anführern. Sonst gab es wenig, was sie
an Widerstand leisten konnten. Es gibt viele Geschichten über die
Männer von Familien, die Verfolger mit Stöcken oder Äxten angriffen und niedergeschossen wurden. Im übrigen war die verbreitetste
Art des Protestes die Vernichtung ihres Eigentums – einschließlich
Brandstiftung; etwa im Falle einer Frau im ukrainischen Dorf Podgo-
rodnoje in der Provinz Dnjepropetrowsk, die 1931 ein brennendes
Strohbündel auf das Strohdach des Hauses schleuderte, das die GPU
gerade von ihr beschlagnahmte, wobei sie ausrief: »Wir haben unser
ganzes Leben für unser Haus gearbeitet, ihr sollt es nicht haben. Die
Flammen sollen es haben!« [53] Sogar in den frühesten Phasen
berichtete die sowjetische Presse in vielen Fällen über Brandstiftung,
die gegen die Behörden und deren Agenten verübt wurde. [54]

Es wird manchmal unterstellt, daß die Vertreibung der »Kulaken«
von ihrem Land zumindest einen gewissen wirtschaftlichen Sinn
insofern erbracht habe, als sie sich der städtischen Arbeiterschaft
anschlossen, die ihrerseits Rekruten brauchte angesichts der über-
stürzten Industrialisierungs-Politik. Kulaken wurden in der Tat in
neuen Bergwerken und anderen Anlagen in ihren Vertreibungsge-
bieten eingesetzt. In Sibirien wurde »ein erheblicher Anteil« von
Kulaken der dritten Kategorie »infolge des Arbeitskräftemangels« in

den Aufbau neuer Industrievorhaben sowie in die Holzfällerei gesteckt. [55] Anderswo aber, soweit sie (in ziemlich großer Zahl) es
fertigbrachten, die ländlichen Gebiete zu verlassen und im Proletariat der hauptsächlichen Industriegebiete unterzutauchen, gelang
ihnen dies gegen stärkste gesetzliche und andere Maßnahmen zur
Verhinderung eben dieses Vorgangs.

Eine Verordnung des höchsten Geheimhaltungsgrades vom 12. Februar 1930 forderte besondere Aufmerksamkeit, um Kulaken daran
zu hindern, daß sie die Landgebiete zugunsten von Industriegebieten
verließen. [56] Und die Einführung landesinterner Pässe am 27. Dezember 1932 wurde zum Teil öffentlich als Maßnahme begründet, um
»Kulaken, Verbrecher und andere antisoziale Elemente aus den
Städten zu säubern«. [57] Es stimmt, daß manche verzweifelte »Kulaken« in Schwärmen in die Städte flüchteten. Der Arbeitskräfteman-
gel war so groß, daß Fabrikleiter sie heimlich einstellten, in nicht
unerheblicher Zahl. Die »Prawda« attackierte solche Fabrikleiter
scharf; im Februar 1930 befanden sich 50 Kulaken in einer Gruppe
von 1100 Neueingestellten in einem Werk des Bezirks Cherson – und
natürlich hieß es, sie seien faul, tranken, sabotierten und müßten
hinausgeworfen werden. [58] Im Donez-Becken wurden Kulaken,
die es geschafft hatten, Arbeit zu finden, zusammengetrieben und in
die östlichen Lager geschickt. [59]

Eine typische lokale Anweisung vom 31. Januar 1930, erlassen vom
Vorsitzenden des Kamjansker Bezirks-Exekutivkomitees, forderte
die Identifizierung und Entlassung »aller früheren wohlhabenden
Landwirte« in Arbeitsplätzen bei der Eisenbahn oder in den drei
Fabriken am Ort. [60] Wiederholt beschwerte sich der Vorsitzende
des Bezirks-Exekutivkomitees von Krynytschky, Nelupenko, daß
Dorf-Sowjets »wohlhabende Landwirte« mit Bestätigungen über ihr
Eigentum ausgestattet hätten, ohne klarzustellen, daß sie zu enteig-
nen seien. Aus diesen Bestätigungsschreiben ergab sich, daß sie nicht
»Gegenstand der Besteuerung«, also überhaupt nicht Kulaken seien.
»Solche Bestätigungen ergeben einen falschen Eindruck des gesellschaftlichen Status« und würden von wohlhabenden Landwirten
verwendet, um in Fabriken »einzudringen«, wo Arbeiter gesucht
würden. »Diese Praxis muß sofort beendet werden.« [61]

Vor der Charkower Traktorenfabrik standen immer lange Schlangen
Arbeitsuchender. Aber der Bewerber mußte Routinefragen beant-
worten. Stammten seine Eltern von Kulaken ab? Hatte er ein Kollektivgut verlassen? »Die meisten wurden abgewiesen, vor allem diejenigen aus Kollektiven« [62] – denn nicht nur Kulaken, sondern auch

gewöhnliche Bauern tauchten in ungewöhnlich großer Zahl in der Stadt auf. Ein 13jähriger Junge berichtet, wie er in einem nahegelegenen Ort eine Arbeit suchte, aber abgelehnt wurde, falls er nicht eine Geburtsurkunde beibringe – die seine Dorf-Aktivisten ihm verweigerten. Ein paar Tage später wurde er aus demselben Grunde in einem Torfverarbeitungs-Betrieb abgewiesen. [63] Ein anderer Junge, dem die Flucht gelungen war, beschreibt, wie er Arbeitsplätze bekam, aber immer wieder flüchten mußte, wenn seine Herkunft entdeckt oder auch nur vermutet wurde; er landete schließlich in Zentralasien. [64] Einige Kulaken, so erfahren wir, »entkamen aus den Orten, wo man sie angesiedelt hatte, schlichen sich in sowjetische Institutionen ein, in Industrie-Unternehmen, Kollektivgüter, Sowchosen und MTS (Maschinen-Traktor-Stationen) und begannen dort mit Zerstörungsarbeit und stahlen Eigentum. Allmählich wurden diese Desorganisatoren der sozialistischen Produktion entdeckt, und sie erhielten ihre verdiente Strafe.« [65] Dementsprechend konnten sie auch nicht den Streitkräften beitreten. Besondere Weisungen wurden herausgegeben, Rekruten zu überprüfen, um Kulaken-Elemente auszuschalten, die »in die Rote Armee einzudringen suchten«. [66]

So wurde von den Kulaken erwartet, in ihren Dörfern zu bleiben und dort ihrem Schicksal entgegenzusehen. Zu Beginn der Kampagne warnte die »Prawda« davor, ihnen zu erlauben, daß sie ihr Eigentum verkauften und »ins Blaue« verschwanden. [67] Eine sowjetische Analyse etwa zur Halbzeit der Entkulakisierung ergibt, daß 400 000 Haushalte bis Ende 1930 entkulakisiert worden seien und 353 400 verblieben; und daß der Rest (200 000 bis 250 000) tatsächlich alles verkauft habe und in die Städte geflohen sei. [68] Auch heutige sowjetische Schätzungen liegen allgemein in diesem Rahmen – daß 20 bis 25 Prozent von den amtlich ungefähr eine Million Kulaken-Haushalten sich »selbst entkulakisiert« hätten, indem sie über den Zeitraum 1929–32 aus ihren Dörfern flohen. [69] Dies kann als ein wahrscheinlicher Anteil betrachtet werden. Und er bestätigt unsere Schätzung der Verbannten-Zahlen: Wenn wir die Politbüro-Zahl von fünf bis sechs Millionen »entkulakisierten« Personen nehmen, so hieße das, daß eine bis 1,2 Millionen davonkamen – zumindest zeitweilig – und daß dies vier bis 4,8 Millionen nicht gelang. Wie wir gesehen haben, ist klar, daß diese Zahlen weit überschritten worden sein müssen durch die Ausdehnung des Kulaken-Begriffs und durch die »Subkulaken«-Kategorisierung;

aber die Proportion zwischen Verbannten und Entkommenen dürfte ungefähr zutreffen.

Ein sowjetischer Wissenschaftler der Chruschtschew-Epoche nennt eine Gesamtzahl von 381 000 Familien, die bis Oktober 1931 deportiert worden seien. [70] Das »Statistische Handbuch der UdSSR« nennt eine Durchschnittszahl von 6,5 Angehörigen einer »unternehmerischen« – d. h. kulakischen – Familie (5,4 für mittlere Bauern, 3,9 für arme Bauern): das wären hier also ungefähr 2,5 Millionen Seelen. Wie der leninistische Dissident Roy Medwedjew hervorgehoben hat, ist diese Zahl »erheblich zu niedrig angesetzt« [71], aus verschiedenen Gründen. Erstens endeten Massendeportationen nicht im Oktober 1931, sondern sie gingen offiziell weiter bis Mai 1933. Zu diesem Zeitpunkt befahl eine Verordnung, die von Stalin und Molotow unterzeichnet worden war, daß in Zukunft nur noch die Deportation einzelner Familien vorzunehmen sei, in einer Höhe von 12 000 jährlich. [72] Diese Verordnung erklärte, daß 100 000 Familien 1933 zur Deportation vorgesehen worden seien, und es dürfte nicht unvernünftig sein, diese Zahl als die ungefähre Rate für die 18 Monate zwischen Oktober 1931 und Mai 1933 anzusetzen – eine Gesamtzahl von 150 000 Haushalten, oder zwischen einer Dreiviertelmillion und einer Million weiterer Seelen, *nach* der »zweiten Welle«.

In diesem Zusammenhang sollte man eine Bemerkung Stalins gegenüber Churchill beachten, daß die Entkulakisierung eine Angelegenheit von »zehn Millionen« gewesen sei, auch wenn wir seinem Kommentar nicht glauben müssen, daß »die große Masse sehr unbeliebt war und von ihren Arbeitern ausgelöscht wurde«. Stalin sprach 1933 davon, daß 15 Prozent aller Haushalte vor der Kollektivierung nunmehr der Vergangenheit angehörten; er beschrieb sie als »Kulaken und Bessergestellte«. [73] Im Juni 1929 hatte die Zahl der Bauernhaushalte 25 838 080 betragen. 15 Prozent ergäbe die Zahl von ungefähr 3 875 000 Haushalten oder (bei fünf Personen pro Haushalt) 19 380 000 Seelen. Davon hätten wir die Zahl derjenigen abzuziehen, die auf die eine oder andere Weise der Verschleppung entkamen. Wir haben sowjetische Schätzungen erwähnt, daß 20 bis 25 Prozent der Kulaken in die Städte geflohen seien. Ein ukrainischer Emigrant nennt sogar noch höhere Zahlen Entkommener – daß etwa zwei Drittel der Entkulakisierten verschleppt wurden und ein Drittel entkommen sei. [74] Wenn wir eine solche Zahl unterstellen, ließe uns das annähernd dreizehn Millionen tatsächlich Deportierter.

Des weiteren wurde amtlich erklärt, daß 1929–32 rund 15 Millionen Hektar Land den Kulaken weggenommen worden und Eigentum der

Kolchosen geworden seien. Der durchschnittliche »Kulaken«-Hof hatte 1928 etwa 4,5 Hektar; das setzte also 3,3 Millionen *Haushalte* oder mehr als 15 Millionen Seelen voraus, von denen (falls ein Drittel entkam) zehn Millionen verschleppt wurden. (Ende 1938 wird eine Zahl von 30 Millionen Hektar Land genannt, die von den Kulaken konfisziert worden sei; dies allerdings würde spätere Beschlagnahmen einschließen.) [75] Aber die Durchschnittsgröße entkulakisierter Höfe muß mittlerweile niedriger gelegen haben, aus verschiedenen offensichtlichen Gründen, so daß die Zahl zehn Millionen das absolute Minimum darstellt.

Wie Professor Moshe Lewin folgert: »Die von sowjetischen Quellen mehr oder weniger zugestandene Deportierten-Zahl überschreitet bereits eine Million Haushalte oder fünf Millionen Seelen«, [76] dies aber nur für die RSFSR und die Ukraine, dazu müssen Tausende Haushalte aus anderen Republiken (40 000 allein aus Usbekistan) gezählt werden. Er faßt zusammen, daß »zehn Millionen Personen, oder mehr«, deportiert worden sein müssen. [77] Eine ähnliche Schätzung von zehn oder 11 Millionen wird von einem anderen prominenten Forscher vorgenommen; er folgert, daß etwa ein Drittel davon zugrundeging. [78]

Wenn wir also zehn Millionen als eine wahrscheinliche Zahl nehmen, mit der Möglichkeit, daß es 15 Millionen waren, so können wir damit kaum übertreiben. Aus Gründen, die in Kapitel 16 sichtbar werden, scheint die Zahl zehn bis zwölf Millionen, von denen drei Millionen zu diesem Zeitpunkt starben, am besten mit den Zahlen der bäuerlichen Toten jener ganzen Epoche zusammenzupassen.

Gleichzeitig müssen wir, welche Zahlen auch immer wir zugrundelegen, jene in Betracht ziehen, die – vor allem Familienoberhäupter – verhaftet und erschossen oder »nach Solowki geschickt« wurden. Wir haben die 200 000 Verhafteten der ersten Kategorie im Spätjahr 1929 bis Frühjahr 1930 vermerkt. (Und schon waren keineswegs nur »Kulaken« betroffen: Spät im Jahre 1929 verkündeten die Behörden, daß in einem einzigen Bezirk 234 Kulaken, 200 mittlere Bauern und 400 arme Bauern an einem einzigen Tag verhaftet worden seien.) [79] Dies setzte sich fort. Ein heutiges Partei-Organ beispielsweise teilt uns mit: »In der ersten Jahreshälfte 1931 brachten die Organe der Sowjetmacht 96 000 Personen zur Verantwortung (d. h. diese wurden verhaftet; der Verf.). Sie waren Kulaken, Offiziere der Weißgardisten, frühere Polizeibeamte, Gendarmen und andere antisowjetische Elemente . . .« [80] In West-Sibirien wurden in der Beschaffungskampagne von 1931–32 fast genau 1000 Kulaken verurteilt, zusammen mit 4700 anderen Bauern, die als »ihnen sozioökonomisch nahestehend« beschrieben wurden. [81]

Diejenigen, die ins Gefängnis oder ins Arbeitslager kamen, erlitten das Schicksal, das den meisten Lesern vertraut ist. Ihre Zahlen können nicht genau festgelegt werden (siehe Kapitel 16). Aber es ist aus einem heutigen sowjetischen Dokument bekannt, daß allein die Zahlen in Haftorten der RSFSR und der Ukraine im Zeitraum 1931–32 sich auf zwei Millionen addieren. Zu diesem Zeitraum und bis 1936–37 bestand die große Masse der Inhaftierten aus Bauern. Die Gesamtzahl der Inhaftierten wird allgemein auf bis zu fünf Millionen 1935 geschätzt, von denen mindestens vier Millionen Bauern waren, wenn auch nicht notwendigerweise aus der alten Kulaken-Einstufung.

Allein in den Lagern von Komi gab es, wie wir von einem ehemaligen Lagerfunktionär erfahren, schon 1929 etwa 200000 Insassen; er fügt hinzu, daß sie fast sämtlich Bauern waren. [82] Die Lager des Ostsee-Weißmeer-Kanals enthielten 286000 Zwangsarbeiter im Juni 1923, [83] es waren ebenfalls hauptsächlich Bauern. Im Sommer 1932 wurden 10000 Gefangene, fast durchweg Bauern, in Magadan zu einem undurchdachten Schnellprogramm eingesetzt, um die neu entdeckten Goldadern des Gebiets zu erschließen. Als der furchtbare Winter dieses kältesten Gebiets der nördlichen Hemisphäre hereinbrach, starben ganze Lager bis zum letzten Mann aus, einschließlich sogar der Wachmannschaft und der Wachhunde. Von dem ganzen Unternehmen schätzen Überlebende, daß nicht mehr als einer von 50 Gefangenen überlebte; und im nächsten Jahr soll es noch mehr Tote gegeben haben. Wie ein Mitgefangener bemerkt (über die Russen unter ihnen): »Sie starben, wieder einmal jene nationale Qualität beweisend, die Tjutschow gerühmt hat und die alle Politiker mißbraucht haben – Geduld.« [84]

In der »Geschichte der Kommunistischen Partei (kurzer Kurs)«, die während der Stalin-Periode in Gebrauch war, wurden die Vorgänge von 1930–31 folgendermaßen beschrieben, ein wenig im Sinne von Stalins eigenen Bemerkungen gegenüber Churchill: »Die Bauern vertrieben die Kulaken vom Lande, entkulakisierten sie, nahmen ihnen Vieh und Maschinen weg und forderten die Sowjetmacht auf, die Kulaken zu verhaften und zu deportieren.« Unnötig zu sagen, daß dies keine korrekte Wiedergabe dessen ist, was wirklich in den Dörfern vorging. Als erstes, um einen sowjetischen Schriftsteller zu zitieren, »sandten die Provinzbehörden einen Plan an die Bezirksbehörden – in Gestalt einer Gesamtzahl der ›Kulaken‹. Die Bezirke wiesen dann anteilige Zahlen der Gesamtzahl den einzelnen Dorf-Sowjets zu, und in den Dorf-Sowjets wurden die Listen mit spezifischen Namen aufgestellt. Und auf der Grundlage dieser Listen wurden die Menschen zusammengetrieben. Und wer verfaßte diese Listen? Eine Troika – drei Leute.« [85] Eine kürzlich erschienene sowjetische Studie bestätigt die Verantwortlichkeit dieser Troikas und auch ihre Mitgliedschaft: Der Sekretär des Parteikomitees, ein Mitglied des Orts-Sowjet und ein verantwortlicher Offizier der OGPU. [86]

Gruppen von »Aktivisten« wurden sodann zur Aktion abkommandiert, unterstützt durch die Führung des Dorf-Sowjet, gemäß einem organisierten Plan. Beispielsweise wurde ein großes Dorf mit mehr als 1000 Haushalten in 11 Sektionen aufgeteilt, jede mit ihrem »Stab« und ihrer »Brigade« ortsansässiger Kommunisten. [87] Es gab noch Dorf-Sowjets, die Widerstand leisteten. In einem Dorf (so teilt ein OGPU-Bericht mit) erklärte der Vorsitzende des Sowjet der Kolchos-Generalversammlung, daß ihnen befohlen werde, sieben Kulaken auszuschließen. Der Lehrer (ein Komsomol-Mitglied) fragte, ob diese Zahl zwingend sei, und reagierte sehr zornig auf die Auskunft, sie sei es. Die Versammlung stimmte sodann über sieben angebliche Kulaken ab, alle sieben wurden als Kolchos-Mitglieder bestätigt, und der Vorsitzende stimmte von Herzen zu und zog dann mit einem der Sieben ab, um mit ihm zu trinken. [88]

Das Sprachrohr der ukrainischen Regierung zitierte vier Dorf-Sowjet-Vorsitzende mit der Aussage, daß es keine Kulaken in ihrem Dorf gebe, so daß sie nicht wüßten, wie sie den Klassenkampf führen sollten. In einem dieser Dörfer lehnte der Sowjet-Vorsitzende die Hilfe durch Brigaden von »außen« ab, während andernorts der gesamte Dorf-Sowjet, die Führung des Komitees der unreichen Bauern und das Exekutiv-Komitee der Kolchose wegen Sabotage aufgelöst wurden. Die Zeitschrift fügte hinzu, daß sie Dutzende und Hunderte anderer Beispiele für »rechtsgerichteten Opportunismus« in den Dörfern nennen könne. [89] Eine Verordnung des Zentralen Exekutiv-Komitees vom 25. Januar 1930 sagte offen, daß ein Dorf-Sowjet, der die Aufgaben der Massenkollektivierung nicht in befriedigender Weise anpackte, »tatsächlich ein Kulaken-Sowjet ist«. Und früher oder später würden die Mitglieder gesäubert oder ersetzt.

Unter den Aktivisten jedoch hatte Stalin bis zu einem gewissen Grade Erfolg mit seinem Ziel, einen »Klassenkampf« in den Dörfern anzustiften, oder wenigstens einen Kampf zwischen Freunden und

Opfern des Regimes. Die erforderlichen Haßgefühle wurden entzündet; die Aktivisten, die der GPU bei den Verhaftungen und Deportationen halfen, »waren sämtlich Leute, die einander gut kannten und die ihre Opfer kannten. Aber bei der Ausführung dieser Aufgabe wurden sie betäubt, benommen... Sie bedrohten Menschen mit Schußwaffen, als ob sie verhext worden wären, sie nannten kleine Kinder: ›Kulaken-Bastarde!‹, schrien ›Blutsauger!‹ ... Sie hatten sich der Idee verkauft, daß die sogenannten Kulaken Parias seien, Unberührbare, Ungeziefer. Sie weigerten sich, am Tisch eines ›Parasiten‹ Platz zu nehmen; das ›Kulaken‹-Kind war abscheulich, das junge ›Kulaken‹-Mädchen war geringer als eine Laus. Sie betrachteten die sogenannten ›Kulaken‹ als Vieh, als Schweine, als abscheulich, ekelhaft; sie hätten keine Seelen, sie würden stinken, sie seien allesamt geschlechtskrank; sie seien Volksfeinde und beuteten die Arbeit anderer aus... Und es gab für sie keine Gnade. Sie waren keine Menschen; man hatte es schwer, herauszufinden, was sie waren – Ungeziefer, augenscheinlich.« [90]

Dieser letzte Absatz stammt von Wassilij Grossman. Er, der selbst jüdischer Abkunft und der führende Autor der UdSSR über den Holocaust ist, zieht den Vergleich mit der Behandlung der Juden durch die Nazis. Eine Aktivistin erklärt: »Was ich zu mir sagte, war: ›Sie sind keine Menschen, sie sind Kulaken‹... Wer hat sich überhaupt das Wort ›Kulak‹ ausgedacht? Ist es wirklich ein Begriff? Welche Qual wurde ihnen zugefügt! Um den Massenmord an ihnen begehen zu können, war es nötig, zu verkünden, daß Kulaken keine Menschen sind. Genau so, wie die Deutschen verkündeten, daß Juden keine Menschen sind. So haben Lenin und Stalin verkündet, Kulaken seien keine Menschen.« [91]

Nicht alle Aktivisten konnten ihr Gewissen auf diese Weise ruhigstellen. Ein Mädchen vom Komsomol wird in einem vertraulichen OGPU-Schreiben zitiert mit der Aussage, daß (entgegen der Idee von der Bestialität der Kulaken) es die Partei-Aktivisten seien, die sich aus der Menschheit ausgeschlossen hätten durch ihre Brutalität: »Wir sind nicht mehr Menschen, wir sind Tiere.« [92]

Scholochow gibt eine dramatische Schilderung des Ekels bei manchen unter ihnen. Der Aktivist Andrej Rasmjotnow sagt plötzlich: »›Ich mach' nicht mehr weiter.‹ ›Was soll das heißen: Du machst nicht mehr weiter?‹ Nagulnow schob den Abakus beiseite. ›Ich halte nichts mehr von diesem Kulaken-Brechen. Na, was stierst du so? Willst du dich in einen Anfall hineinsteigern?‹ ›Bist du betrunken?‹ fragte Dawidow, wobei er besorgt und aufmerksam Andrej ins

Gesicht schaute, das zornige Entschlossenheit ausdrückte. ›Was ist los mit dir? Was meinst du damit, daß du ›nicht weitermachst‹?‹ Seine ruhige Tenorstimme brachte Andrej in Wut, und stotternd vor Erregung rief er: ›Ich wurde nicht dafür ausgebildet! Ich wurde nicht dafür ausgebildet, gegen Kinder zu kämpfen! An der Front war es was anderes. Da konntest du mit deinem Säbel niedermachen, wen du wolltest oder was du wolltest... Und ihr könnt alle zum Teufel gehen! Ich mach nicht weiter!‹ Seine Stimme stieg höher und höher, wie der Ton einer gespannten Violinsaite, und schien zu brechen. Aber, nachdem er heiser Luft geholt hatte, senkte er sie plötzlich zu einem Flüstern: ›Haltet ihr das für richtig? Was bin ich? Ein Henker? Oder ist mein Herz aus Stein? Ich hab' genug im Krieg mitbekommen...‹ Und er fing wieder an zu schreien: ›Gajew hat 11 Kinder. Wie sie heulten, als wir ankamen! Du hättest deinen Kopf packen können. Es ließ mir die Haare zu Berge stehen. Wir begannen, sie aus der Küche zu treiben... Ich drückte meine Augen zu, stopfte meine Ohren zu und rannte in den Hof. Die Frauen waren alle in größter Angst und schütteten Wasser auf die Schwiegertochter... Die Kinder – oh, bei Gott, ihr –‹«
Aber der andere Aktivistenchef nimmt das nicht hin: »›Schlange!‹ keuchte er in einem durchdringenden Flüsterton, während er seine Fäuste ballte. ›Wie dienst du der Revolution? Erbarmen mit ihnen haben? Ja... Du kannst 1000 alte Männer, Frauen und Kinder in Reihe stellen und mir sagen, sie müssen in den Staub geschmettert werden um der Revolution willen, und ich schieß sie alle mit einem Maschinengewehr nieder!‹« Und man folgte »Nagulnows« Beispiel im großen und ganzen. Einem Aktivisten jener Zeit wird die bekannte Redensart zugeschrieben: »Moskau hält nichts von Tränen.« [93]
Nicht, daß Fanatismus von der Art Nagulnows das einzige Motiv gewesen wäre. Ein Beobachter vermerkte, daß »neidische Nachbarn, Spione und Denunzianten auf der Suche nach Beute, willkürliche und korrupte Amtsträger Legionen von Kulaken schufen«. [94] Und ein sowjetischer Schriftsteller bemerkt: »Es war leicht, einen Menschen ins Gefängnis zu bringen: du schriebst eine Denunziation; du brauchtest sie nicht einmal zu unterschreiben. Alles, was du sagen mußtest, war, daß er Leute bezahlt hatte, um für ihn als Tagelöhner zu arbeiten, oder daß er drei Kühe besessen hatte.« [95] Aktivisten schnüffelten jede Abweichung von ökonomischer Reinheit heraus. Scholochow berichtet von einem mittleren Bauern, der auf Verlangen des örtlichen Oberaktivisten verbannt wurde, weil er ein Mäd-

chen beschäftigt hatte – »einen Monat lang während der Ernte; und er hatte sie nur deshalb eingestellt, weil sein Sohn zur Roten Armee eingezogen worden war«.

In einem kürzlich erschienenen sowjetischen Roman erscheint eine Figur, die als Kulak gebrandmarkt wird, obwohl dieser Mann sich hervorgetan hatte beim Löschen eines Feuers auf einem Kollektivgut – oder vielmehr: deswegen. Der Betreffende ist offensichtlich eine potentielle Führungspersönlichkeit: »Zu jenem Zeitpunkt ging Tschausow, Stepan, das Feuer löschen, aber morgen könnte er das Kollektivgut zerstören, und einige Männer sicherten sich ihn eben dafür. Leute wie Tschausow müssen für immer von den Massen isoliert werden, ihr Einfluß muß vernichtet werden.« [96] Eine Lehrerin, die Witwe eines im Bürgerkrieg getöteten Kommunisten, wurde nach dem Bericht einer damals erschienenen Pädagogik-Zeitschrift entkulakisiert, »hauptsächlich weil sie mehr als einmal die örtlichen ›Aktivisten‹ – den Sekretär des Dorf-Sowjets (ein Kandidaten-Mitglied der Partei) und den Sekretär der örtlichen Kooperativ-Organisation – zur Schule hinausgejagt hatte, wo sie ein Trinkgelage hatten abhalten wollen«. Da sie keine Produktionsmittel besaß, die man beschlagnahmen konnte, nahm man ihre Kleider und Kochutensilien weg und zerriß ihre Bücher. [97] Eine andere Lehrerin, entkulakisiert, weil sie die Tochter eines Priesters war, »legte Dokumente vor, daß sie die Tochter eines Bauern sei«, worauf »sie erklärten, ›ihre Mutter habe den Priester besucht, daher sei es möglich, daß sie die Tochter des Priesters ist‹«. [98]

Diese Vorgänge illustrieren Wassilij Grossmans Ansicht, daß die »giftigsten und bösartigsten jene waren, die es fertigbrachten, ihre alten Rechnungen zu begleichen. Sie schrien etwas von politischer Wachsamkeit – und kühlten ihr Mütchen und stahlen. Und sie stahlen aus krasser Selbstsucht: ein paar Kleider, ein Paar Stiefel«. [99] Auch Scholochow macht deutlich, daß die Aktivisten Essen und Kleider stahlen. Sogar die amtlichen Berichte vermerken, daß der angebliche Kulak von seinen Feinden als »eine Quelle von Stiefeln, Bettlaken, warmer Kleidung usw.« betrachtet wurde. Die »Prawda« selbst verurteilte diese »Beuteteilung«. [100] In der Westlichen Provinz, aus der uns diese vertraulichen GPU-Berichte vorliegen, wurden Kulaken ihrer Kleider und Schuhe beraubt und in ihrer Unterwäsche belassen. Gummistiefel, Frauenhosen, Tee, Schürhaken, Wäschewannen wurden von den Dorf-Taugenichtsen beschlagnahmt. [101] Ein GPU-Bericht informiert über »gewisse Mitglieder der Arbeiterbrigaden und Funktionäre aus den unteren Reihen des Parteiapparats«, die Kleider und Schuhe stahlen, sogar solche, die gerade getragen wurden; die aufaßen, was sie vorfanden, und den Alkohol austranken. Selbst Brillen wurden gestohlen, und Kascha wurde aufgegessen oder über die Ikonen geschmiert. [102] Eine Kulakenfrau überlebte trotz Enteignung, weil sie eine tüchtige Schneiderin war – und sehr gefragt bei Aktivisten-Familien, die Kulakenkleidung erbeutet hatten und sie nun umgearbeitet haben wollten. [103] Grossman faßt zusammen:

»Es gab Bestechungen. Rechnungen wurden beglichen aus Eifersucht wegen Frauen oder um alter Fehden und Streitigkeiten willen . . . Heute jedoch kann ich sehen, daß das Herz der Katastrophe nicht in der Tatsache liegt, daß die Listen zufällig von Betrügern und Dieben aufgestellt worden waren. Jedenfalls gab es mehr ehrliche, gradlinige Leute unter den Partei-Aktivisten, als es Diebe gab. Aber das Übel, das die ehrlichen Leute taten, war nicht geringer als das, was die Unehrlichen begingen.« [104]

Überdies war die Behandlung der Vorgänge auf der örtlichen Ebene ungleichmäßig. In einem ukrainischen Dorf wurde einem mittleren Bauern, während er am einen Ende des Dorfes bei der Beschlagnahme von Kulakeneigentum half, sein Eigentum am anderen Ende des Dorfes vereinnahmt. [105] Wiederum gab es eine Anzahl von Fällen, die als oberflächlich beklagt wurden, wo der Klassensieg in Wendungen gemeldet wurde wie: »Im Zeitraum zwischen fünf Uhr nachmittags und sieben Uhr morgens wurden die Kulaken als Klasse liquidiert.« [106] Es kam sogar vor, daß enthusiastische Entkulakisierer (wie die OGPU klagte) damit anfingen, außerhalb ihres eigenen Gebiets Bauern zu entkulakisieren. [107]

Im Frühjahr 1930 erließ die Prokuratur alle möglichen Befehle in der Absicht, etwas Legalität und Ordnung in das System der Verhaftungen und Gerichtsverhandlungen zu bringen. [108] Da aber solche Instruktionen während des ganzen Zeitraums ergingen, offenbar ohne Ergebnisse zu zeitigen, hatten sie eindeutig keine erhebliche Unterstützung oder Wirkung. [109] Erst am 8. Mai 1933 sagte der geheime »Stalin-Molotow-Brief«, der an alle Partei- und Sowjet-Arbeiter und alle Organe der OGPU, der Gerichte und der Prokuratur gerichtet war: »Das Zentralkomitee und Sownarkom haben erfahren, daß ungeordnete Massenverhaftungen auf dem Lande immer noch zur Praxis unserer Amtsträger gehören. Solche Verhaftungen werden von Vorsitzenden von Kolchosen und Mitgliedern der Kolchosverwaltung vorgenommen, von Vorsitzenden der Dorf-Sowjets und Sekretären der Parteizellen, von Rayon- und Kraj-Beam-

ten; Verhaftungen werden vorgenommen von allen, die es wünschen
und die, streng genommen, kein Recht zu Verhaftungen haben. Es ist
nicht überraschend, daß in einer solchen Saturnalie von Verhaftungen auch diejenigen Organe, die sehr wohl das Recht zu Verhaftungen haben, einschließlich der Organe der OGPU und insbesondere
der Miliz, jedes Gefühl für Mäßigung verlieren und oftmals Verhaftungen ohne jede Grundlage vornehmen, nach dem Motto: ›Erst
verhaften, dann untersuchen‹.« [110]

Zu diesem Zeitpunkt war natürlich der Kulak in jedem Sinne des
Begriffs längst beseitigt worden. Auch erbrachte die Konzentration
des Terrors in den Händen der Professionellen einer nunmehr ungeheuer vergrößerten Sicherheitspolizei kaum irgendeine erkennbare
Verbesserung für das Schicksal zukünftiger Opfer. Jedenfalls, so
erläuterte Wyschinskij, schloß revolutionäre Legalität nicht »revolutionäre Willkür« aus; vielmehr beinhaltete sie diese. [111]

Mittlerweile fuhren die Polizei und die Aktivisten mit der Vernichtung der letzten feindlichen Klasse fort, wenn auch auf primitive und
manchmal fehlerhafte Art. Wie wir schon sagten, waren sie zumeist
fähig, sich in einen angemessenen Klassenhaß hineinzusteigern, aber
sie hatten weniger Erfolg bei der Gesamtheit der Dorfbewohner.
Obwohl die »Prawda« versicherte, daß »jeder ehrliche Kollektivbauer den Kulaken meidet, wenn er ihn in der Ferne sieht«, [112] war
dies wie schon zuvor eher ein Ausdruck dessen, was die Partei sich
wünschte, als eine Beschreibung der Wirklichkeit. In den örtlichen
Dokumenten, die uns vorliegen, gibt es viele Hinweise auf Vorsitzende von Dorf-Sowjets, Parteimitglieder und Bauern, die den »Kulaken« zu helfen suchten. Ein OGPU-Bericht macht klar, daß viele
arme und mittlere Bauern gegen Entkulakisierung waren, nicht dafür
stimmen wollten, Kulaken-Eigentum versteckten und Freunde unter
den Kulaken vor Durchsuchungen warnten. »In vielen Fällen« sammelten sie Unterschriften für Bittschriften zugunsten von Kulaken.
[113]

Wir wissen von Dutzenden individueller Fälle. Ein Dorf-Armer, ein
Kommunist, der seinen Kummer über die Erschießung eines Kulaken zeigte – es war ein Vetter von ihm; er hatte sich gegen die
Ausweisung aus seinem Haus zur Wehr gesetzt – und ihn sogar
begraben hatte, wurde als Kulaken-Helfer aus der Partei ausgestoßen und deportiert. [114] Ein neuerer sowjetischer Schriftsteller
erinnerte kürzlich an die verbreitete Sympathie unter den Bauern für
die Kulaken, in diesem Fall solche, die einen der sibirischen Flüsse
hinabgeschickt wurden: »Das ganze Dorf kam an das Flußufer, um

die Verbannung mitzuerleben; es gab ein Geheul über den Jenissej, Menschen brachten den Verbannten ein Ei, einen Laib Brot, ein Stück Zucker, oder einen Schal, oder Fausthandschuhe.« [115] Selbst in jener Zeit erzählten amtliche Zeitschriften von Fällen wie dem eines Bauern, der einen anderen mit dem Vorbringen verteidigte, wenn jener entkulakisiert werde, dann müßte man es mit ihm selbst genau so machen, denn ihre Höfe seien gleich groß. Man sagte ihm, er solle das schriftlich einreichen, und als er das machte, wurde er entkulakisiert. [116] Im März 1930 erklärte die »Prawda«, wenn sie auch verständlicherweise den Vorgang unterbewertete, nichtsdestotrotz, daß »bei weitem nicht alle mittleren Bauern politisch darauf vorbereitet waren und imstande sind, die Notwendigkeit der Organisation und Entwicklung von Kollektivgütern sowie die Notwendigkeit der Eliminierung der Kulaken als Klasse zu erkennen«. [117] Im nächsten Jahr – März 1931 – mußte der Sechste Kongreß der Sowjets immer noch »den armen und mittleren Bauern« beklagen, »der dem Kulaken hilft, die Kolchose zu bekämpfen«. Es wurde eingestanden, daß Angst auf seiten der mittleren Bauern, man könnte auch sie entkulakisieren, sie gelegentlich »zu Feinden der Kollektivierung, der Sowjetmacht und der gesamten Politik der Partei« mache »und sogar bis zu einem gewissen Grade die Isolierung des Kulaken durchbrach«. [118]
Aber sogar von den Arbeitern in der Stadt heißt es in geheimen OGPU-Briefen, sie offenbarten »negative Einstellungen« gegenüber den Deportationen. [119] Die alten Verbindungen existierten noch. Vertrauliche Parteiberichte sprechen von kommunistischen Arbeitern in Fabriken, die immer noch eigenes Land auf den Dörfern hielten und genug Geld in den Fabriken verdienten, um »Kulaken zu werden«. In einer Fabrik waren 80 Prozent der Parteizelle mit der Landwirtschaft verbunden, weshalb die Zelle eine »kulakische Politik verfolgte«. [120] Wie immer wurde der Bauer, der durch seine Arbeit wohlhabend geworden war, mehr bewundert als beneidet. Wie ein führender westlicher Gelehrter über den Bauern sagt: »Sein wohlhabender Nachbar mochte als gieriger Kulak gehaßt werden, der andere ausbeutete, aber in erster Linie wurde er als erfolgreicher Landwirt beneidet und geachtet.« [121] Ein Freund des Regimes, Maurice Hindus, beschreibt einen Propagandafilm von Eisenstein über die Kollektivierung: »Einer der Schurken war ein Kulak, und was für ein Scheusal er war – fett, faul, verfressen, brutal, eine so widerliche Figur, wie sie nur je auf Erden erschien. Natürlich findet man im wirklichen Leben kaum jemals so eine Kreatur, nicht einmal

in Rußland. Der Kulak mag zeitweise grausam in seiner Behandlung ärmerer Bauern gewesen sein, aber er war niemals das fette, faule, verfressene Scheusal, als das Eisenstein ihn darstellt... Im wirklichen Leben gehörte der Kulak zu den schwerstarbeitenden, sparsamsten und fortschrittlichsten Landwirten im Dorf... Er war ein fabelhafter, unermüdlicher Arbeiter.« [122]

Ein OGPU-Bericht zitiert den Buchhalter einer Kolchose 1931: »Die besten und fleißigsten Arbeiter des Landes worden weggeschafft« (wobei Taugenichtse und Faulpelze zurückblieben). [123] Daß der »Kulak« nicht nur der fleißigste Arbeiter, sondern auch der bei weitem fortschrittlichste Landwirt war, ergibt sich auch eindeutig bei Scholochow, wo der Hauptfeind der Kolchose, der 1920 mit einer »bloßen Hütte« begann, sich besseres Saatgut beschaffte, chemische Mittel anwandte und dem Rat der Agronomen folgte. Immer wieder hören wir von diesen prosowjetischen armen Bauern, die Land erhielten und »Kulaken« wurden – in der Tat entstand ein eigener Ausdruck: »Rote Kulaken«. Fünf werden in drei Dörfern in den Provinzen Tschernihiw, Poltawa und Winnitsya erwähnt. Zwei waren Schafhirten gewesen, zwei andere hatten ebenfalls keinerlei Land besessen, und der fünfte hatte einen halben Hektar sein eigen genannt. Alle wurden 1930 deportiert. [124] Im Dorf Rudkiwzi in Podilia starben 12 Bauern auf die eine oder andere Weise als Opfer des Regimes, die auf Bolschewiki-Seite im Bürgerkrieg gekämpft hatten; zwei davon starben durch Selbstmord, und sieben gingen in der Verbannung in Murmansk zugrunde. [125]

Ein früherer Aktivist zitiert einen befreundeten Agronomen 1932: »Einige von ihnen waren sogar Helden der Roten Armee gewesen, dieselben Burschen, die Perkop stürmten und beinahe Warschau eingenommen hätten. Sie ließen sich auf dem Lande nieder und schlugen Wurzeln wie Hafer. Wurden reich! Nur der Kerl, der sich nicht anstrengte, blieb ein armer Bauer. Die Sorte von Kerl, der nichts als Unkraut in schwarzer Erde zum Wachsen brachte, der keine Milch von einer preisgekrönten Kuh zu melken vermochte. Er ist derjenige, der einen Riesenstunk aufzog, daß der Klassenfeind ihn erwürge und fett werde von seinem verarmten Schweiß und Blut.« [126] Ein Rotgardist, der Sohn eines armen Kosaken, verwundet und ausgezeichnet im Bürgerkrieg, ist einer von jenen in Scholochows Roman, die zu Kulaken wurden. Unter der NEP »wurde er reich, obwohl wir ihn warnten. Er arbeitete Tag und Nacht«. Seine Linie lautete: »Es ist nicht euresgleichen, was die Sowjetregierung in Gang hält. Mit meinen Händen gebe ich ihr etwas zu essen.« Der von auswärts Gekommene, der Vorsitzender der Kolchose ist, faßt zusammen, daß alle die Geschichten über seine heroische Vergangenheit bedeutungslos seien: »Er ist ein Kulak geworden, ein Feind. Zermalmt ihn!«

Die Partei handelte ohne Unterstützung durch die Bauern, und sie wußte es. Aber ihre offizielle Linie mußte immer noch sein, daß der mittlere Bauer auf ihrer Seite stand in einem Klassenkampf gegen den Kulaken. Und dieses Doppeldenken mußte in Klassenterror umgesetzt werden. Scholochow beschreibt mehrere Fälle, wie Kulaken aus ihren Häusern vertrieben wurden. Die Dorfbewohner, die sich versammeln, stehen dem Kulaken mit Sympathie gegenüber. Als ein Greis mit seinem schwachsinnigen Sohn aus der Hütte gejagt wird und er sich zum Beten auf die Knie wirft, befehlen ihm die Aktivisten, weiterzugehen, aber die Menge ruft Protest und fordert: »Laßt ihn wenigstens seinem eigenen Hof Lebewohl sagen!«, und die Frauen fangen zu weinen an – woraufhin der Greis wegen »Agitation« angegriffen wird... Wir haben Hunderte von Berichten aus erster Hand, die schildern, was den unglücklichen Kulaken widerfuhr.

Ein früher besitzloser Bauer, der in der Roten Armee gedient hatte, hatte 1929 satte 35 Morgen, zwei Pferde, eine Kuh, ein Schwein, fünf Schafe und 40 Hühner – und eine sechsköpfige Familie. 1928 wurde ihm eine »Steuer« von 2500 Rubel und 7500 Scheffel Getreide auferlegt. Dies konnte er nicht erbringen, und so wurde sein Haus (im Wert von 1800 bis 2000 Rubel) für verfallen erklärt, dem Staat übereignet und für 250 Rubel von einem Aktivisten »gekauft«. Die Haushaltsgegenstände wurden ebenfalls an Aktivisten »verkauft« und die Hofgeräte der neuen Kolchose übergeben. [127] Er wurde verhaftet. Im Gefängnis wurde er angeklagt, ein Kulak zu sein (obwohl er zuvor nur ein Subkulak benannt worden war), ferner: daß er seine Steuern nicht bezahlt habe, daß er gegen die Kollektivierung und die Sowjetregierung gehetzt habe, daß er einer geheimen konterrevolutionären Organisation angehört habe, daß er fünfhundert Morgen, fünf Paar Ochsen und 50 Stück Vieh besessen habe, daß er »Arbeiter« ausgebeutet habe usw. Er wurde schließlich zu zehn Jahren Zwangsarbeit verurteilt. [128]

Ein anderer »Kulak« (der etwa acht Morgen Land hatte) wurde am 5. Februar 1931 mit anderen ausgeschickt, eine Eisenbahnstrecke vom Schnee zu befreien. Als er zurückkehrte, stellte er fest, daß sein gesamtes Eigentum weggenommen worden war außer einem Koch-

kessel, einer Untertasse und einem Löffel. Er wurde kurz darauf
verhaftet und zu Holzfällerarbeiten in den hohen Norden geschickt.
Ein ukrainischer »Kulak« – mit 12 Morgen, einer Kuh, einem Pferd,
zehn Schafen, einem Schwein und ungefähr 20 Hühnern, auf einem
Hof, der vier Menschen ernähren konnte – erhielt zunächst (1929)
den Befehl, dem Staat 619 Scheffel Weizen zu verkaufen, was bei
einem Besitz seiner Größe unmöglich war. Er verkaufte Gegenstände aus seinem Eigentum und kaufte etwas Weizen zu einem
hohen Preis, um seine Auflage zu erfüllen. Am 26. Februar 1930
wurde er jedoch verhaftet und nach Sibirien verschickt. Einem
anderen »Kulaken« wurde das gesamte Eigentum beschlagnahmt,
einschließlich der Kleider seiner Kinder, außer den Sachen, die sie
anhatten. Er erhielt den Befehl, sich regelmäßig beim OGPU-Be-
zirkshauptquartier zu melden, das 18 Kilometer entfernt lag, und er
wurde gewarnt, daß, falls er fliehe, seine Familie leiden würde. Seine
Kinder gingen betteln, aber das Essen, das sie zusammenbrachten,
wurde zumeist von Aktivisten beschlagnahmt. Am 14. Dezember
1929 wurden sie alle auf die Straße gesetzt und kurze Zeit danach
deportiert. Seine Frau, seine Mutter und seine sechs Kinder starben
alle in der Verbannung. [130]
Ein Mädchen erzählt eine ziemlich typische Geschichte von ihrer
Mittelbauern-Familie mit einem Pferd, einer Kuh, einem Jungrind,
fünf Schafen, einigen Schweinen und einer Scheune in Pokrownaja in
der Ukraine. Ihr Vater wollte der Kolchose nicht beitreten. Indem sie
Getreide von ihm forderten, das sein Vater nicht hatte, »ließen sie
Vater eine Woche lang nicht schlafen, und sie schlugen ihn mit
Stöcken und Revolvern, bis er überall schwarz und blau und ver-
schwollen war«. Als er freigelassen worden war, schlachtete er ein
Schwein, wovon der Familie etwas Fleisch blieb; den Rest verkaufte
er in der Stadt, um Brot zu kaufen. Schließlich kamen ein GPU-
Funktionär, der Vorsitzende des Dorf-Sowjet und andere in das
Haus, machten Inventur und beschlagnahmten alles, einschließlich
der verbliebenen Tiere. Vater, Mutter, der ältere Sohn, zwei kleine
Töchter und ein Bruder im Säuglingsalter wurden für die Nacht in der
Dorfkirche eingesperrt, dann zum Bahnhof getrieben und in Vieh-
waggons gesteckt, Teil eines langen Zuges solcher Waggons, der
schließlich abfuhr. Nahe Charkow hielt der Zug, und ein freundlicher
Wächter ließ die Mädchen heraus, Milch für das Baby zu suchen. In
einigen nahegelegenen Bauernhütten bekamen sie etwas Lebensmittel und Milch, aber als sie zurückkehrten, war der Zug weg. Die
beiden Mädchen wanderten über Land und lernten das Leben der

Obdachlosen führen. Aber sie wurden voneinander getrennt, als ein Milizionär sie in einem städtischen Markt verfolgte. Das Mädchen, das diese Geschichte berichtet, wurde schließlich von einer Bauernfamilie aufgenommen. [131]

Wie diese Berichte zeigen, erlitten die Kulaken Schicksale verschiedenster Art. Die von der ersten Kategorie, als uneinsichtige Klassenfeinde hingestellt, wurden im Winter 1929–30 verhaftet. Vom Kiewer Gefängnis heißt es, daß damals 70 bis 120 Mann jede Nacht dort erschossen wurden. [132] Ein Gefangener, der wegen seiner kirchlichen Tätigkeit verhaftet worden war, erwähnt, daß im GPU-Gefängnis von Dnjepropetrowsk eine für 25 Personen bestimmte Zelle mit 140 besetzt war – aus der allerdings jede Nacht ein oder zwei Gefangene herausgeholt wurden, um erschossen zu werden. [133]

Ein »Kulak«, der 1930 ins Gefängnis von Poltawa gesteckt worden war, berichtete von typischen Fällen: von 36 Häftlingen in einer Zelle, die für sieben gebaut worden war, dann von einer für 20 Personen, wo sich 83 befanden. Im Gefängnis lagen die Rationen zwischen 100 und 150 Gramm »teigigen schwarzen Brotes« täglich, wobei etwa 30 jeden Tag aus einer Gefangenen-Gesamtzahl von ungefähr 2000 starben. Der Arzt bescheinigte ihnen jedesmal »Herzlähmung«. [134]

Was ihre Familien betrifft, so ist eine von vielen Geschichten die des ukrainischen Dorfes Welyki Solonzi. Dort wurden die Frauen und Kinder von 52 Männern, die als Kulaken abgeführt worden waren, auf Wagen geladen, auf einem sandigen Stück am Flusse Worskla hinausgeworfen und dort stehengelassen. [135] Ein früherer kommunistischer Funktionär erzählt, wie in einem Dorf der Provinz Poltawa mit 2000 Einwohnern 64 Familien im Dezember 1929 entkulakisiert und 20 weitere aus ihren Häusern getrieben wurden, um irgendwo in der Nähe so gut zu überleben, wie sie eben konnten. Im März erging ein Befehl an die Dorfbewohner, der ihnen verbot, den Ausgesetzten zu helfen, und 300 von ihnen, einschließlich 36 Kindern und 20 alten Menschen, wurden zu drei Meilen entfernten Höhlen getrieben; es wurde ihnen verboten, zurückzukehren. Einige entkamen. Aber im April wurden die 200 Verbliebenen in den fernen Norden verschleppt. [136]

Die Deportation der Kulaken war ein Vorgang von so großer Dimension, daß sie oft als ein bloßes Massenphänomen behandelt wird, als eine Verschiebung von Millionen. Aber jede Einheit innerhalb dieser Millionen war ein Mensch, und er erlitt ein individuelles Schicksal.

Manche, die für die Verbannung bestimmt waren, erreichten sie nie.
Ein Kulak im Weiler Kruschka, Provinz Kiew, photographierte
seinen Hof, als er ihn verließ. Er wurde verhaftet und noch am selben
Abend erschossen. [137] Im allgemeinen wurden die ganz Alten
einfach zurückgelassen, um sich zu behelfen, wie immer sie es
vermochten. In einem Dorf sagte ein Aktivist zu einem Amerikaner,
selbst wenn 40 Kulakenfamilien deportiert worden sind, »lassen wir
die sehr Alten, 90 Jahre oder älter, hier, weil sie keine Gefahr für die
Sowjetmacht darstellen«. [138]

Ein sowjetischer Schriftsteller beschreibt eine typische Szene: »Aus
unserem Dorf ... wurden die Kulaken zu Fuß weggetrieben. Sie
nahmen, was immer sie auf dem Rücken tragen konnten: Bettzeug,
Kleidung. Der Schlamm war so tief, daß er ihnen die Stiefel von den
Füßen zog. Es war schrecklich, ihnen zuzusehen. Sie zogen in einer
Kolonne dahin und blickten auf ihre Hütten zurück, und ihre Körper
hielten immer noch die Wärme ihrer eigenen Öfen. Welche Schmer-
zen müssen sie empfunden haben! Schließlich waren sie in jenen
Häusern geboren worden; sie hatten in jenen Hütten ihre Töchter zur
Heirat weggegeben. Sie hatten ihre Öfen geheizt, und die Kohl-
suppe, die sie gekocht hatten, blieb dort hinter ihnen zurück. Die
Milch war nicht ausgetrunken worden, und noch immer stieg Rauch
aus ihren Schornsteinen auf. Die Frauen schluchzten – aber sie hatten
Angst davor, laut zu weinen. Die Partei-Aktivisten kümmerten sich
einen Dreck um sie. Wir trieben sie davon wie Gänse. Und hinterher
kam der Karren, und auf ihm saßen Pelageja die Blinde, und der alte
Dimitrij Iwanowitsch, der seine Hütte seit zehn Jahren nicht mehr
verlassen hatte, und Marusja die Idiotin, eine Paralytikerin, Tochter
eines Kulaken, die als Kind von einem Pferd getreten wurde und nie
wieder zu Verstand gekommen war.« [139]

Ein »Kulak« beschreibt eine Reihe von zur Deportation anstehenden
Menschen in der Provinz Sumy; die Reihe erstreckte sich in beiden
Richtungen, so weit das Auge blicken konnte. Unablässig kamen
Leute aus neuen Dörfern dazu. Sie bestiegen später die Züge, die sie
in vier »Spezial-Ansiedlungen« im Ural-Gebiet bringen sollten. [140]
Am 26. Mai 1930 verließ ein Zug mit 61 Waggons, in denen sich etwa
3500 Angehörige von Kulakenfamilien befanden, einen kleinen Ort
in der Provinz Saporischja namens Janzenowo. Sie trafen in ihrem
sibirischen Bestimmungsort am 3. Juni ein. [141] Ein anderer Zug,
der Rostyh am 18. März 1931 verließ, bestand aus 48 Wagen, die
mehr als 2000 Deportierte mitführten. [142] Allgemein waren die
Waggons mit 40 bis 60 Menschen besetzt. Sie waren abgeschlossen; es

gab wenig Luft und Licht. Typischerweise wurden in dem Zug ein
Laib Brot für zehn Personen ausgegeben (das machte etwa 300
Gramm pro Person) sowie ein halber Eimer Tee oder dünne Suppe;
allerdings gab es nicht jeden Tag etwas zu essen. [143] In einigen
Fällen wurde Tee oder Suppe durch Wasser ersetzt.

Bis zu 15, wenn nicht 20 Prozent der Menschen starben beim Transport, vor allem kleine Kinder [144] – wie es sich auch in den 40er
Jahren wiederholen sollte, als Minderheiten-Nationalitäten massenhaft verschleppt wurden. Natürlich befanden sich die Verschleppten
in jedem nur denkbaren körperlichen Zustand; manche Frauen
waren schwanger. Eine Kosaken-Mutter gebar auf dem Deporta-
tionszug. Das Baby starb, wie es so oft geschah. Zwei Soldaten warfen den Leichnam hinaus, während der Zug rollte. [145] Manchmal
wurden die Verbannten mehr oder weniger direkt zu ihrem Bestimmungsort gebracht. Manchmal blieben sie in anderen Orten hängen,
in Transitpunkten, bis ihre nächsten Transportmittel einliefen –
insbesondere in Wologda oder in Archangelsk im Norden.

In Archangelsk wurden alle Kirchen geschlossen und als Transit-
Gefängnisse eingesetzt; vielstufige Schlaf-Plattformen wurden in
ihnen errichtet. Die Bauern konnten sich nicht waschen und waren
mit Geschwüren bedeckt. Sie wanderten in der Stadt herum und
bettelten um Hilfe, aber die Ortsbewohner hatten strikte Befehle,
ihnen nicht zu helfen. Selbst die Toten durfte man nicht auflesen. Die
Ortsbewohner fürchteten natürlich, selbst verhaftet zu werden. [146]
In der Stadt Wologda wurden 47 Kirchen übernommen und mit
Verbannten gefüllt. [147] Was andere Gebiete im Norden betrifft, so
beschreibt einer von Rußlands berühmtesten Schriftstellern, wie »in
Wochrowo, der Bezirkshauptstadt, in einem kleinen Park beim
Bahnhof, entkulakisierte Bauern aus der Ukraine sich niederlegten
und starben. Du gewöhntest dich daran, dort in der Morgenfrühe
Leichen zu sehen; ein Wagen fuhr vor, und der Stallknecht des
Krankenhauses, Abram, warf die Leichen auf einen Haufen hinein.
Nicht alle starben; manche wanderten durch die staubigen, elenden
kleinen Straßen, blutlose blaue Beine nachschleppend, angeschwollen von der Wassersucht; sie bemühten sich um jeden Passanten mit
hundegleich bettelnden Augen … sie bekamen nichts; die Ortsbewohner selber mußten sich des Nachts anstellen, bevor der Laden
öffnete, um Brot auf ihre Lebensmittelkarten zu bekommen.« [148]
Ob über solche Transit-Punkte oder auf andere Art, irgendwann
jedenfalls erreichten die überlebenden Verbannten ihre Bestimmungsorte in der Taiga oder der Tundra. Einige von ihnen – diejeni-

gen, die in den fernen Norden Sibiriens verschleppt wurden – erlebten eine weitere Gefahr auf den großen Flüssen, die in den Arktischen Ozean strömen. Ein heutiger sowjetischer Romanautor beschreibt, wie Kulaken den sibirischen Fluß Ugrjum auf Flößen hinabtransportiert wurden, von denen die meisten in den Stromschnellen untergingen. [149] In der sibirischen Taiga wurden sie, wenn es dort ein Dorf gab, irgendwie hineingepreßt; wenn nicht, »wurden sie einfach in den Schnee gesetzt. Die Schwächsten starben«; wer konnte, schlug Bäume um und baute Hütten: »Sie arbeiteten fast ohne Unterbrechung durch Schlaf, damit ihre Familien nicht erfroren.« [150]

Jenseits von Nadjeschdinsk in Sibirien wurde ein Zug von Kulaken in vier Tagen 43 Meilen weit zu ihrer neuen Heimstatt getrieben. Ein GPU-Funktionär stand auf einem Baumstumpf und schrie: »Eure Ukraine ist hier!«, wobei er auf den Wald ringsum deutete. Er fügte nur noch hinzu: »Wer zu fliehen versucht, wird erschossen.« [151]

In einem Kulaken-Bestimmungsort nahe Krasnojarsk fand sich wiederum keinerlei Unterkunft irgendwelcher Art – aber ein Stacheldrahtzaun war errichtet worden, und es gab einige Wachtposten. Von den 4000, die dorthin geschickt wurden, starb etwa die Hälfte innerhalb der ersten zwei Monate. [152] In einem anderen Lager am Jenissej lebten die Kulaken in Erdhöhlen. [153] Ein deutscher Kommunist beschreibt, wie Kulaken aus der Ukraine zwischen Petropawlowsk und dem Balkasch-See in Kasachstan in leeres Land getrieben wurden: »Es gab nur einige Pflöcke im Boden mit kleinen Zetteln, auf denen stand: Siedlung Nr. 5, Nr. 6 usw. Die Bauern wurden hergebracht und man sagte ihnen, sie müßten nun für sich selbst sorgen. Also gruben sie sich Löcher in die Erde. Sehr viele starben in den ersten Jahren an Kälte und Hunger.« [154]

Ein heutiger sowjetischer Forscher bestätigt als allgemeine Feststellung, daß »praktisch alle Mitglieder der neu eingetroffenen Familien, die überhaupt arbeiten konnten, in den ersten Monaten an der Errichtung von Wohnmöglichkeiten beteiligt waren.« [155] Lager Nr. 205 in der sibirischen Taiga nahe Kopejsk, nördlich von Sewernoje, bestand zunächst aus improvisierten Hütten, die von den Insassen gebaut worden waren. Etwa die Hälfte der Männer wurde ausgeschickt, Holz zu fällen, der Rest wurde in die Bergwerke gesteckt; kinderlose Frauen und unverheiratete Mädchen mußten ebenfalls in den Bergwerken arbeiten. Im November wurden die Alten, die Kranken und die Kinder unter 14 Jahren ausgeschickt, Hütten aus Holz und Erde für den Winter zu bauen. Die Essensration bestand mittlerweile aus einem halben Liter dünner Suppe und etwa 150 Gramm Brot täglich. Fast alle kleineren Kinder starben. [156] Der Wohnungstypus, in dem sie lebten, war als »Spezial-Siedlungen« bekannt. Diese waren nicht eine Form von Strafhaft, aber sie unterstanden trotzdem unmittelbar der OGPU, ohne jede bürgerliche Verwaltung. Am 16. August 1930 erließ die Regierung eine Verordnung, die Kulaken in ihren Verbannungsorten zu kollektivieren, [157] aber praktisch bedeutete das keinen Unterschied. Wir erfahren von einem hohen Funktionär der heutigen UdSSR, daß sie nicht einmal theoretisch das Recht erhielten, ihre eigenen Führer zu wählen, vielmehr »standen an der Spitze der Kooperative die Bevollmächtigten der sowjetischen Organe, benannt von ebendiesen Organen«, [158] also: OGPU-Leute.

Die Insassen hatten kaum Rechte und wurden ideologisch wie aus bürgerlicher Sicht als Ausgestoßene behandelt. Wenn ein Mädchen oder ein Mann von draußen einen »Spezialsiedler« heiratete, so gingen er oder sie in die Leibeigenenklasse über. Einem ausländischen Kommunisten wurde erzählt, wie – während die Neuankömmlinge ihre Erdhütten errichteten – »Parteifunktionäre oft hoch zu Roß in die Siedlungen sprengten ... Es war nicht so schlimm, wenn sie uns nur anbrüllten oder uns beschimpften oder beleidigten, aber manchmal kamen sie mit Peitschen, und wer immer ihnen im Wege stand, bekam die Peitschen zu spüren – sie schlugen sogar nach spielenden Kindern«. [159]

Zunächst hingen die Verbannten von der OGPU ab, was ihre Essensrationen betraf. In den nördlichen Spezialsiedlungen bekam man für die volle Erfüllung der Norm 600 Gramm Brot täglich, 400 bekamen diejenigen, die weniger leisteten, und 200 war die Strafration. [160] Solche Zahlen liegen eher niedriger als die Zuteilungen in den eigentlichen Zwangsarbeitslagern in deren schlimmster Zeit. Die »Spezial-Siedlungen« lagen natürlich in Gegenden, die vorher noch niemandem nutzbar erschienen waren – sie lagen praktisch in der Wildnis. [161] Ein hoher Anteil davon befand sich in den Gegenden von Archangelsk, Wologda und Kotlass im Norden und Nordosten. Auf einer Vierhundertmeilenstrecke im fernen Norden zwischen Grjasowetz und Archangelsk, auf eine Entfernung bis zu 30 Meilen von der Eisenbahn entfernt, gab es eine riesige Konzentration von Lagern, die später tiefer in den Wald hinein verlegt wurden. Nach einer Schätzung befanden sich bis zu zwei Millionen Kulaken – die größte Einzelgruppe – in dem Gebiet, hauptsächlich Ukrainer. Etwa die Hälfte davon waren Kinder, wenngleich diese Proportion sich änderte, als die jüngeren Kinder wegstarben. [162] Nach amtlichen Zahlen befanden sich 70 000 verbannte Kulaken-Familien schon im Februar 1930 im Nördlichen Territorium [163] – das heißt: es waren damals schon etwa 400 000 Seelen, und es sollten noch mehr kommen.

Die »städtische« Bevölkerung von Karelien-Murmansk nahm nach amtlichen Zahlen zwischen 1926 und 1939 um 325 000 Personen zu, die im Nordosten um 478 000, die von Wjatka (Kirow) um 536 000. Die meisten davon stellten mit Sicherheit Kulaken-Arbeiter in Lagern oder Spezial-Siedlungen dar. (Es läßt sich nachweisen, daß solche Arbeitskräfte, falls nicht ausdrücklich in der Landwirtschaft eingesetzt, in den Statistiken als städtisch oder industriell aufgeführt werden.) Falls Deportierte in »industriellem« und landwirtschaftlichem Einsatz grob vergleichbar sind, würde das auf etwa 2,5 Millionen in jener Region allein schließen lassen.

In Sibirien erhielt Krasnojarsk allein 24 200 Kulakenfamilien in den Jahren 1930 und 1931. [164] Ein anderer typischer Bestimmungsort war Narym, im fernen Norden Sibiriens. Es ist ein Gebiet, das den größten Teil des Jahres unter Frost steht; die übrige Zeit ist es unfruchtbares Sumpfland. Solschenizyn berichtet über das Eintreffen von Kulaken dort im Februar 1931: »Die Reihen von Karren rollten endlos durch das Dorf Kotschenowo, Provinz Nowosibirsk, flankiert von begleitenden Soldaten; sie tauchten aus der verschneiten Steppe auf und verschwanden wieder in ihr... sie alle schleppten sich in das Marschland von Narym – und in diesen unersättlichen Morasten blieben sie alle. Viele der Kinder waren schon einen elenden Tod auf der grausamen Fahrt gestorben.« [165]

Ein höherer sowjetischer Apparatschik teilt uns in einem amtlichen Bericht über diese Bewegung nach Narym mit, Anfang 1932 seien 196 000 »unterdrückte Kulaken aus dem Zentralbereich des Landes« nach Narym verbannt worden (wo die eingesessene Bevölkerung nur 119 000 Personen betrug). [166] Diese bildeten, so erfahren wir aus einer anderen Quelle, 47 000 Kulakenfamilien. [167] Selbst wenn man die durchschnittliche Mittel-Bauernfamilie von fünf Personen zugrundelegt, hätte das einige 235 000 ergeben müssen – so daß man von mindestens 40 000 Menschen augehen darf, die auf dem Weg in die arktische Region zugrundegegangen sind, vermutlich vor allem Kinder: insgesamt also 17 Prozent.

Wo immer sie sich befinden mochten, man erwartete von den Kulaken, daß sie arbeiteten. Kulaken, die wirklich schwerer Arbeit nicht gewachsen waren, bekamen manchmal ein Darlehen und Rationen

bis zu ihrer ersten Ernte, wobei sie unter Bewachung arbeiteten.
[168] Früher oder später aber mußten sie sich selbst versorgen, mit
dem, was immer sie aus dem unwirtlichen Boden des Nordens
herauszuholen vermochten. Ein Beschluß des Parteikomitees des
Nördlichen Territoriums vom 3. Februar 1932, die Lebensmittelversorgung der Verbannten zu »verbessern«, legte fest, es sei »sicherzustellen, daß die Neuankömmlinge von 1934 an mit Brot, Tierfutter
und Gemüse aus ihren eigenen Ernten versorgt werden können«. Um
dieses zuwege zu bringen, sollten die Siedler »90 000 Hektar Wald
kultivieren« [169] das heißt: 900 Quadratkilometer.

Wir hören, daß Kulaken die Hauptarbeitskraft in »neu geschaffenen«
Staatsgütern stellten [170] und daß viele auf jenem Land blieben.
Andere wurden als allgemeine Arbeitskraft verwendet. Ungefähr 60
Prozent aus einer Gruppe von mehr als einer Million deportierter
Bauern arbeiteten Anfang 1935 in »industriellen« Einrichtungen.
[171] Im fernen Norden »wurde im Frühjahr 1931 der Beschluß
gefaßt, 10 000 Kulaken-Familien der Nichteisenmetallischen Industrie zur Verfügung zu stellen; weitere 8000 sollen die Kohle-Bezirke
von Petschora in die Produktion bringen«. [172] In Magnitogorsk
beschäftigte der neue industrielle Komplex einige 50 000 Arbeiter.
Etwa 18 000 davon werden als entkulakisierte Bauern beschrieben
(zusammen mit 20 000 bis 25 000 Zwangsarbeitern, die unter der Erde
arbeiteten und als Verbrecher, Diebe, Prostituierte und Veruntreuer
beschrieben werden). [173] Ein Ingenieur beschreibt mehrere Zugladungen von Kulaken beim Eintreffen im nördlichen Ural-Gebiet
1931. Sie wurden den Bergwerken zugeteilt; später traf er mehrere
Gruppen bei der Arbeit in Gold-, Kupfer- und Zink-Minen andernorts in dem Land. [174] In Bachtscharsk am Flusse Tom arbeiteten
ungefähr 5000 Kulaken an einer Hafenanlage mit einer Tagesration
von 200 Gramm Brot und der Weisung, sich auf eigene Faust
zusätzliches Essen zu verschaffen, wo immer sie konnten. [175]

Was jene betrifft, die bei ländlicher Arbeit eingesetzt wurden, so
setzte sich deren Tüchtigkeit und Schwerarbeit manchmal durch. In
einem jüngst erschienenen sowjetischen Roman berichtet der Erzäh-
ler von der Entkulakisierung 1928, wobei alle früheren Kulaken zum
Holzfällen deportiert wurden. Aber dort arbeiteten sie so tüchtig,
daß sie schließlich zu Wohlstand kamen und ein zweites Mal entkulakisiert und deportiert werden mußten. [176] Im allgemeinen überlebten die härtesten der deportierten Bauern ohne Pferde oder Pflüge,
mit wenigen Äxten und Schaufeln; sie schufen einigermaßen wohlhabende Siedlungen – aus denen sie erneut vertrieben wurden, sobald

die Behörden deren Wachstum wahrnahmen. [177] Es wird berichtet, daß eine Gruppe von Altgläubigen sogar eine blühende Siedlung
erichteten, die bis 1950 ohne jede Verbindung zur Außenwelt blieb,
nur um dann entdeckt und der Sabotage angeklagt zu werden. [178]
Denn es war schwierig, den Überblick zu behalten. Die amtliche
Literatur geht davon aus, daß faktisch bis zu einem Viertel der
deportierten Kulaken in Sibirien bis Mitte 1930 entkamen, hauptsächlich die jüngeren Männer. [179] Sie werden als die unerbittlich-
sten Feinde der sowjetischen Ordnung beschrieben.

Viele Erzählungen werden weitergegeben wie die von den beiden
jungen Ukrainern, die sich die Flinte eines Bahnhofsvorstehers zu
beschaffen wußten und damit sowie mit einer Pfanne und wenigen
Vorräten über die Taiga loszogen, von Rehen und anderem Wild
lebend. [180]

Aber wenn auch Menschen in gewisser Anzahl entkamen und andere
durch schiere Anstrengung überlebten, so muß doch hervorgehoben
werden, daß viele nicht überlebten. In Jemetsk gab es ein riesiges
Lager, hauptsächlich für Familien, die von ihren Vätern getrennt
worden waren; die meisten dort waren Kinder. 32 000 Menschen
lebten in 97 Baracken. Es gab Ausbrüche von Masern und Scharlach,
aber keine ärztliche Betreuung. Die tägliche Zuteilung bestand aus
etwa 400 Gramm Schwarzbrot, 100 Gramm Hirsesaat und 100
Gramm Fisch. Die Todesrate der Kinder war groß; Beerdigungen
fanden den ganzen Tag über statt. Ein früherer Insasse stellte 1935
fest, als er wieder durch die Gegend kam, daß der Friedhof mit seinen
damals endlosen Reihen von Kreuzen mittlerweile von den Behörden eingeebnet worden war. [181]

Von mehr als 50 Mitgliedern der Familien eines Dorfes, die verhaftet
und etwa 100 Meilen südlich von Swerdlowsk nach Sibirien verschickt
worden waren, kehrten fünf mit gefälschten Papieren 1942 zurück,
um zu berichten, daß alle anderen an Überarbeitung und Hunger
gestorben waren. [182]

Ein ukrainischer Bauer wurde mit seiner Frau, neun Kindern und
zwei greisen Eltern auf die Solowki-Inseln verschickt. Ein neunjähriger Sohn schaffte es, zu entkommen, obwohl ihm in die Beine
geschossen wurde. Die anderen starben. [183] In einem »Isolierungs-
lager« in Tomsk wurden 13 000 Kulaken festgehalten, mit einem
halben Pfund Brot und einem Teller »Suppe« pro Tag. Die Todesrate
betrug 18 bis 20 täglich. [184] Von 4800 Menschen, die in einem
sibirischen Wald-»Lager« im Oktober 1931 eintrafen, waren 2500 im

April 1932 gestorben. [185] Im Frühjahr 1932 beendete man die Lebensmittel-Anlieferung in die ukrainische Spezial-Siedlung Medweschoje im Ural. Hunger tötete viele wie später auch in der Ukraine selbst. [186]

Solschenizyn berichtet von 60000 bis 70000 Menschen, die den zugefrorenen sibirischen Strom Wasjugan hinaufzogen, um auf Flekken festen Bodens in den dortigen Sümpfen ausgesetzt zu werden, ohne Lebensmittel oder Werkzeug. Später wurden ihnen Lebensmittel geschickt, aber die Sendungen erreichten sie nicht, und alle starben. In diesem Falle scheint es eine Untersuchung gegeben zu haben, und einer von den Verantwortlichen wurde erschossen. [187]

Sorgfältige Schätzungen gehen davon aus, daß ein Viertel bis ein Drittel der Deportierten zugrunde ging. [188] Diese waren, wie gesagt, überwiegend Kinder. Ein deportierter Kulak berichtet, wie – im Lager Jemtsk im fernen Norden – »meine Tochter am 18. April starb. Die dreijährige ›Verbrecherin‹ hatte für die ›Verbrechen‹ ihrer Eltern und Großeltern bezahlt«. [189]

Die Reaktion der Partei auf all dies ist mit ungewöhnlicher Offenheit in einem Roman zusammengefaßt, der 1934 in Moskau veröffentlicht wurde: »Nicht einer von ihnen war irgendwie schuldig, aber sie gehörten einer Klasse an, die an allem schuld war.« [190]

7
Schnellkollektivierung und ihr Scheitern
Januar bis März 1930

Ich will dir das Erbe meiner Väter nicht geben
1. Könige

Dem Bauern, der der Entkulakisierung entkam, war ein anderes Schicksal bestimmt. Auch er wurde nunmehr Gegenstand eines erzwungenen Wandels in seinen Lebensumständen. In Stalins Redensart, die mehr als einmal verwendet wurde, war die Kollektivierungs-Offensive, die nunmehr begann, »eine Revolution von oben« (auch wenn sie angeblich »unmittelbar ›von unten‹ unterstützt« wurde, nämlich durch die Bauern. [1] Die Crux der Kollektivierung lag in den Beschlüssen, die 1929 von Stalin und einer Gruppe seiner engsten Mitarbeiter gefaßt wurden. Diese Beschlüsse waren natürlich in einem allgemein-strategischen Sinne verwurzelt in der Geschichte der Partei und der gesamten marxistischen Haltung. Im unmittelbar-taktischen Sinne entstanden sie als Ergebnis von Manövern innerhalb der Parteiführung, wobei die Ziele der Lehre und des Machtkampfes unlöslich ineinander verwickelt waren.

Die Pläne und Handlungen der Kommunistischen Partei zu diesem Zeitpunkt sind manchmal von westlichen Akademikern in Wendungen interpretiert worden, die ihnen logisch oder rational erscheinen mögen. Ein orthodox-sowjetischer Betrachter vermerkt zustimmend, daß einer von diesen – im Gegensatz zu der Mehrheit seiner westlichen Kollegen – von einem »breit angelegten Programm der Kollektivierung« schreibt. [2] Kein derartiges Programm hat jemals existiert. Tatsächlich war es, wie wir gesehen haben, eine der Bedingungen der Schnellkollektivierung, daß Stalin und seine Gefolgsleute die Partei Schritt für Schritt in die volle Kampagne hineintrieben, ohne daß sie einen vollständig ausgearbeiteten Plan hatten, über den man hätte argumentieren können (wobei er gleichzeitig die ernsthaften Planer zum Schweigen brachte). Die heutige offizielle Betrachtungsweise sieht so aus: Die Kollektivierung der Landwirtschaft sei absolut notwendig gewesen. Die objektive Situation der frühen zwanziger Jahre habe Konzessionen gegenüber Privatbauernhöfen unumgänglich gemacht. Dies habe funktioniert, aber weiterer Fortschritt sei durch eine »überlebte Erzeugungsmethode in der Landwirtschaft« verhindert worden. Eine schnelle Entwicklung der Industrie und der Sozialisierung der Landwirtschaft seien nunmehr notwendig geworden. Mittlerweile sei die Untauglichkeit kleiner Bauernhöfe zu einem großen Hindernis geworden, die Kulaken aber seien feindlich eingestellt gewesen. Nur in einem Klassenkrieg gegen die Letzteren habe die Partei die armen und mittleren Bauern für die Kollektivierung mobilisieren und den »Klassenfeind« vernichten können. (Und so sei auch die Getreidekrise behoben worden, da sozialistische Landwirtschaft effizienter sei als kapitalistische Landwirtschaft usw.; doch das muß uns hier nicht aufhalten.)

Ein solches Bild ist fast vollständig ein Produkt der Phantasie; insbesondere die Idee von dem (praktisch nicht existenten) Klassenkampf oder von der Überlegenheit der kollektiven Landwirtschaft. Doch auch abgesehen von ihrer Natur und ihren Ergebnissen wurde die Kollektivierung keineswegs in einer rationalen und sorgfältig geplanten Weise eingeführt. Die ganze Atmosphäre des Kriegskommunismus wurde wiederhergestellt – der militärische Jargon, die utopistischen Erwartungen, die brutale Nötigung der Bauern, der Mangel an wirtschaftlicher Vorbereitung. Die Partei wurde in eine Atmosphäre der Hysterie hineingetrieben, mit (wie Adam Ulam es nannte) »der Vorstellung, daß Dämonen und Hexen losgelassen seien«.

Aber was war die Alternative aus der Sicht der Ein-Parteien-Führung? Die Rechte sah voraus, daß die Schnellkollektivierung in eine ernste Krise führen würde. Andererseits erscheint der Gedanke, daß allmähliche Kollektivierung den einzelnen Bauern anziehen könnte, und sei es über Jahrzehnte, höchst optimistisch. Die Wahl mag in einem kommunistischen Regime bestanden haben, das seine Schematismen aufgab und eine »Öffnung nach rechts« vornahm, wobei die Ex-Menschewiki von Gosplan und vielleicht andere Gruppierungen (wie in Budapest 1956) in einer linken, aber nicht allgemein verhaßten Koalition hervortraten, die dann eine Art von Volkssozialismus betrieben haben könnte. Das ist zumindest eine Betrachtungsweise. Aber sie war nicht die Sicht der Rechten. Und ihre Ablehnung jeder Öffnung gegenüber Kräften außerhalb der Partei verdammte sie zur Ohnmacht. Überdies hat Isaac Deutscher hervorgehoben: »Von dem Augenblick an, als der Kleinbauer verschwand, hatte die Rechtsopposition keinen Boden mehr, auf dem sie stehen konnte.« [3]

Stalins alllgemeine Einstellung war nicht, oder nur in geringem

Maße, eine persönliche Marotte. Er hatte für die Kollektivierungs-Revolution die Unterstützung der Masse der Partei-Aktivisten und, auf höherer Ebene, des Kerns der alten revolutionären Untergrund-bewegung, von Männern wie Kirow. Selbst die Masse der »Linken« sammelte sich um ihn, als einmal die Schlacht begonnen hatte; ihre Bedenken bestanden höchstens darin, daß sie kultivierter waren und die Dinge weniger grob vorangetrieben hätten – aber man müsse sich eben über kleinliche Einwände erheben. Und nachdem einmal die neue Revolution in Gang gesetzt worden war, herrschte in der Partei die Überzeugung, daß – um es mit den Worten eines Funktionsträgers zu sagen, der Stalin lange ablehnend gegenüberge-standen war – »jeder Wechsel in der Führung äußerst gefährlich wäre... Das Land muß auf seinem bisherigen Kurs bleiben, da jedes Anhalten oder gar der Versuch eines Rückzugs bedeuten würde, alles zu verlieren«. [4]

Ebenso wenig wie eine ernsthaftere wirtschaftliche Vorbereitung der Schnellkollektivierung, hatte es auch keine administrative Vor-bereitung gegeben. Wie 1918 war es eine Sache hastig aus Außensei-tern zusammengestellter Troikas und anderer Ad-hoc-Körperschaf-ten in den Dörfern, die völlig willkürlich vorgingen, während die alten Dorf-Sowjets, Kooperativ-Gesellschaften und Kolchos-Ver-waltungen einfach zusammenbrachen. Aus der amtlichen Sicht, in einer Parteigeschichte wiedergegeben, die 1960 veröffentlicht wurde, wird die Aussendung von Aktivisten aus den Städten in folgenden Woren wiedergegeben:

Die Bauern »sahen, daß die Partei und die Regierung, Schwierigkei-ten überwindend, Fabriken zur Herstellung von Traktoren und neuen Landmaschinen bauten. Zahlreiche Bauern-Delegationen besuchten die neuen Fabriken und Bauplätze, nahmen an Arbeiter-versammlungen teil und wurden von deren Begeisterung inspiriert. Nach ihrer Rückkehr in die Dörfer übernahmen die fortschrittlichen Vertreter der arbeitenden Bauernschaft die Initiative bei der Errich-tung der neuen Kollektivgüter. Die organisierten Arbeiter von In-dustriebetrieben und Bauplätzen übernahmen die Schirmherrschaft über ländliche Gebiete und entsandten zahlreiche Arbeiter-Grup-pen auf das Land. So wurde die Massenbewegung für den Beitritt zu den Kollektiven vorbereitet und begonnen, eine Bewegung, die zu solider Kollektivierung anwuchs«. [5]

Wenngleich diese Betrachtungsweise pure Romantik ist, so stimmt doch soviel daran, daß wie 1928 und 1929 Abgesandte aus der Stadt eine entscheidende Rolle spielten. Diesmal jedoch wurde die Anstrengung auf dauerhafterer Basis eingeleitet als bei früheren Invasionen der ländlichen Gebiete.

Die »Prawda« hatte vermerkt, daß die Bevollmächtigten, die von der Partei 1928 und 1928 ausgesandt worden waren, um die Methode »des gesellschaftlichen Einflusses« durchzusetzen, von den Dörflern als »Wanderschauspieler« bezeichnet wurden. Sie befaßten sich mit einer Anzahl von Dörfern und blieben in jedem Dorf gerade lange genug, um Einhebungsquoten durchzusetzen; Macht auf Dauer hatten sie nicht. [6] Nun wurde eine konzertierte Anstrengung unternommen. In den Städten wurden die »Fünfundzwanzigtausender« – kommunistische Arbeiter – mobilisiert, um die Dörfer zu übernehmen. Am Ende war die Zahl freilich um einiges höher als 25 000 – »mehr als 27 000 Arbeiter wurden ausgewählt und aufs Land geschickt.« [7] Sie wurden nicht nur auf Notstandsbasis ausgeschickt wie ihre Vorgänger. Sie sollten in den Dörfern bleiben und sie leiten. Die »Fünfundzwanzigtausender« machten im Januar 1930 einen Zweiwochenkurs durch und wurden dann in ihre Bestimmungsorte gesandt. Ursprünglich sollten sie ein Jahr lang dort bleiben; später wurde dies auf zwei Jahre ausgedehnt, schließlich legte das Zentralkomitee am 5. Dezember die Berufungen als endgültig fest. [8] Den »Fünfundzwanzigtausendern« wurden ursprünglich 120 Rubel monatlich versprochen. Sie haben das nicht immer bekommen; es gibt einen Brief von einer Gruppe solcher Leute aus der Gegend von Wjasma mit der Beschwerde, daß es Kolchosen gebe, die keine Mittel hätten, sie zu bezahlen, so daß »wir nach Hause fliehen müssen«. [9] Amtliche Dokumente sind voll von ihren Sorgen zum Thema Gehalt, Quoten usw. Die Reaktion der Bauern wird ebenfalls in einigen amtlichen Berichten realistisch beschrieben. Sie werden mit der Aussage zitiert: wenn ein Arbeiter einen Bauernhof leiten kann, dann schickt uns doch aus, eine Fabrik zu leiten. Oder: daß neue Gutsinspektoren (wie zu Zeiten der Leibeigenschaft) ausgesandt werden, um uns auszubeuten. »An manchen Orten ist diese Kulaken-Propaganga erfolgreich.« [10] Aber sogar die »Fünfundzwanzigtausender« waren nicht immer zuverlässig, etwa wenn sie sich um »billige Popularität« bemühten und »der Verbraucher-Neigung des rückständigen Teils des Dorfes nachgeben«. [11] Die Kollektivgut-Zentralbehörde beklagte sich über »Fünfundzwanzigtausender«, die (mit Recht) dagegen protestierten, daß die Beschlagnahme von Saatgut zu einem Ausfall der Saat führen werde. Sie seien zu entlassen und aus der Partei auszustoßen. [12] Bis Mitte Februar waren 18 000 in die örtliche Arbeit gesandt worden, 16 000 davon unmittel-

bar ins Kolchos-System. Aber etwa ein Drittel war »ausgejätet«
worden. [13] Immerhin arbeiteten im Mai 1930 schon 19581 in
Kollektivgütern, hauptsächlich als Vorsitzende oder in anderen
Schlüsselpositionen. [14]

Zusätzlich zu den »Fünfundzwanzigtausendern« wurden 72204 »Arbeiter« im Frühling 1930 mit zeitweiligem Auftrag aufs Land geschickt; 13000 Buchhalter – Komsomol-Mitglieder – wurden zur
Verfügung gestellt [15], und 50000 Soldaten und Offiziere von niedri-
gem Rang, die demobilisiert werden sollten, erhielten eine Sonder-
ausbildung für die Kollektivierungsarbeit. Allein in der Ukraine
erschienen 23500 Amtsträger zusätzlich zu mehr als 23000 ausgewählten Industriearbeitern bis Ende Februar 1930 in den Dörfern.
[16] Wiederum gingen die Dinge nicht so glatt, wie die bloßen Zahlen
es suggerieren. Ein amtlicher Bericht erzählt von einem typischen
Bezirkskomitee in Jelnaja in der RSFSR, dem im August 1933
befohlen worden war, 50 Kommunisten für Dorf-Arbeit zu mobilisieren. Faktisch wurden nur 20 mobilisiert, und nur vier gingen in die
Dörfer – einer ein früherer Einzelbauer, die anderen ohne jede
Ahnung von der Landwirtschaft. Im Oktober wurden weitere 15
Komsomolzen beordert; vier wurden tatsächlich ausgesandt, von
denen zwei dann wegen Unfähigkeit und Trunksucht hinausgeworfen
werden mußten. [17] Doch trotz solcher Fehlschläge bildeten die
Zahlen, die tatsächlich aufgeboten wurden, einen machtvollen Ka-
der. Wie sie über diese Zeit instruiert und inspiriert wurden, kann aus
dem späteren Bericht eines Aktivisten über ein Treffen von 80
ausgewählten Organisatoren ersehen werden. Sie hörten eine Rede
von M. M. Chatajewitsch. Ihre Provinz war »zurückgefallen«. Sie
sollten für einen Monat oder sechs Wochen aufs Land gehen:

»Die örtlichen Dorfbehörden brauchen eine Spritze bolschewikischen Eisens. Das ist der Grund, weshalb wir euch aussenden. Ihr
müßt eure Pflichten mit einem Gefühl striktester Parteiverantwort-
lichkeit übernehmen, ohne zu winseln, ohne jeden verrotteten Liberalismus. Werft eure bürgerliche Humanität aus dem Fenster und
handelt wie Bolschewiken, die des Genossen Stalin würdig sind.
Schlagt den kulakischen Agenten nieder, wo immer er sein Haupt
erhebt. Es ist Krieg – es gibt nur eines: wir oder sie! Der letzte
verfizte Überrest kapitalistischer Landwirtschaft muß ausgelöscht
werden, koste es, was es wolle! Zweitens, Genossen, ist es absolut
notwendig, den Regierungsplan für die Getreideablieferung zu erfüllen. Die Kulaken, und sogar einige mittlere und ›arme‹ Bauern,
geben ihr Getreide nicht heraus. Sie sabotieren die Politik der Partei.

Und die örtlichen Bauern schwanken manchmal und zeigen Schwäche. Eure Aufgabe ist es, das Getreide um jeden Preis zu erlangen. Pumpt es aus ihnen heraus, wo immer es verborgen sein mag, in Öfen, unter den Betten, in Kellern oder vergraben in Hinterhöfen. Durch euch, die Partei-Brigaden, müssen die Dörfer die Bedeutung bolschewikischer Festigkeit erfahren. Ihr müßt das Getreide finden, und ihr werdet es finden. Es ist eine Herausforderung bis zum letzten Fetzen eurer Initiative und für euren Tschekisten-Geist. Habt keine Angst davor, äußerste Maßnahmen zu ergreifen. Die Partei steht voll und ganz hinter euch. Genosse Stalin erwartet es von euch. Es ist ein Kampf auf Leben und Tod; besser, ihr tut zu viel als zu wenig. Eure dritte wichtige Aufgabe ist es, das Ausdreschen des Getreides zu Ende zu führen und die Werkzeuge, Pflüge, Traktoren, Erntemaschinen und sonstigen Ausrüstungsgegenstände zu reparieren. Der Klassenkampf in den Dörfern hat die schärfsten Formen angenommen. Dies ist nicht die Zeit für Zimperlichkeit oder verrottete Sentimentalität. Kulakische Agenten maskieren sich und dringen in die Kollektivgüter ein, wo sie die Arbeit sabotieren und das Vieh töten. Was von euch erwartet wird, ist bolschewikische Wachsamkeit, Unerbittlichkeit und Tapferkeit. Ich bin gewiß, daß ihr die Weisungen der Partei und die Direktiven unseres geliebten Führers ausführen werdet.« [18]

Ein anderer Aktivist schreibt später: »Wir wurden getäuscht, weil wir getäuscht werden wollten. Wir glaubten so fest an den Kommunismus, daß wir bereit waren, jedes Verbrechen hinzunehmen, wenn es nur im geringsten durch kommunistische Phraseologie beschönigt worden war... Wurden wir mit etwas Unangenehmen konfrontiert, so zwangen wir uns, zu glauben, daß es sich um ein isoliertes Phänomen handle und daß die Lage des Landes im großen und ganzen so stehe, wie die Partei sie beschrieb... so, in anderen Worten, wie sie nach kommunistischer Theorie sein mußte.« [19]

Nicht alle waren von diesem ideologisch motivierten Schlag. Stalins Favorit Michail Scholochow illustriert zutreffend die Motivationen, die die loyalen Partei-Aktivisten bewegten. Zum Teil ist es der enthusiastische Glaube an Traktoren; zum Teil Haß auf den heutigen Kulaken als Inbegriff von »Eigentum« und des Vertreters der »anderen Seite«; zum Teil Rache für den Bürgerkrieg und wirtschaftliche Ausbeutung; und zum Teil Begeisterung für die Weltrevolution, gestützt auf Dinge, die man in der Zeitung gelesen hatte über den Klassenkampf in China oder anderswo (»er glaubt, er schlachtet einen Ochsen, aber in Wirklichkeit stößt er der Weltrevolution den

Dolch in den Rücken«). Wenn wir dazu die Gewohnheit zählen, Parteibefehle als oberstes aller Kriterien zu akzeptieren, so dürfte das alles zusammen eine hinlängliche Analyse ergeben.

Wassilij Grossman sieht die Aktivisten-Komitees in den Dörfern als Auffangbecken von Leuten aller Art – »solche, die der Propaganda glaubten, die die Parasiten haßten und auf der Seite der ärmsten Bauern standen, und dann wiederum andere, die die Lage zu ihrem Vorteil ausnutzten. Aber die meisten von ihnen waren einfach bemüht, Weisungen zu befolgen. Sie hätten ihre eigenen Väter und Mütter umgebracht, nur um Weisungen zu befolgen«. [20] Was die weniger Ergebenen betrifft, so haben wir schon gesehen, wie bloße Gier und Liebe zur Macht in den Dörfern rasten. Ein heutiger sowjetischer Betrachter sagt offen, daß mit der Kollektivierung »neue Ideen und Schlagworte für manche zum Leit-Licht wurden, für andere ein Mittel zu persönlichem Gewinn und Karriere-Aufstieg, für andere wiederum demagogische Versprechen, um dahinterstehende Motive und Ehrgeiz zu verbergen«. [21] In einer Kombination von Ideologie und persönlichem Haß stellt ein anderer heutiger sowjetischer Schriftsteller als Hauptfigur auf einem Kollektivgut einen unredlichen und faulen Menschen vor, dessen größter Traum es ist, »ein riesengroßes Badehaus zu erhitzen, es mit Dampf zu füllen, alle Priester und Kapitalisten hineinzutreiben und es dann anzuzünden«. [22]

In den Dörfern organisierten die Abgesandten der Partei ihre örtlichen Helfer, so gut sie konnten. Michail Scholochows Don-Kosaken-Dorf »Gremjatschy Log« wird von einem »Fünfundzwanzigtausender« kollektiviert, der 32 »arme Kosaken und aktive Arbeiter« sammelt, die einfach in Abwesenheit der Dorf-Mehrheit »beschließen«, zu kollektivieren und zu entkulakisieren. Soweit vorhanden, besetzten Parteimitglieder die administrativen Posten. In einem Bezirk waren 22 der 36 Parteimitglieder Kolchos-Vorsitzende. [23] Zu diesen gehörten im allgemeinen, und insbesondere in der Ukraine, »Fünfundzwanzigtausender«, hauptsächlich Russen. Aber es gab nicht genug Parteimitglieder für Aufgaben außerhalb der Schlüsselpositionen, und Komsomolzen bildeten einen hohen Anteil örtlicher »Aktivisten«. In einem Bezirk in Rußland gab es sogar noch im Juni 1933 nicht eine einzige Parteizelle und nur 14 Parteimitglieder in den 75 Kolchosen, aber es gab 16 Komsomol-Zellen mit 157 Mitgliedern, und weitere 56 Komsomolzen waren durch die verbleibenden Kolchosen verstreut. [24] Ein örtlicher Amtsträger vermerkte, daß die jungen Leute dem Komsomol beitraten, um der Feldarbeit zu entgehen. [25] Zusätzlich wurde eine größere parteilose Aktion organisiert, für politische und staatliche Aufgaben im Dorf. [26]

Solche Ortsansässige, die unter dem Regime in den Dörfern an die Macht gekommen waren, waren oftmals von niedriger Gesinnung, wenn auch manchmal Parteiveteranen dabei waren, die sich immer noch einige Illusionen bewahrt hatten. In jedem Fall wurden diejenigen, die nicht in ihrer Tätigkeit revoltierten und mit dem Rest der Opfer fielen, zunehmend härter. Bei der Schließung einer ukrainischen Dorfkirche »gingen Kobsar, Belousow und die anderen genüßlich vor. Langsam, unbemerkbar waren sie zu Feinden der Bevölkerung geworden, und sie genossen vieles, was die Dorfbewohner ablehnten – eben weil sie sie ablehnten«. [27]

Aber wie wir gesehen haben, konnten nicht alle ehrlichen Aktivisten oder Parteimitglieder die moralische Bürde tragen. In der Ukraine beklagte sich sogar ein amtliches Organ, daß die »Komitees der Unreichen Bauern«, Hauptrückhalt der Partei in den Dörfern, oftmals die Sabotage der Kollektivierung anleiteten. [28] Die »Prawda« verdammte mehr als einmal Kommunisten in den Dörfern, die »desertierten«. [29] Sie zitierte sogar einen jungen Agronomen, der nach sieben Tagen auf dem Dorf brieflich aus der Partei austrat: »Ich glaube nicht an die Kollektivierung. Das Tempo ... ist zu rapid. Hier nimmt die Partei einen falschen Weg. Lassen Sie sich meine Worte zur Warnung dienen.« [30] In der damaligen Zentrale Schwarzerde-Provinz wurden 5322 Parteimitglieder ausgestoßen, und »mehrere Bezirkskomitees wurden wegen Rechtsopportunismus aufgelöst«. [31] Im Bezirk Drabowje in der Provinz Poltawa (Ukraine) wurden 30 Aktivisten verhaftet (einschließlich des Sekretärs des Bezirksparteikomitees, Bodok) und öffentlich wegen solcher Verfehlungen vor Gericht gestellt – angeblich die Folge von »Konspiration mit den Kulaken«. Sie erhielten Gefängnisstrafen zwischen zwei und drei Jahren. [32]

Was die amtlichen Organe der örtlichen Verwaltung betrifft, so hörten sie einfach zu funktionieren auf – zum Teil, weil die Dorf-Sowjets trotz früherer Säuberungen immer noch weithin Widerstand gegen die Kollektivierung leisteten. Ein OGPU-Bericht klagt darüber, daß in einem Dorf das Schlachten des Viehs vom stellvertretenden Vorsitzenden des Dorf-Sowjet eingeleitet wurde. [33] Solche Handlungen kamen allenthalben vor: »Neuwahl« für »jene Dorf-Sowjets, die mit fremden Elementen saturiert waren, ... und für jene Bezirks-Exekutivkomitees, die den Dorf-Sowjets nicht befahlen, mit der Arbeit an der Kollektivierung der Landwirtschaft zu beginnen«,

wurde am 31. Januar 1930 angeordnet. Im Zentral-Wolga-Gebiet
»hat sich eine überwältigende Mehrzahl der Dorf-Sowjets ... den
neuen Aufgaben nicht gewachsen gezeigt«. [34] In einem Gebiet, das
als typisch beschrieben wird, wurden 300 der 370 Vorsitzenden der
Dorf-Sowjets zwischen Anfang 1929 und März 1930 abgesetzt. [35]
Alles in allem waren bis März 1930 nicht weniger als 82 Prozent der
Vorsitzenden der Dorf-Sowjets ersetzt worden, von denen nur 16
Prozent freiwillig zurückgetreten waren. [36] In der Westlichen
Provinz waren von 616 Vorsitzenden von Dorf-Sowjets 306 abgesetzt
worden, und 102 wurden »vor Gericht gestellt«. [37] Ein vertrauli-
ches amtliches Dokument zeigt, daß die Dorf-Sowjets sich in dieser
Provinz während des Jahres 1929 nicht für die Kollektivgüter enga-
gierten, obwohl 97 von ihnen neugewählt worden waren. In »einer
Anzahl von ihnen« stellte man jede nur mögliche Verzögerungstaktik
in ökonomischen und politischen Fragen fest, bis zu »eindeutigem
Zusammenspiel mit dem Kulaken«. [38] »Selbstabschaffung« von
Dorf-Sowjets auf Druck des Parteibevollmächtigten wurde daraufhin
eingeführt. Und sogar auf höherer Ebene gab es ein paar Bezirks-
Exekutivkomitees, in denen kein Mitglied durch normale Prozedur
gewählt worden waren. [39] Den Dorf-Sowjets wurden nun ernannte
Büros oder Troikas faktisch vorgesetzt. [40] Ein Regierungsbeschluß
vom 25. Januar 1930 bestätigte das System der Bevollmächtigten und
der Troikas [41] mit Vollmacht, die regulären Staatsorgane zu über-
stimmen.

Was die Dorf-Gemeinschaft betrifft, so wurde sie noch im Mai 1929,
als der erste Fünfjahresplan angenommen wurde, als der »kooperative Sektor« betrachtet, der den größeren Teil der Getreidebeschaffung stellen würde; und dies – so dachte man – würde die Umwandlung der Dörfer in Kollektive ermutigen. [42] Tatsächlich kam es so,
wie ein westlicher Wissenschaftler bemerkt: »Die Dorf-Organisa-
tion, die seit Jahrhunderten für alle kollektivistischen Vorhaben im
Dorf-Leben stand, erhielt keinen Anteil an der Kollektivierung der
Bauern«. [43] Und mit Verordnung vom 10. Juli 1930 wurde die alte
Dorf-Gemeinschaft schließlich in Gegenden mit umfassender Kollektivierung abgeschafft; sie verschwand denn auch bald überall
anderswo.

Die freiwillige Natur der Kolchose war auf alle Fälle unvereinbar mit
der Tatsache, daß den örtlichen Organisationen von oben Befehle
erteilt wurden, wieviele Kolchosen mit wievielen Mitgliedern sie
haben sollten. Ein Dorf-Kommunist in der Provinz Kalinin wurde
angewiesen, 100 Familien in seine Kolchose zu bringen. Er konnte

nur ein Dutzend überzeugen und berichtete dies. Man teilte ihm mit, daß er die Kollektivierung sabotiere und Ausstoßung gewärtigen müsse, falls er versage. Er ging zurück und sagte den Dorfbewohnern, ihnen stehe Enteignung und Verbannung bevor, wenn sie nicht unterzeichneten. »Alle stimmten zu« – und noch in derselben Nacht begannen sie, ihre Haustiere zu schlachten. Als er dies meldete, war das Parteikomitee nicht interessiert; es hatte seinen Plan erfüllt. [44] Der fiktive Charakter des Freiwilligkeitsprinzips wurde sogar von Stalins engsten Kollegen eingeräumt – in der seltsamen doppelbödigen Methode der Politbüro-Erklärungen –, etwa wenn Kaganowitsch im Januar 1930 sagte, daß alle Lenkung und Aktivität bei der Entwicklung der Kolchosen »direkt und ausschließlich« von Männern des Parteiapparats vorgenommen werde. [45] Heutige offizielle sowjetische Autoren wie etwa S. P. Trapesnikow behaupten immer noch oft, daß die Kollektivierung eine Mehrheitsentscheidung der Bauernschaft war. Tatsächlich wird diese Linie neuerdings sogar zunehmend vertreten; die seriösen Wissenschaftler, die in den fünfziger und sechziger Jahren Arbeiten dazu veröffentlichten, sind zum Schweigen gebracht worden. Aber wie wir gesehen haben und wieder feststellen werden, waren sowjetische Roman-Autoren, die in Moskau in der Periode vor dem Jahre 1982 publiziert wurden, offenherziger als die Partei. Einer von ihnen sagt klipp und klar: »Je weiter und entschiedener die Kollektivierung eingeführt wurde, desto mehr stieß sie auf Zögern, Ungewißheit, Furcht und Widerstand.« [46] Oft wird behauptet, daß das »kulturelle Niveau« der Bauernschaft durch unablässige Versammlungen und Propaganda gehoben wurde, so daß sie lernte, die Vorteile der Kolchose einzusehen. Tatsächlich waren die Versammlungen jedoch einfach nur Mittel zur Zwangsanwendung. Eine übliche Prozedur, die oft erwähnt wird, bestand darin, daß der Partei-Emissär eine Dorf-Versammlung fragte: »Wer ist gegen das Kollektivgut und gegen die Sowjetregierung?« [47] Oder: »Ihr müßt sofort der Kolchose beitreten. Wer es nicht tut, ist ein Feind des Sowjetregimes.« [48] Ein Parteifunktionär aus dem Nord-Kaukasus-Gebiet wird zitiert (nach örtlichen Archiven) in einem kürzlich erschienenen sowjetischen Werk mit der Aussage gegenüber den Bauern: »Karl Marx, unser teurer verstorbener Führer, hat geschrieben, daß die Bauern Kartoffeln in einem Sack seien. Wir haben euch im Sack.« [49] Selbst die Formalitäten wurden nur in sehr begrenzter Weise beachtet. In einem Dorf an der Wolga wurde nicht mehr als ein Viertel bis ein Drittel der Haushaltsvorstände bei den Dorf-Versammlungen gezählt; sie verpflichteten das ganze Dorf zur Kollektivierung. Es gibt viele solcher Berichte. [50]

Zunächst wurden oft vereinzelte Stimmen gegen die Aktivisten erhoben. Ein Bauer in Scholochows Roman weigert sich trotz Garantien, sein Saatgetreide im kommunalen Getreidespeicher abzuliefern: »›Bei mir ist es sicher. Wenn ich es euch gebe, kriege ich im Frühling nicht einmal die leeren Säcke zurück. Wir sind klüger geworden; so könnt ihr uns nicht mehr hereinlegen.‹ Nagulnow zog die Augenbrauen hoch, und sein Gesicht wurde ein wenig blasser. ›Wie wagst du es, der Sowjetregierung zu mißtrauen‹, sagte er. ›Du glaubst also nicht, was ich sage?‹ ›Richtig. Ich glaube es nicht. Diese Art von Märchen haben wir schon mal gehört.‹ ›Wer hat euch Märchen erzählt? Und worüber?‹ Nagulnow war sichtlich blaß geworden und erhob sich langsam. Doch als hätte er nichts gehört, fuhr Bannik fort, still zu lächeln, wobei er seine wenigen gesunden Zähne zeigte. Nur seine Stimme bebte vor Kränkung und brennendem Zorn, als er sagte: ›Ihr sammelt das Getreide ein, und dann verladet ihr es in Züge und versendet es anderswohin. Ihr kauft Autos, damit Partei-Leute darin mit ihren dauergewellten Weibern herumfahren können. Wir wissen, wofür ihr das Getreide haben wollt. Wir haben die Gleichheit erlebt, o ja!‹«

Ein armer Bauer in einem Dorf in der Provinz Poltawa wird mit den Worten zitiert: »Mein Großvater war ein Leibeigener, aber ich, sein Enkel, werde niemals ein Leibeigener sein!« [51] In der Tat, es wurde allgemeiner Brauch, die Abkürzung WKP (für: Allunions-Kommunistische Partei) als »zweite Leibeigenschaft« (wtoroje krepostno prawo) zu deuten. [52] Auch amtliche Darstellungen erwähnen arme Bauern mit dem Vorwurf: »Ihr habt uns zu etwas Schlimmerem als Leibeigenen gemacht!« [53] Die »Prawda« selbst berichtete, daß in einem ukrainischen Dorf, wo Kollektivierung durch eine örtliche Versammlung unter Schweigen durchgesetzt worden war, eine Anzahl von Frauen die Straße blockierte, als die Traktoren kamen. Die Frauen riefen unter anderem: »Die Sowjetregierung bringt die Leibeigenschaft wieder!« [54] Und ein kürzlich erschiener sowjetischer Bericht zitiert die Bauern mit den Worten: »Ihr wollt uns in Kollektive hineintreiben, damit wir eure Leibeigenen werden«; örtliche Parteiführer seien von ihnen als »Gutsherren« bezeichnet worden. [55] Solche Ansichten hielten sich in der Bauernschaft. Große Mehrheiten verweigerten oftmals immer noch die Kollektivierung. Prominente Verweigerer wurden dann einer nach dem anderen verhaftet, unter anderen Beschuldigungen. [56] In Belosuwka im Bezirk

Tschornuchy wurden die Bauern zu einer Versammlung gerufen und dort angewiesen, ihre Namen unter einen Antrag auf Beitritt zur Kolchose zu setzen. Einer rief die anderen auf, sich zu weigern. Er wurde in derselben Nacht und 20 andere am nächsten Tag verhaftet, woraufhin die Eintragungen für die Kolchosen glatt verliefen. [57]

Zufällig besitzen wir die (größtenteils unpublizierten) Briefe, die bei der in der Westlichen Provinz publizierten Zeitung »Nascha Derewnija« eingingen. Alle stammten von armen oder mittleren Bauern; sie beklagten sich über erzwungenen Eintritt in die Kolchose, über übermäßige Anforderungen, über »Sklaverei« in den Kolchosen, über Mangel an Nägeln... [58] In dieser Gegend weigerten sich sogar viele ländliche Kommunisten, den Kolchosen beizutreten. [59] In Scholochows Dorf am Don stimmten nur 67 von 217 Anwesenden für den Beitritt, nach ungeheurem Druck und Drohungen, man werde Gegner der Kolchosen als ebensolche »Feinde der Regierung« betrachten wie jene, die bereits deportiert worden waren. Die »Fünfundzwanzigtausender« »konnten den hartnäckigen Widerstand der Mehrheit der mittleren Bauern nicht verstehen«.

Was die Ukraine betrifft, so mußte der Erste Sekretär dieses Landes, Stanislaw Kossior, zugeben: »Administrative Maßnahmen und die Anwendung von Gewalt, nicht nur gegen mittlere Bauern, sondern auch gegen arme Bauern, wurden zu einer systematischen Komponente der Arbeit nicht nur der Bezirks-, sondern auch der Provinz-Parteikomitees.« [60] Ein offizieller sowjetischer Wissenschaftler der Nach-Stalin-Zeit (er selber war ein Aktivist in der Kollektivierungs-Offensive gewesen) schreibt sogar, daß der stärkste Widerstand nicht von den bessergestellten Bauern ausging, sondern von denjenigen, die erst kürzlich Land erworben hatten, und von »armen Bauern, die erst kürzlich mittlere Bauern geworden waren«. [61]

Aber der Druck wurde immer intensiver: »Jeder denkbare Druck wurde gegen sie angewandt – Drohungen, Verleumdungen, Zwang. Rowdies trieben sich vor ihren Häusern herum und verhöhnten sie. Postboten wurden angewiesen, solchen ›Individualisten‹ keine Post zuzustellen; im Bezirks-Medizinal-Zentrum wurde ihnen mitgeteilt, daß nur Kollektiv-Landwirte und deren Familien als Patienten angenommen werden könnten. Oft wurden ihre Kinder aus der Schule verwiesen und schmählich aus der Abteilung Junger Pioniere und aus dem Komsomol ausgestoßen. Die Getreidemühlen weigerten sich, ihr Korn zu mahlen; die Schmiede machten keine Arbeiten für sie. Das Stigma des ›Individualisten‹, wie es von den Behörden verwendet wurde, entsprach der Klassifizierung eines Menschen als Verbrecher.« [62]

Für die Grenzfälle unter den mittleren Bauern, die vor der Alternative der Entkulakisierung standen, war die Wahl oft bitterhart. Während viele den Kollektiven beitraten und ihr Getreide übergaben, bemerkte ein Kommunist: »Diese Leute hatten offenbar beschlossen, lieber der Hungersnot daheim ins Gesicht zu sehen, als Verbannung ins Unbekannte zu riskieren.« [63] Dörfliche Handwerker wurden ebenfalls eliminiert. Beispielsweise wurden gegen die Opposition des Dorf-Sowjet von Krynytschky alle Häute im Besitz von zehn Gerbern beschlagnahmt, die dort und in den umliegenden 24 Dörfern arbeiteten, und ihnen wurden Strafen von jeweils 300 Rubeln auferlegt. [64] Selbst die quasihandwerklichen Tätigkeiten, die traditionell von den Bauern selbst betrieben wurden, waren betroffen. Beispielsweise verwendeten viele von ihnen Handmühlen, um das Sonnenblumenöl auszupressen. Dies wurde durch Verordnung des Volkskommissariats für Handel vom 18. Oktober 1930 verboten. [65] Dörfer jeder Größe wurden verpflichtet, Gefängnisse anzulegen; vor der Revolution hatte es Gefängnisse nur in Bezirkshauptstädten gegeben. Sie wurden nicht nur für Bauern benötigt, die verbale Einwände vorgetragen oder bei Dorfversammlungen mit »Nein« gestimmt hatten. Der Widerstand gegen die Kollektivierung nahm oftmals gewaltsamere Formen an.

In den Jahren 1929 und 1930 war eine große Anstrengung unternommen worden, den Bauern den Besitz von Waffen unmöglich zu machen. Die Registrierung von Jagdwaffen war durch Verordnungen von 1926, 1928 und 1929 zur Pflicht gemacht worden; außerdem waren Bestimmungen ergangen, die sicherstellen sollten, daß Schußwaffen nicht an »kriminelle und gesellschaftlich gefährliche Elemente« verkauft würden; dies war »durch die GPU-Behörden zu überprüfen«. Im August 1930 wurde eine massive Waffenrazzia angeordnet, nachdem verschiedene kleine Erhebungen und Widerstandshandlungen einzelner klargemacht hatten, daß dies nicht befolgt worden war. Zu diesem Zeitpunkt waren jedoch wenige Waffen übriggeblieben. Unter den hunderten von Durchsuchungs-Dokumenten finden wir nur gelegentlich die Entdeckung »einer kleinkalibrigen Pistole«, während die Durchsuchung zum Vorteil des Staates gewendet wurde durch die Beschlagnahme von »Silbergeld: 30 Rubel 75 Kopeken, Papiergeld: 105 Rubel, Trauringe: zwei«, und so weiter in einem Fall nach dem anderen. [66] In einem Dorf in der Provinz

Charkow beklagte sich der GPU-Funktionär bei einem Aktivisten, daß es dort immer noch Leute gebe, die schon Strafen abgesessen hätten, aber 1927 amnestiert worden seien, und die Waffen versteckt hielten. [67]

Ob ausreichend bewaffnet oder nicht, die Bauern leisteten Widerstand. Viele Funktionsträger wurden ermordet. Parteimitglieder wurden gewarnt, sich »von offenen Fenstern fernzuhalten« und nicht nach Einbruch der Dunkelheit hinauszugehen. [68] In der ersten Hälfte des Jahres 1930 begingen die Kulaken mehr als 150 Morde und Brandstiftungen in der Ukraine. [69] Danach sind keine Zahlen mehr zugänglich, anscheinend, weil sie amtlich verschwiegen wurden. In einem einzigen Dorf, Birky in der Provinz Poltawa (mit einer Bevölkerung von etwa 6000) wurde der örtliche GPU-Chef im Januar 1930 schwer verletzt; im März wurden die Gebäude von einer der vier Kolchosen des Dorfes niedergebrannt, ebenso Häuser von enteigneten Kulaken, die von Kommunisten übernommen worden waren. Einer der führenden örtlichen Kommunisten wurde angegriffen und verletzt. [70]

Ernster waren die weitverbreiteten Demonstrationen gegen die Kolchosen zu nehmen (manche von ihnen waren »bewaffnete Demonstrationen«), die in sowjetischen Quellen aufgeführt werden. Tausende von Menschen begingen eine Vielzahl »terroristischer Handlungen«. In der Region Salsk im Nord-Kaukasus-Gebiet wurde eingeräumt, daß man eine bestimmte »Demonstration« erst nach »fünf oder sechs Tagen« unterdrücken konnte, und zwar mit Hilfe von »Kavallerie und Panzerwagen«. [71] Tatsächlich trugen, wie uns ein sowjetischer Wissenschaftler der Chruschtschew-Zeit mitteilt, die Demonstrationen in manchen Gegenden »einen fast aufständischen Charakter ... Leute bewaffneten sich mit Mistgabeln, Äxten, Stökken, Flinten und Jagdgewehren ... In vielen Fällen wurden sie von früheren Antonow-Banditen angeführt«, [72] also von Überlebenden (weil sie Angehörige von niederem Rang gewesen waren) der großen Bauernaufstände der frühen zwanziger Jahre. Bewaffnete Demonstrationen, die nur mit Heeresverbänden niedergeschlagen werden können, kann man getrost als aufständisch bezeichnen. Und es gab in der Tat bewaffnete Erhebungen in großem Maßstab, die an jene des ersten Bauernkrieges von 1918–22 erinnerten. Diesmal aber waren die Waffen-Ressourcen der Bauern geringer; vor allem jedoch hatten sich Kontrollfähigkeit und Macht der Partei enorm vergrößert.

Einige Revolten wurden in kleinerem Rahmen ausgetragen, etwa die, die auf das Dorf Parbinsk beschränkt blieb; GPU-Einheiten schlugen sie nieder und erschossen anschließend den Priester und seine vierköpfige Familie. [73] Im September 1930 wurde die Polizei durch einen Aufstand im Dorf Rudkiwisti in Podilia vertrieben, aber drei Tage später wurde dieser durch Sicherheits-Kräfte niedergeworfen. Zwei Bauern wurden erschossen und 26 deportiert. [74] Im Juni 1931 wurde ein Kavallerie-Regiment Berichten zufolge ausgeschickt, einen Aufstand von Bauern in Mychayliwka – in demselben Gebiet – niederzuwerfen; Artillerie wurde eingesetzt, und die gesamte männliche Bevölkerung über 15 Jahre wurde verhaftet. 300 Männer und 50 Frauen wurden in Lager geschickt. [75] Andere Revolten breiteten sich über einzelne Dörfer hinaus aus, insbesondere in der Ukraine. Es gab eine richtige Rebellion in den Dörfern Hradonysti und Troitsk im Dnjestr-Tal in der Provinz Odessa; sie wurde von bewaffneter Miliz niedergeschlagen. [76] Es gab eine Erhebung in der Probinz Tschernihiw im Frühjahr 1930, die sich über fünf Bezirke ausbreitete und von Armee-Einheiten niedergeschlagen wurde. [77]

In einer anderen Provinz, Dnjepropetrowsk, breitete sich eine Erhebung ebenfalls über fünf Bezirke aus. Eine Infanterie-Division, die bei Pawlograd stand, marschierte nicht gegen sie, sondern trat in Verhandlungen ein. Der Divisionskommandeur wurde verhaftet. Aber die Division wurde nicht gegen die Rebellen eingesetzt, statt dessen wurden GPU-Truppen und Miliz von außen herangeführt. Allein in einem Dorf, Dmytriwka, wurden 100 Menschen verhaftet, und die Gesamtzahl ging in die Tausende. Alle wurden geprügelt, einige erschossen, andere in Arbeitslager geschickt. [78] In Moldawia erhob sich eine Gruppe von Dörfern, vernichtete eine Einheit berittener Miliz und besiegte eine GPU-Abteilung, wobei einige Dörfer sogar eine »Sowjet-Regierung ohne Kommunisten« proklamierten. Andere Rebellionen brachen in zwei Bezirken der Provinz Cherson aus, in den Provinzen Kamjanetz-Podilsk und Winnitsja sowie in drei Bezirken der Provinz Tschernihiw, wo dort ausgehobene Truppen die Rebellen unterstützten und größere Konzentrationen von regulären Truppen und GPU-Einheiten aufgeboten werden mußten; in Wolhynia und in drei Bezirken der Provinz Dnjepropetrowsk, wo ein Leutnant der Roten Armee auf Urlaub die schlecht bewaffnete Bauernschaft gegen Heereseinheiten führte, die von Panzern und Flugzeugen unterstützt wurden; er fiel im Kampf. In solchen Fällen kam es zu vielen Hinrichtungen, und Familien wurden in großer Zahl deportiert. [79]

Es gibt eine Anzahl von Berichten über Insurgentengruppen, in

denen frühere antisowjetische Partisanen der Bürgerkriegs-Periode
sich mit früheren »Roten Partisanen« zusammentaten, um sehr wirkungsvolle Einheiten zu bilden. [80] Nach einer Schätzung gab es bis
zu 40000 ukrainische Rebellen im Jahre 1930. [81] In Sibirien hatte
der Bürgerkrieg nie so recht geendet: Sowjetische Quellen sprechen
von fortgesetztem »politischen Banditentum«. [82] Aber zwischen
dem Frühjahr 1927 und dem Frühjahr 1929 vervierfachte sich die
Zahl der Guerillagruppen, und danach stieg sie sogar in noch stärke-
rem Maße an. [83] Eine typische Rebellion im Bezirk Utsch-Pristans-
kij im März 1930 wurde vom örtlichen Milizchef Dobytin angeführt
und war mit Polizeiwaffen ausgestattet. GPU-Truppen wurden aufgeboten, um sie niederzuschlagen, und eine amtliche Analyse der
Teilnehmer zeigt, daß diese zu 38 Prozent aus »Kulaken« bestanden,
zu 38 Prozent aus mittleren Bauern und zu 24 Prozent aus armen
Bauern. Ihr politisches Programm sah eine Verfassunggebende Versammlung vor, die »einen Zaren oder einen Präsidenten« wählen
würde. [84] Allgemein erklärten die sibirischen Erhebungen die
Sowjet-Regierung für abgesetzt, und die verfassunggebende Versammlung blieb eine populäre Parole. [85]
Eine kürzlich erschienene Arbeit über die Mithilfe des sibirischen
Militärbezirks bei der Kollektivierung gibt ein interessantes Bild
davon, wie die Soldaten wahrheitsgemäße Informationen von ihren
Familien bekamen. Im Oktober 1931 waren allein in einem Bataillon
16 Prozent der eingehenden Briefe von »antisowjetischem Charakter«, im November waren es 18,7 Prozent, in den ersten Dezember-
tagen 21,5 Prozent. Unterhaltungen zwischen Soldaten, wie Spitzel
sie weitergaben, waren voll von Bemerkungen wie der, daß die
Behörden »jedermann ohne Unterschied berauben und uns erzählen, sie liquidierten den Kulaken«. Konterrevolutionäre Soldaten-
gruppen wurden entlarvt, die versucht hatten, Beziehungen zu den
ländlichen Gebieten über Soldaten auf Urlaub herzustellen; in mindestens einem Fall hätten sie sogar ein Flugblatt herausgegeben. [86]
In manchen Regionen der Ukraine und des Nord-Kaukasus-Gebiets
wurden Militärflugzeuge eingesetzt, wie uns ein OGPU-Offizier
berichtet. Im nördlichen Kaukasus weigerte sich ein Geschwader, die
Kosakendörfer im Tiefflug anzugreifen. Es wurde aufgelöst und die
Hälfte seines Personals erschossen. In einem anderen Bereich dieses
Gebiets wurde ein OGPU-Regiment ausgelöscht. Der berüchtigte
Frinowskij, damals Kommandeur der OGPU-Grenztruppen, der die
Niederwerfung leitete, berichtete dem Politbüro, die Flüsse hätten
Tausende von Leichen mit sich getragen. Nach diesen Revolten

wurden Berichten zufolge Zehntausende von Bauern erschossen und Hunderttausende ins Lager und in die Verbannung geschickt. [87]
Auf der Krim (wo 35 000 bis 40 000 Tataren entkulakisiert wurden) wird eine Erhebung im Dezember 1930 in Alakat gemeldet, gefolgt von Tausenden von Verurteilungen zum Tode oder zu Arbeitslager. Der Präsident der Krim, Mehmet Kubay, beschwerte sich 1931 über die Ausplünderung und das Hungersterben in der Republik; anschließend verschwand er von der Bildfläche. [88] Unter den Bergnationen des Kaukasus hielten Rebellionen monatelang an, wobei große Einheiten regulärer Truppen aufgeboten wurden. In Armenien gab es im März und April 1930 weitverbreitete Bauernaufstände, wobei einige Bezirke wochenlang in Rebellenhänden waren. [89] Auch in Aserbeidschan führte die Kollektivierung zu Aufständen: »Die Turki-Bauern von Aserbeidschan, die wohlhabenden, mittleren und armen eingeschlossen, haben sich alle miteinander erhoben«, wie Karajew, Sekretär der Aserbeidschanischen Partei, es ausdrückte; er erläuterte, daß Sippenverbindungen Klassenteilungen verhindern würden. Nach schweren Kämpfen entkamen etwa 15 000 nach Iran. [90] Aber selbst verhältnismäßig friedlicher Widerstand wurde oft in erbarmungsloser Manier zermalmt. Isaac Deutscher traf bei einer Rußland-Reise einen hohen OGPU-Offizier, der ihm mit Tränen in den Augen sagte: »Ich bin ein alter Bolschewik, ich kämpfte im Untergrund gegen den Zaren und ich habe dann im Bürgerkrieg gekämpft. Habe ich das alles getan, damit ich nun Dörfer mit Maschinengewehren umstelle und meinen Männern befehle, ohne Unterschied in Bauernmassen hineinzuschießen? Oh, nein, nein, nein!« [91]
Verhaftungen und Hinrichtungen in Fällen wirklichen Widerstands waren natürlich begleitet von allgemeinem Terror gegen bloß Verdächtige. Ein verhafteter Bauer wird in einem sowjetischen Roman als Opfer der falschen Anschuldigung dargestellt, er habe eine militärische Rebellion zu organisieren versucht. Im Gefängnis rät ihm ein anderer Bauer, das von ihm geforderte Geständnis zu unterschreiben, wie es alle anderen machen mußten. Er erwiderte, daß er nicht schuldig sei, woraufhin die Antwort lautet, das seien die anderen auch nicht gewesen. Er wendet ein: »Aber dann werde ich erschossen!« »Ja, aber du wirst wenigstens nicht gefoltert.« [92]
Die Intelligenteren unter jenen, die dem Regime Widerstand entgegensetzten, wenn auch mit friedlichen Methoden, kannten die Alternativen. In Scholochows Dorf wird ein Regimefeind verhaftet. Der OGPU-Mann sagt: »»Warte nur: Ich nehm dich nach Rostow mit. Da

wirst du mir ein paarmal vortanzen, bevor du stirbst.‹ ›O wie schrecklich! Wie Sie mir Angst machen! Ich zittere am ganzen Leib wie
Espenlaub, ich bebe vor Angst!‹ sagte Polowzew ironisch, wobei er
innehielt, um eine billige Zigarette anzuzünden. Aber unter seinen
Augenbrauen blickte er den Tscheka-Mann mit höhnischen, haßer-
füllten Augen an. ›...Womit, glauben Sie, können Sie mich ein-
schüchtern? Sie sind zu naiv! Mit Folter? Das klappt nicht: Ich bin zu
allem bereit.‹«

Die bemerkenswerteste Form des Widerstandes freilich waren die
erstaunlichen Babski Bunti – die »Frauen-Aufstände«, vor allem in
der Ukraine. Einer der Gründe, weshalb gerade die Frauen den
Kolchosen besonders feindselig gegenüberstanden, scheint darin zu
liegen, daß sie sich traditionell um die Tiere auf dem Hof kümmerten
und sich auf ihre Kühe wegen der Milch für die Kinder verließen. Das
wurde nun eine unsichere Sache. Die zentrale sowjetische Presse
selber berichtet über einige der Frauen-Revolten. [93] Aus einem
Dorf nach dem anderen wird von Vorgängen berichtet wie: »Eine
große Menge von Frauen kam, mit Knüppeln und anderen Gegenständen bewaffnet, und begann die Rückgabe der Pferde zu fordern.
Sie versuchten auch, Repräsentanten des Bezirks-Exekutivkomitees
und des Bezirks-Parteikomitees zu verprügeln. Die Anführerin dabei
war Kanjaschyna, Nasta« (sie wird als die Ehefrau eines mittleren
Bauern bezeichnet). [94] In vielen Fällen gelang es den Frauen, die
kollektivierten Pferde zurückzubekommen, manchmal wurde auch
Getreide weggenommen und neu verteilt. [95]

Die Bewegung breitete sich bis ins eigentliche Rußland aus, wenn
auch in geringerem Umfang. Aus der Westlichen Provinz wird von
einer Erhebung von 200 Personen berichtet, »hauptsächlich Frauen«,
die die Kolchose angriffen. [96] Aber die meisten unserer Berichte
stammen aus der Ukraine und dem Nord-Kaukasus-Gebiet (wie bei
den bewaffneten Rebellionen, soweit das auszumachen war). In drei
Dörfern in der Provinz Odessa trieben die Frauen im Februar 1930
die örtlichen Behörden auseinander und erlangten ihr Eigentum
zurück. GPU-Abteilungen warfen die Revolte nieder und nahmen
viele Verhaftungen vor. [97] Einer Frauen-Revolte im Dorfe
Pleschky in der Provinz Poltawa gelang es im Frühjahr 1933, in das
Getreidelager einzudringen und Getreide an sich zu nehmen. Polizei-
Einheiten feuerten auf die Frauen, und eine Anzahl wurde getötet.
Alle Überlebenden wurden deportiert. [98]

Alles in allem wird die Verhaftung Tausender von Frauen bei solchen
Einzelvorfällen gemeldet. [99] Aber wenn die Vorgänge einen größe-

ren Maßstab erreichten, waren die Behörden in einer gewissen Verlegenheit, insbesondere wenn – was oft der Fall war – die Methoden der Rebellen wohlüberlegt waren oder wenn ihre Gegner sich scheuten, Hilfe von außen zu holen. Denn die »Frauen-Aufstände« lernten, wie ein Beobachter aus den Reihen der Aktivisten mitteilt, nach bestimmten taktischen Vorgaben vorzugehen. Zuerst führten die Frauen den Angriff auf die Kolchose an; »wenn die Kommunisten, Komsomolzen, die Mitglieder der Dorf-Sowjets und des Komitees der Unreichen Bauern sie angriffen, so kamen die Männer zur Verteidigung der Frauen herbei. Diese Taktik zielte darauf ab, das Eingreifen bewaffneter Streitkräfte zu verhindern, und sie war erfolgreich.« In der südlichen Ukraine, den Don- und Kuban-Gebieten war die Kollektivgut-Struktur im März 1930 praktisch zusammengebrochen. [100]

Die gefürchtete – und am weitesten verbreitete – Antwort der Bauern auf die neue Ordnung war jedoch von anderer Art: Sie schlachteten ihr Vieh. Zunächst – bis es gelang, dies zu unterdrücken – hatten die Bauern ihre Pferde und Kühe nur verkauft. Die »Prawda« klagte im Januar 1930, daß in Taganrog »unter kulakischem Einfluß ein Massenverkauf von Großvieh durch die mittleren und armen Landwirte vorgenommen wird, ehe sie in die Kollektivgüter eintreten. Im Verlauf der letzten drei Monate wurden mehr als 26000 Stück Schlachtvieh verkauft, ferner 12000 Milchkühe und 16000 Schafe. Käufer reisen zu verschiedenen Bahnstationen und kaufen Haustiere zu hohen Preisen, damit haben sie es den Regierungsmärkten weggeschnappt, die derzeit stilliegen. Vieh, Pferde und Schafe werden in verbrecherischer Weise anderswo verkauft. Diese Praxis ist am deutlichsten in jenen Regionen zu erkennen, wo eine umfassende Kollektivierung stattfindet. Bevor sie in die kollektive Landwirtschaft eintreten, versuchen die mittleren und sogar die armen Landwirte ihren Haustierbestand loszuwerden. Das Geld aus dem Verkauf horten sie«. [101] Zur selben Zeit vermerkte die »Prawda« auch schon, daß »unter dem Einfluß von kulakischer Agitation des Inhalts, in kollektiver Landwirtschaft werde man ihnen ihr Eigentum wegnehmen, um alle gleichzumachen, die Landwirte nicht nur ihr Schlachtvieh schlachten, sondern sogar die Milchkühe und Schafe«. [102]
Eine kürzlich erschienene amtliche historische Abhandlung berichtet uns, daß in Sibirien »kulakische Agiation, das Vieh zu schlachten, bedeutende Teile der Bauernschaft mitriß«, und daß dies sehr viel schwerer zu verhindern war als der Verkauf. [103] Da das Fleisch

zumeist nicht verkauft werden konnte, wurde es aufgegessen. Von
Tschernow, der die Kollektivierung in der Ukraine leitete und später
Volkskommissar für Landwirtschaft wurde, wird berichtet, er habe
gesagt: »Zum ersten Mal in ihrer elenden Geschichte haben sich die
russischen Bauern an Fleisch satt gegessen.« [104] Dies führte zu
einer wirtschaftlichen Katastrophe. Beim Siebzehnten Parteikongreß im Jahr 1934 wurde verkündet, daß 26,6 Millionen Stück Vieh
(42,6 Prozent des Viehs im gesamten Lande) sowie 63,4 Millionen
Schafe (65,1 Prozent der Gesamtzahl) verlorengegangen seien. (In
der Ukraine wurden 48 Prozent des Viehs, 63 Prozent der Schweine
und 73 Prozent der Schafe und Ziegen geschlachtet.) [105] Und sogar
diese amtlichen Zahlen über den Vieh-Verlust dürften niedriger als
die Wirklichkeit liegen. [106] Zwischen Januar und März 1930 wurde
die sowjetische Landwirtschaft auf diese Weise ruiniert.
Oberflächlich betrachtet, hatte die Partei den Sieg errungen. Im Juni
1929 waren 1 003 000 Höfe in Kollektivbesitz übergegangen. Im
Januar 1930 waren es 4 393 100 und am 1. März 14 264 300. [107] Aber
die Verluste durch Schlachtung, der Widerstand der Bauernschaft,
der totale Mangel an angemessener Planung – alle diese Phänomene,
die wir aufgezählt haben, vereinen sich zu einem großen und teuren
Debakel.
In Chruschtschews Zeit war der sowjetische Gelehrte W. P. Danilow
sogar in der Lage, einen Artikel über die Kollektivierung in der
Sowjetischen Historischen Enzyklopädie zu plazieren (Band 7). Der
Artikel ist in der Nach-Chruschtschew-Periode oft attackiert worden.
Darin spricht er von den »Fehlern« der Kollektivierungs-Periode:
daß man die Bauern in die Kolchosen zwang, daß man die Entkulakisierung gegen weite Kreise vornahm – bis zu 15 Prozent in manchen
Gegenden, wobei sogar arme Bauern erfaßt wurden; daß man Kolchosen errichtete ohne Beratung mit den Bauern; daß übermäßige
»Sozialisierung« stattfand in der Form etwa, daß das gesamte Vieh
der Bauern weggenommen wurde.
Ein anderer sowjetischer Gelehrter jener Periode (der vermerkte, es
habe sich »eine Gefahr des Zerreißens« bei dem angeblichen Bündnis
zwischen Arbeitern und Bauern entwickelt) geht so weit zu sagen,
daß die Kolchos-Bewegung »nahe daran war, ihre Glaubwürdigkeit
zu verlieren«. [108] Und ein weiterer sagt, daß »in der zweiten
Februarhälfte 1930 die Unzufriedenheit der Massen sehr intensiv
wurde«. [109] Ein wichtiges sowjetisches Journal der Chruschtschew-
Epoche erklärte, daß »auf Stalins Befehl die Presse keine Berichte
über Fehler, Übergriffe und andere Schwierigkeiten brachte, die

durch den Mangel an klaren und folgerichtigen Weisungen entstanden«. [110] Sowohl Struktur als auch Tradition der Partei waren von solcher Art, daß Befehle von oben im Namen des »demokratischen Zentralismus« ohne Rückfrage ausgeführt wurden. Diese quasimilitärische Haltung verhinderte die meisten Phänomene, die man auch in jeder anderen Art politischer Organisation vorgefunden hätte – Uneinigkeit, Verweigerung des Befolgens zentraler Weisungen, Schisma, Rücktritt. Selbst Rechte wie Bucharin unternahmen keinen Versuch, aus den Reihen auszubrechen. In der Tat, es ist ein irgendwie ironisches Faktum, daß es Bucharin war, der die letzte größere Apologie der Schnellkollektivierung verfaßte. [111] Aber am 2. März 1930 veröffentlichte Stalin seinen entscheidenden Artikel »Schwindlig vom Erfolg«, der »Verzerrungen« angriff, die gegen das »Freiwilligkeitsprinzip« verstoßen hätten. [112] In Zukunft sollte es dem Bauern gestattet sein, das Kollektivgut zu verlassen, wenn er wollte. Wie Lenin 1921 war nun auch Stalin durch die Bauernschaft zum Stehen gebracht worden.

Es scheint, daß der Rückzug wenigstens teilweise durch Proteste einer Anzahl »gemäßigter Stalinisten« im Politbüro herbeigeführt wurde. [113] Jedenfalls – wie oftmals vorher und nachher – führte Stalin nun eine scharfe Attacke gegen die »Übergriffe« derjenigen, die tatsächlich seine Schnellkampagne getragen hatten. Es wurde sogar in hohen amtlichen Erklärungen weithin zugegeben, etwa durch Mikojan, daß diese »Irrtümer« begonnen hätten, »die Treue der Bauern zum Arbeiter-Bauern-Bündnis zu unterminieren«. [114] Stalin fuhr fort, in verschiedenen Artikeln und Reden die »Zwangsmaßnahmen gegen die mittleren Bauern« zu verurteilen. [115] Sie widersprächen dem Leninismus. Eine typische Aussage im April hört sich folgendermaßen an:

»Die Moskauer Region hat in ihrem fieberhaften Bemühen um aufgeblähte Kollektivierungs-Zahlen ihre Amtsträger daraufhin orientiert, die Kollektivierung bis zum Frühjahr 1930 zu vervollständigen, obwohl ihr nicht weniger als drei Jahre zur Verfügung standen (bis Ende 1932). Die Zentrale Schwarzerde-Region, die nicht wünschte, ›den anderen nachzuhinken‹, begann, ihre Amtsträger darauf zu orientieren, daß die Kollektivierung in der ersten Jahreshälfte 1930 zu vollenden sei, obwohl sie nicht weniger als zwei Jahre zur Verfügung hatte (bis Ende 1931). Natürlich fühlten sich bei einem solchen Schnellfeuer-›Tempo‹ der Kollektivierung die Gebiete, die weniger auf die Kollektivgut-Bewegung vorbereitet waren, ihrerseits in ihrem Eifer, die besser vorbereiteten Regionen zu ›übertreffen‹,

zum Rückgriff auf starken administrativen Druck genötigt – in dem Bemühen, die fehlenden Faktoren, die für ein schnelles Fortschreiten der Kollektivgut-Bewegung benötigt wurden, durch ihren eigenen administrativen Eifer zu kompensieren. Die Konsequenzen sind bekannt . . . Sie entstanden eben wegen unseres schnellen Erfolges bei der Kollektivgut-Bewegung. Der Erfolg berauscht manchmal die Köpfe von Menschen. Er führt nicht selten zu extremer Eitelkeit und Einbildung. Das kann sehr leicht Repräsentanten einer Partei wie der unseren widerfahren, deren Kraft und Prestige nahezu unermeßlich sind. Hier sind Beispiele kommunistischen Dünkels, wie Lenin ihn so vehement bekämpfte, durchaus möglich. Hier entsteht auch die sehr reale Gefahr, daß die revolutionären Maßnahmen der Partei in der einen oder anderen Ecke unseres grenzenlosen Landes durch einzelne Repräsentanten der Partei in leeres bürokratisches Verordnen verwandelt werden. Ich meine damit nicht nur örtliche Amtsträger, sondern auch einzelne Mitglieder des Zentralkomitees.« [116]
Viele Kommunisten auf örtlicher Ebene, erschüttert durch den Rückzug, bezeichneten Stalins Haltung sogar als unkorrekt – in manchen Fällen versuchten sie gar, die Nachricht zu unterdrücken. Davon abgesehen, hatten sie keine rechte Lust, die Schuld für »Exzesse« auf sich zu nehmen, die ganz offensichtlich von oben gebilligt worden waren. [117] Wie es ein späterer sowjetischer Historiker ausdrückte: »Stalin schob die gesamte Verantwortung für Fehler auf die Amtsträger der örtlichen Ebene ab und warf ihnen pauschal Pfuscherei vor. Der Inhalt wie der Ton kamen der Partei unerwartet und führten zu einigem Durcheinander in den Parteikadern.« [118]
Ein Brief von einem Dnjepropetrowsker Kommunisten, der 40 Jahre später publiziert wurde, wird von Roy Medwedjew zitiert: »Genosse Stalin, ich, ein einfacher Arbeiter und ein Leser der ›Prawda‹, habe während der ganzen Zeit die Zeitungen aufmerksam verfolgt. Trifft diejenige Person die Schuld, die nicht umhin konnte, den Aufruhr über Kollektivierung zu hören, und zu der Frage, wer die Kollektivgüter leiten sollte? Wir alle, die unteren Ränge und die Presse, haben diese lebenswichtige Frage der Kollektivgut-Führung verhunzt, während Genosse Stalin, so scheint es, die ganze Zeit wie ein Gott schlief und nichts hörte; seine Augen waren für unsere Fehler verschlossen. Deshalb sollten Sie auch gerügt werden. Aber nun wirft Genosse Stalin die ganze Schuld auf die örtlichen Behörden und verteidigt sich und die führenden Leute.« [119]
Die Parteiführer behaupteten nichtsdestotrotz, daß das Zentralko-

mitee selber keine unrealistischen Ziele gesetzt habe. [120] Von nun
an sind zentrale und örtliche Zeitungen voll von den Missetaten der
Zwangskollektivierung und den Entlassungen und gerichtlichen Verurteilungen von Amtsträgern, die solche Taten begangen hätten – in
einem ukrainischen Bezirk beispielsweise traf es die beiden führenden Personen des Bezirks-Parteikomitees, ferner den stellvertretenden Vorsitzenden des Exekutivkomitees, den Komsomol-Sekretär,
den Schulinspektor und 16 andere. [121]
Der führende Sündenbock war K. J. Bauman, Sekretär des Moskauer Parteikomitees; er wurde – und wird heute noch – der »falschen
Theorie« und »schwerwiegender Verletzungen der Politik der Partei« beschuldigt. [122] Aber Bauman, wenn auch von seinen höheren
Ämtern abberufen, hatte nicht viel zu leiden. Er wurde auf die
wichtige Position des Leiters des Zentralasiatischen Büros der Partei
versetzt, wo er die Kollektivierung der Turk-Republiken über-
wachte, wobei er für seine Erfolge viel Beifall erhielt, etwa auf dem
Usbekischen Parteikongreß im Dezember 1933.
Der sowjetische Gelehrte N. I. Njemakow hat klipp und klar die
Ansicht vertreten (wenn auch in einer Arbeit, die 1966 veröffentlicht
wurde, bevor die Restalinisierung der Nach-Chruschtschew-Zeit
Schwung bekommen hatte), daß Stalin in der Tat für die »Exzesse«
verantwortlich war. Dafür wurde Njemakow später heftig in der
sowjetischen Presse kritisiert. [123] Historiker der Nach-Chruschtschew-Zeit in der UdSSR vertreten die Ansicht, daß Stalins Direktiven korrekt gewesen seien, daß aber die örtlichen und sogar einige
der zentralen Stellen schwerwiegende Fehler bei ihrer Ausführung
begangen hätten. Diese Fehler gab es jedoch überall, so daß diese
Position schwer aufrechtzuerhalten ist.
Die Schuld den örtlichen Amtsträgern aufzuerlegen, war eine konventionelle Farce. Selbst Politbüro-Mitglieder wandten sich in privaten Äußerungen dagegen, [124] darunter Kossior. Und Kalinin wie
auch Ordschonikidse wiesen darauf hin, daß die »Prawda« – die
praktisch Stalins spezielles Megaphon war – diese Exzesse inszeniert
hatte. [125] Chruschtschew geht so weit, zu bestätigen, daß »das
Zentralkomitee tatsächlich den Mut zum Protest fand« (dagegen,
daß Stalin den Mitgliedern die Verantwortung aufbürdete). [126]
Aber nichts davon erreichte die Öffentlichkeit (und Chruschtschews
Darstellung klingt wie eine starke Übertreibung).
Auf dem anderen Flügel bestimmte das leninistische Prinzip des
»demokratischen Zentralismus«, der Unterwerfung unter das Zentrum, die Handlungen – oder Unterlassungen – der Führer des

rechten Flügels. Sie hatten recht bekommen. Erzwungene Kollektivierung hatte sich als Katastrophe erwiesen; es gab ein alternatives
Programm. Daß ihre Sicht sowohl im ganzen Lande als auch in den
Reihen der Partei populär war, stand fest. In jeder anderen politischen Ordnung hätten die Rechten die Machtfrage gestellt. Aber der
Partei-Fetischismus war zu stark, außer im Falle einiger Apparatschiki der zweiten Reihe. So blieb die politische Initiative in Stalins
Händen, und er wandte sich der Offensive gegen die Rechten zu. In
den Thesen des 16. Parteikongresses im Juni-Juli 1930 wird die
Rechte beschrieben als »objektiv eine Agentur des Kulaken«. Und
der Kongreß erlebte, erstmals in der sowjetischen Geschichte, daß
gegen die offizielle Politik keine einzige Stimme erhoben wurde.
Stalins politischer Sieg war vollkommen.

Es gab immer noch einige Zurückhaltung bei Kommunisten, die nie
mit der Rechten in Verbindung gebracht worden waren und sich in
ziemlich hohen Parteipositionen befanden – vor allem im Falle Sergej
Syrzows, der soeben zum Kandidaten für das Politbüro aufgestiegen
war, und W. W. Lominadses. Beide erhoben Forderungen, die auf
eine Rückkehr zur Normalität hinausliefen. Sie wurden im November von ihren Posten abberufen und im Dezember aus dem Zentralkomitee ausgestoßen. Es war eine Art Antiklimax, daß zur selben
Zeit der letzte Repräsentant der Rechten in hoher Position, Rykow,
das Amt des Ministerpräsidenten verlor und aus dem Politbüro
entfernt wurde.

Mittlerweile aber berührten weder die Nachgiebigkeit der Rechten
noch die Bedenken einiger seiner eigenen Gefolgsleute Stalins Position in der Krise vom März 1930, die allein durch seine höchsteigene
Politik hervorgerufen worden war. Wie Lenin 1921 trat er den
Rückzug an und verlagerte angesichts der Katastrophe seine Kräfte,
aber er nahm die Gelegenheit zur Verschärfung statt zur Lockerung
der Parteidisziplin wahr. Und selbst die Widerlegung seiner verkündeten Ziele freiwilliger Kollektivierung und blühender Landgebiete
änderte nichts an seinem Entschluß, seine wahre zentrale Absicht
auszuführen: die Vernichtung der selbständigen Bauernschaft.

8
Das Ende der freien Bauernschaft
1930–32

Sozialismus ist der Feudalismus der Zukunft
Konstantin Leontjew (circa 1880)

Mit dem Rückzug der Partei vom Grundsatz der vollen Zwangskollektivierung im März 1930 hatte der Bauer einen Sieg errungen, aber
zu einem immens hohen Preis. Der Rückzug erbrachte eine verbes-
serte Modellsatzung für die Kolchose, in der für kollektivierte Bauern der Besitz einer Kuh, von Schafen und Schweinen vorgesehen
war sowie der Besitz von Werkzeug, um ihre Einzelgrundstücke zu
bearbeiten. [1] In der alten Ordnung der Dorf-Gemeinschaft hatte
der Bauer schon sein Haushalts-Grundstück außerhalb der kommunalen Kontrolle gehabt, wo er Früchte und Gemüse zog und seine
Tiere hielt. Nun wurde das alte Arrangement faktisch wiederbelebt.
Bei einem Allunions-Kongreß von Kolchos-»Schockarbeitern«
einige Jahre später sollte Stalin sagen, daß es eine »Kolchos-Ökono-
mie« gebe, »die benötigt wird zur Befriedigung sozialer Bedürfnisse,
und daß daneben eine kleine individuelle Ökonomie existiert, die zur
Befriedigung der persönlichen Bedürfnisse der kollektiven Landwirte benötigt wird«. [2] In Wahrheit war und ist natürlich das kleine
private Grundstück der bei weitem produktivste Bereich der Landwirtschaft des Landes; er ernährt nicht nur den Bauern, der ihn
bearbeitet, sondern er stellt ein Gutteil der Produktion her, aus der
die Städte verpflegt werden.
Das »Privat-Grundstück« war eine Konzession sowohl an den Bauern als auch an die ökonomische Wirklichkeit. Aber es war auch ein
Anreiz, in der Kolchose zu bleiben und für sie zu arbeiten. Denn das
Grundstück wurde jedem weggenommen, der nicht die erforderliche
Anzahl von »Arbeitstagen« für die Kolchose erbrachte. Und Abgang
aus der Kolchose schloß natürlich die Verwirkung des Grundstücks
ein. Damit war unterbezahlte Arbeit auf gemeinsamem Land die
Bedingung für die Pacht – ganz in der feudalen Tradition, aber in
strengerer Form.
Im allgemeinen läßt sich der Sieg der Bauern nicht mit ihrem Erfolg
vor neun Jahren bei der Vernichtung des Kriegskommunismus ver-

gleichen. Die Partei zog sich diesmal von einer unmöglich zu haltenden Position zurück, aber nur, um sich zu regruppieren, um die Wiederaufnahme der Offensive so bald wie möglich zu starten, lieber heute als morgen.

Selbst im Artikel »Schwindlig vom Erfolg« vertrat Stalin die Linie, daß die bereits erreichte Kollektivierung ein »ernsthafter Erfolg« sei, der den Wandel zum Sozialismus auf dem Lande garantiere. Im April hatte die »Prawda« präzise genug die Linie für die Zukunft festgelegt: »Wieder teilen wir das Land in Einzelhöfe für diejenigen auf, die nicht kollektiv das Land zu bebauen wünschen, und dann werden wir wieder sozialisieren und neu aufbauen, bis der Kulaken-Widerstand ein für allemal gebrochen ist.« [3]

Zunächst einmal wurde es dem Bauern durch allerlei Maßnahmen – abhängig von der Denkweise des jeweiligen örtlichen Partei-Bevollmächtigten – schwergemacht, sich von der Kolchose zurückzuziehen. Denn es war bei weitem nicht so leicht auszuscheiden, wie der bloße Verordnungstext zu verstehen gab. Das Land der Bauern war zu einem einzigen Kollektivgut zusammengefaßt worden. Ein »Abspalter« konnte nicht einfach sein Stück herausverlangen. Statt dessen wurde ihm ein angeblich gleichwertiges Stück im Randgebiet zugewiesen, auf viel schlechterem Boden. Beispielsweise wurden in einer Stanitza im Nord-Kaukasus-Gebiet 52 größtenteils armen Bauernfamilien nur 110 Hektar zugeteilt anstelle ihrer ursprünglich insgesamt 250 Hektar, und ihr Neuland befand sich auf dem schlechtesten Gebiet. Sie lehnten es ab. In einer anderen Stanitza erhielten sieben arme und mittlere Bauernfamilien Grundstücke, die sie schließlich zurückwiesen, nachdem sie darauf vier Pflüge an einem Tag zerbrochen hatten. [4] Überdies wurde die Zuweisung sowohl von Land als auch von Saatgut verzögert. [5] Und das Land konnte, wie das Volkskommissariat für Landwirtschaft festhielt, »10 bis 15 Kilometer weit weg« liegen und aus der Sicht der Bauern hoffnungslos untauglich sein. [6] Ein anderer Bericht des Volkskommissariats für Landwirtschaft konstatierte, daß eine Kolchose von wenigen Häusern »sehr oft« alles vom besten Land erhielt, während arme und mittlere Bauern »nur unkultiviertes Land behalten, Marschland, Buschgebiet, Ödland usw.«, [7] beinahe als wären sie noch nicht deportierte Kulaken. Einzelbauern hatten oft keinen Zugang zu Weideland oder Wasser, und sie verloren ihre Gemüsegärten und Heuflächen. [8] In Scholochows Dorf am Don weigert sich der »Fünfundzwanzigtausender«-Vorsitzende auch, das kollektivierte Vieh an seine früheren

Eigentümer zurückzugeben; er handelt auf Weisung des Bezirkskomitees. Und da alles Land nahe dem Dorf nunmehr kollektiviert ist,
wird Einzelbauern dort – wie anderswo – nur schlechtes Land weitab
angeboten: »Jakow Lukitsch, weise ihnen morgen früh Land jenseits
des Ratschy-Weihers zu‹, befahl Dawidow. ›Ist das unberührtes
Land?‹ brüllten sie ihn an. ›Es liegt brach. Wie kommt ihr dazu, es
unberührtes Land zu nennen? Es ist gepflügt worden, aber das war
vor langer Zeit, vor etwa 15 Jahren‹, erläutert Jakow Lukitsch.
Augenblicklich erhob sich ein aufkochender, stürmischer Schrei:
›Wir wollen kein hartes Land!‹«
Dies endet in einem Aufruhr, die Aktivisten werden verprügelt, und
dann werden die »Anstifter« verhaftet und deportiert ...
Von alledem abgesehen, waren die Vorkehrungen wie immer so
konfus, daß, wie eine landwirtschaftliche Zeitung es ausdrückte,
»weder die einzelnen Bauern noch die verbleibenden Kollektivgüter
wissen, wo sie säen sollen«. [9] Wenn die Bauern die Erlaubnis
erhielten, die Kolchose zu verlassen, so durften sie zumeist ihre
Werkzeuge nicht mitnehmen, und oft (wie in Scholochows Fall)
erhielten sie nicht einmal ihr Vieh zurück. [10] In einem Dorf gab der
Aktivist schließlich Kühe an jene zurück, die »verzweifelt« darauf
bestanden, aber er weigerte sich einfach, den Bauern das Verlassen
der Kolchose zu erlauben. Ein »Frauen-Aufstand« vertrieb ihn, und
schließlich wurden die Dinge leichter, nachdem die Ordnung wiederhergestellt worden war. [11] In dieser Periode blühten wieder die
»Frauen-Aufstände«, mit denen es oft gelang, Werkzeuge oder Vieh
zurückzubekommen, wenn die örtlichen Behörden dies zunächst
abgelehnt hatten.
Selbst mit all den Nachteilen schlechten Bodens und dem Mangel an
Vieh und Werkzeug war der Drang, die Kolchosen zu verlassen,
überwältigend. Partei-Funktionäre trafen andere Maßnahmen, um
ihn zu bremsen. Solche Maßnahmen versagten normalerweise gegenüber der Masse der Bauern, aber sie hatten einige Wirkung bei
denjenigen, die persönlichen Grund zur Furcht hatten. Allerdings
waren diejenigen, die in den Kolchosen blieben, oft vormals wohlhabende Familien, die zweifellos entkulakusiert worden wären, falls sie
sich wieder als Landwirte selbständig gemacht hätten. [12]
Aber wenn die Bedingungen für den Auszug auch hart waren, so
reichte doch bloße Gewalt nur selten aus, um den durchschnittlichen
Bauern an das Kollektivgut zu binden. Die örtlichen Aktivisten
hatten nicht mehr das Gefühl, Moskau unterstütze sie, während die
Bauern ständig Stalins Artikel zitierten und jedem Druck entschiede-

nen Widerstand entgegensetzten. So gab es oft Ärger, wenn man versuchte, den Auszug von Bauern zu verhindern. Typischerweise »wurden in Komariwka die Kollektivgut-Wächter allesamt verprügelt und alle Maschinen wurden weggenommen. Im Dorf Tschernjawka wurden alle Dorf-Aktivisten hilflos in einem Schulzimmer festgehalten, während die Kolchos-Maschinen weggenommen wurden«. [13]

Innerhalb von wenigen Wochen zwischen März und April 1930 schrumpfte die Zahl von 50,3 Prozent Kollektivierung auf 23 Prozent; sie sank weiter bis in den Herbst. Insgesamt neun Millionen Haushalte – 40 bis 50 Millionen Menschen – verließen die Kollektivgüter. Die Proportionen variierten je nach Örtlichkeit. In einem bjelorussischen Dorf mit 70 Haushalten blieben 40 dabei, und 30 gingen heraus. [14] Aber in der Ukraine war der Anteil an »Abspaltern« viel größer. Mehr als die Hälfte derjenigen, die die Kolchosen verließen, befanden sich in der Ukraine und im Nord-Kaukasus-Gebiet. (Tatsächlich wurden die ukrainischen Behörden jetzt selber beschuldigt, sie seien vom linksorientierten Irrtum des Zwanges zum rechtsorientierten Irrtum übergegangen, den Austritt aus den Kolchosen zu gestatten, ohne sich um Überzeugungsarbeit dagegen zu bemühen.) [15] Im allgemeinen schien das Debakel vollständig zu sein. Dennoch gab es immer noch einige drei Millionen kollektivierte Haushalte. In jedem Dorf in den Haupt-Getreideanbaugebieten und in den meisten Dörfern anderswo okkupierte ein Kollektivgut das beste Bauernland und hielt einen guten Anteil am überlebenden Vieh.

Nun wurden Schritte unternommen, wirtschaftlichen Druck auszuüben. Alles Vieh der Kollektivbauern, ihr Privat-Vieh eingeschlossen, wurde für zwei Jahre von der Steuer befreit; Geldstrafen aus der Zeit vor dem 1. April wurden in ihren Fällen erlassen, aber nicht in den Fällen von Einzelbauern.

Im September 1930 wurde wieder schwerer Druck auf den Einzelbauern ausgeübt, durch ihm speziell auferlegte hohe Getreidequoten und andere Methoden. Die »Prawda« sagte offen, daß der sicherste Weg, die Kollektivierung zu erzwingen, darin bestehe, Einzel-Landwirtschaft unrentabel zu machen, obwohl die Einzelbauern sogar unter den neuen ungünstigen Bedingungen bei der Ernte von 1930 erfolgreicher gewesen waren als die Kolchosen. Schließlich sah die »Prawda« sich zu der Frage genötigt: »Wenn der Bauer seine individuelle Ökonomie entwickeln kann, warum sollte er der Kolchose beitreten?« [16] Die Antwort bestand darin, daß man ihn daran hinderte, seinen eigenen Hof zu entwickeln. Dank solcher Mittel, aber auch infolge einer Wiederaufnahme des physischen Drucks, sah die letzte Hälfte des Jahres 1930 eine Umkehrung des Stroms aus den Kolchosen. Die zweite Welle der Entkulakisierung traf jetzt hauptsächlich jene führenden Bauern, die an der Spitze des Auszugs aus den Kolchosen gestanden hatten. Sie waren in keiner vernünftigen Deutung als Kulaken anzusprechen außer in der, daß sie die Opposition gegen die Kollektivierung angeführt hatten.

Eine typische Geschichte ist die des Dorfes Borysiwka: Ein Held des Bürgerkriegs hatte die Bauern gegen die zwangsweise Kollektivierung verteidigt. Ein Partei-Funktionär unterstützte ihn, indem er seine früheren Verfolger wegen ihrer Übergriffe anklagte, gemäß Stalins »Schwindlig«-Linie. Aber als der Druck neu aufgenommen wurde, beteiligte sich derselbe »liberale« Funktionär an den Vorwürfen, jener sei ein Kulak, so daß der Mann enteignet wurde; einige seiner Kinder starben. [17] Solche Methoden führten dazu, die verbleibenden »Weiler« von Einzel-Landwirten zu vernichten, die ihr Land konzentriert hatten. Beispielsweise wurden im Chutor Romantschuky in der Provinz Poltawa alle Männer der dort wohnenden 104 Familien zu Frühlingsanfang 1931 verhaftet, [18] und ihr Land wurde kollektiviert.

Durch Fortsetzung von Gewalt und wirtschaftlichem Druck setzten sich die Kollektivgüter allmählich durch. Am 2. August 1931 war das Zentralkomitee in der Lage, eine Resolution zu verabschieden mit der Feststellung, daß die Kollektivierung dem Grunde nach vollständig sei im Nord-Kaukasus-Gebiet sowie in der Steppen- und der Linkes-Ufer-Region der Ukraine (wenn auch nicht in den Rübenanbaugebieten); ferner im Ural-Gebiet und an der Unteren und Mittleren Wolga.

Eines der rational gemeinten Argumente für die Kollektivierung bestand darin, daß man die Industrialisierung nicht nur in der Manier der Linken unterstützen sollte, indem man die Bauernschaft ausbeutete zum Zwecke der Beschaffung von Investitionsmitteln; vielmehr sollte die überschüssige Bevölkerung für die Fabrikarbeit freigesetzt werden. Dies aber war natürlich kein Argument für die Kollektivierung, sondern für die Modernisierung der Landwirtschaft. Die Annahme, daß die Kollektivierung tatsächlich zur Modernisierung führen werde, war, vorsichtig ausgedrückt, voreilig.

Alle Fraktionen stimmten darin überein, daß schnelle Industrialisierung nowendig sei. Dem lagen zum Teil rein ideologische Ansichten zugrunde – der »proletarische« Staat mußte den Bestand der Klasse vergrößern, auf der er nach der Lehre errichtet war; aber auch die ökonomischen Argumente schienen zwingend zu sein.

Es ist nicht die Absicht dieses Buches, der industriellen Entwicklung in der UdSSR unter den Ersten und Zweiten Fünfjahresplänen nachzugehen. Aber wir sollten festhalten, daß im Jahre 1930 eine Anzahl riesiger neuer Vorhaben in den Plan eingeführt wurde. [19] Die Industrialisierung selber wurde zu einer Angelegenheit von Intensivprogrammen anstelle von sorgsam geplantem Wachstum, wie es die Rechte vorgesehen hatte – oder auch die ursprünglichen Architekten des Fünfjahresplans. Wir hören beispielsweise von einer »Ingenieur«-Schule, die der Traktorenfabrik von Charkow angeschlossen wurde. Die Schüler, ausgewählt nach »gewöhnlicher Befähigung oder politischer Verläßlichkeit« wurden durch die Lehrgänge getrieben und sofort in die Fabriken geschickt. »Sie versuchten sofort, die Arbeit ausländischer Spezialisten zu korrigieren; sie brachten damit eine unbeschreibliche Verwirrung und zerstörten die Arbeit wirklich tüchtiger Techniker. Gute und teure Maschinen wurden ruiniert . . .« [20]

Die Zahl der in die Industrie überführten Personen wuchs jenseits aller Erwartungen – manche Städte hatten Bevölkerungszahlen »höher als im Plan vorgesehen«, in Dnjeprostroy beispielsweise 64000 statt 38000. [21] Wie wir gesehen haben, wurde die durch Enteignung von Kulaken freigesetzte Arbeitskraft daran gehindert, zumindest amtlich, in die Industrie einzutreten, abgesehen von den neuen Gebieten Sibiriens – wenn auch in vielen anderen Fällen wie etwa Holzfällerarbeit oder Zwangsarbeit am (wie sich herausstellte, ziemlich nutzlosen) Weißmeerkanal abstrakte Statistiken einen Übergang vom Bauern- zum Arbeiterleben vortäuschen könnten. Die Masse der neuen Industriearbeiter konnte nur aus den Dörfern kommen. Zwischen 1929 und 1932 kamen 12,5 Millionen neue Arbeitskräfte in die Industrie; davon stammten 8,5 Millionen aus ländlichen Gebieten. [22]

Diese Zunahme der städtischen Bevölkerung bedeutete unter anderem, daß mehr Lebensmittel zu deren Versorgung benötigt wurden. 26 Millionen Stadtbewohner wurden vom Staat 1930 versorgt. Im Jahre 1931 war diese Zahl auf 33,2 Millionen angestiegen, um nahezu 26 Prozent. [23] Der Zuwachs an Getreide, der für ihre Versorgung vorgesehen war, betrug nur etwa sechs Prozent. [24] Die Zentralisierung der Brotverteilung war 1930–31 vollendet worden, verbunden mit strikter Rationierung. [25] Sowjetische Wissenschaftler wie

Moschkow und Njemakow vertraten sogar die Ansicht, daß diese zentralisierte Rationierung weniger durch Versorgungsschwierigkeiten als durch das theoretische Ziel veranlaßt wurde, den Markt vollständig auszuschalten. [26] Es stimmt zweifellos, daß damals die Ansicht vorherrschte, die Kontrolle über das Getreide auf der Kolchos-Ebene sei unvereinbar mit Vermarktung in jedweder Form.

Die Rationen waren niedrig. Und das Lohnsystem war dem sich entwickelnden Stalinschen Hierarchie-System angepaßt; es war so, daß »es möglich war, einem GPU-Mann dasselbe wie einem Arzt zu zahlen, obwohl ersterer in Wahrheit zehnmal so viel bekam; und das Großartige daran war, daß der Arzt nicht wußte, wieviel der GPU-Mann für sein Geld kaufen konnte«. [27]

Im Jahre 1932 war der Rubel auf dem freien Markt auf ein Fünfzigstel seines Wertes von 1927 gefallen. [28] Das heißt: es herrschte eine gewaltige Inflation. Die Reallöhne der Arbeiter waren etwa ein Zehntel dessen im Jahre 1933, was sie 1926–27 gewesen waren. [29] Das Leben in den Städten war keinesfalls idyllisch, aber, wie ein kluger Gelehrter bemerkte: wohl war es zu Beginn der dreißiger Jahre unmöglich, das Leben des durchschnittlichen Arbeiters zu verbessern, aber es war möglich, das Leben der Bauernschaft so unerträglich zu machen, daß sie sogar die Fabriken vorzogen. [30] Dies funktionierte so gut, daß, wie wir gesehen haben, das Problem sehr bald nicht darin bestand, Arbeiter für die Fabriken zu rekrutieren, sondern darin, die Entvölkerung der Dörfer zu verhindern.

Es gab immer noch Verlockungen zum Land für manche neuen Industriearbeiter, und demgemäß einen Gegenfluß aus der Stadt aufs Land. Die Folgerungen heutiger und früherer sowjetischer Wissenschaftler sind folgendermaßen zusammengefaßt worden: »Saisonarbeiter, die ihr Land verloren hatten, wollten zurückkehren, um es vor der Beschlagnahme zu retten; diejenigen, deren Land kollektiviert worden waren, wagten nicht, das Kollektivgut zu verlassen, aus Angst, sie könnten ihre Rechte und ihre angestammten Häuser verlieren ...« [31] Und sogar altgediente Fabrikarbeiter in den kleineren Städten hatten oft langjährige Verbindungen zu Dörfern (und werden oft in den amtlichen Dokumenten als Feinde der Kollektivierung bezeichnet). [32] Trotzdem war der Drang zum Auszug aus den Kollektivgütern mächtig. Und im allgemeinen konnten andere Einflüsse nicht dagegen aufkommen. Administrative Maßnahmen wurden daher eingeführt, um ihm entgegenzuwirken.

Der Alt-Bolschewik Rakowskij hatte Anfang 1930 geschrieben: »Weil sie sich in einer verzweifelten Lage befinden, werden arme

Bauern und Landarbeiter en masse in die Stadt strömen und das Land
ohne Arbeitskräfte zurücklassen. Kann es wirklich dazu kommen,
daß unsere proletarische Regierung ein Gesetz erlassen wird, das die
ländlichen Armen an die Kollektivgüter bindet?« [33]

Ja, dazu konnte es kommen. Der »interne Paß« wurde im Dezember
1932 eingeführt. Seine praktische Anwendung hinderte nicht nur
Kulaken, sondern alle Bauern, die in die Stadt ziehen wollten, daran,
dies ohne Genehmigung zu tun. Und ein Gesetz vom 17. März 1933
legte fest, daß kein Bauer ein Kollektivgut verlassen durfte ohne
Vertrag mit seinen zukünftigen Arbeitgebern, der von den Kollektiv-
gut-Leitungen ratifiziert sein mußte. Zudem widersprachen solche
Maßnahmen der alten bäuerlichen Übung. Wie schon erwähnt, war
ein sehr großer Anteil der bäuerlichen Bevölkerung seit langem
gewohnt, in den Städten zu arbeiten, oder alljährlich (in der Ukraine
besonders) in verschiedene Gegenden auf Arbeitssuche zu ziehen.

Die Einführung interner Pässe und die Bindung der Bauern an das
Land war ein einschneidender Bruch mit der Vergangenheit und
bedeutete eine Leibeigenschaft, die durch Gesetz enger festgelegt
war als die der Bauern vor der Emanzipation von 1861. Dazu kam,
daß ein wichtiger Faktor im wirtschaftlichen Leben des Bauern
beseitigt und er den örtlichen Verhältnissen vollständig ausgeliefert
wurde. (Die Einführung des internen Passes nahm nicht nur den
Bauern ihre alte Mobilität, sondern hielt auch die Arbeiter fest, denn
gegen sie wurde der Besitz dieses Dokuments und des »Arbeitsbu-
ches« im Verein mit anderen Maßnahmen benützt, um sie an ihre
Arbeitsplätze oder zumindest an die Städte zu binden.)

Stalin, weit davon entfernt, die Kollektivierung als eine Quelle der
Arbeitskraftbeschaffung für die Städte zu betrachten, behauptete im
Gegenteil, eben wegen ihr gebe es »keine Flucht des Bauern vom
Dorf in die Stadt mehr und keine Verschwendung von Arbeitskraft«.
[34] Dies zeigt zumindest die Richtung der Politik in den Jahren
unmittelbar nach der Kollektivierung.

Es ist oft vermutet worden, daß die Kollektivierung als Mittel der
Beschaffung von Getreide und anderen Erzeugnissen von der Bauernschaft notwendig für die Industrialisierung gewesen sei. Dies war
in der Tat das Thema von Parteitheoretikern seit Preobraschenskij
gewesen. Nun ist es keine Frage, daß Bauern benutzt werden können, um den Überschuß für die Industrie zu stellen, wie wir im Falle
Japans festgestellt haben. Wenn auch die stalinistische Methode als
weniger tauglich für solche Zwecke angesehen wurde, und überdies

als unmenschlich, so wurde doch lange unterstellt, daß sie zumindest den Erfolg gehabt habe, die Mittel für die Industrialisierung aus dem landwirtschaftlichen Sektor herauszupressen. Aber neuere Forschung durch einen sowjetischen Wissenschaftler (A. A. Barsow), wissenschaftlich analysiert durch einen westlichen Gelehrten (James Millar) scheint zu belegen, daß, ganz entgegen der Erwartung, ein eindeutiger – wenn auch geringer – Input des industriellen in den landwirtschaftichen Sektor in den Jahren 1928 bis 1932 vorliegt, statt daß es umgekehrt war. Der intensive und verzweifelte Druck auf die Kolchosbauern reichte nicht aus, um das Versagen und die Störungen auszugleichen, die durch die Kollektivierung entstanden. [35]

Als Folge der Depression im Westen lag der weltweite Preis für landwirtschaftliche Erzeugnisse im Jahre 1932 niedrig im Verhältnis zu Manufakturwaren. Dennoch ist klar, daß der sowjetische landwirtschaftliche Export bei der Devisenbeschaffung von Nutzen war. Aber der Getreide-Export für die Dauer des Fünfjahresplanes lag bei 2,7 Millionen Tonnen jährlich; er hatte 2,6 Millionen in den Jahren 1926–27 betragen, zwischenzeitlich war der Export anderer landwirtschaftlicher Erzeugnisse um nahezu 65 Prozent zurückgegangen. [36] Das heißt jedoch nicht, daß die landwirtschaftlichen Produkte nicht dazu beitrugen, die industrielle Seite zu finanzieren. Aber die Investitionen in Landmaschinen, nicht zu reden von den ungeheuer angestiegenen Kosten der ländlichen Verwaltung, überwogen diesen Nutzen. Das heißt: Wenn auch ein bedeutender Teil der für den Ankauf moderner Maschinen benötigten Devisen schließlich durch die Getreideexporte beschafft wurde, bestand das Netto-Ergebnis doch darin, daß der industrielle Sektor letztlich nicht durch die Ausbeutung der Bauern finanziert wurde.

Die Gründe für die anhaltende Schwäche der Landwirtschaft waren unterschiedlicher Art. Als erstes müssen wir die Methoden betrachten, die nun angewandt wurden, um sie zu dirigieren. Die wirklichen Ergebnisse der Kollektivierung wurden von Rakowskij Anfang 1930 klar vorausgesehen: »Hinter der Fiktion von kollektiven Guts-Eigentümern, hinter der Fiktion von gewählten Managern wird ein Zwangssystem errichtet, das weit über alles hinausgeht, was schon in den staatlichen Gütern gegeben ist. Tatsache ist, daß die Kollektiv-Landwirte nicht für sich arbeiten werden. Und das einzige, was wachsen, blühen und gedeihen wird, das wird die neue Bürokratie der Kolletivgüter sein, Bürokratie jeder Art, die Erschaffung eines bürokratischen Alptraums... Die Kollektivbauern werden auf jedem Gebiet Not leiden, aber dafür wird umfassender Ausgleich geschaffen werden in Gestalt von Amtsträgern und Beschützern, offenen und geheimen . . .« [37]

Die Kolchosen wurden unablässig als ineffizient verdammt, aber die Lösung, sie um so stärker unter die Kontrolle von Bezirks- und anderen Parteikomitees zu stellen – die unvergleichlich viel ahnungsloser auf dem Gebiet der Landwirtschaft waren –, war jämmerlich, wie eine Depesche der Britischen Botschaft vernünftig kommentiert: »Die Chance ist gering, daß die sowjetische landwirtschaftliche Produktion durch die Multiplikation komplizierter Papier-Verordnungen wie diese in Schwung gebracht wird – nicht größer, als die Tatsache, daß sie mit offenem Terror reagiert.« [38]

Jeder Funktionär schob die Schuld auf die Ebene darunter: »Gewisse Leiter kollektiver Güter haben eine verbrecherische Einstellung gegenüber der Ablieferung von Mais gezeigt, eine ›Konsumenten-Einstellung‹, insbesondere Katschanow und Babanskij, Kollektivgut-Leiter der Dörfer Stepaniwka und Nowoseliwka . . .«; und: »Kolomijetz benahm sich verbrecherisch und verantwortungslos in seiner Eigenschaft als Vorsitzender des Dorf-Sowjet von Mikolaiwka, was die Stärkung von Kollektivgütern betrifft sowie eine zeitige Ernte und Vorkehrungen für die Ablieferung von Mais . . .« [39]

Aus den Jahren 1930 bis 1932 hört man quer durch die UdSSR Geschichten über »totale Desorganisation und Versagen«. [40] Auf der Ebene der landwirtschaftlichen Tätigkeit werden die Ergebnisse eindrucksvoll illustriert in dem typischen Bericht eines Bauern über ein ukrainisches Staatsgut (Jenakijewo). Er stellte 1931 einem befreundeten Kommunisten die schlechte Leitung und die Unfähigkeit dar, die dort herrschten, und fügte (über die Schweine) hinzu: »Es ist ein Wunder, daß sie noch nicht tot sind. Aber sie werden es bald sein. Und der Direktor, der Verantwortliche für diese Zustände, wird nicht bestraft werden. ›Kulaken-Unterstützer‹ wie ich werden als Feinde bezeichnet werden, und es gibt keine Möglichkeit, unsere Unschuld zu beweisen.«

Auf den Rat, das Gut zu verlassen, sagte er, dann würde man ihn bloß früher verhaften, während er durch sein Bleiben seinen Schweinen helfen und versuchen könne, dem Direktor Widerstand zu leisten. Ein paar Monate später wurde er verhaftet; er starb im Gefängnis. [41]

Ein ziemlich typischer OGPU-Bericht aus dem Jahre 1932 lautet: »In der Kolchose ›Stalin‹, Dorf-Sowjet Markowsk, Region Kransyi, die mehr als vierzig Haushalte umfaßt, herrscht völlige Vernachlässi-

gung. Manche Mitglieder des Kolchos-Rates betrinken sich systematisch und begehen Mißbrauch . . . Der Vorsitzende des Rates, . . . ein
ehemaliger mittlerer Bauer, betrinkt sich systematisch und leitet die
Arbeit auf der Kolchose überhaupt nicht . . . Etwa 20 Hektar Hafer
liegen geschnitten und sind, weil sie nicht geerntet wurden, fast
vollständig verrottet . . . Ungemäht blieben anderthalb Hektar Hafer, die völlig verdorben sind. Der Winterweizen, der rechtzeitig
gemäht wurde, blieb auf den Feldern liegen, woraufhin er verfaulte.
Fast der gesamte gezogene Flachs liegt immer noch auf dem Felde
und verfault; als Folge dessen ist die Flachs-Saat fast vollständig
ruiniert. Es gibt annähernd 100 Hektar bislang ungemähter Wiese,
während das sozialisierte Vieh in der Kolchose nicht mit Futter für
den Winter versorgt worden ist; Berechnungen zufolge fehlen 4000
Pud (Futter). Mit den Mitteln der Kolchose wurden vier frühere
Kulakenhäuser verkauft, um einen Viehhof zu errichten, den die
Kolchose dringend brauchte, aber diese Gebäude werden von den
Kolchosniki entwendet und als Feuerholz verbrannt. Die Ausrüstung
und Zugtiergeschirre der Kolchose werden nicht rechtzeitig repa-
riert, wodurch zukünftiger Gebrauch unmöglich gemacht wird . . .
Bis zum gegenwärtigen Zeitpunkt hat die Kolchose kein Einkommen
erworben. Gegenwärtig sprechen gewisse Kolchosniki . . . vom Fort-
gehen, als Folge der Mißwirtschaft und der Übergriffe durch die
Kolchosleitung . . .« [42]
Die uns vorliegenden Dokumente lassen ein riesiges bürokratisches
Netzwerk erkennen, wobei jeder die Aufgabe des anderen unerfüllbar macht und insgesamt so viel organisatorische und reorganisatori-
sche Arbeit entsteht, daß für das Wesentliche keine Zeit übrigblieb.
[43] Andererseits, so kommentiert ein Wissenschaftler, »war es eben
die Unfähigkeit der Staatsmaschine, die half, sie erträglich zu machen«. [44] Erstaunliche Beispiele für die Ernennung ungeeigneter
Personen gab später Postyschew. Das kurioseste vielleicht lieferte
das Provinzkomitee von Odessa, das als Partei-Organisator auf ein
Kollektivgut einen Perser entsandte, der kein Ukrainisch und nur
gebrochen Russisch sprach und dessen Qualifikation darin bestand,
daß seine Registrierungskarte ihn als ehemaligen Wachmann eines
Getreidelagers auswies. [45] Nur Kolchosen mit außerordentlich
guten natürlichen Grundlagen und sehr tüchtigen Vorsitzenden
konnten unter solchen Umständen florieren. Überdies »sah der
oberste Leiter in jedem Bezirk und jeder Provinz darauf, daß es
wenigstens eine ›Modell‹-Kolchose gab, (die den größten Anteil
jeder Düngemittel- und Maschinen-Zuteilung bekam und folglich

auch die Belohnungen und Bonus- oder Prämien-Zuweisung für beispielhaften Ausstoß)« [46] – wodurch das gewöhnliche Gut zusätzlich ausgebeutet wurde.

Abgesehen jedoch von diesen ausgewählten »Modell«-Gütern wurden erfolgreiche Kolchosen automatisch ausgebeutet. Wie ein Bauer auf einem solchen Gut erläuterte, war wenig Getreide von den anderen Gütern zu holen, »also erfüllte die Ortsverwaltung ihre Quoten mit unserem Getreide, und wir bekamen nichts«. [47] Eines der wenigen früher errichteten Kollektivgüter, die floriert hatten, war das von Borissowka in der Provinz Sapirischje, 1924 gegründet. Aber als die Massenkollektivierung kam, endete die Ausgabe von Lebensmitteln als Gegenleistung für »Arbeitstage«, so daß die Männer sich um Arbeitsplätze außerhalb bemühten und ihre Frauen und heranwachsenden Kinder zur Arbeit auf die Felder schickten. [48]

Es gab – insbesondere in Sibirien, aber auch anderswo – religiöse Gruppen, die echte und tüchtige Kommunen gegründet hatten; vor allem Evangelische, Baptisten, Mennoniten. Sie waren vom Volkskommissariat der Justiz in den zwanziger Jahren als sozialistisch anerkannt worden; nun aber wurde behauptet, daß sie als »Fassade« für Kulaken-Elemente dienten, um Ausbeutung zu begehen. Als sie sich um Anerkennung ihrer Güter als Kolchosen bemühten, wurden sie zurückgewiesen und nach sowjetischen Vorstellungen reorganisiert, wobei die religiös aktiveren Mitglieder ausgeschlossen und in der Regel deportiert wurden. [49]

Der Drang, in großem Maßstab zu organisieren, verursachte zusätzlich sinnlosen Ärger, wie früher auch. Eine von mehreren solchen Kolchosen, die in einer einzigen Provinz errichtet worden waren, war auf dem Papier eine gigantische Einrichtung von 45 000 Morgen. Sie scheiterte. Aber sie wurde durch ein ebenso künstliches System von Quadraten ersetzt, deren jedes 2500 Morgen umfaßte. Dies, so erfahren wir, »ängstigte die Bauern« und zog ihre »Initiative« nicht in Betracht. [50] Und so war es allenthalben, bis die Partei schließlich im Jahre 1933 einige Verbesserungen auf diesem Gebiet einführte – sie teilte die 5873 Hektar große und 818 Haushalte umfassende Kolchose Krassin in Tschubarew in der Provinz Dnjepropetrowsk auf, die 3800 Hektar große Kolchose Woroschilow zu Pokrowsk in der Provinz Donezk und andere mehr. [51]

Doch wenn die Einteilung auf den Höfen desorganisiert war, so gilt dasselbe für den Umgang mit dem Getreide, nachdem man es einmal von den Bauern herausgeholt hatte. »Gute Daten« [52] sind uns zugänglich über die Verluste an Getreide (nur auf der Ebene der

Beschaffungs-Organisationen): von 1928–29 bis 1932–33 betragen sie etwa eine Million Tonnen jährlich – insgesamt fünf Millionen, das Vier- bis Fünffache der Verluste von 1926–27 bis 1927–28. Dies läßt sich mit dem Umfang der Getreide-Exporte von 1928–29 bis 1932–33 in Beziehung setzen; sie betrugen 13,5 Millionen Tonnen. Und wenn wir das im Zusammenhang mit der Menge würdigen, die zur Ernährung der Bauernschaft verblieb, so erscheint das erst recht unannehmbar. Während die Getreidemenge »in Transit« am 1. Januar 1928 insgesamt 255 000 Tonnen betrug, lag sie am 1. Januar 1930 bei 3 692 000 Tonnen, »größtenteils in abgestellten Waggons oder auf Schiffen oder in Hafenlagern, d. h. ungeheizten Gebäuden mit einer sehr geringen Kontrolle über die Ratten«. [53]

Aber das Hauptproblem war nicht die bloße Unfähigkeit oder die Kostspieligkeit der neuen Agrarbürokratie. Viel tiefer wirkte das verfehlte Prinzip, daß man ebensoviel Getreide durch Befehl von oben wie durch die Marktwirtschaft beschaffen könne, jedenfalls sobald es an die Produktivität auf längere Sicht ging. Getreide konnte durchaus beschafft werden, auch wenn vieles davon verschwendet wurde: Nach offiziellen Angaben stiegen die Getreidebeschaffungszahlen der Regierung von 10,8 Millionen 1928–29 auf 16,1 Millionen 1929–30, auf 22,1 Millionen 1930–31, auf 22,8 Millionen 1931–32. Das heißt: Drei Jahre nach dem Beginn der Massenkollektivierung hatte die Regierung die Getreidemenge, die sie auf dem Lande einhob, mehr als verdoppelt. [54] Diese Extra-Beschaffung bedeutete, daß den Bauern wenig verblieb; abgesehen aber von humanitären Einwendungen sind die ökonomischen – Einschränkung des Anreizes – offensichtlich sehr schwerwiegend. Die »Sowjetische Historische Enzyklopädie« bemerkt, daß zu diesem Zeitpunkt »oftmals das gesamte Getreide in einem Kollektivgut eingehoben wurde«, einschließlich dessen, was zur Bezahlung der Kolchosniki bestimmt war. [55] Zwei prominente »liberale« Dissidenten schreiben, daß Stalins Einfall nicht weiter reichte, als daß »er glaubte, wenn eine Kolchose von vornherein wisse, daß die Regierungsanforderung hoch sein werde, die Kolchosniki doppelt so hart arbeiten würden, um eine maximale Ernte zu erzielen, damit etwas für sie übrigbleiben würde«. [56]

Grundsätzlich galt, daß eine gewisse Getreidemenge auf alle Fälle an den Staat abgeführt werden müsse, ohne Rücksicht auf die Bedürfnisse der Bauern. Ein Gesetz vom 16. Oktober 1931 verbot die Reservierung von Getreide für innere Kolchosbedürfnisse vor Erfüllung des Beschaffungsplans. [57] Natürlich kam dies sogar bei örtlichen Amtsträgern nicht gut an. Im Jahre 1931 »versuchten einige örtliche Amtsträger von begrenztem politischem Horizont, die Interessen ihres Dorf-Sowjet oder ihrer Kolchose an die erste Stelle zu setzen und die Bedürfnisse des ganzen Landes in den Hintergrund zu rücken«. [58]

In der zweiten Jahreshälfte 1931 begann man, Fleisch mit denselben Methoden wie Getreide zu beschaffen: aber trotz massiver Erzwingungsmaßnahmen waren die Ergebnisse unbefriedigend, denn sie lagen unter denen von 1929. [59] Nicht nur lagen die Forderungen des Staates nach Getreide über dem, was die Bauern äußerstenfalls erübrigen konnten; die Lieferungen wurden auch zu willkürlich niedrigen Preisen bezahlt, gemäß einem System von »Verträgen« mit dem Kollektivgut. Eine Verordnung vom 6. Mai 1932 erlaubte privaten Handel mit Getreide für »kollektive Güter und kollektive Landwirte«, nachdem staatliche Quoten erfüllt worden waren. (Verordnungen vom 22. August 1932 und vom 2. Dezember 1932 sahen Strafen bis zu zehn Jahren im Konzentrationslager für diejenigen vor, die solchen Handel vor Erfüllung der Staatsquote trieben.) Und die Art, wie die Regierung die Bauern zu drücken begann, wurde offenkundig, als (nach amtlichen Statistiken) die Preise auf dem freien Markt um 20 bis 25 mal höher waren als diejenigen, die von der Regierung für die Zwangsanlieferung gezahlt wurden. [60] Eine niedrigere Zahl, aber immer noch eine erschreckend unausgewogene, wird von einem sowjetischen Wissenschaftler der Chruschtschew-Zeit genannt, der vermerkt: »Die Preise für Getreide und viele andere Produkte waren symbolisch (zehn bis zwanzigmal niedriger als Marktpreise). Dies System unterminierte das Interesse der Kollektiv-Landwirte daran, die sozialistische Produktion zu entwickeln.« [61]

Der Staat veranlaßte Getreidelieferungen von den Gütern nicht nur in der Form von Zwangsabgaben, sondern auch in der Form von Natural-Bezahlung seitens der Güter an die Maschinen-Traktor-Stationen für Arbeit, die auf ihren Feldern geleistet wurde, gemäß einer Verordnung vom 5. Februar 1933. Diese legte fest, daß die MTS 20 Prozent der Getreideernte zu bekommen hätten für die Ausführung »aller grundlegenden landwirtschaftlichen Arbeit auf den Feldern der Kolchose«. Eine Verordnung vom 25. Juni 1933 bestimmte, daß rechtliche Schritte gegen jede Kolchose einzuleiten seien, die Natural-Leistungen an die MTS zu umgehen suchten. Überdies waren nach Roy und Schores Medwedjew »die Forderungen an Natural-Leistungen für Traktoren und andere Maschinen sehr hoch, während die Preise, die die Regierung der Kolchose zahlte, sehr niedrig lagen. Die Preise waren in der Tat so niedrig, daß sie oft nicht einmal einen Bruchteil der Produktionskosten der Ernte einbrachten«. [62] Ein weiterer Kanal für zwangsweise Getreideablieferungen waren die exorbitanten Natural-Leistungen für das Mahlen des Getreides (erst 1954 wurden Geldzahlungen anstelle der Natural-Leistungen eingeführt).

Eine Verordnung vom 19. Januar 1933 setzte an die Stelle der bislang meist willkürlichen Anforderungen unter der Maske von »Verträgen« ein neues System von Zwangsablieferungen mit einer Steuer, die auf der Größe der geplanten Aussaatflächen des jeweiligen Gutes basierte und zu sehr niedrigen, staatlich festgesetzten Preisen zu leisten war. Nach der Verordnung war die Erfüllung dieser Lieferverpflichtungen »die vorrangige Pflicht jeder Kolchose und jedes Einzelbauernhofes, und das erste gedroschene Getreide muß verwendet werden, sie auszuführen«. Sie gestattete den Höfen nur, Getreide nach Erfüllung des Getreideablieferungsplanes der gesamten Republik, des Territoriums und der Provinz sowie nach Wiederauffüllung der Saat-Vorräte zu verkaufen. Güter, die ihre Ablieferung nicht gemäß einer festgelegten Proportion des Ganzen in jedem Erntemonat vollzogen, erhielten proportionale Geldstrafen und wurden angewiesen, ihre gesamte Jahresablieferung vorfristig zu erfüllen (Artikel 15 und 16).

Also, wie Chruschtschew in seinen Memoiren schreibt: »Wir waren wieder bei den Lebensmittel-Requisitionen angelangt, nur daß man es jetzt Steuer nannte. Dann gab es noch etwas, was man ›Übererfüllung der Quote‹ nannte. Was sollte das heißen? Es bedeutete, daß ein Parteisekretär zu einem Kollektivgut ging und bestimmte, wieviel Getreide die Kollektiv-Landwirte für ihre eigenen Bedürfnisse brauchen würden und wieviel sie dem Staat zu geben hatten. Oftmals legte nicht einmal das örtliche Parteikomitee die Ablieferungshöhe fest; der Staat selbst bestimmte die Quote für den gesamten Bezirk. Infolgedessen mußten die Bauern nur zu oft alles herausgeben, was sie erzeugten – buchstäblich alles! Naturgemäß verloren sie, da sie keinerlei Kompensation für ihre Arbeit bekamen, jedes Interesse am Kollektivgut und konzentrierten sich auf ihre Privatgrundstücke, um ihre Familien zu ernähren.« [63]

Das System für die Zwangsablieferung von Fleisch, Milch, Butter, Käse, Wolle usw. wurde in der gleichen Weise geändert wie das für Getreide, und zwar durch Verordnungen vom 23. September und

19. Dezember 1932. Es basierte auf der angenommenen Zahl von
Haustieren auf dem Gut zu einer bestimmten Zeit. Die landwirtschaftlichen Verordnungen von 1932–33 bedeuteten, daß die Kolchosen, nachdem sie ihre Getreidequote an den Staat abgeliefert
hatten, 1) die Maschinen- und Traktoren-Station für den Gebrauch
der Maschinen bezahlen mußten, 2) dem Staat Saat- und andere
Leihgaben zu ersetzen hatten, 3) Saat-Reserven von etwa zehn bis
fünfzehn Prozent der jährlichen Saatgutmenge anzulegen hatten,
dazu Futterreserve gemäß den jährlichen Erfordernissen für kollekti-
viertes Vieh. Erst dann konnte das Gut etwas an seine Mitglieder
verteilen.

Wenn wir die Ebene des kollektivierten Bauern betrachten, der
letzten und geringsten aller Sorgen des Gutsbetriebs, so ging die
Methode, ihn zu bezahlen, vom »Arbeitstag« aus. Das bedeutete
nicht, daß er soundso viel für die Arbeit eines Tages zu bekommen
hatte. Im Gegenteil, die Definition eines »Arbeitstags« bestand
darin, daß mehrere Tage auf dem Feld zusammenkommen mußten,
bevor der Bauer sich einen gutschreiben durfte. Der »Arbeitstag«-
Einfall war in kommunistischen akademischen Kreisen in den zwanziger Jahren diskutiert worden. Aber daß Stalin ihn aufgriff, scheint
das erste Mal gewesen zu sein, daß sein Gebrauch überhaupt als
ernsthafte Politik in Betracht gezogen wurde. Er lief auf eine Stück-
werk-Methode zur Erzwingung der äußersten Anstrengung eines
Bauern hinaus, der nicht mit leeren Händen und leerem Magen
dastehen wollte.
Der »Arbeitstag« wurde durch Verordnung vom 17. März 1931 gesetzlich festgelegt. Eine spezielle Kombination von modellhaften
Arbeitsnormen, die Kolchos-Vorsitzenden, leitenden Traktorfah-
rern usw. zwei »Arbeitstage« pro Tag zubilligte, aber nur einen
halben »Arbeitstag« pro Tag für die unterste Dorf-Gruppe vorsah,
wurde am 28. Februar 1933 bestimmt. In der Praxis war die Differenzierung noch größer. Postyschew mußte im November 1933 einräu-
men, daß in manchen Kolchosen die Kosten der Leitung und der
Verwaltungsstäbe 30 Prozent der »Arbeitstage« aufzehrten. [64] Ein
typischer Arbeitstag für die einfachen Kolchos-Leute, niedergelegt
in den Modellsatzungen vom Februar 1935, aber offensichtlich als
Norm schon seit einiger Zeit gültig, war das Pflügen eines Hektars
Land oder das Ausdreschen einer Tonne Getreide. Mehrere richtige
Arbeitstage konnten erforderlich sein, um sie zu erfüllen. In den
Jahren 1930–31 war die Bezahlung für einen »Arbeitstag« 300

Gramm Brot an einigen Orten, anderswo 100 Gramm oder auch gar nichts – Hungerrationen. [65]

Jede Woche gab der »Brigadier« seine Schätzung für den Anspruch des jeweiligen Bauern an »Arbeitstag«-Entlohnungen, und er mochte Vorschüsse an Geld oder Getreide in entsprechendem Verhältnis gewähren. Im Prinzip aber wurde Geld nicht vor Jahresende bezahlt, und dies war die in der Praxis übliche Methode. Tatsächlich erwähnen amtliche Dokumente, daß etwa achtzig Prozent der Kollektivgüter die Bezahlung der »Arbeitstage« ihrer Mitglieder auf anderthalb bis zwei Jahre »zurückstellten«. [66] Aber selbst wo das nicht der Fall war, gab es wenig, was man den Bauern zu geben hatte, wenn diese ihre Seite der Vereinbarung erfüllt hatten.

In einer ukrainischen Kolchose, die als typisch erwähnt wird, wurden die Bauern nur für 150 »Arbeitstage« bezahlt, mit zwei Pfund Brot und 56 Kopeken pro »Tag«. Der Gesamtbetrag an Geld für das ganze Jahr reichte kaum aus, ein paar Schuhe zu kaufen. Pro Insassen ergab das weniger als ein halbes Pfund Brot täglich. Was private Grundstücke und privates Vieh betrifft, so wurde jedem Grundstück eine Steuer von 122 Rubel auferlegt, ferner wurden jedem Eigentümer einer Kuh ca. 70 Liter Milch und 64 Pfund Butter abgenommen. [67] Und ein naher Beobachter bemerkte: »Wenn sie nach der ersten kollektiven Ernte als Gegenleistung für ein Jahr harter Arbeit vielleicht ein paar Turnschuhe bekamen statt der schweren Stiefel, die sie brauchten, und vielleicht noch ein paar Baumwollsachen von schlechter Qualität, dann hörten sie einfach zu arbeiten auf.« [68] Wenn also ein Arbeitsjahr unzureichende Bezahlung erbracht hatte, erwies sich dies als das Gegenteil eines Anreizes, wenn im nächsten Jahr eine Verringerung der Aussaatfläche festgesetzt wurde; in der Ukraine ging trotz weiter zunehmenden Drucks die Aussaatfläche 1931 um vier bis fünf Prozent zurück. Tatsächlich erhielt die Partei eine Lektion auf dem Gebiet der alten und einfachen Lehre, daß übermäßige Besteuerung die Einkommensquellen vernichtet.

Was jedoch die Steuer selber angeht, so wurde im August 1930 der unglücklichen Bevölkerung noch eine weitere Belastung auferlegt – eine »Staatsanleihe«. Diese war absolut unfreiwillig, da die Höhe der Leistungen zentral festgelegt wurde. Faktisch wurden die 111 620 Rubel, die vom Bezirk Krynytschky ursprünglich verlangt worden waren, im Oktober einfach auf 173 000 Rubel erhöht, »auf Befehl des Rates der Volkskommissare«. [69] Einige Dörfer wurden angeprangert als »skandalös im Rückstand«. Die Ortsbehörden wurden zu größeren Anstrengungen aufgerufen: »Vorsitzende von Dorf-Sowjets sind persönlich verantwortlich für die Einsammlung des Geldes von wohlhabenden Landwirten, und zwar innerhalb von achtundvierzig Stunden; andernfalls wird es zwangsweise eingehoben.« [70]

Das Kollektivgut war nicht die einzige »sozialistische« Landwirtschaftsmethode im damaligen Gebrauch. In viel kleinerem Maßstab – aber doktrinär mehr im Einklang mit marxistischen Zielen – war ein geringer Anteil des Landes schon lange von Staatsgütern (Sowchosen) bewirtschaftet worden. In ihnen erhielten die Arbeiter einen Lohn, so wie es die Vorstellung von »ländlichen Getreidefabriken« auch voraussetzt. Und im Einklang mit dem Fabrik-Prinzip waren die Staatsgüter auf einzelne Nahrungsmittel-Erzeugnisse spezialisiert: Weizen, Vieh oder Schweine – wenig anders als heute. Im Jahre 1921 umfaßten Staatsgüter nur 3,3 Millionen Hektar. Verschiedene Versuche, sie zu intensivieren, schlugen fehl, auch wenn zwischen 1924 und 1933 ihr Anteil an Bodenfläche (nicht an Produktion) von 1,5 auf 10,8 Prozent des Ganzen anstieg. Im Jahre 1932 sprachen amtliche Verordnungen von der »Verschwendung und völligen Desorganisation der Produktionsprozesse« auf den Staatsgütern. [71] Ein repräsentatives Staatsgut wird in der offiziellen Literatur folgendermaßen beschrieben:

»Der Zustand der Getreide-Sowchose von Kamysinskij (Untere Wolga) kann als typisches Beispiel für viele Sowchosen betrachtet werden. ›Nicht eine Wohnung hatte einen Wasserhahn; es gab keine Bäder, in den Werkstätten erfroren die Hände zu Metall, es gab dort keine Wasserhähne oder auch nur Trinkwasser. Im zentralen Gebäude gab es nicht ein einziges Badezimmer, noch gab es einen Schuppen für Feuerholz, noch einen Lagerraum für Lebensmittelerzeugnisse. Die Kantine ist kalt, schmutzig, mit immer demselben Essen von unbefriedigender Qualität ... Eine Anzahl Familien lebt immer noch in Lehmhütten unter der Erde.‹« [72]

Die Getreide-Ablieferungen von den Staatsgütern betrugen nur ein Drittel des im Plan Vorgesehenen, und bei anderen Produkten stand es noch schlimmer. Auf dem 17. Parteikongreß 1934 sprach Stalin in einem Ton über ihre Rolle, der zeigte, daß er seine Illusionen verloren hatte; er verwies auf ihre übermäßige Größe, ein Charakteristikum, das sie bis heute bewahrt haben.

Bei den Staatsgütern hatte eine geringere Tendenz zu Partei-Aktivismus gegen ihre Bauern geherrscht. Menschen mit belasteter Vergangenheit strömten ihnen zu, und da sie Arbeiter brauchten, waren sie einigermaßen tolerant. In den Jahren 1933–34 jedoch setzten sich dort OGPU-Vertreter durch; sie beseitigten 100000 »Feinde« bis April 1935. In einem Staatsgut stellten sich unter 577 Beschäftigten 49 als ehemalige Weißgardisten heraus, 69 als Kulaken, vier als ehemalige weiße Offiziere, sechs als Söhne von Atamanen und Priestern. In einem anderen war der Direktor der Sohn eines Stall-knechts von Großfürst Michail, der dessen Vertrauen genossen hatte; ein Techniker war der Sohn eines Kulaken, der Agronom ein ausgestoßener Trotzkist mit Kulaken-Hintergrund, und ein Dutzend Brigadeführer usw. war von ähnlicher Herkunft. [73]

Die Annahme, daß der Traktor als Ersatz für das Pferd die Landwirt-schaft in einen modernen und blühenden Sektor der Volkswirtschaft verwandeln würde, war im Partei-Gemüt tief verwurzelt. Einige extravagante Darstellungen sind in der sowjetischen Wissenschaft für die Motive der Kollektivierung gegeben worden. Eines, dem man sehr oft begegnet, läuft darauf hinaus, daß die »erfolgreiche Indu-strialisierung des Landes den Weg für die erfolgreiche Einführung der Kollektivgüter bereitet hat«. [74] Es war in der Tat allgemeine Annahme in Parteikreisen gewesen, daß die Traktoren, die von der Industrialisierung erzeugt wurden, den Erfolg der Kollektivierung sicherten; der Traktor wurde als die technische Basis der Modernisie-rung der Landgebiete betrachtet.
Wie wir gesehen haben, hatte Stalin begriffen, daß die Traktoren nicht rechtzeitig für die erste Phase der Kollektivierung zur Verfü-gung stehen würden. Und er wiederholte optimistisch seine These, daß die Kollektivgüter zunächst »auf Bauernhof-Werkzeug gestützt« werden könnten, wobei er hinzufügte, daß »die simple Zusammenle-gung der bäuerlichen Produktions-Werkzeuge Ergebnisse erbracht hat, von denen unsere praktischen Arbeiter nie geträumt haben«. [75] Der Volkskommissar für Landwirtschaft rief sogar im Januar 1930 zu einer »Verdoppelung der Produktivität von Pferd und Pflug« auf. [76]
Aber auch diese Kalkulation basierte auf verschiedenen Mißver-ständnissen, unter anderem dem, daß Pferde und Pflug in der Zwi-schenzeit verfügbar sein würden. Tatsächlich erlitten die Pferde der UdSSR dasselbe Schicksal wie das Vieh. In derselben Zeit ging die Zahl der Pferde von 32 auf 17 Millionen zurück, um 47 Prozent. [77] Die Gründe für das Pferdesterben waren nicht ganz dieselben wie beim Viehsterben. Sie wurden selten zum Verzehr geschlachtet. Wenn das Futter ausging, hatten die Bauern oft Erbarmen mit ihnen und ließen sie frei, so daß »Herden verhungernder Pferde in der

ganzen Ukraine wild herumliefen«. [78] Oder die Bauern verkauften ihre Pferde. Das war leichter möglich als beim Vieh, denn Partei-dienststellen standen zunächst unter der Illusion, daß das Kollektiv-gutsystem keine Pferde benötigen werde. Die »Prawda« klagte, daß geplant sei, 150 000 Pferde allein in Bjelorußland zu schlachten, um ihre Häute und ihr Fleisch in einem Häute-Syndikat und in den Molkerei-Vieh-Kooperativen zu verwerten, obwohl 30 Prozent die-ser Pferde noch arbeitstauglich gewesen seien. [79]

Abgesehen von alledem starben sie in den Kollektivgütern weg. Als die Bauern die Kollektivgüter im März 1930 verließen, wurden ihnen die Pferde nicht zurückgegeben. Und in den Kollektivgütern wurde schlecht für sie gesorgt. Typisch ist der Fall eines Bauern, der einem amerikanischen Reisenden nach dessen Aussage »eines der schlech-test gehaltenen und ernährten« Pferde zeigte, das er je gesehen habe; der Bauer sagte ihm, dies sei sein eigenes Pferd gewesen, das er einst gut gefüttert und gepflegt hatte. [80]

Ein Funktionär, der einen Komsomol-Provinz-Sekretär auf einem Besuch der Kolchosen begleitet hatte, vermerkte, daß in jeder zwei bis sieben Pferde pro Nacht starben. [81] Überdies war im Winter nichts mehr da, womit man die Pferde füttern konnte. (In einigen Gegenden bestand der typische Schnell-Lösungs-Trick von der Art, wie man ihn so oft in der Sowjetunion fand, darin, daß Fichtenzweige angesichts des Hafer- und Gras-Mangels für nahrhaft erklärt, gesam-melt und ins Silofutter getan wurden; das so hergestellte Futter konnten die Pferde nicht fressen.) [82] Tote Pferde lagen überall herum, und ein lebendes Pferd konnte jetzt für anderthalb Rubel gekauft werden. Der einzige Nutzen – wenn man es denn so nennen will – vom Massensterben der Pferde bestand darin, daß sie nun nicht länger gefüttert werden mußten. Der gesamte Zuwachs an vermark-tetem Getreide zwischen 1928 und 1933 (sogar unter Einrechnung der beiden guten Ernten 1930 und 1931) entspricht der Futtermenge, die nicht mehr zur Ernährung nicht mehr existenten Tierbestandes gebraucht wurde.

Also wurden große Anstrengungen unternommen, statt dessen eine ausreichende Versorgung mit Traktoren sicherzustellen. Im Jahre 1931 verbrauchte die Produktion von landwirtschaftlichen Maschi-nen 53,9 Prozent des gesamten sowjetischen Ausstoßes an Qualitäts-Walzstahl. Aber zunächst gab es einfach nicht genug Traktoren, um den Ausfall an Pferden wettzumachen, geschweige denn, eine neue Ära einzuleiten. Gegen Ende 1933 hatten 88,5 Prozent aller Kollek-tivgüter keine eigenen Traktoren, während Maschinen-Traktoren-

Stationen zu diesem Zeitpunkt erst 13,6 aller Kollektivgüter bedienten. [83]

Zu diesem Mangel kamen die sogar noch größeren Handicaps, daß die technischen Fertigkeiten nicht zur Traktor-Wartung ausreichten und daß der Anreiz, öffentliches Eigentum zu schützen, hier wie in anderen Fällen nicht zwingend wirkte – Probleme, die bis in den heutigen Tag fortwirken. Die sowjetischen Traktorenparks müssen alle fünf Jahre fast vollständig ersetzt werden, während in Großbritannien eine kleine Farm einen Traktor zehn Jahre lang benutzt, und dann ist er noch in ausreichend gutem Zustand, um gewinnbringend in Zahlung gegeben zu werden. Man kann sich also ohne weiteres vorstellen, daß in den frühen dreißiger Jahren – zum Teil wegen der Unfähigkeit des Ingenieur-Kaders – der durchschnittliche sowjetisch produzierte Traktor ein »sehr kurzes Leben« hatte. [84] Ein Amerikaner schob es auf das schlechtere Öl, weshalb, wie er festgestellt hatte, Traktoren in der UdSSR weniger als ein Drittel der Zeit bis zur Überholung standhielten, als Traktoren von demselben Modell in den USA funktionierten. [85] Zudem konnten Maschinen nicht ordentlich bedient werden. Ein anderer ausländischer Beobachter sah »einen verlassenen Mähdrescher von John Deere, ein neues Modell. Es war verrostet und funktionierte nicht. Noch ein paar Regenfälle, und es wäre wohl nicht mehr zu reparieren«. [86] Es gibt viele ähnliche Geschichten.

Hier sollten wir die Natur und Bedeutung des Maschinen-Traktor-Systems beschreiben, das, mit den Kollektivgütern und den Staatsgütern, das dritte große Sozialisierungs-Element der Landgebiete war. Wie der Name zu verstehen gibt, hatte das Hauptziel, oder jedenfalls das ursprüngliche Ziel darin bestanden, den Gütern Traktoren zur Verfügung zu stellen; doch die Maschinen-Stationen wurden bald zusätzliche Einrichtungen zur politischen Kontrolle der Bauernschaft. Die »Stationen« waren zentralisierte Parks für die Masse der Landmaschinen des Landes – wenn auch einige Traktoren im Besitz einzelner Kollektivgüter waren und die MTS nicht vor 1934 das vollständige Monopol erreichten.

Es hatte einige Traktoren-Parks nach MTS-Art schon 1928 gegeben, beispielsweise einen in der Provinz Odessa, aber in großem Stil wurden sie durch Regierungsverordnung vom 5. Juni 1929 errichtet. Richtig zu funktionieren begannen sie im Februar 1930, obwohl manche schon in der Zwischenzeit gegründet worden waren – beispielsweise acht in der Provinz Dnipropetrowsk. [87] Insgesamt

224 *Die Bauern zermalmen*

wurden fast 2500 MTS zwischen 1929 und 1932 errichtet. Sie wurden in großem Maßstab angelegt – in der Tat oft zu groß, um tauglich zu sein. Eine in der Provinz Charkow beispielsweise, ausgestattet mit 68 Traktoren, bediente 61 Kolchosen, die teilweise bis zu 40 Kilometern entfernt lagen. Im September 1930 wurden dort allein 7300 Stunden darauf verschwendet, mit den Traktoren zur Arbeit zu fahren. [88]
Die Schwierigkeiten der MTS werden durch zwei eng parallele Berichte illustriert; einer stammt von einem Emigranten und einer von einem angesehenen höheren sowjetischen Amtsträger. Der erste schildert, wie im Februar 1933 der gesamte Verwaltungsstab der Maschinen-Traktor-Station von Polywjanka verhaftet und wegen Sabotage vor Gericht gestellt wurde, weil die Traktoren und sonstigen Landmaschinen in schlechtem Zustand waren und die Ochsen und Pferde ebenfalls. Der Grund für letzteres ist offensichtlich. Was ersteres betrifft, so gab es keine Möglichkeit, die Maschinen ordentlich zu warten. Es gab keine Ersatzteile, und die Schmiede konnten keinen Brennstoff und kein Eisen beschaffen, nicht einmal Holz. [89]
Der zweite, offizielle, Bericht sagt nichts über verhängte Strafen, aber genug über die Probleme der MTS von Krasnowjersk in der Provinz Odessa. Im Jahre 1933 hatte sie Reparaturen mittleren Umfangs an 25 Traktoren und 25 Mähdreschern ausführen sollen. Aber sie hatte nur drei Arbeiter und eine Schmiede-Esse samt Amboß, die sie von einer benachbarten Kolchose geborgt hatte; Ersatzteile hatte sie überhaupt nicht mehr. [90]
Die MTS waren jedoch nicht bloß technischer Natur; sie waren vor allem eine Methode sozio-politischer Kontrolle. Sie wurden als Knotenpunkt proletarischen Bewußtseins gesehen, geleitet von Parteifunktionären und besetzt mit Arbeitern, und sie erhielten erhebliche Macht über die Kolchosen, die sie bedienten. Im Juni 1931 wurde sogar bestimmt, daß die MTS nicht nur die Arbeit auf den Gütern organisieren, sondern sogar die Erzeugnisse dieser Güter an die Regierung liefern sollten. In der Tat wurde diese Aufgabe als das »erste, hauptsächliche und grundsätzliche Problem« bezeichnet, das den MTS gestellt war. Die Macht der MTS in den Dörfern wurde ferner gestärkt und formalisiert durch eine Verordnung vom 11. Januar 1933, die »Politische Abteilungen« in den MTS errichtete (und ebenso, aber das war weniger wichtig, in den Staatsgütern). OGPU-Personal wurde zu stellvertretenden Leitern der Politischen Abteilungen ernannt, dem Chef unterstellt außer bei ihrer »operativen Agententätigkeit«. [91] Die »Politische Abteilung« der MTS wurde hinfort zu einem entscheidenden politischen Faktor auf dem Lande;

oft entschied sie über die Köpfe der politischen Behörden hinweg, aber sie komplizierte und verwirrte die schon ungefüge bürokratische Struktur.

Gegen Ende 1934 waren neun Zehntel des besäten Ackers der UdSSR konzentriert auf 240 000 Kollektivgütern, die an die Stelle der ungefähr 20 Millionen Familienhöfe getreten waren, die es 1929 gegeben hatte. Die »Modellsatzungen« der Kollektivgüter, revidiert und angenommen im Februar 1935, zeigen die Hauptzüge des neuen Systems:

a) Die Kolchose »betreibt ihre kollektive Ökonomie gemäß dem Plan, wobei sie sich strikt an den Plan für landwirtschaftliche Produktion hält, der von den Organen der Arbeiter- und Bauern-Regierung erstellt ist, und an ihre Verpflichtung gegenüber dem Staat« (Artikel 6).

b) Als erste Produktionsauflage »erfüllt sie ihre Verpflichtung gegenüber dem Staat in Lieferungen und in der Rückerstattung von Saat-Anleihen und dadurch, die MTS in Naturalleistungen zu bezahlen . . .« (Artikel 11 a); ferner, als letzte Priorität, nachdem sie andere Verpflichtungen erfüllt hatte wie etwa die Anlage von Saatgut- und Futterreseven, »verteilt sie den Rest der Ernte und der Erzeugnisse der Viehhaltung unter den Kolchos-Mitgliedern . . .« (Artikel 11 d).

c) Jeder Bauernhaushalt erhielt die Erlaubnis, ein kleines Stück Land für eigenen Gebrauch zu behalten, begrenzt zwischen einem Viertel und einem halben Hektar, wobei in Ausnahmefällen in manchen Gebieten ein Hektar zugelassen wurde; ferner durfte er einige Haustiere haben, wobei die übliche Erlaubnis umfaßte: eine Kuh, bis zu zwei Jungtieren, eine Sau mit Ferkeln, bis zu zehn Schafen und/oder Ziegen, unbegrenzt Hühner und Kaninchen, bis zu 20 Bienenstöcken (Artikel 2 und 5).

d) Die Verteilung des Einkommens der Kolchose unter den Mitgliedern »wird allein gemäß der Anzahl der Arbeitstage vorgenommen, die jedes Mitglied geleistet hat« (Artikel 15).

e) Zum »höchsten Organ« der Kolchose wurde ihre Mitgliederversammlung erklärt, die den Vorsitzenden und einen Rat von fünf bis neun Mitgliedern wählte, die ihre laufenden Geschäfte zwischen den Hauptversammlungen zu leiten hatten (Artikel 20 und 21).

f) Die Kolchose betrachtete Diebstahl von Kolchoseigentum und eine »zerstörerische Haltung« als »Verrat an der gemeinsamen Sache der Kolchose und Hilfe für die Volksfeinde«; die Personen, die »solch verbrecherischer Unterminierung der Basis des Kolchossystems

schuldig« geworden waren, hatte sie den Gerichten auszuliefern »zur
Verhängung von Strafen gemäß der ganzen Strenge der Gesetze der
Arbeiter- und Bauern-Regierung« (Artikel 18).

Dies bestätigt die eigentliche Logik des Kollektivguts: der Bauer
leistete weiterhin die Arbeit bei der landwirtschaftlichen Erzeugung,
aber er hatte nicht länger die Kontrolle, nicht einmal zeitweilig, über
seinen Ertrag. Es mag zutreffen, daß dies zu einem Ernte-Rückgang
führte. Aber das wurde in stalinistischen Augen mehr als kompen-
siert durch die Errichtung der staatlichen Kontrolle über die Landwirtschaft. Überdies konnte jeder Rückgang, wenigstens bis zu einem gewissen Grade, durch Kürzung des dem Bauern zugewiesenen
Anteils ausgeglichen werden.

Von nun an finden wir Stalin und seine Kollegen dabei, wie sie vor
jeder »Idealisierung« der Kolchose und des Kolchosnik warnen.
Scheboldajew sagt unverblümt, daß die Kolchosniki »wenig guten
Willen gegenüber den Interessen des Staates haben«, und Kaganowitsch erklärt, nicht die Kollektivierung, sondern die Beschaffung sei
»der Prüfstein, an dem unsere Stärke und Schwäche und die Stärke
und Schwäche des Feindes gemessen« würden. [92] Der »Feind« war
nunmehr in den Kolchosen zu finden, und dort war es, unter den
früheren armen und mittleren Bauern, wo »kulakische« Sabotage
bekämpft werden sollte.

Die Kollektivierung löste nicht die Probleme des Bauern, ganz
abgesehen vom Verlust seines Landes. Die Kollektivgüter waren im
wesentlichen ein Mechanismus, der für den Zweck entwickelt worden war, Getreide und andere Produkte herauszuholen. Grundsätzlich ging der gesamte Kolchos-Ausstoß an Baumwolle, Zuckerrüben
usw., der größte Teil ihrer Wolle, Felle und Häute und vor allem ein
großer Teil ihres Getreides an den Staat. [93] Ein heutiger sowjetischer Literaturkritiker, der die angeblichen Vorteile der Kollektivierung und Mechanisierung unterstellt, fügt allerdings hinzu: »Aber bis
zu einem gewissen Grade schwächten sie die Gefühle tiefer Bindung
an die Erde; sie schwächten das Verantwortungsgefühl des Mannes,
der Herr seines eigenen Landes ist, für seine tägliche Arbeit auf dem
Lande.« [94]

Ein Aktivist, der in das große ukrainische Steppendorf Archangelka
(etwa 2000 Einwohner) ausgesandt wurde, fand im Jahre 1930 acht
Männer bei der Erntearbeit. Der Rest tat gar nichts, und als er sagte,
daß das Getreide verderben werde, pflichteten sie ihm bei. Er
kommentierte: »Ich kann nicht glauben, daß der Verlust von Brotgetreide den Bauern nichts bedeutete. Ihre Gefühle müssen erschrek-

kend stark gewesen sein, daß sie so weit gingen, das Getreide auf den Feldern zu verlassen . . . Ich bin überzeugt davon, daß niemand sie dazu angestiftet hat.« Es gelang ihm, einige Besserungen einzuführen, aber er hatte nie das Gefühl, daß er jemanden umgestimmt habe. [95]

Ein solches Verhalten galt als Sabotage, ebenso jeder Versuch, das Korn zum Gebrauch der Bauern umzuleiten. Die Verordnung vom 7. August 1932 »über den Schutz des Staatseigentums« (von Stalin selber entworfen) bestimmte, daß alles Eigentum der Kollektivgüter wie etwa Vieh, Ernte auf dem Halm und sonstige landwirtschaftliche Erzeugnisse unter diese Definition fiel. [96] Wer solches Eigentum verletzte, war als Volksfeind zu betrachten und entweder zu erschießen oder, bei mildernden Umständen, nicht weniger als zehn Jahre ins Gefängnis zu sperren, bei vollständiger Beschlagnahme seines Eigentums. Amtliche Interpretationen der Verordnung schlossen später Personen ein, die Kolchos-Bücher fälschten, landwirtschaftliche Arbeit sabotierten, Ernten »zerstörten« usw. Im Jahre 1932 wurden 20 Prozent *aller* Strafurteile in der UdSSR unter dieser Bestimmung verhängt. Sie wurde von Stalin als »die Basis der revolutionären Legalität zu diesem Zeitpunkt« bezeichnet. [97] Allein in West-Sibirien wurden in einem einzigen Monat (Oktober 1932) 2000 Haushalte der Sabotage beschuldigt. [98]

Nicht nur der Bauer konnte unter solche Anklage gestellt werden. Eine Resolution des Zentralkomitees vom 11. Januar 1933 verurteilt »antisowjetische Elemente, die in die Kolchosen in der Eigenschaft von Buchhaltern, Leitern, Lagerverwaltern, Brigadieren usw. eingedrungen sind und oftmals in der Eigenschaft als führende Mitglieder des Kolchos-Rates versuchen, Zerstörung zu organisieren oder die Beschädigung von Maschinen, schlechte Aussaat, Verschwendung von Kolchos-Eigentum, die Unterminierung von Arbeitsdisziplin; sie organisieren den Diebstahl von Saatgut, die Anlage geheimer Kornkammern und die Sabotage der Getreideernte; und manchmal gelingt es ihnen, die Kolchosen in den Zusammenbruch zu treiben«.

Die Resolution forderte die Ausstoßung dieser »antisowjetischen Elemente« aus Kollektiv- und Staatsgütern. Sie vertraute diese Aufgabe den »Politischen Abteilungen« der Maschinen-Traktoren-Stationen und der Staatsgüter an – insbesondere deren stellvertretenden Leitern, den OGPU-Funktionären. In 24 Republiken, Territorien und Provinzen wurden 1933 fast 30 Prozent der Agronomen, 34 Prozent der Lagerhaus-Mitarbeiter und ähnliche Anteile anderer Berufsgruppen der Zerstörung angeklagt. [99]

Auf noch höherer Ebene wurden Planer und Bürokraten zu Sünden-böcken gemacht. Die besseren Landwirtschafts-Spezialisten waren der Natur der Sache gemäß Männer, die eine lange Ausbildung hatten und Erfahrung besaßen und folglich aus der Zeit vor der Revolution stammten: Wenige von ihnen waren Bolschewiki. Wie wir festgehalten haben, war Tschajanow der bekannteste aus dieser Gruppe von ranghöheren Wissenschaftlern. Eine ideologischer aus-gerichtete Gruppe, die sich Agrar-Marxisten nannte, hatte als ihre Hauptfigur L. N. Kritzman. Einige Jahre lang hatten beide Gruppen einigermaßen verschiedene Forschungen betrieben, ohne daß größe-rer Streit zwischen ihnen entstanden wäre.

Die »Kulturrevolution« hatte 1929 naturgemäß zur Entlassung von Tschajanow und dessen Gefolgsleuten geführt, und Kritzmans Gruppe, die eine zu graduelle Sicht der Bauernentwicklung vertreten hatte, folgte ihnen 1932. Zu diesem Zeitpunkt wurden die landwirt-schaftlichen Akademien von ungebildeten Eindringlingen be-herrscht, die der Partei ob ihrer marxistischen Orthodoxie zusagten, die aber in Landwirtschaftsfragen praktisch Analphabeten waren.

»Kulaken« und »Kulaken-Sympathisanten« hatten, unnötig zu sa-gen, das Volkskommissariat für Landwirtschaft infiltriert, ferner Gosplan, landwirtschaftliche Forschungszentren, die Landwirt-schaftsbank, die Holzindustrie usw. 21 von ihnen wurden von der GPU im März 1930 in der Ukraine verhaftet. [100] Am 22. Septem-ber 1930 wurden 48 Angehörige des Volkskommissariats für Handel, einschließlich des stellvertretenden Vorsitzenden des wissenschaftli-chen und technischen Rats für die Lebensmittel- und Landwirt-schaftsindustrie, angeklagt wegen Sabotage der Lebensmittelversor-gung. Die »Prawda« druckte ihre Geständnisse über zwei Seiten ab. Sie wurden angeklagt, »Organisatoren der Hungersnot und Agenten des Imperialismus« zu sein – der Imperialismus wurde in diesem Falle durch eine britische Kühlhausfirma repräsentiert, die geplant habe, die Kühlsysteme in Rußland zu desorganisieren, um einen Vertrag zu erlangen. Drei Tage später wurden alle erschossen.

Am 3. September 1930 wurde mitgeteilt, daß neun prominente Öko-nomen, einschließlich Groman, Tschajanow und andere führende Persönlichkeiten wie Makarow und Kondratjew, als konterrevolutio-näre Verschwörer verhaftet worden seien. Alle verschwanden, wenngleich einige wieder öffentlich genannt wurden als Opfer eines Scheinprozesses, des »Menschewiki-Prozesses« von 1931, bei dem Groman der Hauptangeklagte war. Sie gestanden Sabotage sowie Tätigkeit zugunsten ausländischer Intervention ein (zufällig haben wir eine ganze Menge Beweismaterial darüber, wie ihre »Geständnisse« erpreßt wurden). Die wirtschaftliche Seite der gegen sie erhobenen Anklagen war absurd:

»Es wurde behauptet, daß die Angeklagten, von denen einige eine wichtige Rolle bei der Erstellung des Fünfjahresplanes gespielt hatten, versucht hätten, Produktionsziele aufzustellen, die weit unter den Möglichkeiten des Landes lagen. Tatsächlich beweisen die amtlichen sowjetischen Daten, daß die angeklagten Planer große Weitsicht bei der Voraussage der tatsächlichen Planerfüllung gezeigt haben. Auf fast jedem Gebiet hatten sie sich eher zugunsten einer optimistischen Betrachtung geirrt. Bei Stahl beispielsweise wurden sie angeklagt, in verbrecherischer Weise die Produktion von 5,8 Millionen Tonnen für 1932 angesetzt zu haben. Der Plan legte 10,3 Millionen Tonnen fest; die Angeklagten selber gestanden vor Gericht ein, daß ›viel höhere Zahlen hätten festgelegt werden können und sollen‹. Die tatsächliche Produktion betrug 5,9 Millionen Tonnen. Für Roheisen hatten sie bloß sieben Millionen Tonnen vorausgesehen; der Plan forderte 17 Millionen Tonnen. Die tatsächliche Produktion 1932 entsprach 6,1 Millionen Tonnen.« [101]

Kondratjew, der ehemalige Ernährungsminister, erschien als »Zeuge« im Menschewiki-Prozeß. Er selber wurde dann als Anführer einer angeblichen »Arbeitenden Bauern-Partei« angeklagt, der unterstellt wurde, neun Untergrund-Gruppen in Moskau betrieben und landwirtschaftliche Kooperativen und Kredit-Unionen, die Volkskommissariate für Landwirtschaft und Finanzen, die landwirtschaftliche Presse, die Forschungsinstitute auf dem Gebiet der Agrar-Ökonomie und die Landwirtschaftliche Akademie Tmirjasew sabotiert zu haben; sie habe viele Gruppen in ähnlichen Instituten auf dem Lande gehabt, mit Mitgliederzahlen von insgesamt 100 000 bis 200 000. [102]

Solche Prozesse stopften Gegnern wirksam den Mund und machten jedermann klar, daß die Äußerung einer anderen Meinung oder gar das Versagen bei der Erfüllung unmöglicher Planvorgaben ein Kapitalverbrechen darstellten.

In macherlei Hinsicht paßte Stalins Taktik bei der Präsentation seiner Handlungen vorzüglich zu seinen Absichten. Er sprach nie von einem Angriff auf die Bauernschaft, sondern nannte nur den Kulaken, den Klassenfeind. Wenn die Grausamkeiten, zu denen seine Politik unvermeidlich führte, in den Dörfern begangen wurden, so pflegte er gelegentlich einige Amtsträger in speziell publizierten Fällen zu

kritisieren und zu bestrafen. Und die Propagandawelt, in der die
Partei und auch ein großer Teil der städtischen Bevölkerung sich
bewegte, machte es Loyalisten möglich zu glauben, daß die Exzesse
nur örtlicher Natur seien und daß der gesamte Fehlschlag eine Folge
von Sabotage sei.

Gleichzeitig wurde die wirkliche Lage der Landwirtschaft sorgfältig
vertuscht. Lächerliche Voraussagen der erwarteten Zunahme an
landwirtschaftlicher Erzeugung hatten seit langem die Herzen der
Aktivisten gestärkt und ausländische Tölpel beglückt. Der Butter-
verbrauch werde bald den in Dänemark übertreffen, weil die Zahl
der Milchkühe um das Zwei- bis Zweieinhalbfache gesteigert werden
würde, und ihr Ertrag um das Drei- bis Vierfache. [103] (Faktisch
ging die Buttererzeugung in Ost-Sibirien, für die wir zufällig Zahlen
besitzen, von 35 964 Tonnen im Jahre 1928 auf 20 901 Tonnen im
Jahre 1932 zurück.) [104] Es wurde 1929 sogar offiziell angekündigt,
daß bis 1932 die Getreideerträge bis zu 50 Prozent zunehmen würden
und daß eine zukünftige Steigerung um 25 Prozent auf dem Gebiet
der Getreide-Vermarktung zu erwarten sei, als Folge der Einführung
von Traktoren. [105] Es war klar, daß solche Ergebnisse nicht
erreicht worden waren, wenn auch die Schuld Saboteuren, Kulaken
und unfähigen niederen Funktionären zugewiesen werden mochte.
Aber das Ausmaß des Defizits war noch nicht erkennbar. Ein Hindernis bei der Schätzung solcher Fragen bestand darin, daß die
monopolistischen Statistik-Methoden der UdSSR allmählich ihren
Bezug zur Wirklichkeit verloren hatten.

Vor allem war eine neue Methode der Getreideernte-Schätzung – der
»biologische Ertrag« – eingeführt worden, nämlich die Schätzung der
Ernte auf dem Halm statt der tatsächlichen Zählung in den Scheuern
der Höfe. Im Jahre 1953 enthüllte Chruschtschew die Tatsache, daß
diese Methode eine Überschätzung von mehr als 40 Prozent bewirkt
hatte. Der wichtigste unmittelbare Vorteil der Methode des »biologischen Ertrags« bestand darin, daß die »Ernte« im voraus bestimmt
werden konnte, indem man den maximalen theoretischen Ertrag
gemäß der maximalen Nutzfläche errechnete und Ernteverluste,
Feuchtigkeit usw. ignorierte. Der Anteil des Staates und seiner
Stellen konnte auf dieser Basis festgelegt werden, wodurch dem
Bauern ein minimaler oder auch gar kein Rest blieb. Es gab sogar
eine Verordnung, die es verbot, Zahlen über die tatsächliche Menge
des ausgedroschenen Getreides zu sammeln, da diese »das Bild des
tatsächlichen Erntestandes verwirren«. [106] Die Veröffentlichung
der Preis-Indizes wurde im April 1930 beendet. Keine Preis-Daten

erscheinen im letzten Statistischen Jahrbuch der Epoche, »Sozialistischer Aufbau UdSSR 1933–35«. Und »Sozialistischer Aufbau
UdSSR 1936« enthält nicht einmal das Wort »Preise« im Index, noch
anderswo in einer greifbaren Form. Die Veröffentlichung von Ge-
burts- und Todes-Statistiken wurde sogar schon früher eingestellt.
[107]

Was also ist tatsächlich erreicht worden? Nicht eine überlegene
Landwirtschaft. Nicht eine zufriedene Bauernschaft. Im Gegenteil,
die landwirtschaftliche Produktion ist drastisch reduziert worden, die
Bauern sind zu Millionen in Tod und Verbannung getrieben worden,
und diejenigen, die blieben, sind in ihren eigenen Augen zu Leibeige-
nen erniedrigt worden. Aber der Staat kontrolliert nunmehr die
Getreideerzeugung, wie reduziert deren Menge auch sein mochte.
Und kollektive Landwirtschaft hatte sich durchgesetzt.

Es ist nicht unsere Absicht zu prüfen, ob Stalin ein besserer Marxist
oder Leninist war als seine Rivalen – eine Frage, zu der verschiedene
Betrachtungsweisen vertretbar sind. Aber es mag durchaus so scheinen, als sei die rechtsorientierte Forderung nach einer allmählichen
Kollektivierung ein Trugschluß gewesen. Hätte man nur irgend etwas
wie einen freien Wettbewerb zwischen dem privaten und dem öffentlichen Sektor der Landwirtschaft gestattet, so wäre der private Sektor
seinen traditionellen Erben allemal anziehender erschienen. Die
Vorstellung, eine begrenzte Zahl von Kollektivgütern zu errichten,
um den Einzelbauern von deren Überlegenheit zu überzeugen,
konnte nicht funktionieren; wo immer sie existierten, hatten sie trotz
aller von der Regierung gewährten Vorteile schlechter abgeschnitten
als der einzelne Bauernhof. Selbst in späterer Zeit, mit dem Vorteil
der einseitigen Modernisierung, haben die Kollektivgüter nie floriert. Im September 1953 und Februar 1954 berichtete Chruschtschew offiziell den Zentralkomitee-Plena, daß die mechanisierte
sowjetische Landwirtschaft weniger Getreide pro Kopf und (in absoluten Zahlen) weniger Vieh produzierte, als der Muschik mit seinem
hölzernen Pflug in der Zarenzeit 40 Jahre früher zuwege gebracht
hatte.

Es war auch nicht nur eine ökonomische Frage. Eine ganze Lebensart
war vernichtet und durch eine andere ersetzt worden, die man als
weit minderwertiger empfand. Es trifft zu, daß aus strikter Parteisicht
Stalin recht gegeben werden mochte. Der Bauer trat den Kollektiven
nicht freiwillig bei. Wenn Kollektive notwendig waren, so mußte man
ihn in diese hineinzwingen. Und was den Zeitpunkt betraf: Da kein
Abwarten jemals dazu führen würde, ihn zu überzeugen, konnte es

genau so gut gleich geschehen. Auf jeden Fall waren Stalins Entscheidungen völlig im Einklang mit der marxistisch-leninistischen These, daß die Einzelbauernschaft eine Klasse ist, die ein »proletarisches« und auf »Sozialismus« orientiertes Regime besiegen und unterwerfen muß. Seine spezielle strategische Einstellung dominierte nunmehr die Partei, und die genannten Erwägungen waren entscheidend bei der Festlegung der Parteilinie.

Aber andere Sichtweisen als die der Partei sind möglich.

9
Zentralasien und die Tragödie der Kasachen

*Die alte Regierung, die Gutsbesitzer
und Kapitalisten haben uns ein
Erbe so eingeschüchterter Völker
hinterlassen ... Diese Menschen waren
zu unvorstellbarem Leid verurteilt*
Stalin

Das sowjetische Zentralasien, die heutigen Republiken Usbekistan,
Turkmenistan, Tadschikistan, Kirgisien und Kasachstan, stellen isla-
mische Länder dar, die von zaristischen Armeen im 18. und 19. Jahrhundert erobert wurden und durch die Bolschewiki im 20. Jahrhundert von einheimischen revolutionären und anderen Regierungen
zurückerobert wurden. Dort wurde die Kollektivierungskampagne,
allgemein gesprochen, vielfach in derselben Weise durchgeführt wie
in der europäischen Sowjetunion. Aber es gab gewisse spezielle
Charakteristika.

In Usbekistan war die offiziell verkündete Politik, die Kulaken im
Baumwollgebiet zu »liquidieren«, sie in den Viehzucht-Gebieten
aber nur zu »begrenzen«. [1] 1930–1933 wurden, wie ein heutiges
sowjetisches Werk uns mitteilt, 40 000 Haushalte dekulakisiert – fünf
Prozent der Gesamtzahl. [2] Ähnlich wurden in Turkestan (nach
amtlichen Zahlen) 2211 Kulakenfamilien allein im Zeitraum
1930–1931 deportiert; [3] in Kasachstan wurden 40 000 Haushalte
dekulakisiert, und 15 000 weitere wurden »selbst-dekulakisiert«; das
heißt, sie flüchteten. [4] Wir können schätzen, daß die gesamte
Dekulakisierung der ganzen Region mehr als eine halbe Million
Seelen betraf. Der Widerstand war sehr heftig.

Eine kürzlich veröffentlichte sowjetische Studie vermerkt, daß der
Zeitraum 1929–1931 ein Wiederaufleben der nationalistischen Re-
bellenbewegung brachte, der Basmatschi. Kollektivgüter gehörten
zu ihren Hauptzielen. Banden von einer Stärke bis zu 500 Mann
kamen aus Afghanistan nach Tadschikistan und sammelten unterwegs Rekruten. Auch in Turkmenistan »wurde die Basmatschi-
Bewegung, die in den vergangenen Jahren beinahe liquidiert worden
war, wieder stärker: eine gespannte politische Situation entwickelte

sich in der Republik«. [5] Die Rebellen »umfaßten offensichtlich nicht nur konterrevolutionäre Elemente, sondern auch einen gewissen Anteil der arbeitenden Bevölkerung«, [6] und ihre politischen Ziele werden als antisowjetisch und gegen die Kollektivierung gerichtet beschrieben. [7]

In Usbekistan berichtete der usbekische Parteisekretär Ikramow sogar noch 1931–1932 über Banden mit einer Stärke von 350 Mann; von 164 Fällen versuchter Organisation von Massenerhebungen, in die 13000 Leute verwickelt waren; von 77000 »Anti-Kolchosen-Zwischenfällen«. Eine Rebellion im Syr-Darja-Gebiet dauerte drei Wochen. [8] Bauman, Moskaus Vizekönig für das ganze Gebiet (es wird berichtet, daß damals ein Anschlag auf sein Leben verübt wurde und daß seine Frau dabei Verletzungen erlitt), erklärte dem Plenum des usbekischen Zentralkomitees im September 1934, daß 1931 Aufstände auch in der turkmenischen Steppe, in der kirgisischen Viehzuchtregion sowie in Tadschikistan stattgefunden hätten.

Wie anderswo, zeigte sich der Widerstand auch in massenhaften Viehschlachtungen an. Bauman enthüllte beim usbekischen Plenum vom September 1934, daß in Zentralasien (außerhalb von Kasachstan) die Zahl der Pferde um ein Drittel, die der Rinder um die Hälfte, die der Schafe und Ziegen um zwei Drittel zurückgegangen seien. In Kirgisien äußerte der Widerstand sich in »massenhafter Vernichtung von Vieh«, aber auch in »Auswanderung ins Ausland...«; ein Teil der Grenzbevölkerung »zog nach China, wobei sie 30000 Schafe und 15000 Stück Vieh mit sich trieben«. [9]

Aber dies alles, schlimm genug aus jeder Gewissensbetrachtung, verblaßt vor der immensen menschlichen Tragödie der Kasachen. Die Volkszählung von 1926 wies 3963300 Kasachen als in der Sowjetunion lebend aus; die Volkszählung von 1939 (ohnehin aufgebläht) nennt 3100900. Zieht man natürlichen Zuwachs in Betracht, beträgt das geschätzte Bevölkerungsdefizit durch Hungersnot und allgemeine Unterdrückung etwa anderthalb Millionen aus einer Bevölkerung, die 1930 erheblich über 4 Millionen lag; tatsächliche Abgänge durch Tod – zieht man die Ungeborenen und die nach China Geflüchteten ab – müssen mindestens eine Million betragen haben. Neuerdings zugängliche Zahlen erweisen, daß der Verlust sogar noch höher lag. Die Zahl der kasachischen Haushalte ging von 123300 im Jahre 1929 auf 565000 im Jahre 1936 zurück. [10] Diese schrecklichen Zahlen werden begleitet durch einen katastrophalen Rückgang des Haustierbestandes. Die Zahl der Rinder, die 1929 noch 7442000 betragen hatte, schrumpfte bis 1933 auf 1600000; die der Schafe von

21 943 000 auf 1 727 000. [11] Die Ursachen und die Umstände dieses gewaltigen menschlichen und wirtschaftlichen Desasters – die in den Annalen anderer Kolonialmächte kein Gegenstück finden – dürften wohl größere Aufmerksamkeit verdienen, als sie bisher bei westlichen Forschern fanden.

Kasachstan, von den Russen im 18. und 19. Jahrhundert erobert, hatte zur Zeit der Revolution seine eigene Regierung der nationalen Alasch-Orda-Partei gebildet, war aber der Roten Armee unterlegen. Jedoch hatte es eine so geringe Basis für eine kommunistische Bewegung in der Gegend gegeben, daß viele Veteranen der Alasch Orda in die neue Verwaltung übernommen worden waren. Als das nördlichste der zentralasiatischen Territorien, die in später zaristischer Zeit von Rußland annektiert worden waren, lag Kasachstan nahe – wenn nicht quer über – der russischen Kolonisierungslinie in Sibirien und dem Fernen Osten. In groben Zügen beschrieben, hatte der nördliche Teil des Gebiets mit vielen russischen Siedlern – mehr als einer Million Familien zwischen 1896 und 1916 – eine Landwirtschaft entwickelt, während der südliche Teil immer noch aus Steppe bestand, wo die Mehrheit der Kasachen ihre Herden weidete.

Die Natur der kasachischen Wirtschaft bereitete den Bolschewiki ein spezielles Problem. Im Jahre 1926 war etwas weniger als ein Viertel der kasachischen Bevölkerung nur in der Landwirtschaft beschäftigt; 38,5 Prozent lebten allein von der Viehzucht, 33,2 Prozent von Viehzucht und Landwirtschaft. Weniger als zehn Prozent lebten vollständig nomadenhaft, aber zwei Drittel der Bevölkerung waren »Halbnomaden«, die mit ihren Herden im Sommer auszogen. [12] Das Regime unternahm es nun, eine nomadische Kultur mit jahrhundertealten Wurzeln in eine angesiedelte (und kollektivierte) Agrargesellschaft zu verwandeln, und zwar innerhalb weniger Jahre, gegen die tiefsitzenden Wünsche der Bevölkerung.

Diese Frage war mehrere Jahre zuvor debattiert worden. Praktisch alle Fachleute des Landes hatten die Kasachen als überhaupt noch nicht bereit für eine Kollektivierung jeglicher Art bezeichnet. Die meisten Agronomen verwiesen darauf, daß die kasachische Viehzuchtwirtschaft durch die Sippenautorität reguliert werde; sie waren sich einig, daß eine Zerstörung dieser Autorität wirtschaftspolitisch gefährlich sein würde. Fachleute für die Region warnten, daß die Gegend, die damals zur Viehzucht genutzt wurde, für Getreideanbau nicht geeignet sei. Und auch wenn ein nach Stalins Tod erschienenes Buch, [13] welches zu dem Schluß gelangte, daß die Kasachen noch

keineswegs zur Kollektivierung bereit waren, in der UdSSR viel
kritisiert worden ist – die meisten sowjetischen Forscher heute konze-
dieren wenigstens, daß sie weder zu massenhafter noch zu übereilter
oder forcierter Kollektivierung bereit waren.

Ansiedlung der Nomaden war die Crux. Sie war schon lange eine
Doktrin der Partei, begründet mit der Notwendigkeit, »die wirtschaftlichen und kulturellen Anachronismen der Nationalitäten aus-
zurotten«. Oder, konkreter: »Ansiedlung bedeutet die Liquidierung
des Bai-Halbfeudalisten. Ansiedlung bedeutet die Zerstörung von
Stammesgewohnheiten . . .« [14] Ein »Plan« für die Ansiedlung der
Nomaden wurde in den revidierten Fünfjahresplan aufgenommen
und ein besonderes Komitee für Ansiedlung in Alma Ata errichtet.
Aus wirtschaftlicher Sicht erschien das kasachische Territorium als
eine potentielle Reserve für die Lebensmittelproduktion des ganzen
Sowjetsibirien und des Fernen Ostens. Die Entnomadisierung sollte
zu einer gewaltigen Getreideerzeugung in Süd-Kasachstan führen.
Ein Ergebnis des Zentralkomitee-Plenums vom November 1929 war
die Entscheidung, die Nomadengebiete Kasachstans zu konfiszieren
und dort eine Anzahl riesiger Getreidefabriken zu errichten. Bis 1932
sollten sie 1,6 Millionen Tonnen Getreide liefern. [15] Dies war
wirtschaftlicher Unsinn. Das Territorium war für Getreideerzeugung
nicht geeignet. Auch heute noch ist der Brutto-Wert der Vieh-
Lieferungen viermal so hoch wie der der landwirtschaftlichen Lieferung. [16]

Sogar in der NEP-Zeit hatte die kasachische Gesellschaft, die immer
noch unter ihren alten Führern und Ordnungen stand, die sowjetische Führerschaft erzürnt. Eine Kampagne für die »Sowjetisierung
des kasachischen Aul« (Wanderdorfes) 1925–1928 war fehlgeschlagen, weil die dort gebildeten Dorfsowjets ohne große Umstände in
die Hände der traditionellen örtlichen Führer gefallen waren. Sowohl
die Organisation der Sippe als auch die moslemischen Loyalitäten
erwiesen sich als höchst widerstandsfähig gegen jede Durchdringung
durch die Partei. Trotzki bemerkte, daß Goloschtschekin, der führende Parteifunktionär in Kasachstan, »den Bürgerfrieden im russischen Dorf und den Bürgerkrieg im Aul predigt«. Beim 15. Kongreß
1927 behauptete Molotow, daß die Bais (die feudalen Sippenhäup-
ter) »den Staat in massiver Weise um sein Brot gebracht« hätten. Im
Januar 1929 gab es nur 16551 kasachische Mitglieder der Kommunistischen Partei; und 1931 gab es 17500 Kommunisten – Russen und
Kasachen – im ganzen ländlichen Kasachstan, von denen sich nur ein

Viertel in vorwiegend kasachischen Gegenden befand. [17] Eine
Verordnung vom 27. August 1928, erlassen auf »Anregung« des
Allunions-Zentralkomitees, befahl die Beschlagnahme von Grundei-
gentum »derjenigen größten Viehzüchter in der einheimischen Bevölkerung, deren Einfluß die Sowjetisierung des Aul verhindert«;
ferner befahl sie die Deportation von »Bai- und halbfeudalen Familien« – obwohl es zu diesem Zeitpunkt nur 696 von diesen gab – und
die Beschlagnahmung der ihnen gehörenden halben Million Stück
Vieh. [18] Aber selbst dies hatte wenig Wirkung auf die kasachische
Gesellschaft. Als es 1930 zur vollen Dekulakisierung kam, wurden
55 000 bis 60 000 Haushalte als »Bai« etikettiert; 40 000 wurden
»dekulakisiert«, und der Rest zog weg und ließ sein Eigentum
zurück.

Ein Plenum des Zentralkomitees der Kasachischen Kommunistischen Partei trat vom 11. bis 16. Dezember 1929 zusammen, um sich
zu verpflichten, die Entscheidung des Moskauer Plenums vom letzten Monat durchzuführen; es fügte der allgemeinen Kollektivie-
rungs-Linie den Vorbehalt hinzu, daß die »Ansiedlung« der Nomaden eine notwendige Vorbedingung sei (wenn auch erst am 6. September 1930 eine formelle Verordnung mit dem Befehl ständiger
Ansiedlung aller Nomaden in der RSFSR erging). Das kasachische
Zentralkomitee entschied sich nunmehr dafür, mit der Planung einer
festen Ansiedlung der Nomaden zu beginnen, und im Januar 1930
entschied das kasachische Zentrale Exekutiv-Komitee, daß von
566 000 nomadischen und semi-nomadischen Haushalten 544 000 zum
Abschluß des Ersten Fünfjahresplans angesiedelt zu sein hätten. [19]
Im Falle der Nomaden-Ansiedlung wahrte die Partei nicht einmal die
Täuschung, daß die freiwillige Zustimmung der Bevölkerung erforderlich oder gar gegeben war, wie sie es behauptete (und noch behauptet), bei der Kollektivierung. Die kommunistischen Behörden
in Kasachstan entschieden, daß es falsch sei, zwangsweise zu kollektivieren, aber richtig, zwangsweise anzusiedeln. [20] Und natürlich
wurde die Kollektivierung durchgeführt, so gut es eben ging, ohne
Rücksicht auf irgendein Prinzip der Freiwilligkeit. In der Verordnung vom 5. Januar 1930 wurden die Vieh-Gegenden von Kasachstan
in die Kategorie der Regionen aufgenommen, die bis Ende 1933
vollständig kollektiviert sein sollten. Was das Vieh selbst betrifft, so
scheint es keine klare Politik hinsichtlich seiner Kollektivierung
gegeben zu haben. In einigen Kolchosen wurde es konfisziert und
dann wieder zurückgegeben: es war üblich, einen Beschlagnahme-

Befehl zu erlassen, wenn die Kasachen Anstalten machten, ihr Vieh eher zu schlachten, als es herauszugeben; aber dann pflegten die Behörden sich zu entschuldigen und ihre Befehle zurückzunehmen. [21] Am 10. März 1930 waren 56,6 Prozent der Bevölkerung dieser Republik kollektiviert, wenn das auch in den Nomaden-Bereichen bei 20 Prozent oder weniger lag. Aber Stalins Aufruf vom 2. März 1930 zu einer Lockerung des Drucks wurde in manchen Gegenden nicht vor Ende April oder nicht vor Anfang Mai befolgt. [22] Es wird aus allen sowjetischen Berichten deutlich, daß die Kollektive, die im Frühjahr 1930 errichtet wurden, sich in einem chaotischen Zustand befanden. Es gab nur wenige Häuser, Schuppen, landwirtschaftliche Werkzeuge; schlimmer noch: Wenig bestellbares Land wurde zur Verfügung gestellt, und viele Siedlungen wurden in Wüsten oder wüstenartigen Gegenden ohne ausreichende Wasserversorgung angelegt, so daß nicht einmal Vieh gehalten werden konnte. Außerdem wurde kein Viehfutter geliefert, während »es verboten war, die Herden auf die Weide zu treiben«. [23] Einige Kolchosen hatten kein Saatgut, keinen Hausviehbestand und kein sonstiges Kapital. Der Plan forderte nur den Bau von 1915 Häusern und 70 Scheunen, aber selbst von diesen Zahlen wurden nur 15 Prozent der Wohnhäuser und 32 Prozent der Scheunen tatsächlich fertiggebaut. Für die 320000 Menschen, die zwischen 1930 und 1932 angesiedelt wurden, entstanden insgesamt 24106 Wohnhäuser und 108 Bäder. [24]

Überdies bestanden die normalen Kolchosen, die nunmehr errichtet wurden, aus 10 bis 20 Auls von jeweils zehn bis 15 Familien, die mehrere Kilometer voneinander entfernt angesiedelt wurden und ein Territorium von 200 Quadratkilometern umfassen konnten. [25] Was die Organisation betrifft, so kam in manchen Regionen durchschnittlich ein Buchhalter auf 12 Kolchosen und ein technischer Fachmann auf 50. Im Juni 1930 gab es nur 416 Agronomen und landwirtschaftliche Fachleute in der gesamten Republik – von denen vier Kasachen waren. [26] Die meisten Kolchosen hatten praktisch überhaupt keinen Plan und funktionierten auf Selbsterhaltungsniveau – wenn sie das überhaupt noch schafften.

Eine sowjetische Studie [27] gibt, während die meisten anderen dies unterschlagen, Hinweise auf den weitverbreiteten Widerstand der Kasachen. Partei-Aktivisten stießen auf bewaffnete Opposition, und viele von ihnen wurden getötet (jedenfalls: von den 1200 ›Fünfundzwanzigtausendern‹, die im Frühjahr 1930 in die Republik geschickt wurden, sandte man weniger als 400 in die Viehzüchter-Regionen). [28] Herumziehende Kasachenbanden griffen Kolchosen an und nahmen das Vieh weg oder erschlugen es. Ganze Gruppen von Auls formten abgestimmte Pläne gegen die Behörden. Kuriere wurden ausgeschickt, um Kasachen vor dem Eintritt in Kolchosen zu warnen. Banden der Basmatschi-Guerilla nahmen an Zahl zu und kämpften gegen die Truppen der OGPU. Viele flohen in andere Republiken oder nach China. Von 44 000 Familien, die nach Turkmenistan zogen, schlossen sich viele den Rebellenbanden der Basmatschi an. [29] Der kasachischen nationalistischen Bewegung Alasch Orda wurde naturgemäß die Schuld für die Härte der kasachischen Antwort auf die gewaltsame Schnellkollektivierung zugeschoben. Eine »Verschwörung«, die führende nationalistische Persönlichkeiten umfasse, wurde Anfang 1930 gemeldet, und die »Widerstandszentren«, die sie angeblich gebildet hatten, wurden in den Auls entdeckt, die starken Widerstand geleistet hatten.

Der heute noch gültige offizielle Standpunkt zu diesem Widerstand wird gut illustriert in einem Artikel, mehr als 50 Jahre später verfaßt, in dem die frühe Laufbahn des inzwischen verstorbenen Konstantin Tschernenko im bewaffneten Kampf gegen diesen Widerstand, den die Grenztruppen der OGPU im »östlichen Grenzgebiet« von Kasachstan und Kirgisien 1930 bis 1933 führten, auf das Wärmste gefeiert wurde (und vielleicht als relevant angesehen wurde im Hinblick auf den ähnlich gelagerten Kampf gegen moslemische Guerilla-Kämpfer in Afghanistan). Die Basmatschi werden 1933 als »besiegt« erklärt, obwohl kleinere Gruppen noch bis 1936 operierten. [30]

Wie anderswo auch gehörte zum Widerstand das Abschlachten des Viehs. In vielen Gebieten wurden 50 Prozent der Herden in den ersten Wochen der Kollektivierung vernichtet. Eine sowjetische Quelle spricht von dem Verlust von 2,3 Millionen Rindern und 10 Millionen Schafen 1930; eine andere berichtet, daß 35 Prozent der Herden 1929–1930 starben. [31] Ein großer Teil des überlebenden kollektivierten Viehbestands wurde auf große Staatsgüter gebracht, aber für die Rinder waren nur unzureichend Unterkünfte gebaut worden. Wie ein Bericht vermeldet, überlebten von 117 000 Rindern auf dem Staatsgut »Gigant« nur 13 000 den Winter. [32] Die wirtschaftliche, wenn schon nicht die menschliche, Katastrophe wurde in Moskau übel aufgenommen, und Funktionäre wurden in großem Umfang liquidiert – bis Mitte 1930 wurden allein in zwei Provinzen fünf Bezirkskomitees aufgelöst und 100 Amtsträger verhaftet. [33] Bis Ende 1932 war der größte Teil der Führung der Republik gesäubert worden.

In den Anfangstagen wurden die Nomaden oftmals in Kolchosen vom Typus Artel hineingezwungen, aber beim 16. Parteikongreß im Juni/Juli 1930 wurde verspätet beschlossen, daß der liberale TOS-Typus die korrekte Form für die seminomadischen Regionen sei. [34] 52,1 Prozent der ländlichen Bevölkerung war zum 1. April 1930 kollektiviert. Diese Zahl ging zum 1. August auf 29,1 Prozent zurück, war aber zum 1. September 1931 auf 60,8 Prozent [35] angestiegen – nach dem üblichen Muster.

Im Juni 1930 beschloß die örtliche Führung, landwirtschaftliches Werkzeug und Vieh in den nomadischen und halbnomadischen Gegenden in private Hand zurückzugeben; aber im November 1930 rekollektivierten sie die landwirtschaftlichen Geräte und im Juni 1931 auch das Vieh. Danach begann eine neue Welle des Abschlachtens von Rindern und Schafen begann. [36] Im Winter 1931 wurde zugegeben, daß die grandiosen Getreidevorhaben von 1928 fehlgeschlagen waren. Nur ein Viertel des vorgesehenen Akkerlandes wurde genutzt, und das höchst ineffizient. [37] Offizielle Dokumente berichten über Mangel an Vieh, Saatgut, Werkzeugen und Baumaterial. Menschen wurden von einer Kolchose zur anderen verlegt in der (meist enttäuschten) Hoffnung, daß dort mehr Haustiere oder Getreide vorhanden seien. Im Februar 1932 waren etwa 87 Prozent aller Kolchosen in Kasachstan und 51,5 Prozent aller nicht-kollektivierten Haushalte (die letzteren bestanden fast ausschließlich aus nomadischen Viehherdenbesitzern) ohne Haustiere. 1926 hatten nahezu 80 Prozent der kasachischen Bevölkerung ihren Lebensunterhalt durch Viehhaltung bestritten; im Sommer 1930 war dies auf 27,4 Prozent zurückgegegangen. Aber Akkerbau war keine Alternative für sie, denn das kultivierte Gebiet nahm nur um 17 Prozent zu. [38] Diese Zahlen geben eine Vorstellung vom Ausmaß und der Tiefe dieser von Menschen hervorgerufenen Katastrophe.

Die Kasachen hatten natürlich ihr Vieh aus den Kolchosen in dem Maße zurückgeholt, soweit dies Mitte 1930 erlaubt war. Und nachdem die neue Kollektivierungs-Kampagne 1931 eingeleitet wurde, weideten sie ihre Tiere in abgelegenen Schluchten und Wäldern. Im Winter mußten sie sie schlachten, sie froren das Fleisch ein und versteckten es, und so bekamen sie genug zu essen, bis das Tauwetter kam. Aber im Frühjahr 1932 wütete eine Hungersnot. [39] Sie wurde nur in sehr geringem Maße durch begrenzte Zurückgaben privaten Viehbestandes erleichtert, die im Spätjahr 1932 erfolgten – es handelte sich um 123 600 Rinder und 211 400 Schafe und Ziegen. [40] Das sind geringe Zahlen, verglichen mit den riesigen Herden, die es vor 1930 gegeben hatte.

In den Auls hatte nun die Fleisch und Milch verzehrende Bevölkerung nichts zu essen. Viele kapitulierten und traten in die kollektiven und die Staatsgüter ein. Aber sogar dort standen die Dinge verzweifelt schlecht. In einem Staatsgut »war das einzige Fleisch, das sie in sechs Monaten bekamen, Kamel-Euter«. [41] Die andere Möglichkeit wurde von einigen versucht: Auswanderung anderswohin. In jedem Fall war die Zahl der Todesopfer ungeheuer. Es gab »eine enorme Vernichtung produktiver Kräfte und den Tod vieler Menschen in den Auls«, wie ein sowjetischer Historiker während des Chruschtschew-Zwischenspiels festhielt.

Die Katastrophe ging auf wirtschaftliche und politische Fehlkalkulationen im engeren Sinne zurück, aber viel mehr noch auf ein Unverständnis menschlicher Kulturen in der weitesten Bedeutung des Wortes. Die mechanische und oberflächliche Natur von Denkweise und Praxis der Partei, wie sie sich in Kasachstan darstellte, ist unglaublich, und unglaublich enthüllend. (Es überrascht nicht, daß der Islam, wie uns eine amtliche Quelle mitteilt, in jenen Jahren im südlichen Kasachstan stärker wurde denn je.) [43] Die Hungersnot in Kasachstan war durch Menschenhand hervorgerufen worden, wie die Hungersnot von 1921, insofern, als sie die Folge einer ideologisch motivierten Politik war, die rücksichtslos angewandt wurde. Sie wurde nicht, wie die ukrainische Hungersnot, absichtlich um ihrer selbst willen inszeniert. Tatsächlich wurden sogar Ende des Jahres 1932 zwei Millionen Pfund Getreide als Hilfe für Kasachstan vorgesehen [44] – weniger als ein halbes Pfund pro Person, aber mehr, als die Ukraine bekam.

Interessanterweise ist die Überlegung aufgeworfen worden, ob die Wirksamkeit der ungeplanten kasachischen Hungersnot in der Zerschlagung örtlichen Widerstandes für Stalin ein brauchbares Modell abgab, als man sich der Ukraine zuwandte.

Die Situation wurde offiziell von der regionalen Partei und Regierung in einem Bericht an das Zentralkomitee vom 19. November 1934 (wenn dieser auch zu jener Zeit nicht veröffentlicht wurde) in folgenden Worten beschrieben: »Die Hungersnot, die 1932 und Anfang 1933 in den Viehzüchter-Gebieten einen großen Umfang angenommen hatte, ist liquidiert worden.« Der Bericht fügte hinzu, daß Auswanderung ins Ausland und das »Herumvagabundieren von kasachischen Viehzüchtern« auch zu Ende gegangen seien. [45] Was das Herumvagabundieren betrifft, so wurden nur 30 Prozent der halben Million Menschen, die 1930 bis 1932 »angesiedelt« worden waren, als seßhaft angesehen, mit Land, Scheunen und Geräten. In der Tat hatten nahezu 25 Prozent der zwischen 1930 und 1932 Angesiedelten ihr Wanderleben wieder aufgenommen, wenn auch ohne Viehherden, gegen Ende des letzten Jahres. [46] Diese Bewegungen gingen auf Verzweiflung und den Zusammenbruch der Gesellschaft und der Wirtschaft zurück. Die neuen besitzlosen Nomaden machten Ende 1933 immer noch 22 Prozent der kasachischen Bevölkerung aus. [47] Es wird geschätzt, daß 15 bis 20 Prozent der kasachischen Bevölkerung die Republik 1930–1931 verließen – 300 000 in Richtung Usbekistan und andere in Gegenden Sowjetisch-Zentralasiens oder Chinas. Amtliche Quellen bezeichnen die Auswanderung als »massenhaft«. [48] Diejenigen, die in Sowjetasien blieben, erlitten dasselbe Schicksal wie diejenigen, die zu Hause blieben; tatsächlich kehrten viele aus Verzweiflung zurück. [49]

Beim 17. Parteikongreß im Februar 1934 wurden die Schwierigkeiten bei der kasachischen Kollektivierung hauptsächlich darauf geschoben, daß man es nicht geschafft hatte, die Nomaden anzusiedeln. Aber auf die eine oder andere Weise war eine Gesamtzahl von 400 000 Haushalten bis 1936 »angesiedelt« worden (wenn auch nur 38 000 neue Wohnhäuser für sie gebaut worden waren!). [50] Dieser Sieg wurde von der Zurücknahme des Zugeständnisses begleitet, daß TOS die dortige Form der Kollektive abgeben sollten; sie wurden 1935 in das übliche Artel verwandelt. Bis 1938 war die Kollektivierung in ihrer orthodoxen Form komplett.

Hungersnot als Folge der »Wiederansiedlung« von Nomaden forderte ebenfalls einen großen Zoll in Kirgisien, wo es 82 000 Nomaden-Haushalte von insgesamt 167 000 Haushalten gab; 44 000 Haushalte wurden angesiedelt, und 7895 Häuser wurden für sie gebaut, dazu drei Bäder; [51] sie forderte ihn auch unter den tatarischen und baschkirischen Minderheiten in West-Sibirien. Ein führender Parteifunktionär in Tscheljabinsk [52] berichtete einem ausländischen Kommunisten, daß »die Hungersnot uns im Ural-Gebiet, in West-Sibirien und dem Trans-Wolga-Gebiet von großem Nutzen war. In diesen Regionen haben die Verluste durch Hungertod hauptsächlich die fremden Rassen betroffen. Ihre Plätze werden von russischen Flüchtlingen aus den zentralen Provinzen eingenommen. Wir sind natürlich keine Nationalisten, aber wir können diese vorteilhafte

Tatsache nicht übersehen«. (Daß Stalin denselben Standpunkt einnahm, nicht nur in diesen Gebieten, sondern sogar noch stärker gegenüber den Ukrainern, sollte sich im nächsten Jahr erweisen.) Die Sterblichkeitsrate dieser moslemischen und asiatischen Völker, wie etwa der Baschkiren, rechnete der Tscheljabinsker Funktionär großenteils ihrer Unwilligkeit zu, von einer nomadischen zu einer festangesiedelten Existenz überzugehen, wie der Plan es vorsah.

Chruschtschew berichtet uns in seinem Memoiren, daß er 1930 nach Samara auf ein hauptsächlich von Tschuwaschen bewohntes Kollektivgut kam und sie im Zustand des Verhungerns antraf. [53] Weiter östlich flohen mindestens 50 000 Burjäten und Chalken nach China und in die Mongolei. [54] Im Kalmücken-Gebiet, mit einer ähnlich strukturierten Wirtschaft, sind nach Schätzungen einige 20 000 Menschen – etwa zehn Prozent der Bevölkerung – Hungers gestorben; das nomadische Kalmücken-Volk nahm zwischen 1926 und 1939 nur um ein Prozent zu (sogar nach den zweifelhaften Zahlen der »Volkszählung« von 1939). Ein führender kalmückischer Kommunist, Arasch Tschaptschajew, beschwerte sich bei einem regionalen Kongreß der Sowjets im April 1933, daß vormals blühende Dörfer verfallen seien und ihre Einwohner an Hunger zugrunde gingen. Er forderte die Auflösung der Kolchosen [55] – allerdings ist er danach wahrscheinlich verhaftet worden. Kalmückische »Kulaken« wurden in großer Zahl beispielsweise aus dem Gefängnislager von Sewerny im Ural Anfang 1930 gemeldet, aber bis zur Sommermitte 1933 waren die meisten gestorben. [56] Deportierte frühere Nomaden, die wenig Schwierigkeiten gemacht hatten, wurden zur Arbeit in die Bergwerke oder Wälder geschickt. Sie überlebten nicht mit der neuen fleischlosen Kost und hatten sogar noch mehr Mühe als russische Bauern, Drillbohrer und andere Gerätschaften zu bedienen.[57]

In der Mongolei, theoretisch außerhalb der sowjetischen Grenzen gelegen und nicht eine sozialistische, sondern eine »Volks«-Republik, wenn auch faktisch unter Moskauer Kontrolle, wurde die Kollektivierung ebenfalls eingeführt. Bis zum Frühjahr 1932 hatten die Mongolen acht Millionen Tiere verloren, ein Drittel ihrer Herden. Im Mai 1932 wurden sie angewiesen, Gegenkurs zu steuern und die Kollektivierung aufzugeben. [58]

Während wir uns mit den asiatischen Territorien beschäftigen, können wir die bemerkenswerte Geschichte der Kosaken registrieren, die sich längst hinter den Grenzgebieten von Amur und Ussuri eingerichtet hatten, so wie einst an Kuban und Don. Im Jahre 1932 fand ein Parteifunktionär ihre Dörfer als soeben verlassen vor, und zwar waren sie offenbar eilig aufgegeben worden, wobei einiges Vieh und manche Haushaltsgegenstände zurückgelassen worden waren. Die Erklärung war, daß die gesamte Bevölkerung en masse über die gefrorenen Flüsse gezogen war, unter Mitnahme des größten Teils ihres Eigentums, um der Dekulakisierung und der unmittelbar drohenden Hungersnot zu entrinnen. Jenseits der Grenze lagen Siedlungen von Kosaken, die früher geflohen waren und denen es viel besser zu gehen schien; also zogen sie aus, um sich ihnen anzuschließen. [59] Das Schicksal der Bevölkerung von Sowjetisch-Asien unter der Kollektivierungs- und Dekulakisierungs-Politik entspricht teilweise dem der Sowjet-Europäer. Aber geographische und kulturelle Unterschiede fügen einige besondere Faktoren hinzu. Vor allem bedeutete die Anwendung der Partei-Theorie auf die Kasachen, und in geringerem Maße hinsichtlich der anderen Nomadenvölker, wirtschaftspolitisch die gewaltsame Aufnötigung eines ungeprüften Klischees auf eine funktionierende Gesellschaftsordnung, mit katastrophalen Folgen. Auf der menschlichen Seite bedeutete es Tod und Leiden, das proportional sogar noch schlimmer war als in der Ukraine.

10
Die Kirchen und das Volk

Aber es ist noch nicht das Ende da
Matth. 24,6

Einer der großen Brennpunkte des Dorflebens war natürlich die Kirche: Überdies repräsentierte sie eine alternative Sicht zu der vom Regime vorgetragenen. Daß Atheismus die offizielle Sicht der sowjetischen Regierung ist, daß die Kommunistische Partei die Religion als Feind betrachtet – diese Tatsachen sind wohl fast jedermann bekannt und werden von den kommunistischen Behörden bei vielen Gelegenheiten ungeniert verkündet. Wir begnügen uns mit dem Zitat nur einer Erklärung zu dieser Position, einer besonders entschiedenen und (angesichts des Verfassers und ihrer Wiederkehr bis zum heutigen Tage in den offiziellen Veröffentlichungen seiner Werke) auch maßgeblichen. Lenin stellte die Position der Partei in einem berühmten Abschnitt seines Briefes vom 13./14. November 1913 an Maxim Gorki eindeutig klar:

»Jede religiöse Idee, jede Idee von Gott, sogar jedes Flirten mit der Idee von Gott, ist unaussprechliche Abscheulichkeit... von der gefährlichsten Sorte, ›Ansteckung‹ von der verwerflichsten Art. Millionen Sünden, schmutzige Taten, Gewalttaten und physische Ansteckung... sind weit weniger gefährlich als die raffinierte spirituelle Idee von Gott, ausgestattet mit den schicksten ›ideologischen‹ Kostümen... Jede Verteidigung oder Rechtfertigung Gottes, selbst die feinsinnigste, die bestgemeinte, ist eine Rechtfertigung der Reaktion.«

Von dieser grundsätzlichen Haltung ausgehend, waren verschiedene Handlungsmethoden gegen die unerwünschten Glaubensformen gegeben. Die allgemeine Taktik seit Beginn des Regimes, bestand in der Behauptung, daß die Religion aussterben werde, wenn die Klassennatur der Gesellschaft, die sie hervorgebracht habe, verschwinde; also sei Überzeugung statt Zwang theoretisch das beste Vorgehen – wobei man dies in der Praxis mit staatlichem Handeln verband. Der Unterschied zwischen verschiedenen Perioden in der Kampagne der Partei liegt in dem Ausmaß des Drucks, den man zu einem gegebenen Zeitpunkt als richtig ansah. Denn man wünschte auch, einen so guten Eindruck daheim zu machen wie irgend möglich, vor allem aber im Ausland, wie es erforderlich sein dürfte, um die Unterstützung zu gewinnen oder zumindest nicht die Feindschaft zu provozieren bei mindestens dem Teil eventueller Sympathisanten, die »religiöse Vorurteile« pflegen. Dies erforderte, wie auf anderen Gebieten, die übliche indirekte Methode und (je nach den politischen Erfordernissen des Augenblicks) einen Eindruck von Tolerierung, mit Kontrolle und Demütigung gegenüber den Kirchen statt der offenen Unterdrückung, wie sie üblicherweise praktiziert wurde.

Es gibt verschiedene Ansichten über die Stärke oder die Art der Religiosität in der Bauernschaft. Manche meinen, daß die Bauern stärker zu alten, halbheidnischen Aberglaubensformen neigten, aber das gilt sogar für die ländlichen Gebiete Westeuropas, und in der Praxis erwies sich zwar der Form nach als unchristlich, doch nicht als unvereinbar mit treuem Christenglauben; so eklektisch ist das menschliche Gemüt.

Andere sehen die Bauern als den Zeremonien der Kirche ergeben, aber mehr oder weniger antiklerikal gegenüber der etablierten Priesterschaft, aber selbst aus dieser Sicht von tiefer Erbitterung gegen die Schließung der Kirchen erfüllt, die sie als ihr Eigentum und Zentrum ihres Rituallebens betrachteten. Jedenfalls wird berichtet, daß in dem Maße, in dem die Priesterschaft zur verfolgten Minderheit wurde und manche der im Glauben labileren Geistlichen sich unterwarfen oder die Religion ganz aufgaben, auch die Masse der Bauern sich fast allenthalben schützend um die Mehrheit der Priester sammelte, die ihre Lebensform und ihren Glauben zu verteidigen suchte.

Außerdem: Selbst wenn die marxistische Sicht der Religion korrekt war und diese wirklich nur eine Schein-Tröstung darstellte, wo echter Trost nicht zu haben war, so war doch das Bedürfnis, Trost zu suchen, in besonderer Weise von 1929 an gegeben. Ein ziemlich skeptischer Bauer wird zitiert mit den Worten: »Es ist zu früh, die Religion abzuschaffen ... wenn die Dinge anders stünden, wenn jemand dir den vollen Ausgleich verschaffen würde für den Fall, daß dir etwas zustößt, dann würdest du dich besser fühlen und du würdest keine Religion brauchen.« [1] Dies Kapitel wird sich nicht mit der gesamten Religionsfrage in der UdSSR befassen, in all ihrer Breite und Komplexität, sondern nur, soweit sie in Beziehung steht zur Dekulakisierung und Kollektivierung einerseits und der Kampagne gegen die Ukrainisierung andererseits.

Vor der Revolution besaß die Orthodoxe Kirche eine nominelle Mitgliedschaft von etwa 100 Millionen Menschen, mit 67 Diözesen und 54457 Kirchen, in denen 57105 Priester und Dekane wirkten, dazu kamen 1498 klösterliche Einrichtungen mit 94629 Mönchen und Novizen. Die erste sowjetische Verfassung vom 10. Juli 1918 gewährleistete »Freiheit der religiösen und der antireligiösen Propaganda«. Die »Rechte« auf Propaganda waren demnach zu diesem Zeitpunkt theoretisch gleich, wenn es auch klar ist, daß die Seite im Genuß des Gebrauches von Druckerpressen und der Unterstützung durch die Staatsmaschine und all der anderen Vorteile daraus – daß diese Seite in einer günstigeren Lage war als die Gegenseite. In jedem Fall wurden den Kirchen verschiedene rechtliche Einschränkungen auferlegt. Ihr Eigentum wurde entschädigungslos verstaatlicht, wobei örtliche Behörden das Recht erhielten, ihnen »Gebäude und Gegenstände, die für religiöse Veranstaltungen erforderlich sind«, zur Verfügung zu stellen und die Gebäude auch für weltliche Zwecke von anderen Gruppen genutzt werden konnten. Sie wurden denselben Regulierungsvorschriften wie andere Verbände unterworfen, und es wurde ihnen verboten, »zwangsweise Sammlungen oder Beiträge aufzuerlegen« oder ihre Mitglieder zu »nötigen oder zu bestrafen« – Formulierungen, die weite Interpretationen zuließen.

Priester und Geistliche wurden in einem anderen Artikel [65] der Verfassung von 1918 zu »Dienern der Bourgeoisie« erklärt und des Wahlrechts enthoben. Dies bedeutete, daß sie keine Lebensmittelkarten erhielten oder nur solche der niedersten Kategorie; ihre Kinder durften keine Schulen außer der Grundschule besuchen usw. Eine Verordnung vom 28. Januar 1918 verbot Religionsunterricht in Schulen, wenn es auch gestattet wurde, »religiöse Themen privat zu studieren oder zu lehren». Letzteres wurde weiter eingeschränkt durch eine Verordnung vom 13. Juni 1921, die jede religiöse Unterweisung von Personen unter 18 Jahren untersagte. Kirchengrundbesitzer wurden wie Gutsbesitzer enteignet, was die Bauernschaft begrüßte, wenn und soweit es sich um Grundbesitz handelte, der die Zentralkirche und ihre Magnaten trug. Der größere Teil des »Kirchenlandes« jedoch gehörte faktisch den einzelnen Pfarreien, deren Priester es entweder selbst pflügten, Arbeitskräfte beschäftigten oder das Land an Bauern verpachteten. Die Klöster wurden fast sämtlich geschlossen und ihr Eigentum wurde konfisziert. Von den Bauern wird berichtet, daß sie besonders großen Widerwillen gegen die Hinausweisung von Nonnen zeigten [2] (und es gab mehr als dreimal so viele Nonnen wie Mönche).

Der Kampf wurde natürlich nicht auf gesetzliche und Verfassungs-Maßnahmen beschränkt. Bis 1923 waren 28000 Bischöfe und mehr als 1000 Priester getötet worden, und viele Kirchen waren geschlossen oder zerstört. Im Februar 1922 befahl eine Verordnung die Übergabe aller religiösen Gegenstände aus Gold, Silber oder kostbaren Steinen für die Hungerhilfe. Stalin sollte später Lenins Klugheit preisen, weil dieser die Hungersnot zu nutzen wußte, um die Wertsachen der Kirche im Namen der verhungernden Massen zu konfiszieren. Andernfalls wären die Maßnahmen nur schwer durchzusetzen gewesen. [3] Es gab jedoch viel Widerstand auf seiten der Bauern, und etwa 1400 Kämpfe um Kirchen werden gemeldet. [4] Im April und Mai 1922 wurden 54 orthodoxe Priester und Laien unter Anklage der Konterrevolution im Zusammenhang mit diesen Unruhen vor Gericht gestellt, und fünf wurden hingerichtet. Drei Monate später wurden der Metropolit von Petrograd und drei Mitangeklagte aus ähnlichen Gründen hingerichtet.

Patriarch Tikon wurde verhaftet, und eine neue »Lebende Kirche« wurde errichtet, die die Herrschaft übernahm. 84 Bischöfe und mehr als 1000 Priester wurden aus ihren Diözesen und Pfarreien ausgestoßen. Aber die »Lebende Kirche« fand fast keine Unterstützung, im nächsten Jahr entließ die Partei den Patriarchen aus der Haft, nachdem sie ihm zuerst »Umgang mit fremden Mächten, konterrevolutionäre Arbeit« usw. vorgeworfen hatte, und arrangierte sich mit ihm. Mit NEP begann, logischerweise oder zumindest verständlicherweise, eine gleichzeitige Dämpfung der Angriffe auf die Religion. Hier, wie in anderen Bereichen, waren die Jahre bis 1918 vergleichsweise eine glückliche Zeit. Die Volkszählung von 1926 erwies, daß es immer noch mehr als 60000 Vollzeit-Priester und andere kirchliche Amtsträger verschiedener Glaubensrichtungen auf dem Lande gab – einen in fast jedem Dorf, während es Ende 1929 immer noch ungefähr 65000 Kirchen aller Richtungen allein in der RSFSR gab.

Andererseits gab die NEP-Periode Gelegenheit, friedlichere Arten des Drucks zu entwickeln. 1925 wurde die Liga der Gottlosen ins Leben gerufen, »um die Partei dadurch zu unterstützen, daß alle antireligiöse Propaganda-Arbeit unter der allgemeinen Leitung der Partei vereint wurde«. Sie produzierte eine Anzahl von Zeitschriften, organisierte 40 antireligiöse Museen, leitete 68 antireligiöse Seminare usw. Gleichzeitig wurden andere Organisationen wie etwa die Gewerkschaften oder die Rote Armee angewiesen, unter ihren Mitgliedern antireligiöse Propaganda zu betreiben. Nach dem Tode von

Patriarch Tikon im April 1925 wurde das Interims-Oberhaupt der Kirche, Metropolit Peter, verhaftet und nach Sibirien verschickt. Sein Nachfolger Metropolit Sergej wurde ebenfalls verhaftet, freigelassen und erneut verhaftet. Von den 11 Hierarchen, die als locum tenens benannt worden waren, befanden sich bald zehn im Gefängnis. Aber der feste Widerstand überzeugte die Regierung von der Notwendigkeit eines Kompromisses, und 1927 handelte Sergej einen anderen modus vivendi aus und wurde freigelassen.

Mit dem Beginn des neuen Kampfes gegen die Bauernschaft wurde anscheinend auch der Beschluß gefaßt, den Angriff auf die Kirche wieder aufzunehmen, und zwar insbesondere in den ländlichen Gebieten. Die antireligiöse Kampagne gewann im Sommer 1928 an Intensität. Im nächsten Jahr wurden die wenigen verbleibenden Klöster fast sämtlich geschlossen und die Mönche verbannt. Ein Gesetz vom 8. April 1929 verbot religiösen Organisationen die Errichtung von Fonds zur gegenseitigen Unterstützung; es verbot ihnen, Hilfeleistungen für ihre Mitglieder durchzuführen, es verbot ihnen »spezielle Gebets- oder andere Veranstaltungen für Kinder, Jugendliche oder Frauen zu organisieren, oder allgemeine Bibel-, Literatur-, Handarbeits-, Arbeits-, Bibelstudien- oder andere Treffen bzw. entsprechende Gruppen, Kreise oder Zweigstellen zu organisieren, Ausflüge oder Kinderspielplätze zu organisieren, Bibliotheken oder Leseräume zu eröffnen, Sanatorien oder ärztliche Hilfe zu organisieren«. Tatsächlich wurde, wie ein offizieller Kommentar sagte, die kirchliche Aktivität auf die Veranstaltung von Gottesdiensten reduziert. [5]

Am 22. Mai 1929 wurde Artikel 18 der Verfassung geändert: Anstelle von »Freiheit der religiösen und der antireligiösen Propaganda« lautete er nunmehr: »Freiheit der Religionsausübung und der antireligiösen Propaganda«; gleichzeitig ersetzte das Kommissariat für Bildung eine Schulpolitik der nicht-religiösen Erziehung in den Schulen durch Anweisungen für eine definitiv antireligiöse Schulbildung. Trotzdem gedieh die Religion. Berichte der OGPU von 1929 belegen eine Zunahme religiösen Gefühls sogar unter Industriearbeitern; »selbst diejenigen Arbeiter, die letztes Jahr keine Priester akzeptierten, akzeptierten sie dieses Jahr«. [6] Das Zentralkomitee hielt eine Konferenz speziell zur Beratung antireligiöser Fragen im Sommer 1929. [7] Im Juni 1929 wurde der Allunions-Kongeß militanter Atheisten gegründet. Und während des nächsten Jahres verschärfte sich der Angriff auf die Religion Monat für Monat in der ganzen UdSSR.

Die natürlichen Instinkte der Partei-Aktivisten, die wahre leninistische Betrachtung der Religion traten an die Stelle taktischer Zurückhaltung. Ein größerer abgestimmter Angriff auf die Kirchen begann
Ende 1929 und kam zum Höhepunkt in den ersten drei Monaten des
Jahres 1930.

Dekulakisierung gab die Gelegenheit für die Angriffe auf die Kirche
und die einzelnen Priester. Ein Standpunkt der Partei lautete: »Die
Kirche ist der Agitprop des Kulaken.« [8] Es gab offizielle Angriffe
auf Bauern, »die den Refrain singen: ›Wir sind alle Kinder Gottes‹,
und beteuern, es gebe keine Kulaken unter ihnen«. [9] Priester
wurden im allgemeinen zuerst im Rahmen der Kulaken-Verbannun-
gen deportiert. [10] Die Definition eines Kulaken-Guts, die von der
Regierung im Mai 1929 herausgegegen wurde, hatte denn auch jedes
Gut eingeschlossen, dessen Mitglieder Einkommen hatten, das nicht
aus Arbeit stammte; die Priester wurden als solche Personen beschrieben. (Partei-Agitatoren, in vergleichbarer Position, waren
demgegenüber »Arbeiter«!)
Verbindungen zwischen Priestern und den sogenannten »Kulaken-
Organisationen« wurden als besonders übel angesehen: »Dies hatte
besonders gefährliche Konsequenzen, da neben den offensichtlichen
Feinden der Sowjetregierung eine beachtliche Anzahl religiöser Personen – mittlere und arme Bauern – oftmals in solche Organisationen
verwickelt waren, nachdem sie von den Priestern hereingelegt worden waren«. [11] In einem offiziell mitgeteilten Fall von 1929, wo der
Priester und eine Gruppe von Kulaken die Getreide-Einhebung
gestört hatten – und dann von den mittleren Bauern unterstützt
worden waren –, wurde nur der Priester erschossen; die Kulaken
wurden lediglich eingesperrt. [12] Ein verhafteter Priester, der 35
oder 40 Meilen vom Dorf Pidwojska in die Stadt Uman getrieben
wurde (zusammen mit einem Mann, der seine Frau ermordet hatte,
und einem anderen, der eine Kuh gestohlen hatte), berichtet, wie der
Wächter ihn beschimpfte – »nach seiner Darstellung waren Geistliche größere Verbrecher als Räuber und Mörder«. [13] Eine andere
typische Geschichte (aus der Provinz Saporischja): der 73jährige
Priester wurde verhaftet und starb im Gefängnis von Melitopil; die
Kirche wurde in ein Vereinslokal umgewandelt. Der Dorflehrer,
Sohn eines anderen verhafteten Priesters, wurde ebenfalls verhaftet
und verschwand. [14] Im Jahre 1931 wurde das theologische Seminar
von Marjupil in eine Arbeiter-Unterkunft verwandelt. In der Nähe
lag ein mit Stacheldraht umzäuntes Lager, wo 4000 Priester und

einige andere Gefangene bei Schwerarbeit und miserablen Lebensmittelrationen festgehalten wurden; jeden Tag starben einige Menschen. [15] Nicht nur Priester waren in Gefahr, sondern alle, die in herausragender Weise mit der Kirche verbunden waren. In einem typischen Dorf (Mychailiwka in der Provinz Poltawa) wurden, als die Kirche 1929 zerstört wurde, der Vorsitzende des Kirchenrats und sechs andere Mitwirkende zu zehn Jahren Haft in Gefängnislagern verurteilt. [16] Bauern wurde das Wahlrecht genommen, und schließlich wurden sie dekulakisiert, weil ihr Vater früher einmal ein Kirchenältester gewesen war. [17] Die Kinder eines Kirchenrats-Vorsitzenden, der 1929 zu zehn Jahren Gefängnis verurteilt worden war, wurden auf vielfache Weise verfolgt. Man verweigerte ihnen die Dokumente, mit denen sie das Dorf hätten verlassen können; man gab ihnen nur selten Arbeit in der Kolchose, und dann nur die niedrigste. Schließlich wurden auch sie ins Gefängnis eingesperrt. [18]

Die OGPU beschwerte sich darüber, daß in einem Dorf in der Westprovinz »der örtliche Priester ... offen gegen die Schließung der Kirche auftrat« (!). [19] Aber nicht nur die Priester waren bemüht, die Kirchen zu retten. Es stimmt auch, daß »viele Bauern, bei weitem nicht die wohlhabendsten im Dorf, die Zerstörung ihrer Kirchen zu verhindern suchten; auch sie wurden verhaftet und deportiert. Die Leiden Hunderttausender während der Kollektivierung waren nicht die Folge ihres gesellschaftlichen Status, sondern ihres religiösen Glaubens«. [20] Denn im allgemeinen leisteten die Dorfbewohner gegen die Verfolgung und Schließung der Kirchen Widerstand, so gut sie konnten. Die sowjetische Presse berichtete über Vorgänge wie etwa den Fall eines Priesters im Dorfe Markytscha, dem die Ablieferung von 7272 Liter Getreide auferlegt wurde und der diese gesamte Menge innerhalb einer halben Stunde von den Bauern bekam. [21] Die Kirchen wurden unterminiert – wie auch die erfolgreichen Bauern – durch eine Anhäufung von Steuern, wobei eine neue gefordert wurde, kaum daß die letzte eben mit Mühe bezahlt worden war. [22] Eine atheistische Zeitschrift teilte freudig mit, daß »die Steuerpolitik des sowjetischen Regimes die Taschen der Diener religiöser Kulte besonders schmerzlich trifft«. [23]

Im Dorfe Piskij (Provinz Starobelsk) bestand der erste Schritt darin, der Kirche eine ungeheure Steuer aufzuerlegen. Die Dörfler bezahlten sie. Dann wurde der Dorfverwalter vom Bezirkshauptquartier angewiesen, die Kirche zu liquidieren. Dem Priester wurde eine schwere Steuer in Form einer Fleisch-Abgabe auferlegt. Wieder bezahlte sie das Dorf. Aber dann wurde eine zweite Steuer (in Fleisch) gefordert, die sie nicht bezahlen konnten. Der Priester wurde wegen subversiver Aktivität verurteilt, die darin bestanden habe, daß er sowjetischen Steuermaßnahmen Widerstand leistete. Die Strafe betrug fünf Jahre Gefängnis; er leistete sie in den Kusbass-Bergwerken in Sibirien ab, ohne jemals wiederzukehren. Die Kirche wurde geschlossen. [24]

In manchen Fällen wurde ein Kirchengebäude, das während der ersten sowjetischen Angriffe in den Jahren 1918 bis 1921 geschlossen worden war, nie wieder eröffnet. In einem solchen Fall schätzten die Dorfbewohner ihre Kirche noch immer hoch und verhinderten Versuche – die 1929 begannen –, sie abzureißen. Endlich gelang es im Februar 1930 mit Hilfe der Feuerwehr aus der nächsten Stadt, in die Kirche einzubrechen und sie zu zerstören. [25]

Kollektivierung »umfaßte üblicherweise auch die Schließung der örtlichen Kirche«. Ikonen wurden routinemäßig beschlagnahmt und mit anderen gottesdienstlichen Gegenständen verbrannt. [26] Ein vertraulicher Brief des Komitees der Westprovinz vom 20. Februar 1930 berichtet von betrunkenen Soldaten und Komsomolzen, die, »ohne Vorbereitung der Massen«, »willkürlich Dorfkirchen schlossen, Ikonen zerbrachen und die Bauern bedrohten«. [27] Die Schließungen galten allen Religionen. So berichtet eine offizielle Zeitschrift: »In Charkow wurde entschieden, die Kirche von St. Dymytri zu schließen und dem Motoristen-Verband als Hauptquartier zu überlassen.« In Saporoschje wurde entschieden, die Synagoge auf der Moskauer Straße zu schließen und die Lutherische Kirche dem Deutschen Arbeiter-Verein zu übergeben. In der Region Winniza wurde entschieden, die Klosterschule Nemyriw und die daneben befindlichen Kirchen zu schließen. In der Region Stalino wurde entschieden, die römisch-katholische Kirche zu schließen und die armenisch-gregorianische Kirche in der Stadt Stalino den Arbeitern des Ost-Vereins zu geben. In Lugansk ist der St.-Michaels-Dom geschlossen worden, ferner die Kirche zu St. Peter und Paul und die Erlöserkirche. Alle werden zu kulturell-erzieherischen Zwecken genutzt.« [28]

Überdies bedeutete die Schließung von Kirchen nicht, daß außerhalb ihrer Mauern religiöse Arbeit gestattet worden wäre. Die Schließung von neun größeren Kirchen in Charkow wurde von einer Entscheidung begleitet, »geeignete Schritte zu unternehmen, um Gebetsveranstaltungen in Privatwohnungen zu verhindern, nachdem die Kirche nun geschlossen worden ist«. [29]

Was die Landgegenden betrifft, so ist folgende Geschichte typisch: »Das Dorf (Wilschana in der Provinz Sumy) hatte zwei Kirchen. Eine war aus Stein, und ihre Blöcke wurden verwendet, um eine Straße zu pflastern. Die andere bestand aus Holz; sie wurde abgerissen und verbrannt.« [30] Kirchen wurden manchmal nach Druck-Ausübung geschlossen, als Folge einer »Entscheidung« des Dorf-Sowjets. Aber das funktionierte oft nicht einmal dann, nachdem eine Reihe von Verhaftungen und andere Maßnahmen unternommen worden waren. Wie bei der Kollektivierung selbst waren die »Dorf-Versammlungen« oftmals unecht – sie bestanden nur aus den örtlichen Aktivisten. Oder man begnügte sich mit bloßen »Aktivisten«-Anschlägen ohne auch nur die Vorspiegelung eines verfassungsmäßigen Verfahrens. Nach dem Bericht über einen typischen Vorgang wurden zuerst die Kirchenältesten verhaftet, dann entfernten die »Aktivisten« Kreuz und Glocken, und schließlich wurde in einem »antireligiösen Karneval« in die Kirche eingebrochen, und ihre Ikonen, Bücher und Archive wurden verbrannt, während die Ringe und Roben gestohlen wurden. Die Kirche wurde in ein Getreidelager verwandelt. [31]

In einem anderen Dorf erhielt der Parteibevollmächtigte einfach die Weisung, die Kirche binnen 48 Stunden in einen Getreidesilo zu verwandeln: »Die Nachricht verbreitete sich wie ein Buschfeuer über die Felder. Dutzende Bauern ließen ihre Werkzeuge fallen und eilten ins Dorf. Sie fluchten und bettelten und weinten, als sie sahen, wie ihre heiligen Gegenstände entfernt wurden. Das Sakrileg war nur ein Teil dessen, was sie schmerzte – in dem ganzen Vorgehen empfanden sie eine unmittelbare Beleidigung ihrer Menschenwürde. ›Sie haben uns alles weggenommen‹, hörte ich einen älteren Bauern sagen. ›Sie haben uns nichts gelassen. Jetzt nehmen sie uns den letzten Trost. Wo sollen wir unsere Kinder taufen und unsere Toten begraben? Wohin sollen wir uns um Trost wenden in unseren Leiden? Die Schurken! Die Ungläubigen!‹ . . .«

Am nächsten Sonntag »erschien plötzlich der Sekretär des örtlichen Komsomol auf der Straße, ein dummer, pickelgesichtiger Bursche namens Tschisch, auf seiner Balalaika spielend und mit seiner Freundin an der Seite, und sang populäre antireligiöse Lieder. Das war eine hinreichend bekannte Szene. Was den Zorn ausbrechen ließ, das war ihr Aufzug. Sowohl Tschisch als auch das Mädchen trugen knallrote Seidenhemden, in der Taille durch goldene Seile mit seidenen Troddeln zusammengebunden. Die Dorfbewohner erkannten sofort ihre

Kirchenbehänge wieder. Schnell verwandelte ihr Zorn sich in eine
Lynch-Stimmung. Nur die Tatsache, daß sie schneller liefen als die
älteren Bauern und im Kooperativ-Laden Schutz suchten, rettete die
beiden Komsomolzen vor Unheil durch die Hände eines wutent-
brannten Mobs«. [32]

Der Widerstand war oft erbittert und wurde von der Partei natürlich
mit dem Kampf gegen die Kulaken in Beziehung gebracht. Ein
typischer Funktionär berichtet uns: »Um diese Affäre wird jedoch
ein grausamer und zäher Klassenkampf geführt. Kulaken und ihre
Mitläufer suchen alle möglichen Mittel, um antireligiöse Propaganda
zu behindern und die Massenbewegung zur Schließung der Kirchen
und Abnahme der Glocken aufzuhalten... Die ›Popen‹ und ihre
Verteidiger, die Kulaken, nutzen jedes Mittel, um die antireligiöse
Strömung aufzuhalten. Durch Agitation der rückständigen Bereiche,
vor allem der Frauen, bemühen sie sich, einen Kampf gegen die
antireligiöse Massenbewegung zu veranstalten. Als beispielsweise im
Dorfe Berjucha die Komsomolzen, die armen Bauern und örtlichen
Aktivisten begannen, die Glocken abzunehmen, ohne daß sie vorher
die Öffentlichkeit darauf vorbereitet hatten, verprügelten die Kulaken – die sich vorbereitet hatten – die jungen Menschen und gingen
dann mit Schreien und Brüllen auf den Dorfsowjet los und zündeten
das Gebäude an. Gegenwärtig findet in Berjucha eine Gerichtsverhandlung im Zusammenhang mit diesem Vorfall statt...« [33]

Die »Frauen-Aufstände« waren ebenfalls stark mit dem religiösen
Kampf verbunden. Die »Prawda« sprach von »illegalen Zusammen-
künften und Demonstrationen, die von Bauersfrauen unter religiösen Schlagworten veranstaltet wurden«, einschließlich einer in der
Tataren-Republik, die die Rückgabe von Kirchenglocken erzwang,
die von den Behörden weggenommen worden waren. [34] Eine
andere Partei-Veröffentlichung klagte 1930 über »Ausbrüche religiöser Hysterie unter Kolchos-Frauen, die auf eine Anzahl himmlischer
Manifestationen hin erfolgten«. Im Dorf Synjuschin Brod »versammelten sich am Morgen des 6. November, dem Tag, der für die
Entfernung der Glocken festgesetzt worden war, mehrere hundert
Frauen bei der Kirche und störten, agitiert durch die Kulaken und
deren Helfershelfer, die geplante Arbeit. 30 von ihnen schlossen sich
im Glockenturm ein und läuteten einen Tag und zwei Nächte lang
Alarm, wodurch sie das ganze Dorf verängstigten. Die Frauen erlaubten niemandem, in die Nähe der Kirche zu gehen; sie drohten,
alle zu steinigen, die an ihnen vorbeizukommen versuchten. Als der
Vorsitzende des Dorf-Sowjets mit einem Polizeibeamten erschien

und den Frauen befahl, mit dem Alarm-Läuten aufzuhören und heimzugehen, begannen sie, Steine nach ihnen zu werfen. Zu den Anstifterinnen dieses Unfugs stieß später eine Gruppe betrunkener Männer. »Später wurde entdeckt, daß der örtliche Psalmist mit einigen Kulaken und deren Freunden von Haus zu Haus gegangen war und die Leute aufgefordert hatte, zur Kirche zu gehen und zu verhindern, daß die Glocken abgenommen würden. Diese Agitation beeinflußte einige der einfältigen Frauen.« [35]

Das Problem der Kirchenglocken, das so oft in diesen Berichten auftaucht, wirft eine interessante taktische Frage auf. Die Partei verlangte manchmal die Herausgabe der Glocken – mit der Begründung, sie seien für den Industrialisierungs-Fonds erforderlich –, bevor sie weitere Schritte unternahm; es wurde erst einmal mit Vorsicht kalkuliert (oftmals irrig), um nicht zu viel spontane Opposition hervorzurufen. Manchmal aber gingen Glocken-Beschlagnahme und Kirchenschließung Hand in Hand. Die örtlichen Zeitungen zitieren zahlreiche Beschlüsse von Dorf-Versammlungen, alle Kirchen zu schließen und die Glocken den Industrialisierungs-Fonds zu schenken. [36] »Die Arbeiter und Bauern« eines Bezirks in der Provinz Odessa sandten zwei Wagenladungen voller Kirchenglocken an eine Fabrik. Tatsächlich war es so, daß eine Kampagne (oder, wie die »Prawda« es ausdrückte, ein »Drang«), die »Kirchenglocken für industrielle Zwecke zu entfernen«, sich »ausbreitete«. [37] 67 Dörfer waren in dieser Weise vorgegangen, und die Gesamtzahl der »atheistischen Dörfer« wurde mit mehr als 100 angegeben. [38] Am 1. Januar 1930 waren allein im Bezirk Perwomajsk die Glocken von 148 Kirchen fortgenommen worden. [39]
Ein Bericht vom 11. Januar 1930 aus der riesigen Kolchose »Gigant« im Ural-Gebiet prahlte, daß alle Kirchenglocken jener Gegend als Altmetall verschickt worden seien und daß während der Weihnachtszeit eine große Anzahl Ikonen verbrannt worden sei. [40] Am 2. März 1930 kritisierte Stalin die Wegnahme von Kirchenglocken als exzessiv. Denn der Angriff auf die forcierte Kollektivierung, den die Abwendung von der »Berauscht-vom-Erfolg«-Politik einschloß, wurde auch an der religiösen Front unternommen. Mitte März 1930 – zwei Wochen nach Stalins Artikel – erging die Resolution des Zentralkomitees zum Thema »Verzerrung« im Kampf um die Kolchosen unter Einschluß einer Verurteilung des »administrativen Schließens von Kirchen ohne die Zustimmung der Dorfmehrheit, was im allgemeinen zur Stärkung religiöser Vorurteile führt«, Parteikomitees

wurden angewiesen, mit den Schließungen ein Ende zu machen, die »fiktiv als der öffentliche und freiwillige Wunsch der Bevölkerung getarnt« würden. [41] Im folgenden Zeitabschnitt gab es hier, wie bei der Kollektivierung selbst, ein kurzes Zwischenspiel größerer Zurückhaltung, aber der Druck wurde dann wieder in einer besser organisierten und unerbittlicheren Weise verstärkt. 80 Prozent der Dorfkirchen des Landes waren bis Ende 1930 geschlossen.

Die Zerstörung der Kirchen traf oft unersetzliche Kulturdenkmäler. Das Kloster der Heiligen Dreifaltigkeit im Dorf Demydiwka (Provinz Poltawa) ging auf 1755 zurück. Im Jahre 1928 wurde es in eine Bücherei verwandelt, und 1930 wurde es abgerissen und das Material verwendet, um Scheunen und einen Tabakladen auf dem örtlichen Kollektivgut »Petrowsky« zu bauen. Bei dieser Gelegenheit wurden die Glocken, Ikonen und andere Wertgegenstände von den Aktivisten geraubt. Dorfbewohner, die dagegen protestierten, befanden sich unter denjenigen, die 1930 verhaftet und in das neue große Straflager Jaiwa im Ural-Gebiet verschickt wurden. [42] Auf der Ebene der Dorfkirchen erfahren wir von einem typischen Vorgang: in Towkatschiwka (Provinz Tschernihiw) wurden die Kirchenbücher, die bis ins 16. Jahrhundert zurückgingen, mit allem übrigen zerstört. [43] Die Akademie der Wissenschaften wurde gezwungen, den Denkmalsschutz-Status von fast allen historischen Monumenten des Landes zurückzuziehen, soweit diese in religiösen Zusammenhängen standen. Kirchen und Klöster wurden demoliert – sogar innerhalb des Kreml. Wir erfahren, daß alle Architekten protestierten, als die Iwerskij-Tore und -Kapelle auf dem Roten Platz zerstört wurden, daß aber Kaganowitsch, damals Vorsitzender der Moskauer Parteiorganisation, erwiderte: »Mein ästhetisches Konzept verlangt Kolonnen von Demonstranten, die gleichzeitig aus den sechs Bezirken Moskaus in den Roten Platz hereinströmen.« [44]
Vor der Revolution hatte Moskau 460 orthodoxe Kirchen gehabt. Am 1. Januar 1930 war diese Zahl auf 224 heruntergegangen und am 1. Januar 1933 auf ungefähr 100. Die Kasan-Kathedrale in Leningrad wurde in ein antireligiöses Museum verwandelt. Die aus dem 10. Jahrhundert stammende Desjatynna-Kirche in Kiew sowie die uralten Mychajiwsky- und Bratsky-Klöster wurden zerstört, zusammen mit einem Dutzend anderer Gebäude aus der Zeit zwischen dem 12. und dem 18. Jahrhundert. Ähnlich war es anderswo. Aber selbst die alten Dome, die als Museen erhalten blieben, ließ man verfallen, und ihre Gemälde wurden mit Kalk übertüncht.

Die Sophien-Kathedrale und andere Kirchen in Kiew wurden in
Museen oder antireligiöse Zentren verwandelt (wer einen lebhaften
Eindruck von der Zerstörung bekommen möchte, sollte sich die
Photographien in »The Lost Architecture of Kiev« von Titus D.
Hewryk, New York 1982, ansehen). In Charkow wurde die Kirche
des Heiligen Andreas in ein Kino verwandelt, eine andere wurde zur
Rundfunkstation gemacht, eine weitere zu einem Laden für Maschi-
nenteile. In Poltawa machte man Getreidelager aus zwei Kirchen,
und eine andere wurde zur Maschinen-Reparaturwerkstatt.

Was ein verwandtes Thema betrifft, so wertet ein kürzlich erschiene-
ner sowjetischer Roman die Zerstörung von Friedhöfen, der Binde-
glieder zwischen Lebenden und Toten, als eines der schlimmsten
Zeichen gedankenloser Modernisierung. [45] Und, um ein anderes
Beispiel zu nennen: viele der Briefe evangelikaler Wolgadeutscher
sprechen davon, daß es schwer ist, zu sterben ohne einen Pastor, eine
Kirche oder eine christliche Beerdigung.

Die neue Verfassung von 1936 verursachte Probleme mit ihrer Ge-
währleistung der Religionsfreiheit. Bäuerliche Älteste insbesondere
von den Altgläubigen oder evangelischen Sekten versuchten etwa die
Registrierung beim Dorf-Sowjet. Darauf pflegte man ihnen zu sagen,
sie sollten 50 Unterschriften beibringen. Dann brachten sie diese bei,
und dann wurden alle 50 verhaftet unter der Anklage, Mitglieder
einer geheimen konterrevolutionären Verschwörung zu sein. [46]
Diese Maßnahmen wurden gegen alle Religionen ergriffen. »Kirchen
und Synagogen« ist oft die Formulierung in offiziellen Verordnungen
im europäischen Teil der UdSSR. Anderswo wurde der Islam ebenso
verfolgt, und bei den Buddhisten in Burjätien fiel ein größerer
Angriff auf die Religion ebenfalls mit der Kollektivierung zusammen. [47]

Protestanten, die anfangs bis zu einem gewissen Grade begünstigt
wurden, weil man in ihnen ein störendes Element gegen die anderen
Kirchen sah, wurden bald als ebenso gefährlich bewertet. Im Jahre
1928 hatten die Evangelikalen 3219 Gemeinden mit einigen 4 000 000
Mitgliedern. Das folgende Jahr erlebte den Anfang eines fortgesetz-
ten Angriffes. Ihr Theologisches Kolleg (im Dezember 1927 gegründet) wurde geschlossen. Im Februar wurde eine Gruppe von 25
»baptistischen Spionen« für Polen in Minsk demaskiert, und etwa um
dieselbe Zeit wurde eine ähnliche Gruppe in der Ukraine verhaftet.
Während der Kollektivierung wurden evangelikale Anführer von
den Kolchosen ausgeschlossen und als Kulaken denunziert; die meisten von ihnen wurden deportiert. [48] Im Jahre 1931 wurde die

Evangelische Kirche als »eine maskierte konterrevolutionäre Kula-ken-Organisation, die finanzielle Unterstützung aus dem Ausland erhält«, denunziert. [49]

Aber obwohl sie alle zermalmt und zu bloßen Resten reduziert waren, wurde doch keine Kirche tatsächlich für illegal erklärt und vernichtet, außer den beiden Nationalkirchen der Ukraine – der Ukrainischen Autokephalen Orthodoxen Kirche und der Ukraini-schen Katholischen Kirche (Unierte des östlichen Ritus). Da jedoch die Hauptstärke der letzteren in der westlichen Ukraine lag, die damals ein Teil Polens war, wurde sie nicht vor der Annexion dieses Gebiets in den Untergrund getrieben.

Die Ukrainische Orthodoxe Kirche, geführt vom »Metropoliten von Kiew und der ganzen Rus«, deren traditionelle Bindungen zum Patriarchen in Konstantinopel bestanden, wurde ohne Rücksprache oder Zustimmung 1685–86 dem Moskauer Patriarchat unterstellt, wobei sie jedoch ihre Autonomie und das Recht behielt, ihren eigenen Metropoliten zu wählen. Im Jahre 1721 wurde sogar der Rang des Metropoliten zu dem eines Erzbischofs reduziert. Später in demselben Jahrhundert wurde der ukrainische Ritus russifiziert; es wurde angeordnet, die kirchenslawische Liturgie in der russischen Weise zu sprechen, und russische Gewänder wurden eingeführt. Die Verbitterung darüber hielt sich in der ganzen Folgezeit, und mit dem Aufstieg der ukrainischen Nationalistischen Bewegung kamen Be-richte, daß die ukrainisch-orthodoxen Priesterseminare in Kiew und Poltawa zu Brutstätten nationalistischer Agitation geworden seien – schon lange vor der Revolution.

Ein starkes Element in der ukrainischen Orthodoxie, unterstützt von der ukrainischen Rada-Regierung, trat 1917–18 aus dem Moskauer Patriarchat aus und gründete wieder eine Ukrainische Autokephale Kirche, wobei Gottesdienste auf ukrainisch gehalten wurden. Im Oktober 1921 hielt sie ihr erstes Konzil (»Sobor«) in Kiew, mit sowohl klerikalen als auch Laien-Delegierten, wobei die letzteren einige der prominentesten Akademiker, Professoren, Schriftsteller, Komponisten usw. umfaßten. Zunächst wurde sie nicht stärker als andere religiöse Körperschaften verfolgt. Tatsächlich wurde sie sogar bis zu einem gewissen Grade ermutigt, in der Absicht, damit die Russisch-Orthodoxe Kirche zu schwächen. Doch bald änderten sich die Dinge.
Eine geheime OGPU-Weisung vom Oktober 1924 verweist auf den

»ständig wachsenden Einfluß« der Ukrainischen Autokephalen Orthodoxen Kirche und sagt, daß ihr Metropolit Wasyl Lypkiwsky und seine Kollegen »seit langem bekannt sind« als »geheime Propagatoren des ukrainischen Separatismus«. Die örtlichen OGPU-Beamten werden gewarnt, dies sei »besonders gefährlich für das Sowjet-Regime«, und sie werden angewiesen, Maßnahmen zu ergreifen, unter anderem »die Zahl der Geheiminformanten unter den Gläubigen zu verstärken und Priester für Geheimdienstarbeit für die OGPU zu rekrutieren«. [50] Versuche wurden unternommen, die Kirche zu spalten, aber sie waren 1926 endgültig gescheitert. Zum Ende dieses Jahres hatte die Autokephale Kirche 32 Bischöfe, etwa 3000 Priester und etwa 6 000 000 Mitglieder.

Aber nun wurde der erste Schlag geführt. Metropolit Lypkiwsky wurde Anfang August 1926 verhaftet. Seine Absetzung wurde erreicht, indem man ihn im Oktober 1927 unter Bewachung zu einem Kirchen-Sobor führte. Als er sich weigerte, seinen Rücktritt zu erklären, und die Mehrzahl der Delegierten sich weigerte, ihn dazu zu zwingen, wurden viele von diesen verhaftet. Aber sogar daraufhin konnte keine Mehrheit für eine Rücktritts-Resolution gegen ihn herbeigeführt werden; vielmehr wurde das Protokoll gefälscht, indem man einen Beschluß hineinschrieb, daß er »seiner Last entledigt« werden sollte angesichts seines »fortgeschrittenen Alters«.

Sein Nachfolger Mykola Boretzky wurde gezwungen, ein Dokument zu unterzeichnen, das die Kirche bei einer von der GPU einberufenen außerordentlichen Versammlung am 28. und 29. Januar 1930 auflöste. Aber Proteste aus dem Ausland scheinen einige Wirkung gehabt zu haben insoweit, als die Durchführung verschoben wurde, und bei einem anderen Sobor vom 9. bis 12. Dezember wurde Iwan Pawliwsky Metropolit; danach allerdings war nur noch wenig organisiertes Handeln möglich. Ein Rest von 300 Pfarreien erhielt die Erlaubnis, sich als die »Ukrainische Orthodoxe Kirche« zu rekonstituieren. Aber die letzte dieser Pfarreien wurde 1936 ausgelöscht.

Bei der Verhandlung gegen die »Union für die Befreiung der Ukraine« 1930 wurde diese insbesondere beschuldigt, daß Verschwörer Zellen in der Ukrainischen Autokephalen Orthodoxen Kirche organisiert hätten, und deren Hierarchie wurde angeklagt, in den Vorgang verwickelt zu sein. [51] Mehr als 20 der 45 bei der Verhandlung benannten Personen waren Priester oder Söhne von Priestern, und einer der Prominentesten war Wolodymyr Tschechiwsky, ein früheres Mitglied des Zentralkomitees der Ukrainischen Sozialdemokratischen Partei. Er hatte die Politik zugunsten der Theologie aufgegeben und in der Autokephalen Kirche eine prominente Position gewonnen, wenngleich er sich weigerte, ein Bischofsamt zu übernehmen.

Die »Kirchengruppe« in der Verschwörung hatte angeblich Priestern befohlen, unter den Bauern gegen das Regime zu agitieren; sie hatte angeblich auch die Kirche in Pläne für einen bewaffneten Aufstand verwickelt. Manche ihrer Priester waren tatsächlich qualifizierte frühere Offiziere des Petljura-Regimes. Einer von vielen Berichten aus den ländlichen Gebieten gibt den herrschenden Ton wieder: »Im Dorfe Kyslomut, Bezirk Rschyschtschiw, hat die GPU eine konterrevolutionäre Organisation von Kirchgängern und Kulaken aufgedeckt. Ihre Aktivitäten wurden von Repräsentanten der Ukrainischen Autokephalen Kirche angeleitet. Alle Anführer sind verhaftet worden.« [52]

Auf der Pfarrei-Ebene wurden einige 2400 Priester den Berichten nach verhaftet. Ein ziemlich typischer Bericht besagt, daß zwischen dem Oktober 1929 und dem Februar 1930 28 ukrainische Priester in den Gefängnissen von Poltawa einsaßen: fünf wurden erschossen, einer wurde wahnsinnig, die anderen wurden in Haftlager deportiert. [53] Um die Jahre 1934–36 waren die letzten Überreste der Aktivität dieser Kirche schließlich unterdrückt. Die nachfolgenden Metropoliten der Ukrainischen Autokephalen Kirche starben allesamt unter den Händen des NKWD. Metropolit Lypkiwsky wurde erneut verhaftet und verschwand im Februar 1938, 74 Jahre alt. Metropolit Boretzky wurde 1930 verhaftet, in das »Isolator«-Gefängnis von Jaroslawl geschickt und später in das berüchtigte Lager von Solowetsk am Weißen Meer, dann aber 1935 in ein psychiatrisches Gefängnis in Leningrad zurückgebracht, wo er 1936 oder 1937 gestorben ist. Metropolit Pawliwsky wurde im Mai 1936 verhaftet und ist seither verschwunden. Dazu werden 13 Erzbischöfe und Bischöfe zwischen 1928 und 1938 in sowjetischen Gefängnissen als verstorben gemeldet, [54] während alles in allem 1150 Priester und einige 20 000 Mitglieder von Pfarr- und Bezirkskirchenräten damals oder später in Haftlagern zugrunde gingen. Von den Autokephalen Bischöfen überlebten nur zwei – der eine wurde später Metropolit dieser Kirche in den USA, der andere ihr Bischof in Chicago.

Aber die Übertragung der Ukrainischen Kirche unter Moskauer Kontrolle führte nicht nur zu einer anderen Priesterschaft. Sie wurde begleitet von einer praktisch vollständigen Vernichtung der ländlichen Kirche sowohl autokephalen als auch »russischen« Charakters in der Ukraine. Die Russisch-Orthodoxe Kirche hatte 1918 unter dem Druck ukrainischen Nationalgefühls ihrem Zweig in der Ukraine eine ziemlich weitgehende Autonomie gewährt; dieser wurde nunmehr einem Exarchen unterstellt. Und sie blieb die größere Kirche, wobei sie nicht nur die russische Minderheit in der Republik umfaßte, sondern auch viele von deren traditionellen Pfarreien in den Landgebieten: 1928 hatte sie alles in allem 4900 Pfarreien. Aber auch sie erlitt das übliche Schicksal. Im Jahre 1937 wurde der Exarch Konstantin verhaftet, und 1941 waren nur fünf Pfarreien übriggeblieben.

Insgesamt wird geschätzt, daß Ende 1932 knapp über 1000 Kirchen in der Ukraine geschlossen worden waren.(Die große Offensive von 1933–34 sollte erst kommen, und 1934–36 wurden ungefähr 75 bis 80 Prozent der verbliebenen Kirchen in der Ukraine vernichtet. [55] In Kiew mit seinen einst mehreren hundert Kirchen waren 1935 nur noch zwei kleine Kirchen aktiv.

Was die ukrainischen Katholiken angeht, so war die zaristische Unterdrückung dieser Unierten ziemlich gründlich gewesen (trotz verschiedener vertraglicher Garantien). Im Jahre 1839 war diese Kirche im russischen Imperium zermalmt worden, wenn auch ein Toleranz-Edikt 1905 das Wiederauftreten nicht-unierter Katholiken gestattete. In der ersten Phase des Sowjet-Regimes wurden sie mit besonderem Mißtrauen betrachtet, und 1926 gab es eine Anzahl von Gerichtsverhandlungen gegen katholische Priester als »polnische Spione«. Mittlerweile hatten die Unierten in demjenigen Teil der Ukraine geblüht, der unter österreichischer Verwaltung stand, und als dieses Territorium 1918 polnisch wurde, setzte sich die Entwicklung weiter fort. Die Errichtung der sowjetischen Herrschaft in diesem Gebiet als Folge des Zweiten Weltkriegs resultierte in einer erzwungenen »Rückkehr« der Ukrainischen Unierten Kirche in den orthodoxen Schoß.

Der Erzbischof und die Bischöfe wurden sämtlich verhaftet, und einige 500 Priester stießen im April 1945 dazu. Im März 1946 wurden mehrere Bischöfe in geheimer Verhandlung als Nazi-Kollaborateure vor Gericht gestellt und in Arbeitslager geschickt. Die Professoren der drei unierten theologischen Seminare und Ordensangehörige (einschließlich der Nonnen) wurden fast sämtlich verhaftet. Ihre Institutionen wurden geschlossen, ebenso 9900 Grundschulen und 380 höhere Schulen; 73 Publikationen wurden unterdrückt. [56] Ein vorgetäuschter Kongreß dieser Kirche, der danach stattfand, konnte nur eine Handvoll korrupter Priester aufbieten, die die Sezession von Rom und den Beitritt zur Orthodoxen Kirche proklamierten. Die

Katholiken gingen in den Untergrund; sie unterhalten immer noch eine verzweifelte Existenz »in den Katakomben«. Es hat viele Berichte in der sowjetischen Presse gegeben über fortgesetzte katholische Untergrund-Arbeit mit einer geheimen Priesterschaft – sogar von einer Nonnen-Institution im Untergrund von Lwiw wurde im November 1963 berichtet [57] –, und Proteste, illegale Publikationen und Verhaftungen gehen bis in die Gegenwart weiter und nehmen eher zu, als daß sie zurückgehen.

Die verschiedenen russisch-polnischen Kriege haben immer Massaker an Katholiken durch Orthodoxe und umgekehrt in der Ukraine eingeschlossen. Einer der bemerkenswertesten Vorgänge des 19. und mehr noch des 20. Jahrhunderts ist die Duldsamkeit zwischen den beiden ukrainischen Kirchen – der Autokephalen Ukrainischen Kirche der Ost-Ukraine und der Katholisch-Unierten Kirche der West-Ukraine – jede zu ihrer Zeit vom kommunistischen Regime zerstört, keine von beiden jedoch ohne die Möglichkeit, sogar die Wahrscheinlichkeit, wiederzuerstehen.

Die Sowjetisierung und Kollektivierung der ländlichen Gebiete umschloß somit mindestens die Unterdrückung und Einschränkung der Kirchen, die dem Bauern über 1000 Jahre Zuspruch gegeben hatten; und, wo die Kirche ein unmittelbarer Ausdruck nationalen Charakters war, bedeutete dies ihre faktische Zerstörung, soweit dies in der Macht des Regimes lag. Die Leiden, die der Bauernschaft und der ukrainischen Nation auferlegt waren, waren nicht nur physischer Art.

Teil III
Die Terror-
Hungersnot

Ein Zar regiert die Welt
Ein Zar ohne Erbarmen,
Und sein Name ist Hunger
      Altes russisches Sprichwort

11

Angriff auf die Ukraine

Dies unser Land, das unser nicht ist
Schewtschenko

Zur selben Zeit, 1929–30, als Stalin mit der Zermalmung der Bauernschaft begann, nahm er den Angriff auf die Ukraine und deren nationale Kultur wieder auf, der in den frühen zwanziger Jahren ausgesetzt worden war. Professor Sacharow schreibt über »die Ukrainophobie, die für Stalin charakteristisch war«, aber aus kommunistischer Sicht war es keine irrationale Ukrainophobie. Eine große Nation lag unter kommunistischer Herrschaft. Nicht nur ihre Bevölkerung war mit dem System unversöhnt; es war auch so, daß die Repräsentanten der nationalen Kultur, ja sogar viele Kommunisten, Moskaus Herrschaft nur bedingt akzeptierten. Dies war aus Sicht der Partei nicht nur an sich beklagenswert, sondern auch gefahrenträchtig für die Zukunft. Um die Jahre 1929–30, nachdem er die Rechte ausgelöscht und eine Kollektivierungs- und Entkulakisierungskampagne begonnen hatte, die die Ukraine mit besonderer Härte traf und dort auf stärksten Widerstand stieß, war Stalin schließlich nahezu bereit, seiner Feindschaft gegenüber allen solchen zentrifugalen Tendenzen Ausdruck zu geben.

Schon im April 1929 brachte die OGPU Anklagen gegen kleine Gruppen vor, sie betrieben nationalistische Verschwörungen. Im Laufe des Jahres gab es öffentliche Attacken gegen die am höchsten angesehenen ukrainischen Akademiker. Im Juli kam es zu Massenverhaftungen von einigen 5000 Personen, angeblich Mitglieder einer Untergrund-Organisation, der Union für die Befreiung der Ukraine (SWU), von der wir schon gesprochen haben. Vom 9. März bis zum 20. April 1930 wurde ein ganzer Zyklus gefälschter Anklagen mit dem öffentlichen Scheinprozeß gegen 45 angebliche Mitglieder dieser Organisation in der Kiewer Oper eingeleitet. Sie waren zumeist frühere politische Persönlichkeiten von mittlerweile verschwundenen Parteien, nunmehr als Wissenschaftler, Kritiker, Schriftsteller, Linguisten tätig; einige Studenten, Rechtsanwälte und vor allem Priester hatte man dazugemischt.

Die führende Persönlichkeit war das Akademie-Mitglied Serhij Jefremow, ein Gelehrter der Linguistik und Lexikograph, ein Angehöriger jener Gruppe, die die ukrainische Identität in den letzten Jahren des Zarismus behauptet hatte. Er war Vizepräsident des Allukrainischen Kongresses gewesen, den die Rada im April 1917 einberufen hatte, außerdem war er Vorsitzender der Sozialistischen Föderalisten gewesen. Ein anderer früherer Sozialistischer Föderalist war Sinowij Margoulis, ein jüdischer Rechtsanwalt und Mitglied der Ukrainischen Akademie der Wissenschaften. Die Masse der anderen führenden Persönlichkeiten bestand aus Akademie-Mitgliedern oder Schriftstellern mit demselben Hintergrund, früheren Mitgliedern der Sozialdemokratischen oder Sozialrevolutionären Parteien oder Nichtparteimitgliedern, die die unabhängige Ukrainische Republik unterstützt hatten, wie etwa der Historiker Josyp Hermayse, die Schriftsteller Michaylo Iwtschenko und Ljudmilla Starytzka-Tschernjachiwska, der Linguist Hrihory Holoskewytsch und andere. Geständnisse waren auf die übliche Weise beschafft worden, und die Beschuldigten wurden zu hohen Gefängnisstrafen verurteilt. Im Zusammenhang mit der Hauptverhandlung wurde mitgeteilt, daß die linguistischen Institute der Ukrainischen Akademie geschlossen worden und eine Reihe von Wissenschaftlern verhaftet worden sei. [1] Die Anklagen im SWU-Prozeß umfaßten neben der Verschwörung zur Machtergreifung auch den Vorwurf, man habe daran gearbeitet, das Ukrainische so deutlich wie möglich vom Russischen zu unterscheiden. Dies war faktisch auch ziemlich genau das linguistische Ziel von Skrypnyk und anderen ukrainischen Kommunisten. Und es ist bemerkenswert, daß Skrypnyk, während er zwangsläufig die SWU-Linguisten verdammte, dies mit der Begründung tat, sie hätten ihre Arbeit zur »Tarnung« von Zerstörungsarbeit genutzt, ohne einen Hinweis auf die angebliche linguistische Sabotage. [2] Die Reichweite dieser Säuberung war groß. Studenten aus Kiew und anderswo werden nach der Verhandlung im Lager von Solowki erwähnt, verurteilt als Teil der vorgetäuschten Verschwörung. [3] Und es ist beachtenswert, daß viele »Zellen« der Verschwörung in den Dörfern entdeckt wurden, während ferner berichtet wird, daß im März 1930 Ukrainer im Ersten Sibirischen Kavallerie-Korps verhaftet wurden unter der Anklage, Hochverrat oder antisowjetische Propaganda betrieben zu haben. [4] Im Februar 1931 fand eine weitere Verhaftungswelle führender Intellektueller statt – hauptsächlich prominenter Persönlichkeiten, die 1924 und 1925 aus dem Exil zurückgekehrt waren. Sie hatten angeblich ein »Ukrainisches National-Zentrum« gebildet, dessen Anführer die angesehenste Persönlichkeit des Landes sein sollte, der Historiker Hruschewskij; der frühere Ministerpräsident Holubowytsch habe sich unter den führenden Verschwörern befunden. Hruschewskij war mehr als ein Jahr lang unter Angriff gestanden; tatsächlich erfahren wir, daß ein OGPU-Rundschreiben schon Mitte der zwanziger Jahre, als seine »Geschichte der Ukraine« nur für die Zensur erwogen worden war, die Polizei-Agenten anwies, die Namen aller Personen festzuhalten, die sich für das Buch interessierten. [5] Die meisten angeblichen Mitglieder dieses »Ukrainischen National-Zentrums« waren ehemalige Sozialrevolutionäre. Auch ihnen wurde nachgesagt, sie hätten »zahlreiche« Gefolgsleute zu Komplizen gehabt. Diesmal fand keine öffentliche Hauptverhandlung statt. Die meisten der Beschuldigten wurden in Straflager geschickt; Hruschewskij selber allerdings wurde nur unter Hausarrest außerhalb der Ukraine gestellt.

Diese Züge waren überaus wichtig beim Angriff auf die Ukrainisierung. Sie liefen auf die Zermalmung der alten Intelligenzija hinaus, die mit dem Sowjetregime versöhnt worden war durch ein Programm ukrainischer kultureller Identität. Im Jahre 1931 geriet die ukrainische kommunistische Intelligenzija ihrerseits ins Feuer, zum Beginn einer neuen Phase der Zerstörung all dessen, was in den späten zwanziger Jahren geblüht hatte (worauf wir in Kapitel 13 zurückkommen werden).

Der erste Angriff auf die ukrainische Intelligenzija ging dem allgemeinen Angriff auf die Bauernschaft voraus. Stalin verstand durchaus, daß das Wesen der ukrainischen Nation zwar in der Intelligenzija enthalten war, die es artikulierte, aber auch in den Bauern, die es über die Jahrhunderte bewahrt hatten. Die »Enthauptung« der Nation durch Beseitigung ihrer Sprecher war in der Tat wichtig – und sollte später offensichtlich das Motiv für Katyn und für die Deportationen aus den baltischen Staaten 1940 sein. Aber Stalin scheint begriffen zu haben, daß nur ein Massenterror durch den Leib der Nation – das bedeutet: die Bauernschaft – das Land wirklich zur Unterwerfung zwingen könnte. Seine Vorstellungen über die Beziehung zwischen Nationalität und Bauernschaft sind klar ausgesprochen: »Das Nationalitätenproblem ist in seinem innersten Wesen ein Problem der Bauernschaft.« [6] Und tatsächlich war eines der Ziele der Kollektivierung in der Ukraine offiziell beschrieben worden als »die Zerstörung der gesellschaftlichen Basis

des ukrainischen Nationalismus – der Landgrundstücke im Einzelei-
gentum«. [7]

Die SWU-»Verschwörung« war, wie wir gesehen haben, auf die
Dörfer ausgedehnt worden. Viele Dorflehrer sind Berichten zufolge
im Zusammenhang mit ihr erschossen worden. [8] In einem Bezirk
wurden der Vorsitzende des Exekutivkomitees, der oberste Arzt des
Bezirks sowie andere, einschließlich Bauern, als SWU-Verschwörer
erschossen. [9] Es gibt Dutzende solcher Berichte. Kossior hat den
Sachverhalt nach dem Kampf zusammengefaßt: »Die nationalistische Abweichung der Kommunistischen Partei der Ukraine ...
spielte eine außergewöhnliche Rolle bei der Verursachung und Ver-
tiefung der Landwirtschaftskrise.« [10] Oder, wie sein Polizeichef
Balizkij zitiert wird: »Im Jahre 1933 schlug die Faust der OGPU in
zwei Richtungen zu. Erst gegen die kulakischen und petljuristischen
Elemente in den Dörfern und zweitens gegen die führenden Zentralen des Nationalismus.« [11]

So wurde der Kulak beschuldigt, ein Träger nationalistischen Ideen-
guts zu sein, und der Nationalist galt als Sponsor kulakischer Haltung. Aber in welcher Kapazität auch immer der ukrainische Bauer
gewürdigt wurde, er hatte sich zweifellos als besonders schwierig für
das Regime erwiesen. Der Widerstand gegen die Kollektivierung
wird als immer heftiger, oder vielmehr: militanter, in der Ukraine
beschrieben als im eigentlichen Rußland. [12] Die Ansicht wird
vertreten, beispielsweise von General Grigorenko, daß, weil die
Niederlage der ersten Kollektivierungs-Offensive hauptsächlich das
Ergebnis von Massenaktionen in der Ukraine und im Nord-Kaukasus-Gebiet war, Stalin zu dem Schluß gekommen sei, daß dies
besonders widerspenstige Gegenden seien, die zermalmt werden
müßten. [13] Ein Beobachter vermutete, daß neben den verschiedenen anderen Gründen für die besondere Feindseligkeit der Ukrainer
gegenüber der Kollektivierung die Tatsache wichtig ist, daß die
ukrainischen Kolchosen so viel größer und entsprechend auch unper-
sönlicher und stärker bürokratisiert waren als die in Rußland. [14]
Überdies war die ukrainische Kollektivierung viel vollständiger als
die in der RSFSR. Mitte des Jahres 1932 waren 70 Prozent der
ukrainischen Bauern in Kolchosen; in Rußland waren es 59,3 Prozent.

Stalin warnte mehrfach vor »Idealisierung des Kollektivguts«. Ihre
bloße Existenz, so argumentierte er, bedeute noch nicht, daß der
Klassenfeind verschwunden sei. Im Gegenteil, nun müsse der Klassenkampf innerhalb der Kollektivgüter geführt werden. Inzwischen

war jeder, der im Rahmen irgendeiner rationalen Analyse zum Kulaken gestempelt werden konnte, bereits vertrieben worden. Der Hunger-Terror sollte damit ausschließlich den kollektivierten gewöhnlichen Bauern und die überlebenden Einzelbauern treffen; wobei letztere zumeist sogar ärmer waren als die Kollektivbauern. Das heißt: der Hunger-Terror war kein Teil der Kollektivierungs-Offensive, die bereits so gut wie abgeschlossen war. Dennoch, so unglaublich es klingt: der Kulak war immer noch da, wenn er auch nicht offen gegen die Kollektivgüter kämpfte. »Die antisowjetischen Elemente von heute«, sagte Stalin, »sind zumeist Leute, die ›still‹, ›süß‹ und beinahe ›heilig‹ sind.« Der Kulak, fügte er hinzu, war »geschlagen, aber nicht vollständig ausgerottet«. [15]

Aber nicht nur die Bauern waren ungenügend unterworfen. Auch die ukrainischen Kommunisten bildeten Hindernisse für Stalin. Sogar 1928 hatten sich die ukrainischen Partei- und Sowjet-Organisationen besonders hartnäckig gegen unrealistische Planziele gewehrt, und sie waren besonders unlustig bei der Suche nach Kulaken vorgegangen. Im Bezirk Kahralyk in der Provinz Kiew »haben alle Direktoren, bis zum Bezirks-Parteikomitee-Sekretär, die kulakische Linie ermutigt: ›Wir haben keine Kulaken. Wir haben nur Bauern.‹« [16] Nicht nur Bezirks-Funktionäre, sondern auch die ukrainische Partei als solche wurde im September 1929 von der »Prawda« attackiert, weil sie Einwände gegen ihren Plan für das nächste Jahr, »besonders für Lebensmittel-Ernten« vorgetragen hatte; und den Herbst über druckten die Zeitungen Proteste von verschiedenen örtlichen Organisationen, wonach nichts für den Konsum übrigbleiben würde. Das Büro in Saporischja klagte, 70 bis 75 Prozent der Quote müßten von mittleren und armen Bauern erbracht werden, wodurch »nicht ein einziges Kilogramm« zum Verkauf an die örtliche Bevölkerung bliebe. Als Folge dessen wurde der Provinz-Sekretär abgesetzt. [17] Aber die Ersatzleute für jene, die gesäubert worden waren, sahen sich denselben Schwierigkeiten gegenüber. Nur die rücksichtsloseste Ausübung der Parteidisziplin konnte die verschiedenen revolutionären Veränderungen auf dem Lande durchsetzen. Und wenn es um die Höhe der Getreide-Requisition ging, so hatten das ukrainische Politbüro und Zentralkomitee selber kaum eine andere Wahl, als sich um Reduzierung zu bemühen. Unter dem kommunistischen System und gemäß dem Gesetz des »demokratischen Zentralismus«, das bereits die Rechte ruiniert hatte, mußten sie gehorchen, wenn Moskau unerbittlich blieb.

Wie wir gesehen haben, wurden Getreidepläne auf der Grundlage von Berechnungen der gesamten Hektar-Fläche erstellt, die theoretisch zur Verfügung stand, und der Berechnung des darauf maximal möglichen Getreideertrags pro Hektar. Chruschtschew hat als Pensionär das System angeprangert, wonach ein Parteifunktionär, oder der Staat selbst, »eine Quote für den ganzen Bezirk festsetzte«. [18] Einwände gegen solche Kritik waren bereits erdacht worden. In der Partei setzte sich die Sichtweise durch, daß die Strategie der Bauernschaft darin bestehe, Getreide zurückzuhalten, um die Städte auszuhungern. Oder, später: daß die Bauern nicht mehr säen oder ernten mochten und sich auf ihre Lebensmittelreserven verließen. Die »korrekte« Reaktion darauf war 1918–21, ihr Getreide zu beschlagnahmen und die Bauern verhungern zu lassen. Schon im Sommer 1930 berichtet einer von den Aktivisten des ukrainischen Zentralkomitees von einer Tagung, bei der Kossior sie anwies:

»Der Bauer legt sich eine neue Taktik zu. Er weigert sich, die Ernte einzubringen. Er will, daß das Brotgetreide stirbt, um die Sowjetregierung mit der Knochenhand der Hungersnot zu ersticken. Aber der Feind kalkuliert falsch. Wir werden ihm zeigen, was Hungersnot ist. Eure Aufgabe ist es, die kulakische Sabotage der Ernte zu beenden. Ihr müßt sie bis zum letzten Korn einbringen und sofort zum Ablieferungspunkt abschicken. Die Bauern arbeiten nicht. Sie stützen sich auf früher geerntetes Getreide, das sie in Gruben versteckt haben. Wir müssen sie zwingen, ihre Gruben zu öffnen.« [19]

Der Aktivist, der selbst vom Lande stammte, wußte »sehr wohl, daß Gruben voller Getreide ein Mythos waren. Sie hatten in den frühen zwanziger Jahren existiert, aber sie waren schon lange verschwunden«. [20] Aber allgemein gesprochen, hat Kossiors Drohung die stalinistische Analyse und das stalinistische Programm der Zukunft kraß deutlich gemacht.

Unter normalen Umständen hatten die Ukraine und das Nord-Kaukasus-Gebiet die Hälfte des gesamten vermarkteten Getreides gestellt. Im Jahre 1926, als es die beste Ernte vor der Kollektivierung gab, wurden 3,3 Millionen Tonnen Getreide (21 Prozent der Ernte) aus der Ukraine entnommen. In der guten Ernte von 1930 waren es 7,7 Millionen Tonnen (33 Prozent der Ernte). Und obwohl die Ukraine nur 27 Prozent der gesamten sowjetischen Getreideernte erbrachte, mußte sie doch 38 Prozent der Getreide-Ablieferung stellen. Im Jahre 1931 wurden dieselben 7,7 Millionen Tonnen von der Ukraine verlangt, aus einer Ernte von nur 18,3 Millionen Tonnen, das heißt: 42 Prozent (etwa 30 Prozent des Getreides war durch die Unzulänglichkeiten kollektiver Ernte verloren gegangen). Es wird berichtet, daß die ukrainische Führung versuchte, Moskau zu einer Reduzierung der Abgabenhöhe zu bewegen, aber sie hatte keinen Erfolg. [21] Einzelne Moskauer Führungspersönlichkeiten wurden auch angesprochen; es heißt, daß Mikojan die südliche Ukraine 1931 besuchte und dort erfuhr, mehr Getreide könne unmöglich beschafft werden. [22]

Tatsächlich wurden nur 7 000 000 Tonnen eingesammelt. Aber dies bedeutete schon, daß – was nach früheren Bewertungen auf eine Hungersnot hinauslief – die Ukraine im späten Frühjahr 1932 treffen mußte. Denn nur ein Durchschnitt von etwa 250 Pfund Getreide pro Kopf verblieb der ukrainischen Landbevölkerung. Unnötig zu sagen, daß die Mängel zu weiteren Säuberungen in der Partei führten. Diese wurden in einer ganzen Serie von Bezirken im späten Frühjahr 1932 angekündigt; unfehlbar wegen unzulänglicher Arbeit auf dem Gebiet der Landwirtschaft oder wegen Rechts-Opportunismus. Beschwerden über die gesamte ukrainische Haltung als »schmachvoll rückständig« füllten ständig die zentrale Moskauer Presse. In der »Prawda« allein habe ich zwischen Januar und Juli 1932 fünfzehn entdeckt.

Im Juli wurden entscheidende Beschlüsse gefaßt, die zum Holocaust der nächsten acht Monate führten. Stalin hatte erneut ein Ablieferungsziel von 7,7 Millionen Tonnen angeordnet – aus einer Ernte, die durch die Umstände der Kollektivierung auf zwei Drittel der Ernte von 1930 reduziert worden war (14,7 Millionen Tonnen); wenn auch schlechtes Wetter in einigen Provinzen seine Wirkung gezeitigt hatte. Es hatte Dürre in einigen Bereichen gegeben, aber die führende sowjetische Autorität für Dürreprobleme [23] vermerkt, daß sie nicht so schlimm waren wie im Nicht-Hungerjahr 1936 und daß sie ihre Zentren außerhalb der Ukraine hatten. Die Ernte wurde als nicht schlecht bezeichnet, höher beispielsweise als die Ernte von 1928, wäre sie nicht Gegenstand willkürlicher Beschlagnahme gewesen; den ukrainischen Führern war klar, daß die vorgegebenen Requisitionshöhen nicht nur exzessiv, sondern schlicht unmöglich waren. Nach erheblichem Drängen vermochten die Ukrainer schließlich die Zahl auf 6,6 Millionen Tonnen herunterzudrücken – aber auch das war weit jenseits des Machbaren.

Dies spielte sich vom 6. bis 9. Juli 1932 bei der »Dritten Allukrainischen Konferenz« der Ukrainischen Kommunistischen Partei ab, wo Molotow und Kaganowitsch Moskau vertraten. Kossior eröffnete die Konferenz. In einigen Gebieten, sagte er, gebe es bereits »einen ernsten Lebensmittelmangel«. Und er vermerkte, daß »einige Genossen geneigt sind, die Schwierigkeiten in der Frühjahrs-Aussaat-Kampagne mit der Höhe der Getreide-Ablieferungs-Pläne zu erklären, die sie für unrealistisch halten . . . Viele sagen, daß unser Schritttempo und unsere Pläne zu anstrengend seien«. Er fügte bemerkenswerterweise hinzu, daß solche Kritik nicht nur von den Bezirken ausgehe, sondern auch vom ukrainischen Zentralkomitee selber. [24] Zudem muß allen klar gewesen sein, daß, wenn der Staat wirklich soviel Getreide benötigte, dies durch eine gerechtere Verteilung der Bürde gemeistert werden müßte, da die Erzeugung in der gesamten UdSSR etwas höher lag als im vergangenen Jahr (wie beispielsweise aus »Narodnoje Chosjaistwo SSSR 1958«, erschienen in Moskau 1959, zu ersehen).

Skrypnyk teilte der Konferenz offen mit, Bauern hätten ihm gesagt: »Uns haben sie alles weggenommen.« [25] Und Kossior, Tschubar und andere wandten ebenfalls ein, daß die Getreide-Ablieferungsziele übermäßig hoch seien. [26] Tschubar, Oberhaupt der Ukrainischen Sowjetregierung, wird in der »Prawda« zitiert mit der Aussage, ein Teil des Problems bestehe darin, daß die Kolchosen unrealistische Pläne akzeptierten. Er fügte hinzu – eine Anregung, die offensichtlich auf viel höhere Ebenen gemünzt war: »Es ist falsch, einen Befehl ohne Ansehung seiner Ausführbarkeit zu akzeptieren und dann zu versuchen, die Politik der Partei zu verzerren, revolutionäres Recht und Ordnung zu zerstören und die Ökonomie der Kolchosen zu ruinieren, dies alles unter Berufung auf Befehle von oben.« [27]

Molotow jedoch nannte Versuche, unrealistische Pläne als Ursache für den Fehlschlag zu benennen, »antibolschewikisch«. Er schloß mit der Erklärung: »Es wird keine Konzessionen oder Schwankungen bei dem Problem geben, die Aufgaben zu erfüllen, die von der Partei und der Sowjetregierung gestellt worden sind.« [28]

Die 6,6 Millionen Tonnen wurden tatsächlich niemals eingehoben, obwohl man auf alle die Methoden zurückgriff, die Tschubar vorausgesehen hatte. Die einzige Erleichterung – eine geringe – gab es, als der Ukrainische Wirtschaftsrat am 14. Juli 1932 das Butter-Ziel für die Ukraine von 16 400 auf 11 214 Tonnen reduzierte – anscheinend durch einseitigen Beschluß. [29]

So ging auf Stalins Drängen eine Verordnung heraus, die, wenn sie durchgesetzt würde, unweigerlich zum Hungersterben der ukrainischen Bauernschaft führen mußte. Dies war Moskau von den führenden Stellen der Ukrainischen Kommunistischen Partei klargemacht worden. Während der nächsten Monate wurde sie mit der größten

Härte durchgesetzt, und örtliche Versuche, sie abzumildern oder zu umgehen, wurden früher oder später vernichtet.

Die Dinge standen schon im Juli 1932 schlimm, und sie wurden schlimmer. Einige kleine Erleichterungen wurden von Zeit zu Zeit von den ukrainischen Behörden probiert – als beispielsweise, um nur die Arbeitskraft an sich zu erhalten, das ukrainische Zentralkomitee anordnete, Brot und Fisch an jene Regionen zu liefern, die tatsächlich schon an der Hungersnot litten: Die Lebensmittel sollten nur an diejenigen ausgegeben werden, die auf den Feldern arbeiteten. Einige Dorf-Amtsträger gaben die Lebensmittel jedoch an jedermann aus, der am Verhungern war, was in den amtlichen Berichten als »Verschwendung von Fisch und Brot« bezeichnet wurde. [30]

Um der Verordnung über »Schutz des sozialistischen Eigentums« Geltung zu verschaffen, wurden jetzt Wachttürme auf den Feldern errichtet. [31] »Wenn das Feld eben und klar war, bestand der Turm aus vier hohen Pfosten mit einer kleinen Hütte aus Holz oder Stroh oben drauf. Die Spitze wurde mit einer hohen Leiter erreicht. Wenn es einen hohen Baum auf dem Felde gab, wurden ein paar Pfosten unter dem Baum in die Erde versenkt, um eine Hütte zu stützen, die in den Zweigen des Baumes errichtet worden war. Ähnliche Türme wurden an Waldrändern angelegt. Eine alte Eiche oder ein ähnlicher Baum trug so eine Hütte ohne Stützen. Die Türme wurden mit Wachen besetzt, die üblicherweise mit einem Schrotgewehr bewaffnet waren.« [32]

Die ersten Beschaffungen wurden im August durchgeführt, und in manchen Gegenden wurden durch große Anstrengung die Normen erfüllt. Aber dies erschöpfte das Land. Von nun an erwartete die Insassen der 20 000 Dörfer in der Ukraine eine ungewisse, aber um so bedrohlichere Zukunft. Ein sowjetischer Roman der Chruschtschew-Zeit beschreibt diese ersten äußeren Zeichen: »Der Frühherbst in Kochaniwka war nicht so wie andere Herbste. Keine Kürbisse ließen ihre müden Häupter an den geflochtenen Zäunen zur Straße hängen. Keine heruntergefallenen Äpfel oder Birnen lagen an den Wegen. Kein Weizen und keine reifen Maiskolben waren auf den Stoppeln für die Hühner liegengelassen. Der scharfe Geruch von hausgebranntem Wodka quoll nicht aus den Schornsteinen der Hütten. Auch gab es keine anderen Zeichen, wie sie normalerweise den stillen Fluß des bäuerlichen Lebens und die ruhige Erwartung des Winters kennzeichnen, die zum Wohlstand gehören.« [33]

Am 12. Oktober 1932 wurden zwei führende russische Apparatschiki von Moskau ausgesandt, um die ukrainische Partei zu verstärken: A.

Akulow, der stellvertretender Leiter der OGPU gewesen war, und M. M. Chatajewitsch, der zuvor bei Stalins Kollektivierung an der Wolga hervorgetreten war – Anzeichen für das, was kommen sollte. Zur selben Zeit wurde eine zweite Beschaffung angekündigt, obwohl es nunmehr fast nichts mehr gab. Zum 1. November war der Ablieferungsplan nur zu 41 Prozent erfüllt worden. Schon starben Menschen. Aber Moskau, weit davon entfernt, in seinen Forderungen nachzulassen, leitete nun ein schreckliches Crescendo des Hunger-Terrors ein.

12
Die Hungersnot rast

Die Verordnung bestimmte, daß die Bauern der Ukraine, des Don- und des Kuban-Gebiets zum Tode durch Verhungern gebracht würden, zum Tode, zusammen mit ihren kleinen Kindern

Wassilij Grossman

Ukrainische Bauern hatten die Deportation der Kulaken mitangesehen: »Und wir Narren, die wir waren, dachten, daß es kein schlimmeres Schicksal geben könne als das der Kulaken.« [1] Nunmehr, zwei Jahre später, sahen sie dem bisher tödlichsten aller Schläge des Regimes entgegen. Die Verordnung vom Juli, die die Getreide-Ablieferungsziele für die Ukraine und das Nord-Kaukasus-Gebiet festlegte, wurde begleitet durch eine andere vom 7. August 1932, die die gerichtlichen Sanktionen zur Abstützung der Getreide-Beschlagnahme festlegte.

Wie wir im Kapitel 8 festhielten, bestimmte diese Verordnung, daß alles Kollektivgut-Eigentum wie etwa Vieh oder Getreide zukünftig als Staatseigentum zu betrachten sei, »geheiligt und unverletzlich«. Wer irgendwelcher Vergehen dagegen schuldig wurde, sollte als Volksfeind betrachtet werden. Er war zu erschießen, falls nicht mildernde Umstände vorlagen; in welchem Falle die Strafe in Gefängnis nicht unter zehn Jahren plus Konfiskation seines gesamten Eigentums sein sollte. Bauersfrauen, die ein paar Körner Weizen auf dem Kollektiv-Acker einsammelten, erhielten die geringere Strafe. Die Verordnung verfügte ferner, daß Kulaken, die versuchten, Bauern zum Verlassen der Kolchose zu »zwingen«, in »Konzentrationslager« zwischen fünf und zehn Jahren einzusperren seien. Stalin hat, wie wir gesehen haben, die Verordnung im Januar 1933 als »die Basis der revolutionären Legalität zum gegenwärtigen Zeitpunkt« beschrieben und sie selber entworfen. [2]

Wie üblich, wurden die solcherart zu einem Maximum an Terror ermutigten Aktivisten anschließend wegen ihrer Exzesse gerügt. Wyschinskij verkündete voller Entrüstung, daß die Verordnung von »einigen örtlichen Amtsträgern« als Signal verstanden worden sei,

»so viele Menschen wie nur möglich zu erschießen oder in Konzentrationslager zu verlegen«. Er zitierte Fälle, wo Todesstrafen verhängt
wurden für den Diebstahl von zwei Garben Mais, und er amüsierte
sein Publikum mit dem Bericht über einen jungen Mann, der zu zehn
Jahren verurteilt worden war, weil er »nachts in einer Scheune mit
einigen Mädchen herumtollte und dadurch die Kolchos-Schweine
störte«. [3]

Sogar schon vor Erlaß der Verordnung im August fand man in der
ukrainischen Presse oftmals Mitteilungen wie: »Das hellwache Auge
der GPU hat den faschistischen Saboteur entdeckt und vor Gericht
gebracht, der Brot in einem Loch unter einem Haufen Klee versteckt
hatte.« [4] Von nun an jedoch sehen wir eine große Zunahme sowohl
an Breite wie an Strenge des Gesetzes und seiner Anwendung. In
einem Monat werden allein aus dem Charkower Gericht 1500 Todesstrafen gemeldet. [5] Die ukrainische Presse brachte Meldung auf
Meldung über die Exekution von »Kulaken«, die »systematisch
Getreide geklaut« hätten. In der Provinz Charkow verhandelten fünf
Gerichte über 50 solcher Fälle; ähnlich ging es in der Provinz Odessa
zu, wo drei Fälle detailliert beschrieben werden – hauptsächlich
Diebstahl von Weizen-Hocken, wenngleich ein Ehepaar wegen un-
spezifizierten »Klauens« erschossen wurde. Im Dorf Kopany in der
Provinz Dnjepropetrowsk bohrte eine Bande von Kulaken und Sub-
kulaken ein Loch in den Boden des Getreidelagers und klaute viel
Weizen. Zwei wurden erschossen, der Rest eingesperrt. In Werjobka
in derselben Provinz wurden der Vorsitzende des Dorf-Sowjet und
sein Stellvertreter mitsamt den Vorsitzenden zweier Kolchosen und
einer Gruppe von acht Kulaken vor Gericht gestellt, wenngleich nur
drei Kulaken erschossen wurden. [6] Ein Bauer im Dorf Nowoselyzja
(Provinz Schytomyr) wurde erschossen wegen des Besitzes von 25
Pfund Weizen, die seine zehnjährige Tochter auf den Feldern aufge-
lesen hatte. [7] Zehn Jahre wurden wegen des »Diebstahls« von
Kartoffeln verhängt. [8] Eine Frau wurde zu zehn Jahren verurteilt,
weil sie 100 Kolben reifenden Maises auf ihrem eigenen Privatgrundstück geschnitten hatte, zwei Wochen, nachdem ihr Ehemann Hungers gestorben war. Ein Vater von vier Kindern bekam zehn Jahre für
dasselbe Delikt. [9] Eine andere Frau wurde zu zehn Jahren verurteilt, weil sie zehn Zwiebeln aus kollektivem Land gezogen hatte. [10]
Ein sowjetischer Wissenschaftler zitiert ein Urteil über zehn Jahre
Zwangsarbeit ohne Recht auf Amnestie sowie Konfiskation des
gesamten Eigentums für das Einsammeln von 70 Pfund Weizenhal-
men, um die eigene Familie zu ernähren. [11]

Diejenigen, die wegen geringerer Straftaten verurteilt worden waren, wurden manchmal in Staatsgüter für »Gefangenen-Korps« gelegt, wo sie sehr kleine Brotrationen bekamen, aber Gelegenheit hatten, Dinge wie etwa Tomaten zu stehlen; aus diesem Grunde versuchten sie auch nicht zu fliehen. [12] Aber im allgemeinen erleichterten nur gelegentliches Durcheinander, Unfähigkeit und ab und zu ein Augenzudrücken die Härten des neuen Gesetzes. Beispielsweise scheint man in der Provinz Tschernihiw nur Verhaftungen für das Horten von fünf Kilo Getreide aufwärts vorgenommen zu haben. Und ein bäuerliches Mitglied des Kollektivgutes »Das dritte entscheidende Jahr« in Puschkariwa in der Provinz Dnjepropetrowsk wurde nur zu fünf Jahren verurteilt (offenbar, weil die Anklage auf ein anderes Gesetz gestützt wurde), nachdem eine Flasche voll seines eigenen Maises in seinem Haus gefunden worden war. [13] Eine Frau, die mit einem ihrer Kinder verhaftet worden war, weil sie versucht hatte, einen Teil ihres eigenen Roggens zu mähen, schaffte die Flucht aus dem Gefängnis und nahm ihren anderen Sohn sowie einige Tücher, Streichhölzer und Töpfe mit und lebte in einem nahegelegenen Wald nahezu anderthalb Monate lang; sie stahl Kartoffeln oder Getreide von den Feldern bei Nacht. Schließlich kehrte sie zurück und stellte fest, daß während der mittlerweile angebrochenen Ernte-Geschäftigkeit ihr Verbrechen vergessen worden war. [14] Wir hören auch von einer Anzahl anderer Fälle, die offenbar unter anderen, wenn auch nicht weniger rigorosen Verordnungen gehandhabt wurden. Im Dorf Mala Lepetycha nahe Saporoschje wurde eine Anzahl Bauern erschossen, weil sie von einem vergrabenen Pferd gegessen hatten. Anscheinend wurde ihnen ein Vorwurf daraus gemacht, daß das Pferd an einer Drüsenkrankheit krepiert war. Die GPU fürchtete eine Art von Epidemie. [15] Es gibt eine Anzahl solcher Berichte.

Um die neuen Verordnungen durchzusetzen, wurden wieder einmal die Dorf-Aktivisten in Marsch gesetzt, wieder einmal unterstützt durch Mobilisierung von Partei- und Komsomol-Mitgliedern aus den umliegenden Städten. Wie in den vergangenen Jahren bei der Vertreibung der Kulaken, wurden Aktivisten mit unzulänglich diszipliniertem Gewissen mit der widerwärtigen Aufgabe konfrontiert, den Willen der Partei an unschuldigen Männern, Frauen und Kindern zu vollstrecken. Aber 1930 war es noch, soweit sie selber damit befaßt waren, eine Frage der Enteignung und Hinausweisung gewesen. Diesmal war es eine Frage des Todes.

Einige Aktivisten, sogar solche mit übler Vergangenheit, versuchten, eine faire Behandlung der Bauernschaft zu erreichen. [16] Gelegentlich konnte ein anständig gesinnter Partei-Aktivist, besonders wenn er schon alle Illusionen über die Absichten der Partei verloren hatte, etwas tun, um einem Dorf zu helfen – wobei er sich innerhalb enger Grenzen halten mußte: einerseits mußte er verhindern, daß seine Vorgesetzten alarmiert wurden, andererseits, und das war noch schwieriger, durfte er den Gefährlichen unter seinen Untergebenen keine Handhabe gegen sich selber zuspielen. Manchmal kam es vor, daß einer der letzteren in besonders starkem Maße die Grenzen der Gewalttätigkeit (oder Korruption) überschritt, die von den höheren Stellen noch hingenommen wurden, so daß man ihn entfernen konnte. Etwas öfter noch mochte die illegale Zurückleitung von etwas an Lebensmitteln an die Bauern unentdeckt bleiben bis zur Ernte; falls diese dann gut war, konnte das die Behörden veranlassen, den Fehlgriff zu übergehen.

Einige Aktivisten wurden zu offenerem Widerstand provoziert. Ein junger Kommunist, der in das Dorf Murafa, Provinz Charkow, entsandt worden war, berichtete telephonisch, daß er die Fleischablieferung erfüllen könne, aber nur mit menschlichen Leichnamen. Danach floh er aus der Gegend. [17] In einem anderen Dorf, das während der Revolution bolschewikisch geneigt gewesen war und eine Basis für Struks »Rote Partisanen« gebildet hatte, verlor eine Gruppe junger Aktivisten die Illusionen und schnitt 1933 dem führenden Dorf-Kommunisten den Kopf ab. [18]

Es gab auch einige Kolchos-Vorsitzende und örtliche Parteifunktionäre, sogar noch 1932 nach der Säuberungs-Serie der letzten Jahre, die den Punkt erreicht hatten, an dem nichts mehr ging. Im August 1932, als offenkundig wurde, daß der Getreide-Ablieferungsplan unerfüllbar war, gab es Unruhe im Dorf Mychaliwka in der Provinz Sumy. Der Vorsitzende des Kollektivgutes, ein Parteimitglied und früherer Partisan namens Tschujenko, verkündete den Plan und fügte hinzu, er beabsichtige nicht, Getreide ohne Zustimmung der Bauern abzuliefern. In derselben Nacht verließ er das Dorf, aber er wurde von der OGPU gefangengenommen und zusammen mit dem Vorsitzenden des Dorf-Sowjet eingesperrt. Am nächsten Tag gab es einen »Frauen-Aufstand«, der ihre Freilassung forderte und ferner eine Steuersenkung, den ausstehenden Lohn der Bauern und eine Senkung der Getreidequote verlangte. 67 Menschen wurden verurteilt; einige davon, Tschujenko eingeschlossen, zum Tode durch Erschießen. [19]

In der zweiten Jahreshälfte gab es unablässig amtliche Attacken auf die Direktoren von Kollektivgütern und auf örtliche Kommunisten, die »den Kulaken und den Petljuristen beigetreten sind und nicht Krieger für Getreide wurden, sondern Agenten des Klassenfeindes«. [20] Sie hatten, unter anderem, Getreide für »Arbeitstage« ausgegeben. [21] Wir hören sogar von einem heutigen sowjetischen Wissenschaftler, daß 1932 »einige Kollektivgüter im Nord-Kaukasus-Gebiet und in der Ukraine den organisierenden Einflüssen der Partei und des Staates entkamen«. [22] Während des Herbstes beklagte sich die ukrainische Partei wieder über Kolchosen, die »alles Getreide ... die gesamte Ernte« an die örtlichen Bauern austeilten. [23] Solches Verhalten wurde von Chatajewitsch als eine »gegen den Staat gerichtete« Handlungsweise verdammt. [24] Ein Organ der ukrainischen Partei beschwerte sich im November über die Sekretäre der Parteizellen in den Dörfern Katerynowzij und Uschakiwzij, weil sie sich geweigert hätten, die Anweisungen für die Getreide-Einhebung entgegenzunehmen; dies waren keine isolierten Vorfälle. [25]
Es gab andere Fälle, wo Kolchos-Leiter attackiert wurden, weil sie Befehle umgingen, statt sie zu befolgen – manche beispielsweise behielten Getreide zurück, indem sie es unter allen möglichen irreführenden Titeln verbuchten. [26] Die zentralen Partei-Organe fuhren fort, »passiv-heuchlerische Beziehungen zwischen einigen Partei-Organisationen und den kulakischen Opportunisten« in der Ukraine zu verurteilen. [27] Ganz generell wurde der Kampf nunmehr mit dem letzten Versuch innerhalb der Partei in Beziehung gebracht, Stalin zu blockieren – mit der »konterrevolutionären Rjutin-Gruppe«; denn »die rechtsgerichteten Agenten des Kulakentums sind noch nicht demaskiert und aus der Partei ausgestoßen worden«. [28]
Eine ukrainische Verordnung sprach von »Gruppen örtlicher Kommunisten, die buchstäblich zu Anführern bei der Sabotage geworden sind«. [29] Das Komsomol-Organ verdammte »Kommunisten und Komsomolzen«, die »Getreide stahlen ... und als Organisatoren der Sabotage handelten«. [30] Das Charkower Provinz-Komitee sandte Rundschreiben der höchsten Geheimhaltungsstufe aus, des Inhalts, daß die Getreide-Einhebung besser werden müsse, oder die Betroffenen würden »sofort vor der Bezirks-Abteilung der GPU zur Verantwortung gebracht« werden. [31] In fünf Monaten des Jahres 1932 wurden 25 bis 30 Prozent des landwirtschaftlichen mittleren Managements verhaftet. [32] Die ukrainische kommunistische Presse gab im Winter 1932–33 viele Beispiele von einzelnen ukrainischen Partei-

mitgliedern und Bezirks-Parteifunktionären, die ausgestoßen und manchmal verhaftet wurden. [33] Eine typische abstoßende Geschichte ist die eines Kolchos-Vorsitzenden, der eine umfassende Suche veranstaltete, nichts fand und daraufhin erklärte: »Es gibt kein Getreide. Niemand hat es geklaut oder illegal bezogen. Daher gibt es nichts, womit man den Plan erfüllen könnte.« Als Ergebnis wurde er angeklagt, selber die »wahren Diebe« organisiert zu haben. [34]

Trotz solcher Abirrungen schritt die Kampagne voran, wobei nicht zufriedenstellende Kommunisten liquidiert und durch verläßlichere Männer ersetzt wurden. Zu diesem Zeitpunkt waren auf unterer Ebene die einfachen Aktivisten-»Brigaden«, in der Ukraine »Buksyr-Brigaden« (Schlepp-Brigaden) genannt, kaum mehr als Schlägerbanden. Ihre Technik bestand darin, die Menschen zu verprügeln und speziell ausgegebene Werkzeuge zu benützen, Stahlruten zum Beispiel, etwa anderthalb Zentimeter dick und zwischen einem und drei Metern lang, mit einem Griff am einen Ende und einer Spitze am anderen, oder eine Art Bohrer, ausgestattet, um nach Getreide zu suchen. [35] Die Beschreibung eines Dorfbewohners gilt allgemein für solche Fälle: »Diese Brigaden bestanden aus den folgenden Personen: ein Mitglied des Präsidiums des Dorf-Sowjet oder einfach irgendein Mitglied als Vertreter des Dorf-Sowjet, zwei oder drei Komsomolzen, ein Kommunist und der örtliche Lehrer. Manchmal wurde der Leiter oder ein anderes Mitglied der Kooperativ-Verwaltung beigezogen sowie, während der Sommerferien, mehrere Studenten. Jede Brigade hatte einen sogenannten ›Spezialisten‹ für die Suche nach Getreide. Er war mit einer langen eisernen Brechstange ausgerüstet, mit der er nach verborgenem Getreide stocherte. Die Brigade ging von Haus zu Haus. Zuerst betraten sie die Häuser und fragten: ›Wieviel Getreide habt ihr für die Regierung?‹ ›Ich habe keines. Wenn ihr mir nicht glaubt, sucht doch selber‹, war die übliche lakonische Antwort. Und so begann die ›Suche‹. Sie durchsuchten das Haus, den Dachboden, den Schuppen, Speisekammer und Keller. Dann gingen sie hinaus und suchten in der Scheune, im Schweinekoben, in der Getreidekammer und im Strohhaufen. Sie maßen den Ofen und kalkulierten, ob er groß genug sei, um verborgenes Getreide hinter der Ziegelfassade zu haben. Sie brachen Balken im Dachboden auf, stampften auf dem Boden des Hauses herum, trampelten den ganzen Hof und Garten ab. Wenn sie eine verdächtig aussehende Stelle fanden, ging das Brecheisen hinein. Im Jahre 1931 gab es immer noch einige Fälle von verborgenem Getreide, das

entdeckt wurde, zumeist etwa 100 Pfund, manchmal 200. Im Jahre
1932 jedoch gab es nichts mehr. Das Äußerste, was allenfalls noch
gefunden wurde, waren etwa zehn bis zwanzig Pfund, die als Hüh-
nerfutter verwahrt wurden. Selbst dieser ›Überfluß‹ wurde noch
mitgenommen.« [36]

Ein Aktivist erzählte dem Physiker Alexander Weissberg: »Der
Kampf gegen die Kulaken war eine sehr schwierige Periode. Bei
zwei Gelegenheiten wurde in den Dörfern auf mich geschossen, und
einmal wurde ich verwundet. Ich werde 1932 nie vergessen, solange
ich lebe. Die Bauern lagen hilflos in ihren Hütten mit angeschwollenen Gliedern. Jeden Tag wurden neue Leichen hinausgetragen.
Und dennoch mußten wir irgendwie Brot aus den Dörfern heraus-
kriegen und den Plan erfüllen. Ich hatte einen Freund dabei. Seine
Nerven waren nicht stark genug, um es durchzustehen. ›Petja‹,
sagte er eines Tages, ›wenn dies das Ergebnis von Stalins Politik ist –
kann sie denn richtig sein?‹ Da hab ich's ihm gegeben, heiß und
stark, und am nächsten Tag kam er zu mir und entschuldigte
sich . . .« [37]

Denn sogar hier waren einige noch schlimmer als die anderen. In
einem ukrainischen Dorf beschreibt ein Aktivist die Operationen:
»In manchen Fällen waren sie gnädig und hinterließen etwas Kartoffeln, Mais, Erbsen zur Ernährung der Familie. Aber die Strikteren
machten einen vollständigen Kehraus. Sie nahmen nicht nur Lebensmittel und Vieh mit, sondern auch ›alle Wertsachen und über-
flüssige Kleidung‹, einschließlich Ikonen in ihren Rahmen, Samo-
ware, bemalte Teppiche und sogar metallene Küchengeräte, von
denen sie annahmen, daß sie aus Silber bestehen könnten, außerdem alles Geld, das sie in Verstecken entdeckten.« [38]

Die Agenten des Staates und der Partei haben natürlich nicht selber
an der Hungersnot gelitten, vielmehr bekamen sie gute Rationen.
Die gütigeren unter ihnen gaben den Bauern manchmal zu essen,
aber manche vertraten den Standpunkt: »Du bringst nichts zuwege,
wenn du die Peitschenhand vom Mitleid überwältigen läßt. Du mußt
lernen, dich selber zu ernähren, auch dann, wenn andere Hungers
sterben. Sonst gibt es am Ende niemanden mehr, der die Ernte
einbringt. Wann immer deine Gefühle dich zu überkommen dro-
hen, dann denke dir einfach: ›Das einzige Mittel, die Hungersnot zu
überwinden, besteht darin, die neue Ernte zu sichern.‹« [39] Die
Folge war, wie eine Frau ihrem Ehemann im Heeresdienst schrieb:
»Fast alle Menschen in unserem Dorf sind angeschwollen von Hun-

ger außer dem Leiter des Kollektivs, den Brigadieren und den
Aktivisten.« [40]
Dorflehrer konnten 18 Kilo Mehl, zwei Kilo Grütze und ein Kilo Fett
im Monat bekommen. Von ihnen wurde erwartet, daß sie nach des
Tages Arbeit als »Aktivisten« arbeiteten, so daß Kinder, die tagsüber
in ihren Schulklassen saßen, sie nachts in ihre Häuser mit dem Rest
der Banden eindringen sahen. [41] In den frühen Hungerstadien kam
es in den größeren Dörfern vor, wo man dergleichen besser verbergen konnte, daß Frauen sich Parteifunktionären zuführen ließen, um
dafür etwas Eßbares zu bekommen. [42] Auf der Bezirksebene gab es
sogar Luxus. Eine Speisehalle für Parteifunktionäre in Pehryschtscha
wird folgendermaßen beschrieben: »Sie wurde Tag und Nacht von
Miliz bewacht, die die verhungernden Bauern und deren Kinder vom
Restaurant fernhielt ... Im Speisesaal wurden Weißbrot, Fleisch,
Geflügel, eingemachte Früchte und Leckereien, Wein und Süßigkei-
ten den Bezirksbossen zu ganz niedigen Preisen serviert. Zur selben
Zeit wurden an die Angestellten der Speisehalle die sogenannten
Mikojan-Rationen ausgegeben, die 20 verschiedene Arten von Lebensmitteln enthielten. Um diese Oasen wüteten Hungersnot und
Tod.« [43] Und was die Städte betraf, so hielten im Mai 1933 zwei
örtliche Parteisekretäre und alle führenden Persönlichkeiten Sapo-
rischjas eine luxuriöse Orgie – was später bekannt wurde, als sie alle
im Zuge des Jeschow-Terrors verhaftet und wegen dieser Missetaten
unter die übrigen Anklagen gestellt wurden. [44]

Sowohl in der Stadt als auch im Dorf gedieh offiziell ermutigte oder
sogar ideologisierte Brutalität. Ein Beobachter in den Charkower
Traktorenwerken erlebte, wie ein alter Bewerber für einen Arbeitsplatz abgewiesen wurde: »Geh weg, Alter ... geh aufs Feld hinaus
und stirb!« [45] Eine Frau im Dorfe Charsyn, Provinz Poltawa, die im
siebenten Monat schwanger war, wurde beim Pflücken von Früh-
jahrsweizen erwischt und mit einer Latte verprügelt; sie starb bald
danach. [46] In Bil'ske in derselben Provinz wurde Nastja Slipenko,
eine Mutter mit drei kleinen Kindern, deren Ehemann verhaftet
worden war, von einer bewaffneten Wache erschossen, als sie nachts
Kolchos-Kartoffeln ausgrub. Die drei Kinder verhungerten daraufhin. [47] In einem anderen Dorf in derselben Provinz wurde der Sohn
eines enteigneten Bauern nachts beim Lesen von Maiskolben auf
dem Kolchosfeld vom »Aktivisten«-Wachmann totgeschlagen. [48]
In Mala Bereschanka in der Provinz Kiew erschoß der Vorsitzende
des Dorf-Sowjet sieben Menschen, als diese Getreide abpflückten,

darunter drei Kinder zwischen 14 und 15 Jahren (zwei Jungen und ein Mädchen). Er allerdings wurde verhaftet und zu fünf Jahren Zwangsarbeit verurteilt. [49]

Brigaden veranstalteten nunmehr alle zwei Wochen strenge formelle Hausdurchsuchungen. [50] Sogar Erbsen, Kartoffeln und Rüben wurden schließlich mitgenommen. [51] Es erweckte Verdacht, wenn jemand sich nicht im Zustand des Verhungerns befand. Die Aktivisten nahmen dann eine besonders gründliche Durchsuchung in der Annahme vor, daß einiges an Lebensmitteln versteckt worden sein mußte. Ein Aktivist fand, nachdem er das Haus eines Bauern durchsucht hatte, der nicht angeschwollen war, schließlich ein kleines Säckchen Mehl, vermischt mit zermahlener Rinde und Blättern; er schüttete es in den Dorfteich. [52] Es gibt eine Anzahl von Berichten über brutale Brigadiere, die darauf bestanden, daß die Sterbenden mit den Toten auf den Friedhof verfrachtet wurden, damit man nicht eigens noch einmal hinausgehen müsse, so daß Kinder und alte Leute noch mehrere Tage lang lebend in den Massengräbern lagen. [53] Ein Vorsitzender eines Dorf-Sowjet in Hermaniwka, Provinz Kiew, sah den Leichnam eines Einzelbauern in einem Massengrab mit anderen Leichen und befahl, ihn hinauszuwerfen. Er lag etwa eine Woche unbegraben da, bis der Funktionär schließlich gestattete, ihn zu begraben. [54]

Daß Methoden des Terrors und der Demütigung allgemein üblich waren, wird auch von Michail Scholochow klargemacht, der Stalin am 16. April 1933 über brutale Exzesse im Don-Gebiet schrieb: »Unzählige solcher Beispiele könnten genannt werden. Dies sind nicht legalisierte Fälle, wo man zu hart durchgriff, sondern eine legalisierte ›Methode‹ auf Bezirks-Ebene, Getreide-Beschaffung zu betreiben. Ich habe diese Tatsachen entweder von Kommunisten oder von Kollektiv-Landwirten selber gehört, die zu mir kamen mit der Bitte, ›dies in den Zeitungen zu drucken‹, nachdem sie all diesen ›Methoden‹ unterworfen wurden... Die Fälle nicht nur derjenigen, die sich in empörender Weise gegen Kollektiv-Landwirte und die Sowjetmacht vergingen, sondern auch derjenigen, deren Hand sie anleitete, sollten untersucht werden... Wenn alles das, was ich beschrieben habe, die Aufmerksamkeit des Zentralkomitees verdient, dann sendet in den Weschenskija-Bezirk richtige Kommunisten aus, die genug Mut haben, ohne Ansehen der betreffenden Person, alle diejenigen bloßzustellen, die verantwortlich sind für den tödlichen Schlag gegen die Kollektivgut-Ökonomie des Bezirks; solche, die nicht nur gegen jene ordentlich ermitteln und sie bloßstellen werden, die abscheuliche ›Methoden‹ der Folter, des Verprügelns und der Demütigung gegen kollektive Landwirte angewandt haben, sondern auch jene, die sie erst inspirierten.« [55] Stalin erwiderte Scholochow, daß seine Worte einen »etwas einseitigen Eindruck« herstellten; nichtsdestotrotz enthüllten sie »eine Wunde in unserer partei-sowjetischen Arbeit, und sie zeigen, wie unsere Arbeiter, um Zügelung des Feindes bemüht, manchmal unbewußt Freunde treffen und zu Sadismus absinken. Aber dies heißt nicht, daß ich mit Ihnen in allen Punkten einverstanden bin... Sie sehen nur eine Seite, wenn Sie diese auch ganz gut sehen. Aber dies ist nur eine Seite der Sache... Und die andere Seite ist, daß die geschätzten Getreide-Anbauer Ihres Bezirks (und nicht allein Ihres Bezirks) einen ›italienischen Streik‹ (Sabotage!) betrieben und nicht abgeneigt waren, die Arbeiter und die Rote Armee ohne Brot zu lassen. Daß die Sabotage leise und äußerlich harmlos (ohne Blutvergießen) unternommen wurde, ändert nichts an der Tatsache, daß die geschätzten Getreide-Anbauer unternahmen, was faktisch ein ›stiller‹ Krieg gegen die Sowjetmacht war. Ein Krieg des Verhungernlassens, lieber Genosse Scholochow... Dies kann natürlich keineswegs die Schandtaten rechtfertigen, die, wie Sie mir versichern, von unseren Arbeitern begangen wurden... Und diejenigen, die solcher Schandtaten schuldig wurden, müssen angemessen bestraft werden. Trotz alledem, es ist so klar wie der Tag, daß die geschätzten Getreide-Anbauer nicht so harmlos sind, wie es von Ferne scheinen mag.« [56]

Ein Aktivist erinnert sich: »Ich hörte die Kinder ... würgen, vor Schreien husten. Und ich sah die Männer: verängstigt, bittend, haßerfüllt, stumpf passiv, ausgelöscht vor Verzweiflung oder aufflammend mit halbwahnsinniger, kühner Wildheit. ›Nehmt es. Nehmt alles weg. Da steht noch ein Topf Borschtsch auf dem Herd. Sie ist einfach, ohne Fleisch. Aber sie hat immer noch Rote Bete, Kartoffeln und Kohl. Und gesalzen ist sie auch! Nimm sie lieber mit, Genosse Bürger! Hier, bleib da. Ich zieh meine Schuhe aus. Sie sind geflickt und wieder geflickt, aber vielleicht sind sie von Nutzen für das Proletariat, für die Sowjetmacht.‹ Es war herzzerreißend, das alles zu sehen und zu hören. Und noch schlimmer, daran beteiligt zu sein. ... Und ich überredete mich, erklärte mir: Ich durfte nicht schwächlichem Mitleid nachgeben. Wir verwirklichten die historische Notwendigkeit. Wir erfüllten unsere revolutionäre Pflicht. Wir

beschafften Getreide für das sozialistische Vaterland. Für den Fünfjahresplan.« [57]

Er fügte hinzu: »Mit dem Rest meiner Generation glaubte ich fest
daran, daß der Zweck die Mittel rechtfertige. Unser großes Ziel war
der universale Triumph des Kommunismus, und für dieses Ziel war
alles erlaubt – lügen, stehlen, hunderttausende und sogar Millionen
Menschen zu vernichten, alle jene, die unsere Arbeit behinderten
oder behindern könnten, jeden, der im Wege stand. Und zu zögern
oder gar über alles in Zweifel zu geraten, hieß, sich ›intellektueller
Zimperlichkeit‹ und ›stupidem Liberalismus‹ hinzugeben, der Eigenschaft von Leuten, die ›den Wald vor lauter Bäumen nicht sehen
konnten‹. So hatte ich räsoniert, und jeder wie ich, sogar als ... ich
sah, was ›totale Kolektivierung‹ bedeutete – wie sie ›kulakisierten‹
und ›entkulakisierten‹, wie sie die Bauern im Winter 1932–33 gnadenlos ausraubten. Ich nahm selber daran teil, durchkämmte die
Landgebiete, prüfte die Erde mit einem eisernen Stock nach lockeren
Stellen, die zu verstecktem Getreide führen mochten. Mit den anderen leerte ich die Truhen der alten Leute, verstopfte mein Ohr vor
dem Schreien der Kinder und dem Jammern der Frauen. Denn ich
war davon überzeugt, daß ich die große und notwendige Transforma-
tion der Landgebiete vollzog, daß in den kommenden Tagen die
Menschen, die dort lebten, deshalb besser dran sein würden, daß ihr
Kummer und ihre Leiden die Folge ihrer eigenen Unwissenheit seien
oder der Machenschaften des Klassenfeindes; daß jene, die mich
aussandten – und ich selbst – besser als die Bauern wüßten, wie sie
leben müßten, was sie aussäen und wann sie pflügen sollten. In dem
schrecklichen Frühjahr 1933 sah ich Menschen Hungers sterben. Ich
sah Frauen und Kinder mit aufgedunsenen Bäuchen, sah sie blau
werden, noch atmend, aber mit leeren, leblosen Augen. Und Leichen – Leichen in abgerissenen Schafspelzen und billigen Filzstiefeln,
Leichen in Bauernhütten, im schmelzenden Schnee der alten Wologda, unter den Brücken von Charkow ... Ich sah dies alles und
wurde weder verrückt noch beging ich Selbstmord. Und ich ver-
fluchte jene nicht, die mich ausschickten, den Bauern das Getreide
im Winter wegzunehmen oder im Frühling die kaum gehfähigen,
skelettdünnen oder aufgeschwollenen Menschen zu bewegen, daß sie
auf das Feld gingen, um ›den bolschewikischen Aussaat-Plan im Stil
von Schockarbeitern zu erfüllen‹. Nie verlor ich meinen Glauben.
Wie vorher glaubte ich, weil ich glauben wollte.« [58]

Ein anderer Aktivist berichtet uns, wie er in seinem eigenen Gemüt
imstande war, gemäß Stalins Beispiel »Exzesse« auf bestimmte

schlechte Kommunisten zu schieben; aber »der Verdacht, daß die Horrorvorgänge nicht zufällig zustandekamen, sondern geplant und von den höchsten Stellen sanktioniert waren, keimte in meinem Gemüt auf. Die Nacht, als er zur Gewißheit aufblühte, ließ mich für den Augenblick aller Hoffnung entleert. Die Schmach war leichter zu ertragen gewesen, solange ich die Schuld auf ... Einzelpersonen werfen konnte«. [59]

Doch sogar die anständigen Kommunisten wie der eben Zitierte richteten sich allmählich damit ein. »Schon begann ich, mich an dieses Klima des Grauens zu gewöhnen; ich entwickelte einen inneren Widerstand gegen Realitäten, die mich erst gestern kraftlos gelassen hatten«, vermerkte er später über sich selbst. [60] Solche Menschen vermochten entweder, ihr Gewissen zum Schweigen zu bringen, oder auch sie verschwanden in den Lagern. Wie Bucharin voraussah, führte dies zu einer »Enthumanisierung« der Partei, für deren Mitglieder »Terror fortan eine normale Methode der Administration war, und Gehorsam gegenüber jedem Befehl von oben eine hohe Tugend«. [61]

Lenins Sicht einer früheren Hungersnot – der von 1891/92 an der Wolga, wo er damals lebte – mag als Hinweis für die Haltung einer ganzen Partei gegenüber einzelnem, oder massenhaftem, Tod und Leiden gegenüber den Ansprüchen der Revolution dienen. Während alle Klassen, einschließlich der liberalen Intelligenzija, sich in Hilfstätigkeiten warfen, weigerte Lenin sich mit der Begründung, daß die Hungersnot die Massen radikalisieren würde, und kommentierte: »Psychologisch ist dies Gerede vom Ernähren der Verhungernden nichts als der Ausdruck der sacharinsüßen Sentimentalität, die so charakteristisch für unsere Intelligenzija ist.« [62]

Während die Brigaden der Schläger und der Idealisten ihre Häuser und Höfe in den späteren Monaten des Jahres 1932 nach Getreide durchforschten, versuchten die Bauern etwas Eßbares zu bewahren oder zu finden. Das Verbergen von Getreide im Stroh durch ungenügendes Ausdreschen wurde öffentlich attackiert als Praxis in einer Anzahl von Kollektivgütern – und es war eine echte, wenn auch ungenügende Methode der Selbsthilfe, jedenfalls dort, wo die Leiter der Kollektivgüter dafür Sympathie zeigten. [63] Ein Bauer beschreibt einige andere Methoden, wie man eine geringe Menge Getreide verbergen konnte – beispielsweise in Flaschen, die mit Teer versiegelt waren und in Brunnen oder Teichen versenkt wurden. [64] Falls der Bauer dies Getreide in die örtlichen verstaatlichten Mühlen brachte, wurde es jedoch der Regierung übergeben. So konstruierten örtliche Handwerker »Handmühlen«. Wenn diese gefunden wurden, wurden der Konstrukteur und der Benutzer verhaftet. [65] Auch als »häusliche Mühlsteine« bezeichnet, werden sie von der ukrainischen Parteipresse als zu Hunderten entdeckt erwähnt – 200 in einem Bezirk, 755 im Lauf eines Monats in einem anderen. [66]

Mit solchen oder ohne solche Hilfsmittel wurde außergewöhnliches »Brot« hergestellt – beispielsweise Sonnenblumenölkuchen, mit Wasser getränkt, aber mit Hirse- oder Buchweizenspreu und etwas Roggenmehl, um ihn zusammenzuhalten. Ein sowjetischer Roman-autor überliefert uns eine Szene, wo ein Bauer ein Fäßchen zerhackt, das Fett enthalten hatte, und es kocht, um eventuelle Rückstände aus dem Holz herauszuholen. Als Resultat hatte die Familie das beste Essen, an das sie sich erinnern konnte. [67] Ein anderer berichtet, wie »Babki«, ein Spiel mit Rinderknochen, seit unvordenklicher Zeit von Kindern gespielt, ausstarb, als alle alten Knochen »in Kesseln ge-dämpft, gemahlen und gegessen« wurden. [68]

Wieder ein anderer erzählt von einem Dorf (nicht in der Ukraine), wo das »Vieh aus Futtermangel starb, Menschen Brot aus Nesseln aßen, Kekse, die aus einem Kraut hergestellt wurden, Grütze aus einem anderen«. [69] Pferdedung wurde gegessen, teilweise deshalb, weil er oftmals ganze Weizenkörner enthielt. [70] Im frühen Winter aßen sie alle übriggebliebenen Hühner und sonstigen Hoftiere. Dann wandten sie sich den Hunden zu und später den Katzen. »Es war auch schwer, sie einzufangen. Die Tiere hatten Angst vor den Menschen bekommen, und ihre Augen waren wild. Leute kochten sie. Alles, was sie erhielten, waren zähe Adern und Muskeln. Und aus ihren Köpfen machten sie ein Fleisch-Aspik.« [71] In einem Dorf wurden Eicheln unter dem Schnee gesammelt und in so etwas wie Brot verbacken, manchmal mit etwas Kleie oder Kartoffelschalen. Ein Parteifunktionär sagte dem Dorf-Sowjet: »Schaut euch die Schma-rotzer an! Sie gehen und graben im Schnee mit nackten Händen nach Eicheln – die tun alles, nur um nicht arbeiten zu müssen!« [72]

Sogar noch im November 1932 werden in der Ukraine Fälle von Bauern-Aufständen und der zeitweiligen Auflösung von Kolchosen erwähnt. [73] Der Großvater von Leonid Pljuschtsch sah einen Leichenhaufen in einem Dorf und erfuhr von seinem Vorgesetzten: »Das war eine Kulaken-Demonstration.« [74] Die Bauern wurden zumeist bis zur Revolte erbittert durch die Tatsache, daß genug Getreide vorhanden war, um sie zu ernähren, oftmals nur Meilen von dem Ort entfernt, wo sie Hungers starben. In zaristischen Zeiten war, wenn eine Hungersnot wütete, jede Anstrengung unternommen worden, um zu helfen. Wie ein sowjetischer Romanautor über die Zeit 1932–33 schreibt: »Alte Leute erinnerten sich daran, wie Hungersnot unter Zar Nikolaj ausgesehen hatte. Man hatte ihnen damals geholfen. Man hatte ihnen Lebensmittel geliehen. Die Bauern waren in die Stadt gegangen, um ›im Namen Christi‹ zu betteln. Suppenküchen waren eröffnet worden, um sie zu ernähren. Studenten hatten Spenden gesammelt. Und hier, unter der Regierung der Arbeiter und Bauern, wurde ihnen nicht ein Körnchen Getreide gegeben.« [75] Nicht alles Getreide wurde exportiert oder an die Städte und die Streitkräfte geschickt. Örtliche Getreidespeicher bewahrten Vorräte »staatlicher Reserven« auf. Diese sollten für Notfälle reichen, etwa für den Kriegsfall – die Hungersnot war kein ausreichender Grund, um sie herauszugeben. [76] Beispielsweise von den Lagerhäusern in der Provinz Poltawa hieß es, daß sie »beinahe bersten« vor Getreide. [77] Die Milch des Bauern wurde oft auch in Butter umgewandelt, in Fabriken, die nicht weit von den betroffenen Dörfern lagen. Nur Amtsträgern wurde der Eintritt gestattet. Einer berichtet, wie ein düsterer Direktor ihm Butter zeigte, die in Stücke geschnitten und in Papier mit dem Aufdruck in englischer Sprache verpackt wurde: »USSR BUTTER FOR EXPORT«. [78] Wenn Lebensmittel also am Ort vorhanden waren, aber den Verhungernden einfach verweigert wurden, so stellte das eine unerträgliche Barbarei und Provokation dar.

Dies war insbesondere dort der Fall, wo das Getreide im Freien aufgehäuft und zum Verrotten liegengelassen wurde. Große Getreidehaufen lagen beim Bahnhof Reschetiliwka in der Provinz Poltawa; sie begannen zu verfaulen, aber sie wurden immer noch von OGPU-Leuten bewacht. [79] Vom Zug aus sah ein amerikanischer Korrespondent »riesige Getreidepyramiden, hoch aufgeschüttet und rauchend von Selbstentzündung«. [80] Auch Kartoffeln wurden oft aufgehäuft, nur um zu verrotten. Mehrere tausend Tonnen werden in einem Feld im Bereich von Lubotino beschrieben, umgeben von Stacheldraht. Sie wurden schlecht, und daraufhin transferierte man sie vom Kartoffel-Kastell auf das Alkohol-Kastell, aber sie blieben auf dem Felde, bis sie sogar dazu nicht mehr zu brauchen waren. [81] Solche Vorgänge wurden gewöhnlich in amtlichen Berichten durch die Unterstellung erläutert, daß die Ernte nicht nur in der Steppe »sabotiert« werde, sondern auch in den Getreidesilos und Lagerhäusern. [82] Ein Buchhalter in der Verwaltung eines Getreidesilos wurde zum Tode verurteilt, weil er Arbeiter mit Mehl entlohnt hatte;

nach zwei Monaten aber wurde er entlassen, selber im Zustand des Verhungerns. Er starb am Tage danach. [83] Es gibt viele Berichte über Unruhen, deren einziges Ziel darin bestand, an das Getreide in den Speichern oder an Kartoffeln in den Destillierfabriken zu gelangen. Einige schlugen sogar darin fehl, aber im Dorf Pustowariwka wurde der Partei-Sekretär getötet, und die Kartoffeln wurden weggenommen. Etwa 100 Bauern wurden daraufhin erschossen. [84] In Chmeliw stürmte ein »Frauen-Aufstand« den Getreidespeicher; drei Frauen wurden später verurteilt. Wie ein Zeuge dieser Vorgänge bemerkt: »Es geschah zu einer Zeit, als die Menschen hungrig waren, aber noch Kraft hatten.« [85]

Und es gab andere Verzweiflungstaten. In einigen Gegenden zündeten Bauern die Ernte an. [86] Aber anders als 1930 waren diese Handlungen nunmehr spontan und unkoordiniert, zum Teil schon aus körperlicher Schwäche. Überdies hatte die OGPU mittlerweile ein Netz von Seksoti – »geheimen Kollaborateuren« – in den größeren Dörfern aufgebaut, mit Hilfe all der Methoden der Erpressung und Drohungen, in denen sie zu Experten geworden waren. [87]

Dennoch kam es noch auf dem Höhepunkt der Hungersnot 1933 zu Aufständen. Gegen Ende April griffen die Bauern von Nowo-Wosnenska in der Provinz Mikolajiw einen Getreidehaufen an – der bereits im Freien verrottete – und wurden von den OGPU-Wächtern mit Maschinengewehren niedergeschossen. In Sahajdaky in der Provinz Poltawa plünderten hungrige Dorfbewohner einen Getreidespeicher im Mai 1933, aber einige – zu schwach, das Korn zu tragen –, starben auf dem Rückweg, und die anderen wurden am nächsten Tage verhaftet – viele wurden erschossen, der Rest erhielt Strafen zwischen fünf und zehn Jahren. Bauern aus mehreren nahegelegenen Dörfern griffen ein Getreidelagerhaus beim Bahnhof Hoholewo in der Provinz Poltawa im Frühjahr 1933 an und füllten ihre Säcke mit dem Mais, den es zufällig enthielt. Diesmal wurden nur fünf von ihnen später verhaftet. [88]

Solche Aktionen gab es in der äußersten Not. Noch bevor der Würgegriff der Hungersnot im Herbst und Winter enger wurde, begannen viele Bauern, die Dörfer zu verlassen, wie die »Kulaken« es zwei Jahre zuvor getan hatten. Der ukrainische Bauer wurde allerdings von Grenzwächtern am Betreten des eigentlichen Rußland gehindert, und wenn er diese umging und mit Brot zurückkehrte, das dort wenigstens zu bekommen war, so wurde das

Brot an der Grenze beschlagnahmt und der Eigentümer oftmals verhaftet – wie wir ausführlich und detailliert in Kapitel 18 darstellen werden.

Es gab auch einige Bemühung seitens der GPU, die Verhungernden am Betreten der Zone nahe der polnischen und rumänischen Grenze zu hindern; [89] während Berichten zufolge hunderte Bauern, die in den Grenzgebieten lebten, niedergeschossen wurden, als sie den Dnjestr nach Rumänien zu überqueren suchten. [90] (Andererseits hat man anscheinend erst später, und dann nicht so systematisch, zu verhindern versucht, daß ukrainische Bauern in den nördlichen Kaukasus gingen, wo man Lebensmittel in den weit entfernten Gegenden Daghestans am Kaspischen Meer erlangen konnte.) [91] Nach einer Schätzung sind schon Mitte 1932 annähernd 3 000 000 Menschen unterwegs gewesen. Sie überfüllten die Bahnhöfe, sie versuchten in die Städte zu gelangen, sie suchten wohlhabendere Regionen. [92] Ein ausländischer Kommunist beschreibt die Szene: »Schmutzige Massen füllen die Stationen; Männer, Frauen und Kinder in Mengen; sie warten auf weiß Gott welche Züge. Sie werden hinausgejagt, und sie kehren zurück ohne Geld oder Fahrkarten. Sie besteigen jeden Zug, den sie besteigen können, und sie bleiben drin, bis sie hinausgestoßen werden. Sie sind still und passiv. Wohin gehen sie? Nur auf die Suche nach Brot, oder Kartoffeln, oder Arbeit in den Fabriken, wo die Arbeiter weniger schlecht ernährt werden . . . Brot ist der große Beweger dieser Massen. Was kann ich über die Diebstähle sagen? Leute stehlen überall, überall . . .« [93]

Aber die Mehrheit versuchte, bis der Höhepunkt der Hungersnot sie im Frühjahr traf, sich mit ihren Notbehelfs-Lebensmitteln durchzuschlagen, in der Hoffnung auf ein Durchhalten bis zur nächsten Ernte, in der Hoffnung auch auf Regierungshilfe, die nie kam. Mittlerweile wandten sie sich naturgemäß der letzten Zuflucht zu, allen persönlichen Besitz zu verkaufen, der ihnen irgendwie Brot verschaffen konnte.

Wie wir gesehen haben, war es sehr schwer für einen Bauern, legal in eine ukrainische Stadt zu ziehen. Aber zu diesem Zeitpunkt wurde das Verbot nicht wirksam durchgesetzt (in der Tat war es in der späteren und verzweifelten Phase schwerer durchzusetzen). Viele schafften es nach Kiew und anderen großen Städten. Die Ehefrauen von Amtsträgern, die große Rationen erhielten, besuchten die Basare von Kiew und vermarkteten ihren Überschuß für die Wertsachen der Bauern zu Minimalpreisen. Ein reich besticktes Tischtuch konnte so für einen Vierpfundlaib Brot erworben werden, ein guter

Teppich für ein paar solcher Brote. Oder »schön bestickte Hemden aus Wolle oder Leinen ... wurden für ein oder zwei Brotlaibe eingetauscht.« [94]

Aber der Staat hatte sich Möglichkeiten einfallen lassen, die Familien-Wertsachen des Bauern auf eine systematischere Weise zu erlangen. So fanden die Bauern selbst in den kleineren benachbarten Städten oder größeren Dörfern die Läden von Torgsin (»Handel mit Ausländern«) und durften sich ihrer bedienen. Diese akzeptierten nur ausländische Währung und Edelmetall bzw. Edelsteine; dafür verkauften sie ungehemmt Waren, auch Lebensmittel.

Manche Bauern hatten ein goldenes Schmuckstück oder eine Münze übrig, wofür sie etwas Brot bekommen konnten (wenn auch das Aufsuchen solcher Läden gefährlich sein konnte, weil die GPU, entgegen der Bestimmung dieser Läden, später oftmals versuchte, Wertsachen von Torgsin-Kunden zu bekommen, die diese angeblich noch nicht deklariert hatten). Es gehörte natürlich zu den Bemühungen der Sowjetregierung, alle Ressourcen zu erlangen, die im internationalen Handel von Nutzen sein konnten. Bei Torgsin brachten goldene Kreuze oder Ohrringe ein paar Kilogramm Mehl oder Fett. [95] Ein Lehrer erhielt »50 Gramm Zucker, oder ein Stück Seife, und 200 Gramm Reis« für einen Silberdollar. [96]

In einem Dorf in der Provinz Shytomyr waren die Gutsbesitzer und anderen Einwohner, die vor der Revolution reich gewesen waren, römisch-katholisch. Im katholischen Friedhof waren Menschen oft mit goldenen Ringen und anderem Schmuck beerdigt worden. In den Jahren 1932 –33 öffneten Dorfbewohner heimlich die Gräber und tauschten den so erlangten Schmuck bei Torgsin ein, so daß dort proportional weniger Todesfälle vorkamen als in der Nachbarschaft. [97]

Als der Winter voranschritt, wurde die Lage schlimmer und schlimmer. Am 20. November 1932 verbot eine Verordnung der ukrainischen Regierung jede Ausgabe von Getreide an die Kolchos-Bauern in Zahlung für ihre »Arbeitstage«, bis die Getreide-Ablieferungsquote erfüllt war. Am 6. Dezember 1932 benannte eine weitere Verordnung der Ukrainischen Sowjetregierung und das Zentralkomitees der Ukrainischen Kommunistischen Partei sechs Dörfer (jeweils zwei in den Provinzen Dnjepropetrowsk, Charkow und Odessa) als Saboteure der Getreide-Ablieferung. Die auferlegten Sanktionen waren: »Sofort die Warenlieferungen dorthin stoppen, den örtlichen Kooperativ- und staatlichen Handel stoppen, alle

sichtbaren Vorräte aus den Kooperativ- und staatlichen Läden entfernen. Jeden Handel der Kollektivgüter vollständig untersagen,
sowohl für die Güter selber als auch für Mitglieder kollektiver Güter
und einzelne Grundstücksinhaber. Die Ausgabe von Krediten beenden, die Kündigung von Krediten und anderen finanziellen Obliga-
tionen arrangieren. Überprüfung und Säuberung aller fremden und
feindlichen Elemente im Kooperativ- und Staatsapparat ist von den
Organen der Arbeiter- und Bauern-Inspektion durchzuführen.
Überprüfung und Säuberung der Kollektivgüter der obengenannten
Dörfer von allen konterrevolutionären Elementen . . .« [98]
Viele andere folgten, und ukrainische Dörfer, die ihre Lieferquoten
nicht erfüllen konnten, wurden buchstäblich blockiert, um die Anlieferung städtischer Waren dorthin zu verhindern. [99] Am 15. Dezember 1932 wurde sogar eine Liste ganzer Bezirke veröffentlicht, »in die
die Anlieferung kommerzieller Produkte gestoppt worden ist, bis sie
eine entscheidende Verbesserung bei der Erfüllung der Getreide-
Kollektivpläne herbeigeführt haben«. Es waren ihrer 88 (von 358 in
der ganzen Ukraine) in den Provinzen Dnjepropetrowsk, Donez,
Tschernihiw, Odessa und Charkow. Einwohner dieser »blockierten«
Bezirke wurden in großer Zahl nach Norden abtransportiert. [100]

Trotz aller Anstrengungen der Partei waren Ende 1932 nur 4,7
Millionen Tonnen abgeliefert worden – nur 71,8 Prozent des Planes.
Eine offizielle Liste aus dem Bezirk Krynytschky von »Bauern mit
einer hoch festgelegten Steuer in Naturalabgaben und deren Getreide-Ablieferung bis zum 1. Januar 1933« erfaßt 11 Dörfer und 70
Namen. Nur neun hatten ihre Quote erfüllt, die meisten anderen
hatten nur die Hälfte, oder gar nur ein Viertel, des geforderten
Getreides beigebracht. Der einzige Fall hoher Übererfüllung durch
einen Bauern wird folgendermaßen erklärt: »All sein Getreide ist aus
seinen Gruben geholt worden: Verurteilt.« Insgesamt waren sechs
»verurteilt« (plus eine Ehefrau und ein Sohn in Abwesenheit der
beiden »schuldigen« Bauern) oder verhaftet worden; das Eigentum
von 39 war staatlich verkauft worden; 22 waren »aus dem Dorf
geflohen«. [101] So sah es überall in der Ukraine aus. Solcherart
wurde Anfang 1933 eine dritte Getreide-Einhebung angekündigt.
Und ein weiterer Angriff auf die nunmehr nichtexistenten Reserven
der ukrainischen Bauernschaft fand statt, unter den grauenhaftesten
Umständen. [102]

Stalin und seine Mitarbeiter hatten die Tatsache, daß die Ukraine nichtvorhandenes Getreide nicht abgeliefert hatte, ohne Wohlwollen registriert. Noch einmal setzten sie zu außerordentlichem Druck auf die ukrainischen Behörden an. Bei einer gemeinsamen Sitzung des Moskauer Politbüros und des Zentralen Exekutivkomitees am 27. November 1932 sagte Stalin, daß die Schwierigkeiten bei der Brot-Beschaffung im vergangenen Jahr folgende Ursachen gehabt hätten: erstens »das Eindringen antisowjetischer Elemente in die Kolchosen und Sowchosen, die Sabotage und Zerstörung organisiert« hätten; zweitens »das unkorrekte, unmarxistische Vorgehen eines bedeutenden Teils unserer dörflichen Kommunisten gegenüber den Kolchosen und Sowchosen . . .« Er fuhr fort, daß diese »Dorf- und Bezirks-Kommunisten die Kolchosen zu sehr idealisieren«; sie glaubten, daß, wenn erst so ein Gebilde geformt worden sei, nichts Antisowjetisches und keine Sabotage dort entstehen könne, »und wenn ihnen Tatsachen über Sabotage und antisowjetische Phänomene vorliegen, so übergehen sie diese Tatsachen . . . Nichts weist sie darauf hin, daß so eine Sicht der Kolchose nichts gemein hat mit Leninismus!« [103]

Die »Prawda« rief am 4. und 8. Dezember zu einem entschlossenen Kampf gegen die Kulaken auf, insbesondere in der Ukraine; am 7. Januar brachte sie einen Leitartikel mit der Feststellung, daß die Ukraine deshalb in ihren Getreide-Ablieferungen zurücklag, weil die Ukrainische Kommunistische Partei eine Situation zuließ, in der »der Klassenfeind in der Ukraine sich organisiert«. Bei einer Plenarsitzung des Allunions-Zentralkomitees und des Zentralen Exekutivkomitees im Januar 1933 sagte Stalin, daß die »Ursachen für die Schwierigkeiten im Zusammenhang mit der Getreide-Einhebung« in der Partei selber gesucht werden müßten. Der Charkower Erste Sekretär Terechow teilte ihm klipp und klar mit, daß Hungersnot in der Ukraine herrsche. Stalin verhöhnte ihn als einen Fabulierer, und alle Versuche, die Sache auch nur zu diskutieren, wurden einfach verworfen. [104]

Kaganowitsch legte einen Bericht vor, in dem er betonte, daß »im Dorf immer noch Repräsentanten des Kulakentums vorhanden seien . . . Kulaken, die nicht deportiert wurden, wohlhabende Bauern, die dem Kulakentum zuneigen, und Kulaken, die aus der Verbannung geflüchtet sind und von Verwandten versteckt gehalten werden und manchmal von ›zartfühlenden‹ Partei-Mitgliedern . . . die sich tatsächlich als Verräter an den Interessen der Schaffenden erweisen«. Und überdies gebe es »Repräsentanten der bourgeois-weißgardistischen, petljuristischen, kosakischen, SR-Intelligenzija«. [105] Die ländliche »Intelligenzija« bestand in jener Zeit aus Lehrern, Agronomen, Ärzten usw., die Benennung dieser Gruppen als Ziele einer Säuberung von antisowjetischen Elementen ist bedeutsam. Wieder einmal erklang der Kriegsruf gegen den »Klassenfeind«. »Was«, fragte Kaganowitsch, »sind die grundlegenden Manifestationen des Klassenkampfes in den ländlichen Gebieten? Vor allem die organisierende Rolle des Kulaken bei der Sabotage der Getreide-Einhebung und der Aussaat.« Er fuhr fort mit der Beschuldigung, daß auf jeder Ebene Sabotage verübt werde, einschließlich einiger »zentraler landwirtschaftlicher Organe«. Er griff Einbrüche der Arbeitsdisziplin an; er sagte, daß der Kulak die kleinbürgerlichen Tendenzen »des Einzelbauern von gestern« genutzt habe; er klagte diese Elemente an, den ehrlichen Kolchos-Arbeiter zu »terrorisieren«. [106]

Am 24. Januar 1933 nahm das Allunions-Zentralkomitee eine besondere Entschließung der ukrainischen Partei-Organisation an (später als »ein Wendepunkt in der Geschichte der KPDU)« beschrieben, die »ein neues Kapitel in der siegreichen Schlacht der Bolschewiki in der Ukraine eröffnete«. [107] Sie warf der ukrainischen Partei klipp und klar Versagen bei der Getreide-Beschaffung vor; insbesondere die »Schlüsselprovinzen« Charkow (unter Terechow), Odessa und Dnjepropetrowsk wurden wegen »Mangels an Klassen-Wachsamkeit« angeprangert. Das Plenum verfügte die Berufung von Pawel Postyschew, Sekretär des Allunions-Zentralkomitees, zum Zweiten Sekretär der ukrainischen Partei und Erstem Sekretär des Charkower Provinz-Komitees (Chatajewitsch wurde unter Beibehaltung seines Amtes als Sekretär des ukrainischen Zentralkomitees Erster Sekretär in Dnjepropetrowsk, und Weger wurde Erster Sekretär in Odessa). Die drei bisherigen Sekretäre dieser Provinzen wurden abgesetzt. »Die Abstumpfung bolschewikischer Wachsamkeit« galt als weitgehend verantwortlich für das Zurückfallen auf dem Gebiet der Landwirtschaft. So verkündete Postyschew später; das war »eine der ernstesten Anklagen, die vom Zentralkomitee der KPdSU gegen die Bolschewiki der Ukraine erhoben wurden«. [108]

Postyschew war faktisch Stalins Generalbevollmächtigter für die Aufgabe der »Bolschewisierung« der ukrainischen Partei und der Requirierung von noch mehr Getreide aus den verhungernden ukrainischen Dörfern. Bei seinem Eintreffen in der Ukraine sprach er von den Resten der Kulaken und Nationalisten, die in die Partei und die Kolchosen eingedrungen seien und die Erzeugung sabotierten. [109]

Ausdrücklich verbot er jede Lebensmittel-Zusendung an die Dörfer; gleichzeitig verkündete er, es sei nicht daran zu denken, daß der Staat mit Saatgetreide aushelfe; das müßten sich die Bauern selber besorgen. [110] (Tatsächlich hatte eine Moskauer Verordnung vom 25. Februar 1933 »über die Hilfe mit Saatgut für Kollektivgüter in der Ukraine und im Nord-Kaukasus-Gebiet« 325000 Tonnen für die Ukraine und 230000 für das Nord-Kaukasus-Gebiet freigegeben. [111] Selbst Postyschew – und selbst Moskau – wußte mittlerweile, daß es andernfalls keine Ernte mehr geben würde. Aber diese Hilfe wurde erst später zugänglich gemacht.)

Es gab immer noch einigen Widerstand in der Partei. Dorf-Leitungen wurden allgemein des Versuchs beschuldigt, die Getreide-Ablieferungspläne des Allunions-Zentralkomitees zu »verwischen« und »nichtig zu machen«, während das Charkower Komitee die Ersetzung Terechows durch Postyschew als eine bloße Personalfrage »zu interpretieren versuchte« und bei seiner Plenarsitzung nicht einmal die Hauptanliegen des Allunions-Zentralkomitees auch nur erwähnte. [112]

Es war bei einem Februar-Plenum des ukrainischen Zentralkomitees, daß die neue und sogar noch härtere Linie festgelegt wurde. Zu den Getreide-Ablieferungen hielt Kossio, immer noch Erster Sekretär, wenn auch von Postaschew in den Schatten gestellt, eine Rede, die den Zusammenstoß zwischen dem Begehren der Partei und der Wirklichkeit klarmachte: »Wir haben nunmehr neue Formen des Kampfes mit dem Klassenfeind, soweit es die Getreide-Versorgung betrifft... Wenn man in den Bezirk kommt, um dort über die Getreide-Versorgung zu reden, fangen die Amtsträger dort an, einem Statistiken und Tabellen über die schlechte Ernte zu zeigen, die überall von feindlichen Elementen in den Kolchosen, landwirtschaftlichen Zweigstellen und MTS erstellt werden. Aber diese Statistiken sagen nichts aus über das Getreide auf den Feldern, oder über das, was gestohlen oder versteckt wurde. Aber unsere Genossen, einschließlich verschiedener Bevollmächtigter, unfähig, die ihnen zugemuteten falschen Zahlen zu verstehen, werden zu Verteidigern der Kulaken und dieser Zahlen. In unzähligen Fällen ist bewiesen worden, daß diese Arithmetik reine Kulaken-Arithmetik ist. Danach würden wir nicht einmal die Hälfte der geschätzten Menge bekommen. Falsche Zahlen und aufgeblähte Erklärungen dienen auch, in den Händen feindlicher Elemente, zur Abdeckung von Diebstählen, für die massenhafte Entwendung von Brot.« [113]

Er attackierte viele Bezirke in den Provinzen Odessa und Dnjepropetrowsk, die verschiedene Entschuldigungen vorgebracht hatten, um die Absendung ihres Getreides zurückzustellen: und er sagte, es gebe ein »unablässiges Gerede über die Notwendigkeit, den Plan zu revidieren«. In verschiedenen Bezirken dort und anderswo gebe es, so behauptete er, »organisierte Sabotage, toleriert auf den höchsten Ebenen« der örtlichen Partei-Organisation. [114]

Postyschew, der von einem neuen Leiter der ukrainischen OGPU – W. A. Balitzkij – begleitet wurde, hatte alsbald 237 Sekretäre von Partei-Bezirkskomitees und 249 Vorsitzende von Bezirks-Exekutiv-komitees ersetzt. [115] Gewisse Bezirke wurden zu öffentlichen Sündenböcken gemacht – vor allem der Bezirk Orjochow in der Provinz Dnjepropetrowsk, »von dessen Führung es sich herausstellte, daß sie aus Verrätern an der Sache der arbeitenden Klasse und der Kollektivgut-Bauern bestand«. [116] Die OGPU fand auch Beschäftigung bei einer strengen Säuberung von Tierärzten wegen Vieh-Sterblichkeit, [117] eine Methode des Fertigwerdens mit dem Tiersterben, die zur Tradition wurde: etwa 100 Veterinäre wurden nach Berichten allein in der Provinz Winnyzija in den Jahren 1933 bis 1937 erschossen, viele davon, weil Pferde an Pilzbefall des Gersten-strohs gestorben waren. [118]

Neben anderen Sündenböcken war der gesamte Stab des Meteorolo-gischen Amtes verhaftet worden unter der Anklage, sie hätten die Wettervoraussagen gefälscht, um die Ernte zu schädigen. [119] Auf einer anderen Ebene wurden 35 Staatsbedienstete der Volkskommis-sariate für Landwirtschaft und für die Staatsgüter im März 1933 erschossen, wegen verschiedener Arten von Sabotage wie etwa Be-schädigung von Traktoren, bewußtes Verunkrauten-Lassen oder Brandstiftung. Weitere 40 wurden zu Gefängnisstrafen verurteilt. [120] Sie hätten ihre Autorität genutzt, so hieß es, um »eine Hungers-not im Lande herbeizuführen« [121] – ein seltenes Zugeständnis, daß so etwas überhaupt passieren konnte.

Zur selben Zeit wurden 10 000 neue Aktivisten zur ständigen Be-schäftigung in die Dörfer geschickt, einschließlich 3000 Personen, die zu Vorsitzenden von Kollektivgütern oder zu Parteisekretären bzw. zu -Organisatoren ernannt wurden. [122] Im Jahre 1933 wurden in der Provinz Odessa »49,2 Prozent aller Vorsitzenden von Kollektiv-gütern« und in der Provinz Donez 44,1 Prozent abgesetzt (mit ihnen bis zu 32,3 bzw. 33,8 Prozent sogar der bescheidenen »Brigadiere«; ähnlich anderen Kolchos-Funktionären). [123] Zwei als repräsenta-tiv anzusehende Kollektivgut-Vorsitzende in der Region Bohuslaw, die Kommunisten waren, hatten zweimal eine Herabsetzung ihrer Quoten durchgesetzt, aber sie schafften nicht einmal dann die Erfüllung. Nun wurden sie der Sabotage angeklagt, und man warf ihnen vor, sich mit »kulakisch-petljuristischen Überbleibseln« zusammengetan zu haben: sie wurden vor Gericht gestellt. [124] Im größten Teil der Dörfer, aus denen uns Nachrichten vorliegen, waren um das Jahr 1933 die führenden Partei-Figuren Russen.

17000 Arbeiter wurden auch in die politischen Abteilungen der MTS ausgeschickt: 8000 davon auf die Staatsgüter. Insgesamt wurden einige 40 bis 50000 Personen zur Stärkung der Partei auf dem Lande aufgeboten. In einem einzigen Bezirk (Pawlohrad in der Provinz Dnjepropetrowsk) mit 37 Dörfern und 87 Kollektivgütern erschienen 200 Spezial-Einheber aus dem Parteikomitee der Provinz und annähernd ebensoviele aus dem Komsomolkomitee. [125] Die so oft gesäuberte Partei wurde wieder einmal in den Kampf gegen die verhungernde Bauernschaft geworfen.

Es gab eine recht offene Erklärung zur Sache von A. Jakowlew, Allunions-Volkskommissar für Landwirtschaft, bei einem Kongreß für Kollektiv-Schockarbeiter im Februar 1933: die ukrainischen Kollektiv-Arbeiter hätten, sagte er, 1932 nicht genug Getreide ausgesät: »so haben sie der Regierung und sich selber Schaden zugefügt«. Dann, anstatt ordentlich zu ernten, »haben sie auf dem Gebiet der Pflichterfüllung gegenüber der Regierung den letzten Platz aller Gebiete unseres Landes besetzt ... Durch ihre schlechte Arbeitsleistung bestraften sie sich selber und die Regierung. Laßt uns denn, Genossen ukrainische Kollektiv-Arbeiter, daraus die Folgerung ziehen: nun ist die Zeit der Abrechnung für die schlechte Arbeit in der Vergangenheit gekommen.« [126] Die hysterische Brutalität, die auf Postyschews Intervention folgte, kann nur sehr wenig Getreide beschafft haben. Denn mittlerweile waren die Vorräte erschöpft, und es gab fast nichts mehr zu essen.

Den ganzen Winter über starben Menschen. Aber alle Berichte stellen klar, daß der Tod in grenzenlosem Ausmaß so richtig im frühen März 1933 einsetzte. [127] »Als der Schnee zu schmelzen begann, setzte wirkliche Hungersnot ein. Menschen hatten geschwollene Gesichter und Beine und Bäuche. Sie konnten den Urin nicht mehr halten ... Und nun aßen sie einfach alles. Sie fingen Mäuse, Ratten, Spatzen, Ameisen und Regenwürmer. Sie mahlten Knochen zu Mehl und machten dasselbe mit Leder und mit Schuhsohlen; sie zerschnitten alte Häute und Pelze, um eine Art Nudeln herzustellen, und sie kochten Leim. Und als das Gras zu wachsen begann, fingen sie an, die Wurzeln auszugraben und die Blätter und Knospen zu essen; sie nutzten alles, was es gab: Löwenzahn und Klette und Glockenblumen und Weidenwurzeln und Sedum und Nesseln...« [128]

Die Linden, Akazien, Sauerampfer und Nesseln usw., die jetzt viel gegessen wurden, enthielten kein Protein. Schnecken, nur in einigen Bezirken verbreitet, wurden gekocht und der Saft getrunken, während das knorpelige Fleisch feingehackt, mit grünen Blättern vermischt »gegessen, oder vielmehr heruntergewürgt« wurde. Das half gegen das Anschwellen des Körpers und diente dem Überleben. [129] In den südlichen Gegenden der Ukraine und im Kuban-Gebiet war es gelegentlich möglich, durch den Fang von Murmeltieren und anderem Kleinwild zu überleben. [130] In anderen Gegenden konnte man Fische fangen, wenn auch ganze Familien bestraft werden konnten, wenn sie in einem Fluß nahe ihrem Dorf Fische fingen. [131] Die Abfälle einer Schnapsdestillerie in Melnyky, weggeworfen als ungeeignet für Vieh, wurden von benachbarten Bauern verzehrt. [132]

Noch spät im nächsten Jahr brachten Auslandskorrespondenten entsetzliche Berichte aus erster Hand mit. Ein Amerikaner stellte fest, daß in einem Dorf 20 Meilen südlich von Kiew jede Katze und jeder Hund aufgegessen worden sei: »In einer Hütte kochten sie ein Mahl, das jeder Analyse widerstand. Da waren Knochen, Unkraut, Häute und etwas, was wie Stiefel-Oberleder aussah, in dem Topf. Die Art, wie die etwa sechs überlebenden Einwohner (aus einer Bevölkerung von einstmals 40) dies schleimige Zeug gierig beobachteten, zeigte ihren Hungerzustand.« [133]

Von einer ukrainischen Dorfschule berichtete der Lehrer, daß neben einer Pseudo-Borschtsch aus Nesseln, Rübenspitzen, Sauerampfer und Salz (soweit vorhanden) die Kinder schließlich auch einmal einen Löffel Bohnen bekamen – außer den Kindern von »Kulaken«. [134]

Als das Unkraut in einem Dorf in der Provinz Winnyzija im April aufsproß, so erinnert sich ein Agronom, begannen die Bauern, »gekochten Orrach, Sauerampfer und Nesseln zu essen... Aber nachdem sie solche Wildpflanzen aßen, erkrankten die Menschen an Wassersucht und verhungerten in großer Zahl. In der zweiten Maihälfte war die Todesrate so hoch, daß ein Kolchoswagen dafür bereitgestellt wurde, die Toten jeden Tag zum Friedhof zu bringen« (die Leichen wurden dann in ein gemeinsames Grab geworfen, ohne Zeremonien). [135] Ein anderer Aktivist beschreibt, wie er einen

Schlittenfahrer begleitete, dessen Arbeit darin bestand, in jedem
Haus – oder jedem immer noch bewohnten Haus – zu fragen, ob hier
Tote abzuholen seien. [136]

Wir haben Berichte der verschiedensten Zeugen, von Opfern ebenso
wie von damaligen Aktivisten und sowjetischen Schriftstellern, die
diese Vorgänge in jungen Jahren miterlebten und darüber schrieben,
als das in späteren Jahren gestattet wurde. Wir haben bereits einen
zitiert, der unter Chruschtschew berichten konnte, wie »1933 eine
schreckliche Hungersnot herrschte. Ganze Familien starben, die
Häuser zerfielen. Dorfstraßen wurden leer«. [137]

Ein anderer schreibt über denselben Zeitabschnitt: »Hunger: ein
schreckliches, seelenerfrierendes Wort der Finsternis. Wer ihn nie
erlitten hat, kann nicht ermessen, welche Leiden Hunger hervorruft.
Es gibt nichts Schlimmeres für einen Mann – ein Familienoberhaupt –
als das Gefühl seiner eigenen Hilflosigkeit angesichts der Gebete
seiner Frau, wenn sie kein Essen für ihre hungrigen Kinder finden
kann. Es gibt nichts Schlimmeres für eine Frau als den Anblick ihrer
abgemagerten, schwächlichen Kinder, die durch den Hunger das
Lächeln verlernt haben. Wenn es nur für eine Woche gewesen wäre,
oder für einen Monat! Aber monatelang hatten viele der hiesigen
Familien nichts, was sie auf den Tisch stellen konnten. Alle Keller
waren leergefegt, nicht ein einziges Huhn war im Dorf verblieben:
selbst die Rübensaat ist aufgegessen worden ... Die ersten, die
Hungers starben, waren die Männer. Später die Kinder. Zuletzt die
Frauen. Aber bevor sie starben, verloren die Menschen oft den
Verstand und hörten auf, Menschen zu sein.« [138]

Ein früherer Aktivist kommentiert: »Auf einem Schlachtfeld sterben
Menschen schnell; sie setzen sich zur Wehr – sie werden getragen von
einem Gefühl der Kameradschaft und der Pflichterfüllung. Hier sah
ich Leute einsam sterben, in langsamen Abstufungen, grauenhaft
sterben, ohne die Entschuldigung, ein Opfer für eine große Sache
gebracht zu haben. Sie waren in die Falle geraten und wurden dem
Verhungern überantwortet, jeder in seinem Heim, durch eine politische Entscheidung, die in einer fernen Hauptstadt an Konferenz- und
Bankett-Tischen gefällt worden war. Es gab nicht einmal den Trost,
daß dies unvermeidlich gewesen sei, um das Grauen zu mildern. Der
schrecklichste Anblick waren die kleinen Kinder mit Skelett-Glie-
dern, die von ballongleichen Bäuchen herabbaumelten. Hungersnot
hatte jede Spur Jugendlichkeit aus ihren Gesichtern gelöscht und sie
in zerquälte Geierfratzen verwandelt, nur in ihren Augen schim-
merte noch ein Überrest von Kindheit. Überall sahen wir Männer

und Frauen ausgestreckt am Boden liegen, ihre Gesichter und Bäuche aufgebläht, ihre Augen völlig ausdruckslos.« [139]

Im Mai 1933 bemerkte ein Reisender sechs Leichen auf einer 12 Kilometer langen Strecke zwischen zwei Dörfern in der Provinz Dnjepropetrowsk. [140] Ein ausländischer Journalist stieß bei einem Nachmittagsspaziergang auf dem Land auf neun Leichen, darunter zwei Knaben von etwa acht Jahren und ein Mädchen von etwa zehn. [141] Ein Soldat berichtet, daß er und seine Kameraden entsetzt waren, als ihr Zug die Ukraine erreichte. Sie gaben Essen an bettelnde Bauern und wurden deshalb vom Zug-Kommandanten gemeldet. Der Korps-Kommandant (Timoschenko) griff jedoch zu sehr milden Disziplinarmaßnahmen. Als die Einheiten ausmarschierten, »kamen Männer, Frauen und Kinder an die Straße, die ins Lager führte. Sie standen schweigend da. Schwiegen und hungerten. Sie wurden weggejagt, aber sie kamen anderswo wieder. Und wieder – standen und hungerten sie.« Die politischen Instrukteure mußten hart arbeiten, um die Soldaten aus ihrer trüben Stimmung zu bringen. Als die Manöver begannen, folgten die ausgehungerten Bauern den Feldküchen, und wenn das Essen ausgegeben wurde, gaben die Soldaten ihnen ihre Rationen. Die Offiziere und Politischen Kommissare gingen beiseite und taten, als hätten sie nichts gesehen. [142] Mittlerweile »bettelten die Armen bei den Armen, die Hungernden bei den Hungernden« in den Dörfern, und die mit Kindern bettelten bei den Kinderlosen. [143] Früh im Jahre 1933, im Mittelpunkt eines großen ukrainischen Dorfes, »findet nahe den Ruinen einer Kirche, die mit Dynamit in die Luft gesprengt worden war, der Dorf-Basar statt. Alle Menschen, die man sieht, haben angeschwollene Gesichter. Sie sind schweigsam, und wenn sie reden, können sie kaum flüstern. Ihre Bewegungen sind langsam und schwach wegen ihrer gechwollenen Arme und Beine. Sie handeln mit Maisstengeln, leeren Maiskolben, getrockneten Wurzeln, Baumrinde und Wurzeln von Wasserpflanzen . . .« [144]

Ein junges Mädchen in der Provinz Poltawa, die nicht so viel wie die meisten anderen erlitten hatte, beschreibt ihr Osterfest 1933. Ihr Vater war fortgegangen, um »die absolut letzten Hemden der Familie« einzutauschen (das Leinen und die Stickereien waren schon weg) »gegen Essen für den heiligen Tag«. Auf dem Heimweg mit zehn Pfund Mais und vier Pfund Spreu wurde er wegen Spekulation festgenommen (zwei Wochen später allerdings wurde er entlassen), und die Lebensmittel wurden beschlagnahmt. Als er nicht heimkam, »machte Mutter Suppe für uns aus zwei Glasvoll getrockneter,

zerdrückter Kartoffelschalen und acht nicht sehr großen Kartoffeln«.
Dann kam der »Brigadier« herein und befahl sie zur Arbeit aufs Feld
hinaus. [145]

Eine Frau im Dorf Fedjiwka in der Provinz Poltawa, deren Ehemann
als Mitglied der SWU zu fünf Jahren Lagerhaft verurteilt worden
war, schaffte es bis zum April 1933 auf die verschiedenste Weise, ihre
Familie zu ernähren. Dann starb ihr vierjähriger Sohn. Nicht einmal
da ließen die Brigaden sie in Ruhe: vielmehr äußerte man den
Verdacht, daß das Grab, das sie für den Knaben gegraben hatte, in
Wahrheit eine Getreidegrube sei. Sie gruben es wieder auf, fanden
den Leichnam und ließen ihn liegen, damit sie ihn wieder begraben
konnte. [146]

Alles kam zum Stillstand. »In der Schule nahmen die höheren
Klassen bis zum Frühjahr am Unterricht teil. Aber die unteren
Klassen kamen schon im Winter nicht mehr. Und im Frühling wurde
die Schule geschlossen. Der Lehrer ging in die Stadt. Und der
ärztliche Helfer ging auch weg. Er hatte nichts zu essen. Und
überhaupt kann man Hungersnot nicht mit Medizin kurieren. Und
alle die verschiedenen Repräsentanten hörten auf, aus der Stadt aufs
Land zu kommen. Warum sollten sie kommen? Man konnte von den
Verhungernden nichts mehr kriegen ... Als die Dinge einmal so weit
gediehen waren, daß der Staat nichts mehr aus einem Menschen
herauspressen konnte, wurde dieser nutzlos. Warum ihn etwas lehren? Wozu ihn heilen?« [147]

Es war im Frühjahr, als man die Vorschriften gegen unerlaubtes
Umherziehen rigoros durchzusetzen begann. Ein Befehl an die Nord-
Donez-Eisenbahn vom 15. März ist erhalten geblieben, der alle
Eisenbahn-Beschäftigten anweist, Bauern keine Reise zu gestatten,
außer auf Weisung durch den Direktor ihres Kollektivgutes. [148]
Das Verbot der Beschäftigung in der Industrie galt zumindest theoretisch für örtliche Industriebetriebe ebenso wie für solche in den
Städten. Eine Dachziegelfabrik wurde typischerweise 1933 angewiesen, keine Ortsbewohner einzustellen. [149] Aber manchmal gab es
doch Arbeitsmöglichkeiten, etwa, wenn eine Eisenbahnstrecke zu
einer Zuckerraffinerie gebaut wurde und Menschen, die sechs Monate lang kein Brot gesehen hatten, mit 500 Gramm Brot und 30
Gramm Zucker täglich bezahlt wurden. Aber um so viel zu bekommen, mußte man eine Norm von acht Kubikmetern Erde täglich
graben, was über die Kräfte der Menschen ging, und das Brot traf
ohnehin erst einen Tag nach dem Arbeitstag ein; Menschen starben

bei der Arbeit, oder in der Nacht. [150] Auf einem Staatsgut nahe Winnyzija wurden einige 1000 Arbeiter für den Anbau von Tomaten, Gurken, Sellerie usw. benötigt; ein Angebot ging durch die Dörfer, wonach es pro Arbeitsplatz täglich ein Kilo Brot, eine warme Mahlzeit und zwei Rubel gebe. Viele kamen, mehr als die Hälfte davon arbeitsunfähig. Jeden Tag starb eine Anzahl von ihnen nach ihrer ersten Mahlzeit – die immer gefährlich ist für einen ausgehungerten Magen. [151]

Als die Brotrationierung im April beendet wurde und wieder Läden in den Städten eröffnet wurden, wo jedermann ein Kilo Brot pro Person kaufen konnte – wenn auch zu einem hohen Preis–, waren die Bauern rechtlich nicht in der Lage, diese Möglichkeit zu nutzen.

Jetzt aber verließen viele derjenigen, die sich noch bewegen konnten, getrieben von Verzweiflung ihr Dorf. Wenn sie die Städte nicht erreichen konnten, lungerten sie um die Bahnhöfe herum. Diese kleinen ukrainischen Bahnhöfe hatten üblicherweise kleine Obstgärten. In diese »brachten Eisenbahnarbeiter, selber vor Hunger wankend, die Leichen der Toten«. [152] Außerhalb von Poltawa gab es einen Eisenbahn-Signalmast, wo man Leichen hinbrachte, die man an den Schienen fand, um sie in schon ausgeschaufelten tiefen Gräben zu versenken. [153] Wenn die Bauern die Kraft nicht hatten, die Bahnhöfe zu ereichen, oder wenn sie daran gehindert wurden, gingen sie an die Eisenbahnschienen und bettelten Brot an den fahrenden Zügen; manchmal wurden ihnen ein paar Brotrinden hinausgeworfen. Später aber hatten viele nicht einmal mehr die Kraft dafür. [154]

In der kleinen Stadt Charzykje im Donbass-Gebiet, so berichtete ein Eisenbahnarbeiter, wurden Familien verjagt, die um den Bahnhof herum bettelten, bis sie im Frühling in immer größerer Zahl kamen und »in Straßen und Plätzen lebten, schliefen und starben«; im April 1933 überrannten sie regelrecht die ganze Stadt. [155] Die Situation war noch schwieriger in den Großstädten. In Kiew gab es keine Hungersnot für diejenigen, die einen Arbeitsplatz und eine Lebensmittelkarte hatten, aber nur ein Kilo Brot konnte auf einmal gekauft werden, und die Versorgung war schlecht. [156] Ein Beobachter bemerkte: »Die Vorräte in den Läden reichten knapp aus für die Bedürfnisse der privilegierten Klassen.« [157] Für sie waren Güter auch oft in den »geschlossenen Läden« zu bekommen, die Staatsangestellten offen standen, Mitgliedern führender Parteikomitees, OGPU-Offizieren, höheren militärischen Offizieren, Fabrikdirektoren, Ingenieuren usw.; Läden, die immer noch ein Teil des sowjetischen Lebens sind.

Nominell war das Einkommen in den Städten ziemlich gleich hoch, aber das privilegierte Rationierungs- und Einkaufssystem machte dies zunichte. Ein Lehrer mochte vielleicht die Hälfte dessen verdienen, was ein entsprechend eingestufter OGPU-Mann bekam, aber die spezielle Zuteilungskarte des Letzteren für Verbrauchsgüter zu niedrigen Preisen in solchen Sonderläden machten sein Realeinkommen etwa zwölfmal so hoch wie das des Lehrers. [158] Selbst Facharbeiter in den ukrainischen Städten verdienten nicht mehr als 250 bis 300 Rubel monatlich und lebten von Schwarzbrot, Kartoffeln und Pökelfisch: ihnen fehlten Kleidung und Schuhe. [159] Schon im Sommer 1932 wurden die Rationen für Büroangestellte in Kiew von einem Pfund Brot auf ein halbes Pfund täglich gekürzt, Industriearbeiter bekamen nicht mehr zwei Pfund, sondern anderthalb Pfund. [160] Studenten am Kiewer Institut für Viehzucht bekamen eine Ration von 200 Gramm Ersatz-Brot täglich, dazu einen Teller Fischsuppe, Sauerkraut, zwei Löffel Kascha oder Kohl sowie 50 Gramm Pferdefleisch. [161]

In Kiew gab es Schlangen vor den Läden, die einen halben Kilometer lang waren. Diese Menschen konnten kaum stehen, jeder hielt sich am Gürtel des vor ihm Stehenden fest. [162] Jeder bekam 200 bis 400 Gramm Brot, wobei die letzten paar hundert Personen nichts bekamen außer Billetts oder Kreide-Nummern auf die Hand, die sie am nächsten Tag vorzeigen konnten. [163]

Um sich diesen Schlangen anzuschließen oder denen etwas abzukaufen, die dort Brot bekommen hatten oder einfach unter irgendeinem vagen Trieb strömten die Bauern in die Städte. Obwohl Straßenkontrollen und -sperren errichtet worden waren, um sie daran zu hindern, kamen doch viele durch, zumeist aber fanden sie wenig Hilfe. Dnjepropetrowsk war »überlaufen« von verhungernden Bauern. [164] Ein Eisenbahnarbeiter schätzt, daß wohl mehr als die Hälfte der Bauern, die den Donbass auf der Suche nach Essen erreichten, »ihre letzten Tage, Stunden und Minuten erlebten«. [165] Um nach Kiew zu gelangen und den Straßensperren auszuweichen, »krochen sie durch die Sümpfe, durch die Wälder... Diejenigen, die es geschafft hatten, dorthin zu kriechen, waren die Glücklicheren, einer von 10000. Aber selbst wenn sie dorthin gelangten, fanden sie keine Rettung. Sie lagen verhungernd auf der Erde...« [166] In den Städten gab es gespenstische Szenen. Menschen eilten in der normalen Weise ihren Geschäften nach – und »da waren verhungernde

Kinder, Greise, Mädchen, die zwischen ihnen auf allen vieren krochen«, kaum noch fähig zu betteln, zumeist ignoriert. [167]
Aber nicht immer. Es gibt viele Berichte über Stadtbewohner in Kiew, die den Bauern halfen, der Polizei zu entkommen. [168] Auch in Charkow gaben die Menschen ihnen Brot. [169] In Charkow »sah ich eine Frau, aufgeschwollen von Hunger, die auf dem Pferdemarkt lag (Kinnij Ploschtsch). Würmer fraßen sie buchstäblich bei lebendigem Leibe auf. Auf dem Bürgersteig gingen Leute vorbei, die kleine Stücke Brot neben sie legten, aber die arme Frau war bereits dem Tode zu nahe, als daß sie es hätte essen können. Sie weinte und bat um ärztliche Hilfe, die ihr niemand gab«. [170] (Ein Arzt berichtet, daß bei einer Versammlung des ärztlichen Stabes in Kiew Befehl erteilt wurde, Bauern keine ärztliche Hilfe zu gewähren, die sich illegal in der Stadt aufhielten). [171]
In Kiew, Charkow, Dnjepropetrowsk und Odessa wurde es für die örtlichen Behörden zur Routine, jeden Morgen die Runde machen und die Leichen beseitigen zu lassen. Im Jahre 1933 wurden etwa 150 Leichen täglich in den Straßen Poltawas aufgesammelt. [172] Auch in Kiew »zogen die Pferde des Morgens flache Karren durch die Straßen, und die Leichen derjenigen, die in der Nacht gestorben waren, wurden eingesammelt. Ich sah so einen Karren mit Kindern darauf. Sie sahen genau so aus, wie ich sie beschrieben habe, dünne langgezogene Gesichter, wie bei toten Vögeln, mit scharfen Schnäbeln. Diese winzigen Vögelchen waren nach Kiew hereingeflattert, und was hatte es ihnen genützt? Einige von ihnen murmelten noch und bewegten die Köpfe. Ich fragte den Kutscher nach ihnen und er winkte nur mit den Händen und sagte: ›Bis sie dort sind, wo sie hingebracht werden, werden sie auch still sein‹.« [173]
Die Lebenden wurden auch von Zeit zu Zeit weggebracht und hinausgetrieben. In Charkow fanden fast jede Woche einmal spezielle Aktionen zum Zusammentreiben der verhungernden Bauern statt, veranstaltet von der Polizei mit speziell mobilisierten Abteilungen von Parteimitgliedern. [174] Dies wurde oft auf die herzloseste Weise vorgenommen, wie bei allen Operationen gegen den Bauern. Ein Augenzeuge, ein Arbeiter, beschreibt eine Polizei-Razzia in Charkow am 27. Mai 1933 gegen mehrere tausend Bauern, die sich Brot-Schlangen angeschlossen hatten: sie wurden in Eisenbahnwaggons gesteckt und zu einer Grube nahe dem Bahnhof Lisowo transportiert, wo man sie zum Verhungern zurückließ. Einige entkamen und berichteten einem sterbenden Bauern im nahegelegenen Dorf Sidky, dessen Frau mit ihrem Kind zum Broteinkauf in die Stadt

gegangen war, daß Frau und Kind in der Grube von Lisowo lagen; aber der Vater starb daheim und die beiden anderen starben am nächsten Tag in der Grube. [175]

Solche Opfer, vom Hunger getrieben, gewannen keinen Vorteil – höchstens eine Frist von ein paar Tagen – gegenüber denjenigen, die zu Hause starben. Aber der Drang, wegzugehen, war stark. Ein Verhungernder, sagt Grossman, »ist gequält und getrieben, als wäre es Feuer, und zerrissen in den Därmen sowohl als auch in der Seele«. Zuerst flieht er und zieht herum, aber schließlich »kriecht er zu seinem Haus zurück. Und das heißt, daß Hungersnot, Hungertod gewonnen haben.«

Ob sie zu ihrem Dorf zurückkehrten oder ob sie es nie verlassen hatten – die meisten Opfer fanden ihren Tod daheim. Von einer ukrainischen Bauernbevölkerung zwischen 20 und 25 Millionen starben ungefähr 5 000 000 – ein Fünftel oder ein Viertel. Die Todesrate variierte erheblich zwischen den Regionen und sogar zwischen Dörfern; sie lag zwischen zehn und 100 Prozent. Die höchsten Todesraten gab es in den Getreide-Provinzen Poltawa, Dnjepropetrowsk, Kirowohrad und Odessa, in der Regel zwischen 20 und 25 Prozent, wenn die Zahlen auch in manchen Dörfern höher lagen. In den Provinzen Kamianetz-Podilsky, Winnyzija, Schytomyr, Donez, Charkow und Kiew lagen sie niedriger, zumeist zwischen 15 und 20 Prozent. Im Norden der Ukraine, in den Rübenanbaugebieten, lagen sie am niedrigsten – zum Teil, weil die Wälder, Flüsse und Seen tierisches und pflanzliches Leben boten, das als Lebensmittel genutzt werden konnte.

Ärzte, die Staatsangestellte waren, trugen alle möglichen Krankheiten als Todesursachen ein, einschließlich »plötzlicher Erkrankung« usw. Seit dem Winter 1932–33 gibt es jedoch keine Sterbeurkunden mehr. In dem verhältnismäßig günstig gelegenen Dorf Romankowo, nur etwa sechs Kilometer von der großen metallurgischen Fabrik Kamjansk entfernt, wo Mitglieder örtlicher Familien arbeiteten und Rationen erhielten, starben 1933 in fünf Monaten 588 Menschen aus einer Bevölkerung von 4- bis 5000. Die Sterbeurkunden (sie erfassen einen hohen Anteil an Arbeitern) sind von August bis Mitte Oktober zugänglich; abgesehen von älteren Personen (»senile Schwäche«) wird als Todesursache fast jedesmal »Erschöpfung« oder »Flux« genannt. [176]

Trotz der späteren Unterdrückung von Sterbeurkunden wurden Listen von verantwortlich handelnden Personen über alle Sterben-

den in den verschiedenen Dörfern geführt; in anderen wurden sorg-
fältige Zählungen aufbewahrt, in manchen Fällen durch Amtsträger.
Viele Berichte sind zugänglich, kurze Darstellungen durch Überlebende: »Das Schicksal des Dorfes Jareski«, »Hurskje verliert 44
Prozent seiner Einwohnerschaft«, »Hungersnot verheert das Dorf
Pljeschkany«, »430 Hungertote in Schornoklowy«, »die Verwüstung
des Dorfes Strischiwka durch Hungersnot« usw. Außerhalb der
Dörfer und sogar der kleinen Städte in den Provinzen Kiew und
Winnyzija lagen Haufen menschlicher Leichen bis zu mehreren
tausend auf dem gefrorenen Boden; keiner hatte die Kraft, Gräber
auszuheben. [177]

Das Dorf Matkiwzi in der Provinz Winnyzija hatte 312 Haushalte bei
einer Bevölkerung von 1293 Personen gehabt. Drei Männer und zwei
Frauen wurden erschossen, weil sie Maiskolben auf ihren eigenen
Gartengrundstücken abgeschnitten hatten; 24 Familien wurden nach
Sibirien deportiert. Viele starben im Frühjahr 1933. Und der Rest
floh. Das leere Dorf wurde abgesperrt, und eine schwarze Fahne
wurde aufgezogen, um darzustellen, daß eine Epidemie das Dorf
getroffen habe; in den Registern wurde vermerkt, daß dort Typhus
geherrscht habe. [178] Ein russischer Freund des Verfassers berichtet
ähnliches von seinem Vater im Komsomol, der einer Abteilung
angehörte, die Dörfer aufsuchte, deren ganze Bevölkerung angeblich
an Krankheiten zugrundegegangen war. Die Komsomolzen errichteten Schilder »Zugang verboten« um sie herum, aus Gesundheitsgründen – man hatte nicht die Möglichkeit, die vielen Leichen zu beerdigen. Sie sahen nur diesen Teil des Bildes und befolgten ihre Anweisungen für den Rest.

Wieder und wieder berichten Offizielle über das Betreten von Dörfern mit wenigen oder keinen Überlebenden, und: wie sie die Toten
in ihren Häusern sahen. In Dörfern mit 3000 bis 4000 Einwohnern
(Orliwka, Smolanka, Hrabiwka), waren nur zwischen 45 und 80
Personen übriggeblieben. [179] Das Dorf Matschuchy in der Provinz
Poltawa mit 2000 Häusern verlor etwa die Hälfte seiner Einwohnerschaft. In derselben Gegend wurden kleinere Siedlungen, vermutlich
aus fortschrittlicheren Landwirten bestehend, ausgelöscht; beispielsweise Soroky mit 50 Familien, Lebedi mit fünf Familien, Twjordoch-
liby mit fünf Familien, Malolitka mit sieben Familien. [180] Ein
Agronom nennt die Zahl von annähernd 75 Prozent Toten für eine
andere Gruppe dieser letzten Überlebenden Chutiri. [181] In einigen
Dörfern war die Todesliste kurz. »Im Frühjahr 1933 starben 138
Personen im Dorf Charkiwzi. Im Vergleich mit anderen Orten war

das sehr gut.« [182] Allgemein gesprochen, variieren unsere Berichte über die ganze Breite zwischen totaler Vernichtung und eher geringen Verlustzahlen.

Als allgemeine Richtlinie sagt ein amerikanischer Kommunist, der in einer sowjetischen Fabrik beschäftigt war, daß von den 15 staatlichen und Kollektivgütern, die er im September 1933 besuchte, nicht eines weniger als zehn Prozent seiner Arbeiter durch Hungersnot verloren hatte. [183] In Ordscherdowo bekam er sogar die Bücher zu sehen. Die Einwohnerzahl war von 527 im September 1932 auf 420 im April 1934 zurückgegangen (die Zahl der Kühe fiel von 353 auf 177, die der Schweine von 156 auf 103). [184]

Das Dorf Jareski hatte wegen seiner schönen Szenerie am Flusse Wirska oft als Kulisse für sowjetische Filme gedient: seine Einwohnerschaft von 1500 ging um 700 zurück. [185] In einem Dorf von 1532 Einwohnern in der Provinz Schytomyr starben 813 an der Hungersnot. [186] In einem anderen Dorf von 3500 Einwohnern starben 1933 allein 800 Personen, während ein einziges Kind geboren wurde – der Sohn eines Aktivisten. [187] Ein früherer sowjetischer Journalist sagte als Zeuge aus, daß in seinem Heimatdorf etwa 700 der 2011 Einwohner 1932–33 starben (der Vorsitzende: »Wie alt war Ihre Tochter, als sie verhungerte?« Zeuge Derewjanko: »Fünf Jahre.«) [188] Im Dorf Rjaschska, Provinz Poltawa, zeigte eine sorgfältige Zählung, daß 3441 von ungefähr 9000 Einwohnern in der Hungersnot starben. [189] In Wjorbki in der Provinz Dnjepropetrowsk stand im September 1933 mehr als die Hälfte der Häuser leer. [190]

Der Korrespondent des »Christian Science Monitor« reiste in die Ukraine, nachdem im Herbst 1933 das Besuchsverbot für ausländische Korrespondenten aufgehoben worden war. Er besuchte zwei Gebiete, das eine nahe Poltawa, das andere nahe Kiew. Wie dem zuvor genannten amerikanischen Kommunisten versicherten die örtlichen Sowjets auch ihm, daß die Todesrate nirgendwo niedriger liege als zehn Prozent. Der Sekretär eines Dorf-Sowjet sagte, daß 634 von 2072 Einwohnern gestorben seien. Im vergangenen Jahr habe es eine Eheschließung gegeben. Sechs Kinder seien geboren worden, von denen eines überlebte. In vier ihm genannten Familien seien sieben Kinder und eine Ehefrau übriggeblieben, acht Erwachsene und 11 Kinder waren gestorben. [191]

Er beschreibt in einer impressionistischen Weise das Dorf Tscherkass, sieben oder acht Meilen südlich von Bila Zjerkwa, wo »die ›normale‹ Sterblichkeitsrate von zehn Prozent bei weitem übertroffen worden war. Auf der Straße zum Dorf waren frühere Ikonen mit der Abbildung Christi entfernt worden, aber die Dornenkrone hatte bleiben dürfen – ein passendes Symbol für das, was das Dorf durchmachen mußte. Als wir ins Dorf kamen, fanden wir ein verlassenes Haus nach dem anderen, mit eingefallenen Fensterscheiben, Ernte vermischt mit Unkraut in Gärten, wo niemand da war, um zu ernten. Ein Junge auf der staubigen Dorfstraße trug die Todesliste der Bauern vor, im Angesicht der Katastrophe des letzten Winters und Frühlings.« [192]

In Schyliwka hatte es schon große Verluste durch die Entkulakisierungskampagne gegeben. In der Hungersnot war die Todesrate so hoch, daß der Leichenkarren täglich zweimal die Runde machte. An einem einzigen Tag wurden 16 Leichen in der Umgebung des Kooperativs gefunden. [193] Korostyschew, nicht weit von Kiew entfernt, war ein jüdisches Dorf. Ein früherer Einwohner fand es 1933 als »bloßen Leichnam des Dorfes, das ich gekannt hatte«. Die Synagoge war eine Strickfabrik geworden. Kinder verhungerten. (Die Neubesiedlung der »entvölkerten jüdischen Kolchosen in der Ukraine« wurde später zum Gegenstand besonderer Maßnahmen gemacht.) [194]

Es gab ein protestantisches Dorf, Osarenz, in der Provinz Kamjanetz-Podilsky. Die meisten Einwohner gingen zugrunde. [195] Ein deutsches protestantisches Dorf, Halbstadt in der Provinz Saporischja, war in der Zeit Katharinas der Großen von Mennoniten besiedelt worden. Die Mennoniten bekamen einige Hilfe von deutschen Glaubensbrüdern, so daß sie 1933 nicht massenhaft starben, aber 1937/38 wurden sie allesamt als Spione deportiert, weil sie diesen Kontakt mit der Außenwelt gehabt hatten. [196] Für ein Dorf (Bodjonowky in der Provinz Poltawa) liegt eine Analyse des sozialen Status von 92 Personen unter denjenigen vor, die in der Hungersnot starben. Von ihnen waren 57 Kolchosniki und 33 Einzelbauern; unter dem Klassenschema waren 31 arme Bauern, 53 mittlere Bauern und acht »Wohlhabende«, darunter zwei, die zuvor aus der Kolchose ausgestoßen worden waren. [197] Faktisch wird allgemein berichtet, daß diejenigen, die von den Kommunisten als »arme Bauern« eingestuft worden waren – oder jedenfalls diejenigen dieser Kategorie, die nicht fähig oder bereit gewesen waren, sich der neuen ländlichen Elite anzuschließen –, die hauptsächlichen Opfer waren. [198] Ein Bericht über Korn, das in der Stadt Saporischje-Kamjansk und den umgebenden Dörfern beschlagnahmt worden war, vermeldet neun Fälle von »Verborgenhalten«. Sie alle werden identifiziert als »Arbeiter« (zwei) und arme oder mittlere Bauern (sieben). [199] Wir haben einige Verlustlisten für ganze Bezirke, die natürlich teilweise städtisch waren. Im Bezirk Tschornuky zeigen vertrauliche amtliche Berichte, daß zwischen Januar 1932 und Januar 1934 eine Einwohnerschaft von 53672 Menschen insgesamt 7387 Menschen verloren hat, fast die Hälfte Kinder. [200] In einem anderen ukrainischen Bezirk mit einer Einwohnerschaft von etwa 60000 starben 11680 Menschen in den Jahren 1932–33, also etwa ein Fünftel, während nur 20 Geburten registriert wurden. [201]

Bislang haben wir uns nur mit Dörfern und Zahlen beschäftigt. Aber wir können nicht umhin, die einzelnen Menschen zu betrachten, die da litten und starben. Ein Überlebender gibt ein plastisches Bild der körperlichen Anzeichen:

»Das klinische Bild des Verhungerns ist wohlbekannt. Es zerstört die energie-erzeugenden Ressourcen des menschlichen Systems und schreitet in dem Maße voran, wie die notwendigen Fett- und Zuckerstoffe zurückgehalten werden. Der Körper verwelkt, die Haut nimmt einen staubgrauen Farbton an und wirft viele Falten. Die Person altert sichtlich. Selbst kleine Kinder und Säuglinge sehen wie alte Menschen aus. Ihre Augen werden groß und unbeweglich und quellen hervor. Der Prozeß der Dystrophie ergreift manchmal alle Gewebsschichten, und der Leidende erinnert an ein Skelett, das mit fest gespannter Haut überzogen ist. Aber ein Anschwellen des Gewebes kommt öfter vor, insbesondere bei Händen, Füßen und Gesicht. Die Haut birst über den Schwellungen auf, und eiternde Wunden bleiben. Die Bewegungskraft geht verloren; die geringste Bewegung führt zu völliger Erschöpfung. Die wesentlichen Lebensfunktionen – Atmen und Kreislauf – verzehren das Gewebe und das eigene Eiweiß des Körpers; der Körper verzehrt sich selber. Atmung und Herzschlag werden beschleunigt. Die Pupillen weiten sich, Hungerdurchfall setzt ein. Dieser Zustand ist bereits gefährlich, weil die geringste körperliche Anstrengung zum Herzversagen führt. Dies tritt oft ein, wenn der Leidende geht, die Treppe emporsteigt oder zu laufen versucht. Allgemeine Schwäche breitet sich aus. Der Patient kann nun nicht mehr aufstehen, noch auch sich im Bett bewegen. In einem Zustand halbbewußten Schlafs mag er noch eine Woche leben, bis das Herz zu schlagen aufhört.« [202]

Skorbut und Eiterbeulen entstellten die Körper auch in vielen Fällen. Ein weniger klinischer Bericht über einen leidenden Bauern wird von einem früheren Nachbarn gegeben: »Unter seinen Augen waren zwei taschengleiche Schwellungen, und die Haut darüber glänzte eigentümlich. Seine Hände waren auch angeschwollen. An seinen Fingern waren die Schwellungen geborsten, und die Wunden gaben eine durchsichtige Flüssigkeit mit einem außerordentlich widerlichen Geruch ab.« [203] Auf den Füßen und Knöcheln bildeten sich zudem riesige Blasen. Bauern pflegten sich »auf den Boden zu setzen, um ihre Blasen aufzustechen, und dann aufzustehen und sich zum Betteln herumzuschleppen«. [204] Oder wiederum: »Ihre Füße waren entsetzlich angeschwollen. Sie setzten sich hin und stachen ihre verschwollenen Füße mit einem spitzen Stöckchen auf, um das Wasser aus den riesigen Blasen herauszulassen. Auf der Oberseite ihres Fußes befand sich ein großes Loch vom wiederholten Aufstechen der Haut.« [205]

»Tod durch Hunger ist ein monotones Thema. Monoton und sich wiederholend«, kommentiert ein Beobachter. [206] Und wenn wir hier nur eine Handvoll einzelner Schilderungen wiedergeben, so muß doch bedacht werden, daß dies das Schicksal von Millionen war. Überlebende vermerken das Sterben ihrer Nachbarn in einfachen, leidenschaftslosen Worten. Das Dorf Fedjiwka in der Provinz Poltawa hatte Anfang 1932 eine Einwohnerschaft von 550 Personen: »Die erste Familie, die starb, waren die Rafalyks – Vater, Mutter und ein Kind. Später ging auch die fünfköpfige Familie Fedjy an Hunger zugrunde. Es folgten die Familien von Prochar Lytwyn (vier Personen), Fedir Hontowy (drei Personen), Samson Fedjy (drei Personen). Das zweite Kind der letzteren Familie wurde auf einem Zwiebelfeld totgeschlagen, das irgendwem gehörte. Mykola und Larion Fedjy starben, gefolgt von Andrej Fedjy und dessen Frau; Stefan Fedjy, Anton Fedjy, dessen Frau und vier Kinder (seine beiden anderen kleinen Mädchen überlebten); Boris Fedjy, seine Frau und drei Kinder, Olanwjy Fedjy und seine Frau; Taras Fedjy und seine Frau, Fjodor Fesenko; Konstantin Fesenko; Melania Fedjy; Lawrentij Fedjy, Pjotr Fedjy; Ewlysis Fejy und sein Bruder Fred; Isidor Fedjy, seine Frau und zwei Kinder; Iwan Hontowy, seine Frau und zwei Kinder; Wasyl Pertsch, seine Frau und sein Kind; Makar Fedjy; Prokip Fesenko; Abraham Fedjy; Iwan Skaska, seine Frau und acht Kinder. Einige dieser Menschen wurden auf dem Friedhof begraben, andere ließ man liegen, wo sie gestorben waren. Elisabeth Lukaschenko starb auf der Wiese; ihr Leichnam wurde von Raben aufgefressen. Andere warf man einfach in jedes geeignete Loch. Die Überreste von Lawrenty Fedjy lagen auf dem Ofen in seinem Haus, bis die Ratten sie fraßen.« [207]

Wiederum: »Im Dorf Lisnjaky im Bezirk Jahotyn, Region Poltawa, lebte eine Familie namens Dwirko, die Eltern und vier Kinder, davon zwei schon erwachsen und zwei Heranwachsende. Die Familie wurde entkulakisiert und aus ihrem Haus geworfen, welches abgerissen wurde. In der Hungersnot 1932–1933 verhungerte die ganze Familie, ausgenommen die Mutter. Eines Tages kam der Vorsitzende des Kollektivguts, Samokysch, zu dieser alten Frau und ›mobilisierte‹ sie zur Arbeit in den Feldern des Kollektivguts. Die zerbrechliche alte Frau nahm ihre Harke, sammelte ihre letzten versagenden Kräfte und ging in die Zentralstelle des Kollektivgutes; aber sie schaffte es nicht ganz bis dorthin. Ihre Kraft versagte, und sie brach tot vor der Tür der Kollektivgut-Zentralstelle zusammen.« [208]

Die Schicksale zweier Familien in einem anderen Dorf: »Anton Samtschenko starb mit seiner Frau und seiner Schwester, drei Kinder blieben zurück . . . In Nikita Samtschenkos Familie blieben der Vater und zwei Kinder übrig . . . Und Sidor Odnorog starb mit seiner Frau und zwei Töchtern; ein Mädchen blieb übrig. Jura Odnorog starb mit seiner Frau und drei Kindern; ein Mädchen blieb am Leben.« [209]

In dem kleinen Dorf Orichowo nahe Schytomyr waren nur zehn der dreißig Haushalte 1933 noch bewohnt. Ganze Familien starben aus. Ein typisches Beispiel wird von der Familie Wiwtowytsch berichtet: »Ihr jüngster Sohn, 16 Jahre alt, kehrte aus der Schule zu Schachworiwka zurück, . . . als er auf seinem Heimweg an der Straße starb . . . Die ältere Tochter Palaschka starb auf dem Kolchos-Acker. Die alte Mutter starb auf der Straße auf ihrem Weg zur Arbeit . . . Der Leichnam des Vaters wurde im Walde von Korostyhiw gefunden, halb aufgefressen von den wilden Tieren.« Nur der ältere Sohn überlebte; er stand im Dienste der OGPU im Fernen Osten. [210]

Ein anderer Überlebender erzählt, daß einige der tragischen Vorgänge in Wiknyna (am Schnittpunkt der drei Provinzen Kiew, Winnyzija und Odessa gelegen) einen unauslöschlichen Eindruck auf ihn machten. »Zu den ersten Opfern der Hungersnot gegen Ende 1932 gehörte die Familie Taranjuk: Vater, Mutter und drei Söhne. Zwei der letzteren waren Komsomol-Mitglieder und halfen aktiv bei der ›Getreide-Einhebung‹ mit. Der Vater und die Mutter starben in ihrer Hütte und die Söhne an den Zäunen der Nachbarn. Um jene Zeit starben sechs Personen in der Familie Swerchanowskij. Durch ein Wunder überlebten ein Sohn, Wolodymir, und eine Tochter, Tatjana. Der angeschwollene Schmied Ilarion Schewtschuk, der im Januar 1933 zum Dorf-Sowjet kam und um Hilfe bat, wurde in die Feuerhalle gelockt und dort mit Stöcken ermordet. Die Mörder waren: J. Konofalskij, Vorsitzender des Dorf-Sowjet, sein Assistent

I. Antonjuk und der Sekretär W. Ljubomskij. Die arme Witwe Danylul und ihre Söhne nahmen ein sehr tragisches Ende. Ihr Leichnam wurde von Maden aufgefressen, und die beiden Söhne Pawlo und Oleska brachen tot zusammen, als sie um Essen bettelten. Nur der dritte Sohn, Trochym, überlebte; er hatte es fertiggebracht, in der Stadt etwas zu essen zu finden. Porfir Neterebtschuk, einer der fleißigsten Landwirte, der durch harte Arbeit hinkend geworden war, wurde beim Kirchenzaun tot aufgefunden. Ein alter Mann, Iwan Antonjuk, starb, als seine Tochter Hanja ihm ›Brot‹ zu essen gab, das sie aus grünen Getreide-Ähren hergestellt hatte; sie hatte diese heimlich auf dem Feld abgeschnitten, trotz der Wachsamkeit der Dorf-Sowjet-Behörden. Oleska Wojzyschowskij rettete sein und seiner Familie Leben (Ehefrau und zwei kleine Kinder), indem er ihnen Fleisch von Pferden zu essen gab, die im Kollektivgut an Drüsen- und anderen Krankheiten gestorben waren. Er grub die Kadaver nachts aus und brachte das Fleisch in einem Sack heim. Sein älterer Bruder Jakiw und seine Schwägerin waren zuvor schon ver-hungert.« [211]

Ein Arbeiter, der sein Heimatdorf besuchte, erfuhr, wie »mein Schwiegervater, Pawlo Hussar, angeschwollen vor Hunger, nach Rußland losgezogen war, um Brot zu suchen, und wie er in einem Wäldchen im Dorf Lyman starb, dreieinhalb Meilen von daheim entfernt. Die Leute in Lyman halfen, ihn zu beerdigen. Sie erzählten uns auch, wie die andere Schwester meiner Frau Spreu und Wurzeln gegessen hatte und am nächsten Tag gestorben war; wie die Witwe meines ältesten Bruders mindestens fünfmal auf ihrem Weg nach Rußland, wo sie Brot holen wollte, abgefangen worden war, und wie sie alle ihre Kleider für Lebensmittel eintauschte und für ihre drei Kinder und meine alte Mutter zu sorgen versuchte, schließlich aber selber Hungers starb. Dann starben zwei ihrer Kinder, Jakiw, sechs Jahre alt, und Petro, acht Jahre alt.« [212]

Zwei Amerikaner, die aus der Gegend stammten, konnten ihr Hei-matdorf Ende des Jahres 1934 besuchen. Sie fanden ihre Eltern tot und das Gesicht ihrer Schwester so entstellt vor, daß sie nicht mehr zu erkennen war. [213] In einem ukrainischen Haushalt, wo manche nur noch schweratmend dalagen und andere überhaupt nicht mehr atme-ten, »lag die Tochter des Eigners, die ich kannte, auf dem Boden in einer Art von Wahnsinnsanfall und benagte das Bein eines Stuhls . . . Als sie uns hereinkommen hörte, drehte sie sich nicht um, sondern knurrte, wie ein Hund knurrt, wenn du ihm nahekommst, während er einen Knochen benagt.« [214]

Der Korrespondent der *Associated Press* beschreibt, wie ihm ein *Prawda*-Kommentator – Spezialist für Leitartikel zum Thema kapitalistische Lügen – einen Brief seines jüdischen Vaters aus der Ukraine zeigte:

»MEIN GELIEBTER SOHN,
hierdurch teile ich Dir mit, daß Deine Mutter gestorben ist. Sie starb vor Hunger nach Monaten der Qual. Auch ich befinde mich auf diesem Wege, wie auch viele andere in unserem Ort. Gelegentlich schaffen wir es, einige Brosamen zu ergattern, aber nicht genug, um uns noch lange am Leben zu erhalten, falls sie nicht Lebensmittel aus der Zentrale schicken. Es gibt keine Lebensmittel hier im Umkreis von 100 Meilen. Der letzte Wunsch Deiner Mutter war, daß Du, unser einziger Sohn, für sie das Kaddisch-Gebet sprichst. Wie Deine Mutter hoffe und bete ich, daß Du Deinen Atheismus ablegst, nun, da die Gottlosen den Zorn des Himmels über Rußland gebracht haben. Ist es zu viel, auf einen Brief von Dir zu hoffen, der mir mitteilt, daß Du das Kaddisch-Gebet für Deine Mutter gesprochen hast – wenigstens einmal – und daß Du dasselbe für mich tun wirst? Das würde mir das Sterben so viel leichter machen.« [215]

Ein amerikanischer Korrespondent besuchte das Dorf Schukje in der Provinz Poltawa, begleitet vom Vorsitzenden des örtlichen Kollektivgutes und einem Agronomen. Sie führten ihn in verschiedene Häuser, alle bewohnt von ziemlich zufriedenen Brigadieren oder Kommunisten. Dann suchte er sich nach eigenem Belieben eine Hütte aus und ging hinein; seine Begleiter folgten. Der einzige Bewohner war ein 15jähriges Mädchen. Sie führten folgendes Gespräch: »Wo ist deine Mutter?« – »Sie starb letzten Winter am Hunger.« – »Hast du Brüder oder Schwestern?« – »Ich hatte vier, sie sind auch alle gestorben.« – »Wann?« – »Letzten Winter und im Frühjahr.« – »Und dein Vater?« – »Er arbeitet auf dem Feld.« Als sie hinausgingen, wußten die Funktionäre dazu nichts zu sagen. [216]

Aus einer Gruppe von »Displaced Persons« in einem Lager in Deutschland 1947/48 wurden 41 Personen (hauptsächlich damalige Stadtbewohner mit Verwandten auf dem Dorf) gefragt, ob jemand von ihren Familien in der Hungersnot gestorben sei. 15 sagten Nein und 26 sagten Ja. [217]

Bauernfamilien, die allmählich in ihren leeren Hütten verhungerten, begegneten ihrem Schicksal auf die verschiedenste Weise: »In der einen Hütte gab es so etwas wie Krieg. Jeder paßte scharf auf jeden auf. Die Leute nahmen einander die Krumen weg. Die Frau wandte sich gegen den Mann und der Mann gegen seine Frau. Die Mutter haßte ihre Kinder. Und in irgendeiner anderen Hütte blieb die Liebe unverletzlich bis zum letzten Tage. Ich kannte eine Frau mit vier Kindern. Sie erzählte ihnen Märchen und Legenden, damit sie ihren Hunger vergaßen. Ihre eigene Zunge konnte sie kaum noch bewegen, aber sie nahm die Kinder in die Arme, obwohl sie kaum noch die Kraft hatte, ihre Arme zu heben, wenn diese leer waren. Die Liebe lebte in ihr weiter. Und die Leute bemerkten, daß dort, wo Haß herrschte, die Menschen schneller starben. Aber die Liebe, andererseits, konnte auch niemanden retten. Das ganze Dorf starb, bis zum letzten Mann. Nichts blieb dort am Leben.« [218]

Wenn auch einige imstande waren, sie zu überwinden: Hungersnot rief psychische ebenso wie physische Symptome hervor. Hetzbriefe denunzierten den einen oder anderen Bauern wegen Hortens, manchmal sogar zutreffend. [219] Morde kamen ständig vor, mit Hintergründen wie diesem:»Im Dorfe Bilka tötete Denys Istschenko seine Schwester, seinen Schwager und deren 16 Jahre alte Tochter, um sich 30 Pfund Mehl anzueignen, die sie besaßen. Derselbe Mann ermordete einen Freund, Petro Korobeynyk, als dieser vier Brotlaibe mit sich trug, die er sich irgendwie in der Stadt beschafft hatte. Für ein paar Pfund Mehl und ein paar Brotlaibe nahmen hungrige Menschen anderen das Leben.« [220]

Es gibt auch unzählige Berichte über Selbstmorde, fast jedesmal durch Erhängen. Und auf dieselbe Art befreiten Mütter nicht selten ihre Kinder von ihren Leiden. Aber das grauenhafteste Symptom sah anders aus: »Einige wurden wahnsinnig... Es gab Menschen, die Leichen aufschnitten und das Fleisch kochten, die ihre eigenen Kinder töteten und aßen. Ich habe eine solche Frau gesehen. Sie war unter Begleitung ins Bezirkszentrum gebracht worden. Ihr Gesicht war das eines Menschen, aber ihre Augen waren die Augen eines Wolfes. Das sind Kannibalen, sagten sie, und sie müssen erschossen werden. Aber sie selber, die eine Mutter in den Wahnsinn trieben, ihre eigenen Kinder zu essen, sie selber sind offenbar überhaupt nicht schuldig! ... Geh nur und frage, und sie werden dir sagen, daß sie es aus Gründen der Tugend taten, für das gemeine Wohl. Das ist der Grund, weshalb sie Mütter in den Kannibalismus treiben.« [221]

Faktisch gab es kein Gesetz gegen den Kannibalismus (was wahrscheinlich auch für Länder des Westens gilt). Eine vertrauliche Weisung für OGPU-Chefs und Leiter von Staatsanwaltschaften in der Ukraine von K. M. Karlson, stellvertretendem Leiter der ukrainischen OGPU, datiert vom 22. Mai 1933, teilt ihnen mit, daß, da Kannibalismus nicht vom Strafgesetz erfaßt werde, »alle Fälle der wegen Menschenfresserei beschuldigten Personen sofort an die örtlichen Zweigstellen der OGPU übertragen werden müssen«. Er fügte hinzu, daß, falls der Tat Mord vorausgegangen sei, (erfaßt von Paragraph 142 des Strafgesetzbuches), dennoch auch solche Fälle den Gerichten entzogen und der Sicherheitspolizei übertragen werden müßten. [222] Nicht alle wurden erschossen. 325 Kannibalen aus der Ukraine – 75 Männer und 250 Frauen – haben nach Berichten noch in den späten dreißiger Jahren lebenslange Strafen in den Straflagern des Ostsee-Weißmeerkanals verbüßt. [223]

Es gibt dutzende Berichte über spezielle Vorgänge von Menschenfresserei: einige aßen ihre eigenen Familien auf, andere stellten Kindern Fallen oder überfielen Fremde aus dem Hinterhalt. Oder es konnte (wie etwa in Kalmasorka, Provinz Odessa, hier im Zusammenhang mit dem Diebstahl eines Schweins) die Durchsuchung eines ganzen Dorfes dazu führen, daß man Kinderleichen beim Gekochtwerden fand. [224]

Nicht aller Kannibalismus – oder der Gedanke daran – entstand allein aus Verzweiflung. Ein Aktivist, der bei der Kollektivierungskampagne in Sibirien mitgearbeitet hatte, kam 1933 in die Ukraine zurück, um die Einwohnerschaft seines Dorfes »fast ausgestorben« vorzufinden. Sein jüngerer Bruder teilte ihm mit, daß sie von Baumrinde, Gras und Hasen lebten, aber wenn das nicht mehr ausreichen sollte, »hat Mutter uns gesagt, wir sollten sie essen, wenn sie stirbt«. [225] Diese Beispiele von Menschen, die der Hunger jenseits des normalen menschlichen Verhaltens getrieben hat, finden in einem anderen Sinn ihre Gegenstücke in – wie es Nichtkommunisten scheinen könnte – einer noch weniger verständlichen Verzerrung normaler Werte in der Behandlung, die nun die getreuen Aktivisten erfuhren.

Die eigentliche örtliche Elite, die Parteifunktionäre, GPU usw., überlebten die Hungersnot wohlgenährt. Aber den einfachen Helfern erging es anders.

Die »Komitees Unreicher Bauern« hatten »erbarmungslos die Manöver von Kulaken und Konterrevolutionären bekämpft, die Getreide-Beschaffung zu unterminieren«. [226] In der Schlußphase der »Einhebung« hatte man Aktivisten in andere Dörfer verlegt und ihnen alle Lebensmittel, die sie selber gehortet hatten, in ihrer Anwesenheit weggenommen. [227] Und am 8. März wurden die Komitees abgeschafft, weil ihre Aufgabe erfüllt war, und die Mitglieder durften mit dem Rest der Dorfbewohner verhungern. [228] Beliebt waren sie nicht gewesen. Eine typische Geschichte betrifft ein Dorf, wo das

»Komitee Unreicher Bauern« den Heiligen Abend ausgesucht hatte, um den Einwohnern den Transport der Ernte in die nächste Stadt zu befehlen. Dort hatten diese zwei oder drei Tage Schlange zu stehen, um ihr eigenes Getreide abliefern zu dürfen. [229] Als die Komitee-Mitglieder nun auch starben, ernteten sie wenig Mitgefühl. Ein Aktivist in Stepaniwka, Provinz Winnyzija, Mitglied der Getreide-Beschlagnahmegruppen, pflegte immer die Internationale zu singen, die im Russischen mit dem Rufe »Erhebe dich« beginnt. Im Frühjahr fanden Dorfbewohner ihn am Straßenrand liegen und riefen sarkastisch: »Eh, Matwej, erhebe dich!« Aber er starb alsbald. [230] In Dorf nach Dorf werden verhungernde Aktivisten im Frühjahr 1933 gemeldet. [231] In einem typischen Fall in der Provinz Kiew starb die Hälfte von ihnen; einer davon, nachdem er zum Kannibalismus abgesunken war. [232]

Ein sogar noch auffälligerer oder jedenfalls wichtigerer Aspekt der stalinistischen Psychopathie mag in der Tatsache gesehen werden, daß kein Wort über die Hungersnot in der Presse oder anderswo erscheinen durfte. Menschen, die sie erwähnten, wurden wegen antisowjetischer Propaganda verhaftet; sie erhielten üblicherweise fünf Jahre Arbeitslager oder mehr. Eine Dozentin in einer Landwirtschaftsschule in Molotschansk nahe Melitopil erwähnt, daß es ihr verboten wurde, das Wort »Hungersnot« zu verwenden – obwohl die Lebensmittel sogar in der Stadt nicht ausreichten und in einem Nachbardorf kein einziger Mensch überlebte. [233] Im Nischjon-Lyzeum in der Provinz Tschernihiw, wo Gogol erzogen wurde, sagte man unzureichend verpflegten Schülern, wenn sie über Hunger klagten: »Ihr verbreitet Hitlers Propaganda!« Als der alte Bibliothekar und einige junge weibliche Bedienstete starben und das Wort »Hunger« fiel, rief ein Partei-Aktivist: »Konterrevolution!« [234] Ein Soldat, der 1933 in Feodossija auf der Krim diente, erhielt einen Brief von seiner Frau, in dem das Sterben von Nachbarn und ihre eigene erbärmliche Lage sowie die ihres Kindes beschrieben waren. Der Polit-Offizier beschlagnahmte den Brief und zwang den Soldaten, ihn am nächsten Tag öffentlich als Fälschung zu erklären. Die Frau und der Sohn überlebten nicht. [235]
Von einem Arzt wird berichtet, daß er zu zehn Jahren verurteilt wurde »ohne Recht auf Korrespondenz« (eine übliche Umschreibung für die Todesstrafe), weil er gesagt hatte, daß seine Schwester Hungers gestorben und daß die Ursache die gewaltsame Beschlagnahme von Lebensmitteln gewesen sei. [236]

Selbst die Funktionäre, die den Tod überall um sich herum sehen konnten, durften nicht – gestatteten sich selber nicht – die »Hungersnot« wahrnehmen. Ein Agronom sandte einen alten Mann mit seinem Routinebericht zum örtlichen MTS, aber der Bote starb unterwegs. Der Agronom wurde daraufhin angegriffen, weil er einen kranken Boten ausgesandt habe. Er erwiderte, daß das ganze Dorf am Verhungern sei. Die Antwort lautete: »Es gibt keinen Hungertod in der Sowjetunion – Sie hören auf Kulakengerüchte«; gefolgt allerdings von einem Murmeln: »Halten Sie den Mund!« [237]

Diese Weigerung, der Wahrheit ins Gesicht zu sehen oder auch nur den leisesten Hinweis auf die Wirklichkeit zuzulassen, war zweifellos ein Teil von Stalins allgemeinem Plan. Wie wir in Kapitel 17 feststellen werden, wurde er in weltweitem Maßstab angewandt.

13
Ein Land wird verwüstet

Es geschah in der Ukraine, vor nicht langer Zeit
Schewtschenko

Im Frühsommer 1933 berichtete Malcolm Muggeridge: »Kürzlich bei einem Besuch im nördlichen Kaukasus und in der Ukraine sah ich etwas von der Schlacht, die zwischen der Regierung und den Bauern geführt wird. Das Schlachtfeld ist so trostlos wie in jedem Krieg und erstreckt sich weiter; es erstreckt sich über einen großen Teil Rußlands. Auf der einen Seite Millionen verhungernder Bauern, ihre Leiber oft angeschwollen von Lebensmittelmangel; auf der anderen Soldaten-Angehörige der GPU, die die Befehle der Diktatur des Proletariats ausführen. Sie waren wie ein Schwarm Heuschrecken über das Land gekommen und hatten alles Eßbare mitgenommen; sie hatten tausende Bauern erschossen oder verbannt, manchmal ganze Dorf-Einwohnerschaften; sie hatten ein Stück des fruchtbarsten Landes der Welt in eine melancholische Wüste verwandelt.« [1] Ein anderer Engländer sah »die fruchtbaren Felder der Sowjet-Ukraine – Feld auf Feld bedeckt mit nicht geerntetem Getreide, das man verfaulen ließ. Es gab Bezirke, wo es möglich war, einen ganzen Tag lang zwischen diesen Feldern schwarz werdenden Weizens zu fahren, wobei man nur hie und da eine winzige Oase sah, wo die Ernte glücklich eingebracht worden war.« [2]

Ein Beobachter aus der Stadt beschreibt das am schlimmsten getroffene Land: »Meilenweit wanderten wir durch unbeackertes Land. Maxim sagte, es sei mehr als zwei Jahre nicht mehr kultiviert worden... Noch eine Stunde Weges, und wir kamen zu einem Weizenfeld, oder ich sollte vielmehr sagen: einem Unkraut- und Weizenfeld. Maxim zog an den Weizenpflanzen und zeigte mir ein paar unterentwickelte Körnchen.« [3] Die Frage des Unkrauts hatte früher im Jahr sogar die Politbüro-Ebene erreicht. Aber man hatte es auf die Bauernschaft geschoben: »An einigen Orten haben wir viel Unkraut. Wir reißen es heraus und verbrennen es. Aber wieso konnte es hochkommen? Wegen schlechter Bearbeitung des

Bodens«, berichtete Kaganowitsch einer Konferenz von »Dorf-Schockarbeitern« im Februar 1933. [4]

Wenn 1921 ein verzweifelter Sieg gewesen war und 1930 ein ungünstiges Unentschieden, so sahen das Jahr 1932 und 1933 eine katastrophale Niederlage der ukrainischen Bauernschaft. Der Vorteil des Regimes 1930–1931, und noch mehr 1932–1933, bestand darin, daß es nunmehr organisiert und zentralisiert war, wie es das 1921 so nicht gewesen war. Herzen hatte 1860 gesagt, was er am meisten fürchte, sei »Dschingis Khan mit dem Telegraphen«. Dies ist die richtige Beschreibung dessen, was sich nun in dem Lande zutrug, das die Mongolen so viele Jahrhunderte zuvor verwüstet hatten und das nunmehr eine Wiederholung dieses Grauens erlebte.

Der gerühmte deutsche kommunistische Schriftsteller Theodor Plivier, der lange in der UdSSR gelebt hat, läßt eine Person in seinem Buch *Moskau* von »einem Mann« sprechen, der »die Hungersnot zu seinem Verbündeten macht, um sein Ziel zu erreichen, daß der Bauer wie ein Wurm zu seinen Füßen ist«. Und zu jener Zeit sagte M. M. Chatajewitsch – es war eine grundlegende Analyse aus kommunistischer Sicht – zu einem Aktivisten: »Ein rücksichtsloser Kampf findet zwischen der Bauernschaft und unserem Regime statt. Es ist ein Kampf bis zum Tode. Dies Jahr war eine Probe auf unsere Kraft und ihre Ausdauer. Es erforderte eine Hungersnot, um ihnen zu zeigen, wer hier der Herr ist. Sie hat Millionen Menschenleben gekostet, aber das Kollektivgut-System ist da und bleibt da. Wir haben den Krieg gewonnen.« [5]

Jedwede »Schwierigkeiten«, man sieht es an Kaganowitsch' Sichtweise der verunkrauteten Felder, wurden auf die Bauern geschoben. Im Juni sagte Kalinin auf einem Kongreß von Kollektivgut-Arbeitern: »Jeder Bauer weiß, daß Menschen, die wegen Brotmangels Probleme haben, nicht als Folge einer schlechten Ernte in solcher Lage sind, sondern weil sie faul sind und sich weigerten, ehrliche Arbeit zu leisten.« [6] In der Tat wird diese Linie heute noch von einigen sowjetischen Wissenschaftlern vertreten, von denen einer bemerkte, daß »die Vorgänge von 1932 eine großartige Lektion für die Kollektiv-Landwirte waren«; er fügte hinzu, daß Kulaken-Sabotage der Ernte zu Mangel an Lebensmitteln geführt habe. [7]

Aber nachdem der »Sieg« gewonnen worden war, konnte die katastrophale landwirtschaftliche Situation nicht bis ins Unendliche hingenommen werden, und dies hatte man in Moskau eingesehen. Die Behörden hatten faktisch, wie wir gesehen haben, sich also schon zu

einer Zeit auf die Rückkehr zu normalen Methoden vorbereitet, als
der hungernden Ukraine immer noch die Hilfe versagt wurde.
Am 19. Januar 1933 legte ein neues Gesetz eine einfache Getreide-
steuer fest (von »Land, das tatsächlich kultiviert wird«) anstelle der
Getreide-Einhebungen; wenn auch dies Gesetz erst später in Kraft
trat. Am 18. Februar gestattete der Rat der Volkskommissare die
Einführung des Getreidehandels in den Provinzen Kiew und Winnyzija und einigen anderen Regionen der UdSSR (zu diesem Zeitpunkt
gab es in den beiden genannten Provinzen keinen Getreidehandel).
Schließlich autorisierten die Behörden am 25. Februar, wie wir zuvor
festgestellt haben, eine »Saatgetreide-Subventionierung« für die
nächste Ernte – wobei 325 000 Tonnen in die Ukraine gehen sollten.
Die Getreide-Einhebung in der Ukraine wurde schließlich offiziell
am 15. März 1933 eingestellt. [8] Bis zuletzt war Getreide-Beschlag-
nahmung ermutigt worden – angeblich, um benötigtes »Saatgetreide,
das gestohlen oder illegal verteilt wurde«, zurückzubekommen, wie
Postyschew es ausdrückte. [9] Im April jedoch befand sich Mikojan
Berichten zufolge in Kiew und ordnete die Herausgabe eines Teils
der Getreidereserven des Heeres an die Dörfer an. [10] Es gibt viele
Berichte über Bauern, denen im späten Frühling 1933 Brot gegeben
wurde und die dann zu viel davon zu schnell aßen, manchmal mit
tödlichen Folgen. Im Mai wurden weitere Anstrengungen unternommen, um die Überlebenden zu retten: In manchen Gebieten wurden
Krankenhäuser in verlassenen Bauernhäusern errichtet, und die
Verhungernden wurden mit Milch und Buchweizengrütze gefüttert,
um sie wieder auf die Beine zu bringen. Viele von jenen, die so
schweren Schaden genommen hatten, daß sie Anspruch auf Hilfe
hatten, starben trotzdem. Aber einige überlebten, wobei Frauen und
Mädchen besser abschnitten als Männer und Knaben. [11] Aber ein
Amtsträger sah in einer dieser Notkliniken einen Vater, der selber
noch ein junger Mann war, wie dieser zunächst nach seiner Frau und
seinen beiden Söhnen – einer acht, der andere sechs Jahre alt – in den
Keller getragen wurde, den man zur Unterbringung von Leichen
verwendete. Der Mann selber überlebte erstaunlicherweise. [12]
Gegen Ende Mai vermerkten Beobachter ein Ende der Hungertodesfälle auf Massenbasis, wenn auch die Todesrate abnorm hoch blieb.
[13]

Die geschwächte Bauernschaft wurde nun in eine neue Erntekam-
pagne geworfen. Weder sie noch ihre überlebenden Pferde waren zu
harter Arbeit imstande. Der Tod und die Auszehrung der letzteren

wurden weithin in der ukrainischen Presse gemeldet. Infolgedessen wurde bestimmt, daß Milchkühe zur Aushilfe herangezogen werden könnten. [14] Unnötig zu sagen, daß »Kulaken« für den Zustand der Pferde die Schuld gegeben wurde (eine kuriose Kritik an den armen und mittleren Bauern bestand darin, daß sie eine »kulakenhafte Unfähigkeit in Pflege und Nutzung von Zugtieren gezeigt« hätten. [15] Ein Student, der zum Landeinsatz verpflichtet worden war, beschreibt eine Kolchose, wo die meisten Pferde »mit Stricken aufrechtgehalten werden mußten, denn wenn sie sich einmal hinlegten, standen sie nicht mehr auf«: Ihr Futter war Stroh vom Dach, zerschnitten und gedämpft. Nur vier von den 39 Pferden, die auf das Feld geführt wurden, erreichten es auch (und nur 14 der 30 Kollektivlandwirte). Die Pferde waren nicht stark genug, um Eggen zu ziehen; man mußte ihnen helfen. Und die Männer konnten die Säcke mit der Aussaat nur kurze Zeit tragen, dann mußte man sie ablösen. Sie hielten sich irgendwie bis vier Uhr nachmittags, dann konnten die Pferde nicht mehr. Die Kolchose sagte daraufhin die Arbeit dieses Tages ab, aber »etwas war erreicht worden«. [16]

Die ukrainische Regierung verlangte größere Arbeitsanstrengung; als schlechtes Beispiel nannte sie ein Kollektivgut, wo die Bauern in Wirklichkeit nur siebeneinhalb Stunden gearbeitet hätten statt der 16, die sie zu arbeiten vorgaben. [17] Von Satonskij wird berichtet, daß er ein Dorf im Juli 1933 besuchte und daß dort eine Gruppe erschöpfter Bauern an ihn herantrat, die der Bezirks-Sekretär als Drückeberger bezeichnete. Worauf Satonskij erwidert habe: »Wenn sie sterben, wird es eine Lektion für die anderen sein.« [18] Angesichts der physischen Unfähigkeit der Bauern, mehr als nur einen Teil der Arbeit zu leisten – und der großen Verringerung des Arbeitskräftebestandes insgesamt –, wurde die Aussaat 1933 auf verschiedenartige Weise vorgenommen. Den Kolchos-Pferden wurde schließlich doch Futter zugewiesen, mit Instruktionen, daß es nicht für andere Zwecke verwendet werden dürfe, unter Androhung der Strafverfolgung gemäß dem Gesetz vom 7. August 1932. [19] Vom Mai an wurde jede nur erreichbare menschliche Arbeitskraft aufgeboten. Dies schloß die Bauersfrauen ein. In einer Rübenkolchose begann eine Brigade von 25 oder 30 Bäuerinnen die Arbeit an den Rübenbeeten, aber bis sie das Ende des Feldes erreichten, lag die Hälfte von ihnen bereits erschöpft zwischen den Rüben am Boden. Aber sogar jetzt noch, als der Abgesandte der politischen Abteilung des MTS (also der örtliche GPU-Offizier) aufs Feld ging während der Essenszuteilung (Gersten- und Hafergrütze) und die Frauen als faule »feine

Damen« beschimpfte, schrien sie ihn nieder, warfen Schüsseln mit Grütze nach ihm, gossen heiße Suppe über ihn und verprügelten ihn. Die Anführerin versteckte sich am nächsten Tag im Walde, aber dann stellte sich heraus, daß der Offizier es vorgezogen hatte, den Vorfall nicht zu melden. [20]

Der unzureichende örtliche Arbeitskräftebestand wurde von außen zu hindern versucht. Studenten und andere Personen in der Stadt wurden »mobilisiert«, die Ernte einzubringen; [21] auch Heeresabteilungen wurden zur Hilfe ausgesandt. In einem Dorf, dessen ganze Einwohnerschaft gestorben oder fortgezogen war, wurden Soldaten in Zelten abseits der Häuser untergebracht, und man sagte ihnen – wie man es auch mit anderen gemacht hatte –, daß es dort eine Epidemie gegeben habe. [22]

Wichtiger, und dauerhaft, war die Verlegung russischer Bauern in leere oder halbleere Dörfer. [23] Eine unveröffentlichte Verordnung, unterschrieben von Molotow, wird erwähnt, die davon spricht, man sollte die Wünsche von Einwohnern der zentralen Bezirke der UdSSR erfüllen, in den »freien Gebieten der Ukraine und des nördlichen Kaukasus« siedeln zu dürfen. [24] Nahezu hundert russische Familien sind Berichten zufolge in ein Dorf in der Provinz Dnjepropetrowsk geschickt worden; andere kamen in Orte in den Provinzen Saporischja, Poltawa usw., obwohl einige es nicht ertragen konnten, in Häusern zu leben, die immer noch nach Tod rochen; sie »kehrten nach Orel zurück«. [25] In der Provinz Woroschilowgrad wurden nun verlassene Dörfer, die von Unkraut überwachsen waren und deren Winterweizen im Frühjahr 1933 nicht geschnitten worden war, von Russen besetzt. [26] Ihre Anwesenheit, berichtet von vielen unserer Quellen, wird in der amtlichen Presse bestätigt. [27] Sie erhielten spezielle Rationen von etwa 50 Pfund Weizen monatlich. [28]

In einem Dorf in der Provinz Charkow (Murafa) wohnten einige Kinder als Waisen unter der Fürsorge überlebender Aktivisten. Als die Russen 1933 kamen und die früheren Häuser dieser Kinder übernahmen, griffen die Waisen die russischen Kinder an und nannten sie Diebe und Mörder. Als Folge dessen wurde der Dorfschullehrer zu zwölf Jahren Zwangsarbeit verurteilt. [29] Natürlich wurden, wie vorher schon, nicht nur den Bauern, sondern auch den weniger tüchtigen Parteimitgliedern »Fehler« vorgeworfen. Eine Instruktion vom 17. Juni 1933, unterzeichnet von Stalin und adressiert an Kossior, mit Kopien für Sekretäre von Provinz-, Stadt- und Bezirks-Komitees, wird folgendermaßen zitiert: »Zum letzten Mal werden

Sie daran erinnert, daß jede Wiederholung der Fehler des letzten Jahres das Zentralkomitee zwingen wird, sogar noch drastischere Maßnahmen zu ergreifen. Und dann werden, wenn Sie mir die Redensart verzeihen, nicht einmal ihre alten Partei-Bärte diese Genossen retten.« [30] Dies war eindeutig als Drohung gegenüber den alten Kadern gemeint, gegen die Führung in der Ukraine – obwohl das ukrainische Zentralkomitee selber seine untergeordneten Organisationen attackierte. Wieder einmal wurde das Provinzkomitee von Odessa eigens genannt. Es hatte, so klagte das ukrainische Partei-Organ, »beschlossen, daß der Weizen vom ersten Hektar für die Bedürfnisse örtlicher, oder vielmehr öffentlicher, Versorgung zu nutzen sei. Das ist unkorrekt und falsch, weil die Entscheidung die Abgabe von Brot an den Staat an die zweite Stelle rückt und das Problem der öffentlichen Versorgung an die erste Stelle stellt. Es beweist, daß einige unserer Provinzkomitees unter dem Einfluß der Interessen der Kollektiv-Landwirte standen und deshalb den Interessen der Feinde unseres proletarischen Staates gedient haben«. [31] Letzteres ist eine bemerkenswert offene Formulierung.

In ähnlicher Weise attackierte die Zeitung den Vorsitzenden eines Kollektivs, der bei drei verschiedenen Gelegenheiten Brot für die Bauern aus deren eigenem Weizen hatte backen lassen. Er wurde vor Gericht gebracht, ebenso wie der Vorsitzende des Dorf-Sowjet, der auch Weizen verteilt hatte. [32] Bis zum 15. Oktober 1932 waren 120 000 ukrainische Parteimitglieder überprüft worden, und 27 500 »Klassenfeinde sowie unstabile und demoralisierte Elemente« waren ausgestoßen worden. [33] In der Resolution der Dritten Ukrainischen Partei-Konferenz im Januar 1934 wurden Fehlschläge in einfallsreicher Weise begründet. Die Verteilung der Getreide-Anforderungen gemäß dem Plan sei »mechanisch« vorgenommen worden, ohne örtliche Verhältnisse zu berücksichtigen, so daß »in einer Anzahl von Bezirken« ohne jede Mißernte »eine sehr schlechte Versorgungslage« entstanden sei, »und es hat eine Schädigung der Ökonomie einer Sektion der Kolchosen in diesen Bezirken gegeben«. [34] Wie bei anderen Versuchen, den örtlichen Behörden die Schuld zu geben, ist auch diese Darstellung nicht völlig unbegründet. Aber sie befaßt sich nur mit oberflächlichen Aspekten der Kampagne. Die zentrale Tatsache ist, daß die gesamte Getreideernte der UdSSR von 1932, die nicht schlechter war als die von 1931, nur zwölf Prozent unter dem Durchschnitt von 1926 bis 1930 lag – und damit von einer Hungersnot-Situation weit entfernt war. Aber die Anforderung war um 44 Prozent höher. Es gab keine Möglichkeit, durch örtliche Anpassungen die Krise und die Hungersnot zu verhindern; diese sind uneingeschränkt Stalin und der Moskauer Führung anzulasten.

Kossior hatte die wirkliche Beschaffungs-Lage klargestellt, als er beim Plenum vom Februar 1933 sagte: wenn die Partei sich auf Schätzungen aus den getreideproduzierenden Gegenden gestützt hätte, dann hätte sie nicht die Hälfte dessen einheben können, was sie faktisch einbrachte. Es wird geschätzt, daß die gesamte Einhebung mindestens zwei Millionen Tonnen einschloß, die ursprünglich für die Ernährung der Bauern bestimmt waren. [35]

Solche Zahlen, und in der Tat die meisten Zahlen auf dem Felde der sowjetischen Landwirtschaft, beruhen auf der Tüchtigkeit westlicher Analytiker, denn die amtlichen sowjetischen Zahlen sind entweder irreführend oder nicht existent. Bis 1928 pflegten die Bezirke den Ernteertrag nach tatsächlichen Versuchs-Ausdruschergebnissen zu schätzen, eine Methode, die verläßlich war. Aber 1933 wurde enthüllt, daß der öffentlich festgestellte »Ertrag« nunmehr ermittelt wurde, indem man zehn Prozent von einer Schätzung abzog, wie hoch die Ernte wäre, wenn sie vom Feld ins Lagerhaus ohne Verlust eingebracht wurde. Da der Verfasser (in der »Iswestija«) hinzufügt, daß »die Ausdruschergebnisse sich in den meisten Fällen als um 30, 40 oder 50 Prozent niedriger erwiesen« als die geschätzte »biologische Ernte«, [36] war diese Schätzung offensichtlich völlig betrügerisch. Und da, wie wir gesehen haben, die Bedürfnisse des Staates als erste zu befriedigen waren, folgte daraus, daß vieles von dem, was den Bauern verblieb, imaginär war.

Ein führender westlicher Forscher auf dem Gebiet der sowjetischen Landwirtschaft schätzt, daß die wirkliche Ernte in der UdSSR 1933 insgesamt 68,2 Millionen Tonnen betrug, wovon nur 0,8 Millionen Tonnen exportiert wurden [37] (obwohl diese letztere Zahl amtlich als 1,75 Millionen Tonnen gegeben wird). 1930–31 waren fünf Millionen Tonnen jährlich exportiert worden. Keine dieser Zahlen sind geeignet, Hungersnot herbeizuführen. Der Hauptschuldige war weniger der Export als das »in Reserve« gehaltene Getreide. Stalin selber hob die Wichtigkeit der Reserven hervor in dem vorher in diesem Kapitel zitierten Rundschreiben, in dem er »naive Genossen« anklagte, sie hätten erlaubt, daß »zehntausende Pud wertvollen Getreides« in der Ukraine im Vorjahr »vergeudet« wurden, weil man die Wichtigkeit des Getreide-Lagerungsprojekts unterschätzt habe. Diese »Reserven«, so fügte er hinzu, hätte man niemals so weit absinken lassen dürfen. [38]

Überdies stand vieles von dem Getreide, das man den Bauern zu einem so hohen Preis entrissen hatte, auch nicht als Reserve zur Verfügung. Wie zuvor (und wie es heute noch in der Sowjetunion üblich ist) nahm die Verschwendung stupende Ausmaße an. Postyschew vermerkte im November 1933, daß »eine ganz erhebliche Menge Getreides durch sorglosen Umgang damit verlorengegangen sei«. [39] Es gab dutzende Presseberichte, wie dies geschehen konnte: Bei der Station Kiew-Petrowka faulte ein riesiger Weizenhaufen einfach weg. [40] Am Sammelpunkt Traktorskij wurden zwanzig Waggons Getreide überflutet. [41] In Krasnograd verrottete der Weizen in Bündeln. [42] In Bachmatsch wurde es auf den Boden geschüttet und verrottete dort. [43] Der prosowjetische Korrespondent der »New York Times«, Walter Duranty, notierte (aber berichtete es nicht in seiner Zeitung), daß »große Mengen Getreides bei den Bahnhöfen zu sehen waren, von denen ein Großteil unter offenem Himmel lag«. [44] Im Herbst 1933 entgleiste in der Nähe von Tscheljabinsk ein Güterzug, der mit Getreide beladen war. Das Getreide lag einen ganzen Monat im Freien. Es wurde fast sofort mit Stacheldraht eingezäunt und von Wachen umstellt. Jede Nacht gab es Versuche, etwas von dem Getreide zu holen. Mehrere Sammler wurden getötet; die Verwundeten wurden ins Krankenhaus geschafft und später verhaftet. Aber als das Getreide schließlich weggeschafft wurde, stellte sich heraus, daß es im Regen vollkommen verrottet war und nicht einmal für »technische« Zwecke in der Industrie taugte. [45] Dies war das Ergebnis eines Unfalls, aber ähnliche Vorkommnisse werden oft im Zusammenhang mit Getreide vermeldet, das routinemäßig gestapelt wurde. Die Britische Botschaft berichtet über die Ansicht eines deutschen Experten, daß »bis zu dreißig Prozent der Ernte (von 1933) verlorengegangen sein kann«. [46] Selbst eine weit niedrigere Zahl hätte einen großen Unterschied für den Bauern bedeutet.

Denn mittlerweile waren die eingeschüchterten Überlebenden auf die bloße Existenzhaltung reduziert. Stalins Juni-Rundschreiben legte fest, daß nur zehn Prozent des Getreides in den Kolchosen bleiben dürfe »zur Ernährung, nach Erfüllung der Ablieferungen, der Zahlung an die Maschinen-Traktor-Stationen, der Rücklagen für Saatgut und Futter«. [47] Hungersnot war eine Notstandsmaßnahme im Kampf gewesen. Nun aber sah der ukrainische Bauer sich Mangel und Ausbeutung als Dauermaßnahme gegenüber. Gleichzeitig

wurde der Angriff auf sein nationales Erbe fortgesetzt. Die volkstümliche und patriotische Kultur der Ukraine war lange Zeit in den
ländlichen Gebieten durch blinde Sänger aufrechterhalten worden –
die Kobsare, gefeiert von Schewtschenko –, die von Dorf zu Dorf
wanderten und ihren Lebensunterhalt durch Vortrag der alten Natio-
nallieder und -balladen erwarben. So wurden die Bauern ständig an
ihre freie und heroische Vergangenheit erinnert. Dies unerwünschte
Phänomen wurde nunmehr unterdrückt. Die Sänger wurden zu
einem Kongreß eingeladen, und als sie sich dort versammelten,
wurden sie verhaftet. Die meisten von ihnen sind Berichten zufolge
erschossen worden [48] – was nur logisch ist aus dieser Sicht, denn sie
wären bei der Zwangsarbeit in den Lagern kaum von Nutzen gewesen.

In den Städten war die Kampagne gegen die Verteidiger der Ukrainisierung ebenfalls unablässig weitergegangen. Am Höhepunkt der
Hungersnot wurden die meisten »Saboteure« in Amtsstellen mit der
landwirtschaftlichen Katastrophe in Beziehung gebracht. Den 75
höheren Landwirtschaftsfunktionären, die am 5. März beschuldigt
wurden, war insbesondere Sabotage in der Ukraine, dem Nord-
Kaukasus-Gebiet und Bjelorußland vorgeworfen worden. [49] Aber
in der Ukraine entwickelte sich der Angriff bald zu einer spezifisch
antinationalen Kampagne. Die alte Intelligenzija, die die ganze
Breite der Kultur des Landes repräsentierte, hatte man sich bereits
vorgenommen. Nun kam das nationalistische Element in der kommunistischen Partei selber dran.
Eine Beziehung wurde natürlich zwischen kommunistischen »nationalistischen« Verschwörern und den früheren nichtkommunistischen
Opfern hergestellt. Matwej Jaworskij, der führende »ideologische
Wachhund« der Partei über die ukrainischen Historiker in den 20iger
Jahren, war 1930 wegen seines bislang orthodoxen »nationalistisch-
kulakischen« Ideensystems beschuldigt worden. [50] Nun (im März
1933) wurde er verhaftet und der Mitgliedschaft in einer »ukrainischen militärischen Organisation« angeklagt. Anscheinend wurde er
ins Lager gesteckt und dort 1937 erschossen. Unter den als Mitver-
schwörer Angeklagten, angeblich finanziert von »polnischen Guts-
besitzern und deutschen Faschisten«, [51] befanden sich Schumskij,
der ursprüngliche Anführer der »nationalen Abweichung« der ukrainischen Partei, sowie einige andere Gestalten, unter ihnen Skrypnyks
Sekretär Esternjuk. Bald wurde eine »polnische militärische Organisation« mit nationalistischen wie auch polnischen Verbindungen

bloßgestellt, mit einem früheren Sekretär des Provinzkomitees von Tschernihiw an ihrer Spitze. Und etwas später wurde eine »Vereinigung des Kuban und der Ukraine« vor Gericht gebracht, allerdings ohne Publicity. [52] Am 1. März 1933 wurden verschiedene Veränderungen in der Regierung angekündigt, deren wichtigste die Absetzung Skrypnyks von seiner langjährigen Position als Leiter des ukrainischen Volkskommissariats für das Bildungswesen war (dafür wurde er zum Vorsitzenden der staatlichen Planungskommission ernannt, ein Posten von geringem Einfluß). [53] Das Ukrainische Sprachinstitut der Ukrainischen Akademie der Wissenschaften war ein Hauptzentrum des nationalen Widerstandes unter Schumskij und Skrypnyk gewesen. Am 27. April 1933 attackierte die »Prawda« es als ein Nest bourgeoiser Nationalisten, die ausgeheckt hätten, die ukrainische Sprache von der »brüderlichen russischen Sprache« zu trennen. Bald danach wurden sieben führende Philologen und Dutzende weniger bedeutender Gestalten verhaftet. [54]

Am 12. Mai kam es zu der Verhaftung von Mychaylo Jalowy, dem leitenden politischen Redakteur des ukrainischen staatlichen Verlagshauses. Am 13. Mai erschoß sich sein enger Kollege, Mykola Chylowy, »die farbigste Persönlichkeit im literarischen Leben der Ukraine«. Er hinterließ einen Brief an das ukrainische Zentralkomitee mit einem Angriff auf den neuen Terror. [55] Im Laufe der nächsten Wochen und Monate gab es weitere Selbstmorde und dutzende Verhaftungen innerhalb der literarischen Intelligenzija. Am 10. Juni 1933 sprach Postyschew vor dem ukrainischen Zentralkomitee über Figuren des kulturellen Lebens, die sich als Agenten des Feindes erwiesen und sich »hinter dem breiten Rücken des Bolschewiken Skrypnyk versteckt« hätten. In der Philosophie, der Literatur, der Volkswirtschaft, der Linguistik, der Agrarwirtschaft und der Politischen Theorie hätten sie Ideen entwickelt, wie man die Sowjetregierung abschaffen könne – und sie seien verantwortlich für Schwierigkeiten bei der Getreidebeschaffung. Skrypnyk, so fügte Postyschew hinzu, habe sie manchmal offen verteidigt. [56]

Von Skrypnyk wird berichtet, er habe Postyschew vor dem Zentralkomitee trotzig attackiert und ihn beschuldigt, die Prinzipien des Internationalismus verraten zu haben. Er hat dies anscheinend bei einer Tagung des Politbüros wiederholt. Im Laufe des Juni und Juli attackierten Postyschew und andere führende Persönlichkeiten ihn ihrerseits, und am 7. Juli verteidigte er sich wieder vor dem Politbüro. Sie forderten seine bedingungslose Kapitulation. Stattdessen erschoß er sich am selben Nachmittag. Der offizielle Nachruf bezeichnete ihn

nicht direkt als Verbrecher, sondern vielmehr als »Opfer bourgeois-
nationalistischer Elemente, die... sein Vertrauen erlangten«. Er
habe daraufhin »eine Serie politischer Irrtümer« begangen, die zu
überwinden er den Mut nicht besessen habe; deshalb habe er Selbstmord begangen – »eine Handlung der Schwäche, die eines Mitglieds
des Zentralkomitees der Allunions-Kommunistischen Partei besonders unwürdig ist«. [57]
Im November war er ein »nationalistischer Entarteter« geworden,
der »den Konterrevolutionären nahestand, die für die Sache der
Intervention arbeiten«. [58] Zu seinen Verbrechen gehörten seine
hartnäckigen Bemühungen, die Russifizierung der ukrainischen
Sprache zu verhindern. Er hatte den Kampf während des letzten
Jahres seiner Aktivität fortgesetzt und sogar Kaganowitsch sanft
kritisiert, weil dieser bei einem Besuch in Kiew (im Einklang mit der
stalinistischen Linie) gesagt hatte, daß die Syntax des Ukrainischen
näher an das Russische herangeführt werden sollte. [59] Er wurde
nunmehr beschuldigt, daß er in Wirklichkeit bemüht gewesen sei,
»für die größtmögliche Trennung der ukrainischen Sprache von der
russischen Sprache« zu arbeiten. [60] Als er stürzte, bestand eine der
vehementest betriebenen Anklagen gegen ihn darin, daß er geholfen
habe, ein weiches »L« und ein neues Symbol für ein hartes »G« in die
ukrainische Orthographie einzuführen. Das wurde 1932 als bourgeois kritisiert, aber 1933 mit Konterrevolution gleichgesetzt; Postyschew sagte, daß das harte »G« den »nationalistischen Zerstörern«
geholfen habe. Es wurde auch als – »objektive« – Hilfeleistung für die
annexionistischen Pläne polnischer Gutsbesitzer gewertet. [61]
Skrypnyks spätere Ansichten wurden von Kossior nicht unfair zusammengefaßt (aus stalinistischer Sicht), als er ihn im November
1933 verdammte: »Skrypnyk hat die nationale Frage in schwerwiegender Weise überschätzt und übertrieben; er machte sie zum Eckstein, sprach von ihr wie von einem Ziel an sich und ging sogar so
weit, zu bestreiten, daß die nationale Frage eine untergeordnete
Rolle im Klassenkampf und in der Diktatur des Proletariats spiele.«
In der Tat hatte Skrypnyk, wie Kossior hervorhob, sogar geschrieben: »Die Behauptung ist nicht wahr, daß die nationale Frage hinter
der allgemeinen Theorie des Klassenkampfes zurücktritt.« [62]

Ein massiver Angriff auf die kulturellen Institutionen des Landes
wurde Anfang Juni durch Stalins Spießgesellen Manuilskij (den
Trotzkij als den »widerlichsten Renegaten des ukrainischen Kommunismus« beschrieb) angedeutet. Vor der Kiewer Partei-Organisation

sagte er zum kulturellen Problem: »Hier in der Ukraine gibt es eine Anzahl von Institutionen, die die erhabenen Titel von Akademien, Instituten und wissenschaftlichen Gesellschaften tragen, die aber oftmals nicht sozialistische Wissenschaft, sondern Ideologie des Klassenfeindes beherbergen. Das nationale Problem ist an frühere Mitglieder nationalistischer Parteien verpachtet worden, die es nicht schaffen, sich mit der Partei organisch zu verbinden.« [63] Diese wurden später (von Kossior) definiert als »viele Mitglieder kleinbürgerlicher nationalistischer Parteien, versöhnungsbereiten Parteien, die später in die Reihen unserer Partei eintraten... ukrainische Sozialdemokraten und Borotbisten« und andere. [64] Jede denkbare kulturelle, akademische und wissenschaftliche Organisation wurde nunmehr gesäubert. Wie Kossior sagte: »Ganze konterrevolutionäre Nester wurden gebildet in den Volkskommissariaten für Bildung, für Landwirtschaft, für Justiz; im Ukrainischen Institut für Marxismus-Leninismus, in der Landwirtschaftlichen Akademie, dem Schewtschenko-Institut usw.« [65]

Die Landwirtschafts-Akademie wurde (natürlich) gesäubert; ihr Direktor, sein Stellvertreter und andere führende Persönlichkeiten starben in Lagern. Das Schewtschenko-Forschungsinstitut für Literaturwissenschaft wurde noch schwerer bestraft: 14 seiner führenden Forschungs-Mitarbeiter erhielten lange Lagerstrafen; sein Direktor und fünf andere führende Persönlichkeiten wurden erschossen. [66]

Zu den weiteren Opfern gehörten der größte Teil der Mitarbeiterstäbe des Ukrainischen Instituts für Ost-Studien, der Ukrainischen Kammer für Maße und Gewichte, der Ukrainischen Filmgesellschaft (WUFKU) und der Ukrainischen Konferenz für die Schaffung einer neuen ukrainischen Orthographie sowie der Lektorenstab der »Sowjet-Ukrainischen Enzyklopädie«. [67] Die »Gesamtheit« der Karl-Marx-Staatsinstitution in Charkow wurde denunziert als »faktisch in den Händen von Konterrevolutionären«. [68]

Aber Volksfeinde gab es überall – sie edierten das wichtigste literarische Journal »Tscherwonny Schljach«, sie saßen im staatlichen Transportwesen, im Amt für Geodäsie, in den Verlagshäusern (von denen vier aufgelöst werden mußten). [69] Das Ukrainische Institut für Philosophie wurde gesäubert, und seine führenden Persönlichkeiten, die Professoren Jurynetz und Nyrtschuk, wurden später verhaftet; letzterer als Oberhaupt eines fiktiven »trotzkistisch-nationalistischen Terroristenzentrums«. [70] Beim Plenum des ukrainischen Zentralkomitees im November 1933 war Kossior imstande,

eine Anzahl Geständnisse von »nationalistischen« Professoren zu
zitieren, des Inhalts, daß sie geplant hätten, die Ukraine zwischen
Deutschland und Polen aufzuteilen. Von nun an wurden täglich
Listen in der Akademie der Wissenschaften angebracht, mit den
Namen der Entlassenen und den Gründen für die Entlassung –
üblicherweise »Zerstörung« oder »feindliche Ideologie« oder »Auf-
rechterhalten des Kontakts mit Volksfeinden«. In den nächsten
Monaten waren nahezu alle weg.

Das ukrainische Theater, nie vollständig unterdrückt, wurde als
Monument nationaler Kontinuität betrachtet. Im Oktober 1933
wurde der führende Regisseur, Les Kurbas, Gründer des Beresil-
Theaters, als Nationalist angegriffen und entlassen. Postyschew soll,
wie berichtet wird, versucht haben, ihn zu gewinnen, sei aber stand-
haft zurückgewiesen worden. Er wurde im November verhaftet und
starb im Arbeitslager; sein Theater wurde ein Schauplatz für »sozialistischen Realismus«. [71] Eine Gruppe von fünf Malern, die die
Fresken im Tscherwono-Sawodsk-Theater in Charkow malten, wurden verhaftet und drei von ihnen erschossen. Die Fresken wurden
wegen »nationalistischen« Inhalts gleich nach ihrer Enthüllung vernichtet. [72]

Während das Postyschew-Regime die »nationalistische« Abweichung vernichtete und mit ihr alle selbständigen Elemente der nationalen Kultur, unternahm es trotzdem keinen Versuch, die formale
Seite der Ukrainisierung zu vernichten, wie es die früheren russisch-
kommunistischen Eindringlinge gern getan hätten. Die Hauptstadt
wurde von Charkow in die traditionelle Stätte Kiew am 24. Juni 1933
zurückverlegt, und eine teilweise Russifizierung wurde anstelle der
Beseitigung der ukrainischen Sprache ins Werk gesetzt. Was man
attackierte, war die »mechanische« Ukrainisierung. [73] Damit war
jede autonome Entwicklung schlechthin gemeint.

Postyschew faßte die kulturelle Säuberung am 19. November zusammen, des Inhalts, daß »die Entdeckung von Skrypnyks nationalistischer Abweichung uns die Gelegenheit gab, die Struktur des Sozialismus, und insbesondere die Struktur der ukrainischen sozialistischen
Kultur, aller petljuristischen, machnoistischen und anderen nationalistischen Elemente zu entledigen. Eine große Arbeit ist geleistet
worden. Es genügt zu sagen, daß wir in dieser Periode 2000 Männer
des nationalistischen Elements, darunter dreihundert Wissenschaftler und Schriftsteller, aus dem Volkskommissariat für Bildung hin-
ausgesäubert haben. Acht zentrale sowjetische Institutionen wurden
von mehr als 200 Nationalisten gesäubert, die Positionen wie die

eines Abteilungsleiters besetzt hatten. Zwei Systeme, die der Kooperative und die der Getreidereserven, wurden nach meiner persönlichen Kenntnis von mehr als 2000 Nationalisten und Weißgardisten gesäubert«. [74]

Aber die Säuberung des ukrainischen Nationalismus war noch nicht vorbei, in der Tat, sie sollte nie zu Ende gehen, jedenfalls wenn es nach dem Willen des Sowjetregimes ging. Balitzkij, der OGPU-Chef, verkündete vor dem 12. Kongreß der Ukrainischen Kommunistischen Partei im Januar 1934, daß wieder eine neue Verschwörung, ein »Block ukrainischer nationalistischer Parteien« entdeckt worden sei. [75] (Später unterstellte Postyschew, daß Skrypnyks Gruppe dazugehört habe.) [76] Bei demselben Kongreß benannte Postyschew 26 Professoren des Allukrainischen Verbands Marxistisch-Leninistischer Institute als Staatsfeinde; [77] der Verband wurde später als Nest von »Konterrevolutionären, Trotzkisten und Nationalisten« aufgelöst. [78] Einen Monat später prahlte Postyschew vor dem 17. Allunions-Parteikongreß: »Wir haben die nationalistische Konterrevolution im letzten Jahr ausgelöscht, wir haben die nationalistische Abweichung bloßgestellt und vernichtet.« Dies war, aus sowjetischer historischer Sicht, verfrüht, denn es sollte ukrainische Nationalisten, die man säubern mußte, sowohl im ganzen Land als auch in der Partei selber bis in die heutige Zeit hinein geben. Sogar bei dieser Gelegenheit machte Kossior klar, daß – immer noch – »die Klassenfeinde ihre Zerstörungsarbeit unter der Flagge der Ukrainisierung zu betreiben versuchen«. [79]

Als nach der Ermordung Kirows im Dezember 1934 große Gruppen angeblicher Untergrund-Terroristen in Moskau, Leningrad und der Ukraine erschossen wurden, waren die Namen in den beiden russischen Städten die von unbekannten Opfern, offensichtlich nach Belieben ausgesucht. In Kiew wurden 28 Mitglieder eines »Weißgardisten-Zentrums« erschossen auf Grund der Anklage, daß sie aus dem Ausland mit Revolvern und Handgranaten zu terroristischen Zwecken eingesickert seien. [80] In Wahrheit waren nur zwei von ihnen im Ausland gewesen, wenn auch sieben von ihnen West-Ukrainer waren, die seit langem in der UdSSR lebten. Einige waren Persönlichkeiten des Rada-Regimes gewesen, aber die meisten waren Literaten wie Dmytro Falkiwskij, Hrihory Kosinka und der junge taubstumme Dichter Oleksa Wlysko – dessen »Geständnis« von Postyschew im nächsten Jahr zitiert wurde: er sei 1929 »einer ukrainischen faschistischen nationalistischen Organisation beigetreten . . .

Ich habe alle terroristischen Grundsätze der faschistischen Plattform mitgetragen«. [81]

Eine »borotbistische Verschwörung« wurde 1935 aufgedeckt, mit einer Führung, die berühmte Schriftsteller wie etwa den führenden Dramatiker des Landes, Mikola Kulisch, einschloß – der auch »Terrorismus« eingestand, allerdings erst seit April 1933. [82] Dann wurde im Januar 1936 eine Gruppe, geführt von dem gefeierten Kritiker, Dichter und Literaturprofessor Mikola Serow, geheim in Kiew vor Gericht gestellt unter Anklage der Spionage und des Terrorismus. Serow, der praktisch der Mentor der gesamten literarischen Wiedererweckung in den 20er Jahren gewesen war, wurde beschuldigt, an einem Requiem für die im Dezember 1934 Erschossenen teilgenommen und beschlossen zu haben, sie zu rächen. Seine »Bande« bestand zumeist aus seinen neoklassischen Dichterkollegen, Sprachstudenten und Mitgliedern des Höheren Literarischen Seminars an der Universität Kiew. [83]

Trotzkismus war bereits einer der Anklagepunkte, und in dem Maße, in dem die Kampagne fortschritt, wurde dieser Bezug sogar noch tödlicher als die Anklage des Nationalismus, mit der sie oft verbunden wurde. Von 1935 an entdeckte man Trotzkisten an den Universitäten von Kiew, Charkow und Dnjepropetrowsk, im Verlagshaus der bereits vielgesäuberten »Sowjet-Ukrainischen Enzyklopädie« und im Institut für Volkserziehung in Luhansk. Im Jahre 1937 wurde erklärt, daß trotzkistische Gruppen in allen ukrainischen Städten existierten. [84]

Das Ausmaß des Schlages gegen die ukrainische Kultur kann aus den bloßen Zahlen ersehen werden. Nach einer Schätzung verschwanden etwa 200 von 240 Autoren, die in der Ukraine schrieben (eine andere Schätzung lautet: 204 von 264): ihre Namen sind sämtlich aufgelistet und entsprechen einem Panorama der Kultur des Landes (einer entkam ins Ausland, und sieben starben eines natürlichen Todes; damit verblieben 32 oder 34 dem Stalinismus oder dem Schweigen). Von etwa 84 Führern auf dem Gebiet der Linguistik wurden 62 liquidiert. [85]

Und so lag die Ukraine nun zermalmt am Boden: ihre Kirche vernichtet, ihre Intellektuellen erschossen oder im Arbeitslager dem Tode überantwortet, ihre Bauern – die Masse der Nation – abgeschlachtet oder unterdrückt. Selbst Trotzkij fühlte sich zu der Bemerkung veranlaßt, daß »nirgendwo Unterdrückung, Säuberungen, Unterwerfung und alle Arten von bürokratischer Zerstörungswut generell so tödliche Proportionen annehmen wie in der Ukraine beim

Kampf gegen mächtige unterirdische Bestrebungen in den ukrainische Massen nach mehr Freiheit und Selbständigkeit«. [86] Stalins Maßnahmen müssen ihm ausreichend für den Zweck erschienen sein. Wenn sie das nicht waren, so deshalb, weil er die Überlebenskraft nationaler Gefühle im Einstecken dieser Schläge unterschätzte.

Heutzutage wird der Begriff »Genozid« oft theoretisch verwendet. Es mag lohnen, den Text der UNO-Konvention über Verhinderung und Bestrafung von Genozid (Völkermord) in Erinnerung zu rufen; er wurde von der Generalversammlung am 9. Dezember 1948 beschlossen, erlangte Rechtswirksamkeit 1950 und wurde von der UdSSR 1954 ratifiziert:

Artikel I

Die vertragsschließenden Parteien bestätigen, daß Genozid ein Verbrechen im Sinne des Völkerrechts ist, einerlei, ob es im Frieden oder im Kriege begangen wird, dessen Verhinderung und Bestrafung sie verbürgen.

Artikel II

Im Sinne des vorliegenden Abkommens wird als Genozid jede der nachstehenden Handlungen angesehen, die in der Absicht begangen wird, eine nationale, völkische, rassische oder religiöse Gruppe ganz oder teilweise zu vernichten:

a) Ermordung von Mitgliedern dieser Gruppe;

b) Zufügung schwerer körperlicher oder geistiger Schäden;

c) Unterwerfung unter Arten der Behandlung oder Lebensbedingungen, die dazu bestimmt sind, die physische Vernichtung der ganzen Gruppe oder eines Teiles derselben herbeizuführen;

d) Maßnahmen, die darauf abzielen, Geburten innerhalb der Gruppe zu verhindern;

e) Zwangsweise Überführung von Kindern der Gruppe in eine andere Gemeinschaft.

Es ist offenkundig, daß der Tatbestand des Völkermordes durch Handlungen der Sowjetunion in der Ukraine verwirklicht worden ist. Das war zumindest die Meinung von Professor Rafael Lemkin, der die Konvention entworfen hat. [87] Aber ob diese Vorgänge formell als Völkermord definiert werden, ist nicht der entscheidende Punkt. Es kann kaum geleugnet werden, daß ein Verbrechen gegen die ukrainische Nation begangen worden ist. Und ob in den Hinrichtungskellern, den Zwangsarbeitslagern oder den verhungernden Dörfern verübt: Es sind Verbrechen auf Verbrechen gegen die Millionen einzelnen, die diese Nation bildeten.

Die »Große Sowjetische Enzyklopädie« enthält einen Artikel über »Genozid«; sie charakterisiert das Verbrechen als einen »Ableger des verfaulenden Imperialismus«.

14
Kuban, Don und Wolga

Warum sollten wir vor deinen Augen sterben, wir und unser Land?
Genesis

Östlich der ukrainischen Grenzen, am Unterlauf des Don und jenseits des Asowschen Meeres über das Tiefland hinweg, das sich zum Kalmückengebiet erstreckt, liegen Territorien, die großenteils von Kosaken und ukrainischen Bauern bewohnt sind. Was erstere betrifft, so sind die Don-Kosaken russischen Ursprungs, aber sie hatten ihren eigenen Dialekt entwickelt. Tatsächlich wurde ein eigenes »Don-Wörterbuch« von der Nordkaukasischen Sektion der Akademie der Wissenschaften in Rostow herausgegeben, zum Gebrauch für die 25 000, die sich anders nicht verständlich machen konnten. [1] Aber die Kuban-Kosaken waren von ukrainischer Herkunft, als direkte Nachkommen jener Saporoscher Kosaken, die nach dem russischen Angriff auf den Sitsch 1775 in türkisches Gebiet flüchteten, später aber zurückkehrten und an den Kuban zogen als Kern des kubanischen Kosakenheeres, das somit der legitime Nachkomme der alten Republik von den Wasserfällen war.

Die Zahl der Kuban-Kosaken und der ukrainischen Bauern, die ihnen in dies Gebiet folgten, samt anderen aus dem nördlichen Kaukasus, wird zum Beginn des 20. Jahrhunderts auf 1 305 000 geschätzt; [2] kurz vor der Revolution wies das Kuban-Gebiet eine Bevölkerung von 2,89 Millionen auf, von denen 1,37 Millionen Kosaken waren. [3]

Es gibt im Westen ein gewisses Mißverständnis hinsichtlich der Kosaken. Als kriegerische »Heere« standen sie den vorrevolutionären Regierungen sowohl im Kriege zur Verfügung als auch zur Niederwerfung von Unruhen und revolutionären Demonstrationen. Und ihre Rolle in jenem andersartigen und schlimmeren Phänomen, dem Pogrom, ist wohlbekannt. Wenn auch das Wort »Kosak« oft unterschiedslos für alle berittenen Soldaten und Polizisten gebraucht wurde, so waren doch die echten Kosaken nur zu oft die wirksamen Instrumente des Regimes oder seiner örtlichen Amtsträger. Sie hatten, wie Beobachter bemerkten, die Tugenden und die Fehler

einer vergleichsweise privilegierten und freien militärisch-landwirt-
schaftlichen Gemeinschaft. Ihr Bildungsniveau in vorrevolutionärer
Zeit wird beschrieben (von Fürst Kropotkin in der *Encyclopaedia
Britannica,* XI. Auflage) als über dem durchschnittlichen Niveau der
Russen.

Die Kosaken proklamierten unabhängige Staaten im Chaos von
1917/18. Im allgemeinen neigten sie den Weißen Armeen zu, denen
sich viele ihrer Führer anschlossen. Aber dies war keineswegs die
einstimmige Meinung, wie Michail Scholochow (aus eigener Erfahrung) in »Am stillen Don« darlegt. Er macht auch klar, daß viele
Kosaken, die vormals den Roten zugeneigt oder neutral waren,
durch Terrortaktiken in den Widerstand gedrängt wurden, ohne den
der Sieg der Bolschewiki bei weitem weniger Opposition begegnet
wäre. In den Kuban- und den Don-Gebieten waren die Kommunisten sogar schwächer als in der Ukraine. Die Kosaken bildeten auch
aus einem anderen Grunde ein schwieriges Problem. Anders als bei
der ukrainischen Bauernschaft war ihre Tradition, sogar ihre Organisation, von militärischer Natur. Und ihre »Stanizen« waren typischerweise nicht kleine Dörfer, die von einer Handvoll Polizeisolda-
ten niedergeworfen werden konnten, sondern große Siedlungen bis
zu 40 000 Einwohner – wenn nicht mehr.

Es gab Kosaken-Aufstände 1922–23 und 1928. Der Kollektivierungs-
Kampf war erbittert, und die Behörden trafen früh Vorbereitungen,
um Schwierigkeiten zu lösen. Schon im November 1929 wurden
militärische Dispositionen getroffen im Blick darauf, wie man mit
den gefährlichsten Gegenden fertigwerden könnte. Außer Polizei-
Einheiten wurde die 14. Moskauer Schützendivision an den Don
verlegt, und zwei andere Divisionen wurden ausgeschickt, um den
nordkaukasischen Militärbezirk zu verstärken. [4]

Wir befassen uns hier nicht mit der Dekulakisierung und Kollektivierung dieser Gebiete, abgesehen davon, daß wir die Zähigkeit des
Widerstandes festhalten und die Aufrechterhaltung eines anomal
hohen Prozentsatzes individueller Bauernhöfe bis 1933, trotz besonders harter Maßnahmen. Viele Erwachsene wurden deportiert; viele
Jugendliche, mobilisiert für Straßenarbeiten, starben. [5] Im Kuban-
und im Don-Gebiet hörte der Kollektivierungskampf niemals auf; er
verschmolz unmittelbar mit der Terror-Hungersnot von 1932–33.

Der Widerstand der Kosaken verhinderte die effektive Einführung
der Hungersnot bis zu einem späteren Zeitpunkt, als sie anderswo
angewendet wurde. Wie der örtliche Erste Sekretär Scheboldajew es

ausdrücken sollte: »Wieder versuchten die Kulaken 1932 mit uns um Brot zu kämpfen, diesmal von der Basis der Kollektivgüter aus... Aber wir verstanden das nicht;« so daß das Zentralkomitee »eine Gruppe von Mitgliedern des Zentralkomitees unter dem Genossen Kaganowitsch zu uns« aussenden mußte, »um uns zu helfen, die Situation zu korrigieren«. [6]

Diese besondere Kommission des Zentralkomitees erschien in Rostow Anfang November 1932. Sie trat mit dem nordkaukasischen Territorial-Komitee am 2. November zusammen und benannte spezielle Bevollmächtigte für jeden Bezirk. [7] Am 4. November wurde Stalins berüchtigter Terror-Handlanger Schkirkjatow durch Beschluß des Zentralkomitees zum Vorsitzenden einer Kommission berufen, die die Partei im Nord-Kaukasus-Gebiet – und insbesondere im Kuban-Gebiet – säubern sollte »von Personen, die dem Kommunismus feindlich gegenüberstehen und eine Kulaken-Politik betreiben«; zwei Tage später wurde eine ähnliche Säuberung des Komsomol befohlen gegen »Organisatoren des Kulaken-Widerstandes«. [8]

Scheboldajew sprach am 12. November von Kulaken-Banden, die Kolchosen leiteten: als Beispiel nannte er einen früheren Roten Partisanen, Träger des Ordens vom Roten Stern, der Vorsitzender einer Kolchose war, die die Hälfte ihres Brotes verborgen hielt; es gebe »zehn und hunderte« Beispiele von Kolchosen, die von Kommunisten geleitet würden und dennoch das Getreide »plünderten«. Er fügte hinzu, daß dies Verbrechen »vor allem im Kuban-Gebiet« vielfach zu finden sei, wo er »riesige« Weißgardisten-Kader sah, und er attackierte mehrere Stanizen, vor allem die berühmte Poltawskaja, wo zwei Drittel der Bauern immer noch Einzel-Landwirte seien; sie sei seinerzeit dafür bekannt gewesen, daß sie »aktiv sowjetische Streifkräfte bekämpft« habe. [9]

Nichterfüllung des Plans habe zu »beschämendem Versagen« in zehn Bezirken und zu schweren Fehlern in 11 anderen geführt. Sieben Bezirks-Sekretäre wurden am 24. November getadelt und Gerichtsurteile gegen den Direktor eines Staatsguts und andere Personen gefordert. Eine Kolchose wurde angegriffen, weil sie die jämmerliche Menge von zwei Kilogramm Getreide an notleidende Mitglieder ausgegeben hatte. Sogar in dem großen Staatsgut »Kuban« mit seinen 35 000 Morgen, das jahrelang ein kommunistisches Modell gewesen war, mußten ein Drittel der Arbeiter und der Verwalter hinausgeworfen werden, und 100 der etwa 150 Parteimitglieder wurden wegen solcher Vergehen liquidiert. [10] Sir John Maynard, der die Gegend besucht und generell bestritten hat, daß es dort

Hungersnot gegeben habe, erwähnte Deportationen von Kommunisten und hohen örtlichen Amtsträgern aus dem Nord-Kaukasus-Gebiet, vor allem aus dem Kuban-Gebiet, die mit den Bauern gemeinsame Sache gemacht hätten. Er fügte hinzu, daß die Todesrate dort »sehr hoch« liege. [11] Die Don- und Kuban-Gebiete wurden nunmehr unter militärischen Notstand gestellt unter dem Vorwand einer Cholera-Epidemie (eine traditionelle Methode, die auch bei den Unruhen von Nowotscherkassk 1962 angewandt wurde). [12] Und die ganze Nord-Kaukasus-Region scheint, wie wir von einem mit dem Regime sympathisierenden Beobachter erfahren, im Januar 1933 einer Sonderkommission unterstellt worden zu sein, die die Vollmacht hatte, »den Widerstand Leistenden Zwangsarbeit aufzuerlegen, sie auszuweisen, zu deportieren und zu bestrafen, sogar mit dem Tode«. [13] Im Gefängnis von Rostow wurden in den Zellen fünfzig Verhaftete untergebracht. [14]

Scheboldajews Angriff auf die Staniza Poltawskaja am 12. November war keine bloße Verbaldrohung gewesen. Am 17. Dezember befahl eine Verordnung des Vorsitzenden des Exekutiv-Komitees des Nord-Kaukasus-Territoriums die Deportation der gesamten, 27 000 Personen umfassenden Bevölkerung der Staniza. Eine Partisanenbewegung hatte im Gebiet von Poltawskaja bis 1925 existiert, und verstreute Gruppen hatten sich noch lange danach gehalten. 1929/30 waren 300 der 5600 Haushalte in die Verbannung geschickt worden, und 250 Personen waren wegen Nichterfüllung der Getreide-Ablieferungsquoten vor Gericht gestellt worden; etwa 40 davon wurden erschossen. Der Frauenaufstand in dieser Region wurde von Witwen Roter Partisanen angeführt. 1930/31 wurde eine Anzahl angeblicher Mitglieder der »Union für die Befreiung der Ukraine« verhaftet. [15] Nunmehr, im Dezember 1932, gab es in der Tat einen echten Aufstand, wobei NKWD-Männer und Aktivisten getötet wurden; die Staniza fiel in die Hände der Aufständischen, die Abteilungen ausschickten, um die nahegelegenen Siedlungen mit in die Erhebung zu führen. Dies hatten sie jedoch erst nach einigem Zögern unternommen, und die Behörden vermochten eine überwältigende Übermacht zu konzentrieren und Poltawskaja nach schweren Kämpfen zurückzuerobern.

Der NKWD-Kommandant Kubajew gab einen Befehl heraus mit der Bestimmung, daß die Staniza Poltawskaja in die Hände von Kulaken gefallen sei und daß die gesamte Bevölkerung verbannt werde mit Ausnahme einiger weniger loyaler Bürger. Zu diesem Zweck wurde ein »Kriegszustand« deklariert, und die Einwohner wurden gewarnt, daß jeder Verletzung der gegebenen Befehle begegnet würde mit der »höchsten Maßnahme sozialistischer Verteidigung, ERSCHIES-SUNG«. Dies galt denjenigen, die »Agitation veranstalteten, provokative Gerüchte verbreiteten, Panik verursachten oder Eigentum bzw. Produktion plünderten«. [16] Russische Siedler übernahmen die Stanzia, und sie wurde umbenannt in Krasnoarmejskaja (»Von der Roten Armee«).

Der Operation Poltawskaja wurde die meiste Publizität gegeben, um ein Exempel zu statuieren, aber ähnliche Handlungen wurden in Umanskaja begangen (Bevölkerung: 30000), Urupskaja, Medweditzkaja, Myschatiwskaja und andernorts. [17] Aufständische der großen Staniza Labinskaja wurden in Armawir vor Gericht gestellt, und viele wurden zum Tode verurteilt, aber die ganze Bevölkerung wurde nicht vertrieben. [18] Roy Medwedjew berichtet, [19] daß alles in allem 16 Stanizen in den fernen Norden deportiert wurden und daß ihre Gesamtbevölkerung etwa 200000 Personen betragen haben müsse. Aus einigen Stanizen (beispielsweise Iwaniw) wurde nur die Hälfte der Bevölkerung verbannt, aber sie trugen auch zu diesen Zahlen bei. [20] Ein Soldat berichtet, wie er auf der Kosaken-Staniza Brjuchnowetzkaja im Armawir-Gebiet eintraf, die 20000 Einwohner gehabt hatte. Wie anderswo, so war auch dort vor einigen Monaten der Versuch eines Aufstandes niedergeworfen worden, und alle Überlebenden, Männer, Frauen, Kinder und Invaliden, waren deportiert worden, bis auf das eine oder andere alte Ehepaar. Auf der Straße stand das Unkraut dschungelhoch; die zerstörten und verlassenen Häuser waren kaum sichtbar. [21]

Er ging in ein Haus: »In der halben Minute, die ich da verbrachte, sah ich zwei menschliche Leichen. Eine alte Frau saß auf dem Boden, ihr ungekämmtes, grauhaariges Haupt auf der Brust. Sie lehnte gegen das Bett, ihre Beine waren weit gespreizt. Ihre toten Arme waren über der Brust gekreuzt. Sie starb genauso, ihre Seele Gott aufgebend, ohne ihre Arme zu entkreuzen. Ein alter gelber Arm ragte aus dem Bett heraus und ruhte auf dem grauen Haupt der Frau. Auf dem Bett konnte ich den Leichnam eines alten Mannes sehen, der mit einem selbstgewebten Hemd und ebensolcher Hose bekleidet war. Die nackten Sohlen der Füße ragten über den Rand des Bettes hinaus, und ich konnte sehen, daß diese alten Füße weit über die Erde gegangen waren. Ich konnte das Gesicht des alten Mannes nicht sehen; es war der Wand zugekehrt. Zu meiner Schande muß ich gestehen, daß ich wirklich Angst hatte. Aus irgendeinem Grunde erschütterte mich ganz besonders die Hand, die auf dem Kopf der toten Frau ruhte. Vielleicht hatte der alte Mann mit einer letzten Anstrengung seine Hand auf seine tote Frau gelegt, und es geschah so, daß sie beide starben. Wann starben sie – eine Woche zuvor, oder zwei?«

Aber es fand sich schließlich doch ein lebender Einwohner. Ein nackter Mann mit langem Haar und Bart kämpfte mit einigen Katzen unter einer Akazie um den Besitz einer toten Taube. Er war wahnsinnig geworden, aber der Soldat konnte doch seine Geschichte erfahren. Er war Kommunist gewesen und Vorsitzender des örtlichen Sowjet, doch als die Kollektivierung kam, hatte er seine Mitgliedskarte zerrissen und sich den Aufständischen angeschlossen. Die meisten von ihnen waren getötet worden, aber er hatte es geschafft, sich in den Malaria-Sümpfen unter Wolken von Moskitos am Kuban zu verstecken. Seine Frau und seine Kinder befanden sich unter den Deportierten. Er hatte irgendwie den Winter überlebt und war dann in sein früheres Heim zurückgekehrt – der letzte Einwohner einer vormals großen und blühenden Siedlung. [22]

Überdies wurde – wie in der Ukraine selbst, aber gründlicher – die ukrainische Nationalität und Kultur angegriffen. Im Jahre 1926 gab es 1 412 276 Ukrainer allein im Kuban-Gebiet und 3 107 000 im ganzen Nord-Kaukasus-Territorium. Viele ukrainische Schulen wurden in den zwanziger Jahren errichtet, unter der Verwaltung von Skrypnyk als Ukrainischem Bildungskommissar. Es gab ein urkrainisches pädagogisches Institut und eine ukrainische pädagogisch-technische Schule in Poltawskaja. Im Dezember 1929 wurde eine Anzahl ukrainischer Akademiker von kubanischer Abstammung verhaftet, als Teil der allgemeinen Säuberung ukrainischer Kultur, die damals begann. [23] 1932/33 wurden Beschuldigungen wegen »örtlichem Nationalismus« frei herumgeworfen (wie auch in der Ukraine) in der örtlichen Zeitung »Molot«. [24] Und früh im Jahre 1933 wurde eine Anzahl von Persönlichkeiten des kulturellen und politischen Lebens im Kuban-Gebiet verhaftet, einschließlich der meisten Professoren der beiden ukrainischen Institute. Russisch ersetzte Ukrainisch als Unterrichtssprache. Und zwischen 1933 und 1937 wurden alle 746 ukrainischen Grundschulen in russische Schulen verwandelt. [25] Zermalmt, dezimiert, und mehr als dezimiert durch Verschleppung entnationalisiert – das Gebiet hat wahrscheinlich mehr als jedes andere gelitten. Der sowjetische Sieg über die Einwohner war endlich erreicht worden.

Mittlerweile aber griff die Hungersnot unter denen um sich, die nicht deportiert worden waren. Die Methoden waren dieselben, die wir in Berichten über andere Regionen beschrieben haben. Wir haben das Zeugnis von Michail Scholochow zitiert, einem getreuen Anhänger des Regimes: es bezieht sich auf die Region der Don-Kosaken, wo er gelebt hatte. Ein Einwohner schrieb: »Hier im Kuban-Gebiet herrscht eine solche Hungersnot, daß die Toten nicht mehr begraben werden können.« [26] Ein anderer schrieb, daß »die Kinder aneinandergeschmiegt in einer Ecke sitzen, zitternd vor Hunger und Kälte«. [27] Andere Briefe berichten: »Mein lieber Ehemann und ich und die Kinder arbeiteten den ganzen Sommer über schwer. Wir hatten Brot für ein ganzes Jahr... Sie ließen uns hilflos und mittellos zurück.« [28] »Im Dezember mußten wir unser ganzes Getreide und andere Erzeugnisse, einschließlich Gemüse, an die Regierung abliefern.« [29] »In der Steppe oder auf den Feldern, wo immer man hingeht, liegen ganze Familien.« [30] Zwei Bauern, die um die 60 Jahre alt waren, bekamen Haftstrafen von zehn Jahren, weil sie zwei Kilogramm Maisschoten besaßen. [31] Bei einer Gelegenheit wurden zwei Kinder in einer Lastwagenladung toter Kinder, die zum Friedhof transportiert wurden, als noch lebend entdeckt. In diesem Fall jedoch wurde der zuständige Arzt erschossen. [32]

Ein Lokomotivführer, der auf der Eisenbahn im nördlichen Kaukasus beschäftigt war, beschreibt folgendes: »Anfang 1933 pflegten zwei geheimnisvolle Züge jeden Morgen zu einer festgesetzten Stunde vor Sonnenaufgang von der Station Kawkas im Nord-Kaukasus in Richtung Mineralni Wody und Rostow abzufahren. Die Züge waren leer und bestanden jeweils aus fünf bis zehn Güterwaggons. Zwei bis vier Stunden später pflegten die Züge zurückzukehren, eine gewisse Zeit an einer kleinen Station unterwegs anzuhalten und dann auf einer Sack-Strecke in einem ehemaligen Steinbruch weiterzufahren. Während die Züge in Kawkaska anhielten, oder auf einer Nebenstrecke, waren alle Wagen verschlossen; sie schienen beladen zu sein und wurden sorgsam vom NKWD bewacht. Zunächst kümmerte sich niemand um die geheimnisvollen Züge, ich auch nicht. Ich arbeitete dort nur vorübergehend, weil ich immer noch ein Student des Moskauer Transport-Instituts war. Eines Tages aber rief mich Zugführer Ch., der ein Kommunist war, leise an und nahm mich zu den Zügen mit, wobei er sagte: ›Ich möchte dir zeigen, was in den Waggons ist.‹ Er öffnete eine Tür ein wenig; ich blickte hinein und fiel beinahe in Ohnmacht angesichts dessen, was ich sah. Der Waggon war voller Leichen, aufeinander geschichtet. Der Zugführer erzählte mir später diese Geschichte: ›Der Stationsvorsteher hatte Geheimbefehl von seiner vorgesetzten Dienststelle erhalten, den Wünschen des örtlichen und des Eisenbahn-NKWD nachzukommen und in jeder Morgendämmerung zwei Züge mit leeren Güterwaggons bereit zu halten. Die Mannschaften der Züge wurden vom NKWD bewacht. Die Züge fuhren hinaus, um die Leichen von Bauern einzusammeln, die Hungers gestorben und von nahegelegenen Dörfern zu den Eisenbahnstationen gebracht worden waren. Die Leichen wurden in dem abgelegenen Bereich jenseits der Steinbrüche begraben. Der ganze Bereich wurde vom NKWD bewacht, und keine Fremden durften sich in der Nähe aufhalten.‹« [33]

Wie wir schon sagten, waren selbst in den großen Stanizen, deren Einwohner nicht alle auf einmal deportiert worden waren, die Verluste durch die Hungersnot riesig – 14000 von den 24000, die in Labinskaja blieben, usw. [34] Von ihnen wurde oft berichtet, daß es nur Alte und Kranke waren. In der Staniza Starkorsunska wurde eine Abteilung der GPU-Kavallerie, die dort 1930 hin entsandt worden war, stets in Alarmzustand gehalten. Es gab mehrere Massenverhaftungen von 50 bis 100 Menschen. Nach der Hungersnot blieben nur 1000 von den 14000 Einwohnern übrig, und die Situation war ähnlich in den benachbarten Stanizen Woronitzka und Dinska. [35] Ende 1933 faßte ein Bericht der Britischen Botschaft die Lage folgendermaßen zusammen: »Das Kosaken-Element ist größenteils eliminiert worden, ob durch Tod oder Deportation.« [36] Nichtkosakische ukrainische Dörfer wurden ebenfalls schwer getroffen: In Paschiwske in der Region Krasnodar wurde die Bevölkerung von 7000 auf 3500 Personen reduziert. [37]

Anders als in der Ukraine wurden im Nord-Kaukasus-Gebiet die Städte nicht verschont. Sie hatten ebenfalls eine hohe Todesrate: 50000 werden aus Stawropol gemeldet (Einwohnerschaft 140000), 40000 in Krasnodar (Einwohnerschaft 140000). [38] Es gibt einige Berichte mit erfreulicherem Ausgang. In der Region Salsk im Don überlebten tausende, indem sie in die Steppe hinauszogen und Murmeltiere fingen. Ein Dorf mit tausend Haushalten – Sawitne – lebte sechs Monate davon und hortete sogar Fettreserven. [39] Im allgemeinen aber können wir sagen, daß die Kuban- und Don-Regionen das Äußerstmögliche in der Terror-Hungersnot erlitten. Ein ausländischer Besucher berichtet: »Das erste, was mir auffiel, als ich in den Kosakendörfern in der Nachbarschaft von Kropotkin herumging, war der außerordentliche Verfall des physischen Zustandes einer einst ungewöhnlich fruchtbaren Region. Riesige Unkrautgewächse von verblüffender Höhe und Härte füllten viele der Gärten; man sah sie in den Weizen-, Mais und Sonnenblumenfeldern wehen. Vergangen waren die Weizenbrote, die saftigen Lammbraten, die überall zum Kauf angeboten worden waren, als ich das Kuban-Tal 1924 besuchte.« [40]

Im Kuban-Gebiet waren überdies keine Zugtiere übriggeblieben, so daß eine Feldbestellung ohnehin unmöglich war. [41] Ein Parteifunktionär kommentierte bei seinem ersten Besuch in seiner kaukasischen Heimat nach der Revolution: »Ich hatte dies Land gekannt, als es ein einziges Wohlstandsgebiet war... Nun fand ich die ländlichen Gebiete auf äußerste Verwüstung und Elend reduziert. Zäune, Hekken und Tore waren verschwunden, um Brennholz abzugeben. Straßen waren mit Unkraut und Farn überwachsen, Häuser zerfielen... Selbst die einst enthusiastischen Parteiaktivisten hatten den Glauben verloren...« [42] Ein englischer Besucher des Gebiets berichtete der Britischen Botschaft, es erinnere »an ein Militärlager in der Wüste – keine Arbeit, kein Getreide, kein Vieh, keine Zugpferde, nur müßige Bauern und Soldaten«. [43] Ein anderer sagte, es sei »eine halbverwüstete Region, die man beinahe rekolonisieren müsse«. [44]

Weiter nördlich und westlich traf die Hungersnot das Gebiet der Unteren Wolga, nach der Nationalität teils ukrainisch, teils russisch, aber mit den Wolgadeutschen im Mittelpunkt. Wir haben verschiedene Berichte heutiger russischer Autoren hinsichtlich der Schrecken ihrer Kindheit während der Hungersnot zitiert; einige von ihnen stammen aus dem Wolga-Gebiet. Einer berichtet von den »vier Särgen, die unsere Familie in jenem schrecklichen Jahr zum Dorffriedhof trug«, wenn er auch hinzufügte, daß (anders als in der Ukraine) einige winzige Lebensmittelrationen an »lange Warteschlangen« ausgegeben wurden, die eben ausreichten, um damit bis zur nächsten Ausgabe zu überleben. [45] Ein anderer sagt, daß »ganze Familien ausstarben. In unserem Dorf, Monastyrskoje, blieben von 600 Haushalten 150 übrig, und der Ort war von keinem Krieg berührt worden.« [46]

Aber der größte Teil unserer Informationen kommt aus der Wolgadeutschen Republik, die ein Hauptziel gewesen zu sein scheint. Die Deutschen Evangelischen Kirchen erhielten etwa 100 000 Briefe von Rußlanddeutschen, hauptsächlich Hilfsappelle. [47] Diese Briefe von Angehörigen derselben Religion, mit denen immer der Kontakt aufrechterhalten worden war, sind fast sämtlich stark religiös geprägt.

Eine Anzahl dieser Briefe stammt aus dem Nord-Kaukasus-Gebiet oder der Ukraine, und sie berichten die vertraute Geschichte. Aber die meisten stammten aus der Wolgadeutschen Republik selbst – auch dort bestanden Hungersnot-Zustände, und aus dem gleichen Grunde: »Wir mußten alles dem Staat abgeben«. (Februar 1933) [48] Viele Briefe sprechen davon, daß man vier, fünf, sechs Monate lang kein Brot gehabt habe. Auf den Staatsgütern sogar »bekommen diejenigen, die für den Staat arbeiten, 150 Gramm Brot täglich, zu wenig zum Leben, zu viel zum Sterben«. [49]

Was aber die gewöhnlichen Dörfer betrifft: ». . . Vier von Bruder Martins Kinder sind an Hunger gestorben, und die anderen sind nicht weit davon entfernt« (März 1933); »das große Dorf (von etwa 8000 Einwohnern) ist halb leer« (März 1933); »Wir haben schon seit fünf Monaten kein Brot, Fleisch oder Fett bekommen . . . Viele liegen im Sterben«; »man findet keine Hunde mehr, nicht einmal Katzen« (April 1933); »So viele sterben, daß man keine Zeit hat, Gräber zu graben« (April 1933); »im Dorf ist alles tot. Tage vergehen, wo man keine Seele sieht . . . Wir haben uns in unserem Hause eingeschlossen, um uns auf den Tod vorzubereiten« [50] (Februar 1933). Ein sterbender Protestant schreibt: »Wenn ich in die Zukunft blicke, so sehe ich vor mir das Bild eines Berges, den ich nicht ersteigen kann.« [51]

Gelegentlich erwähnen Briefe das Eintreffen eines Pakets aus dem Westen. [52] Aus diesem Grund, und vielleicht aus anderen Gründen, scheint die Todesliste nicht so groß gewesen zu sein wie die am Kuban. Nichtsdestoweniger wird die Zahl der Deutschen, die in der Hungersnot gestorben sind, mit 140 000 angegeben. [53] Und es wird geschätzt, daß zu diesem Zeitpunkt sich 60 000 weitere Deutsche im Gefängnislager befanden. [54]

Die Überlebenden wurden wie üblich in großer Zahl 1941 deportiert. Und obwohl sie rehabilitiert wurden, haben sie bis heute nicht die Erlaubnis zur Rückkehr in ihr Heimatgebiet erhalten.

Es erschien uns lohnend, die Briefe aus der deutschen Bauernschaft (dort angesiedelt seit dem 18. Jahrhundert) zu zitieren als praktisch die einzigen absolut aus der Zeit stammenden Zeugnisse aus erster Hand von Menschen, die tatsächlich an der Hungersnot litten, während sie ihre Briefe schrieben. Diese Zeugnisse unterscheiden sich nicht erheblich von dem, was uns Beobachter aus der Ukraine und vom Kuban berichten, noch von dem, was wir von Überlebenden erfahren, die später über ihre Erlebnisse Zeugnis ablegten.

15
Kinder

Pianger sentí fra il sonno i miei figliuoli
Ch'eran con meco, e domander del pane
Dante

Eine ganze Generation von Kindern auf dem Lande in der UdSSR insgesamt, aber besonders in der Ukraine, wurde getötet oder verkrüppelt. Dies kann in seiner Bedeutung für die sowjetische Zukunft gar nicht deutlich genug hervorgehoben werden. Von einem humanitären Standpunkt aus brauchen wir kaum zu betonen, wie uns das Schicksal der Kinder während dieser großen Katastrophe aufwühlt und schmerzt. Überdies steht außer Frage, daß für die Perspektive eines Landes sowohl das Schrumpfen einer Generation wie auch die Erfahrung der Überlebenden bis zum heutigen Tag Wirkungen zeitigte, die immer noch empfunden werden. Die Photographien von Kindern, die wir besitzen, selbst von Kleinkindern, mit Gliedmaßen wie Stöcke und schädelgleichen Köpfen, sind herzzerreißend, wie immer unter solchen Umständen. Und diesmal, anders als sogar bei der sowjetischen Hungersnot 1921, gibt es keine begleitenden Bilder von Rettungsarbeitern, die sich bemühen, wie schwierig es auch der Lage nach gewesen sein mag, ihnen zu helfen.

Ein Beobachter berichtet von einem Überlebenden: »Der arme Junge hatte so viel Leid und so viele sterbende Menschen gesehen, daß er zu glauben schien, das alles gehöre eben zum Leben. Es gab für ihn keine andere Daseinsform. Die Kinder nahmen das Grauen ihrer Umgebung stets als selbstverständlich hin.« [1]

Der Krieg gegen die Kinder wurde mit der scheinbaren Notwendigkeit der historischen Gesetzlichkeit gerechtfertigt. Der Mangel an »bourgeoiser« Sentimalität bei Durchsetzung der Parteibefehle wurde zum Prüfstein des wahren Kommunisten. Schon 1929 bemerkte ein Schulungspapier, wie »manche Genossen, die zum Zwecke der Getreide-Einhebung kommen, empfehlen, alles zu tun, um die Zwischenfälle bei der Verfolgung von Kulaken-Kindern in der Schule zu intensivieren und um diese Verfolgung zum Druck auf die Kulaken-Eltern zu nutzen, die böswillig Getreide zurückhalten. Indem man ihrem Rat folgt, beobachtet man, wie die Klassen-Spannungen zwischen den Kindern verschärft wurden, beginnend mit dem Ärgern kleiner Kinder und meistens in Schlägereien endend«. [2] Als der Sekretär eines Bezirkskomitees sagte, man solle genug Saatgut übriglassen, damit die Kulaken säen und ihre Kinder ernähren könnten, wurde er angegriffen: »Denken Sie nicht an die hungrigen Kinder des Kulaken; im Klassenkampf ist Nächstenliebe von Übel.« [3] Droben in Archangelsk wurden 1932/33 den mittellosen Kindern deportierter »Kulaken« kein Schulfrühstück und keine Gutscheine für Kleider gegeben, wie die anderen sie bekamen. [4] In dieser Haltung lag Logik. Eine wirtschaftliche Klasse wie die »Kulaken«, die das Regime zu vernichten bemüht war, besteht aus Kindern ebenso wie aus Erwachsenen. Überdies wurde Marx' Lehre, daß die Wirtschaftsgrundlage das Bewußtsein bestimmt, in einer sehr direkten Weise angewandt – so trugen beispielsweise die überlebenden Kinder von Kulaken, selbst wenn sie von ihren Familien getrennt waren, ihr gesellschaftliches Stigma in ihren Ausweispapieren. Auf dieser Basis wurden ihnen Ausbildung und Arbeitsplätze verweigert, und sie waren immer in Gefahr, in Alarm-Zeiten verhaftet zu werden.

Die Einbeziehung von Kindern in die Straftaten ihrer Eltern gehörte zur Tradition. Von der Erschießung des vierzehnjährigen Zarewitsch 1918 zu der des vierzehnhährigen Sohnes des Bolschewiken Lakoba 1937 führt ein logischer Schritt. In den dreißiger Jahren wurden Kinder, wie Ehefrauen, oft unter der Rubrik TschSIR verurteilt: Angehörige der Familie eines Vaterlandsverräters – eine unwiderlegliche Anklage. Kulakenkinder wurden oft hilflos zurückgelassen, wenn beide Elternteile verhaftet wurden. Wie Lenins Witwe Krupskaja in einer Schulungspublikation schrieb: »Die Eltern eines kleinen Jungen werden verhaftet. Er geht weinend die Straße herunter... Jedem tut er leid, aber niemand kann sich entschließen, ihn zu adoptieren, ihn in sein Heim aufzunehmen: ›Schließlich ist er doch der Sohn eines Kulaken... Es könnte Unannehmlichkeiten geben‹« [5] Die Krupskaja selbst plädierte gegen diese Haltung, mit der Begründung, daß der Klassenkampf nur zwischen Erwachsenen auszutragen sei. Aber ihre Stimme zählte schon lange nicht mehr.

Dennoch gab es viele Gelegenheiten, bei denen die Erwachsenen tapferer oder anständiger waren, als die Krupskaja es annahm. Wir hören von Fällen, um ein Beispiel zu nennen, wo der Vater fort war und die Mutter vor Erschöpfung auf dem Feld starb und Arbeiterkollegen ihre Kinder aufnahmen. [6] Eine typische Geschichte für solche Gutherzigkeit ist die eines kleinen ukrainischen Bauern, der sich weigerte, einer Kolchose beizutreten und dafür verhaftet, geschlagen und deportiert wurde. Seine Frau hängte sich daraufhin in der Scheune auf, und eine kinderlose Familie nahm ihren kleinen Sohn zu sich. Der verbrachte seine Zeit damit, sein verlassenes Heim aufzusuchen; zu seinen Pflegeeltern kam er nur, um auf ihrem Ofen zu schlafen, ohne jemals ein Wort zu reden. [7] Wieder und wieder hören wir von solchen »Kollektivierungs-Waisen«, die von Bauern aufgenommen wurden.

Manchmal rettete eines Mannes Voraussicht und Einfallsreichtum seine Familie, zumindest für die nächste Zeit. Ein Überlebender berichtet, wie er als Zehnjähriger aus der Schule heimkehrte und sein Haus leer und versperrt vorfand. Sein Vater war verhaftet und seine Mutter und jüngeren Geschwister bei der Familie eines armen Bauern aufgenommen worden. Um die Jüngeren zu retten, wies die Mutter ihn und seinen zwölfjährigen Bruder an, für sich selbst zu sorgen. Der Vater jedoch konnte fliehen und zog als Schuhmacher herum, wobei er seinen Kunden sagte, sie sollten nicht ihn bezahlen, sondern seiner Familie etwas zu essen schicken. Er hatte auch die Vorsorge getroffen, Lebensmittel auf dem Grundstück eines örtlichen Aktivisten zu vergraben, wo normalerweise niemand danach suchen würde. Die beiden Jungen schlugen sich damit durch, und damit, daß sie angeln gingen, wann immer man den Patrouillen ausweichen konnte, die das nunmehr zu verhindern versuchten. [8]

Aber solche Hilfe war nicht immer zu erlangen, aus offensichtlichen Gründen. Ein Junge, der aus einem Deportations-Zug fliehen konnte, besuchte einige Monate später seinen heimischen Chutor. Dieser war verlassen, das Dach abgerissen, Unkraut stand mannshoch, Iltisse hausten in den verwüsteten Hütten. [9] Kleine Kinder, wie wir schon hervorgehoben haben, bildeten einen hohen Anteil von den 15 bis 20 Prozent, die in den Zügen während der Deportationen von 1930 bis 1932 starben; und viele andere starben in der Verbannung. [10] Im März, April und Mai 1930 starben nach Berichten nahezu 25 000 Kinder in den Kirchen von Wologda, [11] auf dem Weg in die Verbannung, von denen wir im Kapitel 6 sprachen. Die Kinder derjenigen, die aus ihren Häusern vertrieben wurden oder aus der Verbannung flüchten konnten, lebten am Rande der Existenz, und viele von ihnen starben. Wie bei den Erwachsenen ist es unmöglich, präzise zu sagen, wie viele zu Opfern der Deportationen wurden und wieviele der Hungersnot erlagen, aber es gibt Hinweise dafür, daß die Hungersnot der schlimmere Mörder war.

Als sie 1932 zuschlug, führten die ukrainischen Bauernkinder ein furchtbares Leben. Nicht nur war da der immer steigende Hunger, sondern auch die psychische Belastung der Familie, die manchmal zum Zusammenbruch der gegenseitigen Liebe führte. Wir erwähnten bereits Wassili Grossmans Bemerkung, daß Mütter manchmal soweit getrieben wurden, ihre Kinder zu hassen, wenngleich in anderen Fällen »die Liebe unzerbrechlich war...« In einer Familie weigerte der Ehemann sich, seine Frau die Kinder ernähren zu lassen; und als er dahinterkam, daß der Nachbar den Kindern etwas Milch gab, zeigte er ihn wegen Hortens an – allerdings vergeblich. Er jedoch überlebte nicht, wohl aber die Kinder... [12]

In anderen Fällen führte der durch Verhungern entstehende Wahnsinn, wie wir beschrieben, zu Kannibalismus, und viele der uns vorliegenden Berichte melden, daß Kinder von Eltern gegessen wurden.

Die Hungersnot führte manchmal zu grausamen Entscheidungen. Eine Frau, der jemand im Frühling 1934 zu ihren drei schönen Kindern gratulierte, erwiderte, sie habe sechs gehabt, aber sie habe beschlossen, die »drei stärksten und klügsten« zu retten und die anderen sterben zu lassen; sie habe diese hinter dem Haus begraben. [13] Ein Agrarwissenschaftler beschreibt, wie er bei einer Wanderung mit einem anderen Amtsträger zwischen zwei Dörfern eine tote junge Frau fand, mit einem lebenden Säugling an ihrer Brust. Er ersah aus ihrem Paß, daß sie 22 Jahre alt war und von einem etwa 13 Meilen weit entfernten Dorf hergewandert war. Sie übergaben das Baby – ein Mädchen – dem Ernährungszentrum an ihrem Wegziel und fragten sich, ob man ihm jemals erzählen würde, was aus seiner Mutter geworden war. [14] Arthur Koestler sah aus seinem Zugfenster verhungernde Kinder, die »aussahen wie Embryonen, die man aus Alkohol-Flaschen herausgenommen hat«; [15] oder, wie er es anderswo ausdrückt: »Die Stationen waren umgeben von bettelnden Bauern mit geschwollenen Händen und Füßen; die Frauen hielten zu den Zugfenstern gräßliche Kleinkinder hinaus, mit riesigen wackelnden Köpfen, stockgleichen Gliedmaßen und angeschwollenen, spitzen Bäuchen...« [16] Und dies waren Familien, die wenigstens noch die Kraft besaßen, bis zur Bahnlinie zu gehen.

Es gibt viele solcher Beschreibungen vom körperlichen Zustand der Kinder. Grossman gibt eine der vollständigsten Schilderungen ihres

Aussehens und wie es schlimmer wurde, je mehr die Hungersnot um sich griff: »Und die Bauernkinder! Hast du jemals die Zeitungs-Photographien der Kinder in den deutschen Konzentrationslagern gesehen? Sie sahen genau so aus: ihre Köpfe wie schwere Kugeln auf dünnen kleinen Hälsen wie die von Störchen, und man konnte jeden Knochen ihrer Arme und Beine unter der Haut hervortreten sehen, und wie die Knochen miteinander verbunden waren, und das ganze Skelett war mit einer gespannten Haupt überzogen wie gelbe Gaze. Die Gesichter der Kinder waren alt und zerquält, als wären sie 70 Jahre alt. Und im Frühling schienen sie überhaupt keine Gesichter mehr zu haben. Stattdessen hatten sie vogelgleiche Köpfe mit Schnäbeln, oder Froschköpfe – dünne, breite Lippen und manche von ihnen erinnerten an Fische mit offenen Mündern. Keine menschlichen Gesichter.« Er vergleicht sie unmittelbar mit jüdischen Kindern in den Gaskammern und kommentiert: »Dies waren sowjetische Kinder, und die sie zum Tode brachten, waren sowjetische Leute.« [17]

In vielen Fällen starben die Kinder daheim mit der ganzen Familie. Dabei mochten die letzten Überlebenden die Kinder sein, die dann nicht wußten, was sie tun sollten. Ein ausländischer Journalist beschreibt eine Hütte in einem Dorf nahe Charkow, wo nur ein vierzehnjähriges Mädchen mit einem zweieinhalbjährigen Bruder überlebte. »Dies jüngere Kind kroch auf dem Boden herum wie ein Frosch, und sein armer kleiner Körper war so deformiert, daß er nichts Menschenähnliches mehr hatte ... (Es) hatte nie Milch oder Butter zu schmecken bekommen und hatte nur einmal in seinem Leben Fleisch geschmeckt. Schwarzbrot und Kartoffeln in sehr geringen Mengen waren die einzige Nahrung dieses Kindes gewesen, das mehrmals im vergangenen Winter dem Tode nahe gewesen war.« Als er zu ihnen kam, hatten sie zwei Tage nichts zu essen gehabt. [18]

Andere wanderten vielleicht auf und davon ohne irgendeine bestimmte Hoffnung: »Am Straßenrand zwischen Krysywka und Budyscha, im Oratsch nahe dem Teich von Budyscha, wurden Ende Juni die Leichen zweier Kinder gefunden – eines etwa sieben Jahre alt und das andere vielleicht zehn. Wer weiß, wessen Kinder sie waren? Sie scheinen niemandem gefehlt zu haben, niemand fragte nach ihnen, sie starben wie Kätzchen ...« [19]

In verzweifelter Lage schickten Eltern ihre Kinder weg in der Hoffnung, daß sie eine Überlebenschance haben würden durch Betteln und Kleindiebstähle, auf die sie nicht hoffen konnten, wenn sie bei ihren Familien blieben.

Ein ehemaliger Roter Partisan und Aktivist in Tschernouch, Provinz Poltawa, hatte sich mit seiner Frau und seinen fünf Kindern 1930 dem Kollektivgut angeschlossen und war ein loyaler Kolchosnik geworden. Als ihm der Hungertod vor Augen stand, nahm er seine vier überlebenden Kinder (ein fünftes war beim Gemüsediebstahl totgeschlagen worden) zum Bezirksvorsitzenden und bat um Hilfe, aber er konnte keine bestimmte Zusicherung erlangen. Daraufhin ließ er die Kinder bei dem Beamten, der sie in ein Kinderheim brachte, wo zwei von ihnen bald starben. Ein paar Tage später hängte der Vater sich an einem Baum außerhalb des Bezirksamtes auf. [20] Ein siebenjähriger Junge sagte, daß, als nach dem Tode seines Vaters seine Mutter allmählich anschwoll und nicht mehr aufstehen konnte, sie ihm sagte, er solle »gehen und sich was zu essen suchen«; ein Achtjähriger ging fort, nachdem beide Eltern gestorben waren; ein Neunjähriger bekam Angst vor den unerklärlichen Bewegungen seines Vaters, nachdem seine Mutter gestorben war, und verließ sein Heim; einem anderen Neunjährigen sagte dessen Mutter, er solle sich zu retten versuchen, und beide weinten, als er ging; ein Achtjähriger sah seine Eltern angeschwollen und hilflos und verließ sie. [21]

Manchmal wanderte die Mutter mit ihrem letzten Baby davon. Es gibt viele Berichte über Mutter und Kind, tot auf der Landstraße oder auf einer städtischen Straße liegend; andere von einer toten Frau mit einem noch lebenden Säugling an der Brust. [22] Manche setzten ein kleines Kind an einer Tür aus in irgendeinem Ort, in der Hoffnung, daß irgend jemand helfen würde, weil sie nicht helfen konnten. »Eine Bauersfrau erschien aus einem Seitenpfad, gekleidet in einen sackähnlichen Fetzen. Sie schleppte ein Kind von drei oder vier Jahren am Kragen einer zerrissenen Jacke mit, wie jemand einen schweren Sack schleppt. Die Frau schleppte das Kind auf die Hauptstraße. Hier ließ sie es in den Schlamm fallen... Das kleine Gesicht des Kindes war aufgedunsen und bläulich. Um die kleinen Lippen stand Schaum. Die Hände und der winzige Körper waren angeschwollen. Es war ein Elendsbündel, todkrank, aber immer noch lebendig. Die Mutter ließ das Kind auf der Straße liegen in der Hoffnung, daß jemand etwas tun werde, um es zu retten. Mein Begleiter suchte mich zu trösten. Tausende und Abertausende solcher Kinder, so sagte er mir, hätten dieses Jahr in der Ukraine ein ähnliches Schicksal erlitten.« [23]

Ein anderer Bericht informiert uns: »In Charkow sah ich einen Jungen, zum Skelett abgemagert, mitten auf der Straße liegen. Ein zweiter Junge saß neben einem Faß voller Müll und suchte die

Eierschalen heraus... Als die Hungersnot zunahm, begannen die Eltern in den Dörfern, ihre Kinder in die Städte zu bringen, wo sie sie zurückließen in der Hoffnung, daß jemand sich ihrer erbarmen werde.« [24] Sie starben oft am ersten oder zweiten Tag, sie waren ohnehin zumeist in einem armseligen Zustand. Eines, das man in der Gosse von Charkow sterben sah, wird so beschrieben, daß seine »Haut mit einem ungesunden weißlichen Flaum bedeckt war, der wie Schimmelpilz aussah«. [25] Es gab andere Gefahren. Verbrecher errichteten sogar einen regelrechten Schlachthof für Kinder in Poltawa, der schließlich von der GPU ausgehoben wurde (und dies war kein einzigartiger Fall; mindestens zwei ähnliche Vorgänge werden gemeldet). [26] Wenn Kinder überlebten, dann deshalb, weil sie sich in bestehende Gruppen einzufügen vermochten. In der Traktorenfabrik von Charkow waren alle nicht fertiggestellten Gebäude von obdachlosen Kindern besetzt. Sie fingen Vögel in Fallen, durchsuchten Abfall nach Fischköpfen oder Kartoffelschalen, fingen und brieten alle erreichbaren überlebenden Katzen und bettelten. [27]

Kinder-Verbrecherbanden nahe Eisenbahnstationen werden typischerweise beschrieben als manchmal aus Zwölf- bis Vierzehnjährigen bestehend, manchmal sogar aus Fünf- bis Sechsjährigen. [28] Es ging hauptsächlich um Mundraub. In einer Umfrage (zu einem früheren Zeitpunkt) in einem Aufnahmezentrum für obdachlose Jungen in Leningrad gab es auf einem Fragebögen zum Thema »Huligany« (Hooligans, Kleinkriminelle), ausgegeben an 75 Zwölf- bis Fünfzehnjährige, die folgenden typischen Antworten: »Ein Huligan ist ein obdachloser Junge, der wegen der Macht des Hungers ein Huligan sein muß.« Ein Huligan ist »ein Dieb, der aus einem Waisenhaus flieht«. »Da war eine Familie, sie hatte einen Sohn. Als Mutter und Vater starben, wurde der Sohn obdachlos, also wurde er ein Huligan.« »Huligane erscheinen, wenn Eltern sterben und sie ganz allein gelassen werden...«

»Eine Mutter und ein Vater sterben, ein Sohn bleibt übrig, er wird ins Waisenhaus gesteckt, aber er flieht und wird ein Huligan.« [29] Es war tatsächlich für viele der einzige Ausweg.

Es gab andere Schicksale: von Kindern, die entfernte Verwandte zu finden vermochten oder von älteren Kindern, die irgendeine Arbeit fanden. Viele aber wurden schließlich in das alte kriminelle Element der Urki assimiliert, das als abgeschiedene Kultur mit eigenen Gesetzen und eigenem Dialekt seit dem frühen 17. Jahrhundert floriert hatte. Die eigentlichen Urki zählten um das Jahr 1940 anscheinend zwischen einer halben und einer Million. Die jüngeren Elemente aus

Jugendlichen unter zwanzig Jahren, die niemals »sozialisiert« worden waren, wurden allgemein aus Arbeitslagern und Gefängnissen als die furchterregendsten Insassen geschildert, die ohne jede Skrupel aus geringstem Anlaß töteten. Zu diesem Zeitpunkt allerdings hielten die meisten Kinder sich in ihren eigenen Gruppen auf, und sie bildeten ein Problem für die Behörden.

Ein großer Strom von Waisenkindern, die »Obdachlosen« (besprisornije), ging in der Folge der Hungersnot von 1921/22 über das Land. Hilfsorganisationen berichteten über »flüchtige Banden von einem Dutzend und mehr Mitgliedern, geführt von zehn- oder zwölfjährigen Kindern, darunter manchmal sogar ein Säugling«. [30] Dies ist alles von den Behörden zugegeben worden. Selbst sowjetische Romanautoren jener Zeit haben das Thema aufgegriffen – etwa Schischkow in »Kinder der Finsternis«, wo er eine Kinderkolonie beschreibt, die unter einem großen verlassenen Boot am Flußufer haust – mit Raub, Sex, Drogen und schließlich Mord.

Die heutige (dritte) Ausgabe der »Großen Sowjetischen Enzyklopädie« sagt, daß die Zahl der Kinder, die unmittelbare Hilfe vom Staat benötigten, 1921 bei 4 bis 6 Millionen lag und 1923 zwischen 2,5 und 4 Millionen. 1921/22 hatten allein 5 Millionen in der Wolga-Region Hilfe erhalten, und 1923 waren es mehr als 1 Million. Im Jahre 1921 waren 940 000 in Kinderheimen gewesen, 1924 280 000, dann 1926 250 000 und 1927/28 zählte man dort 159 000; jüngere Zahlen liegen nicht vor außer einer Erklärung, das Problem sei Mitte der dreißiger Jahre grundsätzlich behoben worden.

Entgegen der Darstellung in der Enzyklopädie, daß obdachlose Kinder ein Phänomen der zwanziger Jahre gewesen seien und daß es später nichts in dieser Hinsicht gegeben habe, was einer Aufzeichnung wert gewesen sei, gibt es viele offizielle Berichte aus der Hungerzeit in den dreißiger Jahren. Ein Trick bestand darin, den Kulaken die Schuld zuzuschieben: »Einige Schwierigkeiten in der Lebensmittelversorgung in gewissen Bereichen des Landes dienten dazu, die Zahl der obdachlosen Kinder in den Städten zu erhöhen. ›Schickt die Kinder in die Städte, soll der Staat für sie in den Waisenhäusern sorgen...‹ Örtliche Führungspersönlichkeiten der Öffentlichkeits-Erziehung haben nicht immer und überall begriffen, daß dies ein Kulakentrick war. Und anstatt diesen Trick zu bekämpfen, empfanden die ländlichen (Erziehungs-) Arbeiter Mitleid. Für die ländlichen Arbeiter bestand das einfachste Mittel, die Kinder loszuwerden, darin, sie in die Stadt zu schicken. Und der Kulak nutzte dies aus. Die Bezirks-Exekutivkommitees und insbesondere die Dorf-Sowjets gaben einem Kind oftmals Ausweispapiere und schickten es zu den städtischen Institutionen, die für den Kinderschutz verantwortlich waren. Die Stadt akzeptierte diese Kinder. Die Folge war, daß die bestehenden Kinder-Institutionen überfüllt wurden; neue wurden eingerichtet, aber die Straßen-Waisen verschwanden nicht nur nicht, vielmehr kamen immer neue Kontingente... Die Obdachlosigkeit nahm zu, insbesondere im Nord-Kaukasus-Gebiet.« [31]

Im Jahre 1935 wurde angekündigt, daß die Auferlegung »direkter und unmittelbarer Verantwortung für die Sorge um die Kinder auf die Dorf-Sowjets und Kollektivgüter... endlich die Bedingungen schafft, um dem Auftauchen obdachloser und unversorgter Kinder ein Ende zu setzen. Diese Maßnahme schafft endlich die Möglichkeit, den Zustrom unversorgter Kinder aus den ländlichen Gebieten in die Städte und Waisenhäuser zu beenden«. [32] Zu diesem Zeitpunkt ergab sich aus offiziellen Zahlen, daß 75 Prozent der obdachlosen Kinder aus den ländlichen Gebieten stammten. [33] Eine sowjetische Autorität versichert, daß dank der erfolgreichen Industrialisierung und Kollektivierung das Problem der obdachlosen Kinder schließlich gelöst werden konnte: »Dies ist eines der bemerkenswertesten Zeugnisse dafür, daß nur das sozialistische Regime die heranwachsende Generation vor Hungertod, Verarmung und Heimatlosigkeit bewahren kann – den unvermeidlichen Erfahrungen einer bürgerlichen Gesellschaft.« [34] Ein anderer Kommentar betreffend die überlegene sowjetische Behandlung des Waisen-Problems sollte vielleicht auch registriert werden. Bei einer Versammlung des Bildungs-Kommissariats verglich der Stellvertretende Volkskommissar M. S. Epstein »die Fürsorge unserer Partei und ihrer Führer für die Kinder mit der schreckenserregenden Lage von Kindern in den kapitalistischen Ländern. Die sinkende Zahl der Schulen, die ungeheure Zunahme der Obdachlosigkeit – das ist charakteristisch für alle kapitalistischen Länder. Es gibt heute mehr als 200 000 heimatlose Kinder und Heranwachsende in den USA. Jugendgerichte und Jugendstrafanstalten und -unterkünfte zerbrechen die Kinder; das gesamte Maßnahmensystem der bürgerlichen Staaten ist darauf ausgerichtet, den Anblick obdachloser Kinder zu beseitigen, indem man sie physisch beseitigt«. [35]

Professor Robert C. Tucker vertritt die Theorie, daß – wessen auch immer die sowjetische Presse einen Feind anklagt – es unfehlbar das ist, was die Sowjetregierung selbst tut. Es ist vielleicht relevant, daß wir aus einer offiziellen Zeitschrift erfahren, wie im Nord-Kaukasus-Gebiet, wo das Problem der obdachlosen Kinder besonders akut war, dieses Problem binnen zwei Monaten »liquidiert« wurde durch gewisse Maßnahmen, die man unternommen habe (die jedoch nicht beschrieben wurden). [36] Wie wir sehen werden, waren die möglichen Lösungen nicht durch humanitäre Erwägungen eingegrenzt.

Es gab »Kinder-Arbeitslager«, das heißt, Gefangenenlager, zu denen ein Kind rechtlich verurteilt werden konnte. Nach der Verhaftung und Deportation eines »Kulaken« kam eine Brigade in sein Haus, um seinen Getreidebestand zu kontrollieren, und versuchte, seine Frau zu verhaften. Ihr junger Sohn, dessen eine Hand wegen eines Geschwürs bandagiert war, klammerte sich an ihr fest. Ein Angehöriger der Brigade schlug ihn auf die Hand, und er brach ohnmächtig zusammen. Die Mutter entkam in der Verwirrung und flüchtete sich in die Wälder. Daraufhin wurde der Junge an ihrer Stelle verhaftet und zwei Wochen später vor Gericht gestellt unter der Anklage, er habe den Brigadeführer mit einem Messer angegriffen. Wenngleich ein Mitglied der Brigade, zur Verärgerung des Gerichts, die Wahrheit aussagte, wurde der Junge zu fünf Jahren in einer »Arbeitskolonie für Kinder« verurteilt. [37]
Kinder, die so behandelt wurden, waren ihrerseits nicht entgegenkommend. Ein kürzlich verfaßter Bericht des früheren Leiters einer »Arbeitskolonie« für Kinder beschreibt die jugendlichen Kriminellen als freizügig in ihrer Mißachtung sowjetischer Angelegenheiten. Während einer Revolte verbarrikadierten sie sich in einem Büroraum und schrien, sie würden das »Völkergefängnis« niederbrennen – eine Parodie auf Lenins Beschreibung des Zarentums –; und sie verbrannten alle Dokumente und Personalakten. [38] Viele andere jedoch landeten in regulären Gefängnissen oder Lagern für Erwachsene. Ein Häftling berichtet von einem Neunjährigen in seiner Charkower Gefängniszelle unter lauter Erwachsenen [39]
Sogar nicht-»kriminelle« obdachlose Kinder wurden wirksam bestraft. Im März 1930 wurde ein Sonderwagen der Eisenbahn auf der Station Poltawa auf ein Nebengleis gezogen, und die Kinder, die den Bahnhof auf der Suche nach etwas Eßbarem umschwärmten, wurden in diesen Waggon gesteckt, unter Bewachung. Es waren etwa 75, man gab ihnen gerösteten Ersatzkaffee und etwas Brot. Sie starben schnell und wurden in Erdlöchern vergraben. Ein Arbeiter des Bahnhofs bemerkt dazu: »Dies Verfahren war in jener Zeit so üblich, daß niemand sich im geringsten darum kümmerte.« [40]

In Werchnedniprowsk am rechten Dnjepr-Ufer wurden ungefähr 3000 Waisen zwischen sieben und zwölf Jahren – Kinder hingerichteter oder deportierter Kulaken – festgehalten. Sie verhungerten in der Zeit zwischen Frühling und Sommer 1933. [41] Ein Dozent für botanische Fragen schreibt über die Sterblichkeitsrate bei Kindern, die er in Kirowohrad beobachtet hatte. In Kirowohrad hatte es einen Basar gegeben, der zur selben Zeit wie der gesamte sonstige Privathandel liquidiert wurde, und einige der leer gebliebenen Gebäude wurden in Waisenhäuser verwandelt. Bauern pflegten ihre Kinder in die Stadt zu bringen und dort zu lassen, damit sie in das Heim aufgenommen wurden. Während der Hungersnot war das Waisenhaus derart überbelegt, daß es nicht länger alle Kinder behalten konnte. Daraufhin wurden die Kinder in eine »Kinderstadt« verlegt, wo sie, wie es hieß, »unter freiem Himmel« leben konnten. Sie bekamen nichts zu essen und verhungerten unbemerkt von der Allgemeinheit; als Todesursache wurde Schwäche des Nervensystems registriert. Ein gemauerter Zaun umgab das Lager, so daß Passanten nicht hineinblicken konnten; aber sie konnten »entsetzliche, unmenschliche Schreie« hören – ».. . Frauen bekreuzigten sich und flohen den Ort.« Um das Ausmaß der Todesfälle geheimzuhalten, holten Lastwagen die Leichen oftmals nachts ab. Sie fielen so oft aus den Lastwagen, daß jeder Aufpasser sein »Gebiet« jeden Morgen zu überprüfen pflegte, um zu sehen, wo der Leichnam eines Kindes heruntergefallen war. Die Begräbnisgruben wurden so hoch angefüllt und so schlecht abgedeckt, daß Wölfe und Hunde die Leichen zum Teil herausscharren konnten. Dr. Tschyntschenko schätzt, daß Tausende von Kindern auf diese Weise in Kirowohrad starben. [42]

Selbst weniger improvisierte »Waisenhäuser« konnten höchst unerfreulich sein. Ein Beamter des Bildungs-Kommissariats berichtet, wie er in einem privilegierten Sommerlager für Kinder und Uljaniwka empfangen wurde. Nach einem guten Essen trat ein anderer Beamter unauffällig an ihn heran und sagte, er wolle ihm eine andere »Kinder-Unterkunft« eine Viertelmeile außerhalb des Dorfes zeigen. Dort befand sich eine aus Stein gebaute Scheune, deren Boden mit Sand bedeckt war. Im Halbdunkel fand er etwa 200 Kinder zwischen zehn und zwölf Jahren, die wie Skelette aussahen und nur mit schmutzigen Hemden bekleidet waren. Alle schrien nach Brot. Als der Erziehungsbeamte fragte, wer sich um sie kümmerte, erhielt er die sardonische Antwort: »Die Partei und die Regierung« – das Um-sie-Kümmern bestand darin, daß die Leichen jeden Morgen weggeschafft wurden. [43]

Ein Mädchen, das in schlimmem Zustand in ein Kinderheim in Tschernouch gebracht wurde, kam auf eine Lastwagenladung von Leichen, aber das Massengrab war noch nicht gegraben worden. Deshalb wurde die Kleine mit den Leichen auf einen Haufen geworfen, aber sie konnte herauskriechen. Sie wurde von der Frau eines jüdischen Arztes gerettet. Dieser Arzt, Moissej Feldmann, rettete viele verhungernde Menschen, indem er sie unter falschen Diagnosen in sein Krankenhaus aufnahm und dort ernähren ließ; er geriet öfter in Schwierigkeiten wegen dieses Handelns. [44] Anderswo wurde ein zehnjähriger Junge mit seiner sechsjährigen Schwester nach dem Tode ihrer Eltern in ein örtliches Waisenhaus gebracht – ein altes Bauernhaus mit zerbrochenen Fenstern, wo das Essen unzureichend war. Die leitende Kinderpflegerin ließ die älteren Kinder Gräber im Friedhof graben und dort die toten Kinder verscharren. Ein Junge machte es schließlich so mit seinem eigenen Schwesterchen. [45] Einige Kinderheime in den Dörfern, wo diese Kinder geboren worden waren, werden als gut geleitet beschrieben. Aber die Jungen, die dort erzogen wurden, waren, wie wir hören, die ersten, die 1941 aus der Sowjetarmee desertierten. [46] Anfang 1930, als der Druck noch verhältnismäßig niedrig war, befanden die Waisenhäuser sich bereits in einem schlechten Zustand. Eine Erziehungs-Zeitschrift beklagte sich: »Materiell wird außerordentlich schlecht für die Kinder gesorgt; die Ernährung ist unzureichend, in vielen Waisenhäusern herrscht Schmutz, Verlausung, Mangel an Disziplin und Mangel an Lebensgewohnheiten für die kollektive Lebensweise.« [47]

Eine Regierungsverordnung über die Liquidierung der Kinder-Obdachlosigkeit vom 31. Mai 1935 [48] vermerkt, daß:

»a) Die Mehrzahl der Waisenhäuser unbefriedigend geleitet werden, was Haushaltsführung und Erziehung betrifft;

b) der organisierte Kampf gegen den jugendlichen Huliganismus und kriminelle Elemente unter den Kindern völlig ungenügend und in einer Anzahl von Orten überhaupt nicht vorhanden ist;

c) bis heute nicht die Bedingungen geschaffen wurden, unter denen Kinder, die aus dem einen oder anderen Grunde ›auf der Straße‹ endeten (Verlust der Eltern oder Weglaufen von Zuhause, Flucht aus Waisenhäusern usw.), sofort in die geeigneten Jugendanstalten verbracht oder den Eltern zurückgebracht werden können;

d) Eltern und Vormünder, die ihren eigenen Kindern gleichgültig gegenüberstehen und ihnen gestatten, sich in Huliganismus, Diebstahl, sexueller Verderbnis und Herumtreiberei zu verwickeln, nicht zur Verantwortung gezogen werden.« – Letzteres ist eine korrekte Beschreibung des Schicksals der Obdachlosen.

Die Verordnung befahl die Errichtung von Waisenhäuseren unter der Aufsicht des Bildungs-Kommissariats, von Heimen (für kranke Kinder) unter Aufsicht des Gesundheits-Kommissariats und »Isolatoren, Arbeitskolonien und Empfangsstationen« – unter Aufsicht des NKWD, das nunmehr alle Fragen betreffend Jugendkriminalität übernehmen sollte. Obdachlose Kinder entflohen, wie die Verordnung erwähnt, oft aus diesen Heimen, über die sie meist berichteten, daß sie brutal geführt würden. [49] Die Kommune Gorki, nahe Charkow, war bekannt für »wenig Essen und viel Disziplin«. [50] Eine Erziehungs-Zeitschrift nannte als »Beispiel« für unzulängliche Arbeit, daß im Waisenhaus von Nischne Tschirskij »die Anlieferung geeigneter Lebensmittel über Monate verzögert wurde«. [51]

Ein heutiger sowjetischer Romanschriftsteller lebte mit anderen Heimatlosen in einem verlassenen Theater; er berichtet von schrecklichen Waisenhäusern. [52] Aber es gab auch Ausnahmen. Der Schriftsteller selbst (W. P. Astafjew) beispielsweise war in einem Waisenhaus in Igarka im hohen Norden. In seinem Buch »Diebstahl« gibt er einen mehr oder weniger autobiographischen Bericht darüber: Der Leiter des Waisenhauses ist ein sehr anständiger Mann, sehr geachtet von den Waisen (aber er gerät in Schwierigkeiten, als man herausfindet, daß er ein früherer zaristischer Offizier ist). Die meisten Waisenhäuser jedoch scheinen kaum mehr als Kindergefängnisse gewesen zu sein. Dennoch durchliefen viele Kinder diese polizeilich geleiteten Heime und gelangten später in achtbare Laufbahnen. Andere gerieten in die Verbrecherlaufbahn. Andere wiederum, durch eine schreckliche Ironie, entwickelten sich zu brauchbarem Material für den Eintritt in die Reihen des NKWD selbst. Selbst die vergleichsweise humanen Tscheka-Kinderheime der zwanziger Jahre waren bereits Rekrutierungsfelder für die Geheimpolizei gewesen. [53]

In der »Kinderkolonie« von Beleweschtschensk nahe Maikop im Nord-Kaukasus-Gebiet, so erfahren wir, wurde »die Hälfte der Jungen, die Insassen der Schule waren, im Alter von 16 Jahren auf spezielle NKWD-Schulen geschickt, um als zukünftige Tschekisten ausgebildet zu werden«. Diese stammten oft aus dem besonders unsozialisierten kriminellen Element. Einer, der früher zwei Gelegenheiten mit einigen Freunden zur Flucht genutzt hatte, wobei er einmal einen Bauern ermordet und einmal eine Kirche in Brand gesteckt hatte, wurde einige Jahre später von einem Einwohner Bakus wiedererkannt als einer seiner Befrager von der Geheimpolizei. [54]

Es ist eine grauenvolle Ironie der Moral, daß Kinder, deren Eltern vom Regime ermordet worden waren, so indoktriniert und brutalisiert werden sollten, daß sie zu den widerwärtigsten unter den Agenten des Regimes wurden. Aber es gibt viele andere Punkte unter den Haltungen und Handlungen des Regimes gegenüber den Kindern in diesem Zeitraum, die von manchen Beobachtern als eine geistige Zerstörung angesehen wurden, und die nicht weniger unerträglich, vielleicht noch weniger erträglich waren als der physische Holocaust der ländlichen Jugend. Es mag uns unangenehm sein, die Schilderung eines Propagandafilms von einem Komsomolzen zu hören; der Film war ihm und seinen Freunden vorgeführt worden und zeigte Kulaken beim Vergraben von Weizen, Komsomolzen beim Entdecken des Weizens und dieselben Komsomolzen schließlich, wie sie von Kulaken ermordet wurden. [55] Es mag uns nicht gefallen, was ein Beobachter über das Zusammentreiben verhungernder Bauern in Charkow berichtet: daß »die Kinder wohlgenährter kommunistischer Funktionäre, Junge Pioniere, dabeistanden und papageienhaft die Haßphrasen nachplapperten, die sie in der Schule gelernt hatten«. [56] Wir werden vielleicht davon abgestoßen, wie eine »Pionier-Brigade« zwei Frauen verhaftete (deren Ehemänner ermordet respektive verbannt worden waren), weil diese Frauen sich zwei oder drei Maiskolben von einem abgeernteten Feld geholt hatten (sie wurden in Konzentrationslager im hohen Norden geschickt). [57] Die Pioniere (von der kommunistischen Organisation für Kinder zwischen zehn und fünfzehn Jahren) genossen viele ähnliche Triumphe. In einer Kolchose wurden vier von ihnen gelobt, weil sie eine Kulaken-Frau zu Boden warfen und festhielten, bis Hilfe kam und die Miliz sie abführte, damit sie gemäß der Verordnung vom 7. August 1931 verurteilt wurde. »Dies war der erste Sieg der Kolchos-Pioniere.« [58]

In einer Kolchose in Ust-Labinsk im Kuban-Gebiet berichtet ein zeitgenössischer amtlicher Bericht lobend, wie »die Pionier-Abteilung dem Politischen Departement eine ganze Liste von Leuten vorlegte, die sie des Diebstahls verdächtigten – basierend auf dem Klassen-Prinzip: ›Wir‹, das Kinder-›Lager‹ der Kolchose Put' Chleboroba, zeigen dem Politischen Departement an, daß Soundso sicherlich stiehlt, denn er ist ein Kulak, und seine Schwiegermutter wurde im Weiler Rasdomny entkulakisiert. Sie hatten in der Abteilung gelernt, die Klassensprache zu sprechen.« [59]

Kinder wurden mobilisiert, um auf den Feldern Wache zu halten – Postyschew sagt, daß mehr als eine halbe Million Kinder solchen Dienst leisteten, wovon 10000 in spezieller Form »Diebe bekämpften«, womit Bauern gemeint sind, die etwas Getreide zu behalten versuchten. [60] Die *Prawda* zitiert das »Lied des Kolchos-Pioniers« des stalinistischen Lohnschreibers A. Besymenskij, das Verse wie diese enthielt:

> »Wir sperren die Diebe ein,
> Um den Feind das Fürchten zu lehren,
> Wir schützen des Dorfes Land,
> Um unsere Ernte zu mehren.
>
> Wir treiben die Drückeberger
> Zusammen und auf das Feld,
> Wir nehmen die Posten ein,
> Wo jeder die Wache hält.« [61]

Von Kindern und Jugendlichen bis 15 Jahre und darüber erfahren wir, daß im allgemeinen »die Komsomolzen regen Anteil nahmen an allen ökonomisch-politischen Kampagnen und den Kulaken unerbittlich bekämpften«. [62] Tatsächlich wurde zu Chruschtschews Zeit mitgeteilt, daß in Stalins Sicht »die allererste Aufgabe aller Komsomolzen-Erziehung im Ermitteln und Erkennen des Feindes bestand, der sodann gewaltsam, durch Maßnahmen physischen Drucks, organisatorisch-politischer Isolierung und Methoden der physischen Vernichtung, zu beseitigen war«. [63]

Dies allgemeine Einspannen der jungen Menschen in die Brutalitäten und Fälschungen des Klassenkampfes muß zweifellos die meisten derjenigen abstoßen, die einen solchen Verhaltensstandard nicht gewohnt sind. Dennoch gibt es ein aus unserer Sicht sogar noch widerwärtigeres Phänomen.

Schon beim Schachtij-Prozeß wurde ein Knabe öffentlich mit der Forderung zitiert, sein Vater solle zum Tode verurteilt werden. Und in den ländlichen Gebieten wurden Kinder, die die Beeinflussung der »Pioniere« akzeptiert hatten, gegen ihre eigenen Familien benutzt. Der berühmteste Fall ist der des gefeierten Pawlik Morosow, nach dem der Kulturpalast der Jungen Pioniere in Moskau benannt ist. Der vierzehnjährige Morosow »demaskierte« seinen Vater, vormals

Leiter des Dorf-Sowjet im Dorfe Gerassimowka. Nach Verhandlung und Verurteilung des Vaters wurde der junge Morosow von einer Gruppe von Bauern getötet, darunter sein Onkel; seither wird er als Märtyrer betrachtet. Heute gibt es ein Pawlik-Morosow-Museum in seinem Dorf: »In dieser Blockhütte saß das Gericht, wo Pawlik seinen Vater demaskierte, der die Kulaken beschützt hatte. Hier liegen Reliquien, die dem Herzen jedes Einwohners von Gerassimowka teuer sind.« [64] Im Jahre 1965 wurde das Dorf zusätzlich mit seiner Statue geschmückt. Die heutige »Große sowjetische Enzyklopädie« teilt uns mit, daß Morosow, mit anderen in ähnlicher Lage (Kolja Mjagotin, Kolja Jakowlew, Kytschan Dschakylow), in das »Ehrenbuch« der Jungen Pioniere eingetragen wurde. Eine Anzahl Bücher und Schriften über Morosow wurden veröffentlicht, einschließlich mehrerer erbaulicher Romane, einer davon (von W. Gubarew) mit dem wohl eher unpassend erscheinenden Titel »Sohn«.

Im Mai 1934 zeigte ein anderer junger Held, der dreizehnjährige Pronja Kolibin, seine Mutter wegen Getreidediebstahls an, was ihm viel wohlwollende öffentliche Kommentierung eintrug. [65] Ein anderer, Pionier Sorokin, im Nord-Kaukasus-Gebiet wohnhaft, erwischte seinen Vater, als dieser seine Taschen mit Getreide füllte, und sorgte für dessen Verhaftung. [66] In einer größeren Rede zur Feier des zwanzigjährigen Jubiläums der Geheimpolizei im Dezember 1937 nannte Mikojan eine Anzahl Bürger, die ihre Mitmenschen denunziert hatten, lobend mit Namen, wobei er mit besonderem Stolz den vierzehnjährigen Pionier Kolja Schelgow aus dem Dorf Porjabuschki im Bezirk Pugatschow erwähnte, der seinen Vater Schelgow angezeigt hatte: »Der Pionier Kolja Schelgow weiß, was Sowjetmacht für ihn und das ganze Volk bedeutet. Als er sah, daß sein eigener Vater sozialistisches Eigentum stahl, informierte er das NKWD.« [67]

Diese Kinder tragen zweifellos Schuld, aber gewiß nicht soviel wie die, die ihnen solche Verhaltensweisen einprägten. Jedenfalls sagte mir die Mutter eines Jungen, der während der Hungersnot verschwand, ihr sei der Gedanke lieber gewesen, und er sei ihr heute noch lieber, daß er physisch starb, statt daß er seelisch zerstört und auf diesem Wege in das verwandelt würde, was sie als »niedriger als ein tierisches Wesen« bezeichnete.

Physische Vernichtung, Mord geradeheraus, geschah massenhaft. Wenn das Problem für örtliche Amtsträger zu groß wurde, so wurden

Berichten zufolge Besprisornije in großer Anzahl erschossen. [68] Die Verordnung, die die Hinrichtung von Kindern über 12 Jahren legalisierte, wurde nicht vor dem 7. April 1935 in Kraft gesetzt. Aber diese Ausdehnung aller Strafen auf das Alter über 12 Jahren scheint auch eine gewisse Tragweite hinsichtlich der parteilichen Interpretation der marxistischen Lehre gehabt zu haben. Wenn die ökonomische Lage das Bewußtsein bestimmt, dann darf demnach vernünftigerweise angenommen werden, daß im Alter von 12 Jahren das volle Klassenbewußtsein jenseits aller Löschungsmöglichkeiten festgelegt ist. Das Beispiel jedoch, wie Kinder 1930 deportiert oder 1933 in den Hungertod getrieben wurden, zeigt zweifellos, daß in Zeiten erhöhten »Klassenkampfes« auch die sehr viel Jüngeren ihr Risiko auf sich nehmen mußten. So liegt die Pointe vielleicht eher darin, daß die Partei meinte, 12 Jahre sei die Grenze, die man öffentlich rechtfertigen konnte.

Selbst in den verhältnismäßig ruhigen Zuständen von KGB-Waisenhäusern einige Jahre später brachten die Behörden es fertig, die Altersgrenze zu senken, beispielsweise indem sie Ärzte bestätigen ließen, daß zwei elfjährige Delinquenten körperlich älter seien, als ihre Papiere auswiesen – von denen man eben annahm, daß sie gefälscht seien. [69] Zwischenzeitlich erfahren wir von einem höheren GPU-Offizier, daß schon 1932 vertrauliche Befehle herausgegeben wurden, Kinder zu erschießen, die aus Eisenbahnwaggons stahlen. [70] Solche Maßnahmen wurden auch aus verschiedenen Gesundheitsgründen ergriffen, etwa wenn im Kinderzentrum von Lebedyn 76 Kinder erschossen wurden, weil sie durch den Genuß von Pferdefleisch erkrankten. [71]

Es ist zweifellos wahr, daß man unerwünschte Kinder durch unmenschliche oder tödliche Handlungen loswurde; meist verbuchte man es freilich durch Verhungern in verschiedenen Zentren. Es wird beispielsweise auch berichtet, daß einige auf Lastkähnen im Dnjepr ertränkt wurden (eine Methode, die auch gegenüber Erwachsenen angewendet wurde). [72] Aber die meisten Kinder starben an Hunger. Es gibt einigermaßen klare Beweisunterlagen für die Zahlen, wenn auch nicht für die genaue Zahl der kindlichen Opfer.

Der zu den »Dissidenten« zählende sowjetische Demograph M. Maksudow schätzte, daß »nicht weniger als 3 Millionen Kinder, die zwischen 1932 und 1934 geboren wurden, Hungers starben«. [73] Vor allem starben die Neugeborenen. Die Zahl von 2,5 Millionen Kleinkindern, die Hungers gestorben seien, wurde Lew Kopelew von einem sowjetischen Forscher genannt. [74] Die Volkszählung von

1970 zeigt 12,4 Millionen Menschen, die zwischen 1929 und 1931 geboren wurden, aber nur 8,4 Millionen, die 1932 bis 1934 geboren wurden, obwohl die natürliche Zuwachsrate nur geringfügig zurückging. 1941 gab es 1 Million weniger Siebenjährige als Elfjährige in den Schulen – und dies, obwohl auch die Gruppe der nunmehr Elfjährigen schwer gelitten hatte. Überdies, wenn wir die Hungerzonen betrachten, nimmt diese Disproportion noch erheblich zu. In Kasachstan war die Gruppe der Siebenjährigen weniger als zwei Fünftel so groß wie die der Elfjährigen; während in Moldawien (von dem der größte Teil in den dreißiger Jahren nicht zur UdSSR gehört hatte) die Gruppe der Siebenjährigen um zwei Drittel größer war als die der Elfjährigen. [75]

Wenn wir uns den wenigen örtlichen Schätzungen zuwenden, die wir besitzen, so ist das Bild ziemlich das gleiche. In einem Dorf wird vermerkt, daß »von den jüngeren Knaben nicht einer von zehn überlebte«. [76] (Jüngere Knaben werden anderswo als die verletzlichste Kategorie von allen beschrieben). In einem Bezirk der Provinz Poltawa werden von einer Gesamt-Totenliste [77] von 7113 folgende Detailzahlen gegeben:

Kinder (unter 18)	3549
Männer	2163
Frauen	1401

Eine Lehrerin im Dorf Nowy Sengarij in der Provinz Dnjepetrowsk berichtet, daß es 1934 keine Schulkinder mehr für sie zu unterrichten gab, eine andere, daß nur zwei von einer Klasse von 30 übriggeblieben waren. [78] Was noch jüngere Kinder betrifft, so fand das Schuljahr 1940/41 in dem ukrainischen Dorf Charkiwzij überhaupt keine Schulanfänger vor, wo es in den Jahren zuvor einen Durchschnitt von 25 gegeben hatte. [79]

Wir können also vernünftigerweise folgern, daß von den 7 Millionen Toten der Hungersnot 3 Millionen Kinder waren, und zwar hauptsächlich jüngere Kinder. (Wir erörtern die Gesamtzahl der Toten, Erwachsene eingeschlossen, in Kapitel 16.) Aber es sollte festgehalten werden, daß die Registrierung der Todesfälle in den Dörfern während der Hungersnot nicht präzise geführt wurde, aus offensichtlichen Gründen – und daß wenig Geburten in der schlimmsten Periode stattgefunden haben dürften, aus ebenso offensichtlichen Gründen. So mag eine Anzahl neugeborener Kinder gestorben sein, ohne daß ihre Geburt jemals registriert wurde.

Zu dieser Zahl von 3 Millionen oder mehr Kindern, die 1932 bis 1934 starben, müssen wir die Opfer der Dekulakisierung zählen. Wenn, wie wir geschätzt haben, etwa 3 Millionen Tote die Folge dieser Operation sind (ohne die Erwachsenen zu zählen, die später im Arbeitslager starben), so stimmen alle Berichte darin überein, daß der Anteil an Kindertodesfällen sehr hoch war, daß sie alles in allem kaum weniger als eine weitere Million betragen haben kann, was wiederum meist die ganz Jungen betraf. Zu diesen rund 4 Millionen Opfern eines regelrechten Kindermordes sollten wir vielleicht die Zahl der Kinder hinzufügen, deren Leben ruiniert oder zutiefst gezeichnet wurde durch die verschiedenen Vorgänge, die wir festgehalten haben – doch dies ist jenseits aller Quantifizierung.

Was nun jedoch die Hungersnot betrifft, so wurden Maßnahmen, die längst hätten getroffen werden können, endlich zum Ende des Frühjahrs 1933 in Kraft gesetzt. Einiges an Lebensmitteln wurde freigegeben, um den Kindern in der Schule ausgeteilt zu werden – Schrotmehl, Grütze, Fett. Die Kinder, die bis Ende Mai nicht gestorben waren, überlebten nun, aber natürlich waren viele zu diesem Zeitpunkt bereits Waisen.

16
Die Totenliste

Es hat keine offizielle Untersuchung des Terrors von 1930 bis 1933 in den ländlichen Gebieten stattgefunden, es wurde niemals eine Darstellung über den Verlust an Menschenleben herausgegeben, noch wurden jemals die Archive unabhängigen Forschern geöffnet. Trotzdem sind wir in der Lage, einigermaßen gesicherte Schätzungen darüber vorzunehmen, wieviele starben. Erstens sollten wir den Gesamtverlust für den gesamten Ereigniszyklus in Betracht ziehen, sowohl bei der Entkulakisierung wie im Zusammenhang mit der Hungersnot. Grundsätzlich ist dies nicht schwierig. Wir müssen nur der Bevölkerungszahl, die in der sowjetischen Volkszählung von 1926 genannt ist, die natürliche Zuwachsrate in den folgenden Jahren zugrunde legen und das Ergebnis mit einer tatsächlichen Volkszählung nach 1933 vergleichen.

Es gibt einige eher unbedeutende Einschränkungen. Die Volkszählung von 1926 kann, wie alle Volkszählungen selbst in sehr viel effizienteren Umständen, nicht völlig exakt sein. Sowjetische wie westliche Schätzungen gehen davon aus, daß sie um 1,2 bis 1,5 Millionen zu niedrig ist [1] (wovon 800 000 der Ukraine zugerechnet werden). Dies bedeutet eine Zunahme von annähernd einer halben Million in den Schätzungen über die Totenlisten. Aber die Zweckmäßigkeit einer offiziell etablierten Basiszahl – nämlich der der Volkszählung – ist so groß, daß wir die vermutete Fehlmenge schon aus Vorsicht in unseren Kalkulationen ignorieren. Dann wiederum wird die »natürliche Zuwachsrate« in der verschiedensten Weise kalkuliert, allerdings innerhalb eines relativ engen Spielraums. Ein größeres Hindernis scheint auf den ersten Blick die Tatsache zu sein, daß die nächste Volkszählung – vom Januar 1937 – unglücklicherweise nicht zur Verfügung steht. Die Vorausergebnisse scheinen den Behörden schon um den 10. Februar 1937 vorgelegen zu haben. Das Zählungsergebnis wurde anschließend unterdrückt. Der Leiter der Volkszählungsbehörde, O. A. Kwitkin, wurde am 25. März verhaftet. [2] Es stellte sich heraus, daß der »ruhmreiche sowjetische Geheimdienst, geleitet vom stalinistischen Volkskommissar N. I. Jeschow« das »Schlangennest von Verrätern im Apparat der Sowjetstatistik zermalmt« hatte. [3] Die Verräter hatten »sich die Aufgabe gestellt, die tatsächlichen Bevölkerungszahlen zu verzerren«, oder (wie die »Prawda« es später formulierte): sie »hatten sich die Aufgabe gestellt, die Bevölkerungszahl der UdSSR zu vermindern«; [4] eine ziemlich unfaire Schmähung, da natürlich nicht sie jene Minderung vorgenommen hatten.

Das Motiv für die Unterdrückung der Volkszählung und der Volkszähler ist ziemlich klar. Eine Zahl von etwa 170 Millionen hatte mehrere Jahre lang in offiziellen Reden und Schätzungen eine Rolle gespielt, als symbolische Repräsentation der Prahlerei Molotows vom Januar 1935, daß »der gigantische Bevölkerungszuwachs die lebendigen Kräfte des sowjetischen Aufbaus zeigt«. [5] Eine andere Volkszählung wurde im Januar 1939 vorgenommen. Sie ist die einzige in jenem Zeitraum, deren Ergebnisse veröffentlicht wurden. Unter den Umständen freilich hat sie kaum Überzeugungskraft besessen. Allerdings lohnt die Anmerkung, daß, selbst wenn die offiziellen Zahlen von 1939 akzeptiert werden, sie ein riesiges Bevölkerungsdefizit belegt – wenn auch nicht so groß wie in der Wirklichkeit.

Hinsichtlich der Gesamtzahl unnatürlicher Todesfälle zwischen 1926 und 1937 ist die Gesamtzahl der Volkszählung von 1937 entscheidend, und diese (wenn auch sonst keine anderen Details dieser Volkszählung) ist ein paarmal in nachstalinistischen sowjetischen demographischen Veröffentlichungen erwähnt worden. Die genaueste gibt eine Bevölkerungszahl in der UdSSR von 163 772 000. [6] Andere nennen eine runde Zahl von 164 Millionen. [7] Die Gesamtzahl hätte gemäß den niedrigeren Projektionen sowjetischer Statistiker in den vorausgegangenen Jahren und gemäß den Schätzungen moderner Demographen ungefähr 177 300 000 betragen müssen.

Ein anderer, etwas gröberer Ansatz bestünde darin, die geschätzte Bevölkerungszahl vom 1. Januar 1930 zu nehmen (157 600 000) [8] und ihr Stalins Erklärung von 1935 zu unterlegen, daß »die jährliche Zuwachsrate der Bevölkerung ungefähr 3 Millionen beträgt«. [9] Dies gibt eine Zahl von 178 600 000, was sehr nahe bei unserer alternativen Projektion liegt. Der Zweite Fünfjahresplan hatte seinerseits eine Bevölkerungszahl von 180,7 Millionen für den Jahresbeginn 1938 angenommen, [10] was ebenfalls eine Zahl zwischen 177 und 178 Millionen für 1937 impliziert. Kurioserweise rechnet der

Leiter der Zentralen Statistikverwaltung in Chruschtschews Zeit,
W. N. Starowskij, Gosplans 180,7 Millionen dem Jahr 1937 zu; er
vergleicht sie mit der Volkszählungszahl von 164 Millionen »sogar
nach Anpassung« [11] – eine Redensart, die erhebliche Aufwärts-
Inflation andeutet: eine »Anpassung« von fünf Prozent würde als
Basiszahl jene 156 Millionen bedeuten, die dem sowjetischen Wissenschaftler Anton Antonow-Owsejenko von einem weniger ranghо-
hen Bediensteten genannt wurde. [12] Aber im Einklang mit unserer
sonstigen Übung wollen wir zurückhaltend die »Anpassung« außer
acht lassen. Ohne sie deutet Starowskij ein Defizit von 16,7 Millionen
an. Die Erklärung mag darin liegen, daß die Gosplan-Zahl, wie die
meisten Gosplan-Zahlen, für Anfang Oktober 1937 gilt – in welchem
Fall das Defizit etwa 14,3 Millionen betrüge. Vorläufig jedoch nehme
ich eine äußerst zurückhaltende Interpretation vor (und lasse damit
auch sogar noch höher liegende Projektionen von sowjetischen Demographen jenes Zeitraums außer acht) und lege eine Fehlzahl von
nicht mehr als 13,5 Millionen zugrunde.

In einer Quelle, die mir früher nicht zugänglich war, stellt der heute
führende sowjetische Gelehrte auf dem Gebiet der Kollektivierung
das Bevölkerungsdefizit im Januar 1937 in einer Höhe von 15 bis 16
Millionen fest (W. P. Danilow in »Archeografitscheskij Eschegodnik
sa 1968 god«, Moskau 1970, Seite 249). Meine geringere Schätzung
zeigt zumindest, daß meine Annäherung in der Tat »zurückhaltend«
war und eine nüchterne und unsensationelle Sachprüfung beweist.

Diese 15 bis 16 Millionen stellen nicht nur Todesfälle dar. Wir müssen
auch die in Betracht ziehen, die ungeboren blieben wegen des Todes
oder der Trennung ihrer Eltern. Hier allerdings dürfte meine Schätzung zu niedrig liegen: Neuerliche Untersuchungen dieser und anderer Perioden von Bevölkerungskatastrophen scheinen zu belegen,
daß die Ungeborenenzahl zwischen 26 und 30 Prozent des Gesamtde-
fizits betragen kann. Das ergäbe etwa 4,5 Millionen, was 11 Millionen
tatsächlicher Todesopfer in der Entkulakisierung und der Hungersnot beließe.

Ein anderer Ansatz ist die Feststellung, daß es 1938 etwa 19 900 000
Bauernhaushalte gab. Im Jahre 1929 waren es circa 25 900 000 gewesen. Bei einer Durchschnittszahl von 4,2 Personen pro Bauernfamilie
ergibt das etwa 108 700 000 Bauern im Jahre 1929 und circa 83 600 000
im Jahre 1938. Korrigiert nach Zeitpunkt und Ungeborenenzahl
hätte das Jahr 1937 eine Zahl von 119 000 000 ergeben müssen – von
denen wir 24 300 000 Personen abziehen müssen, die in die Stadt
gezogen sind oder als städtisch neu klassifiziert wurden. Das hätte

circa 105 Millionen ergeben müssen, ein Defizit von circa 21 Millionen. Korrigiert nach Zeitpunkt und Ungeborenenzahl, ergibt das mehr als 13 Millionen Tote.

Nehmen wir sie jedoch als 11 Millionen, so müssen wir diejenigen Bauern hinzuzählen, die bereits verurteilt waren, die aber im Arbeitslager nach Januar 1937 starben – also diejenigen, die als Ergebnis des Anschlags auf die Bauernschaft von 1930 bis 1933 verhaftet wurden und ihre Strafzeit nicht überlebten (wobei wir aber nicht die vielen Bauern einbeziehen, die im allgemeineren Terror von 1937–38 verhaftet wurden). Dies ergibt – wie unsere weiter hinten aufgeführte Schätzung darstellt – nicht weniger als weitere 3,5 Millionen. Das errechnet die volle Totenzahl der Bauern als Ergebnis von Dekulakisierung und Hungersnot auf etwa 14,5 Millionen.

Als nächstes müssen wir uns fragen, wie diese schreckliche Gesamtzahl zwischen Dekulakisierung und Hungersnot aufzuteilen ist. Hier befinden wir uns auf weniger sicherem Grund. Man scheint in Kreisen der Demographen das Gefühl zu haben, daß die ungefähr 14 Millionen Todesopfer des Terrors in den Landgebieten etwa zu gleichen Teilen auf die beiden Ursachen verteilt werden müssen: daß also 7 Millionen plus X auf die Dekulakisierung und 7 Millionen plus X auf die Hungersnot anzurechnen sind. Diese Frage können wir etwas detaillierter untersuchen. Von den 14,5 Millionen müssen die 3,5 Millionen, die in der Zeit nach 1937 in den Lagern starben, großenteils zu jenen gehören, die vor der Verordnung vom Mai 1933 verurteilt wurden – auch wenn ihre Zahl zweifellos einen großen Anteil aus den von Verzweiflung heimgesuchten Dörfern der Ukraine und des Kuban-Gebietes während der Hungerperiode einschließt. Diese letzteren sind jedoch nicht speziell Opfer der Hungersnot selbst. Um also die Todesliste der Hungersnot erkennen zu können, müssen wir zu den 11 Millionen Toten der Zeit vor 1937 zurückgehen und versuchen, ihre Zahl zwischen Opfern der Deportation und Opfern der Hungersnot aufzuteilen.

Wir können mit den Opfern der Hungersnot beginnen, und zwar beginnen wir hier mit dem ukrainischen Bevölkerungsdefizit. Wie wir schon hervorhoben, erfaßt dies nicht die Gesamtheit der Hungeropfer, aber inoffizielle Zahlen geben zu verstehen, daß etwa 80 Prozent der Todeszahlen in der Ukraine und den großenteils ukrainischen Gegenden des Nord-Kaukasus-Gebietes anzusetzen sind.

Um das ukrainische Bevölkerungsdefizit zu ermitteln, wenden wir uns zunächst der gefälschten Volkszählung von 1939 zu, da, wie gesagt, keine Detailzahl betreffend die Nationalitäten – also nichts, in der Tat, als das Brutto-Bevölkerungsergebnis – bis heute aus der echten Volkszählung von 1937 veröffentlicht wurde, auf die wir uns bis zu diesem Punkt verließen.

Die offizielle Zahl der sowjetischen Bevölkerung in der »Volkszählung« des Januar 1939 beträgt 170 467 186. Westliche demographische Arbeiten deuten darauf hin, daß die wahre Zahl wahrscheinlich bei 167,2 Millionen lag. Selbst diese letztere Zahl ergäbe eine ruckartige Besserung seit 1937, trotz einer geschätzten Zahl von zwei bis drei Millionen Todesopfern in den Lagern oder durch Erschießung zwischen 1937 und 1938. Sie scheint sich teilweise durch natürliche und teilweise durch juristische Faktoren zu erklären. Eine Wiederbelebung der Geburtenrate nach Hungersnöten oder anderen Katastrophen ist normal; die Zeugungs- und Fruchtbarkeitsraten, die während jener Zeit drastisch zurückgingen, verbesserten sich später. Amtlicherseits wiederum wurde Abtreibung 1936 verboten, der Verkauf von Verhütungsmitteln wurde untersagt, und andere Maßnahmen wurden ergriffen.

Aus der offiziellen Zahl 170 467 186 hebt die Volkszählung die Ukrainer mit 28 070 404 (gegenüber 31 194 976 in der Volkszählung von 1926) heraus. Man kann nicht feststellen, wie die Aufblähung von 3,4 Millionen in der Zahl 170,5 Millionen verteilt ist. Normalerweise wird angenommen, daß jede Nationalitätengruppe in Proportionen überzählt wurde (wenngleich die bessere Tarnungstaktik in dem Versuch bestanden hätte, den Ukrainern einen Extraschub zu verpassen angesichts ihres schlechten Abschneidens). Gehen wir von bloß proportionaler Übertreibung aus, so sollte die echte Zahl der Ukrainer 1939 bei etwa 27 540 000 gelegen haben. Aber die 31,2 Millionen von 1926 hätten bis 1939 auf ungefähr 38 Millionen angestiegen sein müssen. Das Defizit beträgt demnach ungefähr 10,5 Millionen. Ziehen wir anderthalb Millionen für ungeborene Kinder ab, so ergibt dies ein Defizit von 9 Millionen Ukrainern bis 1939.

Dies sind nicht nur Todesopfer. Um das Jahr 1939 wurde starker Druck auf die Ukrainer außerhalb der Ukraine ausgeübt, sich als Russen registrieren zu lassen, und zweifellos hat ein erheblicher Transfer stattgefunden. Ein sowjetischer Demograph gesteht zu, daß zwischen den Volkszählungen von 1926 und 1939 die »niedrige Zuwachsrate (!) in der Zahl der Ukrainer sich mit einer Senkung der normalen Zuwachsrate als Folge einer Mißernte in der Ukraine 1932 erklären läßt«, aber er fügt hinzu, daß »Leute, die sich früher als Ukrainer betrachteten, sich 1939 als Russen erklärten«. [13] Und wir erfahren beispielsweise, daß Personen mit gefälschten Dokumenten oft ihre Nationalität wechselten, weil die Ukrainer der Polizei immer als verdächtig galten. [14]

Dies bezog sich nicht so sehr auf die Ukraine als auf die anderswo in der UdSSR lebenden Ukrainer. Im Jahre 1926 gab es von diesen 8 536 000, einschließlich 1 412 000 im Kuban-Gebiet. Vom Rest der Kuban-Kosaken wird definitiv mitgeteilt, daß sie sich als Russen neu registrieren ließen, ihre Zahl aber muß mittlerweile sehr viel niedriger gelegen haben als 1926. Anderswo scheint es eine Frage des Drucks auf Einzelpersonen gewesen zu sein, und zweifellos war es ein Langzeit-Prozeß – selbst in der Volkszählung von 1959 werden mehr als 5 Millionen Ukrainer in der UdSSR außerhalb der Ukraine aufgeführt. Wenn wir eine Übernahme von einer so großen Zahl wie 2,5 Millionen aus den ukrainischen in die russischen Register unterstellen, so beläßt uns das mit 9 minus 2,5 = 6,5 Millionen faktisch Getötete. Ziehen wir weiter etwa 500 000 an ukrainischen Toten als Folge der Dekulakisierung von 1929 bis 1932 ab, so haben wir 6 Millionen Tote als Folge der Hungersnot. Dies wäre aufzuteilen in 5 Millionen in der Ukraine und 1 Million im Nord-Kaukasus-Gebiet. Die Zahl für Nicht-Ukrainer könnte bei bloß einer Million Toten liegen. Damit wäre die Gesamtzahl der Hungertoten annähernd 7 Millionen, etwa 3 Millionen davon Kinder. Wie wir hervorgehoben haben, sind dies vorsichtig angesetzte Zahlen.

Ein weiterer Hinweis auf die Zahlen der in der Hungersnot Zugrundegegangenen – oder jedenfalls ihrer schlimmsten Periode – kann in dem Unterschied gefunden werden, der zwischen der Schätzung der Volkszählungs-Behörde kurz vor der Volkszählung 1937 und den tatsächlichen Ergebnissen der Zählung liegt. Die Voraussage beträgt 168,9 Millionen, [15] die Wirklichkeit 163 772 000 – ein Unterschied von knapp mehr als 5 Millionen. Dies wird nach verbreiteter Meinung mit der Zahl der nicht-registrierten Todesfälle in der Ukraine nach den letzten Monaten 1932 erklärt, was bedeutet, daß diese Zahlen nicht den Schätzern zur Verfügung standen; sie entsprechen den anderen Zahlen, die wir für die Hungersnot insgesamt haben.

Wir haben auch eine Anzahl weniger direkter Schätzungen der Hungertoten, einige davon auf amtliche Hinweise gestützt. Ein in Rußland geborener amerikanischer Bürger, der aus vorrevolutionärer Zeit mit Skrypnyk bekannt war, besuchte ihn 1933 und traf auch andere ukrainische Führer. Skrypnyk nannte ihm die Zahl von »mindestens« 8 Millionen Toten in der Ukraine und im Nord-Kauka-

sus-Gebiet. [16] Er erfuhr auch vom ukrainischen GPU-Chef Balitzky, daß 8 bis 9 Millionen zugrunde gegangen seien; Balitzky fügte
hinzu, daß diese Zahl Stalin vorgelegt worden sei, allerdings nur als
Schätzung. [17] Ein anderer Sicherheitsoffizier schreibt, daß – mög-
licherweise zu einem früheren Zeitpunkt – die GPU Stalin eine Zahl
von 3,3 bis 3,5 Millionen Hungertoten nannte. [18] Einem ausländischen Kommunisten wurde die Zahl von 10 Millionen Toten in der
ganzen UdSSR gegeben. [19] Ein anderer Ausländer, der als Arbeiter in einer Charkower Fabrik tätig war, erfuhr zu einem Zeitpunkt,
als die Hungersnot noch längst nicht vorüber war, daß Petrowsky bis
zu diesem Zeitpunkt eine Totenzahl von 5 Millionen zugegeben
hatte. [20]
Walter Duranty berichtete der britischen Botschaft im September
1933, daß »die Bevölkerung des Nord-Kaukasus-Gebietes und an der
Unteren Wolga im letzten Jahr um 3 Millionen zurückgegangen ist,
und die Bevölkerung der Ukraine um 4 bis 5 Millionen«, und daß es
»durchaus möglich« erscheine, daß die gesamte Todeszahl bei 10
Millionen liege. Die Annahme scheint begründet, daß Durantys
Zahlen aus denselben Quellen stammen wie jene, die – ebenfalls nie
veröffentlicht – einem seiner Kollegen von einem anderen hohen
Beamten gegeben wurden; jedenfalls aus ähnlichen amtlichen Schätzungen, die unter Behörden in der betroffenen Gegend zirkulieren.
Ein amerikanischer Kommunist, der in Charkow arbeitete, schätzte
eine Totenzahl von 4,5 Millionen, die allein auf Hungertod zurück-
gehe, mit zusätzlich einigen Millionen infolge der Krankheiten, die
aus Unterernährung entstanden. [21] Ein anderer Amerikaner erfuhr
von einem hohen ukrainischen Amtsträger, daß 1933 rund 6 Millionen Menschen gestorben seien. [22] Einem aus der Ukraine stammenden kanadischen Kommunisten, der Schüler an der Höheren
Parteischule des Ukrainischen Zentralkomitees war, wurde mitgeteilt, daß ein Geheimbericht an das Zentralkomitee eine Zahl von 10
Millionen Toten angegeben habe. [23]
Was andere Regionen betrifft, so werden Rückgänge in einer Höhe
wie in der Ukraine, oder nahezu so hoch, in der Zentral-Wolga-
Region, der Unteren-Wolga-Region und der Don-Region berichtet.
Der Direktor der Traktorenfabrik von Tscheljabinsk, Lowin, sagte
einem ausländischen Korrespondenten, daß mehr als 1 Million Men-
schen im Ural-Gebiet, dem westlichen Sibirien und dem Trans-
Wolga-Gebiet gestorben seien. [24]
Diese Schätzungen, das sollte festgehalten werden, sind nicht unbe-
dingt alle vergleichbar, da es nicht immer klar ist – manchmal

allerdings ist es klar –, ob die Todeszahlen allein in der Ukraine gemeint sind, auf welchen Zeitpunkt sich die Angaben beziehen oder ob Todesfälle durch Hunger-Folgekrankheiten einbezogen sind. In jedem Fall variieren selbst die vertraulichen Berichte um mehrere Millionen Menschen. Wir müssen auch annehmen, daß genaue oder sogar annähernde Zahlen überhaupt nicht vorlagen (das bestätigt der Bericht über Balitzkys Schätzungen ausdrücklich). Leonid Pljuschtsch stellt fest: »Partei-Mitglieder haben eine Zahl von 5 oder 6 Millionen genannt ... und andere sprachen von ungefähr 10 Millionen Opfern. Die wahre Zahl liegt wahrscheinlich dazwischen.« [25]

Während unsere Zahl von circa 11 Millionen vorzeitigen Todesfällen in der Ukraine zwischen 1926 und 1937 bestehenbleibt, läßt sich der Anteil von etwa 7 Millionen Hungertoten darin am besten als vertretbar oder wahrscheinlich beschreiben. Wenn sie korrekt ist, so bleiben ungefähr 4 Millionen Tote der Dekulakisierung und der Kollektivierung (soweit sie vor 1937 stattfanden) zuzurechnen. In diese 4 Millionen sind die Toten der kasachischen Tragödie eingeschlossen. Unter den Kasachen ergibt sich das Bevölkerungsdefizit zwischen den Volkszählungen von 1926 und 1939 (selbst wenn man die Zahlen der letzteren akzeptiert) aus 3 968 300 minus 3 100 900, also 867 400. Wenn wir die Zahlen von 1939 gemäß dem nationalen Durchschnitt korrigieren (wie wir es bei den Ukrainern gemacht haben), errechnen wir 948 000. Aber die Bevölkerung von 1926 hätte auf 4 598 000 im Jahre 1939 angewachsen sein sollen – wenn man von der sehr zurückhaltenden Annahme ausgeht, daß auch hier die durchschnittliche Zuwachsrate der UdSSR von 15,7 Prozent gilt, während tatsächlich andere moslemische Bevölkerungsgruppen der Sowjetunion viel schneller wuchsen. Das bedeutet, daß die Bevölkerung mehr als anderthalb Millionen größer hätte sein müssen, als sie es tatsächlich war. Ziehen wir 300 000 für ungeborene Kinder und 200 000 für erfolgreiche Auswanderung in die Gebiete nahe Sinkiang ab, so haben wir eine Totenliste von einer Million.

Damit verbleiben wir mit 3 Millionen Toten als dem Defizit, das nach den Zählungen 1926 und 1937 der Deportation der Kulaken zuzurechnen ist. Wir haben die Zahl der Deportationen und die berichteten Todesraten bereits erörtert. 3 Millionen ist eine Zahl, die mit unseren Schätzungen übereinstimmt (falls 30 Prozent der Deportierten starb, so wäre von 9 Millionen Deportierten auszugehen; falls 25 Prozent starben, so betrüge die Deportiertenzahl insgesamt 12 Millionen).

Im Jahre 1935 war nach einer annähernden Schätzung [26] ein Drittel der 11 Millionen Deportierten tot, ein Drittel befand sich in »Sonder-Siedlungen« und ein Drittel in Arbeitslagern. Schätzungen der Gesamtzahl der Arbeitslager-Bevölkerung von 1935 liegen um die 5 Millionen, und bis zum Zeitpunkt der Massenverhaftungen von Funktionären 1937/38 werden sie als »überwältigend«, nämlich 70 bis 80 Prozent, aus Kreisen der Bauernschaft stammend beschrieben. [28] Von den etwa 4 Millionen Bauern, die bis 1935 ins Lager verbracht wurden, überlebten vermutlich die meisten bis 1937 oder 1938, danach aber ist es wahrscheinlich, daß nicht mehr als zehn Prozent freigelassen wurden. Also müssen wir, wie schon vermerkt, wahrscheinlich ein Minimum von weiteren rund 3,5 Millionen Toten dem Konto der Bauern zurechnen.

Unsere Schlüsse sind durchweg entweder auf exakte und gesicherte Zahlen oder auf angemessen zurückhaltende Schätzungen gestützt. Wenn wir also folgern, daß nicht weniger als etwa 14 Millionen Bauern ihr Leben als Folge der in diesem Buch geschilderten Vorgänge verloren, so kann es durchaus sein, daß wir die Rechnung zu niedrig ansetzen. In jedem Fall ist die Überzahl von ungefähr 11 Millionen Toten, die in der Volkszählung von 1937 erwiesen werden, kaum Gegenstand ernsthafter Änderung. Die Hungertodeszahlen scheinen sowohl an sich einleuchtend wie auch entsprechend dem Volkszählungs-Defizit; ebenso wie die Zahlen aus der Dekulakisierung.

Daß wir nicht präziser sein können, hat offensichtliche Gründe. Wie Chruschtschew in seinen Memoiren sagt: »Ich kann keine genauen Zahlen nennen, denn niemand hat mitgezählt. Wir wußten nur, daß Menschen in ungeheurer Zahl starben.« [29] Es ist bezeichnend, daß Statistiken (selbst wenn sie unzuverlässig sind) über das Viehsterben veröffentlicht wurden, nicht aber die über das Menschensterben – so daß wir seit 50 Jahren einiges an Darstellung dessen haben, was dem Vieh widerfuhr, aber nicht, was mit den Menschen geschah. In einer weithin veröffentlichen Rede zwei Jahre später sollte Stalin sagen, daß man sich mehr um die Menschen kümmern müsse; als Beispiel nannte er einen Vorfall, den er angeblich selbst während seiner Verbannung in Sibirien erlebte: als er mit einigen Bauern einen Fluß überquerte, sah er, wie sie sich alle Mühe gaben, die Pferde davor zu bewahren, daß sie von der Strömung mitgerissen wurden. Aber sie kümmerten sich wenig darum, ob Menschen verlorengingen; eine Haltung, die Stalin ausführlich beklagte. Selbst für Stalin, dessen Worte selten seine wirkliche Einstellung offenbaren, war dies – und noch dazu ausgerechnet zu diesem Zeitpunkt – eine vollständige Umkehrung der Wahrheit. Er und seine Gefolgsleute waren es, für die Menschenleben auf der untersten Stufe der Werteskala standen. Wir haben nun die Möglichkeit, unsere Schätzung der Todesopferzahlen in groben Zügen folgendermaßen zusammenzufassen:

Tote aus den Reihen der Bauern 1930–1937:	11 Millionen
Verhaftete dieser Zeit, die später in Lagern starben:	3,5 Millionen
Zusammen:	14,5 Millionen

Von diesen: Opfer als Folge der Dekulakisierung:	6,5 Millionen
Gestorben als Folge der Kasachen-Katastrophe:	1 Millionen

Gestorben in der Hungersnot 1932–33:

In der Ukraine:	5 Millionen
Im Nord-Kaukasus-Gebiet:	1 Million
Andernorts gestorben:	1 Million
Zusammen:	7 Millionen

Wir wir schon sagten, sind dies enorme Zahlen; vergleichbar den Totenzahlen der großen Kriege unserer Zeit. Und was den Völkermord-Anteil betrifft, also die ukrainischen Zahlen allein, so sollten wir uns daran erinnern, daß 5 Millionen etwa 18,8 Prozent der Gesamtbevölkerung der Ukraine darstellen (und etwa ein Viertel der ländlichen Bevölkerung). Im Ersten Weltkrieg starben weniger als ein Prozent der Völker der beteiligten Länder. In einem ukrainischen Dorf von 800 Einwohnern (Pisariwka in Podilia), wo 150 umgekommen waren, bemerkte ein örtlicher Bauer ironisch, daß nur sieben Dorfbewohner im Ersten Weltkrieg gefallen seien. [30]
In den von uns beschriebenen Vorgängen umfassen die »Opfer« in der allgemeineren Bedeutung des Wortes, die»gehfähigen Verwundeten«, ganze Bevölkerungen. Unsere selbstgestellte Aufgabe war es in diesem Kapitel, die Zahl der tatsächlich Getöteten so exakt wie möglich zu belegen. Aber wir sollten keinen Augenblick die schrecklichen Folgen vergessen, an denen Einzelpersonen wie Nationen leiden mußten – und zwar weit in die Zukunft. Zudem stand den Überlebenden weiterer Terror bevor, der weitere Todesfälle von ähnlicher Größenordnung hervorrufen sollte. Betonen wir noch

einmal, daß die Zahlen, die wir hier aufgelistet haben, zurückhaltende Schätzungen sind und keinesfalls die Wahrheit übertreiben. Und wenn wir nicht genauere Zahlen vorlegen können, so deshalb, weil das Sowjetregime uns dies nicht ermöglicht. Es geht nicht nur darum, daß Stalin damals in den 30er Jahren die Wahrheit zu verbergen wußte.

Wir haben für eine Anzahl nützlicher Details ehrlichen und mutigen sowjetischen Wissenschaftlern und Schriftstellern zu danken. Aber selbst heute noch gestattet Moskau keine Untersuchung dieser ungeheuerlichen Vorgänge. Das bedeutet, daß das Regime insofern nicht nur Erbe, sondern Komplize derjenigen ist, die vor 50 Jahren jene unschuldigen Millionen in den Tod geschickt haben.

17
Die Rolle des Westens

O bleib verschlossen, Grab, erspare mir die Schmach!
John Masefield

Ein bedeutendes Element in Stalins Vorgehen gegen die Bauernschaft war, was Pasternak die »unmenschliche Macht der Lüge« nennt. Täuschung wurde in einem gigantischen Maße praktiziert. Insbesondere wurden alle Anstrengungen unternommen, den Westen davon zu überzeugen, daß keine Hungersnot stattfinde – und später: daß keine stattgefunden habe. Oberflächlich betrachtet, mag dies als eine unmögliche Aufgabe erscheinen. Eine große Anzahl zutreffender Berichte erreichte West-Europa und Amerika, einige davon durch unanzweifelbare westliche Augenzeugen. (Es war nicht möglich, jedenfalls nicht 1932, alle Ausländer von den Hungergebieten fernzuhalten.) Aber Stalin verstand genau die Möglichkeiten dessen, was Hitler zustimmend die »Große Lüge« nannte. Er wußte, daß – selbst wenn die Wahrheit greifbar ist – der Täuscher nicht aufgeben muß. Er erkannte, daß schlichtes Bestreiten einerseits und das Einschießen einer Sammlung positiver Falschbehauptungen in den Informationspool andererseits ausreichten, um in einer passiv uninformierten ausländischen Öffentlichkeit Verwirrung zu stiften und diejenigen, die betrogen sein wollten und sich aktiv darum bemühten, zur Annahme der stalinistischen Version zu bewegen. Die Hungersnot war das erste größere Beispiel dafür, wie man diese Technik zur Beeinflussung der Weltmeinung nutzt, aber ihr folgten andere Beispiele, etwa die Kampagne zu den Moskauer Prozessen von 1936 bis 1938, das Ableugnen des Zwangsarbeits-Lagersystems usw. In der Tat kann man kaum behaupten, daß es heute nicht genauso weitergehe.

Bevor wir den Umgang mit diesen Methoden erörtern, müssen wir erst einmal die Tatsache klarstellen, daß die Wahrheit im Westen faktisch weithin zugänglich war. Trotz aller Schwierigkeiten erschienen volle oder jedenfalls hinreichende Berichte im »Manchester Guardian« und dem »Daily Telegraph«, in »Le Matin« und »Le

Figaro«, in der »Neuen Züricher Zeitung« und der »Gazette de Lausanne«, in »La Stampa« in Italien, in der österreichischen »Reichspost« und Dutzenden anderen westlichen Zeitungen. In den Vereinigten Staaten veröffentlichten Zeitungen mit großer Auflage sehr vollständige Berichte aus erster Hand von ukrainisch-stämmigen Amerikanern und anderen Besuchern der UdSSR (wenn diese Berichte auch oft abgewertet wurden, weil sie in »rechtsstehenden« Blättern erschienen). Der »Christian Science Monitor«, die »New York Herald Tribune« (und der in New York erscheinende jüdische »Forwaerts«) berichteten ausführlich. Wir haben viele dieser Berichte in unserem Text zitiert.

Doch wir sollten die Einschränkung anfügen, daß Journalisten in den meisten Fällen nicht zugleich die Wahrheit berichten und ihre Visa erhalten konnten. Oft wurden sie zu etwas gezwungen oder verlockt, was bestenfalls als Kompromiß bezeichnet werden kann. Erst als sie das Land endgültig verließen, konnten Männer wie Chamberlain und Lyons die ganze Geschichte berichten. Überdies mußten ihre Berichte vorher durch die Zensur – wenn auch Muggeridge einige seiner Berichte vermittels des britischen Diplomaten-Postsacks durchgab.

Zu jener Zeit war die Möglichkeit einigermaßen unmittelbar gehaltener Berichterstattung auf die Methode Muggeridge begrenzt; ferner auf unvollständige, wenn auch oftmals informative Stücke, die den Zensor passierten, und auf das Zeugnis kürzlich im Lande gewesener Besucher, die die Sprache beherrschten und in das Hungergebiet vorgedrungen waren – einige von ihnen ausländische Kommunisten, die dort gearbeitet hatten; andere waren ausländische Besucher mit Verwandten in den Dörfern; gelegentlich ein exzentrischer Westler, der ganz einfach die Wahrheit wissen wollte.

Einer der letzteren war Gareth Jones, ein ehemaliger Sekretär von Lloyd George, der sich mit Rußland und der russischen Geschichte befaßt hatte. Er gelangte über Moskau in die Ukraine, wie Muggeridge, ohne jemandem etwas gesagt zu haben. Er ging zu Fuß durch Dörfer in der Provinz Charkow, und bei seiner Rückkehr in den Westen berichtete er über den unablässigen Ruf: »Es gibt kein Brot, wir sterben.« Er berichtete – wie Muggeridge schrieb er im »Manchester Guardian« (30. März 1933) – daß er niemals »die angeschwollenen Bäuche der Kinder in den Hütten vergessen werde, in denen ich schlief«. »Darüber hinaus«, so fügte er hinzu, »sind vier Fünftel des Viehs und der Pferde zugrunde gegangen«. Dieser ehrenhafte und ehrliche Bericht wurde zum Gegenstand schwerer Verleumdungen, nicht nur durch die sowjetischen Stellen, sondern auch durch Walter

Duranty sowie durch andere Korrespondenten, die in Moskau bleiben wollten, um über den bevorstehenden »Metro-Vic«-Scheinprozeß berichten zu können, der damals als wichtiger Nachrichtenstoff angesehen wurde.

Dennoch taten einige der vom Regime vielbedrängten Auslandskorrespondenten ihr Bestes durch gelegentliche Meldungen mit wertvollen Informationen, die den Zensor passierten. Eine (vom 22. September 1933) vom Korrespondenten der Associated Press, Stanley Richardson, zitierte den Leiter der MTS Politischen Abteilung für die Ukraine, den Altbolschewiken Alexander Asatkin, vormals Erster Sekretär der Bjelorussischen Kommunistischen Partei, zur Hungersnot. Asatkin hatte ihm tatsächlich Zahlen gegeben, und diese wurden vom Zensor gestrichen; aber ein Hinweis auf »Todesfälle in seinem Gebiet letztes Frühjahr durch Ursachen im Zusammenhang mit Unterernährung« ging durch. (Diese Bestätigung durch einen sowjetischen Amtsträger wurde in den meisten amerikanischen Zeitungen nicht veröffentlicht: Marco Carynnyk schreibt, daß er sie nur im »New York American«, dem »Toronto Star« und dem »Toronto Evening Telegramm« finden konnte.)

Jedenfalls sperrten neue Vorschriften 1933 ausländische Korrespondenten praktisch aus der Ukraine und dem Nord-Kaukasus-Gebiet aus. [1] Die Britische Botschaft berichtete schon am 5. März 1933 nach London, daß »allen Auslandskorrespondenten nunmehr von der Presseabteilung des Kommissariats für Auswärtige Angelegenheiten ›geraten‹ worden ist, in Moskau zu bleiben«. Aber erst im August fühlte W. H. Chamberlain sich imstande, seinen Redakteuren im Westen mitzuteilen, daß ihm und seinen Kollegen befohlen worden sei, Moskau nicht ohne vorherige Vorlage des Reise-Itinerars und Einholung einer Erlaubnis zu verlassen, und daß ihm selber gerade die Erlaubnis zur Reise in Gebiete der Ukraine und des Nord-Kaukasus-Gebiets (die er bei früherer Gelegenheit besucht hatte) verweigert worden war. Er fügte hinzu, daß dasselbe für zwei amerikanische Korrespondenten und für einige andere gelte. [2] Der Korrespondent der »New York Herald Tribune«, P. B. Barnes, formulierte es so: »Neue Zensurvorschriften schließen akkreditierte ausländische Korrespondenten von denjenigen Gebieten der UdSSR aus, wo die Verhältnisse unvorteilhaft sind.« [3]

Die ehrlicheren Journalisten konnten nur zeitweise mit einem Maulkorb versehen, nicht aber zum Schweigen gebracht werden. Als Bücher wie das von Chamberlain (1934) erschienen, gab es keine Möglichkeit eines Zweifels über die Hungersnot mehr, auch nicht hinsichtlich der bisherigen Leiden der Bauern. In der Tat, selbst westliche Schriftsteller, die von Kommunisten wie Nichtkommunisten als Freunde des Regimes eingestuft worden waren, brachten Bedenken zum Ausdruck und berichteten Wahrheiten. Maurice Hindus erzählte in einem Bericht über die Kollektivierung – die er im Prinzip bejahte – von der »menschlichen Tragödie« der Kulaken-Deportationen, von der »herzlosen Gefühllosigkeit« der Partei; er beschrieb die Reaktionen der Bauern in der Form des Abschlachtens ihres Viehs und des späteren Verfalls »in Apathie«; die Unfähigkeit des Kolchosen-Managements (wo Schweine und Hühner durch falsche Behandlung starben und Kühe und Pferde an unzureichender Ernährung). [4]

Es gab bereits genug Informationen, um die Frage jenseits aller begründeten Zweifel klarzustellen, und dem westlichen Publikum standen sie zur Verfügung. Einige handelten: Am 28. Mai 1934 wurde dem amerikanischen Repräsentantenhaus eine Resolution (73rd Congress, 2nd Session, House Resolution 39a) durch den Abgeordneten Hamilton Fish jun. vorgelegt, in der die Tatsachen der Hungersnot festgehalten wurden und auf die amerikanische Tradition verwiesen wurde, von solchen Anschlägen auf die Menschenrechte »Kenntnis zu nehmen«; in der Sympathie und die Hoffnung ausgedrückt wurden, daß die UdSSR ihre Politik ändern und einstweilen amerikanische Hilfe ins Land lassen werde. Die Resolution wurde dem Auswärtigen Ausschuß zugewiesen, und es wurde angeordnet, sie zu drucken.

Wie 1921, wenn auch in kleinerem Maße, weil die Tatsachen nicht so vollständig vorlagen, wurde auch in diesem Fall eine internationale Anstrengung der Menschlichkeit unternommen. In diesem Fall jedoch war sie wirkungslos. Ein Internationales Hilfskomitee wurde errichtet unter dem Vorsitz von Kardinal Innitzer, dem Erzbischof von Wien. Das Rote Kreuz mußte auf Appelle erwidern, daß es rechtlich nicht in der Lage sei, ohne Genehmigung der betroffenen Regierung etwas zu unternehmen. Diese Regierung aber fuhr fort, alle Berichte als Lügen zurückzuweisen und die Ablehnung solch unverschämter Hilfsangebote durch wohlhabende sowjetische Bauern zu drucken. Kollektiv-Bauern der Wolgadeutschen Republik werden entsprechend von der »Iswestija« [5] zitiert, daß sie die Hilfe von Organisationen zurückwiesen, die in Deutschland gegründet wurden, »um den Deutschen zu helfen, die angeblich in Rußland verhungern«.

In der West-Ukraine, unter polnischer Oberhoheit, waren die Tatsachen wohlbekannt. Im Juli 1933 wurde ein Ukrainisches Zentrales Hilfskomitee in Lwiar gegründet, das imstande war, heimliche Hilfe in Form von Paketsendungen zu geben. Die ukrainischen Emigranten-Organisationen im Westen kämpften in der energischsten Weise darum, die Tatsachen vor die Regierungen und vor die Öffentlichkeit zu bringen. In Washington beispielsweise sind die Archive des Außenministeriums voll von Appellen an die US-Regierung, auf irgendeine Art zu intervenieren – jedesmal beantwortet mit einer Erklärung, daß kein amerikanisches Staatsinteresse vorliege und daß eine Intervention daher unzweckmäßig erscheine. Die Akten des Außenministeriums sind auch voller Briefe von Redakteuren, Professoren, Geistlichen und anderen mit Berichten, daß Vortragsreisende wie etwa W. H. Chamberlain Todeszahlen von 4 bis 10 Millionen Menschen genannt hätten, wobei die Briefe fast in jedem Fall Zweifel hinsichtlich solcher Zahlen äußerten. Das State Department antwortete in manchen Fällen, daß es nicht zu seiner Übung gehöre, dazu Stellungnahmen abzugeben; manchmal gab es auch eine Liste von Quellen an, an die man sich wenden könne.

Die Vereinigten Staaten unterhielten zu diesem Zeitpunkt keine diplomatischen Beziehungen mit der Sowjetunion (bis November 1933), und das State Department war angewiesen, die Errichtung solcher Beziehungen vorzubereiten – ein politisches Unterfangen, in dem Berichte über die Terror-Hungersnot von der Administration als nicht hilfreich angesehen wurden. Das diplomatische Corps in Moskau selbst wurde keineswegs getäuscht; die Britische Botschaft beispielsweise berichtete nach London, daß die Zustände im Kuban-Gebiet und der Ukraine »erschreckend« seien. [6]

So war, auf die eine oder andere Weise, die Wahrheit zugänglich und in einem gewissen Sinne dem Westen bekannt. Die Aufgabe der Sowjetregierung war es, dies Wissen zu zerstören, zu verzerren oder zu überdecken. In der ersten Phase wurde die Hungersnot ignoriert oder bestritten. In der sowjetischen Presse gab es keinen Hinweis auf sie. Dies trifft sogar für die ukrainischen Zeitungen zu. Die Lücke zwischen Realität und Berichterstattung war ganz außergewöhnlich. Arthur Koestler, der sich 1932/33 in Charkow aufhielt, schreibt, daß es ihm ein völlig irreales Gefühl gab, die örtlichen Zeitungen zu lesen, voll von jungen Leuten, die unter Bannern lächelten, von riesigen Kombinaten im Ural-Gebiet, von Berichten über Belohnungen an Schock-Brigadiere, aber »nicht ein Wort über die hiesige Hungersnot, die Epidemien, das Aussterben ganzer Dörfer; sogar die Tatsache, daß es keinen elektrischen Strom in Charkow gab,

wurde nicht ein einziges Mal in den Charkower Zeitungen erwähnt.
Das riesige Land war mit einer Decke des Schweigens zugedeckt«.
[7]

In einem früheren Zeitraum, während der Kollektivierung, war es
schwierig gewesen, die Vorgänge herauszufinden. Wie ein amerikanischer Korrespondent schrieb: »Ein Einwohner Moskaus, Russe
oder Ausländer, erfuhr in den meisten Fällen nur durch Zufall –
wenn er überhaupt davon erfuhr – von solchen Episoden des ›Klassenkriegs‹ wie dem Hungertod vieler verbannter Kinder im fernen
Lusa in Nord-Rußland im Sommer 1931; von dem unter den
Zwangsarbeitern in den Kohlebergwerken von Karaganda in Kasachstan weit verbreiteten Skorbut als Folge unzureichender Ernährung; vom Sterben ganzer Kulakenfamilien in der Kälte, die im
Winter aus ihren Häusern nahe Akmolinsk in Kasachstan getrieben
worden waren; oder von der Entwicklung von Krankheiten in den
weiblichen Organen unter den deportierten Frauen im öden Chibi-
nogorsk, jenseits des Polarkreises, als Folge des völligen Fehlens
von sanitären Einrichtungen in dem strengen Winter. [8] Aber was
die Hungersnot betrifft, so wurde sie selbst in Moskau anfangs von
den Russen ganz offen angesprochen, und zwar nicht nur in ihren
Häusern, sondern sogar an öffentlichen Orten wie etwa Hotels.
Bald wurde es freilich ein Vergehen mit einer Strafandrohung von
drei bis fünf Jahren, auch nur das Wort zu gebrauchen; inzwischen
jedoch war genug bekannt geworden, selbst unter Ausländern, um
aktive Maßnahmen als bloße Dementis erforderlich zu machen.
Die Dementis kamen hitzig und entschieden. Es gab viele Angriffe
auf »Verleumdungen«, die in der ausländischen Presse erschienen
waren. Die österreichische »Reichspost« wurde von der »Prawda«
(am 20. Juli 1933) beschuldigt, sie habe »gesagt, daß Millionen
Sowjetbürger in der Wolga-Region, der Ukraine und dem Nord-
Kaukasus-Gebiet an Hunger gestorben seien. Diese ordinäre Verleumdung, diese schmutzige Erfindung einer Hungersnot in der
UdSSR wurde von den Redakteuren der ›Reichspost‹ ausgekocht,
um die Aufmerksamkeit ihrer eigenen Arbeiter von deren harter
und hoffnungsloser Lage abzulenken.« Präsident Kalinin sprach von
»politischen Betrügern, die anbieten, der verhungernden Ukraine
zu helfen«, und kommentierte: »Nur die dekadentesten Klassen
sind imstande, so zynische Elemente zu produzieren.« [9]
Als über die Hungersnot weithin in den USA berichtet wurde und
ein Kongreßabgeordneter, Herman Kopelmann von Connecticut,
die amtliche sowjetische Aufmerksamkeit darauf lenkte, erhielt er

die folgende Antwort vom Volkskommissar des Auswärtigen Amtes,
Litwinow:

»Ich habe Ihren Brief vom 14. dieses Monats erhalten und danke
Ihnen dafür, daß Sie meine Aufmerksamkeit auf das ukrainische
Pamphlet gelenkt haben. Es gibt jede Menge solcher Pamphlete
voller Lügen, verbreitet von den konterrevolutionären Organisationen im Ausland, die auf Arbeit dieser Art spezialisiert sind. Ihnen
bleibt nichts übrig, als falsche Informationen zu verbreiten und
Dokumente zu fälschen.«

Die sowjetische Botschaft in Washington behauptete auch, daß die
Bevölkerung der Ukraine über die Periode des letzten Fünfjahresplans um zwei Prozent jährlich zugenommen habe und die niedrigste
Todesrate aller Sowjetrepubliken habe! [11] Von diesem Zeitpunkt
an wurden alle Arten grober Verdrehung erzeugt. Beispielsweise
veröffentlichte die »Iswestija« am 26. Februar 1935 ein Interview mit
einem amerikanischen Korrespondenten, Lindsay M. Parrott vom
»International News Service«. Darin wurde er mit der Aussage
zitiert, er habe wohlorganisierte Güter und reichlich Brot in der
Ukraine und der Wolga-Region vorgefunden. Parrott berichtete
seinem Arbeitgeber und der Amerikanischen Botschaft, er sei gründlich falsch zitiert worden. Er habe dem »Iswestija«-Korrespondenten
nur gesagt, daß er keine »Hunger-Zustände« auf dieser (1934 unter-
nommenen) Reise gesehen habe und daß die landwirtschaftlichen
Verhältnisse sich zu verbessern schienen. Daraus hatte die »Iswestija« den Rest erfunden. [12]

Die Hauptmethoden der Fälschung jedoch waren breiter und traditioneller angelegt. Ein amerikanischer Journalist in Moskau beschreibt eine der Vorspiegelungen aus der Periode der Dekulakisierung: »Speziell um die öffentliche Meinung Amerikas zu beschwichtigen, wurde eine amerikanische ›Kommission‹ in das Holzfällergebiet
geschickt, und in angemessener Zeit berichtete sie wahrheitsgemäß,
sie habe keine Zwangsarbeit gesehen. Niemand in der Ausländer-
Kolonie amüsierte sich mehr über diese Clownerei als die ›Kommissionäre‹ selber. Sie waren: ein Verkäufer amerikanischer Maschinen,
der schon lange in Moskau lebte und auf den guten Willen der Ämter
für sein Geschäft angewiesen war; ein junger amerikanischer Reporter ohne feste Arbeit und daher in der UdSSR nur auf Duldung der
Sowjetregierung; und der hiesige Sekretär der amerikanisch-russi-
schen Handelskammer, ein bezahlter Angestellter der Organisation,
dessen Nutzen darin bestand, daß er gute Beziehungen zu sowjeti-

schen Amtsstellen unterhielt. Ich kannte alle drei Männer bestens,
und ich verrate kein Geheimnis, wenn ich berichte, daß jeder von
ihnen so vollständig überzeugt war vom weit verbreiteten Einsatz der
Zwangsarbeit in der Holzindustrie wie nur Hamilton Fish oder Dr.
Deterding. Sie fuhren nach Norden um der Reise willen, oder weil
ihnen eine Ablehnung Schwierigkeiten bereitet hätte, und sie beru-
higten ihr Gewissen, indem sie lediglich zweideutig erklärten, daß sie
persönlich kein Anzeichen von Zwangsarbeit gesehen hätten; sie
haben nicht zu verstehen gegeben, daß sie keine wirkliche Anstrengung unternahmen, um Zwangsarbeit zu entdecken, und daß ihre
offiziellen Reiseführer die ›Untersuchung‹ steuerten. Ihre Feststel-
lungen, in aller Feierlichkeit veröffentlicht und von den amerikanischen Korrespondenten gehorsam in die Vereinigten Staaten über-
mittelt, entsprachen großenteils der Linie einer späteren ›Kommission‹ auf der Suche nach Zwangsarbeit im Kohlebereich des Don-
Beckens. Einer der ›Kommissionäre‹, der berühmte amerikanische
Photograph Jimmy Abbe, erklärte es mir so: ›Sicher, wir sahen keine
Zwangsarbeit. Wenn wir uns dem etwas näherten, was so aussah,
dann schlossen wir alle unsere Augen und hielten sie geschlossen.
Wir hatten nicht die Absicht, darüber zu lügen!‹« [13]
Edouard Herriot, der Führer der französischen Radikalen Partei und
zweimal Premierminister seines Landes, hielt sich im August und
September 1933 in der UdSSR auf. Er verbrachte fünf Tage in der
Ukraine: die Hälfte dieser Zeit wurde offiziellen Empfängen und
Banketten gewidmet und die andere Hälte einer Tour unter Führung.
Als Ergebnis fühlte er sich imstande, zu erklären, daß es keine
Hungersnot gebe, und die Schuld den Berichten darüber Elementen
zuzuschieben, die eine antisowjetische Politik verfolgten. Die
»Prawda« konnte (am 13. September 1933) verkünden, daß »er
kategorisch die Lügen der bürgerlichen Presse über eine Hungersnot
in der Sowjetunion zurückwies«.
Solche Stellungnahmen seitens eines weithin bekannten Staatsman-
nes hatten, wie wir erfahren, eine große Wirkung auf die öffentliche
Meinung Europas. Die Verantwortungslosigkeit, die da gezeigt
wurde, muß Stalin in seiner Ansicht über die Leichtgläubigkeit des
Westens bestärkt haben, mit der er so wirksam in späteren Jahren
spielte.
Ein Besucher Kiews beschreibt die Vorbereitungen für Herriot. Am
Tage, bevor er eintraf, wurde die Bevölkerung gezwungen, von zwei
Uhr morgens an zu arbeiten, um die Straßen zu putzen und die
Häuser zu schmücken. Lebensmittel-Verteilungszentren wurden ge-

schlossen. Schlangestehen wurde verboten. Obdachlose Kinder,
Bettler und Verhungernde verschwanden. [14] Ein Einwohner der
Stadt fügt hinzu, daß Ladenfenster mit Lebensmitteln gefüllt wurden, daß aber die Polizei alle Bürger vertrieb oder sogar verhaftete,
die zu nahe herandrängten (und der Einkauf der Lebensmittel war
verboten). [15] Die Straßen wurden gespült, das Hotel, in dem er
wohnen sollte, wurde renoviert, es gab neue Teppiche und Möbel
und Uniformen für die Bediensteten. [16] Ähnlich war es in Charkow. [17]

Herriots Besuchsrunde ist lehrreich. In Charkow wurde er in eine
Modell-Kindersiedlung geführt, in das Schewtschenko-Museum und
in eine Traktorenfabrik. Außerdem erlebte er Begegnungen oder
Bankette mit ukrainischen Parteiführern. [18] Bestimmte Dörfer
wurden hergerichtet, um sie Fremden zeigen zu können. [19] Es
handelte sich um »Modell«-Kollektivgüter – beispielsweise »Roter
Stern« in der Provinz Charkow, wo alle Bauern ausgewählte Kommunisten und Komsomolzen waren. Diese waren gut untergebracht
und wohlgenährt. Das Vieh befand sich in gutem Zustand. Und
Traktoren standen immer zur Verfügung. [20] Oder aber man reorga-
nisierte auch ein normales Dorf für eine solche Gelegenheit.

Ein Zeuge beschreibt die Vorbereitungen für den Empfang Herriots
auf dem Kollektivgut »Oktoberrevolution« in Browary, nahe bei
Kiew: »Eine Sondertagung der regionalen Parteiorganisation wurde
in Kiew zu dem Zweck abgehalten, dies Kollektivgut in ein ›Potem-
kinsches Dorf‹ zu verwandeln. Ein älterer Kommunist, ein Inspektor
beim Kommissariat für Landwirtschaft, wurde zum zeitweiligen Leiter ernannt, und erfahrene Agronomen wurden zu Brigademitglie-
dern des Gutes gemacht. Es wurde gründlich geschrubbt und gerei-
nigt, dafür waren alle Kommunisten, Komsomolzen und Aktivisten
mobilisiert worden. Möbel wurden vom Regional-Theater in Browary hereingebracht, und die Klubräume wurden mit ihnen schön
ausgestattet. Vorhänge und Gardinen wurden aus Kiew gebracht,
auch Tischtücher. Ein Flügel wurde in einen Speisesaal verwandelt,
dessen Tische mit neuen Tüchern bedeckt und mit Blumen geschmückt wurden. Das regionale Fernsprechamt und der Telephonist
wurden aus Browary auf das Gut verlegt. Einige Stiere und Schweine
wurden geschlachtet, damit reichlich Fleisch vorhanden war. Ebenso
wurde eine Ladung Bier hereingebracht. Alle Leichen und verhungernden Bauern wurden von den Straßen in der Umgebung entfernt,
und es wurde den Bauern verboten, ihre Häuser zu verlassen.
Eine Massenversammlung von Kollektivgut-Arbeitern wurde einbe-

rufen. Man sagte ihnen, daß ein Film über das Leben auf einem Kollektivgut gedreht werden solle und daß dieses Gut von einem Film-Studio in Odessa dafür ausgewählt worden sei. Nur diejenigen, die zum Mitspielen in diesem Film ausgewählt worden seien, sollten zur Arbeit kommen; alle anderen hätten zu Hause zu bleiben und nicht zu stören. Diejenigen, die von einem speziellen Komitee ausgesucht wurden, bekamen neue Bekleidung, die aus Kiew gebracht worden war: Schuhe, Socken, Anzüge, Hüte, Taschentücher. Frauen bekamen neue Kleider. Die ganze Maskerade wurde von einem Delegierten der Kiewer Bezirks-Parteiorganisation namens Scharapow dirigiert. Ein Mann namens Denissenko war sein Stellvertreter. Den Leuten wurde gesagt, daß es sich um einen Filmregisseur und dessen Assistenten handle. Die Organisatoren beschlossen, daß M. Herriot die Kollektiv-Arbeiter am besten dann kennenlernen sollte, wenn sie bei Tische saßen und etwas Ordentliches aßen. Am nächsten Tage, als Herriot eintreffen sollte, saßen nunmehr gutgekleidete Arbeiter im Speisesaal und bekamen ein herzhaftes Mahl vorgesetzt. Sie aßen große Stücke Fleisch und spülten sie mit Bier und Limonade hinunter, wobei sie kurzen Prozeß machten. Der Regisseur, der nervös wurde, forderte die Leute auf, langsam zu essen, so daß der geehrte Gast Herriot sie an ihren Tischen beim Essen sehen könne. In diesem Augenblick kam eine telephonische Botschaft aus Kiew: ›Besuch abgesagt, alles beendet.‹ Nun wurde eine andere Versammlung einberufen. Scharapow dankte den Arbeitern für eine gute Darbietung, und Denissenko forderte sie auf, alle ausgegebenen Kleidungsstücke zurückzugeben, außer den Socken und den Taschentüchern. Die Leute baten, die Kleider und Schuhe behalten zu dürfen, und sie versprachen, dafür zu arbeiten und sie zu bezahlen. Aber es nützte nichts. Alles mußte zurückgegeben und nach Kiew verschickt werden, in die Läden, aus denen man die Sachen entliehen hatte.« [21]

Offensichtlich bezieht Wassili Grossman sich auf Herriot, wenn er von »einem Franzosen, einem berühmten Minister«, schreibt, der einen Kolchos-Kindergarten besucht und die Kinder fragt, was sie zum Mittagessen gehabt hätten. Sie antworteten: »Hühnersuppe mit Piroschki und und Reiskoteletts.« Grossman kommentiert: »Hühnersuppe! Koteletts! Und auf unserem Gut hatten sie alle die Regenwürmer aufgegessen.« Er spricht verachtungsvoll und von dem »Theater«, das die Behörden aus der Sache machten. [22]

Von Herriots Dolmetscher, Professor Seeberg vom Ukrainischen Kolleg für sprachliche Erziehung in Kiew, wird später berichtet, daß er verhaftet und zu fünf Jahren in einem karelischen Lager verurteilt wurde wegen »enger Beziehungen« zu dem Franzosen. [23] Bei einer anderen Gelegenheit kam eine Delegation von Amerikanern, Engländern und Deutschen nach Charkow. Ein größeres Zusammentreiben von Bauern ging voraus. Sie wurden in Lastwagen weggefahren und an einem größeren Wegstück außerhalb der Stadt einfach auf unfruchtbaren Feldern ausgesetzt. [24] Eine türkische Gruppe, auf dem Wege zurück in die Heimat, sollte am Bahnknotenpunkt von Losowa essen. In Erwartung ihres Eintreffens wurden die Toten und Sterbenden auf Lastwagen geladen und mit unbekanntem Schicksal abtransportiert. Die anderen wurden achtzehn Meilen weit weggetrieben mit dem Verbot, wiederzukehren. Der Bahnhof wurde gesäubert, und schicke »Kellnerinnen« sowie »Publikum« wurden hereingebracht. [25]

Diese Potemkin-Methode erwies sich als nützlich gegenüber Männern von internationalem Ruf, wenn auch wenige so weit gingen wie Bernard Shaw, der erklärte: »Ich habe nicht eine einzige unterernährte Person in Rußland gesehen, weder jung noch alt. Waren sie ausgestopft? Wurden ihre hohlen Wangen durch ein Stück Radiergummi von innen gedehnt?« [26] (Bernard Shaw fühlte sich auch imstande zu sagen – oder jedenfalls wird er so in der sowjetischen Presse zitiert –, daß es »in der UdSSR, anders als in Großbritannien, Religionsfreiheit gibt«. [27]

Eine interessante Variante: Ein westlicher Sympathisant des Regimes erzählt eine verblüffende Geschichte (die von den Webbs ausführlich als Beweis gegen das Vorhandensein einer Hungersnot zitiert wird). Seine Gruppe ausländischer Besucher habe Gerüchte gehört, daß in einem Dorf namens Gawrilowka alle Männer außer einem an Hungersnot gestorben seien. Sie »zogen sofort auf Untersuchung aus« und besuchten das dörfliche Registeramt, den Priester, den Dorf-Sowjet, den Richter, den Lehrer und »jeden einzelnen Bauern, dem wir begegneten«. Sie stellten fest, daß drei von 1100 Einwohnern an Typhus gestorben seien, woraufhin Sofortmaßnahmen jede weitere Ausbreitung der Epidemie gestoppt hätten, und daß es keine Hungertodesfälle gegeben habe. [28] Der scharfsinnige Leser kann sich sofort mindestens drei verschiedene Möglichkeiten vorstellen, wie dies Ergebnis durch Täuschung zustande gekommen sein könnte. Aber selbst wenn es echt gewesen sein sollte, wie könnte es alle die Beweise aus erster Hand von Muggeridge und den anderen widerlegen?

Vielleicht noch verwerflicher ist, daß alle diese Methoden erfolgreich waren – aus erster oder zweiter Hand – bei prominenten Gelehrten, deren Aufgabe es war, die Intellektuellen des Westens zu instruieren. Sir John Maynard, damals ein führender britischer Fachmann für sowjetische Landwirtschaft, entwickelt folgende Sicht zu den Verlusten bei der Kollektivierung: »Diese Bilder sind betrüblich, aber wir bekommen unsere richtige Perspektive nur dann, wenn wir uns daran erinnern, daß die Bolschewiki sich als im Krieg befindlich sahen, in einem Krieg gegen eine feindliche Klasse anstelle eines Krieges gegen ein feindliches Volk, und daß sie für sich Kriegsmaßnahmen in Anspruch nahmen.« [29] Was das Jahr 1933 betrifft, so spricht er eindeutig wie jemand, der die fraglichen Gebiete besucht hat: »Jede Unterstellung einer Kalamität vergleichbar der Hungersnot von 1921/22 ist, nach Meinung dieses Autors, der im Juni und Juli 1933 die Ukraine und das Nord-Kaukasus-Gebiet bereist hat, unbegründet.« [30] Erstaunlicher noch war die »Forschung« der Doyens aller westlichen Sozialwissenschaftler, Sidney und Beatrice Webb, für das riesige Werk, in dem sie ihre Erkenntnisse über die Sowjetunion zusammenfassen. [31] Sie besuchten das Land 1931 und 1932 und steckten eine immense Arbeit in eine vollständige, umsichtige und gelehrte Dokumentation dessen, was da vorging.

Als erstes ist festzuhalten, daß man bei ihnen dieselbe Feindseligkeit gegenüber den Bauern findet, die wir bei den Bolschewiki gesehen haben. Die Webbs sprechen von ihren »charakteristischen Lastern der Gier und Gerissenheit, abgewechselt von Ausbrüchen der Trunkenheit und wiederkehrenden Perioden des Müßigganges«. Sie sprechen zustimmend davon, wie man diese rückständigen Charaktere »zu gemeinschaftsgesinnten Zusammenarbeitern« macht, die »nach einem vorgeschriebenen Plan arbeiten, um das gemeinsame Produkt gleichmäßig miteinander zu teilen«. [32] Sie sprechen sogar von der (»teilweise erzwungenen«) Kollektivierung als »letztem Abschnitt« der ländlichen Aufstände von 1917! [33]

»Die Kosten« der Kollektivierung hätten darin bestanden, »die allgemein verhaßten Kulaken und die widerspenstigen Don-Kosaken zu zehntausenden oder sogar hunderttausenden Familien davonzutreiben«. [34] (Sie beschreiben ein Stück amtlicher Propaganda zum Thema Entkulakisierung als die »ungekünstelte Aussage einer Bauersfrau«.) [35] Die Webbs gehen davon aus, daß die spätere Phase der Entkulakisierung notwendig gewesen sei, weil die Kulaken nicht arbeiten wollten und weil sie die Dörfer demoralisierten, so daß man sie in weit abgelegene Gebiete schicken mußte, wo man sie zur Arbeit an nützlichen Vorhaben einsetzen konnte, als eine »schnell wirksame Methode der ›Hungerhilfe‹«. Ihre Folgerung lautet, daß »offenherzige Prüfer der Umstände nicht zu Unrecht zu dem Schluß kommen mögen, daß . . . die Sowjetregierung kaum anders handeln konnte, als sie es tat«. [36]

Ihr Enthusiasmus mag als geschmacklos empfunden werden, wenn sie beispielsweise folgern, daß die Entkulakisierung von Anfang an geplant war, um ohne viel Federlesens »etwa eine Million Familien« aus ihren Heimen zu verjagen, und sie gestatten sich den Kommentar: »Stark muß der Glaube und resolut der Wille der Männer gewesen sein, die, im Interesse dessen, was ihnen als das öffentliche Wohl erschien, eine so bedeutungsvolle Maßnahme treffen konnten.« [37] Worte, die genausogut von jedem, der es möchte, über Hitler und die Endlösung gesagt werden können.

Dies jedoch ist zumindest teilweise Meinung. Was die Tatsachen betrifft, so fragen die Webbs sich: »Gab es 1931/32 eine Hungersnot in der UdSSR oder nicht?« Sie zitieren einen »pensionierten hohen Beamten der Regierung von Indien« (offenbar Maynard), der selber Hungergebiete zu verwalten gehabt und Bereiche in der UdSSR besucht habe, wo die Dinge den Berichten nach am schlimmsten standen, der aber nichts gefunden habe, was er als Hungersnot hätte bezeichnen mögen. [38] Ihre Folgerung, gestützt auch auf amtliche Berichte und Gespräche mit ungenannten britischen und amerikanischen Journalisten, lautet, eine »partielle Mißernte« sei »nicht für sich allein ernsthaft genug gewesen, um den Hungertod hervorzurufen, außer vielleicht in den am schlimmsten getroffenen Bezirken, und verhältnismäßig klein im Umfang«. Und sie rechneten (völlig zu Unrecht) Hungersnot-Berichte Leuten zu, »die selten Gelegenheit hatten, die leidenden Bezirke aufzusuchen«! [39]

Die Webbs schieben sogar die Schuld an kleinen Mängelfällen einer »Weigerung der Landwirte« zu, »zu säen . . . oder den Weizen zu sammeln, wenn er geschnitten war«. [40] Sie sprechen sogar von »einer Bevölkerung offensichtlich der Sabotage schuldig«; [41] während im Kuban-Gebiet »ganze Dörfer bockig davon absahen, zu säen oder zu ernten«. [42] Sie erwähnen »Einzelbauern«, die »aus Bosheit« dazu übergingen, »den Mais vom Kolben zu kratzen oder sogar den ganzen Kolben abzuschneiden und ihn wegzutragen zu privater Hortung, dieser schamlose Diebstahl von Gemeineigentum«! [43]

Sie geben auch kommentarlos das Geständnis eines der angeblichen ukrainischen Nationalisten wieder, wie es von Postyschew zitiert wird und dem Sinne nach lautet, daß jene mit Agitation und Propaganda in den Dörfern für die Sabotage der Ernte gearbeitet hätten. [44] Und sie beschreiben Stalins Ankündigung (beim Plenum vom Januar 1933) weiterer Schritte zum Herauspressen nichtexistenten Getreides aus der Ukraine als »eine Kampagne, die an Kühnheit der Konzeption und Entschlossenheit der Ausführung wie auch in der Größe der Operationen uns ohnegleichen scheint in den friedenszeitlichen Annalen irgendeiner Regierung«. [45]

Was ihre Quellen betrifft, so verweisen die Webbs oft auf »kompetente Beobachter«. Einer, der so zitiert wird, behauptet, daß die Bauern nicht länger wünschten, ein Haus oder einen Pflug zu besitzen – wie auch kein Arbeiter wünsche, eine Turbine zu besitzen; stattdessen verwendeten sie das dafür notwendige Geld zu einer besseren Lebensführung: »Eine geistige Revolution.« [46]

Zum Thema Kollektivierung zitieren die Webbs billigend die Kommunistin Anna Louise Strong mit der Aussage, daß, ganz entgegen der westlichen Annahme, daß die Kulaken deportiert worden seien »durch eine mystisch allmächtige GPU«, dies vielmehr vorgenommen worden sei durch »Dorfversammlungen« armer Bauern und Landarbeiter. Diese hätten Listen von Kulaken angelegt, welche die Kollektivierung durch Zwang und Gewalt behindert hätten und »die Regierung gebeten, diese zu deportieren ... die Versammlungen, an denen ich persönlich teilnahm, waren ernsthafter in ihrem Urteil, ausgewogener in ihrer Diskussion, als irgendeine Gerichtsverhandlung, der ich in Amerika beiwohnte«. [47] Für die Hungersnot jedoch ist ihre bevorzugte Quelle der Korrespondent der »New York Times«, Walter Duranty, dessen Aktivität und Einfluß besondere Behandlung erfordern.

Als der engste westliche Mithelfer aller sowjetischen Fälschungen erlangte Walter Duranty alle möglichen Privilegien, beispielsweise Lob von Stalin und Interviews mit ihm – während er gleichzeitig uneingeschränkte Bewunderung wichtiger westlicher Kreise erfuhr. Im November 1932 berichtete Duranty, daß »es keine Hungersnot und kein Hungersterben gibt und daß dergleichen auch aller Wahrscheinlichkeit nach nicht zu erwarten ist«. Als die Hungersnot im Westen weithin bekannt und in seiner eigenen Zeitung von seinen eigenen Kollegen darüber berichtet wurde, wurde Herunterspielen eher als Bestreiten seine Methode. Während er weiterhin eine Hungersnot leugnete, sprach er von »Unterernährung«, »Lebensmittelknappheit«, »geringer gewordener Widerstandskraft«. Am 23. August 1933 schrieb er, daß »jeder Bericht von einer Hungersnot in

Rußland heute eine Übertreibung oder böswillige Propaganda ist«, und fuhr fort mit der Aussage, daß »die Lebensmittelknappheit, die im letzten Jahr fast die gesamte Bevölkerung betroffen hat, und insbesondere die getreideerzeugenden Provinzen – nämlich die Ukraine, das Nord-Kaukasus-Gebiet, die Region der Unteren Wolga – jedoch zu schweren Verlusten an Menschenleben geführt hat«. Er schätzte die Sterberate nahezu viermal so hoch wie gewöhnlich ein. Diese übliche Sterberate würde in den genannten Regionen »bei etwa 1 000 000 gelegen haben« und hatte sich nunmehr aller Wahrscheinlichkeit nach »mindestens verdreifacht«. Das Zugeständnis von 2 Millionen Todesfällen extra wurde damit als bedauerlich, aber nicht übermäßig wichtig hingestellt, und als etwas, was noch keine »Hungersnot« bedeutete. (Überdies gab er zum Teil die Schuld »der Flucht einiger Bauern und dem passiven Widerstand anderer«.)

Im September 1933 war er der erste Korrespondent, der in die landwirtschaftlichen Regionen hereingelassen wurde, und er berichtete, daß »der Gebrauch des Wortes Hungersnot im Zusammenhang mit dem Nord-Kaukasus-Gebiet eine schiere Absurdität ist«. Er fügte hinzu, daß seinem Gefühl nach zumindest für dies Gebiet seine frühere Schätzung von übernormalen Todeszahlen »übertrieben« gewesen sei. Er sprach auch von »molligen Babies« und »fetten Kälbern« als typisch für die Kuban-Gegend. [48] (Litwinow fand seine Berichte nützlich als Zitate in seiner Antwort auf den Anfragebrief des Kongreßabgeordneten Kopelmann.)

Duranty gab Emigranten, die sich durch Hitlers Machtergreifung ermutigt fühlten, die Schuld an den Hungersnot-Berichten, und sprach von den »Hungersnotgeschichten, die in Berlin, Riga, Wien und anderen Orten umgehen, wo Elemente, die der Sowjetunion feindlich gesinnt sind, einen Versuch der 11. Stunde..., die diplomatische Anerkennung durch Amerika abzuwenden, indem sie die Sowjetunion als ein Land des Ruins und der Verzweiflung darstellen«.

Der Ruf, den Duranty bereits im Herbst 1933 erworben hatte, wird auf trockene Art in einer Depesche der Britischen Botschaft über den Besuch bekräftigt, den Duranty (der Engländer war) den Getreidegebieten der Ukraine abstatten durfte: »Ich habe keinen Zweifel daran, daß... er keine Schwierigkeiten haben wird, genügend quantitative Erfahrung in Reisestunden zu erwerben, um nach seiner Rückkehr behaupten zu können, was immer er will.« Die Depesche beschrieb ihn auch als »Mr. Duranty, Korrespondent der

›New York Times‹, den die Sowjetunion wahrscheinlich mehr als alle anderen zu gewinnen trachtet«. [49]

Malcolm Muggeridge, Joseph Alsop und andere erfahrene Journalisten vertraten die eindeutige Meinung, daß Duranty ein Lügner sei – wie Muggeridge später sagte: »Der größte Lügner unter allen Journalisten, denen ich in 50 Jahren Journalismus begegnet bin.« Duranty hatte Eugene Lyons und anderen persönlich mitgeteilt, daß er die Zahl der Hungersnot-Opfer auf ungefähr 7 Millionen schätzte. Aber ein noch klarerer Beweis für die Diskrepanz zwischen dem, was er wußte, und dem, was er berichtete, kann in der Depesche des britischen Chargé d'affaires in Moskau gefunden werden, die wir zuvor zitierten: »Nach Mr. Durantys Angaben ist die Bevölkerung des Nord-Kaukasus-Gebiets und der Unteren Wolga im letzten Jahr um 3 Millionen zurückgegangen und die Bevölkerung der Ukraine um 4 bis 5 Millionen. Die Ukraine sei ausgeblutet worden... Mr. Duranty hält es für durchaus möglich, daß bis zu 10 Millionen Menschen direkt oder indirekt als Folge von Lebensmittelmangel in der Sowjetunion während des letzten Jahres gestorben sind.«

Was die amerikanische Öffentlichkeit erhielt, war nicht diese klare Aussage, sondern die falsche Berichterstattung. Ihr Einfluß war ungeheuer stark und hielt lange an. Der Jahresfirmenbericht der »New York Times« von 1983 enthält eine Liste der Pulitzerpreis-Gewinner der Zeitung und läßt dabei auch nicht den aus, den Walter Duranty 1932 für »leidenschaftslose, interpretierende Berichterstattung der Nachrichten aus Rußland« erhielt. Die Ankündigung der Preisverleihung hatte dieser lobenden Erwähnung die Feststellung hinzugefügt, Durantys Depeschen seien »gekennzeichnet durch Gelehrsamkeit, Tiefe, Unparteilichkeit, gesundes Urteil und außergewöhnliche Klarheit«; somit seien sie »ausgezeichnete Beispiele des besten Typs von Auslandsberichterstattung«. Als »The Nation« die »New York Times« und Walter Duranty in ihrer jährlichen »Ehrenliste« aufführte, sprach sie von seinen Berichten als »den erhellendsten, leidenschaftslosesten und lesbarsten über eine große Nation im Werden, die in irgendeiner Zeitung auf der ganzen Welt erschienen« seien.

Bei einem Bankett im Hotel Waldorf Astoria zur Feier der diplomatischen Anerkennung der UdSSR durch die Vereinigten Staaten wurde eine Namensliste verlesen, von denen jeder höflichen Applaus von den Gästen erhielt, bis Durantys Name erreicht wurde; dann, so schrieb Alexander Woollcott im »New Yorker«, »wurde das einzige wirklich lang anhaltende Pandämonium hervorgerufen... In der

Tat, man gewann den Eindruck, daß Amerika in einem Anfall der Erleuchtung sowohl Rußland als auch Duranty anerkannte«. Immerhin, jedenfalls ein Anfall. Das Lob, das Duranty einheimste, ging offensichtlich nicht auf den Wunsch nach Wahrheit zurück, sondern eher auf den Wunsch vieler, das zu hören, was sie hören wollten. Durantys eigene Motive brauchen nicht erklärt zu werden. [50]

Diese Lobby der Blinden und der Verblendeten konnte nicht wirklich verhindern, daß wahre Berichte derjenigen, die weder Betrogene noch Lügner waren, den Westen erreichten. Aber sie konnten erreichen und haben es erreicht, daß der Eindruck verbreitet wurde, es gebe zumindest ernsthafte Zweifel über die tatsächlichen Vorgänge, und sie konnten deutlich machen, daß Berichte über Hungersnot nur von Personen ausgingen, die der Sowjetunion feindlich gegenüberstünden und daher von zweifelhafter Verläßlichkeit seien. Reporter der Wahrheit wie Muggeridge und Chamberlain standen unter unablässigem und heftigstem Angriff seitens prokommunistischer Elemente im Westen über die ganze nächste Generation hinweg.

Denn die Verfälschung hielt nicht nur zeitweilig vor. Sie hatte mit den Webbs und anderen das Feld der »Wissenschaft« erreicht. Sie fuhr fort, Ergebnisse zu erzielen – wie etwa ein skandalöses Stück aktiver, nicht nur mitspielender Fälschung, das noch in den 40er Jahren erschien in Form einer Hollywood-Produktion: des Films »North Star«, der ein sowjetisches Kollektivgut als ein hygienisches, wohlgenährtes Dorf fröhlicher Bauern darstellte – eine größere Karikatur als alles, was man auf sowjetischen Leinwänden dem dortigen Publikum zeigen konnte, das Lügen gewohnt war, aber doch so viel Erfahrung besaß, daß wenigstens ein Minimum an Zurückhaltung erforderlich war.

Ein Kommunist nannte als einen der Gründe für die Unterdrückung der Wahrheit, daß die UdSSR nur dann die Unterstützung der Arbeiter in den kapitalistischen Ländern gewinnen könne, wenn die menschlichen Kosten ihrer Politik verborgen blieben. [51] In der Praxis scheint es weniger eine Sache der Arbeiter als vielmehr der Intellektuellen, der Gestalter der öffentlichen Meinung, gewesen zu sein. Wie George Orwell klagte (England betreffend): »Gewaltige Ereignisse wie die ukrainische Hungersnot von 1933, die den Tod von Millionen Menschen bedeutete, sind tatsächlich der Mehrheit der englischen Russophilen entgangen.« Aber es ging nicht nur um pure Russophile, sondern auch um eine große und einflußreiche Gruppe westlichen Denkens. Der Skandal besteht nicht darin, daß sie die sowjetischen Handlungen rechtfertigten, sondern daß sie sich weigerten, davon Kenntnis zu nehmen – daß sie nicht bereit waren, die Beweise zu würdigen.

18
Verantwortlichkeiten

Wohin ist das Leben verschwunden? Und was ist aus all der schrecklichen Qual und Folter geworden? Kann es wirklich sein, daß niemand sich jemals für all das verantworten wird, was geschehen ist? Daß alles vergessen werden wird, sogar ohne irgendwelche Worte des Erinnerns? Daß Gras darüber wachsen wird?

Wassilij Grossman

Ein Historiker, der die zweifelsfrei erwiesenen Tatsachen berichtet, kann nicht umhin, auch darüber zu richten. Die Weltgeschichte ist das Weltgericht: Schillers Ausspruch mag heute zu grandios erscheinen. Aber der Nachweis der Tatsachen schließt sicherlich den Nachweis der Verantwortlichkeit ein. Im Fall der toten oder deportierten »Kulaken« der Jahre 1930/32 gibt es kein Problem. Sie waren die Opfer bewußter Regierungsmaßnahmen gegen »Klassenfeinde«; kommunistische Amtsträger erörterten die Notwendigkeit, 5 Millionen Menschen zu »vernichten«, sogar noch ehe die Maßnahmen Wirkung zeigten, [1] und Stalin selber hat später praktisch den Umfang des Massenmordes zugegeben. Was jedoch die große Hungersnot von 1932–1933 betrifft, so wurde schon damals eine große Anstrengung unternommen – und sie hält sich bis zu einem gewissen Grade heute noch –, die Wahrheit zu verschleiern oder zu vertuschen.

Die erste Verteidigungslinie bestand in dem Einwand, daß überhaupt keine Hungersnot stattgefunden habe. Dies war die offizielle Linie der Sowjetregierung. Im Ausland wurde sie ausgestreut, wie wir in Kapitel 17 gesehen haben, von sowjetischen Diplomaten sowie westlichen Journalisten und anderen, die von den sowjetischen Behörden entweder getäuscht oder korrumpiert worden waren. Intern hat die Sowjetpresse im großen und ganzen die Hungersnot einfach ignoriert, gelegentlich aber druckte sie doch eine Zurückweisung irgendeiner anmaßenden ausländischen Verleumdung. Es wurde zum Straftatbestand (als antisowjetische Propaganda), von Hungersnot zu reden – und dies wurde sogar in den Hungergebieten durchgesetzt. An der Spitze legte Stalin einfach fest, daß eine Hungersnot nicht existierte. Dies blieb jahrelang die offizielle Darstellung. Sogar bis zum heutigen Tag sind Hinweise auf die Hungersnot in sowjetischen wissenschaftlichen, insbesondere historischen Werken selten, und wenn, dann erscheinen sie verdeckt – wenn auch manche sowjetische Belletristik offener war.

Im Westen hat das seine Wirkung gezeigt. Manche Leute waren imstande, der offiziellen Linie zu glauben, andere konnten glauben, daß es zwei widersprüchliche Darstellungen gab, ohne überzeugende Beweise für eine der beiden Seiten. Dadurch konnten Berichte über die Hungersnot von jenen leicht zurückgewiesen – oder zumindest leicht vergessen – werden, die entsprechend eingestellt waren. Dennoch waren Berichte über die Hungersnot in ihrer Gesamtheit schwer zu unterdrücken. Die nächste Verteidigungslinie ist zweifach: Es habe tatsächlich Unterernährung gegeben, und sogar eine Zunahme der Todesrate; die Verantwortung dafür aber liege in der Aufsässigkeit der Bauern, die sich geweigert hätten, ordentlich zu säen oder zu ernten. Der dringende Getreidebedarf der Sowjetregierung wurde auf die Erfordernisse der Streitkräfte geschoben, weil angeblich ein Krieg mit Japan erwartet wurde.

Das Zugeständnis eines Anstiegs der Sterberate wurde Journalisten gestattet, die eine prosowjetische Linie einhielten, die, wie wir gesehen haben, sogar imstande waren zu sagen, es gebe keine Hungersnot – nur einen Exzeß von etwa 2 Millionen Toten! Auch dies diente dazu, die Sache zu verwirren, und zwar durch die Unterstellung, daß die Zahl nicht viel zu bedeuten habe. Die Geschichte von der Widerwilligkeit der Bauernschaft stand natürlich im Einklang mit der offiziellen Linie, daß die Kulaken die Ernte in verschiedener Hinsicht sabotierten; auch davon wurde im Westen tüchtig Gebrauch gemacht.

Nimmt man diese beiden Einwände, so zeigt sich schon das Zugeständnis, daß es etwas gab, das die meisten Menschen eine Hungersnot nennen würden. Aber: daß es nicht die Schuld der Sowjets sei und daß es auch nicht so ernst sei, wie böswillige Propaganda behauptet hatte. Und hier hatte Stalin ein viel besseres Mittel, um Kritik zu entkräften. Denn selbst wenn es bekannt wurde, daß es eine Hungersnot gab, so war die bloße Existenz einer Hungersnot noch kein Beweis für die Verantwortung Stalins und der Parteiführung. Es hat viele Hungersnöte gegeben, und die Annahme würde sein, daß es hier wieder einmal eine gegeben hatte, aus natürlichen Ursachen, vielleicht verstärkt durch die Maßnahmen der Regierung, aber ohne Grund für die Annahme, daß die Regierung aus besonderer Böswilligkeit für die Hungersnot sorgte – es sei denn, man bewiese dies genauestens.

Im Umgang mit diesem durchaus nicht unvernünftigen Vorurteil gelangen wir zum eigentlichen Problem der Frage.

Zuerst aber müssen wir uns fragen, ob die Führung tatsächlich von der Hungersnot wußte. Wir wissen natürlich, daß die führenden ukrainischen Kommunisten sich der Situation voll bewußt waren. Tschubar, Chatajewitsch, Satonsky, Demtschenko, Terechow, Petrowsky waren allesamt selbst auf dem Lande gewesen und hatten mit ihren eigenen Augen gesehen, wie die Dinge standen. Sie hatten immer gewußt, daß die Getreide-Abgabequoten zu hoch waren, und nun sahen sie die Hungersnot. Von Tschubar wird auch berichtet, daß er bei einer Konferenz in Kiew auf die Frage, ob die ukrainische Regierung über die Hungersnot Bescheid wisse, die Antwort gab: »Die Regierung weiß davon, kann aber nichts machen.« [2]

Von Petrowsky selbst berichtet ein Bauer, daß er durch ein Dorf an all den Toten und Sterbenden vorübergegangen sei. [3] Er hat auch einer Masse verhungernder Bauern in Tschornuchy versprochen, daß er darüber in Moskau reden werde; vielleicht jedoch hat er das nicht getan. [4] Als ein Fabrik-Funktionär Petrowsky mitteilte, seine Leute sprächen bereits von fünf Millionen Toten, und fragte, was er ihnen antworten solle, hat Petrowsky dem Vernehmen nach gesagt: »Sagen sie ihnen nichts! Was sie sagen, ist wahr. Wir wissen, daß Millionen sterben. Das ist bedauerlich, aber die ruhmreiche Zukunft der Sowjetunion wird das rechtfertigen. Sagen Sie ihnen nichts!« [5]

Aber wir wissen, daß auch die Moskauer Spitzenstalinisten von der Hungersnot wußten. Molotow besuchte die ländlichen Gegenden der Ukraine Ende des Jahres 1932 und wurde, wie berichtet wird, von Bezirks-Funktionären angesprochen, die ihm mitteilten, daß es kein Getreide gebe und die Bevölkerung verhungere. [6] Von Kaganowitsch wird ebenfalls berichtet, daß er in jenem Winter in Poltawa dieselben Informationen von örtlichen Parteiveteranen erhalten habe, die alsbald aus der Partei ausgestoßen wurden. [7] Was die anderen im Politbüro betrifft, so berichtet uns Chruschtschew, daß Demtschenko (der Erste Sekretär der Kiewer Provinzkomitees) an Mikojan herantrat und ihn fragte, ob Stalin wisse, was in der

Ukraine vorgehe. Demtschenko fuhr fort mit einer Beschreibung, wie ein Zug in den Kiewer Bahnhof einfuhr, beladen mit Leichen, die er den ganzen Weg seit Poltawa aufgesammelt hatte. [8]

Chruschtschew selbst sagt, daß »wir wußten, ... daß Menschen in enormer Zahl starben«: [9] Will heißen, daß die hohen Parteikreise, in denen er sich bewegte, mit den Tatsachen wohlvertraut waren. In der Tat, als der Revolutionsveteran Fjodor Raskolnikow während seiner Tätigkeit als Sowjetbotschafter in Bulgarien in den Westen flüchtete, stellten seine offenen Briefe an Stalin klar, daß die inneren Parteikreise bestens Bescheid wußten, daß die Hungersnot, wie er es formulierte, »organisiert« worden war. [10]

Schließlich wissen wir, daß Stalin selbst ausreichend informiert war. Terechow, Erster Sekretär des Charkower Provinzkomitees, berichtete Stalin, daß eine Hungersnot wütete, und bat ihn, Getreide zu schicken. Dank einer kuriosen Anomalie war Terechow einer der wenigen ukrainischen Apparatschiki, die den Jeschow-Terror ein paar Jahre später überlebten; so war er imstande, über den Vorgang während der Chruschtschew-Zeit in der »Prawda« zu berichten. Stalins Antwort auf seine offenen Äußerungen war: »Man hat uns berichtet, daß Sie, Genosse Terechow, ein guter Redner sind; anscheinend sind Sie auch ein guter Geschichtenerzähler; Sie haben sich so eine schöne Fabel über Hungersnot ausgedacht und geglaubt, damit könnten Sie uns schrecken, aber das gelingt nicht. Wäre es nicht besser für Sie, wenn Sie den Posten als Sekretär des Provinzkomitees und das ukrainische Zentralkomitee verließen und dem Schriftsteller-Verband beiträten? Dann könnten Sie Ihre Fabeln niederschreiben, und Narren würden sie lesen.« [11]

Während der Hungersnot von 1946 kam es zu einer ähnlichen Szene als, wie Chruschtschow uns informiert, Kossygin von Stalin ins Moldau-Gebiet entsandt wurde und bei seiner Rückkehr über verbreitete Unterernährung und Dystrophie berichtete. Stalin »explodierte und schrie Kossygin an«, und »lange Zeit danach« pflegte er ihn spöttisch »Bruder Dystrophiker« zu nennen. [12] Natürlich kann Stalin, als er Terechow seine Antwort gab, nicht geglaubt haben, daß ein verantwortlicher Parteiamtsträger einfach phantasieren und dabei seine Karriere und noch mehr aufs Spiel setzen würde. Was er ihm signalisierte, das war sinngemäß die Botschaft, daß kein Hinweis auf die Hungersnot in den Diskussionen der Partei gestattet würde.

Nach dem Kontext zu schließen, fand Terechows Intervention beim Zentralkomitee-Plenum des Januar 1933 statt, oder in Verbindung damit. Es scheint fast sicher zu sein, das Terechow seine Initiative nicht als vereinzelten Ausbruch unternahm, sondern als Sprecher der anderen ukrainischen Führer, die, wie wir gesehen haben, seine Sicht der Fakten und den Wunsch teilten, daß es in Moskau einiges Verständnis dafür gebe. Stalins Erwiderung kann kaum als ehrlich gemeint eingeschätzt werden oder als eine echte, wenn auch wahnwitzige Überzeugung, daß es tatsächlich keine Hungersnot gab. Denn natürlich hätte seine zwingende Reaktion auf einen solchen Bericht eines höheren Parteifunktionärs sein müssen, falls er aus irgendeinem Grunde nicht im Vollbesitz der Tatsachen war, daß er sich über den Sachverhalt selbst informierte, notfalls durch einen persönlichen Besuch.

Terechows Bericht an Stalin ist jenseits jedes denkbaren Zweifels bestätigt worden. Es gibt eine Anzahl weiterer Berichte über Bemühungen durch ukrainische Persönlichkeiten. Wir erfahren, daß der Heeresgeneral Jona Jakir, der den ukrainischen Militärbezirk befehligte, Stalin um die Bereitstellung von Getreide zur Verteilung unter die Bauern bat und abgewiesen wurde mit dem Rat, sich um militärische Fragen zu kümmern. Vom Oberbefehlshaber der Schwarzmeerflotte wird ebenfalls berichtet, daß er die Frage aufwarf, ebenfalls erfolglos. [13]

Es gibt einen weiteren Bericht, daß Tschubar als Vorsitzender des Ukrainischen Rates der Volkskommissare »an Stalin appellierte, Lebensmittel wenigstens für die verhungernden Kinder zu schicken«, und die Antwort erhielt: »Keine Bemerkungen zu dieser Frage« (soviel wie: no comment). [14] Stalins Antwort lag im Rahmen seiner Logik. Hilfe zu senden, hieße, die Hungersnot einzuräumen und die Annahme aufzugeben, daß die Kulaken Getreide horteten. Überdies würde es administrative Probleme aufwerfen, wenn man die Kinder versorgte und die Erwachsenen verhungern ließe . . .

Ein anderer Informant Stalins war seine Ehefrau Nadjeschda Allilujewa. [15] Stalin hatte ihr erlaubt, eine Technische Schule zu besuchen und einen Kurs in Textilerzeugung zu belegen. Studenten, die mobilisiert worden waren, um bei der Kollektivierung in den ländlichen Bezirken zu helfen, berichteten ihr vom Massenterror, in der Hoffnung, daß sie etwas dagegen unternehmen könnte. Sie beschrieben die Banden verwaister Kinder, wie sie um Brot bettelten, sie beschrieben die Hungersnot in der Ukraine. Als sie dies Stalin erzählte, in der Annahme, er sei schlecht informiert, tat er das als trotzkistische Gerüchte ab. Schließlich beschrieben zwei Studenten den dortigen Kannibalismus, und wie sie selbst an der Verhaftung zweier Brüder teilgenommen hätten, die Leichen verkauften.

Als sie dies alles Stalin erzählte, machte er ihr Vorwürfe wegen Einsammeln von »trotzkistischem Klatsch«. Er ließ Pauker, den Anführer seiner Leibgarde, die anstoßgebenden Studenten verhaften und befahl der OGPU und der Parteikontrollkommission, in allen Hochschulen eine spezielle Säuberung aller Studenten zu veranstalten, die an der Kollektivierung teilgenommen hatten. [16] Der Streit, der zu Nadjeschda Allilujewas Selbstmord am 5. November 1932 führte, scheint von dieser Frage ausgegangen zu sein. Zu alledem wurde Stalin, wie wir bereits vermerkt haben, von der OGPU unterrichtet, daß Millionen an der Hungersnot zugrunde gingen.

Stalin hätte jederzeit die Freigabe von Getreide anordnen können. Aber er nahm davon Abstand bis zum späten Frühjahr in dem klaren Wissen, daß die Hungersnot nunmehr am schrecklichsten wütete. Daß er voll informiet war, bedeutet nicht schlüssig, daß er die Hungersnot von Anbeginn geplant hat. Daß er jedoch noch nach eindeutigem Hervortreten der Hungersnot die Politik weiterführte, die zu der Hungersnot geführt hatte, und sogar ihre verschärfte Anwendung forderte, zeigt freilich, daß er die Waffe der Hungersnot für akzeptabel hielt und sie gegen den kulakisch-nationalistischen Feind einsetzte.

Daß die Operation bewußt unternommen wurde, ist zur Genüge demonstriert worden, ehe sie die Wirkung zeigte. Als das Stalin-Regime gegen Ende 1932 mit übermäßigen Requisitionen begann, hatte es die Erfahrungen von 1918–21 hinter sich. Damals hatten übermäßige Requisitionen zu einer katastrophalen Hungersnot geführt. Wenn der Kreml wieder dieselben Maßnahmen traf, so kann das nicht an Unkenntnis gelegen haben. Schlüssiger noch: Die ukrainischen Führer hatten klargestellt, als die Quoten 1932 festgelegt wurden, daß diese ungeheuer überzogen waren – in einer Weise wie nirgendwo sonst (außer den Don-, Kuban-, Untere-Wolga- und anderen Hungergebieten). Damit wußte Stalin bereits, was jene für das sichere Ergebnis hielten.

Die Tatsache, daß das Saatgut für die nächste Ernte erstmals in der Ukraine im Frühherbst 1932 weggenommen und in den Städten gespeichert wurde, zeigt deutlich, daß die Behörden verstanden hatten: wenn es in den Getreidespeichern der Kolchosen blieb, so würde es aufgegessen werden. Sie wußten also, daß keine andere Nahrungsquelle übrigbleiben würde. Auch war es so, daß die Hungersnot oder die überhöhten Getreide-Abgabeziele den produktiv-

sten Getreidegebieten als solchen auferlegt wurden, als eine bloß
wirtschaftliche Politik – wie irrig oder böswillig auch immer. Es gab
keine Hungersnot in der reichen russischen »Zentralen Landwirtschaftlichen Region«, und andererseits mußten die an Getreide
armen urkrainischen Provinzen Wolhynia und Podilia genau so leiden wie der Rest des Landes.

Vielleicht der schlüssigste Punkt beim Nachweis der absichtlichen
Natur der Hungersnot liegt in der Tatsache, daß die ukrainisch-
russische Grenze faktisch blockiert wurde, um zu verhindern, daß
jemand Getreide in die Ukraine transportierte. [17] Tatsächlich
wurden »Truppen entlang der Grenze zur Ukraine stationiert, um sie
am Auswandern zu hindern«. [18] In den Stationen und in den Zügen
kontrollierten OGPU-Leute die Reisenden auf den Besitz eines
Reiseerlaubnisscheins. [19] Die letzte Eisenbahnstation zwischen
Kiew und der Grenze, Michayliwka, wurde von einer bewaffneten
OGPU-Abteilung umstellt, und alle wurden aufgehalten, die nicht
im Besitz spezieller Pässe waren. Sie wurden auf Güterzüge geladen,
die am nächsten Morgen nach Kiew zurückfuhren. [20] Natürlich
kamen einige trotzdem durch. Menschen »versuchten ungewöhnliche Tricks, sie gebrauchten erfundene Geschichten, nur um (nach
Rußland) zu reisen, um dort etwas Eßbares zu kaufen, im Austausch
gegen den letzten Pelzmantel, für Teppiche oder Wäsche, um es
heimzubringen und so ihre Kinder vor dem Hungertode zu bewahren«. [21]

Denn drüben in Rußland, das wurde bekannt, sahen die Dinge
anders aus. »Man mußte nur die Grenze überqueren und fand
außerhalb der Ukraine die Situation gleich besser vor.« [22] Der
damalige Chefredakteur der größten Zeitung von Odessa, Iwan
Maystrenko, beschrieb bei einer späteren Gelegenheit zwei Dörfer
auf beiden Seiten der russisch-ukrainischen Grenze, wo aus dem
ukrainischen Dorf alles Getreide weggenommen wurde, aus dem
russischen aber nur eine angemessene Ablieferungsquote. [23] Somit
waren diejenigen, die durchkommen konnten, auch imstande, sich
Brot zu verschaffen. Aber jedesmal wurden sie durchsucht und das
Brot beschlagnahmt, wenn sie aus der RSFSR zurückkehrten. [24]
Ein ukrainischer Bauer, der vorher zur Arbeit auf der Eisenbahn in
der Provinz Moskau rekrutiert worden war, hörte von der Hungersnot daheim und verließ Moskau im April 1933 mit 79 Pfund Brot. In
Bachmatsch an der russisch-ukrainischen Grenze wurden davon 70
Pfund beschlagnahmt. Er durfte den Rest als ein in Moskau regi-
strierter Arbeiter behalten, aber zwei ukrainischen Bauersfrauen,

die ebenfalls Brot hereinzubringen versuchten, wurde alles weggenommen, und sie wurden »festgehalten«. [25]
Menschen, die mit Brot aus Rußland kamen, schlüpften in die leeren
Waggons, die von der Ablieferung ukrainischen Getreides zurück-
kehrten. Aber auch diese Züge wurden durchsucht, sowohl von
Funktionären, die Beschlagnahmen und Verhaftungen vornahmen,
als auch von Zugpersonal, das die Reisenden erpreßte. [26]
Außerdem gab es noch andere Hindernisse. Die Eisenbahnzüge
waren zu dieser Zeit überfüllt. Diejenigen, die bis Orel in der RSFSR
gekommen waren, um Brot zu kaufen, mußten auf dem Rückweg in
Losowa umsteigen, wo man zwei Wochen oder länger warten mußte.
Während sie warteten, aßen sie das Gekaufte auf, und dann lagen sie
verhungernd auf dem Gelände um die Station. [27] Das Wesentliche
ist, daß klare Befehle existierten, ukrainische Bauern daran zu
hindern, Rußland zu betreten, wo Lebensmittel zu haben waren.
Und daß, wenn ihnen die Umgehung der Blockadestellen gelang, alle
von ihnen mitgebrachten Lebensmittel zu beschlagnahmen waren,
wenn diese Bauern zurückkehrten. Das kann nur eine Weisung von
höchster Ebene gwesen sein, und sie kann nur *ein* Motiv gehabt
haben. Ein untergeordnetes, aber zusätzliches Argument ist natürlich, daß, wie wir gesehen haben, der Anschlag mit der Hungersnot
auf die ukrainische Bauernbevölkerung begleitet wurde von einer
umfassenden Zerstörung ukrainischen religiösen und kulturellen
Lebens und einer Abschlachtung der ukrainischen Intelligenzija.
Stalin, wie wir vermerkten, betrachtete die Bauernschaft als ein
Bollwerk des Nationalismus; und schon der gesunde Menschenver-
stand lehrt uns, diesen Doppelschlag auf die ukrainische Nationalität
als keinen Zufall anzusehen.

In einer allgemeinen Betrachtungsweise mag die Verantwortung für
das Massaker am »Klassenfeind« und die Vernichtung des »bürgerlichen Nationalismus« in den marxistischen Vorstellungen gesehen
werden, in der Form, die ihnen von der Kommunistischen Partei
vorgegeben und die von Stalin akzeptiert wurde. Die Motive der
faktischen Vollstrecker der Parteibeschlüsse waren verschiedenartig.
Die Übernahme der Idee vom »Klassenfeind« enthob sie natürlich
jeden Gefühls für Menschlichkeit. Bei denjenigen, die Bedenken
fühlten, setzte sich oftmals die mystische Ergebenheit gegenüber der
»Parteilinie« durch. Sie wurde verstärkt durch das Wissen, daß eine
Mißachtung von Befehlen die Säuberung der eher Nachsichtigen zur
Folge haben würde. (Gehorsam gegenüber Befehlen wurde beim

Nürnberger Prozeß als kein Rechtfertigungs- oder Enstschuldigungs-
grund betrachtet.)

So haben im vorliegenden Falle denn auch jene, die wie Kossior und
Tschubar Zweifel ausgedrückt hatten – oder vielmehr die sichere
Überzeugung, daß Moskaus Politik in die Katastrophe führen
werde–, trotzdem die Befehle ausgeführt. Was Stalins persönliche
Schuld betrifft, oder die Molotows, Kaganowitschs, Postyschews und
anderer, so trifft es zu, daß wir, ähnlich wie bei Hitlers Holocaust,
diese Verantwortlichkeit nicht insofern dokumentieren können, als
etwa ein Befehl existierte, in dem Stalin die Hungersnot anordnete.

Doch die einzig mögliche Verteidigung Stalins bestünde in der Annahme, daß er nur übermäßige Requisitionen aus Unkenntnis der
wirklichen Lage angeordnet und keinen Sachverstand besessen habe;
dem jedoch widersprechen die schwerwiegenden Überlegungen, die
wir geprüft haben.

Wir können hinzufügen, daß die Aussperrung ausländischer Reporter aus den Hungergebieten ein weiteres indirektes Zugeständnis der
Behörden darstellt, daß sie wußten, was vorging.

So können wir den Sachverhalt folgendermaßen zusammenfassen:

1. Die Ursache der Hungersnot liegt in der Festlegung von weit
   überhöhten Getreide-Beschlagnahmezielen durch Stalin und
   seine Mitarbeiter.

2. Ukrainische Parteiführer machten Stalin und seinen Mitarbei-
   tern von Anfang an klar, daß die Zielsetzungen weit überhöht
   waren.

3. Die Ziele wurden trotzdem durchgesetzt, bis die Hungersnot
   begann.

4. Ukrainische Führer wiesen Stalin und seine Mitarbeiter darauf
   hin; außerdem wurde ihm und ihnen von anderen die Wahrheit
   mitgeteilt.

5. Die Beschlagnahmen gingen trotz allem weiter. Dies sind die
   Hauptpunkte. Als zusätzliche Beweise können wir anfügen:

6. Brotrationen, wenn auch kleine, wurden in den Städten eingerichtet, aber es gab keine solche Minimal-Lebensmittelversor-
   gung in den Dörfern.

7. Getreide war in den Speichern der Hungergebiete vorhanden,
   aber es wurde an die Bauern in ihrer Not nicht ausgeteilt.

8. Befehle wurden erlassen und, soweit möglich, durchgesetzt,
   Bauern am Betreten der Städte zu hindern und sie hinauszutrei-
   ben, wenn sie doch hineingelangten.

9. Befehle wurden erlassen und durchgesetzt, zu verhindern, daß rechtmäßig erworbene Lebensmittel über die Republik-Grenzen von Rußland in die Ukraine gebracht wurden.

10. Die Tatsache einer Hungersnot, und einer besonders schrecklichen Hungersnot obendrein, wurde vollständig durch Zeugen bewiesen – hohe kommunistische Funktionäre, örtliche Aktivisten, ausländische Beobachter, und die Bauern selbst. Trotzdem wurde es innerhalb der UdSSR als gesetzwidrig erklärt, auch nur anzudeuten, daß es eine Hungersnot gebe; sowjetische Sprecher im Ausland wurden angewiesen, zu bestreiten, daß eine Hungersnot existiere; und bis zum heutigen Tag wird das Phänomen nicht in der amtlichen Literatur zugestanden (wenngleich es in jüngster Zeit – doch ziemlich selten – in gewissen Werken sowjetischer Belletristik bestätigt wird).

Die einzige vorstellbare Verteidigung kann darin bestehen, daß Stalin und seine Mitarbeier nichts von der Hungersnot gewußt hätten. Dies scheint unmöglich angesichts der obengenannten Tatsachen. Das Urteil muß lauten: daß sie wußten, daß die Verordnungen von 1932 zu Hungersnot führen würden; daß sie im Verlauf der Hungersnot erfuhren, was die Folgen waren; und daß Befehle gegeben wurden, sicherzustellen, daß die Hungersnot nicht gelindert wurde und daß sie auf bestimmte Bereiche beschränkt blieb.

Was das Motiv betrifft, so waren die Maßnahmen hauptsächlich gegen die Ukraine und das Kuban-Gebiet in spezieller Weise verbunden – und zeitlich gleichgelagert – mit einer öffentlichen Kampagne gegen deren Nationalismus. In diesen und anderen betroffenen Gebieten war es die offenbare Absicht im Landwirtschaftsbereich, den bäuerlichen Widerstandsgeist gegen die Kollektivierung in den aufsässigeren Gegenden zu brechen. Und was die Partei selbst angeht, so war das Ergebnis, und die vermutliche Absicht, jene Elemente zu beseitigen, die unzureichende Disziplin bei der Unterdrükkung eigener bürgerlich-humanitärer Gefühle aufwiesen.

Somit sind die Tatsachen nachgewiesen; die Motive entsprechen allem, was an stalinistischer Haltung bekannt ist; und das Urteil der Geschichte kann nicht anders lauten als auf Verantwortung für diese Verbrechen. Darüber hinaus muß das Schweigen darüber, solange nicht eine offene sowjetische Untersuchung dieser Vorgänge stattfindet, unzweifelhaft als das Schweigen der Komplizenschaft – oder Rechtfertigung – betrachtet werden.

Epilog oder
Das Nachspiel

Ohne Pause, ohne Mitleid, ohne Gnade
Milton

Das Nachspiel, mit dem wir uns hier beschäftigen, umfaßt die gesamten 50 Jahre sowjetischer Geschichte, die seither vergingen – in einem gewissen Sinne damit auch Weltgeschichte. Die gesellschaftliche und politische Ordnung, die Anfang 1934 konsolidiert wurde, als der 17. Parteikongreß »Kongreß der Sieger« getauft wurde, hat sich seither gehalten. Der leninistische Einparteienstaat, das kollektive Landwirtschaftssystem – sie gingen durch verschiedene Phasen, aber sie wurden nicht durch etwas anderes ersetzt. Statt die allgemeine Geschichte der Sowjetunion in den folgenden Jahren durchzuspielen, wollen wir uns auf bestimmte Schlüsselgebiete oder -vorgänge beschränken.

Die Vorgänge, die als nächstes folgten, waren der »Große Terror« von 1936–1938, über die der Verfasser bei anderer Gelegenheit berichtet hat. Pasternaks Sicht dieses Terrors (in »Doktor Schiwago«) ist zweifellos vereinfacht, dennoch gibt sie mindestens einen Teil der Wahrheit wieder: »Die Kollektivierung war eine irrige und erfolglose Maßnahme, und es war unmöglich, den Irrtum zuzugeben. Um das Versagen zu verbergen, mußten die Menschen mit jedem Mittel des Terrorismus von der Gewohnheit kuriert werden, selbst zu denken und zu urteilen; sie mußten das genaue Gegenteil dessen sehen, was ihnen ihre Augen mitteilten. Das erklärte die beispiellose Grausamkeit der Jeschwo-Periode.« [1]
Anders als die Ereignisse von 1930 bis 1933 traf der neue Terror massiv die Partei- und Regierungsführung, und es ist dieser Aspekt, der die meiste Aufmerksamkeit auf sich zog. Aber im Kontext dieses Buches sollten wir eher die weiteren Leiden der Bauernbevölkerung hervorheben. Natürlich waren Kulaken in »Sondersiedlungen« ein Vorzugsziel. 1938 befanden sich 100 von diesen im Swerdlowsker Gefängnis, die meisten mit 10jährigen Haftstrafen unter verschiedenen Verurteilungen von Spionage und Sabotage bis zur Planung

bewaffneter Erhebungen. [2] Aber auch die Bauern in den Dörfern litten schwer. Insbesondere wurden diejenigen festgenommen, die früher unter Ungerechtigkeiten zu leiden gehabt hatten – ausgehend von der Annahme, daß sie Widerständler sein dürften. Im allgemeinen bildeten Bauern die Reihen des Fußvolks unter den Verhafteten. Ein Verhafteter vermerkte, daß im Gefängnis Cholodnaja Gora zu Charkow Bauern das Bild von September 1937 bis Dezember 1938 beherrschten. Sie wurden verprügelt, und dann sagten ihnen Spitzel in der Zelle, was für Geständnisse von ihnen erwartet würden. Danach wurden sie in die Lager verschickt, von denen nur wenige zurückkehrten. [3] Bauern wurden auch exekutiert. Von den mehr als neuntausend Leichen, die man im Massengrab von Winnyzia fand, die meisten im Frühjahr 1938 erschossen, waren ungefähr 60 Prozent Leichen von Bauern. [4] Diese Bauern waren natürlich Ukrainer. Und wir dürfen festhalten, daß zusätzlich zu den üblichen Beschuldigungen »Mitglieder« der SWU, die kurzzeitige Haftstrafen abgesessen hatten und dann freigelassen worden waren, nun verhaftet und erschossen wurden. [5]

In dieser Periode wurde von Bauern im allgemeinen erwartet, daß sie Kollektivgut-Vorsitzende und andere Amtsträger mitbelasteten, genauso, wie – oder sogar bevor – sie andere Bauern belasteten. [6] Der Vorsitzende hatte sodann sein Komitee zu belasten und dessen Mitglieder die Vorarbeiter oder Brigadiere.

Viele Verhaftungen erfolgten unter der Begründung der Sabotage, und die Anklagen zeigen einiges darüber, wie die Kolchosen funktionierten. In der zweiten Hälfte des Jahres 1937 gab es hunderte von »Prozessen« in den ländlichen Bezirken, wobei die Beschuldigten örtliche Kommunisten und einfache Kolchosniki waren. Roy Medwedjew berichtet uns: »Üblicherweise wurden dieselben Reihen von Amtsträgern überall vor Gericht gebracht, ein Hinweis auf ein gleichförmiges Schema, das im Zentrum ausgearbeitet wurde.« [7] Beispielsweise wurden die örtlichen Partei- und Verwaltungs-Amtsträger, der Leiter des örtlichen MTS, ein oder zwei Kolchos-Vorsitzende und ein ranghöherer Agronom der antisowjetischen Zerstörungstätigkeit beschuldigt. Vieh-Vernichtung hatte dieselbe Personalbesetzung mit einem Veterinär und einem Viehzucht-Spezialisten anstelle des Agronomen und des MTS-Chefs und so fort. Im Jahre 1937 umfaßten in einem typischen Bezirk die Opfer den leitenden Agronomen, einen Veterinär, einen Forsttechniker, den stellvertretenden Direktor der Politischen Abteilung des MTS und verschiedene Bauern, die solcher Verbrechen wie etwa der Brunnenvergiftung beschuldigt wurden. Die Verhandlungen, abgehalten auf öffentlichen Plätzen in den Orten mit dem geringsten Produktionsausstoß, schoben alle üblichen Kolchosenfehler wie Vieh-Verluste oder späte Ernte-Einbringung auf diese Sabotage. Bei einem Prozeß in der Provinz Leningrad wurden die örtlichen Repräsentanten der ersten obengenannten Liste beschuldigt, sie hätten die Kolchose in einen solchen Zustand versetzt, daß die Mitglieder im allgemeinen für einen »Arbeitstag« nicht bezahlt wurden; ferner hätten sie den Staat nicht mit ihren Erzeugnissen beliefert. [8]

Aber, wie schon gesagt: anders als die Verhaftungen von 1930 bis 1933 traf dieser Terror auch die Partei selbst auf das schwerste. Er führte zum Tode fast aller Partei-Persönlichkeiten, über die wir geschrieben haben: Sinowjew, Pjatakow, Bucharin, Rykow und Grinko wurden nach öffentlichen Gerichtsverhandlungen und Geständnissen erschossen. Tomskij beging Selbstmord. Jakowlew, Bauman und Kaminskij, die die Kollektivierungskampagne beaufsichtigt hatten, wurden heimlich hingerichtet. Tschubar, Postyschew und Kossior wurden ebenfalls im Gefängnis erschossen. Andere Figuren des ukrainischen Apparats wie Chatajewitsch, Demtschenko und Satonskij wurden in ähnlicher Weise beseitigt, ebenso wie Scheboldajew, der das Nord-Kaukasus-Gebiet terrorisiert hatte. Ebenso erging es Balitzky und Karlson, den NKWD-Chefs der Ukraine, während Ljubtschenko mit seiner Frau Selbstmord beging.
Stalin, Kaganowitsch und Molotow überlebten – die beiden letzteren waren 1986 immer noch am Leben. Petrowsky wurde seines Amtes enthoben, aber nicht verhaftet. Und, eine besonders kuriose Ironie der Geschichte: Terechow, der die Frage der Hungersnot zur Sprache gebracht hatte, überlebte bis in die nachstalinistische Zeit.
Ukrainische Kommunisten wurden im Großen Terror sogar in größerem Maßstab umgebracht, als dies anderswo praktiziert wurde. Beim 14. Kongreß der Ukrainischen Partei im Juni 1938 zählte das Zentralkomitee unter seinen 86 Mitgliedern und Kandidaten nur drei Überlebende des Vorjahres – allesamt unpolitische oder Ehren-Mitglieder. Den Gesäuberten wurde oftmals Nationalismus vorgeworfen, insbesondere Ljubtschenko und Grinko, und sogar Balitzky.
Die Partei und der Staat dieser Republik zerfielen praktisch mit der Verhaftung aller Mitglieder der ukrainischen Regierung und deren unmittelbaren Ersatzleuten. Alle Provinzsekretäre wurden ersetzt, und deren Nachfolger wiederum im Frühjahr 1938 ersetzt. Es gab kein beschlußfähiges Gremium des Zentralkomitees mehr, auch

keine Körperschaft, die einen Rat der Volkskommissare hätte ernennen können, und Ende des Jahres 1937 war die Republik wenig mehr als eine NKWD-Kolonie.

Natürlich hatte es keine wirkliche »nationalistische« Verschwörung unter den stalinistischen Kadern gegeben. Aber wenn wir über die Fragen der Säuberung von 1936 bis 1938 hinausgehen, dürfen wir erwägen, inwieweit es Stalin gelang, durch seine Maßnahmen seit 1930 (insbesondere 1932/33 den ukrainischen Nationalismus zu vernichten. Die Antwort scheint ein teilweises Ja zu sein. Während der nächsten Jahrzehnte erwies der Nationalismus sich als völlig unversöhnlich in der westlichen Ukraine, die aus polnischem Territorium 1939 annektiert wurde und die keine Terror-Hungersnot erlebt hatte. Das Gebiet wurde den üblichen Auswüchsen des Terrors 1939 bis 1941 und dann nach der Wiederbesetzung 1944 unterworfen. Es gab Massenverhaftungen, die Kollektivierung wurde erzwungen usw. Die Bevölkerung schlug zurück. Große Partisanenbewegungen, zugleich antideutsch und antisowjetisch, zogen ins Feld und wurden nicht vor den 50er Jahren zerschlagen (ihre Führer im Exil wurden anschließend von sowjetischen Geheimagenten ermordet).

Tausende wurden erschossen und noch sehr viel mehr in die Arbeitslager geschickt oder verbannt – eine Zahl von 2 Millionen wird üblicherweise genannt, die proportional den Zahlen derjenigen entspricht, die aus den anderen neubesetzten Gebieten verschleppt wurden, den baltischen Staaten.

In der Periode 1945/56 bildeten die Ukrainer einen sehr hohen Anteil an den Insassen der Arbeitslager, und überall werden sie aus polizeilicher Sicht als die »schwierigsten« Gefangenen beschrieben. Ihre Todesrate, insbesondere in den schlimmsten Lagern, in die sie bevorzugt geschickt wurden, war sehr hoch. In den 50er Jahren fand man in den schrecklichen arktischen Lagern von Kolyma Dorfmädchen, die die Rebellen unterstützt hatten. Ein polnischer Gefangener, der dem ukrainischen Nationalsozialismus ohne Sympathie gegenüberstand, vermerkte trotzdem: »Aber warum hatten sowjetische Offiziere bei der Befragung siebzehnjähriger Mädchen deren Schlüsselbeine gebrochen und ihre Rippen mit schweren Militärstiefeln eingetreten, so daß sie in den Gefängniskrankenhäusern von Kolyma lagen und Blut spuckten? Sicherlich hat eine solche Behandlung keine von ihnen davon überzeugt, daß sie Schlimmes begangen hätten. Sie starben mit Blechmedaillons der Jungfrau auf der Brust und mit Haß in ihren Augen.« [9]

Eine gewisse Vorstellung von der tatsächlichen Gefangenenzahl kann aus der Ankündigung des Ersten Sekretärs von Lwiw, Kutzewol, vom 17. März 1973 entnommen werden. Er berichtete, daß seit 1956 allein in die Provinz Lwiw (in der etwa ein Viertel der Bevölkerung der westlichen Ukraine lebte) 55 000 Mitglieder der ukrainischen antikommunistischen Bewegung OUN zurückgekehrt seien, nachdem sie ihre Strafen abgesessen und die Haft überlebt hatten. [10] In diesem Kontext müssen wir Chruschtschews Bemerkung über Stalin sehen, bezogen auf dessen Befehl, sieben kleine Nationen zu deportieren (erfolgt 1943–45): daß Stalin auch die Ukrainer deportieren lassen wollte, »aber es gab zu viele davon«. Stalin sagte später zu Roosevelt, daß seine Position in der Ukraine »schwierig und unsicher« sei. [11]

Es trifft zweifellos zu, daß das Nationalgefühl in jenem Teil der Ukraine, der sich in den dreißiger Jahren in der UdSSR befunden hatte, zwischen 1930 und 1933 einen betäubenden Schlag erhalten hatte durch die Ausrottung so vieler seiner natürlichen Führer und Anhänger in jeder Gesellschaftsschicht. Es scheint immer noch so zu sein, daß das Nationalgefühl stärker in der westlichen als in der östlichen Ukraine vorherrschte, obwohl breite Kreise der Intelligenzija in Kiew und andernorts eine gewisse Ausnahme darstellten. Dennoch wurde in den letzten Jahren reichlich demonstriert, daß die Wirkung keineswegs so durchschlagend war, wie Stalin es sich wohl wünschte; daß das ukrainische Nationalgefühl vielmehr stark geblieben ist sowohl in der östlichen als auch in der westlichen Ukraine – und unter den Millionen Ukrainern, die jetzt in Kanada, den USA oder anderswo leben.

Inzwischen hat die Ukraine weitere Leiden in den Nachkriegsjahren ertragen müssen. (Es ist bezeichnend, daß 30 Jahre lang, bis 1958, keine Wirtschaftsstatistiken über die Ukraine als solche veröffentlicht wurden.) [12] Im Jahre 1947 traf eine neue Hungersnot das Land, zusammen mit Bjelorußland und angrenzenden Gebieten. Sie war nicht ausdrücklich geplant, aber wieder exportierte Stalin Getreide, während Menschen Hungers starben. [13] Wir haben keine Möglichkeit, die Verluste zu schätzen, aber das Land wurde vor Schlimmerem bewahrt durch – hauptsächlich amerikanische — Hilfe der United Nations Relief und Rehabilitation Administration (UNRRA), die Lebensmittel im Wert von annähernd 100 Millionen Dollar (288 000 metrische Tonnen) allein an die Ukraine bis Ende Januar 1947 geliefert hat.

Auf dem Gebiet der Kultur gab es einen neuen Anschlag auf die
dünnen Reihen der überlebenden ukrainischen Schriftsteller. Am
26. Juli 1946 verabschiedete das Allunions-Zentralkomitee eine Resolution, wonach »auf den Gebieten der Wissenschaft, Literatur und
Kunst« Versuche seitens »feindlicher bourgeoiser Ideologie« unternommen würden, »ukrainische nationalistische Konzepte wieder
einzuführen«. Im darauffolgenden Jahr attackierte die Literatur-
Presse Schriftsteller und Gestalten der Kulturszene mit Ausdrücken
wie »unbelehrbare bürgerliche Nationalisten«, »eine erbärmliche
und widerwärtige Figur«, »ein typischer Pseudo-Wissenschaftler«,
»zügellose Bücher«. [14] Mehrere tausend Personen wurden in Lager
verschickt.

Danach kam eine Periode vergleichbarer Ruhe, der erneut (1951–52)
Angriffe auf kulturelle Führer der Ukrainer folgten. Auf der negativen Seite kann ein kleiner Hinweis darin gesehen werden, daß
zwischen 1930 und 1957 kein Lenin-Preis an ein Mitglied der Ukrainischen Akademie der Wissenschaften verliehen wurde, obwohl es in
jedem Jahr davor und danach dort einen gegeben hat. [15] Wir sehen
es nicht als unsere Aufgabe an, die gesamte Nachkriegsgeschichte der
Ukraine hier zu rekapitulieren. Kurz gesagt: Es gab Perioden, in
denen die ukrainischen Gefühle mit leichterem Zügel gesteuert
wurden, und andere, in denen die Maßnahmen strenger waren. Aber
die Idee eines unabhängigen ukrainischen Staates und das freie
Blühen ukrainischer Kultur ohne Moskauer Kontrolle blieben immer
untersagt.

In Würdigung der heutigen Lage sollten wir mit dem Hervortreten
eines immer stärker werdenden Stromes den ukrainischen kulturellen Nationalismus beginnen, der in den sechziger Jahren entstand.
Dies manifestierte sich sowohl in dem neuen Samisdat (ukrainisch:
Samwydaw) als auch in der publizierten Literatur. Allein im Jahre
1966 gab es mindestens 20 Gerichtsverhandlungen gegen Verfasser
des ersteren, wobei es Haftstrafen bis zu 15 Jahren für gelegentliche
Essays oder Gedichte gab. [16] Diese Gruppe ist vertreten durch Oles
Hontschars »Der Dom Satschijanka«, dessen Helden das Gebäude
vor der Zerstörung zu retten suchen und darauf hinweisen, daß nicht
einmal Machno, ja nicht einmal die Nazis es vernichtet hätten.

Im selben Zeitraum attackierte ein langer Essay von Iwan Dsjuba die
Verhaftung von Persönlichkeiten des Kulturlebens. Er bezeichnete
den »Internationalismus«, wie er nun angewendet werde, als nur
unwesentlich verschieden von der seinerzeitigen zaristischen Russifizierung.

Bedeutsame Ereignisse folgten. Der Erste Sekretär der ukrainischen Partei, Pjotr Schelest, entschloß sich zu offener Unterstützung Dsjubas und schrieb selbst in einem Ton, der sowohl von Nationalisten als auch orthodoxen Kommunisten als nationalistisch beurteilt wurde. Er wich von der traditionellen Linie sogar so weit ab, daß er die Annexion der Ukraine durch Katharina die Große in feindseligen Wendungen beschrieb. Das Wichtige hier liegt darin, daß ein regionaler Führer erkennbar glaubte, daß mit dieser Linie politischer Gewinn zu holen sei und daß es dafür sogar Unterstützung aus der Partei geben werde. Als er 1973 entlassen wurde, mußte eine gewaltige Operation gegen seine Sympathisanten unternommen werden. Allein an der Höheren Parteischule der Ukrainischen Kommunistischen Partei wurden 34 Lehrer hinausgeworfen, einschließlich des Schulleiters. Ein Viertel der Ideologie-Sekretäre wurden auf allen Ebenen der Partei entfernt. Bücher von nahezu 100 Autoren wurden verboten. Die wissenschaftlichen Institute wurden gesäubert, mit zahlreichen Entlassungen. An der Universität Lwow wurden 20 Professoren und Dozenten entlassen, gleichzeitig mit Dutzenden von Studenten. Es gab auch Relegationen an der Universität Kiew. Dutzendweise wurden bekannte Intellektuelle während der nächsten beiden Jahre in Arbeitslager oder psychiatrische Gefängnisse gesteckt, die Gesamtzahl der Verhaftungen soll in die Tausende gehen.

Was damit enthüllt wurde, war die Tatsache, daß es sogar in offiziellen Partei- und Akademiker-Kreisen freudige Bereitschaft zur Mitarbeit bei dem Versuch gegeben hatte, das Land im Geiste der zwanziger Jahre zu ukrainisieren – worauf Dsjuba sich insbesondere gestützt hatte. (Dsjuba selbst sollte später widerrufen, nach schwerem Druck.) Im folgenden Jahrzehnt bestand die offizielle Politik darin, den »wildesten Feind des ukrainischen Volkes, den ukrainischen Nationalismus«, zu attackieren – wie es der gegenwärtige ukrainische Erste Sekretär, Schtscherbitzky, formuliert. Aber jeder Bericht macht klar, daß der Wunsch nach freiem Ausdruck nationalen Gefühls nicht gedämpft worden ist. Im Jahre 1976 wurde eine ukrainische »Helsinki-Gruppe« in Kiew gebildet – um 1978 wirksam zerschlagen zu werden, mit Haftstrafen zwischen zehn und 15 Jahren. Viele andere Gruppen und Einzelpersönlichkeiten hatten seither zu leiden; und wir sollten festhalten, daß bei den Arbeiter-Unruhen in der Ukraine in den siebziger Jahren oftmals eine nationale Komponente mitwirkte – etwa bei dem dreitägigen Aufruhr in Dnjepropetrowsk im Mai 1972; und es war in der Ukraine, wo die erste »freie Gewerkschaft« ihr kurzes Dasein erlebte.

Alles in allem gibt es keinen Zweifel daran, daß, wie ein ukrainischer Schriftsteller sagte, die von den nationalen Dissidenten aufgeworfenen Fragen in der Ukraine »immer noch ganz vorn auf der Tagesordnung stehen«. Es ist nicht unsere Aufgabe, Voraussagen über die kommenden Ereignisse zu machen. Aber soviel ist klar für den Fall jeder zukünftigen Krise in der UdSSR, daß die ukrainische Nation ein Faktor sein wird, und zwar ein vitaler. Sie ist weder durch Stalins Methoden vernichtet worden, noch haben die taktischen Manöver seiner Nachfolger sie entschärft.

Wenn wir uns nun den Auswirkungen der Vorgänge von 1930–33 auf die sowjetische Landwirtschaft zuwenden, so ist davon auszugehen, daß ihre bloße Untauglichkeit heute allgemein bekannt ist. Das Kollektivgutsystem ist weit davon entfernt, neue produktive Energien und Möglichkeiten freizusetzen und alles auf der Welt zu übertreffen; vielmehr bietet die UdSSR immer noch 25 in der Landwirtschaft Beschäftigte auf, um das zu erzeugen, wofür in den Vereinigten Staaten vier genügen. Es liegt auch nicht, was die letzten Jahre betrifft, an finanzieller Vernachlässigung. Riesige Summen sind in die Landwirtschaft geflossen, aber mit geringem Ergebnis. Denn die Fehler liegen im System selbst.

Im Januar 1933 berichtete Stalin, daß der Fünfjahresplan in vier Jahren und drei Monaten verwirklicht worden sei, und zwar in seiner Maximalform. Dies war völlig unwahr, die Hauptziele selbst für die Industrie wurden bei weitem nicht erreicht. Nur etwas mehr als ein Drittel des Roheisens, gerade die Hälfte des Stahls, drei Fünftel der Elektrizitätserzeugung wurden erreicht; bei den Verbrauchsgütern waren es knapp mehr als die Hälfte der Baumwollstoffe, weniger als ein Drittel der Wollstoffe, etwas mehr als ein Viertel der Leinenstoffe. Auf der landwirtschaftlichen Seite stand es sogar noch schlimmer: ein bloßes Achtel der Mineraldüngemittel, weniger als ein Drittel der Traktoren. [17]

Anfang 1935 war es möglich, die Brotrationierung abzuschaffen, und ein ungefähres Gleichgewicht zwischen Angebot und Nachfrage wurde erreicht – zu Preisen, die ein gutes Stück höher lagen als die alten Rationierungs-Preise, aber niedriger als die bisherigen Preise auf dem legalen und dem illegalen Markt. Der Nettoeffekt war, daß der Verbraucherpreis seit 1928 ungefähr um das Zehnfache gestiegen war, während der Preis, der dem landwirtschaftlichen Erzeuger gezahlt wurde, kaum zugenommen hatte. Der Unterschied wurde in Form einer »Umsatz-Steuer« einkassiert. [18]

Zum Ende der dreißiger Jahre ging es dem durchschnittlichen Sowjetbürger schlechter als vor der Revolution. Er aß etwa dieselbe Menge Brot, aber weniger Fleisch, Fett und Molkereiprodukte, war schlecht gekleidet und hatte schlechtere Wohnverhältnisse. [19] In seiner »Entwicklung des Kapitalismus in Rußland« hatte Lenin kalkuliert, daß ein durchschnittlicher Landarbeiter in der als typisch anzusehenden Region Saratow in den achtzehnhundertneunziger Jahren 419,3 Kilogramm Getreideprodukte im Jahr verbrauchte. Im Jahre 1935 fand der amtliche Wirtschaftswissenschaftler Strumilin, daß der durchschnittliche Sowjetbürger 261,6 Kilogramm Getreide verzehrte . . . [20]

Was die bäuerliche Bevölkerung selbst betrifft, so sank das Landleben auf eine noch nie dagewesene Tiefe des Elends ab. Der tatsächliche Wert des Arbeitstags, ausgedrückt in dem Bargeld und den landwirtschaftlichen Erzeugnissen, die an die Kolchosniki für ihre Arbeitstage ausgegeben wurden, blieb außerordentlich niedrig und war bei weitem nicht genug, um daraus ihr Existenzminimum zu bestreiten. 1938 erhielten sie von dieser Seite nur etwa Dreiviertel ihres Getreide-Bedarfs, weniger als die Hälfte ihrer Kartoffeln und unbeachtliche Mengen anderer Lebensmittel. Die tägliche »Bezahlung« eines Kolchosbauern belief sich auf etwa sechs Pfund Getreide, ein paar Pfund Kartoffeln und Gemüse und etwas Stroh, und das Geld entsprach etwa dem Wert eines Kilogramms groben Brotes oder eines halben Kilos Weißbrot. [21]

Eine Verordnung vom 19. April 1938 räumte ein: »In einigen Provinzen und Republiken . . . gibt es Kolchosen, in denen das Geld-Einkommen 1937 für Arbeitstage überhaupt nicht ausgegeben wurde«. Dies wurde auf »Volksfeinde« geschoben, die »zum Zweck der Provokation – um die Kolchosen zu unterminieren – absichtlich die künstliche Inflation von deren Kapital- und Produktionskosten und die Senkung von Geld-Einkommen betrieben, das für Arbeitstage ausgegeben wird«. Die Verordnung befahl, daß nicht weniger als 60 bis 70 Prozent des Geld-Einkommens jeder Kolchose für Arbeitstage und daß Kapitalaufwand zehn Prozent dieses Einkommens nicht überschreiten dürfe. Dies wurde jedoch im Dezember desselben Jahres rückgängig gemacht.

Eine mittelgroße Kolchose – die Stalin-Kolchose in Stepnaja im Territorium Ordschonikidse – produzierte nur Mais. Ihr Ausstoß betrug 74240 Hektoliter. Nachdem der Anteil des Staates sowie Saatgutreserven, Investitionen, Instandhaltung usw. abgedeckt waren, blieben 12480 Hektoliter für die Arbeiter – etwa 20 Prozent des

Gesamtertrags. Der Arbeiterbestand betrug 1420 Personen. Zuerst bekam der Verwaltungsstab seinen Anteil. Danach bekam ein »Stachanower« mit 280 Arbeitstagen acht Hektoliter; ein normaler Arbeiter bekam vier Hektoliter; und eine Witwe bekam zwei Hektoliter. Der Arbeiter hatte vier Kinder und eine Frau, die ebenfalls auf dem Gut arbeitete. Die Witwe hatte drei kleine Kinder. In keinem Fall reichte der Mais aus. Sie sammelte illegal auf dem Feld. Er stahl einfach von der Kolchose. [22]

Im ersten Jahrzehnt der Kollektivierung war die Zugkraft, Pferd und Maschine, niedriger als im Jahre 1929. [23] (Zudem waren zwischen einem Fünftel und einem Drittel aller Traktoren ständig durch Schäden stillgelegt, wodurch die formal beschriebene Lage noch verschlimmert wurde.) [24] Die offiziell zugelassene Zahl an privatem Viehbestand, wenngleich begrenzt, lag höher, als viele Kolchosniki es jemals erreichten. Das bedeutete im Jahre 1938, daß, obwohl 55,7 Prozent der Kühe des Landes im Privateigentum der Kolchosniki standen, nur 12,1 Millionen Kühe sich in einer Gesamtzahl von 18,5 Millionen Haushalten befanden. [25] Wichtiger war das totale Verbot – außer in einigen Nomadengebieten – privater Pferdehaltung. Die Bauern, die sich zuvor auf Pferde für eine Vielfalt von Aufgaben gestützt hatten, konnten nunmehr ein Pferd nur mit Erlaubnis des Kolchosenrats benutzen, und dann gegen Bezahlung.

Für die meisten Kolchosniki war das Privatgrundstück, winzig wie es war, der letzte Überrest ihrer traditionellen Lebensweise. Trotz Schwierigkeiten wie etwa dem Mangel aus Ausrüstung, Viehfutter und Kunstdünger brachte der Kolchosnik es fertig, einen überraschend hohen Ertrag aus seinem Land herauszuholen. Im Jahre 1938 waren die Privatgrundstücke verantwortlich für nicht weniger als 21,5 der gesamten landwirtschaftlichen Produktion der Sowjetunion, obwohl sie nur 3,8 Prozent des bebauten Landes einnahmen. [26] Beim 18. Kongreß der Kommunistischen Partei der Sowjetunion 1939 gab Andrejew, das für die Landwirtschaft zuständige Politbüro-Mitglied, zu, daß »an einigen Orten die Privatgrundstücks-Wirtschaft des Kolchos-Haushalts die kommunale Wirtschaft der Kolchose zu übertreffen begonnen hat und zur Basis-Wirtschaft geworden ist, während die Kolchos-Wirtschaft andererseits zur Subventions-Wirtschaft geworden ist«. Er behauptete, daß private Grundstücke nicht mehr nötig seien, weil die Kolchosen stark genug seien, alle privaten Bedürfnisse der Kolchosniki zu befriedigen, und er bestand darauf, daß »die Privatwirtschaft der Kolchos-Haushalte zunehmend einen streng untergeordneten Charakter annehmen muß, während die kommunale Kolchoswirtschaft als die Basis-Wirtschaft wachsen muß«.

Bald nach diesem Kongreß erklärte eine Verordnung vom 27. Mai 1939, daß die Privatgrundstücke illegal auf Kosten des Kolchos-Landes ausgedehnt würden, »zum Vorteil des Privateigentums und eigensüchtiger Elemente, die die Kolchosen zu Spekulation und privatem Profit nutzen«. Sie beklagte, daß die Privatgrundstücke als »Privateigentum« behandelt würden, »über das der Kolchosnik, und nicht die Kolchose, nach eigenem Willen entscheidet«; daß sie sogar an andere Bauern verpachtet würden. Es wurde auch gesagt, es gebe »einen ziemlich erheblichen Anteil an Pseudo-Kolchosniki, die entweder überhaupt nicht in den Kolchosen arbeiten oder es nur zum Schein tun, die meiste Zeit aber auf ihren Privatgrundstücken verbringen«. Die Verordnung sah eine Reihe von Maßnahmen vor, um solchen Übergriffen entgegenzuwirken, mit einer ständigen Truppe von Inspektoren, um sie durchzusetzen.

Die Privatgrundstücke waren nicht nur geschaffen worden, um für den Markt oder für staatlichen Einkauf zu produzieren. Es wurden darauf auch Steuern erhoben, in Form von Geld oder in Naturalabgaben wie etwa Eiern, Fleisch, Milch, Früchten usw. Im Jahre 1940 erhielt die Regierung auf diese direkte Weise von den Privatgrundstücken 37,25 Prozent des Fleisches, 34,5 Prozent der Milch und der Butter und 93,5 Prozent der Eier, die sie aus dem gesamten Kolchos- und Sowchos- System bekam. [27] Trotz aller Hoffnungen, diese Anomalie zu beseitigen, ist diese Quelle von Erzeugnissen unverzichtbar geblieben – bis heute.

Die vierziger Jahre erbrachten auch die Ausdehnung des Kollektivgut-Systems auf neu annektierte Territorien – nicht nur in die westliche Ukraine, sondern auch in die baltischen Staaten und anderswo. In Estland beispielsweise »ging die Massenkollektivierung unter Umständen einer heftigen Verschärfung des Klassenkampfes voran«, so daß »Kulaken« ihr Eigentum und ihr Besitz an Werkzeugen weggenommen werden mußte. [28] Es gab massive Deportationen.

Während des Krieges wurde Ex-Kulaken erlaubt, sich innerhalb der Siedlungsgebiete zu bewegen, und oftmals wurden Umzüge darüber hinaus gestattet. [29] Aber die letzten gesetzlichen Beschränkungen für überlebende Kulaken – oder vielmehr: für diejenigen, die sich nicht in Arbeitslagern befanden – wurden erst 1947 aufgehoben. [30] Das Ende des Krieges brachte eine neue Verschärfung des Kollektivgutsystems. 14 Millionen Morgen Kollektiv-Ackerflächen, die zu privater Bauern-Nutzung abgezweigt worden waren, wurden 1946/47 rekollektiviert. [31]

Während der folgenden Jahre wurden verschiedene Vorschläge zur Verbesserung der Getreideproduktion vorgelegt, und beim 19. Parteikongreß 1952 wurde verkündet, daß das Getreideproblem endlich gelöst worden sei durch eine Ernte von 130 Millionen Tonnen Getreide. Nach Stalins Tod wurde enthüllt, daß diese Zahl nur mittels der Methode des »biologischen Ertrags« erreicht worden sei und daß die Ernte in Wirklichkeit nur 92 Millionen Tonnen betragen habe.

Chruschtschew belegte beim Plenum des Zentralkomitees im September 1953 und im Februar 1954, daß die Getreideerzeugung immer noch pro Kopf niedriger war und daß der Viehbestand in absoluten Zahlen niedriger lag als in zaristischen Zeiten. Am 1. Januar 1916 befanden sich 58 400 000 Stück Vieh auf dem Territorium der UdSSR, am 1. Januar 1953 waren es 56 600 000. Die Bevölkerung war von 160 Millionen auf geschätzt nahezu 190 Millionen angestiegen. Überdies war trotz aller Investition und Mühe der Ertrag von 950 Kilogramm pro Hektar im Jahre 1965 nur wenig mehr als die 820 Kilogramm des Jahres 1913. [32]

Während der Stalin- Periode und noch mehrere Jahre später galten unwissenschaftliche Doktrinen in der sowjetischen Agrarwissenschaft, insbesondere die von Wiljams und Lyssenko, die zu katastrophalen Ernte-Entscheidungen führten. Und wie in den dreißiger Jahren gingen Versprechungen und Vorhaben für schnelle Lösungen um. In Chruschtschews Zeit versprach A. N. Larjonow, der Erste Sekretär der Provinz Rjasan, die Fleischproduktion seiner Provinz innerhalb eines Jahres zu verdoppeln. Er und seine Mitarbeiter brachten dies zuwege, indem sie alle Milchkühe und alles Zuchtvieh schlachteten, Vieh aus anderen Provinzen einkauften (mit illegal abgezweigten Geldmitteln usw.) Larjonow, mittlerweile ein Held der sozialistischen Arbeit und Träger des Lenin-Ordens, mußte 1960 Selbstmord begehen, als die Wahrheit herauskam. Er hatte viele Nachahmer in anderen Provinzen gefunden.

Vergleichbare Interventionen setzten sich in der Ära nach Chruschtschew fort. Eines von zahlreichen Beispielen war eine große Effizienz-Kampagne in der Provinz Koktschetaw. Sie nahm die Form forcierter Spezialisierung an, wobei Schafe, Vieh usw. in Gegenden konzentriert wurden, von denen man annahm, daß sie am besten dafür geeignet seien. Als Ergebnis blieben Dörfer, wo man seit Jahrhunderten Schafe aufgezogen hatte, ganz ohne Schafe, und Güter für Rinderhaltung wurden plötzlich mit Massen von Schafen gefüllt. Schweine waren überall verbannt außer in ein paar spezialisierten Gütern; die übrigen wurden auf der Stelle geschlachtet. Als Ergebnis fiel die Fleisch-, Milch und sonstige Lebensmittelproduktion in der Provinz drastisch ab. Die Bauernbevölkerung mußte erstmals Lebensmittel einführen. Die örtlichen Fleischfabriken weigerten sich, Schweine von irgend jemandem außer den Spezialgütern zu kaufen, die jedoch noch nicht dazu gekommen waren, Schweine zu produzieren; also mußten die Schweine, die in privater Hand blieben, in weit entfernten Provinzen vermarktet werden...

In der nachstalinistischen Periode sind Verbesserungen eingeführt worden, aber sie blieben auf Randerscheinungen beschränkt, und alles in allem bewahrte das System seine negativen Charkteristika. Alle Symptome, die in den dreißiger Jahren beobachtet wurden, blieben erhalten – Apathie als Folge eines Mangels an Anreizen, »Führung« durch Unfähige, riesige bürokratische Überbauten, intensive Einmischung durch ferne und unwissende Zentralplaner. Eine gewisse Art von Klassenkampf hat sich in den Dörfern entwickelt – zwischen der kollektivierten Bauernschaft und der »Neuen Klasse« von Bürokraten und Administratoren. Ein offizielles Organ beklagt sich:
»Wir haben Kollektivbauern, die mit dem gemeinsamen Eigentum sorglos umgehen. Einmal wies ich einen zurecht, weil er die kollektive Guts-Ernte verschwendete, und ich erinnerte ihn daran, daß er Teilhaber des gemeinsamen Eigentums sei. Er grinste sarkastisch und höhnte: ›Schöner Haufen von Eigentümern! Das ist alles nur leeres Gerede. Sie nennen uns nur Eigentümer, um uns ruhig zu halten, aber sie bestimmen alles selbst...‹ Ein richtiger Kollektivbauer würde niemals sagen, wenn er den Vorsitzenden im Auto vorüberfahren sieht: ›Hier bin ich, Teil-Eigentümer eines Kollektivgutes, und stapfe zu Fuß dahin, während er es sich in einem Pobjeda wohl sein läßt.‹ Jeder Kollektivbauer, der wirklich ein Herz für sein Kollektivgut hat, würde agitieren, daß der Vorsitzende einen eigenen Wagen haben muß! Der Kollektivbauer, ebenso wie die sowjetischen Arbeiter, ist daran interessiert, das Management seiner Volkswirtschaft zu stärken.« [33]
Eine sowjetische Romanfigur bemerkt: – »Wie sind unsere Kollektivgüter organisiert? Genauso wie in den dreißiger Jahren. Brigadiere,

Kontrolleure, Wächter und Gott weiß was sonst noch damals eingeführt wurde. Wofür? Zur Kontrolle ... Und doch ist niemand verantwortlich für irgendwas.« »Wie kommt das?« »Weil das Land und das
Werkzeug und die Macht – alles unpersönlich ist. Als ob du nicht auf
demselben Kollektivgut arbeiten könntest, wenn dir Pferde und ein
Stück Land als dein Besitz zugeteilt würden.« [34]

Oder, wie ein anderer Autor bemerkt: »Immer dieselbe alte Geschichte. Es war wirklich ein Teufelskreis! Um ein angemessenes
Ergebnis für einen Arbeitstag zu erbringen, mußten die Menschen
arbeiten – welchen sonstigen Fundus besaß das Gut denn? Aber um
die Leute zum Arbeiten zu bringen, mußte es einen angemessenen
Ertrag für den Arbeitstag geben.« [35]

Eine sowjetische Erzählung aus der Chruschtschew-Ära macht zur
Pointe, daß eine Katastrophe auf einem Kollektivgut – der Tod einer
Kuhherde als Folge von Überfressen mit feuchtem Klee – nicht
einmal unter den Gutsherren der Zarenzeit hätte passieren können.
Es trug sich am Wochenende zu, und der Kolchos-Vorsitzende hatte
frei gehabt: »Kann sich jemand einen Gutsherren vorstellen mit
einem Aufseher, der sich ständig in der Stadt aufhält und heimgeht
wie ein Büroangestellter, selbst dann, wenn die Sommerarbeit in
vollem Gang ist?« [36]

Die Ausbreitung von »Planung« und »Management« kann aus einer
kürzlich veranstalteten Zeitungs-Untersuchung eines Kollektivgutes
ersehen werden, das von einer »unablässigen Papierflut« überrollt
wurde: Innerhalb eines Jahres erhielt es 773 Direktiven. Als der
Reporter zu der Behörde ging, die die Direktiven erlassen hatte,
erfuhr er, daß sie im Laufe des Jahres 6000 Direktiven allein für dies
spezielle Gut von den Zentralbehörden erhalten hatte. [37]

Die UdSSR hatte im Jahre 1982 nur 65 Prozent der Mähdrescher, die
benötigt wurden; und von diesen waren Anfang Juli 100000 nicht
einsatzfähig. [38] Ein vertraulicher Bericht einer sowjetischen Kommission für Landwirtschaftsfragen enthüllt, daß die sowjetische
Traktorenindustrie etwa 550000 Traktoren jährlich produziert, aber
ungefähr ebenso viele abschreibt. Im Jahre 1976 waren 2400000
Traktoren in Gebrauch, 1980 waren es 2600000 – zwischenzeitlich
aber waren nahezu drei Millionen Traktoren produziert worden. [39]

Und man liest in der sowjetischen Presse 1982 von einem Staatsgut,
das 40 Pferde einsetzte, dessen Ställe aber zu Ruinen verfallen sind
und dem kein Heu oder Korn für den Winter zur Verfügung steht.
[40]

Alles in allem ging 1982 »ein Drittel der Futterernte« verloren.

Davon kamen 40 bis 45 Prozent zustande, weil die Ernte nicht rechtzeitig eingebracht wurde, 20 Prozent entstanden durch Fehler beim Stapeln auf dem Felde und der Rest durch Mangel an Lager- raum – die Farmen haben nur 25 bis 30 Prozent der Lagerräume, die sie benötigen. [41]

Das zur Zeit verwendete Kalkulationssystem ist, wenn auch nicht so skandalös wie der »biologische Ertrag«, doch immer noch bemer- kenswert unzulänglich. Danach wird die Ernte auf dem Halm gemes- sen, oder in den Behältern der Mähdrescher, vor Abtransport, Trocknung und Entfernung des Schmutzes. Anscheinend ist ein Verlust bis zu 20 Prozent an Gewicht impliziert. Aber dies ist nur eine der zweifelhaften Methoden, mit denen man ein zugegebenermaßen unbefriedigendes System als einigermaßen erträglich erscheinen las- sen möchte.

Eine andere Romanfigur kommentiert einen weiteren Aspekt im Leben des Kollektivbauern:»Marx sagt, daß, wenn man die lebens- notwendigen Bedürfnisse eines Erzeugers nicht erfüllt, er sie sich auf andere Weise beschaffen wird. Wenn du die Bücher einiger unserer Kollektivgüter öffnest und durchsiehst, wirst du sehen: Von Jahr zu Jahr erhielten Kollektivbauern 200 Gramm Brot plus eine Kopeke in Geld. Jeder begreift, daß ein Mann von solchem Einkommen nicht leben kann. Dennoch überlebt er. Das bedeutet, daß er seine Exi- stenzmittel auf anderen Wegen bekommt. Und diese anderen Wege kommen den Staat, die Kollektivgüter und den Kollektivbauern selber teuer zu stehen.« [42]

Die Manie, immer größere Kolchosen zu formen, dauert fort. Sie bedeutet den Transfer der Bewohner kleiner Dörfer in große Sied- lungen. Aber wie ein Artikel in der amtlichen »Sowjetskaja Rossija« hervorhebt, hat dies vor allem miserable wirtschaftliche Nebenfol- gen, weil die Gutsarbeiter die weit weg liegenden Felder nicht erreichen können:»Der Landarbeiter muß täglichen Zugang zu seinem Arbeitsplatz haben, so wie der Bauer in alter Zeit. Jedoch ... die Straßen sind schlecht, wie wir alle wissen, und bei schlechtem Wetter werden sie oft völlig unpassierbar. Kühe werden in der Vieh- Abteilung nicht gefüttert, weil die Leute nicht zu ihnen gelangen.« Zudem mochten die Leute diese neuen Siedlungen nicht:»Die Bevölkerung beginnt, wegzuziehen, und was ursprünglich größere Siedlungen gewesen waren, das wird nun kleiner, und schließlich verschwinden sie vollständig.« [43]

Hier gibt es eine Dimension, die weit über das bloß Ökonomische hinausgeht. Das Akademie-Mitglied Sacharow hat von einer »fast

unumkehrbaren« Zerstörung des Landlebens gesprochen. Ein heutiger sowjetischer Schriftsteller schreibt:»Das alte Dorf, mit seiner ein
Jahrtausend alten Geschichte, verfällt ins Vergessen … seine alten
Fundamente zerfallen, der alte Boden, der unsere ganze nationale
Kultur nährte, verschwindet. Das Dorf ist die physische Brust, an der
unsere nationale Kultur genährt wurde.« [44] Ein anderer faßt zusammen:»Und nun, wenn ich Leute fragen höre: Wie kam es, wieso
entstand die barbarische Gleichgültigkeit gegenüber dem Land? – so
kann ich präzise darauf antworten: in meinem eigenen Dorf Ows-
janka begann es in den Sturmtagen der dreißiger Jahre.« [45]

Wir haben Bucharins Ansicht zitiert, daß die schlimmsten Ergebnisse
der Vorgänge von 1930 bis 1933 nicht so sehr die Leiden der Bauern
waren, so schlimm diese auch waren: es waren »die tiefgreifenden
Änderungen in der psychologischen Betrachtungsweise jener Kommunisten, die an dieser Kampagne mitwirkten und, anstatt verrückt
zu werden, zu professionellen Bürokraten wurden, für die Terror
zukünftig eine normale Verwaltungsmethode und Gehorsam gegenüber jedem Befehl von oben eine hohe Tugend waren«. Er diagnosti-
zierte »eine wirkliche Entmenschlichung der Leute, die im Sowjet-
Apparat arbeiteten«. [46]
Ein direkt in die Vorgänge verwickelter Parteifunktionär kommentiert:»Im Krieg gibt es einen greifbaren Unterschied zwischen denjenigen, die an der Front gewesen waren, und den zu Hause Gebliebenen. Es ist ein Unterschied, den man mit mehr Information oder
lebhafter Sympathie nicht überbrücken kann. Es ist ein Unterschied,
der in den Nerven wohnt, nicht im Verstand. Jene unter den Kommunisten, die unmittelbar in die Schrecken der Kollektivierung hinein-
getaucht worden waren, blieben hinfort Gezeichnete. Wir trugen die
Narben. Wir hatten Gespenster gesehen. Wir konnten beinahe schon
durch unsere Schweigsamkeit erkannt werden, durch die Art, wie wir
jeder Diskussion über die ›Bauern-Front‹ auswichen. Wir haben das
Thema vielleicht unter uns erörtert, wie Serjoscha und ich es nach
unserer Rückkehr machten, aber darüber mit den Uneingeweihten
zu reden, schien sinnlos zu sein. Mit ihnen hatten wir kein gemeinsames Erfahrungs-Vokabular. Ich rede natürlich nicht von den Arschinows. Sie sind unter jedem politischen System die Gendarmen und
die Henker. Ich rede von Kommunisten, deren Gefühle nicht völlig
von Zynismus abgestumpf sind.« [47]
In ihrem Buch »In den Wirbelwind« beschreibt Jewgenia Ginsburg
die Entwicklung der Verhörbeamten des NKWD. »Schritt für

Schritt, wie sie einer Routine-Weisung nach der anderen folgten, stiegen sie die Stufen vom menschlichen Zustand zu dem der Bestien herunter.« Bis zu einem gewissen Grade trifft dies auf alle zu, die das Terror-Regime durchsetzten. Und es waren gerade die »Arschinows«, die überlebten und gediehen. Genausowenig kann verborgen werden, daß einige der führenden Gestalten der heutigen Generation sowjetischer Führer dieser Altersgruppe angehörten und, aus erster Hand oder wie immer, sicherlich die Brutalisierung miterlebten, von der wir reden. Andere gehörten dem Komsomol Mitte der dreißiger Jahre an, viele traten der Partei bei, als sie sich nach dem Jeschow-Terror 1939/40 neuen Rekruten öffnete. Die jüngeren Menschen wurden in eine Partei geführt – und in ihr ausgebildet –, die zu einem Instrument solcher Unternehmungen wie der Kollektivierung und der Hungersnot gemacht worden war, und des Terror-Zyklus, der folgte.

Die Hauptlektion scheint darin zu bestehen, daß die kommunistische Ideologie die Motivierung für einen noch nicht dagewesenen Massenmord an Männern, Frauen und Kindern lieferte. Und daß diese Ideologie, vielleicht jede Standard-Theorie, sich als primitiver und schematischer Ansatz für Probleme erwies, die dafür viel zu komplex waren. Die Opfer wurden gebracht (an Menschen), und sie waren alle umsonst. Die Frage, ob die gegenwärtigen Führer der UdSSR bereit wären, in einem Krieg zigmillionen Ausländer zu töten oder den Verlust von Millionen ihrer eigenen Untertanen hinzunehmen, ist eine Frage, die heutzutage manchmal diskutiert wird. Die Tatsache, daß die früheren Führer direkt beteiligt waren an der Tötung von Millionen Ukrainern und anderen, um die von ihrer Doktrin vorgeschriebene politische und soziale Ordnung zu errichten, und daß die heutigen Führer diese Prozedur noch immer rechtfertigen, könnte hier von einer gewissen Relevanz sein. So können, wie wir schon früher zu bedenken gaben, die in diesem Buch beschriebenen Ereignisse nicht als tote Vergangenheit abgetan werden, die weit entfernt ist für die heutige Bedeutung. Ganz im Gegenteil, bis sie frank und frei untersucht werden können, bleiben die heutigen Herrscher der UdSSR eindeutig die Komplizen und Erben der furchtbaren Geschichte, die in diesem Buch wiedergegeben wurde.

In der UdSSR kommen zu unserem Thema nur in einem begrenzten Bereich der Belletristik (und bei Schriftstellern, denen diese Ausdrucksweise in bestimmten Zeitabschnitten verwehrt wurde) menschliche Gefühle vor; wenig wahre Tatsachen werden festgehalten. Wenn wir das Kriterium der Wahrheit auf das Sowjetregime in dieser Hauptfrage seiner Vergangenheit und Gegenwart anwenden, so befinden wir uns auf interessantem Boden. Während des Chruschtschew-Zwischenspiels, allerdings auch bis zu einem gewissen Grade einige Jahre danach, konnten sowjetische Historiker und andere Fachleute Dinge vorlegen und doktrinäre Fragen in einer Weise erörtern, die – wenn sie auch niemals ausdrücklich der Politik der dreißiger Jahre entgegentrat – doch viel dazu beitrug, die Tatsachen zugänglich zu machen.

Dies rief scharfe Kontroversen hervor, und nach Chruschtschews Sturz griff S. P. Trapesnikow, der »neostalinistische« Vorsitzende der Abteilung für Wissenschaft und Kultur im Zentralkomitee, führende Gelehrte wie Danilow an wegen »unkorrekter Einschätzung der Kollektivierung«, »Betonung gewisser Episoden«, [48] wegen »Zweifel an der Notwendigkeit, die Kulaken als Klasse zu liquidieren« und wegen anderer Irrtümer. [49] In der Tat hat das theoretische Journal der Partei »Kommunist« (Nr. 11 von 1967) speziell Danilows Artikel über die Kollektivierung in der »Sowjetischen Historischen Enzyklopädie« verdammt, der eine höchst nützliche Quelle darstellt.

Ein neostalinistischer Wissenschaftler meinte gar, daß die amtliche Ernte-Ergebniszahl für 1938 (77,9 Millionen Tonnen) zu niedrig sei; er wandte ein: »Ist es möglich, ernstlich zu glauben, daß unsere große sozialistische Landwirtschaft, ausgestattet mit der modernsten Technologie, weniger Getreide erbrachte als die Landwirtschaft des zaristischen Rußland, die charakterisiert war durch die Vorherrschaft des hölzernen Pfluges und der Dreifelderwirtschaft? Wenn diese gigantische Anstrengung der Partei für die sozialistische Rekonstruktion des Dorfes ein sinnloses Unternehmen war, dann stellt die neue Technologie nichts dar als hinausgeworfenes Geld. Das würde bedeuten, daß die heldenhafte Arbeit der kollektiven Bauern, der Mechaniker und der Spezialisten ganz umsonst gewesen wäre. Offensichtlich liegt darin nicht einmal ein Körnchen Logik.« [50]

In der Nach-Chruschtschew-Ära wurden überdies nicht nur Stalins Maßnahmen verteidigt, sondern Bucharin und seine Anhänger wurden bezichtigt, sie hätten sich »offen« auf »die Seite der Kulaken und aller reaktionären Kräfte im Lande gestellt«. [51] Und während eine kontroverse Diskussion zeitweise möglich war, wenn auch gedämpft, hinsichtlich der Exzesse der Kollektivierung selbst, so erschien doch niemals die Tatsache, geschweige denn die Ursache der Hungersnot von 1932/33 in den Textbüchern – wenn auch Chruschtschew am

Höhepunkt seiner Macht es sich leisten konnte, kurz auf einen »Krieg durch Verhungernlassen« anzuspielen. [52] Und zur selben Zeit wurde ein Roman, von Iwan Stadnjuk, zum Thema der Hungersnot zugelassen – was wahrscheinlich auf eine Absicht Chruschtschews hinweist, den Vorgang an die Öffentlichkeit zu bringen.

Seit damals ist wenig seitens der Wissenschaftler vorgelegt worden, was auf eine Verifizierung hinausliefe. Und bis in die späten siebziger Jahre wurde hierzu nicht viel an Belletristik veröffentlicht. Sogar in der Periode kurz vor 1983, als solche Arbeit fast völlig endete, gab es nur eine Handvoll Schriftsteller und Redakteure, die gelegentlich und kurz auf die Vorgänge von 1930 bis 1933 zu sprechen kamen – wenn einige darin auch bemerkenswert offen waren, mindestens in Andeutungen.

Amtlich war das Äußerste, was eingestanden wurde, daß es »Schwierigkeiten« und »Probleme« gab. Die gegenwärtige Ausgabe der »Großen Sowjetischen Enzyklopädie« berichtet uns in ihrem Aufsatz über Hungersnot, daß diese »ein soziales Phänomen sei, das antagonistische sozioökonomische Formationen begleitet«, daß »einige zehn Millionen in den USA und anderswo« an Unterernährung leiden, weil »Hunger nur überwunden werden kann als Ergebnis der sozialistischen Rekonstrukton der Gesellschaft«. Was die UdSSR betrifft: »Dank der wirksamen Maßnahmen, die der sowjetische Staat traf, hat die katastrophale Dürre von 1921 nicht zu den üblichen ernsten Konsequenzen geführt«; 1933 wird nicht erwähnt. Ein typisches Zugeständnis »ernster Schwierigkeiten in der Lebensmittelversorgung« in jenem Jahr, 1970 (auf englisch) veröffentlicht, begründet diese mit Unerfahrenheit, Sabotage durch die Kulaken und »anderen Gründen«; es wird hinzugefügt, daß sie »überwunden« wurden mit Hilfe der Regierung. [53] In jüngerer Zeit wurde Dürre verschiedentlich erwähnt als die »hauptsächliche« Ursache von Knappheit, etwa in einem »News Release Communiqué« der sowjetischen Botschaft in Ottawa vom 28. April 1983, »über die sogenannte ›Hungersnot‹ in der Ukraine« – bei der »wohlhabende Bauern, genannt ›Kulaken‹«, eine wichtige Rolle durch Sabotage, »Terror und Mord« gespielt hätten (jedoch: jeder »angebliche Rückgang der ukrainischen Bevölkerung« sei ein Mythos, und der Zeitraum sei, weit entfernt davon, eine »Tragödie« gewesen zu sein, vielmehr ein Zeitraum »energischer Arbeit und einer Begeisterung ohne Parallele« gewesen).

Die Lage ist daher so, daß es Breschen in der festgefügten Unterdrückung der Wahrheit über diesen Zeitraum gegeben hat; doch es gibt wenig Anzeichen dafür, daß das Regime seine Vergangenheit anzupacken bereit ist oder die volle Realität zulassen oder dies gar fördern würde. Diejenigen, die auf eine Entwicklung des gesamten Sowjetsystems hoffen, die sich den in diesem Buch hervorgetretenen Haltungen weniger verpflichtet fühlt, könnten als ersten Schritt eine offene Untersuchung der Vergangenheit, mindestens aber eine Bestätigung dessen erwarten, was tatsächlich 1930 bis 1933 vorgefallen ist. Dies gilt natürlich ebenso für andere bislang nicht zugestandene Massenmorde und Fälschungen. Aber das Eingeständnis der Wahrheit und Schadensersatz für die Opfer im Agrarbereich ist nicht nur ein moralischer oder intellektueller Test. Denn solange die Tatsachen nicht zur Kenntnis genommen werden, fährt die UdSSR fort, ihre Landwirtschaft zu ruinieren. In der Tat gibt es eine Ansicht, daß man an ihrer Landwirtschaftspolitik erkennen kann, ob die sowjetische Führung generell aus den Verstrickungen ihrer Doktrinen herauszutreten sucht. Wenn sie nach so vielen Jahren des Versagens bereit ist, ein irriges Dogma aufzugeben, dann können wir hoffen, daß die Hauptlast ihrer anderen ideologischen Überzeugungen, insbesondere die unerbittliche Feindschaft gegenüber anderen Ideen – und im internationalen Feld gegenüber Staaten, die auf anderen Grundsätzen errichtet sind – sich auch zu lockern beginnt.

Mittlerweile finden wir in der UdSSR nach 50 Jahren eine Bestätigung der zwei Jahrhunderte alten Aussage Burkes: »Es ist die entartete Neigung zu trickreichen Abkürzungen und kleinen irrigen Auswegen, die in so vielen Teilen der Welt Regierungen mit Willkürmacht schuf . . . Bei ihnen müssen Mängel an Weisheit durch die Fülle der Macht ersetzt werden. Sie gewinnen nichts dadurch . . . Die Schwierigkeiten, denen sie eher ausgewichen als entkommen sind, begegnen ihnen wieder auf ihrem Wege; sie vervielfachen und verdichten sich gegen sie.«

Denn klar ist, daß der Terror gegen die Bauernschaft nicht vermochte, die landwirschaftlichen Ergebnisse zu bringen, die von der Theorie versprochen worden waren. Gleichfalls gelang die Zermalmung der ukrainischen Nationalität nur zeitweilig. Und es ist nicht nur eine begrenzte Angelegenheit – wenn man den Ausdruck »begrenzt« auf eine Nation von 50 Millionen Angehörigen überhaupt anwenden kann. Selbst die wahren Sprecher Rußlands, Andrej Sacharow und Aleksandr Solschenizyn, bestehen darauf, daß die Ukraine das Recht haben müsse, frei ihre Zukunft zu bestimmen. Und darüber hinaus ist die Freiheit der Ukrainer eine moralische und politische Schlüsselfrage für die ganze Welt, oder sie sollte es jedenfalls sein.

Es ist nicht Sache dieses Buches, über die Zukunft zu spekulieren. Die Ereignisse jenes Zeitraums festzuhalten, so vollständig, wie es nur möglich schien – das ist die ausreichende Pflicht des Historikers. Aber solange die Vorgänge nicht ernstlich untersucht oder diskutiert werden können in dem Land, in dem sie sich zugetragen haben, ist klar, daß sie keinesfalls Angelegenheiten der Vergangenheit sind, sondern im Gegenteil eine lebendige Frage, die sehr stark in Betracht gezogen werden muß, wenn wir die Sowjetunion betrachten, wie sie heute ist – und die Welt, wie sie heute ist.

Anmerkungen

Soweit leicht auffindbare datierte Verordnungen, Reden bei oder Protokolle von Kongressen, Plenarsitzungen usw. im Text angesprochen sind, werden zusätzliche Hinweise in der Regel nicht gegeben.

Zur Einführung

1 Janusz Radziejowski hat ein überaus nützliches Papier über Sowjet-Quellen jener Periode verfaßt: *Journal of Ukrainian Studies* Nr. 9, 1980, S. 3–17.
2 *Prawda* vom 8. Oktober 1965; *Selskaja Schisn* vom 29. Dezember 1965 und 25. Februar 1966; *Kommunist* Nr. 11, 1967.
3 Michail Aleksejew, *Chleb – imja suschtschestwitelnoje, Swesda* Nr. 1, 1964, S. 37.
4 M. Aleksejew, *Sejatel i chranitel, Nasch sowremennik* Nr. 9, 1972, S. 96.
5 Zitiert von Roy Medvedev in Robert C. Tucker, Herausgeber, *Stalinism*, New York 1977, S. 212.
6 M. Aleksejew, *Sejatel i chranitel*, S. 96.

zu Kapitel 1, Die Bauern und die Partei

1 P. A. Sajontschkowskij, *Krisis samoderschawija na rubesche 1870–1880ych godow*, Moskau, 1964, S. 10.
2 Naum Jasny, *The Socialized Agriculture of the USSR. Plans and Performance*, Stanford 1949, S. 137 (wenn nicht anders deklariert, verweist *Jasny* jedesmal auf *The Socialized Agriculture*).
3 Ich schulde Professor Michael Confino Dank für diese Zahlen.
4 *Marxism and Russian Rural Development: Problems and Evidence, Experience, and Culture, American Historical Review*, Band 86, 1981, S. 752.
5 Ibid. S. 732–735
6 Ibid.
7 R. W. Davies, *The Socialist Offensive. The Collectivization of Soviet Agriculture 1929–40*, Cambridge, Mass., 1980, S. 10 (wenn nicht anders deklariert, verweist *Davies* jedesmal auf dies Werk).
8 W. I. Lenin, *Polnoje sobranie sotschinenij*, Fünfte Auflage, Moskau 1958–1965, Band 16, S. 219 (wenn nicht anders deklariert, verweist *Lenin* jedesmal auf diese Ausgabe seiner gesammelten Werke).
9 Dorothy Atkinson, *The End of the Russian Land Commune: 1905–1940*, Stanford 1984, S. 79.
10 Atkinson, *The End of the Russian Land Commune*, S. 95.
11 E. K. Mann *Marxism and Russian Rural Development*, S. 751.

12 Maxim Gorki, *Lenin et le Paysan russe*, Paris 1925, S. 140–141, zitiert in Moshe Lewin, *Russian Peasants and Soviet Power: A Study of Collectivization*, London 1968, S. 22 (wenn nicht anders deklariert, verweist *Lewin* jedesmal auf dieses Werk).

13 Maxim Gorki, *O russkom krestjanstwe*, Berlin 1922, S. 43–44.

14 G. W. Plechanow, *Sotschinenija*, Moskau 1920–1927, Band 10, S. 128.

15 Lenin, *Karl Marx*, in Band 26, S. 74.

16 Siehe Harry Willets, *Lenin and the Peasant*, in Leonard Schapiro und Peter Reddaway, Herausgeber, *Lenin: the Man, the Theorist, the Leader*, New York 1967, S. 211–233.

17 *Khrushchev Remembers: The Last Testament*, New York 1976, S. 124.

18 *The Eighteenth Brumaire of Louis Bonaparte*, Kapitel 7.

19 David Mitrany, *Marx Against the Peasant*, Chapel Hill, 1951, S. 6.

20 KPSS, *VIII. sjesd* Moskau 1959, S. 348; Lenin, Band 41, S. 6.

21 Lenin, Band 16, S. 406.

22 Ibid., Band 17, S. 29–32.

23 Beispielsweise Lenin, Band 17, S. 66, und Band 23, S. 437.

24 Lenin, Band 11, S. 44, S. 77.

25 Schapiro und Reddaway, *Lenin*, S. 215.

26 Lenin, Band 3, S. 177–178.

27 Zitiert von Alec Nove in Schapiro und Reddaway, S. 204.

28 R. Abramovich, *The Soviet Revolution*, New York 1962, S. 312, derselbe, *In Tsvei Revoluties*, New York 1944, Band 2, S. 148.

29 *Sewernaja Kommuna*, 19. September 1918.

zu Kapitel 2, Die ukrainische Nationalität und der Leninismus

1 Kolokol Nr. 34, S. 274.

2 Petro Grigorenko, *Memoirs*, London 1983, S. 345.

3 Mykola Kovalevsky, *Pry dzerelakh borotby*, Insbruck 1960, S. 101.

4 Lenin, Band 27, S. 256.

5 Ibid., Band 25, S. 258.

6 Ibid., Band 26, S. 269.

7 Ibid., Band 30, S. 56.

8 Ibid., Band 30, S. 38–39, S. 43.

9 Siehe Karl Marx, *The Revolution of 1848*, London 1973, S. 231.

10 Marx, *Demokratischer Panslawismus, Neue Rheinische Zeitung*, Februar 1849.

11 Friedrich Engels, in einem Brief an Karl Kautsky, 7. Februar 1882, Marx und Engels, zitiert nach *Collected Works*, New York 1973, Band 10, S. 393.

12 J. W. Stalin, *Works*, Moskau 1953–1955, Band 2, S. 321 (wenn nicht anders deklariert, verweist *Stalin* jedesmal auf diese Ausgabe).

13 Ibid., Band 5, S. 270.

14 Lenin, Band 35, S. 143; Band 48, S. 329.

15 Ibid., Band 24.

16 *W. I. Lenin pro Ukrainu*, Kiew 1969, Band 2, S. 77.

17 *Peremoha Welykoy Schowtenewoy Sozialistytschnoy Revoluziina Ukraini*, Kiew 1967, Band 1, S. 359–360.

18 Siehe James Mace, *Communism and the Dilemmas of National Liberation. National Communism in Soviet Ukraine, 1918–1933*, Cambridge, Mass. 1983, S. 24.

19 W. Satonskij, *Nazionalna problema na Ukraini*, Charkow 1926, S. 33–40.

20 Kommunistitscheskaja Partija (bolschewikow) Ukrainy, *II. sjesd* Charkow 1927, S. 174–175.
21 KP(b)U, *II. sjesd*, S. 123–124.
22 KPSS, *VIII. sjesd*, S. 91.
23 Lenin, Band 45, S. 105–106.
24 Ibid., Band 37, S. 111, S. 120–121.
25 *Iswestija*, 3. Januar 1919.
26 J. Borys, *The Sovietization of the Ukraine*, Edmonton 1980, S. 215, S. 418.
27 Lenin, Band 38, S. 69.
28 P. Fedenko in *Captive Nations in the USSR*, München 1963, S. 107.
29 Ch. Rakowskij, *Borba sa oswoboschdenije derewni*, Charkow 1920, S. 37.
30 KPSS, *X. sjesd*, Moskau 1963, S. 202–203.
31 KPSS, *XII. sjesd*, Moskau 1968, S. 504.
32 *Littopys revoljuzii* Nr. 6, 1926.
33 M. Rawitsch-Tscherkasskij, *Istorija Kommunistitscheskoy Partii (bolschewikow) Ukrainy*, Charkow 1923, S. 241.
34 *Ukrainskyy istorytschnyy schurnal* Nr. 4, 1968, S. 117–119.
35 J. Borys, *The Russian Communist Party and the Sovietization of the Ukraine*, Dissertation Universität Stockholm 1960, S. 275.
36 KPSS, *XII. sjesd*, S. 504.
37 Ibid., S. 529–530.
38 N. N. Popow, *Otscherki istorii Kommunistitscheskoy Partii bolschewikow Ukrainy*, Charkow 1929, S. 277–280.
39 KPSS, *X. sjesd*, S. 205.
40 Siehe O. O. Kutscher, *Proty Bolschowystsko powstannija na Ukraini w 1921*, *Litopys tscherwonoy kalyni* Nr. 6 und 9, 1932

zu Kapitel 3, Revolution, Bauernkrieg und Hungersnot 1917–1921

1 Jasny, S. 144–145.
2 Mitrany, S. 59.
3 John Maynard *The Russian Peasant and Other Studies*, London 1943, S. 120.
4 Atkinson, S. 182–183.
5 Lenin, Band 37, S. 179–180.
6 Maynard, *The Russian Peasant*, S. 66.
7 Atkinson, S. 176.
8 Siehe die Reden von W. W. Ossinskij und anderen bei den Achten, Neunten und Zehnten Parteikongressen usw.
9 Lenin, Band 36, S. 255, 265.
10 Sergej Trapesnikow, *Leninism i agrarno-krestjanskij wopros*, Moskau 1976, Band 2, S. 188.
11 Ju. A. Poljakow in *Istorija Sowjetskogo krestjanstwa i kolchosnogo stroitelstwa w SSR*, Moskau 1963, zitiert von Willets in Schapiro und Reddaway, S. 224.
12 Davies, S. 51.
13 *Snamja truda*, 16. Mai 1918.
14 Lenin, Band 36, S. 408, 428, 488.
15 Lenin, Band 43, S. 219–220.
16 W. M. Andrejew, *Pod snamenem proletariata*, Moskau 1981, S. 36.
17 *Komitety bednoty. Sbornik materialow*, Moskau-Leningrad 1933, S. 46–47; Lenin, Band 37, S. 175–182.
18 *Na agrarnom fronte* Nr. 3, 1930, S. 60.

19 Atkinson, S. 195.
20 Ju. Semenko, Herausgeber, *Holod 1933 roku w Ukraini*, München 1963, S. 44.
21 Andrejew, *Pod snamenem proletariata*, S. 37.
22 Ibid. S. 40.
23 Ibid. S. 88.
24 Lenin, Band 36, S. 430.
25 Ibid., Band 44, S. 157.
26 Ibid., Band 44, S. 156.
27 Ibid., Band 44, S. 157.
28 L. Kritzman, *Geroitscheskij period russkoj revoljuzii*, Moskau 1926, S. 114–122.
29 Zitiert bei E. H. Carr, *The Bolshevik Revolution*, Band 2, S. 169.
30 Lewin, *Political Undercurrents in Soviet Economic Debates*, S. 79; Band 39, S. 167–274.
31 Bericht für den Achten Parteikongreß, KPSS, *VIII. sjesd*, Moskau 1959, S. 354.
32 N. I. Podwojskij, *Konterrevoljuzija sa 4 goda*, Moskau 1922, S. 4.
33 M. Heller und A. Nekrich, *L'utopie au Pouvoir*, Paris 1982, S. 85.(*Utopia in Power*, englische Ausgabe, verlegt von Century Hutchinson Ltd., London 1986.)
34 P. G. Sofinow, *Otscherki istorii WTschK*, Moskau 1960, S. 82; George Leggett, *The Cheka*, Oxford 1981, S. 103.
35 Leggett, *The Cheka*, S. 329.
36 F. Pigido-Pravobereshny, *The Stalin Famine*, London 1953, S. 20.
37 *The Trotsky Papers 1917–1922*, Den Haag 1964, Band 2, S. 278–279.
38 Heller und Nekrich, *L'Utopie au Pouvoir*, S. 80.
39 N. Ja. Guschtschin, *Klassowaja borba i likwidazija kulatschestwa kak klassa w Sibirskoj derewne 1926–1933*, Nowosibirsk 1972, S. 89.
40 Heller und Nekrich, S. 87.
41 Hierzu und zu anderen Einzelheiten siehe Oliver Radkey, *The Unknown Civil War in Soviet Russia*, Standford, Kalifornien, 1972 passim.
42 Heller und Nekrich, S. 87.
43 *Graschdanskaja wojna i wojenna interwenzija w SSSR. Enzyklopedija*, Moskau 1983, S. 158.
44 Zitiert bei Heller und Nekrich, S. 89.
45 Boris Pasternak, *Doctor Zhivago*, London 1958, S. 202.
46 Leggett, S. 329.
47 Leonard D. Gerson, *The Secret Police in Lenin's Russia*, Philadelphia 1976, S. 303.
48 M. Verbytsky, *Naybilshyy zlochyn Kremlya*, London 1952, S. 71.
49 Ibid. S. 27–30.
50 Zitiert bei Heller und Nekrich, S. 87.
51 *Kommunisty Urala w gody graschdanskoj wojny*, Swerdlowsk 1959, S. 172.
52 L. I. Schkaratan, *Problemy sozialnoj struktury rabotschego klassa SSSR*, Moskau 1970, S. 351–354.
53 Andrejew, S. 173–174.
54 I. Ja. Trifonow, *Klassowaja borba w natschale NEPa*, Leningrad 1964, S. 90.
55 G. Lelewitsch, *Strekopytowschtschina*, Moskau 1923, S. 36.
56 *Iswetija WRK*, Kronstadt, 16. März 1921.
57 Lenin, Band 43, S. 82.
58 Frank Lorimer, *The Population of the Soviet Union*, Genf 1946, S. 40.
59 E. S. Wolkow, *Dinamika naselenija SSSR*, Moskau 1930, S. 190.
60 B. Z. Urlanis, *Wojny i Narodonaselenije Ewropy*, Moskau 1960, S. 188.
61 *Wsesojusnaja perepis naselenija 1926 g.*, Moskau 1929, Band 17, S. 2.
62 M. Ja. Lazis, *Dwa goda borby na wnutrennem fronte*, Moskau 1920, S. 75.
63 Wie Michael Confino es ausdrückt.

64 Wie Jasny nach verschiedenen sowjetischen Quellen errechnet hat.
65 Mitrany, S. 277; Völkerbund, *Report on Economic Conditions in Russia*, Genf 1922, S. 1–3.
66 *The Russian Famines*, New York 1923, S. 14.
67 Völkerbund *Report on Economic Conditions*, S. 55.
68 *The Russian Famines*, S. 32.
69 H. H. Fisher, *Famine in Soviet Russia 1919–1922*, New York 1927, S. 252.
70 *Itogi borby s golodom w 1921–1922*, Moskau 1922, S. 4, S. 335.
71 Fisher, *Famine in Soviet Russia*, S. 262–263.
72 Völkerbund, *Report*, S. 57.

zu Kapitel 4, Patt, 1921–1927

1 Lewin, *Political Undercurrents*, S. 85.
2 Lenin, Band 44, S. 208, 487.
3 Ibid., Band 41, S. 175–176.
4 Ibid., Band 45, S. 369–377.
5 Lewin, *Political Undercurrents in Soviet Economic Debates*, Princeton 1974, S. 94.
6 Schapiro und Reddaway, S. 209, siehe auch Lenin, Band 45, S. 8, S. 86–87.
7 Lenin, Band 44, S. 161.
8 Lewin, *Political Undercurrents*, S. 89.
9 Lenin, Band 43, S. 206; Band 44, S. 108.
10 Ibid., Band 43, S. 383.
11 Zitiert in *Kommunist* Nr. 6, 1963, S. 26.
12 Lenin, Band 44, S. 9.
13 Ibid., Band 44, S. 428.
14 Adam Ulam, *Lenin and the Bolsheviks*, London 1966, S. 477.
15 Hryhory Kostiuk, *Stalinist Rule in the Ukraine. A Study of the Decade of Mass Terror 1929–1939*, London 1960, S. 80.
16 Grigorenko, S. 14.
17 Lewin, S. 95.
18 *Prawda*, 24. April 1925.
19 Stephen F. Cohen, *Bukharin and the Bolshevik Revolution*, Oxford 1980, S. 176.
20 Lewin, S. 141, 154.
21 L. Trotsky, *The Third Internatinal after Lenin*, New York 1936, S. 270.
22 E. H. Carr, *The Bolshevik Revolution*, New York 1950, Band 1, S. 355.
23 Lewin, S. 148.
24 *Bjulleten opposizij* Band 9, 1930, S. 6.
25 Stalin, Band 8, S. 60.
26 Jerzy Karcz, *The Economics of Communist Agriculture*, Bloomington, Indiana, 1979, S. 465. Wenn nicht anders bezeichnet, verweist *Karcz* auf dies Werk.
27 Zitiert beim Naum Jasny, *Soviet Economists of the Twenties*, Cambridge 1927, S 17.
28 Jasny, S. 202.
29 *Postrojenije fundamenta sozialistischeskoj ekonomiki w SSSR 1926–1932*, Moskau 1960, S. 258–259.
30 Grigorenko, S. 2.
31 *Ukrainian Review* Nr. 6, 1958, S. 145–146.
32 *Sozialistischeskij Westnik*, April 1961.
33 *Na agrarnom fronte* Nr. 2, 1925, S. 110.
34 Lewin, S. 32.
35 Gutschschin, *Klassowaja borba i likwidazija kulatschestwa*, S. 170.

36 *ÄIswestija*, 17. Dezember 1922.
37 *Ukrainian Review*, Nr. 6, 1958, S. 156.
38 Ibid., S. 149–150.
39 *The RSFSR Supreme Court in 1923*, Moskau 1924, Bericht von P. Stutschka.
40 Lewin, S. 81.
41 Siehe insbesondere *Ukrainian Review*, Nr. 6, 1958, S. 126–169.
42 Siehe Atkinson, S. 300.
43 Lewin, S. 88.
44 Ibid., S. 87.
45 N. I. Bucharin, *Put k sozialismu i rabotsche-krestjanskij blok*, Moskau-Leningrad 1926, S. 13.
46 Lewin, S. 74.
47 KPSS, *XV. sjesd*, Moskau 1962, S. 1334.
48 Siehe Lewin, S. 73.
49 Siehe E. H. Carr, *Socialism in One Country*, Band 1, S. 306, 324–325.
50 A. I. Chrjaschtschewa, *Gruppy i klassy w krestjanstwe*, Moskau 1924, S. 6.
51 KPSS, *XV. sjesd*, S. 1183.
52 Ju. W. Arutjunjan, *Sozialnaja struktura selskogo naselenija SSSR*, Moskau 1971, S. 26.
53 Jasny, S. 176–179.
54 Lewin, S. 176.
55 *KPSS w revoluzijach i reschenjach sjesdow, konferenzij i plenumow ZK*, 7. Auflage, Moskau 1954, Band 2, S. 258–267, S. 414–430.
56 Zitiert bei Roy Medvedev, *Let History Judge*, New York 1971, S. 99.
57 Lewin, S. 72–73.
58 Ibid.
59 Ibid., S. 73.
60 Zitiert Ibid., S. 47.
61 P. I. Ljaschtschenko, *Istorija narodnogo chosjajstwa SSSR*, Moskau 1956, Band 3, S. 240.
62 Lewin, S. 48.
63 Ibid., S. 52.
64 Molotow beim Fünfzehnten Parteikongreß, KPSS, *XV. sjesd*, S. 1182, 1126.
65 *Bolschewik*, Nr. 2, 1929, S. 90.
66 *Na agrarnom fronte*, Nr. 1, 1928, S. 93.
67 Lewin, S. 71.
70 Ibid., S. 54.
71 Ibid., S. 163–164.
72 Stalin, Band 8, S. 99.
73 *Prawda*, 14. Dezember und 24. Dezember 1927, 6. Januar 1928.
74 *Prawda*, 30. September 1928.
75 Siehe H. J. Ellison in *Slavic Review* 1961, S. 189–202.
76 Kostiuk, *Stalinist Rule in the Ukraine*, S. 31.
77 Stalin, Band 8, S. 160.
78 KPSS, *XII. sjesd*, S. 573.
79 *Wisti Wseukrainskogo Zentralnogo Komitetu Robitnitschich, Seljanskich ta Tscherwonoarmejskich deputatiw* (weiter zitiert unter *Wisti*) Nr. 3, 1926, S. 1–8.
80 M. Rawitsch-Tscherkasskij, S. 5–6.
81 In seinem Gespräch mit Kamenjew im Juli 1928.
82 Stalin, Band 8, S. 158.
83 Satonskij, *Nazionalna problema na Ukraina*, S. 21.
84 *Wisti*, 9. Mai 1930.

Teil II: Die Bauern zermalmen
zu Kapitel 5, Kollisionskurs, 1928–1929

1 Lewin, S. 36–37
2 Ibid., S. 176.
3 KPSS, *XV. sjesd*, S. 1134.
4 Davies, S. 44.
5 Lewin, S. 183.
6 KPSS, *XV. sjesd*, S. 1364.
7 Karcz, S. 55.
8 Ibid., S. 463.
9 Ibid., S. 52.
10 Ibid., S. 37.
11 Ibid., S. 38–39.
12 Ibid., S. 41.
13 Zitiert Ibid., S. 40.
14 A. M. Bolschakow, *Derewnija 1917–1927*, Moskau 1929, S. 8–9.
15 Lewin, S. 173.
16 Stalin, Band 11, S. 90–91.
17 Ibid., S. 92, S. 101.
18 D. L. Golinkow, *Kruschenije antisowjetskogo podpolja w SSSR*, Moskau 1978, Band 2, S. 306.
19 Trapesnikow, *Leninism i agrarno-krestjanskij wopros*, Band 2, S. 55–60.
20 Golinkow, Band 2, S. 306.
21 Stalin, Band 11, S. 3–11.
22 *Selskoje chosjastwo SSSR: Statistitscheskij sbornik*, Moskau 1960, S. 79.
23 Siehe Karcz, S. 48.
24 Trapesnikow, Band 2, S. 32–34.
25 Golinkow, Band 2, S. 306–307.
26 Siehe Lewin, S. 285.
27 Y. Taniuchi, *A Note on the Ural-Siberian Method*, in: *Soviet Studies*, Band 33, Nr. 4, Oktober 1981, S. 535.
28 *Kollektivisazija selskogo chosjastwa. Waschnejschije postanowlenija 1927–1935*, Moskau 1957, S, 105 106.
29 Taniuchi, S. 529–531.
30 Lewin, S. 218.
31 *Bolschewik* Nr. 2, 1928, S. 65.
32 Stalin, Band 11, S. 14.
33 Ibid., S. 215.
34 *Prawda*, 15. Juli 1928.
35 *Prawda*, 2. Dezember 1928.
36 Stalin, Band 11, S. 167–169.
37 Ibid., S. 179.
38 Medvedev, *Let History Judge*, S. 80.
39 *Planowoje chosjastwo* Nr. 3, 1929.
40 Lewin, S. 174.
41 Jasny, S. 223–227.
42 *Prawda*, 30. September 1928.
43 Stalin, Band 11, S. 15–16.
44 *Sozialistischeskij westnik* Nr. 6, März 1929, S. 11.
45 *Prawda*, 18. September 1928.
46 *Prawda*, 5. Dezember 1928.

47 Stalin, Band 11, S. 228.
48 Taniuchi, S. 525.
49 Ibid., S. 526.
50 Davies, S. 49.
51 *Iswestija*, 12. und 13. Januar 1928.
52 *Derewenskij kommunist* Nr. 4, 1928, S. 37.
53 *Bjulleten opposizii* Nr. 3–4, 1929, S. 16–26.
54 *Derewenskij kommunist* Nr. 11, 1928, S. 26.
55 *Bolschewik* Nr. 13–14, 1928, S. 74.
56 *Prawda*, 12. Februar 1929.
57 *Prawda*, 10. Januar 1929.
58 *Bolschewik Kasachstana* Nr. 12, 1928.
59 *Narodnoje prosweschtschenije* Nr. 6, 1928, S. 79.
60 Smolensker Archive, zitiert in Sheila Fitzpatrick, *Education and Social Mobility in the Soviet Union 1921–1934*, Cambridge 1979, S. 161.
61 *Prawda*, 14. Dezember 1928.
62 *Materialy po istorii SSSR*, Moskau 1959, Band 7, S. 243.
63 Merle Fainsod, *Smolensk under Soviet Rule*, Cambridge, Mass. 1958, S. 240.
64 Siehe Davies, S. 62.
65 *Bolschewik* Nr. 13–14, 1928, S. 46–47.
66 *Bolschewik* Nr. 19, 1928, S. 20.
67 Stalin, Band 11, S. 45.
68 *KPSS w revoljuzijach*, Band 2, S. 534.
69 Ju. Semenko, Herausgeber, *Holod 1933 roku w Ukraini* München 1963, S. 44
70 Stalin, Band 11, S. 275.
71 Atkinson, S. 329.
72 *Prawda*, 18. September 1929.
73 Davies, S. 98.
74 Ju. A. Moschkow, *Sernowaja problema w gody sploschnoj kollektivisazija selskogo chosjajstwa SSSR 1929–932*, Moskau 1962, S. 72–73.
75 *Prawda*, 19. Juli 1929.
76 Lewin, S. 321–322.
77 Stalin, Band 12, S. 106.
78 *Prawda*, 24. Januar 1929.
79 Lewin, S. 453.
80 Jasny, S. 305.
81 Stalin, Band 12, S. 92.
82 Siehe Lewin, S. 490.
83 Ibid., S. 475.
84 Werbytzkij, S. 28.
85 Davies, S. 58.
86 *Nautschnije sapiski*, Dnjepropetrowsk 1962, Band 76, S. 58.
87 *Planowoje chosjajstwo* Nr. 8, 1929, S. 57.
88 Kalynyk, S. 77.
89 Atkinson, S. 334.
90 Lewin, zitiert von Sheila Fitzpatrick, Herausg., *Cultural Revolution in Russia*, Bloomington 1978, S. 59.
91 Ibid.
92 Siehe Davies S. 140–142.
93 *Prawda*, 20. August 1929.
94 W. I. Warjonow, *Pomoschtsch Krasnoj Armii w raswitii kolchosnogo stroitestwa 1929–1933. Po materialam Sibirskogo wojennogo okruga*, Moskau 1978, passim.

95 Lenin, S. 241.
96 Golinkow, Band 2, S. 308.
97 Atkinson, S. 336.
98 *Westnik Moskowskogo Universiteta* Nr. 6, 1967, S, 9–33.
99 Golinkow, Band 2, S. 307.
100 M. Fainsod, *Smolensk Under Soviet Rule*, S. 142–143.
101 Siehe Davies, S. 82–85, 88–89.
102 Lewin, S. 120.
103 A. Angorow, *Klassowaja borba w sowjetskoj derewne*, Moskau 1929, S. 76.
104 *KPSS w resoljutsijach*, Band 1, S. 546.
105 Ibid.
106 Lewin, S. 120
107 *Bolschewik*, Nr. 20, 1929, S. 15.
108 *KPSS w resoljutsijach*, Band 2, S. 661.
109 Lewin, S. 84
110 Fainsod, S. 240.
111 Siehe Davies, S. 91.
112 N. I. Nemakow, *Kommunsititscheskaja partija – organisator massawogo kolchosnogo dwischenija 1929–1932*, Moskau 1966, S. 191.
113 *Prawda*, 23. Mai 1929.
114 *Derewenskij kommunist* Nr. 18, 1929, S. 4.
115 *Prawda*, 9. Oktober 1929.
116 Semenko, *Holod 1933*, S. 46.
117 W. Below, *Kanuny*, Moskau 1976, S. 16, 295.
118 Davies, S. 90.
119 F. M. Waganow, *Prawijuklon w WKP (b) i ego rasgrom*, Moskau 1970, S. 238–241.
120 *Prawda*, 30. Juli 1929.
121 *Prawda*, August 1929.
122 Davies, S. 75.
123 Ibid., S. 76.
124 Ibid., S. 85.
125 Oleksa Kalynyk, *Communism the Enemy of Mankind*, London 1955, S. 25.
126 Nemakow, *Kommunistitscheskaja partija – organisator kolchosnogo dwischenija*, S. 198.
127 Karcz, S. 57.
128 Lewin, S. 438.
129 *Prawda*, 27. Juni 1929.
130 Lewin, S. 107.
131 *Kollektivisatsija selskogo chosjajstwa* S. 101–102.
132 Ibid., S. 99.
133 Lewin, S. 421.
134 Siehe Jasny, S. 28.
135 Atkinson, S. 371.
136 *Prawda*. 7. November 1929.
137 *Ekonomitscheskaja schisn*, September 1929, S. 29 und Januar 1930, S. 75.
138 Stalin, Band 12, S. 138.
139 *Prawda*, 19. Februar 1930.
140 R. W. Davies, *The Soviet Collective Farm, 1929–1930*, Cambridge, 1980, S. 45.
141 Jasny, S. 3.
142 *Annals of the Ukrainian Academy of Arts and Sciences in the US*, Band 9, 1961, S. 93; und siehe Karcz, S. 48.

143 *Woprosy istorii* Nr. 5, 1963, S. 22.
144 Siehe Lewin, S. 467.
145 Davies, S. 405.
146 Lewin, S. 431–432, 435.
147 Ibid, S. 431-432.
148 *Prawda*, 28. September 1929.
149 *Prawda*, 12. Oktober 1929.
150 Stalin, Band 12, S. 160; *Prawda*, 6. Januar 1930.
151 Davies, S. 131.
152 Zitiert Ibid., S. 148.
153 Lewin, S. 453.
154 Ibid., S. 346.
155 *Prawda*, 20. September 1929.
156 Davies, S. 71
157 Lewin, *Political Undercurrents*, S. 99–100.
158 *Prawda*, 7. November 1929.
159 *Woprosy istorii KPSS* Nr. 4, 1962, S. 71.
160 *Kommunist* Nr. 3, 1966, S. 95.
161 Siehe Davies, S. 163–165.
162 *Bolschewik* Nr. 22, 1929, S. 17.
163 *Bolschewik* Nr. 2, 1930, S. 17.
164 Davies, S. 70.
165 Nemakow, S. 83.
166 *KPSS w resoljutsijach*, Band 2, S. 663.
167 Siehe Davies, S. 190–191.
168 *Istorija kollektywisazii silskoho hospodarstwa Ukrainskoy RSR 1917–1937. Sbirnyk dokumentiw i materialiw u trjoch tomach*, Kiew, 1962–1971, Band 2, S. 245.
169 *Prawda*, 29. Dezember 1929.
170 *Prawda*, 25. November 1929.
171 *Prawda*, 30. Oktober 1929.
172 Davies, S. 188–189.
173 *Prawda*, 29. Dezember 1929.

zu Kapitel 6, Das Schicksal der Kulaken

1 *Prawda*, 27. Dezember 1929
2 N. A. Iwnitzkij, *Klassowaja borba i likwidazija kulatschestwa kak klassa 1929–1932*, Moskau 1972, S. 178.
3 *Prawda*, 17. September 1929.
4 Moschkow, *Sernowaja problema*, S. 72.
5 *Prawda*, 21. Januar 1930.
6 Zitiert von Davies, S. 233.
7 Etwa I. Ja. Trifonow, *Likwidazija ekspluatatorskich klassow w SSSR*, Moskau 1975, S. 209.
8 Lewin bei Fitzpatrick, S. 58–59.
9 I. I. Slynko, *Sozialistiytschna perebudowa i teknitschna perebudowa silskoho hospodarstwa Ukrainy 1927–1932*, Kiew 1961.
10 Viktor Kravchenko, *I Chose Freedom*, New York 1946, S. 103. (Soweit nicht anders bezeichnet, verweist *Kravchenko* auf *I Chose Freedom*.)
11 Lewin, S. 503.
12 Lewin bei Fitzpatrick, S. 49.

13 Nemakow, S. 147.
14 Iwan Stadnjuk in *Newa* Nr. 12, 1962.
15 W. P. Danilow, Herausgeber, *Otscherki istorii kollektivisazii selskogo chosjajstwa w sojusnych respublikach*, Moskau 1963, S. 185.
16 Carr, *Socialism in One Country*, Band 1, S. 99.
17 S. O. Pidhainy, Herausgeber, *The Black Deeds of the Kremlin*, Detroit 1955, Band 1, S. 502.
18 *Na agrarnom fronte* Nr. 7–8, 1930, S. 94.
19 Siehe Davies, S. 251.
20 N. Ja. Guschtschin, *Klassowaja borba i likwidatsija kak klassa w sibisrskoj derewne 1926–1933*, Nowosibirsk 1972, S. 236.
21 Ibid.
22 Ibid.
23 *Prawda*, 21. Oktober 1930.
24 Siehe Davies, S. 247–248.
25 Fainsod, S. 243.
26 Davies, S. 236.
27 Iwnitskij, *Klassowaja borba i likwidatsija kulatschestwa*, S. 214.
28 Zitiert bei Davies, S. 234.
29 Ibid., S. 236.
30 *Woprosy istorii* Nr. 4, 1962, S. 68.
31 J. u. W. Arutjunjan, *Sozialnaja struktura selskogo naselenija SSSR*, Moskau 1971, S. 26.
32 Nemakow, S. 147.
33 *Woprosy agrarnoj istorii*, Wologda 1968, S. 49–50.
34 Siehe Trapesnikow, Band 2, S. 243.
35 Pidhainy, *The Black Deeds of the Kremlin*, Band 2, S. 306.
36 Olexa Woropay, *The Ninth Circle*, London 1954, S. 46.
37 Stadnyuk in *Newa*, S. 200.
38 Sergej Salygin, *Na Irtyshe*, in *Isbrannij proisvedenija*, Moskau 1973.
39 Viktor Astafiew, *Posledniy poklon*, *Roman-gaseta* Nr. 2–3, 1979; idem., *Zar-ryba*, Moskau 1980 Boris Moschajew, *Is shisni Fedora Kuskina*, *Novy mir* Nr. 7, 1966 Idem., *Lesnaja doroga*, Moskau 1973; idem., *Starije istorii*, Moskau 1978 idem., *Muschiki i baby*, Moskau 1979.
40 Fainsod, S. 241–244, S. 259.
41 Ibid.
42 Vasily Grossman, *Forever Flowing*, New York 1972, S. 140–141.
43 Iwnitzkij; Danilow, S. 105.
44 Moschkow, S. 156–157.
45 Verbytsky, S. 48–50.
46 Pidhainy, Band 1, S. 466.
47 Zitiert bei Lewin, S. 512–513.
48 *Woprosy istorii KPSS* Nr. 5, 1975, S. 130.
49 Fainsod, S. 248.
50 *Prawda*, 25. Januar 1930.
51 *Prawda*, 2. Februar 1930; Pidhainy, Band 2, S. 410–411.
52 Davies, *The Soviet Collective Farm*, S. 80.
53 Kravchenko, S. 104.
54 *Prawda*, 9. Oktober 1929; *Wisti*, 8. Oktober, 10. Oktober, 10. November 1929.
55 Guschtschin, S. 218.
56 Fainsod, S. 244.
57 *Sobranie sakonow SSSR* 1932, Nr. 84, Artikel 516.

58 *Prawda*, 11. Februar 1930
59 Pidhainy, Band 2, S. 198.
60 Kalynyk, *Communism the Enemy of Mankind*, S. 85.
61 Ibid.
62 Fred Beal, *Word from Nowhere*, London 1938.
63 Semenko, S. 48.
64 Verbytsky, S. 68.
65 *Istorija Sowetskogo krestjanstwa i kolchosnogo stroitelstwa w SSSR*, Moskau 1963, S. 277.
66 Warenow, *Pomoschtsch Krasnoj Armii*, S. 39, 42, 59.
67 *Prawda*, 26. Januar 1930.
68 Iwnitzkij, S. 245.
69 Danilow, S. 239.
70 Iwnitzkij, S. 299.
71 Medvedev, *Let History Judge*, S. 140.
72 Fainsod, S. 263.
73 Stalin, Band 13, S. 253.
74 *Ukraine: A Concise Encyclopedia*, Toronto 1963, Band 1, S. 617.
75 Siehe Jasny, S. 312.
76 Lewin, S. 507.
77 Ibid., S. 508.
78 S. Swianiewicz, *Forced Labor and Economic Development*, London 1965, S. 124.
79 *Prawda*, 7. Dezember 1929.
80 *Woprosy istorii KPSS* Nr. 5, 1975, S. 130.
81 Guschtschin, S. 242.
82 Commission International contre les camps de concentration sovietiques, *Livre Blanc sur les Camps de Concentration Sovietiques*, Paris 1951, S. 32.
83 I. Solonewitsch, quoted in B. Souvarine, *Stalin*, London 1939, S. 545.
84 Varlam Shalamov, *Kolymskije rasskasy*, London 1978.
85 Grossman, *Forever Flowing*, S. 141.
86 *Kollektivisazija selskogo chosjajstwa w Sapadnom Rayone RSFSR*, Moskau 1968, S. 246–250.
87 Verbytsky, S. 33.
88 Fainsod, S. 248.
89 *Radjanska Ukraina* Nr. 10, 1930.
90 Grossman, S. 142–143.
91 Ibid., S. 144.
92 Fainsod, S. 248.
93 Pidhainy, Band 1, S. 468.
94 Adam Tawdul in *New York American*, 22. August 1935.
95 Grossman, S. 144.
96 Salygin, *Na Irtysche*, S. 487.
97 *Narodnoje prosweschtschenije* Nr. 6, 1930, S. 17.
98 Ibid., S. 16.
99 Grossman, S. 147.
100 *Prawda*, 1. Februar 1930.
101 Fainsod, S. 245.
102 Ibid..
103 Harvard University Refugee Interview Project, Work Section 1719.
104 Grossman, S. 141.
105 Danilow, *Otscherki istorii*, S. 185.
106 Bolschewik Nr. 5, 1930, S. 41.

107 Fainsod, S. 245.
108 Ibid., S. 180–182.
109 Ibid., S. 185–186.
110 Ibid., S. 185.
111 *Sowetskaja iustizija* Nr. 9, 1932, S. 7.
112 *Prawda*, 15. Januar 1930.
113 Fainsod, S. 246.
114 G. Tokaev, *Stalin Means War*, London 1951, S. 6.
115 Astafiew in der *Roman-gaseta* Nr. 2, 1979, S. 29.
116 *Bolschewik* Nr. 8, 1930, S. 20.
117 *Prawda*, 5. März 1930.
118 Davies, S. 257.
119 Fainsod, S. 148.
120 Ibid., S. 54–55.
121 Lewin, S. 27–28.
122 Maurice Hindus, *The Great Offensive*, New York 1933, S. 65.
123 Fainsod, S. 250.
124 Woropay, S. 52.
125 Ibid., S. 51.
126 Lev Kopelev, *The Education of a True Believer*, New York 1978, S. 270.
127 Pidhainy, Band 1, S. 146.
128 Ibid..
129 Semenko, S. 27.
130 Ibid., S. 23–24.
131 Kravchenko, S. 88–90.
132 Pidhainy, Band 2, S. 624.
133 Semenko, S. 7.
134 Ibid.
135 Pidhainy, Band 1, S. 198.
136 Ibid., S. 191.
137 Ibid., S. 467.
138 *Experiences in Russia, 1931*, Pittsburgh 1932, S. 176. (anonym).
139 Grossman, S. 145.
140 Pidhainy, Band 1, S. 179.
141 Ibid., S. 144.
142 Ibid., S. 166.
143 Ibid., S. 144 Aleksandr Solzhenitsyn, *The Gulag Archipelago*, New York 1978, Band 3, S. 360.
144 F. Pigido-Pravoberezhny, *The Stalin Famine*, London 1953, S. 24.
145 Solzhenitsyn, *Gulag*, Band 3, S. 360.
146 Ibid., S. 361.
147 Pidhainy, Band 1, S. 182.
148 W. Tendrjakov, *Tod, Moskwa* Nr. 3, 1968.
149 Astafiew, *Zar-Ryba*, S. 266.
150 Grossman, S. 147.
151 Pidhainy, Band 1, S. 174.
152 Semenko, S. 73.
153 Pidhainy, Band 1, S. 166.
154 Wolfgang Leonhard, *Child of the Revolution*, Chicago 1958, S. 136.
155 *Woprosy istorii* Nr. 11, 1964, S. 59.
156 Pidhainy, Band 1, S. 145.
157 *Woprosy istorii* Nr. 11, 1964, S. 61.

158 Trapesnikow, Band 2, S. 455.
159 Leonhard, *Child of the Revolution*, S. 142.
160 Semenko, S. 10.
161 Solzhenitsyn, *Gulag* Band 3, S. 362.
162 Pidhainy, Band 1, S. 172.
163 *Woprosy istorii* Nr. 11, 1964 S. 58.
164 *Istorija Sowjetskogo krestjanstwa i kolchosnogo stroitelstwa w SSSR*, S. 277.
165 Solzhenitsyn, *Gulag*, Band 3, S. 359.
166 Trapesnikow, Band 2, S. 432.
167 Iwnitzkij, S. 304.
168 Grossman, S. 148.
169 *Woprosy istorii* Nr. 11, 1964, S. 61.
170 Iwnitzkij, S. 310.
171 Trifonow, *Likwidazija*, S. 369, 381–382.
172 Iwnitzkij, S. 311.
173 John Scott, *Behind The Urals*, Bloomington 1973, S. 85.
174 John Littlepage, *In Search of Soviet Gold*, New York 1937, S. 80.
175 Pidhainy, Band 1, S. 167.
176 Moschajew, *Starje istorii*, S. 152.
177 Solzhenitsyn, S. 366.
178 Ibid..
179 Guschtschin, S. 222.
180 Pidhainy, Band 1, S. 177.
181 Ibid., S. 173.
182 Ibid., S. 250.
183 Ibid., S. 467.
184 Ibid., S. 166.
185 Ibid., S. 175.
186 Ibid., S. 179.
187 Solzhenitsyn, S. 303.
188 Lenard Hubbard, *The Economics of Soviet Agriculture*, London 1939, S. 177; Swianiewicz, *Forced Labor*, S. 123.
189 Pidhainy, Band 1, S. 173.
190 *Der zweite Tag* von Ilja Ehrenburg, zitiert bei Anatol Goldberg, *Ilja Ehrenburg*, New York 1984, S. 141.

zu Kapitel 7, Schnellkollektivierung und Scheitern, Januar–März 1930

1 *Marksism i woprosy jasykosnanija*, Moskau 1950, S. 29.
2 *Istorija SSSR* Nr. 5, 1982.
3 Isaac Deutscher, *The Prophet Outcast*, Oxford 1963, S. 123.
4 Alexander Barmine, *One Who Survived*, New York 1945, S. 123.
5 *History of the CPSU*, Moskau 1960, S. 435.
6 *Prawda*, 13. und 17. September 1929.
7 *Woprosy istorii* Nr. 3, 1954, S. 23.
8 W. M. Selunskaja, *Rabotschije-dwadzatipjatitysjatschniki*, Moskau 1964, S. 201.
9 Fainsod, S. 254–255.
10 *Materialy po istorii SSSR*, Band 1, S. 426, 434, 458.
11 Selunskaja, S. 201.
12 Nemakow, S. 179.
13 *Woprosy istorii* Nr. 5, 1947.

14 *Kolchosy w 1930 g.: itogi raportow kolchosow XVI. sjesdu WKP (b)*, Moskau 1931, S. 224.
15 Selunskaja, S. 81, 187.
16 Davies, S. 204.
17 Fainsod, S. 284.
18 Kravchenko, S. 91–92.
19 Grigorenko, S. 36.
20 Grossman, S. 143.
21 *Nasch sowremennik* Nr. 11, 1978, S. 186.
22 Aleksandr Malyschkin, *Ljudi is sacholustja* in *Sotschinenija*, Moskau 1956, Band 2, S. 356.
23 Fainsod, S. 289.
24 Ibid., S. 288.
25 Ibid., S. 289.
26 Ibid..
27 Kravchenko, S. 127.
28 *Radyanska Ukraina* Nr. 10, 1930.
29 *Prawda*, 28. Februar 1930.
30 Ibid..
31 P. N. Scharowa, *Kollektivisazija selskogo chosjajstwa w Zentralno-Tschernosemnoj Oblasti, 1928–1932*, Moskau 1963, S. 148.
32 *Wisti*, 2. Juli 1932.
33 Fainsod, S. 143.
34 Chatajewitsch, zitiert bei Davies, S. 226.
35 Taniuchi, S. 540.
36 Lewin, S. 393.
37 Fainsod, S. 149.
38 Ibid.
39 Taniuchi, S. 540.
40 Ibid., S. 540–541.
41 *Wlast Sowjetow* Nr. 20, 1930, S. 9, Nr. 22–23, S. 20.
42 *Planowoje chosjajstwo* Nr. 2, 1929, S. 111.
43 Lewin, S. 93.
44 Markoosha Fisher, *My Lives in Russia*, New York 1944, S. 49–50.
45 Zitiert von Taniuchi, S. 542.
46 O. Wolkow in *Nasch sowremennik* Nr. 11, 1978, S. 186.
47 Pidhainy, Band 2, S. 281–286.
48 Verbytsky, S. 47.
49 Trapesnikow, Band 2, S. 241.
50 *Wlast sowjetow* Nr. 8–9, 1930, S. 34, Nr. 14–15, S. 44–46 und Nr. 16, S. 17–18.
51 Verbytsky, S. 56.
52 Hubbard, S. 115–116.
53 Davies, S. 256.
54 *Prawda*, 11. September 1929.
55 Trifonow, *Likwidazija*, S. 297–298.
56 Pidhainy, Band 1, S. 247.
57 *Ukrainian Review* Nr. 6, 1958, S. 168.
58 Fainsod, S. 253.
59 Ibid., S. 55.
60 *Istorija seljanstwa Ukrainskoy RSR*, Kiew 1967, Band 2, S. 151.
61 A. Jakowetzkij, *Agrarnje otnoschenija w SSSR w period stroitelstwa sozialisma*, Moskau 1964, S. 326.

62 G. A. Tokaev, *Stalin Means War*, London 1951, S. 7.
63 Kravchenko, S. 106.
64 Kalynyk, S. 40–42.
65 Ibid., S. 42–43. Abb. XXI.
66 Ibid., S. 47–54.
67 Kopelev, S. 226.
68 Fainsod, S. 241.
69 *Soviet Ukraine*, Kiew 1969, S. 137.
70 Pidhainy, Band 1, S. 189.
71 Zitiert von Davies, S. 259.
72 Scharowa, *Kollektivisazija selskogo chosjajstwa w ZTschO*, S. 155.
73 Pidhainy, Band 1, S. 167.
74 Woropay, S. 12.
75 Ibid., S. 11.
76 Pidhainy, Band 1, S. 218.
77 Verbytsky, S. 22–23.
78 Pidhainy, Band 1 S. 219–220.
79 Siehe Kostiuk, S. 10–11, Zusammenfassung einer Anzahl von Berichten.
80 Woropay, S. 12.
81 was allerdings von der Definition des Begriffs *Aufständische* abhängt; sie müssen sich auch nicht gleichzeitig erhoben haben.
82 Guschtschin, S. 94–95.
83 Ibid., S. 186–187.
84 Ibid., S. 204–205.
85 Ibid., S. 222–223.
86 Warenow, S. 45–46., 41.
87 Alexander Orlov, *The Secret History of Stalin's Crimes*, London 1954, S. 41–42.
88 *Genocide in the USSR*, S. 22.
89 Ibid., S. 61.
90 *Sarja Wostoka*, 6. Juni 1930
91 Isaac Deutscher, *Stalin*, London 1949, S. 325.
92 Stadnyuk, S. 159
93 *Prawda*, 9. Januar 1930; *Wisti*, 20. und 27. Februar 1930.
94 Kalynyk, S. 90–95.
95 Ibid.
96 Fainsod, S. 253.
97 Verbytsky, S. 71–72.
98 Pidhainy, Band 2, Spalte 398–399.
99 Ibid., S. 306.
100 Grigorenko, S. 35.
101 *Prawda*, 11. Januar 1930.
102 Ibid.
103 *Sibir w period stroitelstwa sozialisma i perechoda k kommunismu*, Novosibirsk 1965, S. 5, 82.
104 Tokaev, S. 7.
105 Danilow, S. 181.
106 Alexander Weissberg, *The Accused*, New York 1951, S. 146; siehe auch *The USSR in Figures*, Moskau 1935, S. 110, 180ff.
107 Alexander Baykov, *The Development of the Soviet Economic System*, Cambridge 1946, S. 196.
108 Bei Danilov, S. 45.
109 Ibid..

110 *Woprosy istorii* Nr. 5, 1963, S. 27.
111 *Prawda*, 19. Februar 1930.
112 *Prawda*, 2. März 1930.
113 Siehe Cohen, *Bukharin*, S. 342.
114 *KPSS w resoljutsijach*, Band 2, S. 649–651.
115 Stalin, *Erwiderung an die Genossen auf denKollektivgütern*, Band 12, S. 214, 217.
116 Ibid..
117 Davies, S. 319–323, 325–326.
118 Danilow, S. 46.
119 *Istoritscheskij archiv* Nr. 2, 1962, S. 197, zitiert von Medvedev in *Let History Judge*, S. 88.
120 Davies, S. 312.
121 *Wisti*, 30. März 1930;, siehe auch Pidhainy, Band 2,S. 295–304.
122 Trapesnikow, Band 2, S. 251.
123 Nemakow, S. 4, 191.
124 *Otscherki istorii Kommunistitscheskoj Partii Grusii*, Tbilisi 1963, Band 2, S. 105.
125 *Stenograficheskij otschet Wsesojusnogo sowjeschtschanija po usowerschenstwowaniju kadrow w istoritscheskoj nauke*, Moskau – Leningrad 1964, Sp. 299–300.
126 *Khrushchev Remembers*, S. 72.

zu Kapitel 8, Das Ende der freien Bauernschaft, 1930–1932

1 *Prawda*, 2. März 1930.
2 Jasny, S. 32
3 *Prawda*, 17. April 1930.
4 Zitiert bei Davies, S. 290.
5 Ibid., S. 291.
6 Ibid., S. 296.
7 Ibid., S. 297.
8 Ibid., S. 296.
9 Zitiert Ibid., S. 293.
10 Pidhainy, Band 1, S. 292.
11 *Prawda*, 17. April 1930.
14 *Sozialistitscheskij westnik*, Mai 1930.
15 Siehe Davies, S. 330.
16 *Prawda*, 16. Oktober 1930.
17 Semenko, S. 52–54.
18 Pidhainy, Band 1, S. 177.
19 P. I. Ljaschtchenko, *Istorija narodnogo chosjajstwa SSSR*, Band 3, S. 280.
20 Beal, *Word From Nowhere*, S. 242.
21 Moschkow, S. 127.
22 Ibid., S. 135.
23 Ibid., S. 126, 129.
24 Ibid.
25 Ibid., S. 124–125.
26 Ibid., S. 196–197; Nemakow, S. 91.
27 Weisberg, *The Accused*, S. 196.
28 Ibid., S. 189.
29 Ibid., S. 192.
30 Swianiewicz, S. 114.
31 Anne D. Rassweiler in *Slavic Review* 42, Sommer 1983, S. 234, Zitiert in: A. M.

Panfilowa, *Formirowanie rabotschego klassa SSSR w gody pervoj pjatiletki 1928–1932*, Moskau 1964, und M Romanow, *Organisazija Otchodnitschestwa na novom etape*, Moskau – Leningrad, 1931.

32 Kalynyk, S. 93–94.

33 *Bolschewik* Nr. 7, 1930, S. 19.

34 Stalin, Band 13, S. 55.

35 J. Millar in *Slavic Review* 33, 1974, S. 750–766; A. A. Barsow in *Istorija SSSR* Nr. 3, 1968, S. 64–82; siehe auch Karcz, S. 457–458.

36 Karcz, S. 457.

37 *Bolschewik* Nr. 7, 1930, S. 18.

38 Depesche der Britischen Botschaft vom 23. Januar 1933, siehe *Public Record Office Handbooks* Nr. 13, *The Records of the Foreign Office, 1782–1939*, London 1969.

39 Kalynyk, S. 20, 28.

40 Fainsod, S. 265.

41 Grigorenko, S. 41.

42 Fainsod, S. 265–266.

43 Ibid., S. 255–257.

44 Ibid., S. 450.

45 P. P. Postyshev und S. V. Kossior, *Soviet Ukraine Today*, New York 1934, S. 31.

46 Roy und Zhores Medvedev, *Khrushchev*, New York 1978, S. 26.

47 Grigorenko, S. 39.

48 Ibid., S. 38.

49 Guschtschin, S. 231–232; Paul B. Anderson, *People, Church and State in Modern Russia*, London 1944, S. 86.

50 Fainsod, S. 257.

51 Postyshev and Kossior, *Soviet Ukraine Today*, S. 21–22.

52 Karcz, S. 456.

53 Ibid., S. 467.

54 Jasny, S. 541.

55 *Sowjetskaja istoritscheskaja enziklopedija*, Band 7, Artikel *Kollektivierung*.

56 Roy und Zhores Medvedev, *Khrushchev*, S. 27.

57 Moschkow, S. 171.

58 Ibid., S. 169.

59 Davies, S. 367.

60 Siehe Vsevolod Holubnychy in *Annals of the Ukrainian Academy of Arts and Sciences in the US*, Band 9, 1961, S. 108.

61 *Sowjetskaja istoritscheskaja enziklopedija*, Band 7, S. 494.

62 R. und Zh. Medvedev, *Khrushchev*.

63 *Khrushchev Remembers: The Last Testament*, S. 108.

64 Postyshev and Kossior, S. 28.

65 Verbytsky, S. 17.

66 Danilow, S. 202.

67 *Los Angeles Evening Herald and Express*, 1. Mai 1935.

68 Weissberg, S. 188.

69 Kalynyk, S. 61.

70 Ibid., S. 60.

71 Jasny, S. 251.

72 *Materialy po istorii SSSR*, Band 7, S. 365.

73 Fainsod, S. 302–303.

74 *Outline History of the USSR*, englische Ausgabe, Moskau 1960, S. 297; siehe auch Quellen zitiert von Holubnychy in *Annals of the Ukrainian Academy*, S. 78 ,ff.

75 Stalin, Band 12, S. 160.
76 *Iswestija*, 24. Januar 1930.
77 *Tschislennost skota w SSSR*, Moskau 1957, S. 6.
78 Leonid Plyushch, *History's Carnival*, New York 1977, S. 41.
79 *Prawda*, 6. Januar 1930.
80 *Experiences in Russia*, S. 179.
81 Tokaev, S. 7.
82 Ivan Solonevich, *Soviet Paradise Lost*, New York 1938, S. 137.
83 *Kolchosy w 1930 godu: statistitscheskij sbornik*, Moskau 1931, S. 110–111.
84 Beal, S. 242.
85 Experiences in Russia, S. 197.
86 Beal, S. 246.
87 *Swesda*, 5. November 1929, zitiert in *Nautschnije sapiski*, Band 76, Dnjepropetrowsk 1962, S. 46.
88 Postyshev and Kossior, S. 23–24.
89 Pidhainy, Band 2, S. 364.
90 Postyshev and Kossior, S. 29.
91 Fainsod, S. 286.
92 Lewin bei Fitzpatrick, S. 64.
93 Jasny, S. 32.
94 I. Winnikowa in *Wolga* Nr. 12, 1979, S. 179.
95 Grigorenko, S. 39.
96 Stalin, Band 13, S. 402.
97 Ibid., S. 213–214.
98 Guschtschin, S. 242.
99 Danilow, S. 58.
100 *Wisti*, 19. März 1930.
101 *The Mensjevik Trial*, Leningrad, nicht datiert, S. 59, 62; *Itogi wypolenenija pervogo pjatiletnego plana*, Moskau 1934, S. 103–105; Robert Conquest, *The Great Terror*, London 1973, S. 736.
102 Medvedev, Let History Judge.
103 Jasny, S. 29–30.
104 *Sibir w period stroitelstwa sozialisma i perechoda k kommunismu*, Novosibirsk 1965, Band 5, S. 83.
105 A. Schlichter, *Wybrany twory*, Kiew 1959, S. 533.
106 S. V. Sholtz, *Course of Agricultural Statstics*, Moskau 1945, S. 37, nach Zitat von Jasny.
107 Jasny, S. 10.

---

zu Kapitel 9, Zentralasien und die Tragödie der Kasachen

1 Danilov, S. 245.
2 Ibid., S. 252.
3 Ibid., S. 492.
4 B. A.Tulepbajew, *Torschestwo Leninskich idej sozialistitscheskogo preobrasowanija selskogo chosjajstwa v Srednej Asii i Kasachstane*, Moskau 1971, S. 199.
5 J. u. A. Poljakow und A. I. Tschugunow, *Konez basmatschestwa*, Moskau 1976, S. 144–151.
6 Poljakow und Tschugunow, S. 156.
7 Ibid..
8 Ibid., Victor Serge, *From Lenin to Stalin*, S. 61.

9 Danilow, S. 408.
10 Martha Olcutt, *The Collectivization Drive in Kazakhstan*, in *The Russian Review* 40, April 1981, S. 136.
11 Olcutt, *The Collectivization Drive in Kazakhstan*, S. 123.
12 *Kollektivisazija selskogo chosjajstwa Kazachstana*, Alma-Ata 1967, Band 2, S. 222.
13 A. Kutschkin, *Sowjetisazija Kasachskogo aula*, Moskau 1962.
14 *Revoljuzija i nazionalnosti* Nr. 5, 1932, S. 59; Olcutt, S. 132.
15 *KPSS w resoljutsijach*, Band 2, S. 649–651; *Woprosy Istorii*, 1960, Nr. 2, S. 36.
16 Olcutt, S. 142.
17 Ibid., S. 140.
18 *Bolschewik Kasachstana* Nr. 12, 1938; Tulepbajew, S. 136–137.
19 Tulepbajew, S. 202.
20 Olcutt, S. 133.
21 *Kollektivisazija selskogo chosjajstwa Kasachstana*, Band 2, S. 287.
22 Olcutt, S. 129.
23 Tulepbajew, S. 206.
24. Ibid., S. 203, 206; Olcutt, S. 129–130.
25 A. B. Tursunbajew, *Pobjeda kolchosnogo stroja w Kazachstane*, Alma-Ata 1957, S. 149.
26 Olcutt, S. 130.
27 Tursunbajew, *Pobjeda S. 144–148*.
28 *Olcutt, S. 127.*
29 *Poljakow und Tschugunow, S. 154.*
30 *Krasnaja swesda*, 10. April 1984.
31 Olcutt, S. 138.
32 Pidhainy, Band 2, S. 243.
33 *Bolschewik Kasachstana* Nr. 1, 1939, S. 87.
34 *Kollektivisazija selskogo chosjajstwa Kasachstana*, Band 2, S. 306.
35 Olcutt, S. 137.
36 Ibid., S. 131.
37 *Prawda*, 29. November 1931.
38 Olcutt, S. 133–134.
39 Pidhainy, Band 2, S. 243.
40 *Bolschewik Kasachstana* Nr. 12, 1932, S. 13.
41 *Experiences in Russia*, S. 197.
42 Danilow, S. 293–294.
43 *Bolschewik Kasachstana* Nr. 9–10, 1937, S. 47.
44 Olcutt, S. 134.
45 *Kollektivisazija selskogo chojajstwa Kasachstana*, Band 2, S. 142.
46 Olcutt, S. 133.
47 Ibid., S. 135.
48 Danilow, S. 293.
49 Olcutt, S. 128.
50 Ibid., S. 139.
51 Tulepbajew, S. 203.
52 Lowin, Chef der Tscheljabinsker Traktorenfabrik, zitiert von Tawdul, *New York American*, 19. und 20. August 1935.
53 *Khrushchev Remembers*, Boston 1970, S. 72.
54 Robert Rupen, *How Mongolia ist Really Ruled*, Stanford 1979, S. 55.
55 *Prawda*, 2. November 1935.
56 Pidhainy, Band 1, S. 164.
57 Littlepage, S. 109–111.

58 Rupen, *How Mongolia is Really Ruled*, S. 55.
59 Grigorenko, S. 48.

zu Kapitel 10, Die Kirche und das Volk

1 Lewin, S. 23.
2 Atkinson, S. 175.
3 *Prawda*, 18. April 1928.
4 *Prawda*, 20. April 1922.
5 N. Orleanskij, Herausgeber, *Sakon o religiosnych objedinenijach RSFSR*, Moskau
   1930.
6 Fainsod, S. 308.
7 Roy Medvedev, *Stalin und Stalinism*, London 1979, S. 76.
8 Zitiert bei Davies, S. 229.
9 *Prawda*, 11. Januar 1929.
10 Davies, S. 246.
11 Iwnitzkij, S. 130.
12 Davies, S. 96–97.
13 Pidhainy, Band 1, S. 493.
14 Verbytsky, S. 51.
15 Pidhainy, Band 1, S. 271.
16 Pidhainy, Band 1, S. 499.
17 Ibid., S. 260.
18 Ibid., S. 261.
19 Fainsod, S. 254.
20 Medvedev, *On Stalin and Stalinism*, S. 70.
21 *Wisti*, 10. Oktober 1929.
22 Semenko, S. 46.
23 *Antireligiosnik* Nr. 1, 1930, S. 5.
24 Pidhainy, Band 1, S. 459.
25 Ibid., S. 502.
26 Medvedev, *On Stalin and Stalinism*, S. 70.
27 Fainsod, S. 247.
28 *Wisti*, 22. November bis 6. Dezember 1929.
29 *Wisti*, 5. Januar 1930.
30 Verbytsky, S. 69.
31 Pidhainy, Band 1, S. 501.
32 Kravchenko, S. 127.
33 *Wisti*, 1. Januar 1930.
34 *Prawda*, 22. Februar 1930.
35 *Wisti*, 5. Januar 1930.
36 *Wisti*, 22. Dezember 1929.
37 *Prawda*, 27. November 1929.
38 *Prawda*, 30. November 1929.
39 *Wisti*, 1. Januar 1930.
40 *Prawda*, 12. – 15. Januar 1930.
41 *KPSS w resoljuzijach*, Band 2, S. 670–671.
42 Pidhainy, Band 1, S. 508.
43 Ibid., S. 505.
44 Medvedev, *On Stalin and Stalinism*, S. 71.
45 W. Rasputin, *Proschtschanije s Materoi* in *Powesti*, Moskau 1976.
46 Weissberg, S. 461.

47 I. A. Lawrow, *W strane eksperimentow*, Harbin 1934, S. 216.
48 Paul B. Anderson, *People, Church and State in Modern Russia*, New York 1941. S. 86.
49 *Bolschaja Sowjetskaja Enziklopedija*, Erste Auflage, Band 23, S. 811.
50 *Ukrainian Review* Nr. 6, S. 153.
51 *Wisti*, 26. und 27. Februar 1930.
52 *Wisti*, 22. November bis 6. Dezember 1930.
53 Pidhainy, Band 1, S. 494.
54 Pidhainy, Band 1, S. 497.
55 Gregory Luznycky, *Persecution and Destruction of the Ukrainian Church by the Russian Bolsheviks*, New York 1960, S. 43–44.
56 Luznycky, S. 59–60.
57 *Ogonek* Nr. 46, 1963, S. 30–31.

zu Kapitel 11, Angriff auf die Ukraine

1 *Wisti*, 14. März 1930.
2 *Tscherwony schljach* Nr. 4, 1930, S. 141–142.
3 Pidhainy, Band 1, S. 27.
4 Semenko, S. 11.
5 *Ukrainian Review* Nr. 6, 1958, S. 156.
6 Stalin, Band 7, S. 71.
7 *Proletarska prawda*, 22. Januar 1930, zitiert bei Dmytro Solovey, *On the Thirtieth Anniversary of the Great Man-made Famine in Ukraine*, *The Ukrainian Quarterly* 19, 1963, S. 7.
8 Verbytsky, S. 28.
9 Ibid., S. 65.
10 KPSS, *XVII sjejd*, Moskau 1934, S. 199.
11 Woropay, S. 60.
12 Swianiewicz, S. 120.
13 Grigorenko, S. 35–36.
14 *Harvard University Refugee Interview Project*, S. 482.
15 *Prawda*, 17. Januar 1933.
16 *Prawda*, 9. Oktober 1929.
17 *Prawda*, 5. September, 6. Oktober, 6. November 1929.
18 *Khrushchev Remembers: The Last Testament*, S. 120.
19 Grigorenko, S. 36.
20 Ibid., S. 37.
21 Vasyl Hryshko, *Moskva slyozam ne viryt*, New York, 1963; idem., *Ukrainskyy Golokost – 1933*, New York – Toronto, 1978.
22 Pidhainy, Band 1, S. 243.
23 *Sasuchi w SSSR*, herausgegeben von A. I. Rudenko, Leningrad, 1958, S. 164.
24 *Prawda*, 9. Juni 1932.
25 *Wisti*, 11. Juli 1932.
26 *Sutschasna Ukraina*, 9. August 1953, p. 6.
27 *Prawda*, 7. Juli 1932.
28 *Prawda*, 14., 15. Juli 1932.
29 *Wisti*, 17. Juli 1932.
30 Siehe *Wisti* 5. Juli, 28. Juli 1932, zitiert bei Kostiuk, S. 17.
31 Solovey in *The Ukrainian Quarterly* 19, 1963.
32 Pidhainy, Band 2, S. 107.
33 Stadnyuk in *Newa* Nr. 12, 1962.

1 Grossman, S. 148.
2 Stalin, Band 13, S. 213–214, 402.
3 A. Ja. Wyschinskij, *Revoljuzionnaja sakonnost na sowremennom etape*, Moskau 1933, S. 99–103.
4 *Wisti*, 11. Juni 1933.
5 *Journal de Genève*, 26. August 1933.
6 *Wisti*, 27. August, 14. September, 30. November 1932, 2. Februar 1933.
7 Pidhainy, Band 1, S. 205.
8 *Los Angeles Herald*, 22. Februar 1935.
9 Woropay, S. 249.
10 Pidhainy,Band 1, S. 219.
11 Nemakow, S. 254.
12 Beal, S. 247.
13 Verbytsky, S. 66.
14 Pidhainy, Band 2, S. 450–452.
15 Pigido-Pravoberezhny, S. 45.
16 Ukrainian Review Nr. 6, 1958, S. 134.
17 Woropay,S. 54.
18 Ibid., S. 55.
19 Pidhainy, Band 2,S. 395–399.
20 *Bilschowyk Ukrainy*Nr. 19–20, 1932.
21 Ibid., Nr. 21–22, 1932.
22 Moschkow, S. 215.
23 *Wisti*, 1. September 1932.
24 *Wisti*, 9. Dezember 1932.
25 *Kommunist*,Charkow, 24. November 1932.
26 *Wisti*, 30. Januar 1933.
27 *Prawda*, 16. November 1932.
28 *Prawda*, 8. Dezember 1932.
29 *Wisti*, 8. Dezember 1932.
30 *Komsomolskaja prawda*, 23. November 1932.
31 *Ukrainskyy Sbirnyk*, S. 96.
32 Danilov, S. 200.
33 *Wisti*, 30. November, 21. Dezember 1932, 1. Januar, 4. Januar, 9. Januar 1933.
34 *Wisti*, 28. Januar 1933.
35 Pidhainy, Band 1, S. 247.
36 Pidhainy, Band 2 S. 354.
37 Weissberg, S. 122.
38 Kopelev, S. 234.
39 Kravchenko, *I Chose Freedom*, S. 113.
40 Pidhainy, Band 1, S. 280.
41 Danylo Miroshuk, *Who Organized the Famine in the Ukraine*,Manuskript.
42 Kravchenko, S. 128.
43 Kostiuk, S. 44.
44 Pigido-Pravoberrezhny, S. 44–45.
45 Beal, S. 241.
46 *Ukrainskyy sbirnyk*,S. 83.
47 Verbytsky, S. 61.
48 Woropay, S. 49.
49 Pidhainy, Band 2, S. 108.

50 Verbytsky, S. 55–60.
51 Pidhainy, Band 2, S. 36–37.
52 Woropay, S. 53.
53 Woropay, S. 39–41.
54 Pidhainy, Band 2, S. 75.
55 *Prawda*, 10. März 1963.
56 Ibid.
57 Kopelev, S. 235.
58 Ibid., S. 11–12.
59 Kravchenko, S. 105.
60 Ibid., S. 114.
61 Boris Nicolaevsky, *Power and the Soviet Elite*, New York 1965, S. 18–19.
62 Siehe P. Scheibert, *Über Lenins Anfänge, Historische Zeitschrift*, Band 182, S. 561.
63 *Wisti*, 9. Dezember 1932.
64 Pidhainy, Band 2, S. 483–484.
65 Pidhainy, Band 1, S. 249.
66 *Wisti*, 11. Januar 1933; Pidhainy, Band 2, S. 484–485.
67 Stadnyuk, S. 125.
68 Astafiew in *Nasch sowremennik* Nr. 1, 1978, S. 17.
69 Tendrjakow, *Tod, Moskwa* Nr. 3, 1968.
70 Kravchenko, S. 119.
71 Grossman, S. 157.
72 Ibid., S. 134.
73 Pidhainy, Band 1, S. 248.
74 Pljuschtsch, S. 40.
75 Grossman, S. 155.
76 Kravchenko, S. 129.
77 Pidhainy, Band 2, S. 558.
78 Kravchenko, S. 121.
79 Pidhainy, Band 2, S. 581.
80 *Sozialistitscheskij westnik* Nr. 19, 1933, S. 15.
81 Tawdul in *New York American*, 22. August 1935.
82 M. Karavaj, *Natschalnik politotdela Ust-Labinskoj MTS*, Moskau 1934, S. 12.
83 Harvard University Project, Schedule A, case 285.
84 Verbytsky, S. 30.
85 Semenko, S. 48.
86 Lucy Robins Lang, *Tomorrow is Beautiful*, New York 1948, S. 262.
87 *Ukrainian Review*, Nr. 2, 1956, S. 86–120.
88 Pidhainy, Band 2, S. 581 ff.
89 Ivan Chinchenko, *Vinnytska trahediya*, Winnipeg 1981, Manuskript.
90 Eugene Lyons, *Assignment in Utopia*,New York 1937, S. 469–470.
91 Pidhainy, Band 2, S. 469–470.
92 *Sozialistitscheskij westnik* Nr. 14, 23. Juli 1932.
93 Victor Serge, *Memoirs of a Revolutionary*, London 1963, S. 64.
94 Pidhainy, Band 2, S. 77.
95 Pigido-Pravoberezhny, S. 38.
96 Pidhainy, Band 2, S. 84.
97 Pidhainy, Band 1,S. 209.
98 *Wisti*, 8. Dezember 1932; *Proletarska prawda*, 10. Dezember 1932; Woropay, S. 13.
99 William Henry Chamberlin, *Russia's Iron Age*, Boston 1934, S. 86.
100 Medvedev, *Let History Judge*, S. 93.
101 Kalynyk, S. 80–85.

102 Pigido-Pravoberezhny, passim und Harvard Project, passim.
103 *Bolschewik* Nr. 1–2. 1933.
104 *Prawda*, 26. Mai 1963.
105 *Bolschewik* Nr. 1–2, 1933.
106 Ibid.
107 *Prawda*, 24. November 1933.
108 Postyshev and Kossior, S. 9–10.
109 *Prawda*, 6. Februar 1933.
110 Ibid..
111 *Prawda*, 26. Februar 1933.
112 *Prawda*, 6. Februar 1933.
113 *Hospodarstvo Ukrainy* Nr. 3–4. 1933, S. 32.
114 *Wisti*, 13. Februar 1933.
115 *Prawda*, 24. November 1933.
116 Postyshev and Kossior, S. 18.
117 Ivan Chinchenko, *Vinnytska trahediya*.
118 *Ukrainske chosjajstwo* Nr. 3–4, 1978, S. 28–30.
119 Joseph Berger, *Shipwreck of a Generation*, London 1971, S. 23.
120 *Wisti*, 12. März 1933.
121 *Iswestija*, 12. März 1933.
122 *Prawda*, 24. November 1933.
123 *Istorija seljanstwa Ukrainskoj RSR*, Band 2, S. 188.
124 Pidhainy, Band 2, S. 52.
125 Selunskaja, S. 233.
126 *Prawda*, 19. Februar 1933.
127 Pidhainy, Band 2, S. 558–622.
128 Grossman, S. 157.
129 Pidhainy, Band 2, S. 578.
130 Ibid., S. 712.
131 Wyschinskij, *Revoljuzionnaja sakonnost na sowremennom etape*, S. 102–103.
132 Pidhainy, Band 2, S. 511.
133 Thomas Walker in *New York Evening Journal*, 18. Februar 1933.
134 Pidhainy, Band 2, S. 578–579.
135 Woropay, S. 18.
136 Kopelev, S. 280–381.
137 Aleksejew in *Svesda* Nr. 1, 1964, S. 37.
138 Stadnyuk in *Newa*, Dezember 1962.
139 Kravchenko, S. 118.
140 Kalynyk, S. 117.
141 *Los Angeles Evening Herald*, 26. Februar 1935.
142 M. Solovyev, *Zapiski voennogo korrespondenta*, New York 1954, S. 57–61.
143 Grossman, S. 155.
144 Chamberlin, *Russia's Iron Age*, S. 368.
145 Pidhainy, Band 2, S. 576.
146 Ibid., S. 450–451.
147 Grossman, S. 148, 155.
148 Stepan Dubowyk, Manuskript.
149 Pidhainy, Band 2, S. 593–594.
150 Verbytsky, S. 32.
151 Pidhainy, Band 2, S. 80.
152 Solovyev, *Zapiski voennogo korrespondenta*, S. 55.
153 Dmytro Soloviy, *The Golgotha of the Ukraine*, New York 1953, S. 33.

154 Grossman, S. 88.
155 Semenko, S. 14.
156 Woropay, S. 189.
157 Ewald Ammende, *Human Life in Russia*, London 1936, S. 62.
158 Weissberg, S. 189.
159 Kostiuk, S. 32.
160 Hindus, S. 289.
161 Danylo Miroshuk, *Who Organized the Famine in Ukraine?*, Manuskript.
162 Grossman, S. 161.
163 Semenko, S. 4.
164 Kravchenko, S. 111.
165 Verbytsky, S. 72.
166 Grossman, S. 161–162.
167 Ibid..
168 Woropay, S. 31–32.
169 Verbytsky, S. 95.
170 Semenko, S. 15.
171 Woropay, S. 33.
172 Pidhainy, Band 1, S. 245.
173 Grossman, S. 162–163.
174 Beal, S. 244.
175 Stepan Dubowyk, Manuskript.
176 Kalynyk, S. 111–116.
177 Pidhainy, Band 2, S. 695.
178 Woropay, S. 46.
179 Pidhainy, Band 1, S. 269.
180 Ibid., S. 260–261.
181 Ibid., Band 2, S. 122.
182 Pidhainy, Band 1, S. 253.
183 *Los Angeles Evening Herald*, 29. April 1935.
184 Ibid., 1. Mai 1935.
185 Pidhainy, Band 2, S. 672.
186 Verbytsky, S. 55.
187 Pidhainy, Band 2, S. 672.
188 U. S. House Select Committee on Communist Aggression, *Special Report no. 4, Communist Takeover and Occupation of Ukraine*, Washington, D. C., 1955, (Ausschuß des US-Repräsentantenhauses).
189 Pidhainy, Band 1, S. 283.
190 Kalynyk, S. 116.
191 William Henry Chamberlin, *The Ukraine: A Submerged Nation*, New York 1944, S. 60–61.
192 Chamberlin, *Russia's Iron Age*, S. 368.
193 Semenko, S. 74–75.
194 Lang, *Tomorrow is Beautiful*, S. 268–269; Fainsod, S. 244.
195 Woropay, S. 47.
196 Persönliche Mitteilung, siehe auch C. Henry Smith, *The Story of the Mennonites*, Berne, Indiana, 1941, Kapitel 8.
197 Solovey, *The Golgotha*, S. 42–43.
198 Pidhainy, Band 1, S. 240.
199 Kalynyk, S. 22–23.
200 Pidhainy, Band 1, S. 233, 244.
201 Pidhainy, Band 2, S. 676.

202 Pidhainy, Band 2, S. 68.
203 Woropay, S. 18.
204 Beal, S. 243.
205 Ibid., S. 251.
206 Kravchenko, S. 114.
207 Pidhainy, Band 2, S. 530–531.
208 Pidhainy, Band 2, S. 533.
209 Chamberlin, *The Ukraine*, S. 61.
210 Woropay, S. 43.
211 Pidhainy, Band 1, S. 295.
212 Pidhainy, Band 2, S. 590.
213 *Dilo*, 31. Oktober 1934.
214 Grossman, S. 160.
215 W. I. Reswick, *I Dreamt Revolution*, Chicago 1952, S. 308–309.
216 *Christian Science Monitor*, 29. Mai 1934.
217 Pidhainy, Band 2, S. 85.
218 Grossman, S. 164–165.
219 Kopelev, S. 240–241.
220 Stepan Dubowyk, Manuskript.
221 Grossman, S. 164.
222 Pidhainy, Band 1, S. 230.
223 Ibid., S. 38.
224 Ukrainian National Council in Canada, *Bulletin* Nr. 1, S. 1.
225 Pljuschtsch, S. 40.
226 *Komitety nesamoschnych seljan Ukrainy*, Kiew 1968, S. 580–582.
227 Pidhainy, Band 2, S. 36.
228 Woropay, S. 56; Harvard Project, Schedule A. Case 1434, S. 13.
229 Semenko, S. 45.
230 Woropay, S. 48.
231 Ibid., S. 55–56; Pidhainy, Band 2, S. 125–126.
232 Verbytsky, S. 33.
233 Pidhainy, Band 1, S. 262.
234 Ibid., S. 266.
235 Ibid., S. 280.
236 Pigido-Pravoberezhny, S. 60.
237 Woropay, S. 24.

zu Kapitel 13. Ein Land wird verwüstet

1 *Fortnightly Review*, 1. Mai 1933.
2 *Answers*, 24. Februar 1934.
3 Beal, S. 249.
4 Zitiert bei Hindus, S. 154.
5 Kravchenko, S. 130.
6 *Prawda*, 24. Juni 1933.
7 Trifonow, *Likwidazija ekspluatatorskich klassow*, S. 352–353, 359.
8 *Prawda*, 16. Dezember 1933.
9 *Prawda*, 8. Februar 1933.
10 Ammende, S. 62.
11 Woropay, S. 23.
12 Ibid.

13 Kopelev, S. 284.
14 *Wisti*, 17. März 1933.
15 *Wisti*, 3. März 1933.
16 Pidhainy, Band 2, S. 89.
17 *Wisti*, 23. April 1933.
18 Woropay, S. 57.
19 *Ukrainskyy sbirnyk*, Band 2, S. 97.
20 Woropay, S. 25–26.
21 Pidhainy, Band 1, S. 269.
22 Grossman, S. 165.
23 Pidhainy, Band 2, S. 543; Pigido-Pravoberezhny, S. 58.
24 U. S. House Select Committee, *Report on Communist Aggression*, S. 19.
25 Verbytsky, S. 47, 59.
26 Ibid., S. 74.
27 *Kommunist*, Charkow, 26. Dezember 1934.
28 Woropay, S. 58.
29 Ibid.
30 Pidhainy, Band 1, S. 231–232.
31 *Wisti*, 11. Juni 1933.
32 Ibid.
33 Postyshev and Kossior, S. 10.
34 *Kommunistitscheskaja partija Ukrainy w resoljuzijach i reschenijach 1918–1956*, Kiew 1958, S. 569.
35 Solovey in *The Ukrainian Quarterly* 19, 1963, S. 23.
36 *Iswestija*, 21. September 1933.
37 Jasny, S. 86, 544.
38 Pidhainy, Band 1, S. 232.
39 Postyshev und Kossior, S. 5.
40 *Proletarska prawda*, September 1933.
41 *Molodaja gwardija*, Nr. 19–20, 1933.
42 *Wisti*, 30. Juli 1933.
43 *Kommunist*, 27. Juni 1934.
44 Depesche der Britischen Botschaft, 4. September 1933.
45 Tawdul in *New York American*, 30. August 1935.
46 Depesche der Britischen Botschaft, 4. September 1933.
47 Pidhainy, Band 1, S. 232.
48 Dmitriy Shostakovich, *Testimony*, New York 1979, S. 214–215.
49 *Prawda*, 12. März 1933.
50 Kostiuk, S. 50.
51 *Prawda*, 2. Dezember 1933.
52 Kostiuk, S. 93.
53 *Wisti*, März 1933.
54 Kostiuk, S. 57.
55 Ibid., S. 48.
56 *Prawda*, 22. Juni 1933.
57 *Prawda*, 8. Juli 1933.
58 *Prawda*, 2. Dezember 1933.
59 *Tscherwony schljach* Nr. 1–2. 1932, S. 92.
60 Postyshev and Kossior, S. 109.
61 *Wisti*, 22. Juni 1933.
62 Postyshev and Kossior, S. 109.
63 *Wisti*, 5. Juni 1933.

64 Postyshev and Kossior, S. 63.
65 Ibid., S. 74.
66 Kostiuk, S. 59.
67 Ibid., S. 143.
68 Postyshev and Kossior, S. 82.
69 Ibid.
70 Kostiuk, S. 56.
71 Ibid., S. 58; U. S. House Select Committee, *Report*, S. 22.
72 Pidhainy, Band 1, S. 403.
73 *Tscherwony schljach* Nr. 8–9, 1933, S. 246.
74 Pidhainy, Band 2, S. 57.
75 *Wisti*, 21. Januar 1934.
76 *Bilschowyk Ukrainy* Nr. 3, 1936.
77 *Wisti*, 24. Januar 1934.
78 *Wisti*, 5. Juni 1937.
79 KPSS, *XVII sjesd*, S. 71, 199.
80 *Prawda*, 18. Dezember 1934.
81 *Prawda*, 10. Juni 1935.
82 Ibid.
83 Kostiuk, S. 101–102.
84 Ibid., S. 105–107.
85 Pidhainy, Band 1, S. 394; U. S. House Select Committee, *Report*, S. 19–20.
86 *Bjulleten opposizii* Nr. 77–78, 1939, S. 5.
87 *New York Times*, 21. September 1953.

zu Kapitel 14, Kuban, Don und Wolga

1 *Nowoje Russkoje Slowo*, 24. Dezember 1982.
2 *Encyclopedia Britannica* XI. edition, Band 7, S. 218, Artikel *Cossacks* von Fürst Kropotkin.
3 Große Sowjetische Enzyklopädie, III. Auflage, Band 13.
4 *Nowoje Russkoje Slowo*, 24. Dezember 1982.
5 A. Ositschko, *Potschemu oni nas unitschtoschali*, zitiert in *Nowoje Russkoje Slowo*, 26. Dezember 1982; *Genocide in the USSR*, S. 247.
6 KPSS, *XVII. sjesd*, S. 148.
7 *Slomit sabotasch sewa i chlebosagotowok, organisawannij kulatschestwom w rayonach Kubani*, Moskau 1932.
8 Ibid.
9 Ibid.
10 *Prawda*, 29. April 1933.
11 J. Maynard, *Collective Farms in the USSR*, S. 9.
12 *Nowoje Russkoje Slowo*, 24. Dezember 1982.
13 Maynard, *Collective Farms*, S. 9.
14 *Russkoje wosroschdenije* Nr. 2, 1981.
15 Verbytsky, S. 77–78.
16 *Molot*, 17. Dezember 1932, zitiert in *Nowoje Russkoje Slowo*, 26. Dezember 1982.
17 Pidhainy, Band 1, S. 44.
18 *Nowoje Russkoje Slowo*, 26. Dezember 1982.
19 Medvedev, *Let History Judge*, S. 93.
20 Pidhainy, Band 1, S. 44.
21 Solovyev, S. 73–75.

22 Ibid., S. 76–80.
23 Kostiuk, S. 96.
24 *Molot* 20, 22. Dezember 1932, zitiert in *Nowoje Russkoje Slowo*, 26. Dezember 1982.
25 *The Ukrainian Herald* Nr. 7–8, S. 111.
26 *Brüder in Not. Dokumente der Hungersnot*, Berlin 1933.
27 Ibid., S. 7.
28 Ibid., S. 14.
29 Ibid., S. 7.
30 Ibid., S. 11.
31 Wyschinskij, S. 104.
32 Harvard Project, Schedula A. Case 296.
33 Pidhainy, Band 2, S. 79.
34 *Genocide in the USSR*, S. 247.
35 Verbytsky, S. 78–79.
36 Depesche der Britischen Botschaft, 27. Oktober 1933.
37 Pidhainy, Band 2, S. 121.
38 Ammende, S. 99.
39 Pidhainy, Band 2, S. 71.
40 Chamberlin, *Russia's Iron Age*, S. 83.
41 Semenko, S. 3.
42 Tokaev, S. 10.
43 Depesche der Britischen Botschaft, 5. März 1933.
44 Depesche der Britischen Botschaft, 27. Oktober 1933.
45 *Sowjetskaja Rossija*, 26. August 1975.
46 Aleksejew, *Nasch sowremennik* Nr. 9, 1972, S. 96.
47 *Brüder in Not*, S. 3.
48 *Hunger-Predigt*, Berlin 1933, S. 23.
49 Ibid., S. 25.
50 Ibid., S. 11.
51 Ibid., S. 134–135.
52 *Hunger-Predigt*, S. 127.
53 Ammende, S. 220.
54 *Brüder in Not*, S. 15.

zu Kapitel 15, Die Kinder

1 Beal, S. 259.
2 *Prosweschtschenije Sibiri* Nr. 4, 1929, S. 111.
3 Fainsod, S. 241.
4 Solzhenitsyn, S. 360.
5 *Na putjach k nowoj schkole* Nr. 4–5. 1930, S. 25.
6 Beal, S. 248.
7 Kravchenko, S. 98.
8 Seminar on Ukrainian Famine, 1933, Toronto, Dezember 1981.
9 Pidhainy, Band 1, S. 300.
10 Pigido-Pravoberezhny, S. 24.
11 Ibid..
12 Pidhainy, Band 2, S. 537.
13 *Los Angeles Evening Herald*, 1. Mai 1935.
14 Woropay, S. 23.

15 Richard Grossman, Herausgeber, *The God That Failed*, London 1950, S. 68.
16 A. Koestler, *The Yogi and the Commissar*, New York 1946, S. 128.
17 Grossman, S. 156–157.
18 *Los Angeles Herald*, 20. Februar 1935.
19 Woropay, S. 42.
20 Pidhainy, Band 2, S. 535–536.
21 Pidhainy, Band 1, S. 303.
22 Beal, S. 253.
23 *New York Evening Journal*, 16. April 1935; siehe auch Lang, S. 260.
24 Ammende, S. 63.
25 Whiting Williams in *Answers*, 24. Februar 1934.
26 Pidhainy, Band 2, S. 73.
27 A. J. Tawdul, in *New York American*, 29. August 1935.
28 Pidhainy, Band 1, S. 448.
29 *Chuliganstwo i chuligany*, Moskau 1929, S. 46.
30 *The Russian Famines*, S. 17.
31 *Kommunistitscheskoje prosweschtschenije* Nr. 1, 1934, S. 106.
32 Ibid., Nr. 2, 1935, S. 97.
33 Ibid., Nr. 4, 1935, S. 16.
34 *Woprosy istorii KPSS* Nr. 8, 1966, S. 112.
35 *Kommunistitscheskoje prosweschtschenije* Nr. 4, 1935, S. 15–17.
36 Ibid., Nr. 1, 1934, S. 106.
37 *The Challenge* Nr. 6, Oktober 1951, S. 9–16.
38 Viktor Popow in W. Awdejew, Herausgeber, *Wtschera i segodnija*, Moskau 1970, S. 18.
39 Weissberg, S. 414.
40 Pidhainy, Band 1, S. 298.
41 Kalynyk, S. 116.
42 Chinchenko, Manuskript.
43 Pidhainy, Band 1, S. 551.
44 Ibid., S. 575.
45 Woropay, S. 39.
46 Pidhainy, Band 2, S. 253.
47 *Narodnoje prosweschtschenije* Nr. 2, 1930, S. 11.
48 *Kommunistitscheskoje prosweschtschenije* Nr. 13, 1935, S. 3–6.
49 Tawdul in *New York American*, 30. August 1935.
50 Beal, S. 256.
51 *Kommunistitscheskoje prosweschtschenije* Nr. 3, 1935, S. 7.
52 Astafiew in *Roman-gaseta* Nr. 2, 1979, S. 60; siehe auch sein *Posledniy Poklon* in *Nasch sowremennik* Nr. 6, 1978.
53 Gerson, S. 128.
54 *The Challenge* Nr. 12, S. 12.
55 Pidhainy, Band 1, S. 444.
56 Beal, S. 258.
57 Zitiert bei Pidhainy, Band 1, S. 269.
58 Karaway, S. 88.
59 Ibid.
60 *Prawda*, 24. November 1933.
61 Ibid.
62 F. Shevchenko, *History of the Ukraine*, Kiew, nicht datiert, Band 2, S. 336.
63 S. Pawlow, Ansprache vor dem Plenum des Novembers 1962 des Komsomol-ZK.
64 *Komsomolskaja Prawda*, 2. September 1962.

65 *Reuters*, 21. Mai 1934.
66 *Molot*, 30. August 1934.
67 *Prawda*, 20. Dezember 1937.
68 Orlow, S. 53.
69 Peter Yakir, *A Childhood in Prison*, London 1972, S. 44.
70 Orlow, S. 53.
71 Pigido-Pravoberezhny, S. 46.
72 Seminar on Ukrainian famine, Toronto.
73 *Cahiers du Monde Russe et Sovietique* Nr. 18, 1977, S. 7.
74 Kopelev, S. 282.
75 Zitiert bei John A. Armstrong, *The Politics of Totalitarianism*, New York 1961, S. 7.
76 Verbytsky, S. 55–60.
77 *Ukrainskyy zbirnyk*, Band 2, S. 92.
78 Seminar on Ukrainian famine, Toronto.
79 Pidhainy, Band 1, S. 253.

zu Kapitel 16, Die Totenliste

1 Ju. A. Kortschak-Tschepurkowskij, *Tablizy doschywannija i spodiwanoho schyttya ludnosty URSR*, Charkow, 1929, S. 33, 72–79; idem, *Wisnik statystyky Ukrainy* Nr. 2, 1928, S. 154–158; idem, *Isbrannije demografitscheskije issledowanija*, Moskau 1970, S. 301–302.
Auch: John F. Kattner und Lydia W. Kulchycka, *The USSR Population Census of 1926: A Partial Evaluation*, U. S. Bureau of Census, International Population Report, Series P. 95 Nr. 50, Oktober 1957, S. 100–117.
2 S. I. Pirokow, *Schisn i twortscheskaja dejatelnost O. A. Kwitkina*, Kiew 1974.
3 *Bolschewik* Nr. 23–24. 1938.
4 *Prawda*, 17. Januar 1939.
5 *Prawda*, 26. Januar 1935.
6 *Naselenije SSSR. Tschislennost, sostaw i dwischenije naselenija*, Moskau 1975, S. 7.
7 *Westnik statistiki* Nr. 11, 1964, S. 11.
8 Karcz, S. 479.
9 *Prawda*, 5. Dezember 1935.
10 *The Secound Five Year Plan*, English edition, New York 1937, S. 458.
11 *Westnik statistiki* Nr. 11, 1964, S. 11.
12 Anton Antonov-Ovseenko, *The Time of Stalin*, New York 1981, S. 207.
13 W. I. Koslow in *Istorija SSSR* Nr. 4, 1983, S. 21.
14 Pidhainy, Band 2, S. 594
15 I. Krawal in *Planowoje chosjajstwo* Nr. 12 1936, S. 23.
16 Tawdul in *New York American*, 18. August 1935.
17 Ibid.
18 Orlow, S. 28.
19 Tawdul in *New York American*, 19. August 1935.
20 Beal, S. 255.
21 *Los Angeles Evening Herald*, 29. April 1935.
22 Lang, S. 260.
23 John Kolasky, *Two Years in Soviet Urkaine*, Toronto 1970, S. 111.
24 Tawdul in *New York American*, 19. August 1935.
25 Pljuschtsch, S. 42.
26 Swianiewicz, S. 123.

27 David Dallin und Boris Nicolaevsky, *Forced Labor in the Soviet Union*, London 1948, S. 54.

28 Swianiewicz, S. 59; *Livre Blanc sur les Camps de Concentration*, S. 31–36; etc..

29 *Khrushchev Remembers: The Last Testament*, S. 120.

30 *Le Matin*, 30. August 1933.

zu Kapitel 17, Die Rolle des Westens

1 *New York Herald Tribune*, 21. August 1933; Chamberlin, *The Ukraine*, S. 60.

2 *Manchester Guardian*, 21. August 1933.

3 *New York Herald Tribune*, 21. August 1933.

4 Hindus, S. 146–148, 153–155.

5 *Iswestija*, 26. Februar 1933.

6 Depesche der Britischen Botschaft, 5. März 1933.

7 Koestler, *The Yogi and the Commissar*, S. 137–138.

8 Chamberlin, *Russia's Iron Age*, S. 155–156.

9 *Prawda*, 19. Dezember 1933.

10 Brief datiert vom 3. Januar 1934, zitiert im *Congressional Record*, Band 80, S. 2110.

11 Zitiert in *Famine in the Ukraine*, New York 1934, S. 7.

12 Depesche der US-Botschaft Nr. 902, 26. September 1935.

13 Lyons, S. 366–367.

14 Ammende, S. 230–231.

15 Pidhainy, Band 1, S. 270.

16 Lang, S. 263.

17 Verbytsky, S. 97.

18 Ammende, S. 232.

19 *Figaro*, 16. Oktober 1933; Beal, S. 245.

20 Beal, S. 245.

21 Pidhainy, Band 2, S. 93–94.

22 Grossman, S. 159.

23 Kalynyk, S. 14.

24 Beal, S. 59.

25 Pidhainy, Band 1, S. 282.

26 Erklärung gegenüber der Presse in London, 1932.

27 *Antireligiosnik* Nr. 5, 1930.

28 Sherwood Eddy, *Russia Today: What We Can Learn From It*, New York, 1934, S. XIV.

29 Maynard, *Collective Farms in the USSR*, S. 6.

30 Maynard, *The Russian Peasant*, S. 296.

31 Sidney und Beatrice Webb, *Soviet Communism: A New Civilization?*, London 1937 (das Fragezeichen wurde in späteren Ausgaben fallengelassen).

32 S. und B. Webb, *Soviet Communism*, S. 235, 245.

33 Ibid.

34 Ibid., S. 245.

35 Ibid., S. 267.

36 Ibid., S. 268.

37 Ibid., S. 563.

38 Ibid., S. 259.

39 Ibid., S. 266.

40 Ibid., S. 262.

41 Ibid., S. 282.

42 Ibid., S. 263.
43 Ibid., S. 263.
44 Ibid., S. 261.
45 Ibid., S. 248.
46 Ibid., S. 276.
47 Ibid., S. 266–267.
48 *New York Times*, 13. September 1933.
49 Depesche der Britischen Botschaft, 16. September 1933.
50 Zu Duranty siehe insbesondere Marco Carynnyk in *Commentary* 76, November 1983 und in *The Idler* Nr. 1, Januar 1985 und Nr. 2, Februar 1985.
51 Weissberg, S. 194.

zu Kapitel 18, Verantwortlichkeiten

1 *Sozialistitscheskij westnik*, 12. April 1930.
2 *Ukrainskyy Prometey*, S.19–20.
3 Woropay, S. 57.
4 *Ukainskyy Sbirnyk*, S. 85–86.
5 Beal, S. 255.
6 Pidhainy, Band 2, S. 491–492.
7 Ibid.
8 *Khrushchev Remembers*, S. 73–74.
9 *Khrushchev Remembers: The Last Testament*, S. 109.
10 *Samizdat I: La voix de l opposition communiste en U. R. S. S.*, Paris 1969, S. 92–100.
11 *Prawda*, 26. Mai 1964.
12 *Khrushchev Remembers: The Last Testament*, S. 124.
13 Siehe Pljuschtsch, S. 179.
14 U. S. House Select Committee on Communist Aggression, *Report*, S. 19–20.
15 Deutscher, S. 33; Barmine, S. 264.
16 Orlow, S. 318.
17 Pidhainy, Band 1, S. 467; Woropay, S. 28; Pljuschtsch S. 41, 85.
18 Pljuschtsch, S. 41.
19 Pidhainy, Band 1, S. 236.
20 Ibid., S. 467.
21 Woropay, S. 28.
22 *Nowoje Russkoje Slowo*, 29. März 1983.
23 *Wpered* Nr. 7, 1958, S. 1.
24 Pidhainy, Band 1, S. 251.
25 Ibid., S. 273.
26 Woropay, S. 29.
27 Pidhainy, Band 1, S. 281.

zu Nachspiel

1 Pasternak, *Doctor Zhivago*, S. 422.
2 Yakir, S. 86.
3 Weissberg, S. 288.
4 Pidhainy, Band 1, S. 415–416.
5 Ibid., S. 212.
6 Weissberg, S. 290–291.

7 Medvedev, *Let History Judge*, S. 236–237.
8 *Ukrainian Review* Nr. 6, 1958, S. 136–140.
9 Elinor Lipper, *Eleven Years in Soviet Prison Camps*, London 1951.
10 *Ukrainian Herald* Nr. 7–8, S. 63.
11 E. R. Stettinius, *Roosevelt and the Russians: The Yalta Conference*, Garden City, New York 1949, S. 187.
12 Ivan Dzyuba, *Internationalism or Russification*, London 1968, S. 108.
13 *Prawda*, 10. Dezember 1963.
14 *Literary Gazette*, Kiew, 20. November 1947.
15 *Istorija Akademii Nauk Ukrainskoj SSSR*, Kiew 1975, S. 802.
16 Siehe Vyacheslav Chornovil, *The Chornovil Papers*, New York 1968.
17 Siehe Medvedev, *Let History Judge*, S. 106.
18 Siehe Swianiewicz, S. 94.
19 Ibid., S. 100.
20 *Prawda*, 23. September 1935.
21 Jasny, S. 37.
22 A. Avtorkhanov, *The Reign of Stalin*, London 1955, S. 176–177.
23 Jasny, S. 458.
24 Swianiewicz, S. 105–106.
25 Jasny, S. 346.
26 *Planowoje chosjajstwo* Nr. 7, 1939.
27 Siehe Roy und Zhores Medvedev, *Khrushchev*, S. 27.
28 Danilow, S. 532–533.
29 Grossman, S. 148.
30 *Istorija Sowjetskogo krestjanstwa i kolchosnogo stroitelstwa w SSSR*, S. 276.
31 *Prawda*, 19. September 1947.
32 *Narodnoje chosjajstwo SSSR w 1965 godu*, S. 311.
33 *Partijnaja schisn*, November 1965.
34 Moschajew, *Poljuschko pole*, in *Lesnaja doroga*, S. 400.
35 F. Abramov, *The Dodgers*, englische Ausgabe, London 1963, S. 86–87.
36 Jefim Dorosch in *Nowy mir* Nr. 6, 1965, S. 8.
37 Siehe Survey Nr. 4, 1980, S. 28.
38 *Iswestija*, 18. Juli 1982.
39 *Soviet Analyst*, Band 11, Nr. 15, S. 4–5.
40 *Trud*, 30. Juli 1982.
41 Viktor Popow in Radio Moskau, 8. September 1982.
42 Moschajew, *Poljuschko pole*, in *Lesnaja doroga*, S. 513.
43 *Sowjetskaja Rossija*, 12. September 1980.
44 F. Abramow in *Nasch sowremennik* Nr. 9, 1979, S. 25.
45 Astafiew in *Nasch sowremennik* Nr. 1, 1978, S. 25.
46 Nikolajewskij, S. 18–19.
47 Kravchenko, S. 107.
48 *Prawda*, 8. Oktober 1965.
49 *Selskaja schisn*, 29. Dezember 1965, 25. Februar 1966.
50 Zitiert bei Kracz, S. 57.
51 Trapesnikow, Band 2, S. 187–189.
52 *Prawda*, 10. März 1963.
53 *Soviet Ukraine*, (auf englisch) Kiew 1970, S. 293.

Auswahl-Bibliographie

Von den ungefähr 70 Periodika und den doppelt so vielen Büchern, auf die im Text verwiesen wurde – neben einer Anzahl Manuskript-Quellen – gehören die unten aufgeführten zu den nützlichsten; zusammen decken sie in großen Zügen die Hauptthemen ab und verschaffen dem Leser viele zusätzliche und bestätigende Details über das hinaus, was in der vorliegenden Arbeit verwendet werden konnte. Der Leser wird natürlich überdies auf die wichtigen offiziellen Dokumente und Periodika und andere Quellen verwiesen, die in den Fußnoten genannt werden.

Allgemein

Ammende, Ewald, *Human Life in Russia*, London 1936.

Barsow, A. A., *Balans stoimostnich obmenow meschdu gorodom i derewnei*, Moskau 1969.

Carynnyk, Marco, *Commentary 76*, November 1983, *The Idler* Nr. 1 und 2, 1985. Chamberlin, William Henry, *Russia's Iron Age*, Boston 1934.

Cohen, Stephen F., *Bukharin and the Bolshevik Revolution*, New York 1983. Conquest, Robert, Herausgeber, *Agricultural Workers in the USSR*. London 1968.

Dalrymple, Dana, *The Soviet Famine of 1932–34* in *Soviet Studies* Band 15, Nr. 3, Januar 1964.

Danilow, W. P., Herausgeber, *Otscherki istorii kollektivisazii selskogo chosjajstwa w sojusnich regpublikach*, Moskau 1963.

Davis, R. W., *The Socialist Offensive. The Collectivization of Soviet Agriculture 1929–1930*, Cambridge, Mass. 1980.

Ellison, Herbert, *The Decision to Collectivize Agriculture* in *Russian Economic Development from Peter the Great to Stalin*, herausgegeben von William Blackwell, New York 1974.

Fainsod, Merle, *Smolensk under Soviet Rule*, Cambridge, Mass. 1958.

Iwnitzkij, N. A., *Klassowaja borba i likwidazija kulatschestwa kak klassa 1929–1932*, Moskau 1972. Jasny, Naum, *The Socialized Agriculture of the USSR*, Stanford 1949. Karcz, Jerzy, *The Economics of Communist Agriculture*, Bloomington 1979. Kosstiuk, Hryhory, *Stalinist Rule in the Ukraine*, London 1960.

Lewin, Moshe, *Russian Peasants and Soviet Power*, London 1968.

Lewin, Moshe, *Political Undercurrents in Soviet Economic Debates*, Princeton 1974.

Mace, James E., *Communism and the Dilemmas of National Libertion*, Cambridge, Mass. 1983. Mitrany, David, *Marx Against the Peasant*, Chapel Hill 1951.

Millar, James R., *Mass Collectivization and the Contribution of Soviet Agriculture to the First Five Year Plan* in *Slavic Review* 33, Dezember 1974.

Moschkow, Ju. A., *Sernowaja problema w gody sploschnoj kollektivisazii selskogo chosjajstwo SSSR* Moskau 1966.

Nemakow, N. I., *Kommunistitscheskaja partija – organisator massowogo kolchosnogo dwischenija 1929–1932*, Moskau 1966.

Olcutt, Martha Brill, *The Collectivization Drive in Kazakhstan*, in *Russian Review* 40, April 1981.

Posthyshev, P. P., and Kossior, S. V., *Soviet Ukraine Today*, New York 1934.

Radkey, Oliver H., *The Unknown Civil War in Soviet Russia*, Stanford 1976.

Radziejowski, Janusz, *Collectivization in Ukraine in the Light of Soviet Historiography* in *Journal of Ukrainian Studies* Nr. 9, Herbst 1980.

Robinson, Geroid Tanquary, *Rural Russia under the Old Regime*, New York 1932. Selunskaja, W. M., *Rabotschije – dwadtsatipjatitysjatschniki*, Moskau 1964. *Slomit sabotasch sewa i chlebosagotowok organisowannij kulatschestwom w rayonach Kubani*, Moskau 1932.

Sullivant, Robert S., *Soviet Politics and the Ukraine*, New York 1962. Swianiewicz, S., *Forced Labour and Economic Development*, London 1965. Taniuchi, Y., *A Note on the Ural-Siberian Method*, in *Soviet Studies*, Band 33, Nr. 4, Oktober 1981.

Trapesnikow, Sergej, *Leninism i agrarno-krestjanskij wopros*, Moskau 1976. *Ukraine: A Concise Encyclopedia*, zwei Bände, Toronto 1963–1965. Webb, Sidney and Beatrice, *Soviet Communism: A New Civilisation*, Zweite Auflage London 1937.

Ausgewählte einzelne Zeugnisse und Dokumente

Brüder in Not, Berlin 1933. Chynchenko, Ivan M., *Trahediya ditey v Ukraini proklyatykh rokakh*, Manuskript.

Dolot, Myron, *Execution by Hunger*, New York 1985. Kalynyk, O., *Communism the Enemy of Mankind*, London 1955.

Harvard Universitiy Refugee Interview Project. Kopierte Schreibmaschinen-Niederschrift.

Pidhainy, S. O., Chef-Herausgeber, *The Black Deeds of the Kremlin*, zwei Bände, Toronto 1953.

Soloviy, Dmytro, *The Golgotha of the Ukraine*, New York 1953.

Verbytsky, M., *Naybilshyy zlochyn Kremlya*, London 1952.

Berichte früherer Partei-Aktivisten

Grigorenko, Petro, *Memoirs*, London 1983.

Kopelev, Lev, *The Education of an True Believer*, New York 1977.

Kravchenko, Victor, *I Chose Freedom*, New York 1946.

Sowjetische fiktive Darstellungen

Astafiew, Viktor, *Poslednij poklon*, in *Roman-gaseta* Nr. 2–3, 1979. Below, Wassili, *Kanuny*, Moskau 1976.

Grossman, Vasily, *Forever Flowing*, New York 1972.

Scholochow, Michail, *Podnjataja zelina* (Neuland unterm Pflug), Moskau 1947.

Stadnyuk, Ivan F., *People are not Angels*, London 1963.

Danksagung

Von Herzen möchte ich an dieser Stelle allen danken, die mich bei dieser Arbeit unterstützt und mir geholfen haben: In erster Linie dem Ukrainischen Forschungsinstitut der Harvard-Universität und der Ukrainian National Association, die meine Hauptsponsoren waren; ferner den Harvard-Professoren Omeljan Pritsak, Ihor Ševčenko und Adam Ulam, die entscheidend für die Empfehlung oder das Zustandekommen dieser Sponsorschaft wirkten.

Was die eigentliche Arbeit betrifft, darf ich vor allem die große Kooperation und die Beiträge von Dr. James Mace (ebenfalls in Harvard) würdigen. Auch Dr. Mikhail Bernstam von der Hoover-Institution, Stanford-Universität, bin ich überaus dankbar, insbesondere für seine fachkundige Hilfe im demographischen und wirtschaftlichen Bereich, ferner Helena Stone (ebenfalls von Stanford), für die unschätzbare Hilfe sowohl in der allgemeinen Forschung als auch in der Überprüfung unzähliger Quellen. Von den vielen, die, in unterschiedlicher Weise, meine Aufmerksamkeit auf bestimmte Aspekte lenkten, möchte ich besonders Professor Martha Brill Olcutt, Professor Bohdan Struminsky, Professor Taras Lukach und Dr. Dana Dalrymple danken.

Getreue und langwierige Sekretariatsarbeit, oft nach einem kaum lesbaren Manuskript, wurde mit der gewohnten fröhlichen Tüchtigkeit von Frau Amy Desai geleistet. Dank muß auch Herrn John Beichman für seine Hilfe ausgesprochen werden, ebenso meiner Frau, die ihre eigene schriftstellerische Tätigkeit unterbrach, um sich einigen besonders undurchdringlichen Teilen des Manuskripts zu widmen und mich immer wieder zu ermutigen und zu unterstützen.

Von den vielen Quellen in Amerika und Europa, auf die ich zurückgreifen konnte, möchte ich besondere Anerkennung der unvergleichlichen Bibliothek und den Archiven der Hoover Institution aussprechen.

Stanford, Kalifornien 1985   Robert Conquest

Register